O ÚLTIMO NEGRO

O ÚLTIMO NEGRO

Copyright© 2014 **Durval Arantes**

Título Original: O Último Negro

Editor-chefe: Tomaz Adour

Revisão: Equipe Vermelho Marinho

Editoração Eletrônica: Equipe Vermelho Marinho

Capa: Eduardo Nunes

Texto revisado segundo o novo Acordo Ortográfico da Língua Portuguesa.

A6626u   Arantes, Durval
             O Último Negro / Durval Arantes.
             Rio de Janeiro: Vermelho Marinho, 2014.
             452 p; 16x23 cm.

             ISBN: 978-85-8265-036-3

          1. Literatura Brasileira. 2. Ficção. I. Título.

CDD: 808.3
CDU: 821.134.3-3

EDITORA VERMELHO MARINHO USINA DE LETRAS LTDA
Rio de Janeiro – Departamento Editorial:
Rua Visconde de Silva, 60 / casa 102 – Botafogo – Rio de Janeiro – RJ
CEP: 22271-092
www.vermelhomarinho.com

Sumário

As primeiras visões sobre **"O Último Negro"**		7
Prefácio		11
Depois da travessia...		15
Capítulo 1:	Rota de colisão	17
Capítulo 2:	A missão	22
Capítulo 3:	Nostalgia	28
Capítulo 4:	A nissei	34
Capítulo 5:	Brilho emergente	40
Capítulo 6:	Hora da notícia	45
Capítulo 7:	Conexão Walterboro	51
Capítulo 8:	Alta sociedade	58
Capítulo 9:	Dura Lex	64
Capítulo 10:	Em campus	71
Capítulo 11:	O pedido	76
Capítulo 12:	Trauma	83
Capítulo 13:	Conquistador	96
Capítulo 14:	Entrevista	104
Capítulo 15:	Banzo	111
Capítulo 16:	Um divã	120
Capítulo 17:	A família	126
Capítulo 18:	Testemunho	131
Capítulo 19:	O embarque	137
Capítulo 20:	No distrito	143
Capítulo 21:	Convocado	148
Capítulo 22:	Um amigo, um adeus	155
Capítulo 23:	Terra Brasilis	163
Capítulo 24:	Tendência de votos	172
Capítulo 25:	Paizão	176

Capítulo 26:	Despedida e luto	183
Capítulo 27:	Bem-vinda	187
Capítulo 28:	Sol nascente	193
Capítulo 29:	Diáspora	198
Capítulo 30:	A vida segue	208
Capítulo 31:	A Boa Terra	215
Capítulo 32:	Suando frio	224
Capítulo 33:	O mar de Aratu	230
Capítulo 34:	Na redação	240
Capítulo 35:	Estrada e História	247
Capítulo 36:	Retratos	260
Capítulo 37:	Essas moças...	266
Capítulo 38:	Vale do Paraíba	271
Capítulo 39:	Cabelos brancos	287
Capítulo 40:	Visões do passado	303
Capítulo 41:	Jungle Fever	309
Capítulo 42:	Laços de amizade	317
Capítulo 43:	Mamma!	327
Capítulo 44:	O menino de rua	334
Capítulo 45:	Partida	341
Capítulo 46:	Revelações	348
Capítulo 47:	Leito de hospital	358
Capítulo 48:	Força tarefa	366
Capítulo 49:	Cordão umbilical	379
Capítulo 50:	Planetário	385
Capítulo 51:	Salkehatchie	396
Capítulo 52:	1976	403
Capítulo 53:	Ecos de Ecoporanga	411
Capítulo 54:	Fatos	424
Capítulo 55:	Brisa na varanda	442

Breve biografia   447

As primeiras visões sobre
"O Último Negro"...

Silvio Anaz:

"Um dos muitos méritos de 'O Último Negro' é tratar de temas tão complexos e presentes na realidade brasileira a partir de uma narrativa que mantém o leitor vidrado em suas páginas. Ao nos fazer mergulhar num imaginário que resgata fatos históricos de fundamental importância para entender por que estamos onde estamos, Durval Arantes mostra-se um autor criativo e promissor, com a habilidade de fazer a história fluir em várias tramas paralelas, mas profundamente interligadas. E ainda nos surpreende com um final inesperado."

Formado em Jornalismo pela Universidade de São Paulo (USP) com Mestrado em Comunicação e Letras pela Universidade Presbiteriana Mackenzie. É editor do HowStuffWorks no Brasil e professor universitário na área de comunicação. Foi jornalista na Folha de S. Paulo e na Gazeta Mercantil. Trabalhou na coordenação de projetos artísticos e culturais nas áreas de música, teatro, cinema e literatura.

Eliane Silva:

"'O Último Negro' é uma obra-prima repleta de histórias que apresentam em seu teor uma capacidade de entrelaçar o leitor aos personagens, convidando-o também a conhecer muitos lugares impressionantes. Eficaz como o baobá, o livro é uma enciclopédia para o afloramento dos conhecimentos, traz em seu interior um enredo dotado de brilhantismo no trato dos fatos. É um livro para se ler e reler, apaixonante."

Educadora em Cultura Afro-brasileira e graduada em Letras (Português/Inglês) pela Universidade Federal do Mato Grosso do Sul e Mestre em Filologia e Língua Portuguesa pela Universidade de São Paulo (USP), é pesquisadora e coordenadora pedagógica do Núcleo de Consciência Negra da USP. Participa de projetos relacionados à cultura africana e afro-brasileira, sendo moderadora do grupo YOWLI (Young Women Knowledge and Leadership Institute) Brasil África, integrante da Articulação Política de Juventudes Negras de São Paulo e militante apartidária do Movimento Negro de São Paulo. Atua produzindo conteúdos em parceria com a equipe editorial relacionados à cultura afro-brasileira.

Vera Lúcia Benedicto:

"O livro **O Último Negro**, *romance de estreia de Durval Arantes no campo da ficção, aponta para a emergência de novos autores negros na literatura brasileira contemporânea. Com o firme propósito de explorar os dramas íntimos de uma família de classe média negra, o autor introduz personagens humanizadas, intelectualmente fortes e ambiciosas com história e estrutura familiar. Fincado no tempo presente, nem por isso o autor deixa de inserir pesquisas históricas importantes sobre a diáspora africana, um dos pontos de destaque desta obra literária."*

Vera Lúcia Benedito é doutora em Sociologia e Estudos Urbanos, consultora de Organizações Não-Governamentais no Brasil e nos EUA, mestre e doutora em Sociologia/Estudos Urbanos pela Michigan State University (EUA) e pesquisadora e consultora da Secretaria de Estado da Cultura de São Paulo.

Rodrigo Faustino:

"O livro "**O Último Negro**" *é, de fato, uma grande obra de ficção da literatura brasileira. A obra de Durval Arantes atrai o leitor para dentro da história com uma força descomunal. E ilustra uma narrativa inteligente e ímpar, fazendo com que cada capitulo seja único"*

Engenheiro de Produção, com Pós em Logística pela USP e Diretor de Marketing do Curso de Inglês Ebony English.

André Rezende:

"De forma surpreendente, Durval Arantes deixa de lado os estereótipos sociais comuns aos afrodescendentes e apresenta uma obra diferenciada, em que os protagonistas – fortes, inteligentes, adeptos da educação e cultura – convivem com o presente e o passado de forma clara e

didática, deixando de lado a fórmula já conhecida de abordagem da história do negro em outras obras literárias. Não se trata de mais um livro de história. "O Último Negro" é uma obra de ficção cheia de temperos que, misturados, dão uma nova receita de como se deve mostrar o negro e as questões da diáspora sem cair na mesmice"

André Rezende, editor da Revista Raça Brasil (Editora Escala), a maior publicação voltada para a cultura Afro da América Latina.

Prefácio

Quando se lê que "**O Último Negro**", de Durval Arantes, é *"uma obra de ficção afro-globalizada"*, é impossível não vir à mente a indagação: o que será uma obra de ficção afro-globalizada? Não é preciso avançar muito pelas páginas deste livro para encontrarmos uma resposta possível, através de alguns de seus personagens.

Se, gerada pelo sistema econômico escravagista, a Diáspora Africana espalhou, por séculos, africanos e afrodescendentes pelo mundo afora, em especial pelas Américas e Caribe, atualmente, a globalização – que busca soluções comuns para todos os povos, visando garantir a sobrevivência do capitalismo – acabou envolvendo também os herdeiros dessa diáspora, que desejam ser beneficiados por ela. Cabe-nos descobrir, reivindicar e desenvolver fórmulas que finalmente nos deem condições de igualdade com outros povos, tradicionalmente favorecidos pelos sistemas. Mas não pense que isto está exposto em um discurso inflamado de algum personagem, de maneira panfletária. Esta é apenas uma das várias conclusões a que se pode chegar, ao se refletir durante a leitura desta obra.

No final dos anos 90, o médico-psiquiatra, conferencista, empresário e escritor Roberto Shinyashiki reuniu um grupo de pessoas que sonhavam ser escritores e começou sua palestra afirmando: *"Se você quiser escrever um bom livro, comece procurando algo que o incomode. Sem um incômodo, não há estímulo para escrever. Os conflitos e as respostas a ele irão surgindo e formando a sua obra..."* Este foi o primeiro conselho daquele escritor de sucesso.

O segundo foi: *"Escolha uma palavra-chave e a persiga até ela se tornar a sua palavra. Mantenha-a como um norte, um farol, que irá orientá-lo nessa e em todas as demais obras que irá escrever"*.

Desde o título deste seu primeiro romance – **O Último Negro** –, o jovem escritor Durval Arantes deixa claro a que veio, quais são os seus incômodos e a sua palavra-chave. E é com essa consciência e maturidade de um autor que não tira o olhar do próprio norte, que ele, já no capítulo inicial, nos apresenta o conflito entre posições contrárias, num campus universitário, sobre a realização ou não de um evento especial, na Semana da Consciência Negra.

A partir daí, ele nos vai apresentando os personagens centrais de seu romance: os universitários líderes, defensores de uma e de outra posição; um repórter de um jornal progressista, diário este que sobreviveu à ditadura militar, mas que quase sucumbiu aos efeitos da crise econômica mundial, na década de 70; uma senhora brasileira que constitui família nos EUA, mas se nega a romper os laços com a cultura de sua terra natal; a jovem afro-americana, filha da afro-brasileira, que sonha realizar estudos sobre a Diáspora Africana no país materno, estudos estes conectados com outros realizados na América do Norte e no Caribe; o pai da jovem, um ex-fuzileiro naval, que em meados dos anos 70 havia prestado serviços militares no Brasil, país onde conheceu sua futura esposa, e que atualmente desempenha funções de delegado na ONU; a jovem nissei que namora o universitário branco radicalmente contrário a ações afirmativas pró-negros em sua universidade brasileira; uma família negra de classe média em ascensão, residente num subúrbio brasileiro e cujo filho, desde pequeno, revela um talento nato para liderança e intensa atividade intelectual...

Assim sendo, um a um dos personagens vão sendo apresentados e nos dando a certeza de que Durval se esforçou para não cair nas armadilhas da obviedade.

O livro **"O Último Negro"** nos leva, ao longo dos seus 55 capítulos, a uma viagem curiosa, contemporânea e numa linguagem ágil, que se desenrola hora no Brasil, hora nos Estados Unidos, despertando em nós uma expectativa e um desejo profundo de sabermos aonde vai chegar.

É preciso fazer um grande esforço para não virar as páginas e matar a curiosidade lendo o último capítulo. Os conflitos e os contrastes em torno de questões éticas e étnicas vão saltando das mais de 400 páginas, de forma tão natural, que nos fazem nos darmos conta de que o mesmo ocorre no nosso dia a dia, sem que muitos de nós o percebam, mesmo aquelas pessoas que são alvos desses atos. Talvez em razão disso, tantos dizem nunca terem sofrido preconceitos de qualquer espécie.

A Universidade Metropolitana, um dos cenários da trama, abriga os confrontos entre alas distintas de alunos e surge a necessidade de realização de uma espécie de plebiscito, principalmente porque o autor, a princípio, se nega a pesar a mão num dos pratos da balança para favorecer este ou aquele lado. Mas os conflitos não se limitam às fronteiras do campus; esses evoluem para situações muito comuns nas grandes metrópoles, cheias de adrenalina em passagens violentas como o sequestro relâmpago descrito em um dos capítulos, e outras situações constrangedoras cujos traumas contribuem para o acirramento de alguns posicionamentos reacionários.

Vale a pena ler e reler a carta ao Brasil que um dos estudantes universitários, filho da Diáspora Africana, escreveu quando ainda cursava o ensino médio e com a qual venceu um concurso literário. Vale torcer para que sua posição em favor do que Durval Arantes chama de afro-cidadania seja vencedora, na disputa com o que defende pelo grupo liderado pelo jovem herdeiro da classe dominante. O autor nem ao menos investe o aluno conservador de vilania.

Ele é um defensor de sua classe; oriundo da classe média alta, poderia até mesmo estudar fora do país, mas faz questão de permanecer naquela universidade, defendendo as tradições contra qualquer tipo de renovação ou mudança na correlação de forças, nessa luta de classes e interesses étnicos.

Enfim, esse é um romance diaspórico que fala de banzo, mas também, com energia, exalta a identidade, o autorreconhecimento, os anseios de mudanças, a elevação da autoestima de um povo para o qual, em vez de políticas públicas, investiram-se em fórmulas eficazes alimentadoras de complexo de inferioridade. Assim como em sua própria vivência, Arantes não permite que seus personagens negros enfraqueçam e os obriga a evoluir até a última página de sua obra.

Como todo bom romance, a cada páginas somos surpreendidos com novas revelações e vai se estabelecendo a conexão entre personagens e circunstâncias que, a princípio, pareciam não ter qualquer ligação.

Não... Durval Arantes não estava naquela palestra de Roberto Shinyashiki, no final dos anos 90. Mas lendo seu primeiro romance, tem-se a impressão de que ele não só ouviu o que afirmou aquele autor de obras motivacionais de sucesso, mas saboreou e digeriu palavra por palavra, escrevendo uma obra bastante interessante, saborosa e de leitura fácil. Nem por isso menos densa e rica em conteúdo.

Tomara que sua geração renda outros escritores afro-brasileiros com o mesmo talento.

Oswaldo Faustino, jornalista e escritor

Depois da travessia...

Em princípios do século XVI, um navio aportou em algum ponto da costa leste da América do Sul, e um par de pés escuros, talvez machucados, tocou vacilante, nas areias úmidas da praia tropical. Pela primeira vez um ser humano africano deixava a marca de seus passos sobre o solo brasileiro.

Daquele ponto da praia, aqueles pés foram forçados a se deslocar rumo ao continente, para dali nunca mais saírem.

Dedico este livro ao primeiro ser humano escravizado além mar e trazido da África para este lado do Atlântico.

Aquelas marcas na areia foram as primeiras das várias milhões de pegadas que, por mais de trezentos anos a fio, fizeram o mesmo trajeto e que pagaram com as suas próprias vidas o preço de ajudar a construir a grande nação que o Brasil se tornou no século XXI.

*Por uma estranha coincidência de semântica e de linguagem, aquele primeiro ser humano africano inspirou... "**O Último Negro**".*

Durval Arantes – autor

Capítulo 1

Rota de colisão

– ... pois o Brasil não é habitado só por negros e eu considero injusto que se crie um evento denominado Semana da Cultura Afro-brasileira aqui na UniMetro. Esse tipo de discussão já pode ser observado no dia 20 de novembro, o tal... tsc... "Dia da Consciência Negra", quando muitos lugares do Brasil param e os simpáticos a essa causa podem usufruir deste dia para as suas celebrações. Já não é o suficiente?

O olhar do orador varreu o auditório com um misto de inquisição e desafio.

A plateia, predominantemente de estudantes, ouvira o fim da exposição do jovem universitário com a devida atenção, pois se tratava de um dos mais respeitados alunos do campus, famoso por sua participação ativa nas decisões mais importantes do Diretório Acadêmico daquele complexo universitário, nos últimos três anos.

O jovem Luca Magalhães de Medeiros Altobelli não era o presidente do D. A., mas o seu carisma pessoal e poder persuasivo eram duas de suas características que influenciavam boa parte da formação de opinião do núcleo estudantil da Universidade Metropolitana de São Paulo, mais conhecida como "UniMetro". E o prestígio de Luca repercutia pelos corredores e alamedas do complexo, proporcionalmente ao eco das vozes dos mais de dez mil alunos que ressoavam pelas salas e corredores da instituição.

O campus era um dos mais conceituados órgãos de ensino superior da América Latina, com reconhecimento internacional e localizado em uma área ampla, outrora de mata serrada, distante do centro da capital. As unidades pioneiras da universidade foram construídas após um decreto do governo estadual, em meados da década de 1940, na cidade de São Paulo. Inicialmente com dez cursos de graduação, as primeiras aulas foram ministradas ao término da Segunda Guerra Mundial, quando se iniciou no Brasil um viçoso movimento progressista acadêmico e industrial, reflexo do alinhamento do país com os Estados Unidos durante e após a Segunda Guerra Mundial.

Luca era a eminência parda daquele núcleo universitário. Embora alguns alunos da chapa situacionista tentassem convencê-lo a se candidatar à presidência do D. A., o jovem recusara educadamente a abordagem, pois no seu íntimo entendia que teria mais poder de manobra na função de Diretor de Relações Institucionais e orador de uma das chapas.

Articulado, Luca confiava em sua capacidade em conseguir fazer o veterano aluno Jefferson, presidente do núcleo, seguir suas recomendações. Além disso, o herdeiro dos Altobelli era mais um representante da ala conservadora da universidade, aquela tradicionalmente ocupada por estudantes oriundos da classe média superior. Qualquer um dos alunos ricos que eventualmente assumisse a presidência da chapa, Luca costumava alardear, reproduziria com propriedade o discurso envaidecido dos alunos *bem nascidos* da UniMetro.

Contudo, a universidade experimentava uma mudança gradual no perfil dos alunos matriculados em alguns de seus cursos clássicos da área de ciências humanas, como Sociologia, Geografia, Letras, Direito, História e Pedagogia.

Elitista e conservadora por mais da metade de sua história, a universidade passara por fases de incertezas nos últimos trinta anos.

A crise do petróleo em meados da década de 70 e os princípios do fenômeno da globalização, a partir da metade dos anos 90, acarretaram o êxodo de um contingente considerável de alunos abastados dos assentos da universidade. Muitos estudantes foram em busca de uma melhor qualificação em seus currículos acadêmicos nos *campi* dos centros superiores dos Estados Unidos e da Europa.

Somado a este cenário, deu-se no Brasil a posse de um governo de tendência centro-socialista em núcleos estratégicos da República, ocasionando uma alteração no eixo do poder político do país, com reflexos nas formas de gestão de entidades públicas abertas na era pré-Juscelino, entre elas a Universidade Metropolitana.

Embora as forças políticas conservadoras contemporâneas ainda preservassem nichos estratégicos da vida nacional, muitos setores importantes do primeiro e segundo escalão da sociedade brasileira foram conquistados pela classe ascendente, transformando hábitos e costumes. E redesenhando oligarquias estabelecidas há muito tempo.

A outrora classe dominante, como um todo, ressentia-se com esse novo cenário. O jovem Luca e seus amigos, no âmbito acadêmico da UniMetro, representavam a elite e parte desse ressentimento.

Naquele dia do encontro regimental entre as chapas, o presidente do Comitê Eleitoral Acadêmico, professor Samuel Katz, não pôde comparecer à assembleia dos estudantes no auditório central, mas o debate aberto entre as alas, com a participação dos militantes das duas propostas, foi autorizado a acontecer normalmente.

Como já ocorrera nos dois encontros anteriores, tanto a chapa de Luca quanto a ala adversária deveriam subir ao palco e falar ao microfone para expor a base argumentativa de suas plataformas aos alunos do campus.

Os assentos do auditório estavam tomados em quase a sua totalidade e o mapeamento de ocupação das cadeiras dava uma dimensão da mostra de forças entre as duas chapas: um pouco menos de dois terços dos alunos simpatizantes à chapa situacionista acomodava-se ao centro e ao lado direito frontal à entrada, e os demais adeptos e militantes da chapa de oposição se acomodavam na ala esquerda do salão.

No grupo mais numeroso predominava a presença de estudantes brancos e orientais.

No outro agrupamento, de menor quantidade, alguns poucos brancos, um bom número de estudantes mulatos e uma pequena fração de estudantes negros retintos.

Luca concluiu a sua fala ao microfone, que durara cerca de vinte minutos, e retirou-se do púlpito sem olhar para o representante da oposição.

Um estudante negro, de porte atlético e aparentando a mesma idade de Luca, aproximou-se do microfone.

Com gestos firmes, ajustou o microfone à sua preferência e farfalhou tranquilamente algumas anotações impressas, antes de iniciar as considerações da outra corrente estudantil do Diretório Acadêmico.

O contraste pontuava o perfil dos dois oradores.

Luca era sabidamente um classista. O seu entendimento era o de que instituições como aquela universidade deveriam ser o reduto das "famílias tradicionais" ou dos *sobrenomes* que melhor refletissem o passado elitista da UniMetro. Luca e seus seguidores torciam o nariz para o aumento do contingente de bolsistas, com os quais passaram a dividir o espaço na lanchonete e corredores do campus.

O aluno negro, que acabara de subir ao palco para expor a proposição da outra ala, representava a classe emergente que ano a ano obtinha mais assentos e diplomas na UniMetro.

Para Luca, além do enfoque de classe percebido na construção de seu discurso proferido há poucos minutos, ver um negro como seu opositor naquele palco provocava-lhe um misto de raiva e ressentimentos em seu interior.

As feridas do trauma ainda não estavam totalmente cicatrizadas...

O seu julgamento sobre os negros era impregnado de rancor.

Um breve silêncio. Todos os olhos focavam o centro do palco.

– Boa tarde aos presentes. A chapa *"Igualdade"* agradece o comparecimento de todos e em nome dela eu gostaria de expor algumas considerações, antes de consolidar a nossa proposta sobre a organização do evento *Semana da Cultura Afro-brasileira*, neste campus.

"O mundo está mudando e o Brasil respira novos ares. Os ventos da modernidade sopram continuamente na direção deste país e quem estiver alheio a esse processo, vai perder o trem da história. Para determinarmos o que queremos ser, precisamos ter um entendimento nítido de quem e o que somos. Nesse sentido, foi dito aqui que o Brasil não é um país habitado só por negros, e é verdade. Somos um país altamente miscigenado..."

"Miscigenado" significa "de genes misturados". E para que possamos compreender o resultado da mistura, é preciso entender e conhecer as partes diferentes que dão forma ao todo... Se removermos o componente afrodescendente da história do Brasil, o país deixa de existir. Simplesmente desaparece! E se pretendemos, enquanto nação unificada, ingressar na arena dos países emergentes com dinamismo e representatividade, haveremos de nos mostrar como somos: miscigenados e diversos. O campus acadêmico, em razão de sua característica cosmopolita, é um ambiente propício para o exercício da convivência altruísta das diferenças que nos identificam. E que essa mistura dos povos e etnias que formam o perfil dos brasileiros seja manifestada pacificamente no ambiente desta universidade de forma democrática, construtiva e para todos os segmentos que se fazem perceber pelos corredores e alamedas da UniMetro: negros, brancos, orientais, descendentes de indígenas, de árabes, de judeus e os demais contingentes humanos que compõem a diversidade da população brasileira..."

Nós, da chapa "Igualdade", temos a convicção de que a organização de um evento denominado Semana da Cultura Afro-brasileira auxiliará a universidade a expor algumas das muitas tradições culturais de matriz africana, como linguagem, religião e culinária, por exemplo, de forma didática e sem revanchismos, além de ilustrar a contribuição dos povos africanos e de seus descendentes na construção da cultura e do cidadão brasileiro contemporâneo.

Acreditamos também que um evento como este pode servir de parâmetro para que as demais comunidades étnicas da universidade também façam a sua manifestação, havendo o interesse nesse sentido, quanto ao valor de sua herança cultural e que certamente também contribuiu para a identificação do Brasil como um país de várias faces, mas de alma única. E a nossa chapa será a primeira a prestar apoio para qualquer iniciativa com esse propósito.

Já temos pronto e formatado, para a análise da reitoria da universidade, o projeto-piloto para a organização da Feira. Como todos sabem, ouve uma moção da chapa "Tradição" quanto à legitimidade do evento e a administração do campus decidiu pela realização deste referendo, o qual vai dar suporte ou reconsiderar a realização desta celebração. A nossa chapa espera que a votação, agendada para breve, transcorra de forma transparente e organizada e que os argumentos defendidos pelas duas chapas sejam analisados com equilíbrio para que o resultado de urnas reflita a vontade da maioria quanto a esta questão. Por tudo isso, e por acreditarmos na legitimidade da proposta, nós, da chapa "Igualdade", continuaremos com a nossa campanha por votos pelo campus em busca de apoio para a nossa causa. Obrigado, pessoal."

Do palco e com convicção, o jovem estudante negro também cobriu a plateia com o seu olhar. A sua expressão carregava um ar analítico, porém conciliatório.

Por um lapso de segundo, o seu olhar cruzou com o olhar de Luca, sentado em um assento da fileira mais próxima do palco. O orador negro teve a impressão de ter detectado um movimento sutil de reprovação no gestual do orador rival.

Com um leve aceno de cabeça, o universitário negro afastou-se do microfone e em passos lentos, porém firmes, caminhou para o seu lado esquerdo. Em segundos, o jovem chegou ao pequeno lance de escadas laterais que dava acesso à saída do palco, em um nível mais abaixo do púlpito, sendo então cercado pelos demais companheiros de sua chapa. Ali recebeu os cumprimentos da equipe e, em grupo, todos se deslocaram no sentido da porta principal do auditório. Seu relógio já marcava 12h:38min. Destino: praça de alimentação.

A campanha pela Semana Cultural Afro-brasileira se desenvolvia de forma intensa. Na chapa *Igualdade* todos estavam com muita fome.

Do outro lado do auditório, em meio ao grupo formado pela tropa de choque da chapa *Tradição*, Luca olhava friamente para o grupo rival que se deslocava em direção à cantina da UniMetro.

Capítulo 2

A missão

– *Tá* confirmada a matéria, então? Ah, sim... a gente avisa com antecedência. Um abraço...

Fim da ligação. A mensagem mais recente do celular foi verificada.

Os dedos ágeis do repórter digitaram alguns comandos rápidos no teclado à sua frente. Quase simultaneamente, os membros registravam alguns rabiscos no surrado bloco de anotações sobre a escrivaninha.

Ao redor do jornalista de aspecto jovial, o burburinho de conversas frenéticas misturava-se ao fogo cruzado intermitente dos *bips* de alguns rádio comunicadores que operavam pela redação. Um caos moderado de pessoas, papéis, baias e monitores proporcionava uma certa agitação na ampla dependência da redação do jornal *Folha de Notícias*, um dos três maiores diários do país.

O ritmo frenético do ambiente ao redor do repórter refletia a dinâmica que dá sustentação ao propósito de um meio de comunicação: busca e processamento da informação com exclusividade, confiabilidade e rapidez.

O jornal *Folha de Notícias* surgira em meio à ebulição política nacional e internacional do final da década de 1960 e o diário havia sido fundado por um jornalista de visão progressista, em sociedade com um renomado escritor de livros acadêmicos de sociologia. Em razão da sua tendência reacionária, a instituição sofrera diversas tentativas de fechamento por parte da ditadura militar da época, sendo inclusive alvo de um atentado à bomba em 1971, o qual nunca foi satisfatoriamente esclarecido e sem que a autoria do crime jamais fosse determinada.

Tido pelos generais do governo como um órgão subversivo, o jornal iniciara a sua história editorial com números bem modestos em suas primeiras tiragens e o seu conteúdo atendia basicamente ao público intelectual e os cidadãos mais politizados da época. Apesar dos contratempos e embates no período da ditadura militar, a *Folha de Notícias* sobreviveu à fase mais aguda da repressão e chegou aos anos 80 com um nível de fidelidade bem consolidado e com uma tiragem bem maior, desta feita com distribuição em todo o território nacional.

Entretanto, uma crise financeira internacional severa em 1973 quase determinou a interrupção definitiva das enormes bobinas impressoras do jornal, situação amenizada com a adoção de um plano de evasão voluntária, adotada em caráter emergencial e que enxugou quase três mil funcionários da sua folha de pagamento.

Um novo corpo de diretores de redação foi posto no comando administrativo do jornal, substituindo a antiga visão ideológica-revolucionária do diário por um modelo de gestão mais rígido, ao mesmo tempo em que adotava uma abordagem editorial mais arejada e informal, como indicavam os novos tempos do período pós movimento *"hippie"*.

Sem perder o foco de seu antigo público, o jornal acrescentou matérias de interesse contemporâneo e passou a publicar cadernos de viagem, culinária, moda, entretenimento e outros segmentos em sua linha editorial, o que atraiu a fidelidade de jovens metropolitanos e também de uma grande parte do público feminino.

Esses segmentos tinham vida própria nas estatísticas de consumo, além de crescente representatividade no mercado de trabalho e poder de compra ascendente.

Desde a consolidação de sua distribuição nacional, após a superação da crise, o jornal não só retomara a sua fatia de mercado em número de leitores fiéis, como passou a competir de igual para igual em prestígio, credibilidade e tiragem com os outros dois gigantes concorrentes do mercado editorial do país.

– Silvio, você pode passar na minha sala, quando você tiver um tempo?

– Estou livre agora, Sr. Salles, se não atrapalhar... – a voz soou decidida, mas respeitosa.

O homem de baixa estatura e trajado em um terno sóbrio olhou para o jovem repórter de forma terna. Reservadamente, tinha um *feeling* positivo sobre o jornalista ainda sentado do outro lado da escrivaninha. O senhor já avançado na idade, mas de olhar astuto e em permanente estado de alerta, sabia identificar um bom profissional de comunicação, quando se encontrava com um. Depois de tantos anos no ramo, a profissão lhe havia aprimorado a habilidade de especular, com um razoável grau de acerto, quais dos jovens estagiários se dariam bem na carreira de jornalista.

E a forma como o editor do caderno de informática se portava nos corredores da redação, cultivava cada vez mais a confiança do maior executivo da *Folha de Notícias*.

––––– 23 –––––

– Me dê uns cinco minutos, só preciso fazer uma ligação – disse Humberto Barreto Salles, o Diretor de Redação da *Folha de Notícias*, em sua rápida passagem pela estação de trabalho de Silvio Mendonça, antes de se dirigir ao seu amplo gabinete, situado em um canto do andar totalmente ocupado pelas operações da redação.

Ali ficava o cérebro editorial da redação do jornal.

Silvio aproveitou aquele breve intervalo para checar as correspondências eletrônicas pendentes e novamente não pôde evitar a frustração consigo mesmo em constatar que a maioria das mensagens não havia sido respondida.

Pelo visto, não seria naquele dia que o jornalista se livraria do acúmulo de emails que se enfileiravam em uma ordem de prioridades e competiam com outras tarefas que o repórter haveria de dar conta, ao longo do expediente. Naqueles poucos anos de vínculo com o jornal, Silvio aprendera que atrás de um email não respondido, às vezes seguiam-se alguns telefonemas impacientes e estressados.

Meio apressado, Silvio levantou-se e, por força do hábito, checou o seu relógio de pulso, de relance. Deu a volta na escrivaninha, praguejou um som incompreensível ao se lembrar de algo. Voltou à sua mesa e ativou a tela de segurança do computador.

Pegou o surrado bloco de anotações e abasteceu a caneca de café no caminho até o gabinete do Sr. Salles, pois Silvio ouvira dizer dos repórteres mais antigos da redação que as reuniões de improviso com aquele senhor de cabelos grisalhos, assentados e brilhosos, costumavam ser longas.

– Fique à vontade – indicou o executivo, num gesto que indicava ao mesmo tempo autoridade e cortesia.

– Obrigado, Sr. Salles. – Silvio ajeitou-se em frente ao homem que há algumas décadas havia fundado um dos maiores meios de comunicação do país.

– Silvio, eu tenho o costume de checar com os repórteres mais jovens sobre o desenvolvimento e desafios do trabalho de rua. Vocês são a nossa linha de frente e têm uma percepção mais refinada da visão que os nossos leitores têm do nosso jornal, já que vocês fazem o corpo-a-corpo com a notícia. E fique tranquilo, essa conversa não se trata de nenhuma operação do RH para a verificação de sua performance; faço isso desde a fundação do jornal e algumas das decisões estratégicas *da Folha* foram tomadas baseadas em um bate-papo como esse. O caráter é informal, mas gostaria de ouvir suas considerações sobre o seu trabalho de campo. Você já está aqui há um bom tempo e nunca tivemos uma oportunidade de ter uma troca de figurinhas como esta... Por favor.

O diretor gesticulou, concedendo a fala ao jovem à sua frente. Silvio sentiu-se confortável com a sinceridade do executivo e motivou-se a pôr em evidência a sua habilidade nata de conectar com pessoas, fosse quem fosse o interlocutor.

– Obrigado pela oportunidade, Sr. Salles. Bom, primeiro eu gostaria de registrar a minha alegria em trabalhar aqui. Eu vim do interior e este é o meu primeiro emprego após o término da faculdade. Aliás, fiz o meu estágio aqui e desde aquela época eu já tinha traçado o meu objetivo de conseguir a minha efetivação na redação. Ainda bem que consegui... Quanto ao trabalho de rua, gosto muito do que faço. Os seis primeiros meses foram bem difíceis, pois fui escalado nos horários noturnos e ajudei até a cobrir o caderno policial. Que, aliás, me deu um bom jogo de cintura! Fiz muitos amigos no setor. Hoje eu entendo que era parte do meu amadurecimento profissional. Bom... como tenho alguns cursos na área de programação de computadores, consegui uma transferência para o caderno de informática, onde estou até hoje. Faço muita pesquisa e também tenho uma rotina de sair às ruas para colher material sobre novas tecnologias, análise dos lançamentos do setor e entrevistas com especialistas e consumidores do nicho. É um segmento muito dinâmico. Os produtos e programas novos chegam no mercado quase toda semana e além de me informar, tenho a missão de deixar este público bem atualizado sobre tendências, inovações, etc. Eu gosto muito desta área e o jornal me dá condições de fornecer sempre a melhor informação aos nossos leitores.

– Muito bom, Silvio. – A fala de Salles traduzia a atenção sincera que ele demonstrava pelo relato do repórter.

E o Diretor prosseguiu. Os olhos já enrugados fixavam o semblante do jornalista ainda em início de carreira:

– É bom saber que temos repórteres compromissados com a qualidade da informação. Isto é fundamental na área de comunicação. Até porque o foco de uma publicação diária é muito dinâmico, e pode seguir uma determinada corrente institucional. Veja o nosso caso: quando imprimimos as nossas primeiras edições, o lema da época era: *"foco na informação!"*, alguns anos mais tarde, o *slogan* mudou para: *"foco no leitor!"*, e posteriormente, os gurus editoriais estabeleceram a visão de que o importante é *"o foco na informação para o leitor"*. Portanto, jornais como o nosso, se quiserem sobreviver no ramo de notícias, têm que atentar para as tendências do segmento, e os repórteres, por sua vez, devem estar alinhados com a nossa estratégia editorial. É assim que funciona e a *Folha de Notícias* não pode fugir desta realidade. Vi muitos profissionais promissores surgirem e desaparecerem deste negócio, meu jovem. O fator comum em todos eles foi o de não persistirem o suficiente para "marcar um território" dentro da profissão.

Trabalhar em jornalismo não é só ajudar na construção da opinião alheia, mas, fundamentalmente, trabalhar com dados, respeito e equilíbrio na formação da opinião alheia. Este jornal nasceu no meio de uma turbulenta crise de identidade generalizada; não só do Brasil, mas do mundo como um todo: conflitos ideológicos, guerrilhas urbanas, repressão militar, o movimento *hippie*, emancipação feminina, movimentos civis, pílula anticoncepcional, Vietnã, guerra fria, levantes estudantis... Passamos por tudo isso e contribuímos como pudemos para o registro desses eventos. Cada vez mais e melhor. Crescemos sobre essa realidade. Toda aquela efervescência faz parte do DNA desta redação. Abra o nosso caderno de política e você vai perceber o viés progressista de nossos editoriais, que tanto incomodaram os conservadores dos anos 70. A história da *Folha de Notícias* tem feridas que ainda não foram totalmente cicatrizadas...

O experiente Diretor de Redação, por um lapso de segundo, olhou seriamente pelas lentes dos óculos pequenos e arredondados na direção de Silvio, como se o repórter não existisse. O jovem percebeu o breve instante de devaneio daquele senhor de fala objetiva e pausada. Optou pelo silêncio, em demonstração de respeito à meditação espontânea e inesperada por parte do executivo mais influente do complexo.

– Bom... – o empresário piscou rapidamente os olhos e retomou o raciocínio da reunião – quais são os seus objetivos definidos até o fim de ano?

– Tenho que apresentar um novo projeto gráfico para o caderno de informática em dois meses e também um estudo para a reestruturação do *website* da *Folha de Notícias* e que deve ser demonstrado ao meu supervisor na segunda semana de agosto. Certamente, terei plantões extras até lá. Emergências, cobrir algumas férias... enfim.

– Certo. Eu também chamei você aqui para uma outra atribuição. Já falei com o Otávio. Como você sabe, ele volta de Madri na segunda-feira e ele também já sabe que há uma pequena tarefa que vai precisar da sua colaboração.

– Pois não, Sr. Salles.

– Bom, os nossos leitores mais idosos são justamente aqueles que ajudaram a fundar este jornal, pois, apesar da repressão e da ditadura,

26

acreditaram na nossa proposta editorial desde sempre e o tempo todo. Atravessaram todas as crises do nosso lado e até hoje nos são fiéis. É meu dever entender como os nossos leitores históricos estão sentindo o nosso jornal. De uns tempos pra cá, temos recebido correspondências diversas desses leitores... os mais antigos... Com uma reclamação comum de que, embora mais moderno, as colunas mais tradicionais da *Folha* estão se desviando demais da proposta inicial e que sempre foi o pano de fundo da nossa instituição.

– *"Desde que adotamos uma estratégia de negócios mais agressiva, essa faceta do jornal foi um pouco negligenciada e focamos mais na satisfação financeira dos nossos investidores e acionistas do que no alinhamento ideológico dos nossos leitores tradicionais. É claro, teve razão para isso ocorrer, afinal essa estratégia foi adotada depois de uma crise de mercado que quase nos obrigou a fechar as portas. A tempestade já passou e não só superamos a crise, como crescemos significativamente no nicho e os resultados têm sido altamente satisfatórios. Mas está na hora de uma "volta pra casa". Ela acontecerá gradualmente e dará o norte para os editoriais de abertura do jornal, além do caderno de política, notícias globais, educação e economia. Algumas diretrizes nesse sentido serão comunicadas aos funcionários de forma sistemática pelos respectivos chefes setoriais. E é aí que você entra, Silvio..."*

– Tudo certo, Sr. Salles. Posso anotar alguns pontos? – o bloco de anotações foi colocado num ângulo que favorecia a escrita de Silvio.

– Claro. O bloco de notas é a extensão do homem de comunicação, e não importa quantas maquininhas eletrônicas mais eles inventem! É o seguinte: sem prejuízo do andamento dos seus objetivos para o ano, preciso que você organize a sua agenda para a publicação de uma reportagem especial que se proponha a fazer uma releitura da questão do embate ideológico no Brasil, do que seja direita e esquerda, progressistas e conservadores, oligarquias e emergentes, etc. Dentro da projeção que traçamos, ou seja, a publicação da matéria para o segundo semestre, gostaria que você apresentasse três propostas sobre como esta reportagem poderia ser desenvolvida e demonstrasse ao seu supervisor. Uma delas será escolhida para a reportagem especial. Alguma pergunta?

O editor de informática indicou que não. O Diretor deu a reunião como encerrada. Ao sair da sala, Silvio não tinha a menor ideia por onde começar...

Capítulo 3

Nostalgia

Os dedos longos e outrora mais calosos repousaram o par de agulhas longas e o novelo vermelho sobre o colo e ajustaram os óculos que protegiam um par de olhos pequenos e tristes de uma senhora de porte médio, cabelos cor de prata e de pele escura.

Uma brisa amena cruzava a varanda enfeitada com azaleias escolhidas com critério há dias, pela filha, para a decoração frontal da grande residência. O verde viçoso da vegetação rasteira, uniforme e bem tratada, envolvia os limites da casa bege clara, sem cerca e de dois pisos, e que se misturava com a grama baixa das casas vizinhas localizadas à direita e à esquerda.

A alameda ampla e arborizada abrigava residências enormes pertencentes a uma parcela da população da cidade que há muito atingira o equilíbrio financeiro. Algumas se davam ao luxo de acomodar até três veículos de luxo em suas garagens cobertas e bem equipadas. O silêncio e paz da vizinhança davam suporte às meditações daquela senhora já avançando na idade. O céu azul pairava imponente em todas as direções, como uma grande abóboda suspensa com sofreguidão por um Atlas celestial, denunciando a proximidade da primavera e dando um aspecto de quase perfeição ao portal do infinito que naquele instante cobria a pequena cidade de Walterboro, no Condado de Colleton, no estado da Carolina do Sul, nos Estados Unidos.

Um misto de nostalgia e melancolia tomava conta das reflexões daquela senhora nos momentos em que ela contemplava a beleza do firmamento. O vazio e o silêncio daquelas alamedas tão bem cuidadas e estranhamente fantasmagóricas em sua ausência de movimentos, faziam contraste com o visgo e o calor humano preservado vivo nas lembranças de sua terra natal em todos aqueles anos...

---

* **Nota do Autor:** Algumas passagens em inglês desta obra terão uma tradução não ortodoxa para a língua portuguesa, para facilitar a adequação ao contexto do diálogo, durante a evolução da trama. Outras foram propositalmente isentas de tradução, como forma de estímulo para o aprendizado de expressões e vocábulos elementares ingleses.

Mais de trinta anos haviam se passado desde a chegada de Isabel à América. Para quem nascera em um lar humilde, no interior do Brasil, a vida havia lhe reservado uma esplêndida reviravolta aos 21 anos.

A mulher, agora uma cidadã dos Estados Unidos, estudara apenas até o fim do ciclo primário em sua terra natal. Ainda adolescente, deixou sua pequena cidade no extremo norte do Espírito Santo e foi tentar a vida na cidade grande, onde foi morar com uma tia distante, num bairro periférico de São Paulo.

A sua baixa qualificação quando jovem e a escassez de trabalho provocada pela onda de recessão que afetou a economia mundial na primeira metade dos anos 70 não haviam lhe dado muitas alternativas. Após uma tentativa fracassada de trabalhar como balconista em uma padaria, a jovem conseguiu, com a ajuda de Zulema, a tia, uma vaga como empregada doméstica da família Murad, uma tradicional família de libaneses duma comunidade médica da capital paulistana, à época.

De retorno programado para o Líbano, os Murad indicaram a jovem empregada para uma outra família de renome na alta sociedade, os Magalhães de Medeiros, na qual foi bem recebida e onde conseguiu uma estabilidade relativa para si por alguns anos, o suficiente pelo menos para enviar alguma ajuda para os pais em sua terra natal.

As lembranças do pai Tião e da mãe Maria dos Santos, aliás, eram cada vez mais difusas nas abstrações da mulher e as que ainda persistiam eram as da sua última visita ao vilarejo natal, de onde os pais nunca saíram.

Era o ano de 1977 e, na ocasião, a bela e jovem capixaba negra irradiava felicidade ao lado de um fuzileiro Americano sorridente, negro e forte, que em breve seria o seu marido e que logo haveria de adicionar o sobrenome *LaVernne* ao de Isabel Lourenço dos Santos.

Suas habituais reflexões e resgate sobre um passado já distante foram interrompidos pelo ronco de motor de um Volvo XC90 automático cinza escuro que estacionou ao meio fio impecavelmente limpo da alameda. De seu interior emergiu a figura esguia e encorpada de uma jovem negra de beleza destacável e gestos delicados.

Alta, 1,76m, cabelos caprichosamente bem tratados e presos ao lado por um pequeno adorno metálico dourado, dado de presente pela mãe desde a sua mais recente viagem à Jamaica.

A jovem percorreu a distância que havia entre a calçada e a varanda em passos elegantes e vigorosos. O pequeno deslocamento era executado por pernas fortes, fruto das duas sessões de *jogging* semanais e que promoviam um contorno atlético às suas formas que o índigo do *jeans* e

—— 29 ——

a roupa despojada mal conseguiam esconder. A atividade física passou a fazer parte de sua rotina desde a conclusão do ensino médio na *Forest Hills Elementary*, em Walterboro, a cidade sulina que recebeu Isabel LaVernne, mãe de Ashley dos Santos LaVernne, de braços abertos, ao final da década de 70.

A estudante aproximou-se da senhora acomodada na cadeira de balanço de vime, posicionada em um canto da varanda, construiu um sorriso que rivalizava com o brilho de sol mais intenso do Atlântico Norte e beijou calorosamente a fronte da mãe, antes de literalmente sufocá-la com um dos seus longos e costumeiros abraços.

– *Hi, Mom. Great day, huh?*

– *Yes indeed, honey. How many times do I have to tell you to speak to your ol´ mamma in Português?* – a mãe retorquiu, com um sorriso que era um misto de alegria e repreensão. – Esqueceu o nosso acordo?

– *Oops, sorry.* Eu esqueci que entre nós se fala *in English and in* Português.

– Mais Português. Insisto por você, *sweet heart*. E a sua mãe não sabe falar bem essa língua, mesmo depois de tanto tempo...

O olhar de admiração da filha cobriu o rosto escuro e de traços angulosos da mãe, acompanhado de um sorriso que demonstrava todo o afeto que Ashley Santos LaVernne sentia por aquela senhora de carinho inesgotável, voz mansa e gestos pequenos, que com o tempo provou-se uma mãe dedicada e uma amiga à toda prova. Ashley admirava, sobretudo, o empenho da mãe em fazê-la falar Português dentro ou fora de casa, na maior parte do tempo em que estavam juntas.

– Oi, mãe. Dia bonito, não?

– Sim, de fato, meu bem. Quantas vezes eu preciso te dizer pra conversar com sua mamãe em Português?

– Ôpa, desculpa.

E a jovem, por sua vez, revelou-se uma bilingue competente. A exposição sistemática ao Português desde a infância nos diálogos diários com a mãe propiciou a assimilação da língua com certa facilidade.

Passando por cantigas de criança repetidas exaustivamente aos exercícios simples de escrita, assim que foi alfabetizada em inglês, Ashley sedimentou consideravelmente os fundamentos da língua nativa de sua mãe, adquirindo gosto autodidático pelo assunto. A princípio, a sua fonte de aprimoramento foi nos volumes impressos encomendados direto das livrarias de Washington D.C. pelo pai e posteriormente através de arquivos audiovisuais.

Com o avanço dos recursos tecnológicos, o esmero de Ashley em assimilar bem a língua de sua mãe chegou ao nível de ela passar horas ininterruptas ouvindo diversas fontes de programas de rádio e televisivos brasileiros, através da internet, em busca da pronúncia perfeita. Somente um interlocutor meticuloso e treinado perceberia as pequenas inflexões semânticas e fonéticas encontradas na verbalização de Ashley, fruto da influência transversal ocasionada por sua língua-pátria, o inglês.

A filha tinha também a consciência de que a mãe jamais aprendera o inglês em uma proficiência louvável, apesar das mais de três décadas vivendo em solo norte-Americano. Ainda que já registrada legalmente como cidadã dos Estados Unidos.

Foi somente após o sexto ano de residência em solo Americano que Isabel prontificou-se a obter a sua habilitação de motorista e executar tarefas extra-residenciais mais simples. A prática do português com a filha, nascida em uma tarde chuvosa de agosto, no ano de 1986, amenizou a nostalgia e as lembranças saudosas da terra natal de uma imigrante brasileira. Mesmo que dentro da imensidão da residência imponente dos LaVernne, localizada em uma alameda luxuosa daquela cidade distante algumas dezenas de milhas das praias de Seabrook, Kiawan e Folly, na faixa litoral do sudeste Americano, no Atlântico Norte.

Ashley tornara-se, portanto, além da filha dedicada e atenciosa, um vínculo permanente e tangível das memórias confessadas sobre o povo e a terra natal daquela senhora. Os ensinamentos rudimentares do português da mulher para a jovem se tornaram um benefício adicional para o talento pesquisador e pragmático de Ashley, já uma universitária promissora.

Ainda criança e antes do costumeiro beijo de boa noite, a menina de dentes alvos e olhar afetuoso pedia à mãe para que ela cantasse uma cantiga de dormir em Português, até que o sono a abraçasse, o que ocorria já na primeira metade da canção. No dia seguinte, a filha se esforçaria para impressionar o pai durante o café da manhã com frases cada vez mais complexas na língua nativa da mãe.

Mas, para mãe e filha, pensar sobre o ex-fuzileiro já era uma outra história...

– *Mom*, tenho uma boa notícia para você... – disse a jovem, preparando o terreno para o anúncio.

Sua voz denunciava algum esforço para conter a satisfação que tomara conta de seu espírito, desde que fora chamada para uma reunião com o professor Sam Hopkins, o maior entusiasta de pesquisas acadêmicas de campo para os estudantes da Universidade Salkehatchie, a filial local da Universidade da Carolina do Sul, na cidade de Walterboro, onde Ashley preparava-se para concluir o seu ciclo universitário.

Ashley teve a opção de estudar em um campus maior, em Charleston e em Washington D.C., mas entendeu que a decisão de ficar perto de sua mãe era a mais acertada, em razão das ausências prolongadas de seu pai. E também pelo fato de que ela gostava do ambiente e da estrutura de Salkehatchie.

A primeira instituição de educação superior daquele estado foi a Faculdade e depois Universidade da Carolina do Sul, fundada em 1805 pelo governo local, e aquele estado sulino passou a ter mais de sessenta instituições de educação superior, públicas e privadas. A UCS era a maior instituição de todas, com diversas unidades em vários condados de toda a região, entre elas o campus da Salkehatchie, na pequena Walterboro, domicílio da família LaVernne.

– *Honey*, você é uma máquina de boas notícias... não faço a mínima ideia, mas pelo brilho dos seus olhos, deve ser alguma coisa muito boa mesmo! Posso tentar: Hollis ligou pra você e vocês se acertaram!

– *Maaamma*, quantas vezes preciso dizer...? eu e Hollis... agora somos só amigos. E também, ele não estava mais sozinho uma semana depois que... Não importa, *mom*... – a jovem continuou e agitou levemente a fronte, como se quisesse mandar para longe uma lembrança nociva.

Isabel riu e deu a entender que prestaria toda a atenção. Ashley completou:

– *Well, mom*, minha proposta de pesquisa foi aprovada pelo campus e meu orientador falou com responsáveis de universidade para a próxima fase de projeto. Agora é preciso uma *scholarship*[1]...?, e talvez um tempo de pesquisa externa. Talvez eu tenha os dois, pelo nível de meus *grades* desde o início de meus estudos e também minha proposta de pesquisa para o *team* de professores de Salkehatchie. Mas o seu apoio foi muito importante, *mom*...

– Parabéns, filha. Eu já sabia que você conseguiria. Você é muito determinada e sempre vai atrás dos seus sonhos. Não estou surpresa.

A admiração de Isabel pela forma abnegada com que Ashley se entregava sempre que estava em busca de seus objetivos era inesgotável.

– *Thanks, mother*. Mas, agora vem a melhor parte. Se meu projeto receber a *approval*[2] necessária, a pesquisa de campo será *in* Brasil!

---

1   Tradução: bolsa de estudos.
2   Tradução: aprovação.

Com um espanto indisfarçável, a mãe levou ambas as mãos às hastes laterais dos óculos. Talvez ao olhar diretamente nos olhos de sua filha fizesse Isabel compreender sem erros o que Ashley acabara de dizer.

Em resposta, o brilho do olhar da jovem em seu colo tomava conta de toda a varanda. A mãe ainda tentou dizer alguma coisa, mas o máximo que conseguiu foi sentir o queixo ceder ao próprio peso, ao mesmo tempo em que sentia uma umidade se avolumar pelo canto de um dos olhos.

A felicidade mútua aqueceu-se ainda mais num abraço, ali mesmo, na entrada de uma residência em Walterboro. Naquele instante, a cidade era acariciada pela brisa fresca vinda do Atlântico.

Parecia que o vento leve queria também participar da intensidade daquele gesto de carinho entre mãe e filha, provavelmente o mais terno de toda a natureza.

Na energia daquele afago entre Isabel e Ashley, uma ansiava pela descoberta física de um mundo que se conhecia virtualmente e pelos livros. A outra viu nascer em seu íntimo a certeza de que a ida de sua jovem menina para o Brasil poderia, em parte, representar o resgate de uma mulher consigo mesma ...

Capítulo 4

A nissei

20h:38min. O Audi A3 preto estacionou junto ao meio fio próximo da calçada. Bem perto do edifício largo e envidraçado da academia de ginástica recém-inaugurada em um bairro nobre da cidade. Ao som digital do veículo ouvia-se o rock urbano do R.E.M., ao mesmo tempo em que o jovem ao volante dialogava com alguém ao celular:

– ... quando estiver saindo de lá, eu ligo, mãe. Não me espere *pro* jantar. A mãe, com voz frustrada, disse algo ao filho. E este respondeu:

– Eu já tinha combinado com a Akemy que jantaria na casa dela hoje, mãe.

– Vai ter que ficar *pra* outro dia...

– ....? ....!!!!

– *Tá* bom, mãe. O pai já chegou? *Tá* bom, então... Qualquer coisa, eu ligo. Tchau!

Um rosto alvo e sorridente, adornado por cabelos profundamente escuros, surgiu no enquadramento externo do vidro lateral do carro, do lado do carona. Nós de dedos finos tocaram suavemente a janela por duas vezes, para logo em seguida pousar a mão delgada na maçaneta da porta do carona do veículo.

Luca acionou internamente a trava eletrônica de seu automóvel blindado e em alguns segundos o interior do carro foi tomado pela fragrância de um *Hanae Mori*, logo reconhecido como o dado de presente à namorada, no retorno de sua última viagem à Europa, nas férias de janeiro.

Akemy envolveu-se no pescoço de Luca e beijou-o mesmo antes que ele pudesse dar a partida no carro. Como sempre, os beijos da namorada eram inesperados e ardentes, não importando o local e de certa forma conspiravam contra o estereótipo generalizado formado sobre as garotas orientais, de que essas seriam tímidas e recatadas em se tratando de demonstração pública de afeto.

– Devagar, Mi – disse o jovem, ao mesmo tempo em que se contorcia para tentar voltar o foco ao ato de fazer o carro se deslocar – você, com roupa de malhar... *smack*... com este perfume... *smack*... e me beijando deste jeito, pode ser presa por causar um acidente de trânsito... *smack*...

– Até parece que você não gosta... e o carro tem vidro fumê!

Akemy ensaiou uma breve gargalhada, soltou-se do pescoço de Luca e jogou-se descontraidamente no assento de couro escuro do banco do carona, ao mesmo tempo em que colocava e ajustava o cinto de segurança junto ao tórax. O carro ganhou velocidade em direção à região norte da cidade.

– Malhou muito hoje? – Luca era um motorista exímio e naquele instante tinha o olhar totalmente voltado para o pavimento da Avenida Prestes Maia, à sua frente.

– Trinta minutos de *Step* e quarenta minutos de esteira. Nada mau *pra* quem ficou quase duas semanas parada, *né*?

– É verdade. Acabaram as provas?

– Afffff... ainda bem. Ninguém merece... E *aê*, como foi a apresentação da sua chapa hoje?

Luca e Akemy sempre trocavam considerações sobre as respectivas rotinas em suas universidades. Os dois eram, de fato, um jovem casal de namorados unido em todos os aspectos.

– Desgastante. Muita coisa ainda vai rolar sobre a nossa proposta de anulação da Semana da Cultura Afro-brasileira.

– Mesmo? E o que acontece agora?

– Bom, logo, logo, as duas propostas irão à votação livre com os alunos do campus, como manda o regimento estudantil acadêmico... acho que a eleição deve ocorrer daqui a umas quatro semanas. Olha este trânsito...

Akemy olhou à sua direita. Lembrou-se de uma chamada jornalística dada na tela da academia, havia pouco mais de meia hora, enquanto se exercitava.

– *Tá* demais, não? É que tem jogo hoje... Anjo, me diz uma coisa... Qual o problema de se organizar um evento *pra* cultura negra na universidade?

Luca ficou em silêncio por alguns segundos. Pareceu escolher as palavras, antes de argumentar:

– Não se trata de ser problema, Mi, e sim a mensagem que o evento traz em sua retaguarda. Veja só: *Pra* quê organizar uma festa *pra* negros em uma escola cuja maioria da população é de brancos? Eles já enchem o saco com este negócio de cotas! Quer fazer carnaval? ... vai *pro* sambódromo!

Akemy não disse nada a princípio. Depois, procurou mudar de assunto:

—— 35 ——

– Posso pôr outro CD? – perguntou a jovem, ao mesmo tempo em que selecionava com os dedos uma faixa de MP3 das muitas arquivadas no aparelho de som do veículo do namorado.

Optou por tocar uma longa sequência de bandas brasileiras, que ia desde os primeiros *hits* dos Paralamas do Sucesso até o lançamento mais recente do Jota Quest.

A nissei de voz musical pareceu relaxar no banco do carona do veículo. Em seguida, cerrou os olhos e passou a acompanhar timidamente a evolução da letra que preenchia o silêncio momentâneo surgido entre o jovem casal. Luca não cansava de admirar a harmonia física daquela oriental de beleza discreta e personalidade cativante.

Os dois haviam se conhecido há dois anos, durante uma temporada de verão em Ilhabela, em uma concorrida balada para jovens endinheirados, em uma discoteca daquela faixa do litoral paulista.

Akemy era adepta da atividade física e da comida saudável, que para ela eram sócios permanentes do corpo e da alma.

Recostada naquele momento ao banco do veículo, os longos cabelos lisos e pretos ajeitados em rabo-de-cavalo, a jovem mergulhou de vez nos arranjos e acordes das canções, como se não existissem nem o namorado, nem o trânsito e muito menos o mundo; só ela e a banda.

O uniforme de malhação escuro e importado deixava à mostra parte do ventre alvo e bem trabalhado. Um pouco acima, a caixa toráxica levemente alargada ao topo e desenvolvida desde muito cedo pelas três horas semanais dedicadas à natação, arfava ao som do mais genuíno rock feito no Brasil. Os seios firmes e arredondados se moviam de forma sensual, ao ritmo das bandas que se sucediam no estéreo digital do veículo e o movimento das curvas nas alamedas arborizadas e nas artérias de asfalto que conduziam para o norte da cidade ajudavam a realçar a elegância discreta de Akemy Suzuki.

A espontaneidade e alegria de viver da jovem foram alguns dos motivos que chamaram a atenção de Luca para aquela descendente de japoneses, o que em pouco tempo revelou-se um contraponto ideal para a personalidade sisuda e reservada do rapaz. O que no início era apenas uma paquera descompromissada, evoluiu para uma relação mais estável e de responsabilidade, sendo que em seis meses de namoro as apresentações às respectivas famílias consumaram-se.

E Luca foi logo informado pela jovem sobre como se deu o assentamento de sua família no Brasil.

Akemy era de uma família nipônica conservadora e descendente direta da linhagem e ramificação "Suzuki", que viera a bordo do Kasatu Maru, a embarcação que trouxe a primeira leva de imigrantes japoneses para o Brasil e que aportou em Santos em 1908.

Os bisavôs de Akemy traziam consigo o pequeno e assustado Toshio Nakahara Suzuki que, ao chegar ao Brasil, passou a chamar-se Antonio Suzuki.

Após alguns anos de andanças erráticas dos Suzuki pelo interior de São Paulo, em busca de abrigo, alimento e trabalho, e juntamente com outros agrupamentos recém-chegados ao Brasil, os pioneiros da família radicaram-se no extinto município de Juqueri, na zona oeste da capital paulista, na primeira metade da segunda década de 1900.

Antonio casara-se em 1920, aos 17 anos, com uma japonesa recém-desembarcada no Brasil. Em cinco anos, com os ganhos obtidos da pequena granja da família, o casal já criava uma menina e dois meninos. Por haver nascido em uma geração mais estruturada e adaptada ao ocidente, Takeshi Suzuki, o filho caçula de Antonio e pai de Akemy, reuniu melhores condições para estudar e se qualificar para a vida urbana, sendo o primeiro *sansei* a desgarrar-se da tradição agrícola, que a família trouxera como ofício do Japão, e conseguir um emprego, aos dezesseis anos, no início da década de 1940, como contínuo em um departamento do Banco do Brasil no centro de São Paulo.

Mesmo com um ambiente hostil aos japoneses, causado pela eclosão da 2ª. Guerra Mundial, que polarizou os exércitos do mundo entre os Aliados e os países do Eixo, este último com a participação do Japão, o jovem tornou-se um bancário de ofício. Fez toda a sua carreira e se aposentou pelo banco em 1978, com mais de cinquenta anos, na função de Subgerente de Novos Negócios.

A estabilidade necessária para um matrimônio sem sobressaltos só ocorrera após os 40 anos e Takeshi se casou, em 1972, com Midori, uma jovem nipo-brasileira de 21 anos, especialista em técnicas *bonsai*, muito atuante na comunidade japonesa e herdeira de um emergente conglomerado do ramo de alimentos. Takeshi e Midori tiveram duas filhas: Kyoko e Akemy.

Kyoko nascera em 1974 e aos 20 anos efetuou pelo ar a viagem inversa dos seus antepassados. Desde então, se estabelecera na cidade japonesa de Nagoia, onde se casou com um próspero empresário coreano radicado no Japão, com quem teve dois filhos.

Akemy foi uma grata surpresa que em 1988 inundou de alegria e vida a confortável residência dos Suzuki, em um condomínio de luxo incrustado na serra da mata atlântica do norte da cidade, compensando o vazio deixado pela filha mais velha, agora do outro lado do mundo.

A jovem crescera dentro do mais refinado padrão que uma família de classe média pudesse proporcionar, frequentando as melhores escolas e se qualificando nos melhores cursos que uma adolescente de cidade grande pudesse almejar.

Desde os dez anos, a lépida menina viajava para o Japão em visita à irmã, a cada dois anos, oportunidade em que conhecia melhor as tradições japonesas e aprofundava os seus conhecimentos sobre a história de sua família, através do contato com os descendentes da ramificação Suzuki que nunca deixaram a Terra do Sol Nascente.

A jovem cresceu falando japonês dentro de casa, nas reuniões familiares e em eventos da comunidade nipo-brasileira, de modo que as suas viagens ao Japão serviam para aprimorar a sua fluência e robustecer o seu já extenso vocabulário.

A namorada de Luca fazia questão de, após os dezesseis anos, fazer os seus deslocamentos no Japão sem a companhia dos pais e por esforço próprio conseguia se passar despercebida em suas andanças pelo país, quando se misturava aos adolescentes locais. Criou um vínculo de amizade sólido com duas amigas de Nagoia, a qual passou a ser a sua cidade japonesa por adoção.

A sessão musical dentro do carro foi interrompida pela estudante por um breve instante. Akemy diminuiu o volume da música no interior do automóvel porque teve a sua atenção desviada pela algazarra de um comboio de ônibus urbanos que deslizava vagarosamente pelo asfalto de uma avenida movimentada.

Na mão contrária e em sentido sul, a fila de coletivos seguia rumo ao estádio de futebol que abrigaria uma partida importante do campeonato regional que estava em suas rodadas decisivas, atraindo a atenção pública em seu deslocamento. Como era comum nos campeonatos de futebol profissional da cidade, as partidas finais e decisivas faziam aumentar o número de torcedores jogo a jogo.

No interior dos veículos longos e articulados, uma pequena leva de trabalhadores, retornando aos bairros periféricos, dividia banco a banco os espaços internos com uma grande maioria de torcedores inquietos e barulhentos.

Os primeiros, aborrecidos com a balbúrdia reinante no interior do coletivo e mergulhados em suas preocupações mentais que indicavam que, mais uma vez, as despesas do mês venceriam as receitas; e os outros, com um comportamento de uma turba indomável, ruidosa e agressiva.

Pancadas cadenciadas atingiam a estrutura dos veículos seminovos e gritavam palavras de ordem contra a agremiação rival, em uma prévia da carga emocional que só haveria de acabar horas depois do apito final.

Luca mal disfarçava o olhar de desprezo em direção aos torcedores. Akemy acompanhou com os olhos o movimento dos ônibus e comentou:

– Lá vai o povão *pro* jogo...

– Já percebeu uma coisa? – o tom de voz de Luca carregava uma certa dose de acidez.

– O quê, amor?

– Repare bem na maioria dos torcedores que vão *pro* estádio. São negros ou mulatos. Eles têm uma disposição dobrada *pra* festa e bagunça. Por que não usam esta energia *pra* estudar e trabalhar? – retrucou Luca, dando vazão à sua intolerância com o contingente afro da população, a qual se intensificara em tempos recentes.

O carro desvencilhou-se do tráfego e ganhou acesso à avenida ascendente e sinuosa que em mais alguns minutos conduziria o casal ao grande portão de duas fases e vigiado por câmeras de circuito fechado, sensores de presença e patrulhas de segurança perimetral em sua parte exterior.

– Não é bem assim, amor. Acho que esta disposição vem do fato de que este tipo de diversão é o mais acessível *pros* negros neste país. E também deve ser porque é no futebol que eles enxergam outros negros alcançando o sucesso. E eles são naturalmente festeiros... eu acho bonito, quando não tem violência. Eu mesmo já fui a jogos em estádio e me diverti muito.

– Você não vale, Mi. Tudo *pra* você é bonito e você vê alegria em tudo. Eu sou da opinião de que se eles canalizassem essa energia *pra* algo mais construtivo, já teriam melhorado as condições da maioria deles há muito tempo e não precisariam de cotas *pra* conseguir um diploma universitário e empregos mais decentes.

– Sei lá... eu acho que...

– Chegamos – interrompeu Luca, ao mesmo tempo em que se identificava ao porteiro e exibia o cartão de usuário cedido pelo pai de Akemy para as ocasiões de chegadas noturnas da filha e do namorado.

Dirigindo o carro lentamente, Luca manobrou até uma das quatro vagas disponíveis para a família Suzuki no estacionamento coberto do suntuoso complexo *Green Heights*, no extremo norte da cidade.

Capítulo 5

Brilho emergente

Filho do meio e um brilhante jovem negro suburbano de família da classe operária ascendente, Marcos tinha como pais um casal de migrantes de Minas Gerais, Livaldo e Elisa Sampaio de Souza, que chegaram e se conheceram na cidade de São Paulo, em busca do sonho dourado da grande metrópole.

O pai aposentara-se como metalúrgico em uma montadora de automóveis do grande ABC, no final da década de 1980, quando Marcos ainda era um bebê, e a mãe enfrentou longos turnos e jornadas como auxiliar de enfermagem em um mesmo hospital público da capital paulista por mais de 25 anos.

Logo após o nascimento de Areta, irmã caçula de Marcos e fruto de uma gravidez de certo risco, os pais se converteram evangélicos em uma igreja pentecostal progressista.

Carlos Alberto, o filho mais velho dos Souza e o pioneiro da família a frequentar os bancos de uma faculdade, era um bem sucedido advogado de um próspero escritório que prestava serviços de consultoria tributária para grandes empresas nacionais e conglomerados industriais. Ali ele era sócio e co-proprietário do órgão, num prédio contemporâneo localizado na área comercial de Alphaville.

Embora nascidos em épocas distintas, os três filhos foram educados sob um regime familiar baseado no respeito mútuo e disciplina nas ações, sem, contudo, que os pais viessem a interferir com excesso na individualidade de cada um. Os bons frutos da harmonia reinante entre os pais de Marcos podiam ser observados na determinação em dar aos filhos a qualificação acadêmica que eles próprios não alcançaram, ao mesmo tempo em que administravam com sacrifício as finanças da família. Carlos Alberto teve que começar a trabalhar desde a adolescência e estudar à noite. Muito apegado a livros, prestou o vestibular da própria Universidade Metropolitana, onde se formou como um dos melhores alunos a terem frequentado os assentos do curso de Direito.

A prioridade de Livaldo e Elisa, após o nascimento de Marcos, passou a ser o da compra da casa própria, objetivo alcançado um pouco antes do nascimento da filha caçula.

E o segundo filho, de fato, era possuidor de uma personalidade cativante. Assim como seu irmão, desde pequeno Marcos despertou o interesse por leitura. Tal hábito foi impulsionado através das "histórias de fazenda" criadas espontaneamente no imaginário da mãe, resquícios da outrora menina cabocla interiorana de Minas que, ao se tornar mãe, impressionava os filhos com os seus relatos sobre criaturas do mato, lugarejos distantes sem eletricidade, caboclos misteriosos; tudo para fazer adormecer principalmente aquele menino mirrado e de olhos arregalados que prestava atenção nos mínimos detalhes do enredo, com um olhar observador que dissecava cada pormenor daquelas aventuras narradas sempre de forma eloquente e com o característico sotaque mineiro da mãe.

Agora um aluno universitário, Marcos costumava rir em silêncio, acreditando que sua doce mãe seria uma excelente roteirista de cinema.

Após a fase de alfabetização, a mãe abastecia o apetite voraz de Marcos por conhecimento com revistas em quadrinhos e publicações infantis, e depois, seguindo a orientação dos primeiros professores do menino, pedia para ele descrever o seu entendimento das histórias para a mãe. O hábito exercitou tanto a leitura quanto a verbalização do pequeno Marcos, que logo se revelou um ótimo orador. Havia ocasiões em que era preciso a intervenção dos pais para conter o ímpeto de leitura do filho do meio, que teimava em, às vezes, ler e fazer as refeições ao mesmo tempo.

Do pai, Marcos herdou o gosto por música negra de todos os tipos.

Livaldo, quando mais jovem, costumava receber alguns amigos de tempos em tempos para sessões de música negra antiga, estilo musical que era apreciado através do som estéreo da sala, invariavelmente com a presença daquele garoto de olhos atentos, que se esforçava em encontrar o seu espaço entre aquele grupo alegre de jovens senhores que contavam piadas e relembravam aventuras dos bailes antigos ocorridos nos anos 70 em redutos dos apreciadores de *black music* da cidade de São Paulo.

Nessas reuniões, e até o nascimento de Areta, alguma cerveja era consumida de forma discreta na casa dos Sampaio de Souza, mas sem excessos. Após a conversão dos pais de Marcos, esses encontros diminuíram de frequência, até não mais acontecerem. A transição de hábitos na residência da família ocorreu sem sobressaltos, uma vez que os pais ingressaram na doutrina pentecostal e não converteram de imediato as crianças, embora essas os acompanhassem sistematicamente nos cultos do templo da Igreja Batista em um bairro próximo da residência da família.

Houve um acordo entre os pais para que os filhos amadurecessem a decisão da conversão para o período pós-adolescência, de acordo com o livre arbítrio de cada um.

Num impulso, o pai de Marcos quis se livrar de seu acervo de *LPs*, mas o filho do meio já havia adquirido o gosto por música e deu mostras de que conservaria a coleção. Bastou uma breve orientação do Sr. Souza quanto às regras de uso dos discos dentro da casa, para que a coleção de discos passasse de pai para filho.

Marcos passava horas ininterruptas ouvindo as faixas daqueles vinis e admirando o colorido das roupas extravagantes e chamativas apresentadas nas capas dos discos de inúmeros grupos vocais afro-americanos do final dos anos 60 e de toda a década de 1970. As vocalizações harmônicas das baladas românticas e os arranjos suingados encantavam o menino e faziam-no se apegar cada vez mais àquele estilo musical.

Era comum encontrar Marcos colado ao estéreo da sala após chegar da escola, se esforçando em cantar as letras em inglês, ainda que desconhecesse o conteúdo da mensagem em cada uma delas. Alguns álbuns traziam o encarte com a letra de algumas músicas e não demorou muito para que o menino começasse a folhear o dicionário de inglês-português do irmão mais velho, em uma tentativa de aproximar-se mais do universo que cercava as composições de *Holland-Dozier- Holland, Valerie & Simpson, Kenneth Gamble & Leon Huff, Stevie Wonder* e tantos outros.

Quando Marcos começou a entender melhor o conteúdo da mensagem e a militância explícita nas letras de *Curtis Mayfield* e *Jill Scott-Heron*, o seu interesse pelas questões dos movimentos civis dos negros pelo mundo aumentou exponencialmente, e ele começou a refletir com mais propriedade sobre questões envolvendo direitos civis e cidadania.

A dedicação espontânea de Marcos começou a ser compensada pelas notas das aulas de língua estrangeira da escola e após uma reunião de pais, a Sra. Elisa, mãe de Marcos, foi gentilmente puxada pelo braço por uma das professoras de línguas do colégio e alertada com entusiasmo para o dom que o filho tinha para o aprendizado de inglês, com a recomendação de que aquele talento natural deveria ser trabalhado melhor em um núcleo especializado.

Zelosos na busca de uma educação de qualidade para os filhos, os pais de Marcos abraçaram o projeto em preparar os dois filhos mais novos no benefício do aprendizado da língua inglesa. Não sem tropeços.

— 42 —

O orçamento de Livaldo e Elisa já estava quase que integralmente comprometido com o projeto de acabamento da residência da família e ainda haviam as dívidas contraídas no apoio dado ao filho mais velho para a conclusão do seu curso superior.

Felizmente, o sacrifício dos pais teve o seu retorno, não só pelo desempenho e dedicação de Marcos no processo de aprendizado, como também pela grata surpresa constatada pela família de que Areta revelou-se igualmente apta a aprender com destreza uma segunda língua.

Um dia, por mera curiosidade, o pai de Marcos indagou ao diretor do núcleo sobre o desempenho do filho no curso e recebeu como resposta uma expressão entusiasmada e sincera do administrador de que aquela fora a melhor bolsa já concedida a um aluno naquela instituição de ensino de línguas.

E Marcos realmente impressionava. Embora novo e sem ter jamais viajado para fora do país, o menino não perdia nenhuma oportunidade de aprimorar continuamente os seus conhecimentos em inglês, principalmente a pronúncia. Se por um lado ele crescera ouvindo baladas negras românticas, preservadas em discos de vinil que moldaram a juventude dos pais, mais recentemente se deliciava em acompanhar matérias televisivas em canais de notícias dos EUA, acionando o recurso da tecla SAP do aparelho de TV do seu quarto para ouvir o áudio original dos filmes estrangeiros.

Ou usava a internet para baixar arquivos virtuais de *talk shows*, piadas, discursos, documentários; qualquer material que servisse de fonte para a aquisição de vocabulário e melhoria da fluência, cuja evolução percebia-se dia a dia.

Além disso, Marcos era leitor contumaz de qualquer artigo impresso em inglês, especialmente as publicações sobre entretenimento e história geral. O que já era um hábito seu para as leituras em português, migrou naturalmente para edições publicadas na língua que também lhe auxiliava a entender com profundidade o mundo que o cercava.

Ao fim de todos os ciclos possíveis do seu aprendizado em inglês, o jovem foi convidado pelo diretor do núcleo para dar aulas no recinto, mas declinou a oferta pelo fato de já ter dado início em sua vida acadêmica na faculdade, de tal forma que não teria tempo para se dedicar aos livros e aos estudantes com a mesma qualidade.

– Em uma oportunidade futura, quem sabe... – dissera Marcos ao diretor do local, antes do aperto de mão que selava o fim de uma etapa em sua vida. Os discos de vinil, o apoio da escola, o sacrifício dos pais, a oportunidade dada pela escola de línguas, o velho dicionário já algo amarelado que pertenceu ao irmão mais velho... Carlos Alberto.

Sim! O caráter introspectivo e disciplinado do irmão mais velho, o seu apego obstinado aos estudos; tudo isso também contribuiu para a moldagem de parte da personalidade de Marcos, mas as semelhanças acabavam aí.

A quietude de Carlos Alberto invadia a sua vida íntima, o que o tornava uma pessoa com um círculo de amizades bem reduzido. Tanto, que foi necessário o arrojo de Eliana, antiga colega de sala no curso de Direito, agora sua dedicada esposa, para o início de um romance e o matrimônio pouco menos de dois anos após a formatura.

Marcos, por sua vez, era um agregador por excelência. Seu dom articulador atraía a atenção e o respeito das pessoas em seu convívio e desde muito cedo era solicitado para a organização de eventos nas escolas que frequentava, nas festas comunitárias, nos torneios esportivos do bairro, nos grupos de jovens da igreja que frequentava e em qualquer acontecimento que necessitasse de um participante com perfil moderador.

Foi só uma questão de tempo para que os seus dotes e suas notas começassem a brilhar no campus da universidade e o convite subsequente dos coordenadores do Curso de História da Universidade Metropolitana para que Marcos fizesse parte do corpo de alunos do Diretório Acadêmico.

Em apenas seis meses como aluno universitário, Marcos idealizou, formatou e consolidou a criação da chapa "*Igualdade*", ao perceber que o núcleo, por uma série de razões, só contava com uma chapa representativa dos alunos, a "*Tradição*".

Desde então, passara a ser olhado com mais atenção e certo repúdio pelos alunos elitistas da UniMetro.

Capítulo 6

Hora da notícia

Alguns papéis e o bloco de anotações foram lançados sobre a mesa coberta com uma toalha quadriculada e bem assentada na pequena sala de estar do apartamento modesto e prático, localizado no décimo andar de um edifício erguido em uma área arborizada e tranquila, durante o *boom* imobiliário experimentado pela cidade de São Paulo em meados da década de 1980.

Silvio checou o Cosmos dado de presente pela mãe no dia de sua formatura: 23:13.

O jovem repórter despejou o cansaço do dia sobre o sofá bege escuro e revestido por um material sintético resistente e semelhante a couro, ao mesmo tempo em que os dedos acionaram o controle da TV e fizeram com que os canais a cabo desfilassem um a um na tela ampla de 26 polegadas diante dos seus olhos num ritmo veloz, até estacionarem num módulo de notícias onde uma âncora atraente e elegantemente vestida em um terno de cor cinza, discorria sobre as manchetes internacionais do dia: Palestina... aquecimento global... Obama... Nasdaq... terrorismo... um torneio de tênis na Europa...

"Não são as mesmas notícias do dia anterior?" – refletiu Silvio em silêncio. Sem se prender à dúvida, o jovem ergueu-se diante do mundo e cruzou o pequeno corredor que conduzia a um pequeno escritório, onde concentrava todo o aparato necessário para às vezes virar a noite, trabalhando quando precisava redigir textos, formatar artigos e enviar emails em profusão.

O repórter tinha um porte saudável e compleição atlética. De cabelos lisos, em corte sempre conservador, quem o encontrasse casualmente em um domingo pela manhã, o teria como um atleta de alguma modalidade, pois além das características físicas, Silvio, fora do ambiente de trabalho, quase sempre usava tênis específicos de corrida e agasalhos esportivos. E o ciclismo tornara-se o seu lazer favorito, desde que chegara a São Paulo, vindo de Ribeirão Preto, após conseguir um período de estágio universitário curricular no jornal *Folha de Notícias*, determinado pelo curso de Comunicação de sua universidade de origem.

Em seguida, após a sua formatura, conseguiu, na mesma empresa, uma vaga no programa de *trainees* do jornal, quando efetivamente pôde iniciar a sua carreira em jornalismo e veio-lhe a determinação em se tornar o responsável por um dos cadernos do jornal.

Silvio era um exímio digitador e conhecia muito bem de computadores. Ainda em Ribeirão Preto, em sua fase colegial e universitária, fizera vários cursos de programação e de módulos de treinamentos voltados para a internet, e esse conhecimento foi crucial para que ele se tornasse, aos 23 anos, o repórter e editor do caderno de informática da *Folha de Notícias*.

Após alguns anos de trabalho, solteiro e bem remunerado, Silvio fez uso de algumas reservas que tinha como investimento, conseguiu um empréstimo bancário e deu entrada no apartamento que passara a ser a sua residência fixa na grande cidade.

O espaço abrigava, além da bancada com computador e impressora, um frigobar abastecido com água e sucos naturais, uma cafeteira elétrica, uma *crossbike* pendurada na parede lateral à janela externa, um carregador de celular, um armário embutido que guardava pesos, sapatilhas de ciclista e pequenos acessórios para a prática de halterofilismo.

Todos os cômodos do apartamento estavam impecavelmente limpos e organizados, fruto da faxina feita por Dona Nilda, uma diarista negra, discreta e silenciosa, que limpava o local uma vez por semana.

Silvio pressionou um botão do teclado à sua frente e imediatamente a tela do computador iluminou-se, mostrando a imagem de um time estonteante de *top models* fazendo caras e bocas de forma provocativa na área de trabalho digital.

A caixa de mensagens eletrônicas foi verificada e Silvio acionou a cafeteira eletrônica na bancada lateral, sem tirar os olhos da tela. Ajeitou-se na cadeira frontal à maquina e deu início ao seu ritual de eliminar os *emails* indesejáveis e fazer o *acompanhamento* dos recados mais urgentes. Sem detectar nenhuma mensagem que demandasse uma atenção maior, o repórter retirou-se de seu escritório particular.

Após um banho rápido, Silvio preparava-se para o devido descanso, quando o toque digital do celular ecoou pelo quarto:

– Alô?

– Alô, Silvio? – Silvio já sabia de quem se tratava.

– Nico, você sabe que eu moro sozinho... E já é uma e meia da manhã!

– E aí, *malandrão* – Nico ignorou o protesto legítimo de seu amigo. – Fiquei sabendo que você teve uma reunião com o chefão hoje. *Pô*, cara, você chegou depois de mim e já vai ser promovido primeiro?

– Não é nada disso, Nico. O homem me chamou *pra* falar de uma reportagem especial que ele quer que eu produza.

– Ah, então é isso... Escuta, como está a sua agenda *pra* amanhã?

– De manhã eu tenho uma entrevista com um diretor de uma empresa de telecomunicações e à tarde estarei na redação.

– *Pô*, então, quando acabar a reunião, me liga que eu pago o almoço. Pode ser?

– Vamos ver... Quando eu estiver saindo da reunião, eu te ligo. Acho que não tem problemas.

– *Tá* certo, então. Bom descanso!

Silvio devolveu o aparelho à banqueta próxima à cama e não pôde evitar um sorriso de descrédito pela costumeira invasão de horários de Nico Santana, o seu melhor amigo no jornal.

Nico era o repórter responsável pelas matérias policiais da *Folha de Notícias* e fora contratado pelo jornal alguns anos antes do próprio Silvio. Também nascido no interior, Nico era um profissional abnegado. Não obstante o forte sotaque paulista e a aparência simplória, Santana era notadamente um dos mais respeitados repórteres para o segmento criminal, cuja credibilidade começou a ganhar notoriedade após os resultados de seu arrojo em conseguir infiltrar-se no submundo do crime das periferias da cidade e a sua destreza em cobrir situações de risco, que se transformavam em matérias exclusivas da área policial.

Apesar do seu reconhecido talento, Nico sofria uma certa resistência, nunca explícita, dos demais repórteres e editores da redação, em função da área em que atuava, exceto por parte de Silvio.

O jovem repórter do caderno de informática detectou em Nico uma pessoa sincera e a chance de uma boa amizade naquele *caipira* de baixa estatura, cabelos desalinhados e que nunca acertava a simetria do nó da gravata.

Talvez para aplacar um pouco do isolamento que sentia por parte dos outros repórteres e por perceber a receptividade e paciência de Silvio, Nico, sempre que podia, criava situações para socializar com o amigo, mesmo que para isso precisasse ligar após a meia-noite, o que fazia pelo menos uma vez por semana.

Silvio e Nico eram verdadeiramente dois grandes amigos.

Mas já era tarde e o jovem repórter sentia-se exausto. O dia seguinte seria igualmente longo e cansativo. Silvio apagou a luz do quarto, ajustou o alarme para as 6h do dia seguinte.

Virou-se sobre o dorso e em questão de segundos desconectou-se da realidade, mergulhando em um sono profundo e sonoro.

* * *

No início da tarde do dia seguinte, após uma manhã tomada pela entrevista num escritório luxuoso de um edifício comercial em um centro empresarial da cidade, Silvio pegava uma carona com Nico em direção à Universidade Metropolitana, onde o repórter policial iria buscar Daniela, professora de Sociologia e namorada do repórter policial desde o verão anterior. Como era de sua natureza, Nico decidira, em um ímpeto, alterar o combinado pelo telefone com o amigo e incluir Daniela na agenda do almoço entre os amigos. Silvio conformou-se por saber que a impulsividade de Nico seria compensada pela presença carismática e a inteligência ímpar de Daniela.

Ao se aproximarem do ponto de encontro combinado entre Nico e Daniela, os repórteres perceberam uma aglomeração heterogênea de estudantes na calçada à direita do veículo, uns trinta metros adiante. Nico reduziu a velocidade do carro e varreu visualmente todo o cenário à sua frente, na tentativa de localizar Daniela.

Fez menção de buscar o celular, mas foi interrompido pelo aviso de Silvio:

– Olha ela ali... – disse o amigo.

Nico ainda pôde ver Daniela em meio ao bolo de estudantes reunidos na calçada. Ela falava com dois ou três interlocutores ao mesmo tempo.

A jovem senhora parecia dar instruções ou distribuir ordens e, simultaneamente, entregava de mão em mão alguns panfletos, aparentemente de interesse do grupo à volta dela.

Em seguida, Daniela afastou-se lentamente do aglomerado, caminhando de costas, e gesticulou como se desenhasse uma lei pétrea no ar. Virou-se e caminhou em direção ao veículo de Nico. Abriu a porta traseira do Citröen preto e arremessou uma bolsa de couro repleta de livros e cadernos no banco. Ajeitou-se confortavelmente atrás do namorado, fazendo flutuar rebeldemente os cachos desalinhados dos cabelos castanhos.

Para Silvio, se por um lado as personalidades distintas de Nico e Daniela faziam deles um par de amantes improvável, o formato do cabelo,

48

por outro lado, os tornava um dos casais mais harmônicos que ele já vira. Teria sido a aversão a pentes e escovas que os fizera se apaixonar um pelo outro?

– Você está preso! – disse Daniela num sorriso, ao mesmo tempo em que agarrava com os dois braços o pescoço de Nico e forçava-o a girar a nuca, num beijo mais roubado do que pedido.

– Oi, Silvio! Quanto tempo, hein? – o sorriso de Daniela era tão radiante quanto a sua simpatia.

Nico pôs o veículo em movimento, na direção do restaurante localizado perto da redação da *Folha de Notícias*.

– Pois é, Daniela, o meu chefe está viajando e já viu, *né*... – Silvio gostava da presença de Daniela tanto quanto da companhia de Nico.

– Que nada, *Russa*. O homem agora só fala com o dono do jornal!!! – diz Nico, em meio a uma risada discreta – ... que turma era aquela lá trás???

– Ah, sim... É o pessoal da comissão eleitoral universitária. Nós estamos organizando uma votação no campus sobre a realização ou não de uma Feira Cultural Afro-brasileira... Eu sou a Supervisora da Comissão e estou delegando algumas funções sobre a organização e monitoramento da votação.

Silvio virou-se curioso em direção à Daniela:

– Como é que é? – o assunto despertou a atenção do repórter.

– Bom... há uns meses, uma representação de estudantes negros de alguns cursos que fazem parte do Diretório Acadêmico solicitou à reitoria a reserva de uma semana no segundo semestre do ano para a realização de um evento chamado de... *Semana da Cultura Afro-brasileira*. A reitoria teve a inclinação de aceitar o pedido de imediato, mas a informação chegou a um grupo de alguns alunos mais veteranos, também integrantes do mesmo D. A., mas de uma outra ala, que se posicionaram contra a ideia do evento, com o argumento de que esse tipo de festas criaria um clima de *"privilégio maniqueísta cultural"* no campus da UniMetro. Esse segundo grupo até protocolou uma representação contra os idealizadores da feira. O reitor reconsiderou a aprovação sumária para a feira e instruiu o Diretório Acadêmico a organizar duas chapas com as argumentativas contra e a favor do evento.

"A reitoria instruiu a Coordenadoria de Extensão a dar apoio para a realização de algumas assembleias estudantis livres e intermediadas e que dessem voz aos argumentos das duas chapas, antes de uma votação geral em um referendo interno com os estudantes do campus. A votação está marcada para a segunda

semana de outubro. A primeira assembleia foi ontem, o Coordenador de Extensão não pôde comparecer, mas ela aconteceu assim mesmo, e a próxima será na última semana de setembro. A Comissão de que faço parte tem a função de monitorar possíveis excessos nas campanhas das duas chapas e organizar a realização das assembleias, dando apoio logístico e convocando os alunos do campus. E também temos que supervisionar a lisura e os resultados da votação final em outubro. Tô um pouco sobrecarregada por causa das provas, mas se tudo correr bem nas assembleias e na votação, os membros da Comissão também ganham bonificação em pontos, válida já para o semestre em curso. Além de estar curiosa sobre este debate inédito na UniMetro, esses pontos convertidos em bônus curricular também me interessam."

– E como funcionam as chapas? – continuou Silvio, demonstrando um interesse crescente pelo assunto.

– As chapas têm autonomia para criarem uma estrutura própria. Podem ter presidente, diretores, oradores, equipe de apoio... depende... e nós da comissão não podemos interferir na gestão interna das chapas. Nós só tratamos dos detalhes da eleição, entendeu?

– Interessante... Qual o telefone da reitoria? – perguntou Silvio à Daniela, já visualizando uma consulta junto ao reitor da universidade.

Capítulo 7

Conexão Walterboro

Ashley LaVernne estacionou o seu veículo em um amplo estacionamento do *Walterboro Plaza Shopping Center*, de onde faria a sua habitual caminhada até o Museu de Relíquias da Escravidão da cidade, local em que cumpria uma vez por semana o expediente de meio período, às quartas-feiras, como parte de um programa comunitário para jovens voluntários membros da Igreja Metodista Bethel Unida de Walterboro, na Carolina do Sul.

Era fim da primavera naquela região dos Estados Unidos e os raios de sol do hemisfério norte começavam a banhar a cidade com um clima quente, porém ainda particularmente agradável para os quase seis mil habitantes de Walterboro.

As temperaturas mais altas daquela região Americana eram normalmente registradas no extremo sul da Carolina do Sul, e as temperaturas mais baixas, no extremo noroeste do estado. A localização de Walterboro e sua relativa proximidade com o Atlântico Norte propiciava à localidade uma temperatura apreciável por boa parte do ano.

Ashley estudara sobre a sua cidade natal desde a pré-escola e ela sabia que Walterboro tinha as suas particularidades. Os livros escolares a ensinaram que no ano de 1685 o Rei Carlos II concedeu a um dos seus leais apoiadores, Sir John Colleton, uma porção de terra conhecida como a Província de Carolina. As cinquenta milhas quadradas daquela região foram preservadas ao longo do tempo, formando o condado que manteve o nome de seu proprietário, Colleton.

A mais populosa área do condado era a cidade de Walterboro. O charme especial e peculiaridades da localidade retratavam-se no *design* arquitetural do século XIX ainda presentes em muitas de suas residências seculares. No verão de 1784, dois proprietários de plantações de arroz do condado fundaram um local para as suas férias de verão nas proximidades e deram-lhe o nome de *Hickory Valley*.

Com o passar dos anos, a população local se multiplicou e a comunidade recebeu o nome de Walterboro, em homenagem aos irmãos Paul e Jacob Walter, os primeiros a se estabelecerem naquela região do condado. As cidades próximas, Lodge, Ruffin, Smoaks, Cottageville, Hendersonville e Edisto compunham o todo do condado de Colleton.

A jovem Ashley gostava de ir a pé entre o estacionamento do *shopping* e o Museu pela oportunidade de saciar a sua curiosidade em verificar possíveis novidades das vitrinas das lojas enfileiradas do percurso com a prática do caminhar médias distâncias, que ela tanto apreciava. Era comum também para Ashley encontrar com outros membros de sua igreja no trajeto, o que lhe ocasionava breves conversas sobre amenidades com senhoras elegantes e simpáticas, negras em sua maioria, que se aglomeravam em *"gangs"* eloquentes sobre as calçadas ao longo do trajeto.

Os dois salões de barbeiro da Rua North Lucas, Kinsey e Thurston´s, e seus frequentadores costumeiros já sabiam do dia e horário de passagem daquela jovem de corpo atlético e sorriso alvo. Os clientes costumeiros dos dois salões criavam qualquer desculpa para se postarem junto às portas dos estabelecimentos, para poderem presenciar aquele instante de beleza singular ambulante que durava breve segundos, na ida e volta do caminho de Ashley ao Museu.

Ashley tinha a pele generosamente escura e um sorriso iluminado por dentes harmônicos e perfeitos, em lábios que jamais recusavam a chance de um sorriso amistoso e uma conversa agradável.

A forma simples e despojada com que se vestia não demonstrava a sua realidade em pertencer à pequena, mas representativa, porção da população negra de Walterboro, cuja renda anual girava em torno dos cem mil dólares.

Seu pai, Lou Thomas LaVernne, era um ex-fuzileiro naval Americano que na juventude servira em postos diplomáticos ao redor do mundo e que naquele momento exercia a função de delegado designado pelo Departamento de Estado dos Estados Unidos nas Nações Unidas em Nova Iorque, junto a um comitê multinacional responsável por projetos globais de fomento aos direitos civis.

Em meados de 1970, enquanto membro do destacamento do *Marine Corps* do Consulado Americano em São Paulo, o acaso o fez conhecer a diarista Isabel dos Santos, sua futura esposa, e que mais tarde daria a luz, em uma tarde chuvosa de 1986, à Ashley Santos LaVernne, já em território Americano.

Walterboro também era a terra natal do pai de Ashley.

E a pequena LaVernne, até iniciar os seus estudos intermediários, sempre foi a plateia favorita de Lou Thomas para os relatos de sua vida desde garoto. Da voz do próprio pai, Ashley ouviu que, em tempos remotos, ele passara a infância e adolescência nos subúrbios de Walterboro, em uma casa modesta aos fundos da *Colleton County High School*, junto com os pais e mais dois irmãos.

Lou cruzara parte dos anos 50 e toda a década de 60 imerso no turbilhão do movimento dos direitos civis dos afro-americanos, período que ajudou a moldar a sua veia militante sobre a causa dos afrodescendentes nos Estados Unidos.

Ainda adolescente e antes de iniciar a sua carreira militar, Lou chegou a deslocar-se em comboio para a cidade de Winston Salem, na Carolina do Norte, a mais de duzentas milhas de Walterboro. Ficou na cidade por uma semana, com cerca de trinta outros jovens, para assistir à uma reunião de uma célula local dos *Black Panthers* sobre excessos policiais contra a comunidade negra da localidade.

Em fins da década de 1960, Lou alistou-se no *Marine Corps* como uma forma de poder concluir, de forma intermitente, os estudos universitários. Formou-se em Antropologia, com especialização em Política Internacional, pela Universidade da Carolina do Sul, em 1974.

Paralelamente às suas conquistas acadêmicas, obteve promoções por mérito dentro do *Marine Corps*, por sua atuação em operações especiais contra núcleos paramilitares mercenários no norte da África.

No início da década de 1980, iniciou a sua carreira burocrática dentro do Departamento de Estado dos Estados Unidos, a princípio em um gabinete sem muitas aspirações, em Charleston. Posteriormente, como costumava se gabar à filha, como resultado da sua habilidade em outras cinco línguas aprendidas com excelência nos tempos de fuzileiro naval, pleiteou e galgou uma atribuição com maior projeção e responsabilidade no prédio das Nações Unidas, em Nova Iorque.

Lou Thomas, todavia, sempre fez questão de manter as suas raízes em Walterboro, onde sua mãe e os irmãos ainda residiam, além de seu apego a parentes dispersos nos arredores do Condado de Colleton.

As andanças de Lou pelo mundo e sua postura sobre o papel do negro na sociedade Americana serviram de fonte e inspiração para a formação da pequena Ashley, contribuindo para a constituição do caráter participativo da filha.

Após algumas sondagens com o pai, Ashley convenceu-o a usar de sua influência na comunidade local, para conseguir uma vaga como servidora comunitária e pesquisadora auxiliar no Museu de Relíquias da Escravidão de Walterboro, onde teria a oportunidade de prestar um trabalho voluntário, ao mesmo tempo em que aprofundava os seus conhecimentos sobre a diáspora africana, com vistas à sua especialização no curso de Estudos Afro-americanos pela Universidade Salkehatchie, a filial da Universidade da Carolina do Sul instalada na cidade e a mesma onde o seu pai havia concluído a graduação.

O museu de Walterboro dedicava-se à documentação, preservação, interpretação e celebração da história e da cultura dos povos de origem africana nos estados sulinos, principalmente na área da Carolina do Sul.

E Ashley sabia da importância de suas ações para a preservação da herança cultural da localidade, pois sendo quase a metade da população da cidade constituída por negros, Walterboro oferecia fontes alternativas de pesquisa sobre a época da escravidão naquela região; fosse pelos relatos dos habitantes mais antigos, bisnetos de filhos de escravos, ou pelos registros históricos e objetos preservados no próprio Museu de Relíquias da cidade, o qual abrigava muito dos utensílios que os africanos fizeram e utilizaram entre os anos de 1750 e 1850.

O pai de Ashley desde cedo ensinara à filha que mesmo vitimados, explorados e oprimidos, os africanos escravizados nos Estados Unidos foram ativos e criativos em escrever a história do seu próprio futuro histórico, cultural e político.

Em conversas com o pai junto à lareira da sala, nas noites de inverno, a menina aprendera que na Carolina do Sul os agricultores brancos começaram a dispensar o uso de índios Americanos em suas plantações por concluírem que os africanos se adaptavam melhor do que os nativos ao trabalho árduo do cultivo de arroz.

A pequena Ashley também ouviu muitas vezes do pai que os negros aparentavam ter maior resistência à catapora e febre amarela, doenças comuns entre os colonizadores e que fragilizavam enormemente as populações indígenas. E não menos importante, dizia o pai, havia também a constatação de que se um índio fugisse do cativeiro, provavelmente não seria encontrado de novo por ser muito acostumado com a topologia das redondezas e saberia onde se esconder ou como encontrar ajuda, ainda que em uma tribo que não a sua.

Ashley passou pelo prédio em estilo vitoriano de uma imobiliária local e contornou a esquina que dava acesso à praça circular e arborizada que separava o Museu da porção urbanizada da cidade. Cruzou a passos firmes o piso cimentado que conduzia à porta principal de entrada ao local de trabalho.

Ashley não se cansava de admirar a beleza bucólica daquela construção do período pré-guerra civil, de madeira branca, janelas azuis e de dois pavimentos.

Um lance de escada central com quatro degraus levava à porta principal do museu e uma árvore frondosa e robusta despejava bolsões de sombra fresca em frente à janela, à direita do pavimento inferior. Uma vegetação bem cuidada circundava o museu, dando um aspecto agradável ao local e envolvendo o quarteirão com um aroma de floresta que combinava com a quietude daquela vizinhança.

Uma bandeira Americana inclinava-se estrategica-mente ao topo da parte central da construção e acima das quatro colunas jônicas que sustentavam a cobertura da varanda. O pavimento superior abrigava o restante do acervo do museu e era adornado com duas amplas janelas laterais e um pórtico simetricamente alinhado com a elevação no teto superior que comportava o sótão.

08h:00min. Uma hora antes do horário de funcionamento do museu.

Haveria tempo para a jovem separar as correspondências, checar os *emails* da semana e verificar as ações para aquela manhã. Ashley cruzou o saguão da recepção.

Parte das relíquias da época da escravidão já podia ser visualizada pelas paredes e sobre alguns móveis posicionados pelo piso do andar e a jovem chegou ao escritório da administração do museu, instalado em uma sala confortável ao fim do corredor que conduzia ao fundo da casa.

Sobre a mesa do escritório, uma pilha de envelopes deixados ali pelo responsável do museu, na noite anterior: correspondência bancária, da escola, da prefeitura, da imobiliária, da *NAACP*[3], da igreja... Durante a semana, exceto pelas quartas-feiras durante o plantão de Ashley, o museu contava com a presença em tempo integral do curador, Ray Smithson, e da supervisora, guia e relações públicas do museu, Corey Mae Carter.

Entre outras atribuições, Ashley cuidava e dava encaminhamento às correspondências menos sensíveis; organizava a agenda de visitas programadas, gerenciava as contas operacionais e auxiliava na manutenção do catálogo do acervo de itens do museu.

Quando a carga de tarefas permitia, a jovem dedicava-se à sua pesquisa acadêmica, surfando na internet e reservando alguns preciosos

---

3   *National Association for the Advancement of Colored People.*

minutos para seções de leituras de obras sobre a diáspora africana, para o complemento de suas metas acadêmicas até o término de sua graduação. O silêncio relativo das jornadas de quartas-feiras no museu, à tarde, era proveitoso para Ashley em todos os aspectos.

Após certificar-se de que as ações mais prioritárias para o dia haviam sido executadas, Ashley voltou-se para a tela plana do computador instalado sobre a escrivaninha e pôs-se a rebuscar algumas páginas já registradas na sua lista de favoritos. Em minutos ela iniciaria o ritual de pesquisar, copiar, anotar a fonte e colar o conteúdo útil de pesquisas em uma pasta reservada para os trabalhos universitários.

Os dedos longos e ágeis da estudante já digitavam freneticamente o teclado de ébano do computador, quando Ashley lembrou-se de uma anotação rabiscada em sua agenda, na tarde passada, durante o almoço na lanchonete do campus da Salkehatchie:

"*14:08hs. 1- Mamma called, 2- Research reminder = school work (U.S.A. & Brazil, negro folks, slavery)."*[4]

A mesma sensação de surpresa do dia anterior fez Ashley paralisar-se por uma fração ínfima de tempo, ao lembrar-se da inspiração súbita que teve no instante em que dialogava com sua mãe ao telefone, quando saboreava uma porção de salada antes de retornar para a biblioteca da universidade.

Isabel mal sabia que uma frase sua dita ingenuamente sobre o Brasil, no meio de uma conversa telefônica rotineira entre ela e Ashley, teria um impacto significativo no destino da filha que a ouvia do outro lado da linha.

Após reler as anotações em sua agenda, Ashley inseriu os dados do item "2" de seu lembrete em uma página de buscas e aguardou o resultado. Várias opções de consulta surgiram, tela abaixo.

A lista era muito longa e com muita informação de pouca utilidade para a sua pesquisa. A jovem apurou a verificação, desta vez concentrando-se mais em nomes, datas e lugares e tendo o cuidado de deixar os dados entre aspas na barra de pesquisa, de forma a reduzir e apurar os parâmetros de busca.

"*Enter*".

Alguns segundos se passaram e o mundo virtual ofereceu à Ashley uma lista mais refinada da pesquisa solicitada. Algumas indicações de *webpages*, a maioria já conhecida pela jovem.

---

4   Tradução: "14:08hs. 1- Mamãe ligou, 2- Lembrete sobre a pesquisa = Trabalho escolar (E.U.A. & Brasil, pessoas negras, escravidão)."

Ashley decidiu então mudar o foco da pesquisa, mal disfarçando uma certa frustração sua por perceber que quase todas as fontes de pesquisa da internet para os seus levantamentos já haviam sido consultadas por ela nos últimos quatro meses.

Levou o cursor para o campo de desconexão do computador, quando um apontamento ainda não acionado ao pé da página chamou a sua atenção. Ashley resolveu consultá-lo antes de encerrar o seu expediente e cumprir o resto do dia nos assentos da universidade a alguns quilômetros dali.

Mais um *enter*.

O *link* abriu-se e os olhos amendoados e castanhos de Ashley se expandiram levemente e depois ganharam um brilho de surpresa ao varrer o conteúdo de algumas linhas do texto, o qual informava sobre um escravo capturado na África e com passagens pelo Brasil e pelos Estados Unidos!

A fonte trazia também mais algumas informações bibliográficas vagas, porém valiosas, que poderiam auxiliá-la no conteúdo de sua pesquisa acadêmica.

Um segundo apontamento no corpo do mesmo texto direcionava para uma outra página que citava um programa de intercâmbio universitário, sobre a diáspora africana, com a oferta de uma extensão acadêmica presencial para estudantes dos Estados Unidos e do Canadá... no Brasil, em uma universidade de grande porte da maior cidade do país.

E foi ali, naquele dia, que Ashley Santos LaVernne tomou a decisão de pedir ao Prof. Sam Hopkins orientação e apoio no sentido de viabilizar e fazer com que a sua pesquisa de campo para a conclusão de seus trabalhos acadêmicos ocorresse no Brasil.

Capítulo 8

Alta sociedade

Fim de jantar na residência da família Altobelli.

A taça de vinho foi erguida a uma altura em que o seu aroma já pudesse ser detectado e o líquido em seu interior ser degustado levemente, logo em seguida.

Um breve segundo para que toda a robustez da bebida fosse dissecada pelo paladar exigente daquele senhor de cabelos brancos. O patriarca era, naquele instante, observado por três pares de olhos atenciosos, magnetizados pelo esperado ritual, em ocasiões como aquela:

– Divino! – exclamou o homem já além da meia idade, com uma voz gentil e que mesmo naquela forma mantinha o tom firme e incisivo necessário a um diretor financeiro de um banco europeu da área de investimentos, com filial na cidade de São Paulo.

A abertura daquela garrafa de sua adega requintada e o desalinho discreto da mesa impecavelmente posta anunciavam a parte final do jantar na luxuosa mansão da família Altobelli.

Ao lado de Giulli sentava-se sua esposa, Laura Magalhães de Medeiros Altobelli, cuja beleza e refinamento de modos não foram afetados com o passar dos anos.

A sala de jantar era mobiliada com artigos que iam desde tapetes mediterrâneos até móveis fabricados com mogno canadense.

No lado oposto da mesa sentavam-se Luca e sua namorada Akemy, já na expectativa dos costumeiros sermões sobre vinhos espanhóis daquele senhor falante e simpático, que não perdia a oportunidade de demonstrar os seus vastos conhecimentos sobre as vinícolas da península ibérica, a sua paixão desde que ganhara uma garrafa de *Amontillado* espanhol de uvas claras, oriundo de Jerez, como prêmio pelos seus vinte e cinco anos à frente da direção financeira do Banco Iberia de Investimentos, com sede em Salamanca e com mais de cinquenta representações em mercados estratégicos pelo mundo afora.

Akemy elevou a sua taça à altura dos olhos. Seus olhos estreitos ilustravam bem a sua curiosidade do momento, como se ela própria procurasse, no interior da estrutura de cristal, segredos alquimistas codificados havia décadas ou, quem sabe, séculos. Por que será, perguntava-se sempre a jovem, que aquele líquido avermelhado e escuro fascinava tanto o senhor Altobelli?

– Este é um Prado Rey, da Espanha, Akemy – continuou o pai de Luca, como se adivinhasse as indagações silenciosas da namorada de seu filho.

O líquido na taça fina reluzia uma cor de rubi intensa e luminosa.

Giulli, como costumava fazer nestas ocasiões, fosse qual fosse a plateia, despejava os seus conhecimentos em enologia. Luca nunca deixou de admirar a capacidade do pai em descrever em detalhes as características de cada um dos vinhos de sua adega, famosa no ambiente restrito dos especialistas de todo o país.

Refinada e criteriosa em cada uma de suas garrafas.

– Sabe, filho, este vinho possui uma grande personalidade no olfato, pois conta com frutas silvestres negras, baunilha, canela, coco e madeira cedro. Meio-de-boca cheio, acidez suculenta, taninos finíssimos e final longo. Ele vem da região de Ribera del Duero, nos Burgos, e tem mais de 13% de graduação alcoólica.

– É doce, pai? – questionou Luca, determinado a manter o homem maduro e de ventre proeminente à sua frente verbalizando sobre a bebida divina, ao mesmo tempo em que um sono sorrateiro começava a tomar conta de suas juntas e do seu raciocínio.

Giulli Altobelli não era nem enólogo e nem enófilo e, sempre que questionado sobre o assunto, gostava de parafrasear um famoso estudioso de vinhos do seu círculo de *experts*, que costumava repetir:

– *"Enólogo é o sujeito que, perante o vinho, toma decisões. O enófilo é o cara que, diante de decisões, toma vinho."* – repetia sempre e para quem quisesse ouvir.

O pai de Luca era, por definição, um *sommelier*. Alguém que, pela sua erudição sobre a bebida, poderia, por exemplo, em um jantar ou em um restaurante refinado, auxiliar na escolha de um rótulo para acompanhar um determinado prato.

– Sutilmente, filho. Originalmente esta safra vem do clima continental, com grandes excursões térmicas entre as estações e entre o dia e a noite. O envelhecimento acontece por cerca de doze meses em barricas de carvalho Americanas novas, lá dos Apalaches e do Missouri, ou por seis meses em tonéis de carvalho francês. E depois, por mais doze meses em garrafa. Geralmente são mantidos em guarda por dez anos, entende? Casa perfeitamente com carnes vermelhas, refogadas com ervas e especiarias.

Ao degustar, de olhos cerrados, uma segunda dose do líquido levemente agitado na taça em suas mãos, o pai de Luca fez estalar o polegar e o dedo médio próximo aos lábios, e completou a sua análise com uma fala elegante pela sua simplicidade.

– Textura macia e gosto diferenciado. Muito bom, mesmo.

– Toda vez que venho aqui, eu aprendo alguma coisa sobre vinho espanhol com o senhor, seu Giu... – complementou Akemy, com o seu sorriso habitual.

– Por falar em aprender, como vão as coisas na faculdade, Luca? Esta é a época de provas, certo? – indagou o pai, com a diplomacia que caracterizava a sua relação com o filho.

– As provas foram na semana passada, pai. Esta semana, além das aulas, nós tivemos algumas reuniões no Diretório Acadêmico para tratarmos de uma eleição que deve ocorrer em outubro, sobre uma tal... feira negra... – respondeu Luca, sem disfarçar um certo desdém ao fim da frase.

– Feira negra? – perguntou outra vez o Sr. Altobelli, pousando o copo de vinho sobre a toalha de cor bege e adornada com motivos orientais, um indicativo da aceitabilidade dos pais em relação à namorada japonesa do filho, sempre sorridente e carismática.

– Existe uma moção de uma chapa do Diretório Acadêmico junto à reitoria, *pra* aprovação de uma... feira africana, ou feira afro, sei lá... Eu e mais uns alunos da ala situacionista reclamamos com essa decisão meio que imposta pelo reitor, que já tinha inclusive dado o *"Sim"* para a realização do evento. Como muitos alunos não foram consultados previamente sobre o evento, a nossa chapa interveio junto ao reitor. Depois de ouvir os nossos argumentos, a reitoria resolveu suspender a realização da feira até que uma solução democrática *pro* impasse fosse encontrada. E agora vamos ter uma eleição com todo o campus *pra* decidir se a feira acontece ou não.

– E onde você se encaixa, nesta história toda?

– Bom, pai, *pra* dizer a verdade, eu comecei um movimento *pra* tentar impedir a realização desta feira... e eu sou o orador da chapa nas assembleias.

– Entendi. E qual argumentação que a sua chapa tem levado ou vai levar nas assembleias, junto aos demais alunos da universidade?

– *Pô*, pai. *Pra* quê uma feira afro? Eles já não têm esse feriado... como se chama mesmo? Dia da Consciência Negra? Que mais que eles querem? Este país não é habitado só por negros e *pra* essa gente, quanto mais você oferece, mais eles pedem! – disse Luca, mal disfarçando a sua irritação.

Giulli olhou para o filho. O pai ainda degustava o sabor levemente adocicado do vinho depositado em sua taça, ao mesmo tempo em que sentia o amargor das palavras de Luca chegar-lhe aos ouvidos.

– Você não gosta mesmo dos negros, não é filho? – perguntou o Sr. Altobelli ao jovem, mesmo já sabendo da resposta.

– Pai, eu não gosto deles e tenho os meus motivos *pra* não gostar. Já é demais ter que conviver com eles na UniMetro e agora vou ter que aguentar uma feira com esse tipo de gente vestindo roupas africanas e cantando pontos de macumba onde eu quero tirar o meu diploma de administração... Aí já é demais! – A aversão de Luca aos afrodescendentes aflorava em cada uma de suas palavras.

– Filho, seja ponderado em suas considerações. Radicalismo de qualquer espécie nunca é bom. Recomendo cuidado com esses repentes extremistas no seu discurso, principalmente por você estar num ambiente acadêmico. Vivemos em um mundo diverso e pessoas são pessoas. – Giulli era um conciliador por natureza.

– Certo, pai. Então me responda uma pergunta: Quantos executivos negros existem no alto escalão do banco, me diz?

– Nenhum, realmente. Mas temos funcionários e estagiários negros talentosos nos escalões inferiores, que lutam contra muitas adversidades *pra* terem o seu mérito reconhecido.

– Pode ser. Mas o senhor sabe tanto quanto eu que esses aí jamais farão parte do *board* do *Iberia*.

– Não sei, filho. As pessoas mudam, os tempos mudam... E com eles, mudam-se alguns conceitos também.

– Querido, acho que eu e a Akemy estamos sobrando aqui, com toda esta conversa sociológica. Eu vou pedir à Cida que retire a mesa. Venha, querida... quero lhe mostrar algo e gostaria de saber sua opinião. Isso aqui ainda vai longe – disse Laura, ao mesmo tempo em que se levantava e oferecia a mão elegantemente à Akemy, no intuito de livrá-la do teor de um debate que aparentemente não interessava a nenhuma das duas mulheres presentes na sala.

O Sr. Altobelli ergueu-se da mesa, trazendo à mão a sua taça de vinho. Em passos lentos, dirigiu-se aos degraus da sala de estar anexa,

61

que fora instalada em um nível um pouco abaixo da sala de jantar, onde o desjejum noturno havia sido servido.

Os aposentos da mansão demonstravam sofisticação e requinte em cada metro quadrado.

Por todos os lados se percebia o apego do casal Altobelli por viagens transcontinentais: uma estante repleta de obras literárias originais em francês, espanhol e italiano, fruto do gosto de Laura Altobelli por autores europeus da época Renascentista e Vitoriana. Nas paredes, quadros alemães do século XVI, cerâmicas chinesas adquiridas em antiquários de Nova Iorque, candelabros israelenses, vasos andinos, carrancas e máscaras africanas e cortinas artesanais de Ancara.

Parecia haver um pedacinho de todo o mundo no charme e suntuosidade daqueles trezentos e cinquenta metros quadrados somente para a área social da moradia do casal Altobelli e seu filho Luca.

– Você pode pedir sua transferência *pra* outro curso, ou até mesmo para uma outra universidade. A escolha é sua, filho – disse o pai, após acomodar-se no sofá de seis lugares que a sua esposa mandara construir para as medidas e estética específicas daquela parte da residência.

– Não, pai. Não é preciso. Apesar de tudo, gosto da instituição. A graduação no curso que eu faço tem prestígio no mercado de trabalho e todos os meus amigos estão por lá. E também acredito que vou conseguir, ou melhor, a chapa a qual eu represento vai conseguir acabar com esta ideia de feira *pra* negros no campus. Pode escrever... – disse Luca, ao mesmo tempo em que ajeitava os pés, agora revestidos só de meias, sobre a mesa central de vidro temperado próxima ao sofá.

O pai recostou-se na maciez do estofado às costas e constatou o suave torpor do vinho subir-lhe lentamente à cabeça. Sentiu um ligeiro relaxamento dos músculos e uma languidez doce em sua voz. O leve teor alcoólico da bebida diluía um pouco a formalidade que compunha o caráter e a postura do dia a dia daquele próspero executivo do mercado financeiro de São Paulo.

– Filho, você não consegue esquecer, não é mesmo?

Luca se recusou a olhar diretamente para o homem sábio, ponderado e de cabelos grisalhos ao seu lado, pois sabia que, no vigor de sua juventude, o ódio contido em seu coração haveria de se revelar por inteiro e inundaria de faíscas todo o luxo do recinto que abrigava pai e filho naquela noite.

– Pai, não leve a mal, mas eu não quero falar sobre isso. Você sabe que é um assunto que me incomoda. – Luca parecia cada vez mais querer fazer parte do estofamento do sofá.

Giulli Altobelli ouviu a resposta do filho e passou a circular distraidamente com a ponta dos dedos a borda da taça em suas mãos, como se preparasse a fala para algo importante que tinha para dizer.

– Filho, a sua mãe já contou *pra* você o que aconteceu com ela quando nós ainda não nos conhecíamos, após um baile de carnaval?

Silêncio.

– Filho? – O pai virou-se em direção ao filho e percebeu no jovem o arfar de uma respiração pausada e a rendição de seu herdeiro a um sono embalado por meia taça de Prado Rey e a maciez de um estofado de valor proibitivo.

No coração do jovem recém-adormecido pulsava um sentimento implacável contra qualquer pessoa de pele escura.

Capítulo 9

Dura Lex

Marcos foi o quarto passageiro a entrar no elevador revestido com metal cromado e espelho. O edifício comercial em Alphaville abrigava um grande número de escritórios de advocacia em vários de seus andares, sendo um deles co-gerenciado pelo seu irmão, Carlos Alberto, no 16º pavimento.

Ao deixar o veículo, o jovem aguardou alguns segundos no saguão do andar, após ter acionado o botão de segurança que alertaria a recepção interna sobre visitantes. Em mais alguns segundos entraria em ação a sequência dos procedimentos de acesso para a área social de espera interna, após a liberação de entrada.

Marcos ligara para Carlos Alberto no dia anterior. Seria a primeira vez que o visitaria em seu ambiente de trabalho. O irmão mais novo havia sugerido que os dois se falassem no fim de semana, na casa dos pais, mas o advogado percebera algum desconforto na fala do irmão e insistiu para que Marcos o visitasse em seu escritório no dia seguinte.

Na verdade, Marcos precisava do apoio e da vivência do irmão sobre um assunto que tomava conta de suas reflexões, desde que abraçara a campanha pela realização da Semana da Cultura Afro-brasileira, na UniMetro.

Uma recepcionista simpática, vestindo um uniforme azul turquesa, surgiu por detrás de uma das portas eletrônicas laterais da recepção e desbloqueou a porta do saguão, permitindo o ingresso de Marcos no *hall* corporativo:

– Pois não, posso ajudar? – perguntou a moça, com sorriso impossível de não ser notado.

– O Dr. Carlos Alberto, por favor – respondeu Marcos, enquanto desvencilhava-se dos fones do MP3 pregados aos ouvidos.

– Quem gostaria? – perguntou a moça, com extrema simpatia.

– Marcos. Sou irmão dele e ele está me aguardando.

– Ah, pois não. Um instante, por favor. Vou localizá-lo. – Marcos teve a impressão que o tom de voz da recepcionista ganhara um timbre mais caloroso.

– Obrigado.

Alguns comandos foram executados no teclado sobre uma plataforma de trabalho abaixo do balcão da recepção e em rápidos segundos uma luz verde se acendeu em um canto da tela, acompanhada por um quadrado digital que indicava: *Legal Tributário*.

– Seu RG, por favor.

A recepcionista pegou o retângulo de papel envolto em um plástico transparente e inseriu alguns dados no sistema. Em seguida, devolveu o documento ao estudante, retirou um crachá magnético para visitantes de alguma gaveta invisível e entregou-o a Marcos. Deu a volta pelo balcão e, como uma aeromoça, apontou com a palma da mão o caminho a ser seguido, ao mesmo tempo em que reativava o sorriso aberto:

– Por aqui, por favor, Sr. Marcos. – A jovem virou-se em um movimento gracioso e deslocou-se em direção à porta à sua esquerda, sugerindo que o visitante deveria acompanhá-la.

Marcos foi acomodado em uma poltrona da antessala anexa ao gabinete executivo do seu irmão e pôs-se a folhear uma revista sobre advocacia que encontrou em cima de uma pequena mesa posicionada próxima a um vaso de argila que cultivava uma planta longilínea e exótica.

Antes que pudesse ater-se a qualquer artigo, um homem negro engravatado e esbelto irrompeu na antessala em passos ágeis, trazendo nas mãos calhamaços de papel reciclado repletos de pareceres jurídicos, petições e jurisprudências legais.

– Quanta honra! Meu irmão visitando o escritório! Vem cá *pra* minha sala... Quer uma água, um café? – perguntou Carlos Alberto, com um tom de voz que denunciava a sua natural timidez.

Somente diante da família ou em defesa de suas teses jurídicas é que Carlos Alberto se permitia alguns arroubos de loquacidade.

– Não, *Cazé*, obrigado – respondeu Marcos, algo arrependido por usar o apelido carinhoso de família com o irmão, naquela atmosfera tão sóbria.

– Só um minuto, Marcos... *Sueli, por favor, atenda as minhas ligações. Devo ficar ocupado por pelo menos uns 30 minutos, tudo bem? Obrigado.* E então, garoto; o que leva o meu irmão gênio e falador a querer visitar este bacharel careta, *quietão* e que mal sabe contar uma piada? – perguntou aquele estudioso profissional das leis, de olhos fundos e óculos armados que acentuavam a simplicidade dos seus traços.

A despeito da análise sarcástica de si mesmo, Carlos Alberto despertava a admiração e o respeito de Marcos pela sua forma objetiva e equilibrada de enxergar a vida e por ter sempre uma abordagem ponderada sobre qualquer assunto, mesmo quando ousava vencer os limites de seu temperamento naturalmente contido. Marcos nunca o demonstrara explicitamente, mas tinha o irmão como um ídolo e amava-o profundamente. Ali, naquele momento, sentia-se protegido e em ótima companhia.

Quando Marcos era pequeno, costumava aguardar Carlos Alberto chegar em casa, após um dia de trabalho, para consultá-lo sobre algumas de suas lições do colégio, mais pela avaliação do formato do que do conteúdo. O irmão mais velho, a despeito do cansaço, sempre usou de sua análise crítica para ajudar o potencial criativo de Marcos a obter sempre melhores resultados. Uma das maiores felicidades de Marcos no relacionamento com o irmão aconteceu um dia quando Carlos Alberto chegou em casa com volumoso pacote e entregou-o ao irmão.

– *Acho que já tá na hora de você se desafiar mais, meninão – dissera Carlos Alberto, com um sorriso afetuoso no rosto.*

– *O que é isso, Cazé? – perguntava o pequeno Marcos, ao mesmo tempo em que abria o pacote, ansioso.*

– *Abra... acho que você vai gostar.*

Marcos retirou o papel do pacote por completo, abriu a caixa de papelão e visualizou em seu interior uma capa vermelha aveludada, com dígitos de cor dourada, que informava: WEBSTER´S ENGLISH DICTIONARY.

O pequeno Marcos mal pôde conter a alegria em seu coração e antes mesmo de retirar o dicionário de dentro da caixa, abraçou o irmão como demonstração de sua gratidão pela surpresa agradável.

– *Mas vai ter que estudar cada uma das páginas, viu, rapazinho?*

Apesar da disponibilidade e dos dados lexicográficos cada vez mais acessáveis da internet, Marcos guardava e consultava regularmente o dicionário, pelo qual nutria o mesmo zelo e carinho que destinava aos discos de vinil passados em mãos por seu pai.

– É a primeira vez que venho aqui, na nova sede. Nossa... como é grande o escritório, hein? – indagou Marcos, ao mesmo tempo em que olhava ao redor e encantava-se com a imponência do local. Sentiu o seu orgulho pelo irmão aumentar ainda mais, ao visualizar os diplomas e certificados expostos nas paredes do gabinete. Todos continham o nome de Carlos Alberto Sampaio de Souza como o agraciado.

– É... a organização cresceu bem e todos aqui têm trabalhado bastante, mas dá pra perceber o retorno. Veja o meu caso: entrei como estagiário, fui efetivado, consegui duas promoções e já tenho a oferta *pra* uma sociedade participativa. Nada mal, *né*?

66

A simplicidade do discurso de Carlos Alberto não traduzia o seu talento em dissecar os meandros e a complexidade dos contratos da empresa e dos clientes em portfólio. Os conhecimentos do jovem advogado em direito tributário e econômico eram notáveis.

Foi só uma questão de tempo para que os sócios proprietários lhe delegassem toda a carteira de pendências do escritório para um projeto de reengenharia do setor legal tributário.

No primeiro ano como advogado efetivo, Carlos Alberto revisou acordos, apresentou mudanças, propôs reajustes, prospectou novos clientes e consolidou antigas parcerias na área de consultoria jurídica da empresa.

Os resultados se fizeram perceber nos gráficos de balanço financeiro anual do escritório.

– Mas eles sabem que se não for assim, você pode ir *pra* concorrência – a observação de Marcos era procedente.

– Faz parte do jogo, irmão, mas não há nada no momento que me faria mudar de camisa. Sou prestigiado pela alta direção e eu sinto que ainda tenho grandes coisas a fazer pela empresa. Mas, se eu bem te conheço... você não veio aqui *pra* falar sobre o meu plano de carreira, não é?

– É verdade. Cazé... você teve algum problema mais sério durante a sua época de faculdade?

Carlos Alberto olhou para o irmão com um olhar de curiosidade, ao perceber uma hesitação que não era comum na personalidade de Marcos.

– Depende, que tipo de problema?

– Você enfrentou muitas barreiras por ser negro e frequentar uma instituição de maioria branca? – a franqueza da pergunta de Marcos fez com que Carlos Alberto se reclinasse sobre o encosto alto da poltrona e refletisse com cuidado antes de responder.

– De certa forma, enfrentei todas. Veja só: Eu fui o único aluno negro em minha sala e um dos seis que se graduaram no curso, considerando todas as salas. Só fui aceito pelos outros alunos um ano antes da formatura, ainda assim porque alguns perceberam o bom nível de minhas notas e passaram a me convidar *pros* trabalhos em grupo e tarefas acadêmicas. Só uns dois ou três colegas daquela época ainda me ligam... Mesmo depois que nos formamos, e apenas em um desses colegas de turma eu senti a confiança de poder convidar *pra* um almoço em casa, por exemplo. Mas isso tudo nunca me afetou, porque eu não entrei na faculdade *pra* marcar churrascos e nem *pra* falar de futebol. Minha cabeça sempre esteve no mercado de trabalho, *pra* depois de receber o diploma. Sempre ouvi piadinhas atravessadas, comentários depreciativos sobre nós negros, etc. Sempre... Mas a minha natureza não é como a de um militante, que em muitas situações pelas quais eu passei provavelmente se levantaria e rebateria com argumentos diretos qualquer consideração mais ofensiva sobre a gente. Eu optei por dar "o troco" nas notas e sempre fiquei no topo das listas dos notáveis da sala. Mas não levantei nenhuma bandeira sobre negritude e questões similares durante todo o curso. Se fosse hoje, talvez a minha atitude fosse outra...

– Os professores mais antigos da Metropolitana me chamam de *"o irmão do Carlinhos Dura Lex"* – interrompeu Marcos, ameaçando uma discreta gargalhada.

– Esse apelido eu ganhei no terceiro ano, em uma apresentação em sala de aula. Expus uma tese jurídica sobre um caso concreto dado pelo professor e a argumentação foi aclamada como a melhor e mais embasada pela maioria. Alguém lá do fundo gritou *"Dura Lex Sed Lex"* e o apelido pegou – respondeu Carlos Alberto, receptivo ao bom humor provocado por Marcos.

– Desculpe, eu te interrompi...

– Bom, como eu dizia, a minha vida na UniMetro foi difícil. Na minha época era inimaginável falar em cotas, ações afirmativas, pensar em núcleo *pra* estudantes negros e coisas deste tipo. Às vezes, principalmente nos primeiros anos, eu tinha a impressão de que alguns professores levavam os meus trabalhos *pra* um passo além. Pediam *pra* rever alguns pontos, refazer e trazer de volta; sempre havia uma correção extra que eu não percebia nos trabalhos dos meus contemporâneos. Mas nunca desisti e refazia as tarefas conforme as instruções e as refaria quantas vezes fosse necessário. Por fim, a minha persistência venceu; se não o racismo de alguns, ao menos a teimosia deles em pensar que eu desistiria do curso e dos meus objetivos. No final, todo o esforço valeu a pena, me formei com a terceira melhor média do curso. E ainda por cima, me casei com a aluna mais bonita da sala. Se eu tivesse dado ouvido pra aqueles que queriam me ver pelas costas, não estaria sentado nesta mesa aqui hoje, Marcos.

Nessa parte de sua fala, Carlos Alberto não pôde evitar uma leve inflexão de vitória na entonação de sua voz, como um desbravador ao relatar a ouvidos atentos sobre suas conquistas em batalhas infindas.

– Bom... comparando a minha geração com a sua, parece que houve uns avanços então, *né*? – indagou Marcos.

– É... parece que as coisas estão mudando, mas ainda tem muita luta pela frente. Mas diz *pra* mim, meu irmão, o que está se passando por lá *pra* te deixar com essa cara de preocupado?

Marcos explicou ao irmão sobre a polêmica envolvendo a Semana da Cultura Afro-brasileira em detalhes e o seu engajamento na campanha para que a realização do evento fosse endossada pela maioria dos votos dos estudantes do campus, no referendo.

– Acho legítima a reivindicação! Já passou da hora deste país acordar para as questões envolvendo as populações étnicas que contribuíram *pra* construção da nossa própria história. Só recomendo que você equilibre a sua campanha, *pra* evitar que o seu discurso não se torne panfletário demais. Acho que se o Brasil demorar muito *pra* incluir o componente étnico em suas políticas públicas, vai perder o trem da História. Veja só: mais da metade da população brasileira traz o fenótipo africano como característica física e a grande maioria deste contingente habita os extratos mais inferiores da sociedade. Quando houver a clarividência dos nossos governantes em transformar esta enorme massa humana de excluídos em contribuintes da Receita Federal, o Brasil dará um salto qualitativo importante em seus índices sociais e será visto com mais respeito pela comunidade internacional, com certeza. E é possível evoluir sem abrir mão de sua herança cultural. Isso também não significa, assim penso, que você tenha que adotar roupas exóticas, miçangas de marfim, adornos de madeira e cabelo rastafári *pra* considerar-se um defensor da herança cultural africana como parte importante na construção do cidadão brasileiro. Mas... como está posicionada a ala que é contra a realização do evento?

– O pessoal da outra chapa veio com tudo. Assim que saiu o anúncio da realização da feira, eles se organizaram rapidinho e em dois dias entraram com uma representação junto à reitoria, com um agravo de oito itens contra a realização do evento. O reitor levou o posicionamento das duas chapas *pro* Conselho Consultivo Acadêmico, que por sua vez decidiu pelas assembleias e a votação final. Cada ala já está firme e forte no corpo-a-corpo e eu fui convidado *pra* ser o orador da nossa chapa nas duas assembleias. Um tal Luca é o orador da outra chapa. A parada ali será dura. O cara tem um discurso forte, beirando a agressividade, e já conquistou uma boa parte da intenção de votos. Mas eu não tenho ainda uma ideia em números de como estão as projeções até a próxima assembleia. Um membro da nossa equipe está trabalhando nisso e ficou de apresentar uma prévia até o fim desta semana.

– Vocês estão no caminho certo, Marcos. Acho até que essa votação vai ajudar bastante no seu processo de amadurecimento como estudante e cidadão, seja qual for o resultado. Preparem-se *pro* confronto; informem-se, busquem dados e qualquer informação que lhes auxiliem na elaboração de argumentos convincentes que possam fazer os votos dos indecisos migrarem *pra* chapa de vocês. Deem o melhor de si e que prevaleça a vontade da maioria. É assim que funciona em uma votação democrática.

– Valeu, Cazé. Eu estava um pouco inseguro antes de pedir a sua opinião, mas agora estou mais confiante de que estou fazendo a coisa certa e mais motivado a seguir com a campanha – relatou Marcos, agora com a sua habitual expressão de confiança estampada no rosto.

– Pois é, Marcos. Eu mesmo desconhecia que tinha essas reflexões sobre o assunto. Parece que isso tudo *tava* represado em algum lugar das minhas ideias. Nunca falei tanto sobre este tema com ninguém. Mas gostei, quem sabe eu não me aprofunde mais informalmente sobre a questão...

Após a saída do irmão de seu gabinete, Carlos Alberto sentiu crescer em seu peito um misto de admiração e respeito por Marcos, por perceber que o menino cedia espaço ao homem. E em algum lugar de sua personalidade taciturna, o brilhante advogado percebeu em alguém tão próximo o ferver de uma militância nunca exercida em seus tempos de estudante.

Por fim, concluiu que, em vários aspectos, o seu apoio ao irmão era mais do que justificado e, em paz consigo mesmo, voltou a sua concentração para as várias pendências jurídicas à espera de sua intervenção.

Já na rua, ao mesmo tempo em que ouvia uma sequência de *rare grooves* em seu MP3, Marcos voltava para casa mais convicto de que o seu posicionamento na UniMetro era legítimo.

Em sua alma crescera a convicção de que, fosse qual fosse a profissão a ser escolhida por ele, faria de tudo para ser um cidadão bem-sucedido como o irmão mais velho.

Capítulo 10

Em campus

Após anunciar-se no balcão da recepção e retirar um bloco de notas da pasta de couro preto a tiracolo, Silvio sentou-se em uma das cadeiras azuis localizadas no cômodo pintado de branco daquela ala administrativa construída no lado sul do enorme campus da Universidade Metropolitana.

O repórter releu as anotações com a recomendação enviada por email pelo seu supervisor para que a reportagem especial se construísse em etapas: primeiro, a abordagem com os organizadores da eleição na instituição, posteriormente, uma matéria personalizada com um representante que melhor sintetizasse o universo ideológico por trás de cada chapa, e por fim a cobertura das eleições, desde as últimas assembleias até a contagem final dos votos, indicando a chapa vencedora.

O próprio Sr. Salles, ao analisar as três propostas de temas de reportagem apresentadas pelo supervisor de Silvio, deu o aval para o acompanhamento dos fatos que estavam acontecendo na Universidade Metropolitana. Segundo a avaliação final do Diretor de Redação, havia a conclusão de que os eventos anteriores, durante e após os votos dos estudantes poderiam render uma boa série de matérias e com chances reais de atender ao apetite crítico dos leitores históricos da *Folha de Notícias.*

Silvio fizera contato com a reitoria da UniMetro, que por sua vez articulou um encontro com o Comitê Eleitoral Acadêmico, que era o órgão interno responsável pela lisura e cumprimento das diretrizes que regulavam qualquer eleição envolvendo alunos, que se organizasse no campus da universidade.

Um grunhido afônico e engraçado desviou Silvio de suas anotações:

– Sr. Silvio? O Sr. Ismael pediu *pro* senhor entrar. Você pode me acompanhar, por favor? – um jovem cabeludo, voz em transformação e gestos desengonçados postou-se junto à porta da recepção e aguardou para que o repórter o seguisse.

—— 71 ——

O jovem auxiliar conduziu Silvio por uma série de corredores e lances de escada, até parar junto a uma porta onde se lia "Prof. Ismael Katz – Pres. C.E.A.".

O assistente gesticulou, dando a entender que o acesso à sala estava liberado, virou-se e afastou-se pelo corredor, dando a impressão de que os braços tocariam as paredes laterais do corredor enquanto se deslocava.

Silvio parou sob o batente da porta, na direção da escrivaninha em mogno escuro, atrás da qual um senhor magro, de cabelos ralos, olhos pequenos e nariz proeminente focava um pequeno livro marcado por uma tira de seda com caracteres indecifráveis àquela distância.

A decoração do espaço era extremamente simples, mas uma bancada móvel ao canto esquerdo da sala chamava a atenção por servir de suporte a um candelabro, com formato em "U", para sete velas. Um tapete artesanal estampado com uma tipografia similar à impressa no pequeno livro nas mãos do professor estendia-se por boa parte do piso em madeira.

Ainda sobre a mobília, um prato de porcelana branca trabalhada continha porções desalinhadas de palha vegetal amarelada e algum tipo de semente ressecada. Do lado, um frasco exótico transparente, contendo um líquido viscoso, de coloração semelhante ao azeite.

Os olhos diminutos do professor de Filosofia mais antigo da universidade desviaram-se por um segundo do livro, fitaram o jovem jornalista à porta e o ignoraram por completo. Imperturbável, voltou-se para a sua leitura e cerrou as pálpebras, ao mesmo tempo em que um movimento repetitivo do pescoço provocava o deslocamento em vai-e-vem do tronco daquele senhor de pele alva e que murmurava frases ininteligíveis.

Todo o conjunto visual recomendava a prudência do silêncio por parte de Silvio, até que um contato espontâneo pudesse ser estabelecido.

Em um gesto abrupto, o professor fechou o livro em suas mãos. Em seguida, guardou-o em uma gaveta lateral da escrivaninha e olhou em direção a Silvio com um par de olhos azuis que pareciam jamais ter piscado uma única vez em toda a sua existência.

– Você é o jornalista que veio fazer a matéria sobre as eleições dos estudantes? – perguntou o professor, em um leve sotaque que Silvio não soube identificar.

– Isso mesmo, professor. O pessoal da reitoria recomendou que eu o procurasse antes do início da reportagem, *pra* que eu possa entender melhor como funciona o processo eleitoral no campus e antes de dar início ao ciclo das entrevistas pela universidade.

– Ah, sim... certamente. Só uma dúvida, haverá alguma entrevista a ser publicada com o Comitê Eleitoral ou o interesse do jornal será apenas com o conteúdo programático das chapas e com os eleitores?

– Bom, a ideia seria a de apresentar o Comitê ou talvez a estrutura do D. A. do campus de uma forma conceitual *pra* um melhor entendimento de todo o processo pelos nossos leitores e detalhar as particularidades da votação, tendo por base a proposta inicial da Semana da Cultura Afro-brasileira. E depois ilustrar a estratégia de campanha de cada chapa, aspectos da vida de um membro de cada ala e a cobertura completa das votações até o resultado final. Eu pensei em uma sequência de entrevistas e reportagens desde agora até a semana da votação no campus.

– Perfeito! Bem razoável. Por onde você quer começar?

– Eu gostaria de ter uma cópia do regimento estudantil *pra* votações, *pra* saber como ele funciona no campus, e coisas deste tipo. E também como são formadas as chapas e quem são os membros que as compõem... enfim...

O professor revirou alguns papéis sobre a escrivaninha e retirou, sob um espesso livro do cético e matemático David Berlinski, um livreto montado e impresso na oficina gráfica do campus, e que publicava a edição mais recente do regimento interno estudantil do Comitê Eleitoral Acadêmico da UniMetro.

– Aí tem tudo. Acho que isso vai te ajudar no entendimento de como as eleições estudantis devem funcionar em nossas dependências.

– Perfeito. Só uma curiosidade, professor. Quais são as diretrizes do D.A. da Metropolitana? Eu pergunto porque sei que essas normas mudam de universidade *pra* universidade...

– Claro, sem problemas. O Diretório Acadêmico desta universidade é uma entidade estudantil que representa todos os estudantes dos cursos de graduação. Suas funções podem ser, e em geral são, diversas. Algumas delas tratam da organização de atividades acadêmicas extracurriculares como debates, discussões, palestras, semanas temáticas, recepção de calouros e realização de projetos de extensão; encaminhamento, mobilização e organização de reivindicações e ações políticas estudantis; mediação de negociações e conflitos individuais e coletivos entre estudantes e os cursos que eles frequentam; realização de atividades culturais como feiras de livros, festivais diversos, entre outros.

– Entendo... – respondeu Silvio, ao mesmo tempo em que folheava rapidamente as páginas da pequena publicação em suas mãos.

73

– Acho salutar que um jornal de porte como a *Folha de Notícias* mostre interesse por uma votação ocorrendo em um campus universitário.

– Bom, a Metropolitana é uma instituição de enorme reputação e muitos formadores de opinião de nossa sociedade saem daqui mesmo, depois de formados. E qual a sua opinião sobre essa votação inédita, aqui no campus, professor?

– Sou um Filósofo, meu jovem. Minhas ideias são formadas à base de reflexões abstratas sobre observações concretas. Eu vejo essa dicotomia de posturas como um sinal dos tempos. As sociedades modernas evoluem; uma parte da população se enxerga como o padrão a ser seguido e considera que qualquer ruptura mais ortodoxa vai afetar... hã... direitos adquiridos, a outra parte se redescobre enquanto comunidade e cidadão e eleva a voz *pra* uma maior visibilidade ao mesmo tempo em que reivindica uma fatia maior do bolo social. Por outro lado, como você já deve ter deduzido, sou judeu. E também o Presidente do Comitê responsável por monitorar e auditar essa votação. O bom senso recomenda, devido à peculiaridade da minha posição, distanciamento e juízo *pra* não contaminar as campanhas das chapas, as assembleias com os estudantes, os preparativos *pra* votação e a apuração final do referendo.

– E pelo que o senhor conhece do campus, é possível especular sobre qual será a reação dos alunos após a votação, seja qual for o resultado? – Ainda que de forma não intencional, o lado jornalista de Silvio começava a aflorar, no meio do diálogo.

O olhar analítico do professor vasculhou os pormenores do rosto do repórter à sua frente, com um quê de admiração pela habilidade natural do jovem em ir além do detalhe superficial de uma conversa informal e naquele instante foi abraçado pela certeza de que o jovem jornalista do outro lado da escrivaninha tratava-se de um brilhante profissional com uma carreira promissora pela frente.

– Vou parafrasear John Locke, Sr. Silvio: "*Uma prova infalível de amor à verdade é a de não considerar nenhuma proposição com uma convicção maior do que a autorizada pelas provas em que se fundamenta.*" – O tom de voz de Ismael Katz soou professoral, como que em resposta à habilidade demonstrada pelo visitante, há poucos segundos.

O professor captou a hesitação de Silvio e concluiu:

– É difícil prever o que pode vir desta votação, moço. Prefiro aguardar a contagem dos votos.

– Entendo... O conteúdo da reportagem considera uma entrevista individualizada sobre o universo de pelo menos um membro de cada chapa, *pra* que os nossos leitores possam ter uma síntese da ideologia envolvendo os contra e os a favor à realização da Semana da Cultura Afro-brasileira, que é o centro de toda esta polêmica...

– Certo. Eu recomendo os dois oradores, que são os porta-vozes e a face representativa de cada ala. São bem carismáticos e têm, é claro, o discurso diametralmente opostos. Um é estudante de História e o outro está terminando o curso de Administração. Os nomes, se quiser anotar... a favor da Semana, Marcos Sampaio de Souza ... e contra... Luca Magalhães de Medeiros Altobelli.

– Obrigado, professor. Hmmmm... Talvez eu opte por uma entrevista que faça uma abordagem sobre a vida familiar de cada um dos oradores. O senhor acha possível?

– Não vejo problemas, desde que as famílias concordem. Vou tomar providências *pra* que os oradores das chapas sejam informados com antecedência de que um repórter da *Folha de Notícias* irá procurá-los.

Silvio agradeceu a hospitalidade do professor e deixou a sala, satisfeito com os preparativos que conseguira para a produção da reportagem que a alta direção da *Folha de Notícias* havia lhe designado como incumbência.

Capítulo 11

O pedido

Nome... Senha... Alguns segundos de espera e o acesso a um provedor virtual de mensagens instantâneas foi liberado.

Um rápido clique de botão ativou o funcionamento de uma câmera digital minúscula. O aparelho estava acoplado ao topo da tela plana do computador instalado no estúdio de trabalho de Ashley, no quarto da jovem universitária, em Walterboro.

Todo o aparato eletrônico estava montado em um recuo projetado criteriosamente próximo à janela do quarto, localizado na parte superior da luxuosa casa suburbana dos LaVernne. O local servia como um pequeno escritório doméstico para a filha de Lou e Isabel.

Livros e apostilas dividiam o espaço do conjunto de prateleiras suspensas nas laterais e sobre o computador.

Mais alguns segundos se passaram até que os circuitos da máquina acionada na outra ponta da conexão autorizassem o contato e fizessem fluir, entre Walterboro e a cidade de Nova Iorque, os *megabytes* das imagens digitais da jovem universitária e do delegado *sênior* lotado na ONU. A internet aproximava, assim, filha e pai. Este ainda não se visualizava no foco captado e reproduzido na tela, pela câmera digital.

De repente, um braço enorme vestido em um terno azul marinho surgiu no foco e ajeitou a cadeira executiva na imagem do outro lado da conexão. Um senhor negro de pele brilhosa e cabelos cor de lã, em um corte baixo, similar ao visto por combatentes em pelotões militares, tomou conta do retângulo virtual. De aspecto saudável e porte físico ainda destacável, o homem enquadrou-se no foco digital.

As mãos alongadas ajeitaram os óculos em armação de metal e em seguida desceram um pouco abaixo da região do pomo de adão, onde harmonizaram o nó da gravata de seda, estampada em faixas diagonais em azul, cinza e vermelho, sobre a camisa de linho branco.

O conjunto construía a silhueta robusta de um homem de aspecto ao mesmo tempo formal na aparência e de movimentos retilíneos intermitentes, esses incorporados ao seu gestual após mais de vinte anos de uma carreira bem sucedida sob os uniformes dos fuzileiros navais dos Estados Unidos.

Assim surgia, em transmissão via internet, a projeção de um homem em um gabinete funcional, de um andar qualquer do majestoso prédio das Nações Unidas. Abriu-se, enfim, a imagem imponente de Lou Thomas LaVernne, pai de Ashley.

– Olá, Ash... tudo bem? Eu já ia te ligar quando vi a sua mensagem no celular. Está tudo bem? – a vocalização do pai, mesmo que digitalmente, soava como um trovão nos alto-falantes do computador da filha. Ashley se lembrou de como aquele timbre de voz sempre impressionou quem estivesse ao alcance de suas vibrações sonoras.

Ashley e o pai se falavam mais por meios eletrônicos do que pessoalmente. Desde bem cedo, a jovem considerava o seu relacionamento com aquele senhor sério e distinto como um território a ser conquistado.

A infância da jovem havia sido sem sobressaltos, como se podia esperar de uma filha única de pais que podiam oferecer todo o conforto e facilidades que uma família de classe média ascendente pudesse proporcionar.

A menina frequentou as boas escolas de Walterboro até o término do ensino médio e por fim optou por obter a sua graduação acadêmica no campus local da Universidade da Carolina do Sul. Com as viagens longas e constantes do pai, considerou que esta seria a melhor alternativa em seus planos de se formar em uma matéria acadêmica de seu gosto e preservar o forte laço emotivo que mantinha com a mãe. Na verdade, as ausências sistemáticas do pai contribuíram para o estreitamento e interdependência entre Isabel e Ashley. A presença física do pai em sua infância limitara-se a uma frequência que raramente excedia o período de duas semanas em casa e cujos raros arroubos de afeto paterno limitavam-se às reuniões familiares anuais dos LaVernne.

Ashley sempre teve dificuldades em compreender as ausências sistemáticas do pai em sua vida afetiva, social e escolar. Invariavelmente, a jovem haveria apenas de contar com o apoio infalível e o sorriso companheiro da mãe na plateia de rostos daqueles que torciam pelo seu sucesso.

Houve uma oportunidade durante os jogos estudantis regionais, em seus 13 anos, em que Ashley foi selecionada pela sua escola para ser uma das atletas que disputariam uma competição seletiva de velocistas estudantis do Condado de Colleton.

O pai havia prometido por um mês que estaria presente na cidade para prestigiar a filha em algumas de suas provas, mas uma designação de última hora da alta direção do Departamento de Estado em Washington, *"uma missão representativa em Bruxelas"*, dissera Lou, forçou o cancelamento de sua presença na última hora. A mãe, por outro lado, esteve presente em todas as provas de Ashley e o Tio Martin, algumas vezes, representou o irmão no incentivo à menina atleta.

Ashley foi a campeã de sua categoria, mas a alegria pela vitória foi parcialmente ofuscada pelo ressentimento provocado pela inexistência do abraço e do reconhecimento paterno que a menina tanto queria receber ao descer do pódio.

O carinho paterno que, mais uma vez, não veio.

– Sim, Lou, está tudo bem. Se você estiver muito ocupado, posso te ligar depois... – O tempo e o padrão do comportamento do pai em relação à filha estabeleceram um clima de frieza e impessoalidade entre a jovem e o homem. Entre ambos, podia-se dizer que o elo mais forte era o de uma boa dose de carga genética, apenas.

Desde a ausência do ex-fuzileiro à competição da filha, havia cerca de dez anos, Ashley passara a tratar o pai de "Lou", simplesmente abdicando da denominação "pai".

Lou, por sua vez, aceitou passivamente o tratamento dado pela filha, talvez como uma forma de autopunição pelas suas ausências seguidas, em uma fase em que a figura paterna é significativamente importante para meninas pré-adolescentes.

O respeito, contudo, imperava entre ambos e Ashley reconhecia o fato de que o homem com quem sua mãe se casara se esforçava ao máximo para compensar, diante do crescimento da filha, o sacrifício que aparentemente a sua profissão lhe exigia, ao custo de uma presença mais constante junto àquela jovem inteligente, ativa e cheia de vida.

– Estou sempre ocupado, meu bem. Mas se te conheço bem, deve ser algo importante, pois você quase nunca me liga no celular. Sua mãe está bem? – perguntou Lou.

– A mãe está bem, Lou. Nesse exato momento está lá embaixo na cozinha com a Marita, tentando ensinar algumas receitas de pratos brasileiros. Espero que esta dure mais tempo do que a anterior.

– A culinária é uma forma de sua mãe se manter um pouco ligada ao Brasil. Por isso ela também fez tanta questão de você aprender o português desde criança...

– E foi bom que ela fizesse isso por mim... – A fala de Ashley denunciou uma ponta de ansiedade.

– Por quê?

– Lembra-se que eu te falei sobre o ciclo de pesquisas de campo que a Salkehatchie iria abrir para alguns trabalhos acadêmicos selecionados em convênios com instituições de ensino de fora dos Estados Unidos?

– Sim, me lembro. E...?

– Bem... há dois meses um grupo de estudos do qual eu faço parte submeteu um projeto de pesquisa sobre a Diáspora Africana na America do Norte, Caribe e América do Sul. A Salkehatchie abriu um módulo de estudos e aprovou um fundo para uma estada de seis meses em alguma universidade da América Central. Essa área seria o campo de pesquisa de um aluno; o outro tema seria trabalhado aqui mesmo nos Estados Unidos e por fim, um posto de estudos no Brasil. Eu pleiteei um campus no Brasil que encontrei pela internet e que tem convênio com a matriz da Universidade da Carolina do Sul, e em função das minhas origens e a familiaridade com a língua local, a universidade aprovou um fundo para esta pesquisa de imediato! Eu vou para o Brasil, Lou. Os contatos já foram feitos e a universidade brasileira já enviou o conteúdo programático e as formas de certificação da grade brasileira para este programa. Devo ficar lá por uns tempos. Por isso te liguei...

A reação do pai não sinalizava se havia a sua aprovação ou não para o relato da filha, pois Lou também sabia que uma negativa, a julgar pelo entusiasmo demonstrado por Ashley, não teria resultado prático algum sobre a decisão que, ele bem sabia, ela já havia tomado.

– Bem... se é isso mesmo o que você quer... O que sua mãe disse? – indagou Lou.

– Mamãe gostou da ideia e mal pôde disfarçar as lágrimas. Acha que será bom que eu vá para a terra dela para estudar e conhecer melhor um pouco da cultura do Brasil. Mas tem um problema... – O timbre da voz de Ashley alterou-se levemente.

– Problema...? E qual seria?

– Pelo que o responsável pelo programa disse, eu não tenho muito tempo para processar toda a documentação internacional e a obtenção do visto brasileiro. Estou te ligando também para saber se você poderia, quem sabe, acelerar alguns processos...

– Hmmm... Você pode me enviar um email com toda a lista dos documentos internacionais necessários? Vou ver o que consigo. Tenho alguns contatos no consulado brasileiro, em Nova Iorque, que talvez possam te ajudar. Para quando é a viagem?

– Se todas as aprovações aqui e no Brasil ocorrerem dentro do esperado, posso embarcar em menos de um mês – informou a filha.

— 79 —

Um breve silêncio.

– Um pouco corrido, mas acho que é possível – A avaliação do ex-fuzileiro completou-se com um leve desvio do olhar para o teto de seu gabinete.

Quando Lou anunciou a segunda frase, Ashley soube de imediato que conseguiria todos os papéis em no máximo duas semanas.

Ashley tinha duas leituras bem definidas sobre Lou Thomas. Uma sobre o pai, outra sobre o homem e marido.

A filha não era alheia ao descompasso matrimonial que existia na vida conjugal de seus pais.

As ausências prolongadas de Lou provocaram a deterioração da relação do casal LaVernne e, com o tempo, o casamento passou a ser apenas uma preocupação de ambos em cuidar da qualidade da educação de Ashley.

Embora o casal se esforçasse em manter uma aparência de harmonia perto da filha, com o tempo e à medida em que amadurecia como pessoa, a jovem percebeu a inexistência de afeto entre os pais e a maneira fria e quase impessoal que ambos se tratavam nas vezes em que dividiam um mesmo espaço, dentro da residência em Walterboro.

A mãe de Ashley, em todos aqueles anos e apesar do empenho eventual do marido nos primeiros tempos de casamento, jamais aprendera a língua de Lou com a desenvoltura suficiente para integrar-se na comunidade de Walterboro, o que ocasionou ao parceiro o desestímulo em aparecer em ocasiões sociais em companhia da esposa brasileira.

A filha também tinha conhecimento de que, desde que a mãe chegara aos Estados Unidos, havia mais de trinta anos, perdera o contato com a família no Brasil e desconhecia completamente o que se dera com todos, principalmente com o seu irmão Benedito; um negro forte, descrevera uma vez Isabel à filha, de fala simples e coloquial, a quem a mãe da universitária fora muito apegada e de quem mais se lembrava em suas memórias da terra natal.

Uma vez, durante um almoço entre mãe e filha, a jovem ouviu atenta de Isabel o relato sobre uma imagem que se manteve intacta em suas recordações, por todos aqueles anos: a de *Dito* em pé, no saguão do aeroporto de Congonhas, trajado em roupas simples e com os olhos marejados, acenando para a irmã, enquanto a mesma era levada pelos braços por um noivo ansioso.

Lou e Isabel, jovens e cheios de sonhos, estavam prestes a embarcar em um voo que levaria a brasileira para uma terra desconhecida e distante, iniciando uma mudança de vida inimaginável para aquela quase menina acanhada e de poucas palavras, que chegara à cidade de São Paulo na primeira metade dos anos 70.

Pelo seu grau de afetividade com a mãe, Ashley sabia que Isabel ressentia, por todos aqueles anos, das ausências constantes do esposo, em um país estranho para ela, de modos e cultura distintos do seu, apesar do relativo conforto pelo qual passou a desfrutar.

A única amizade que Isabel conseguira nos primeiros anos de Estados Unidos fora a de uma mexicana casada com um outro fuzileiro, amigo de Lou. A amizade fora breve, pois a amiga haveria de acompanhar o marido em uma mudança permanente para uma base militar no Havaí.

O casal LaVernne logo amadureceu a ideia de ter filhos, em uma tentativa de reconstruir a vida conjugal. Quando Ashley nasceu, a relação entre ambos se aqueceu momentaneamente, logo voltando, contudo, a enfrentar as mesmas crises em razão da prioridade dada pelo marido para as seguidas oportunidades de ascensão profissional, ainda que ao custo da já precária harmonia da sua vida conjugal.

A presença da filha no convívio com a mãe, entretanto, amenizou a angústia do isolamento vivido por Isabel e preencheu o vazio da casa grande e confortável em Walterboro. A residência, que até então havia sido o seu domínio, após o casamento com aquele militar enorme, que em tempos passados se mostrara um homem determinado em propor-lhe matrimônio e iniciar uma vida a dois, passou a ser compartilhada com a hiperatividade e inteligência da pequena Ashley.

Logo o tempo tratou de construir entre ambas uma amizade forte e inabalável, talvez pela necessidade mútua da busca por uma compensação pela ausência física sistemática do marido e do pai entre a mãe e a filha.

E os benefícios não tardaram a aparecer. Com o crescimento e o natural processo de socialização de Ashley, Isabel empenhou-se como pôde em aprender mais adequadamente o inglês para poder interagir pelo menos com as atividades escolares e participar com mais qualidade do desenvolvimento educacional da menina.

Em reciprocidade, Ashley empenhava-se em aprender com louvor a língua pátria da mãe e também em ser receptiva no acúmulo de conhecimentos sobre a cultura brasileira, da qual gostava cada vez mais, quanto mais sobre ela aprendia.

E Ashley, em seu processo de amadurecimento, dava o melhor de si para construir em sua pessoa um caráter que usufruísse positivamente da atenção material proporcionada pelo pai e pela entrega afetiva que recebia por parte da mãe.

Por um lado, Lou provocava na jovem uma certa dose de ressentimentos pelas vezes em que sentiu vontade de abraçar e cultivar uma relação afetuosa de filha para pai.

Isabel, por sua vez, inspirava o mais terno dos sentimentos em Ashley.

Todavia, racionalizava a jovem, se ao longo dos anos as manifestações de carinho entre pai e filha foram raras, a jovem universitária reconhecia também que aquele homem, naquele momento ocupando boa parte da tela de seu computador, de postura altiva e olhar já um pouco cansado, jamais se negou ao apoio material à sua única filha. E nem no suporte financeiro para além das necessidades da estudante, que agora caminhava para o desfecho de sua vida acadêmica.

– Tenho que ir agora, Ash. Tem algo que talvez seja importante que você saiba sobre a minha passagem pelo Brasil, de meus tempos de fuzileiro. Eu tenho que desconectar agora, mas quando houver uma oportunidade eu te envio um email, OK?

– OK, Lou. Eu leio e te respondo, se for o caso. Fico no aguardo de notícias sobre os documentos. Até outro dia.

Ashley encerrou a conexão virtual sem atentar para a última frase dita por Lou. Afinal, ela sentia-se transbordando de alegria pela expectativa de poder vivenciar, *in loco,* toda a energia e calor humano que conhecia apenas pela internet e pelos livros que colecionava sobre um país chamado Brasil.

Capítulo 12

Trauma

Todo sentimento tem uma origem...

O antebraço longo, com uma tatuagem rústica de um punhal azulado enrolado em uma rosa vermelha de caule espiral e com espinhos, atingiu com violência o rosto do jovem sentado no banco de carona do carro de luxo. Naquele exato instante, o veículo estava estacionado próximo à uma viela estreita e mal iluminada, junto à uma favela desconhecida em alguma das muitas periferias para além dos subúrbios da cidade.

Há menos de uma hora, o mesmo automóvel, então conduzido por Luca, saíra de uma sorveteria de um bairro bem frequentado do lado oeste da cidade. O filho dos Altobelli passara a tarde conversando com os amigos, após as aulas da manhã daquela terça-feira quente de início de março.

A violência contra o jovem Altobelli ocorrera há mais de dois anos. Mas as lembranças traumáticas da tragédia não eram fáceis de ser gerenciadas...

... ao deixar o estacionamento do local, Luca não percebeu a aproximação furtiva de uma moto possante e vermelha. Dois indivíduos, motorista e carona, passaram a perseguir o veículo vistoso, logo após a primeira esquina à esquerda da sorveteria. Já passava das 15hs. O jovem distraiu-se em uma conversa ao celular com a mãe e só percebeu a presença da moto com os indivíduos, pelo lado do motorista, quando saiu da via principal do bairro e tomou uma rua secundária, trajeto que o estudante sempre fazia quando queria fugir do trânsito pesado para poder chegar em casa mais rápido. Quando percebeu o perigo, já era tarde demais.

O condutor da moto aproximou-se bruscamente da janela de Luca e o passageiro da moto sacou da cintura um objeto de cano metálico cromado e golpeou com violência o vidro do carro.

Tão logo viu a arma apontada para a sua cabeça, Luca não teve outra alternativa, a não ser diminuir instintivamente a velocidade e manobrar o carro na direção da calçada. Em uma fração de segundo, já tomado pelo terror, o jovem viu-se obrigado a abrir a porta do carro e ser literalmente arremessado para o banco do carona por um homem de aspecto medonho e olhos avermelhados, já sem o capacete.

– Não olha *pra* mim, filho da puta!!! – a coronha da pistola desenhou um arco dentro do veículo e mergulhou com força na direção da cabeça de Luca que, em um gesto instintivo, encolheu-se e levou os braços em cruz sobre o crânio, absorvendo parte do impacto da arma, que certamente causaria ferimentos sérios se não tivesse sido bloqueado pelo estudante.

O carro, com o estranho na direção, saiu em disparada por uma rota que evitava as vias principais e, apesar da velocidade imprudente, o elemento ao volante conduzia o veículo com destreza.

Mais alguns quarteirões e os pneus frearam bruscamente em uma esquina. Um vulto entrou no automóvel pela parte traseira.

Após a segunda invasão, a porta foi batida com violência. *Blaaam!!!*

– Cadê o ladrão? – uma voz aguda e ligeiramente estridente soou do banco logo atrás de Luca.

– *"Uma mulher!"* – constatou Luca mentalmente, um tanto surpreso com a descoberta.

Antes que a resposta fosse dada, o elemento no controle do veículo esbravejou com Luca:

– Vai *cuzão*... vai lá *pro* banco de *tráis,* sem *saí* do carro. Vai logo!!! – Luca ouviu a ordem sem ousar olhar diretamente para o marginal ao volante de seu veículo.

Amedrontado ao extremo, o estudante contorceu-se sobre o banco do carona e ajeitou-se como pôde no banco de trás, no lado oposto da mulher, já com uma arma em punho. Os instintos de Luca ordenaram-lhe que virasse o rosto para o lado do vidro lateral e protegesse o crânio com os braços.

Com efeito, logo o objeto de textura metálica foi grudado com força na parte de trás da orelha do jovem, agora tomado de vez pelo medo dos fatos que se sucediam vertiginosamente dentro do carro. Pavor justificado tanto pelas manobras arriscadas do elemento ao volante, quanto pela incerteza nauseante sentida pelo estudante sobre o que mais pudesse acontecer com ele, a partir daquele momento.

O jovem não podia olhar para o motorista que assumira a condução do automóvel. E, totalmente dominado, também desconhecia por completo a segunda ameaça que invadira o carro pela porta traseira e que naquele instante dominava toda a sua vida por meio de um dedo ameaçador no gatilho de uma arma a lhe marcar a nuca.

Naquele exato segundo, Luca arrependeu-se visceralmente pela colocação da película escura nos vidros laterais e na traseira do veículo, quinze dias antes.

Sentindo um tremor crescente pelo corpo, o jovem rezou para que os transeuntes ou os carros ao redor percebessem a inquietude no interior do veículo, mas cada pedestre e cada automóvel naquele momento tornou-se um universo fechado em si, voltados que estavam para os seus próprios problemas, alheios ou omissos a mais um registro de violência urbana.

– O maluco *vai tá lá na quebrada esperanu nóis* – disse por fim o motorista, sem olhar para os lados.

– *Firmeza...* fica esperto aí, que aqui *custuma passá uns gambé, mano.* – Luca percebia uma acidez inescrupulosa na fala tanto do homem quanto da mulher.

– *Sussega, ô mina.* Aqui é piloto, *tá ligado*?!? – E uma risada grotesca soou pelo interior do veículo, no mesmo instante em que Luca percebeu um forte odor de algo que lembrava vegetação queimada: maconha!!!

Sentindo todas as suas articulações geladas pela própria adrenalina e sem mencionar uma palavra desde o tapa no rosto e a coronhada no braço, Luca petrificou-se no banco traseiro. Ousava apenas piscar os olhos diversas vezes, na esperança de que pudesse acordar daquele pesadelo macabro que teimava em continuar.

Àquela altura, já não mais reconhecia a rota que o seu carro seguia, ao mesmo tempo em que implorava silenciosamente para que algum porteiro ou vigia tivesse percebido a ação dos marginais na rua em que o carro havia sido abordado.

Quando a certeza do sequestro cristalizou-se no raciocínio do jovem, um medo incontrolável tomou-lhe conta e a possibilidade de que não mais visse as pessoas do seu convívio começou a provocar um efeito fisiológico em Luca, que sentiu uma acidez cortante subir-lhe pelo estômago até chegar à sua garganta, como se toda a aversão dos fatos pelos últimos quinze minutos quisesse explodir boca afora.

As pernas tremiam e o suor empapava-lhe a gola da camiseta branca. A cada curva mais ousada do motorista, o estudante temia sentir a cabeça explodir em pedaços pelo tiro acidental da arma apontada contra a sua cabeça...

O celular!

Luca então se lembrou que quando foi abordado pelos motoqueiros, conversava com a sua mãe pelo telefone móvel e que, se os seus cálculos

85

estivessem certos, o aparelho ainda estaria ligado e sua mãe poderia ter registrado o sequestro.

Mesmo com o estado emocional em frangalhos e a posição totalmente desfavorável, por um segundo alimentou que toda a movimentação dentro do veículo, pelo menos, estivesse sendo registrada pelo seu aparelho.

Talvez, pensou o jovem, em busca de uma esperança para o fosso de medo no qual se vira mergulhado, com o susto e a invasão inesperada, o instrumento estivesse em algum canto do carpete preto emborrachado, próximo do banco carona dianteiro.

Como se adivinhasse os pensamentos de Luca, o homem ao volante determinou:

– Aê, *pleibói*, me dá o seu celular aí, vai – a ordem chegava ao estudante carregada de maldade e ameaça.

Luca gelou mais ainda por especular que algum gesto seu o traíra, em relação ao aparelho, e o jovem adotou a tática do silêncio. Queria evitar a todo custo cruzar com o olhar associado à voz do ladrão.

– *Tá* ali, *mano* – disse a voz feminina em voz alta, ao mesmo tempo em que apontava com o cano da arma para o local onde o celular repousava.

O condutor brecou o carro por um breve instante, em uma ladeira residencial mal pavimentada. Em um movimento brusco, sua mão direita saiu do volante e pegou o aparelho do chão, jogando-o no banco traseiro, perto da mulher.

Em seguida, pôs o carro em movimento novamente e ordenou à parceira:

– Desliga essa merda *aê*...

Luca engoliu em seco e rezou para que a sua mãe tivesse escutado parte do que se passara no interior do carro nos últimos dez minutos, pois isso representaria uma chance para que algum tipo de ajuda viesse em seu socorro.

O coração do jovem palpitava de uma forma que parecia querer explodir no peito, varar o para-brisa do carro e ganhar o mundo em busca de alívio.

A mulher levou o celular ao ouvido e constatou que estava inativo.

– *Tá safo, ladrão*. Se o *mané tava falando* com alguém, desligou antes... – sentenciou a voz feminina.

Pressentindo o pior, Luca sentiu lágrimas inundarem-lhe os olhos. Um arrependimento descomunal invadiu-lhe a alma, assumindo uma atitude de autopenitência ante a possibilidade ou certeza de um gesto bondoso nunca feito ou de uma palavra amiga nunca dita. Lembrou-se dos pais e cerrou os punhos de remorso, ao constatar que já se iam dias desde a última vez em que os abraçou espontaneamente.

O veículo finalmente teve a sua velocidade reduzida. Após uma manobra à esquerda, o motorista embrenhou-se por uma série de ruelas mal cuidadas e margeadas por casas de alvenaria inacabada. Um grupo de crianças descalças e de semblante fantasmagórico observou a passagem do transporte lustroso que contrastava com o cenário ao redor.

Mas, talvez já cientes do destino de mais um carro roubado sendo trazido para a favela, todas ignoraram a chegada do veículo e voltaram às suas abstrações moldadas à fome, abandono e poeira.

Por fim, o veículo parou atrás de uma construção tosca e de tijolos expostos, próxima a uma vegetação rasteira que conduzia a uma mata virgem que ficava a uns oitenta metros de distância.

– Cuida do *bói aê, mina*. Deixa esse *cuzão* deitado no banco traseiro e *num deixa ele falá* porra nenhuma. Se ele *vacilá*, desce o *dedu* nele...

O homem que estava ao volante saiu do carro, levando consigo o celular de Luca. Afastou-se apenas o suficiente para não ser ouvido pelos ocupantes do automóvel e tirou de um dos bolsos de sua jaqueta um segundo aparelho, do qual fez uma ligação rápida. Em seguida, retornou para o interior do carro e cutucou as costelas de Luca, encurvado no canto do banco traseiro.

– *Intão, pleibói*... Tem dinheiro *aê, mano*? Sem *olhá pra* mim, filho da puta!!! – o homem indagou e ameaçou ao mesmo tempo.

O seu tratamento com Luca era o da agressão física eminente. O tom e a rispidez de sua voz não deixavam dúvidas quanto à periculosidade de seu caráter.

– Tem uns trocados no porta-luvas... – Luca deduziu que os seus lábios se moveram, mas não teve a certeza de ter ouvido a própria voz, ao mesmo tempo em que indicava com as mãos trêmulas a localização da carteira, na direção do compartimento retrátil do painel.

Em uma fração de segundo o acessório de couro foi aberto pelas mãos agitadas do homem, que aparentava ser o chefe do bando. O ladrão, naquele instante, mantinha a arma de fogo entre as pernas e contava com a cobertura do revólver empunhado, na direção de Luca, pela mulher no banco de trás. A assaltante observava tudo em silêncio.

Algumas notas de cinco, dez e vinte reais passaram de uma mão à outra do bandido, com rapidez. Em seguida, os mesmos dedos retiraram, um a um, os três cartões bancários existentes na carteira. O estudante parecia sentir o olhar fulminante do meliante em sua direção, apesar de manter o corpo em posição fetal e o rosto voltado para o próprio ventre.

– Achei uns *duzento conto, pleibói. E essis cartão* aqui? – A aspereza da voz era acentuada pelo silêncio da vizinhança desconhecida.

– Têm saldo. Pode ficar com tudo! – gaguejou em pavor a jovem vítima, sentindo-se impotente e envergonhado diante da certeza de estar negociando a própria vida por uns dois ou três mil reais.

– Seguinte, *cê vai dá* a senha dos *três cartão*. Se *num tivé grana, cê já era, mano...*

Ao longe, o ruído de uma moto ganhava intensidade e em pouco tempo o veículo estacionou ao lado do carro do estudante. O mesmo motoqueiro que abordara Luca, desde o início do assalto, juntou-se à mulher no banco traseiro.

Luca, por sua vez, mantinha os olhos fechados e guardava silêncio o tempo todo, evitando prudentemente qualquer gesto que provocasse a ira ou a desconfiança do trio de criminosos, tão asquerosos e inevitavelmente tão próximos dentro do seu veículo; a mesma condução que havia menos de duas horas trafegava naturalmente em sua rota costumeira em retorno ao lar, tendo como motorista um jovem da classe média alta, cheio de sonhos e planos para o seu futuro.

– Troquei ideia com o *Téia. Tá* tudo certo, mas tem que *fazê* o B.O. *rapidinho. É pá nóis passá* lá depois e *fazê* o acerto – disse o terceiro elemento, assim que fechou a porta por dentro.

– *Firmeza, intão. Vamu fazê* naquele *isquema.* Aê, *mina...* fica com o *pleibói e nóis faiz o pião.*

Como parte de um roteiro macabro previamente ensaiado, a mulher no banco de trás cutucou com mais violência ainda a nuca de Luca com o cano do revólver e ordenou:

– Vai, otário... sai do carro e sem gracinhas – o trejeito de voz da mulher não era menos assustador e violento do que o dos outros dois assaltantes.

Luca foi empurrado para fora do carro, fazendo com o que o seu par de tênis importado pisasse em um terreno irregular e empoeirado. Naquele instante, o jovem temeu dolorosamente pela sua vida e o pânico o fez sentir uma ausência de forças nas pernas.

Sempre sob a mira do revólver da mulher, e de cabeça baixa, o jovem foi bruscamente conduzido para a parte traseira externa do carro. Os dois indivíduos posicionaram-se um em cada lado do estudante. O motoqueiro trazia em mãos um pedaço de papel e uma caneta, os quais foram socados sem cerimônias no tórax do rapaz, fazendo-o perder o equilíbrio momentaneamente. O gesto agressivo deixou-o ainda mais assustado.

A violência do bando era sistemática e espontânea.

– *Põe as três senha dus cartão aê, cuzão. Si tivé* errado, *num* tem amanhã *pru cê* – disse o motoqueiro, após uma troca de olhares misteriosa com os outros dois comparsas.

Luca, sempre sem erguer a cabeça, listou nominalmente cada um dos bancos e rabiscou uma série de números à frente de cada um deles.

Em seguida devolveu o papel ao motoqueiro, que num movimento brusco o fez desaparecer em um dos bolsos internos de sua jaqueta escura. O condutor da moto afastou-se, indo em direção ao veículo de duas rodas. Com calma, vasculhou o bagageiro em formato de baú e retirou de lá algumas cordas de *nylon* e um pedaço de pano escuro. O aparato indicava ter sido colocado ali para aquele propósito específico.

O material foi entregue ao parceiro com tatuagem no braço. Luca foi forçado a girar sobre os calcanhares para que as suas mãos fossem amarradas atrás. E os seus olhos, dessa vez, foram vedados.

O porta-malas do carro foi aberto e antes mesmo que tivesse tempo de especular sobre o que iria acontecer, o jovem foi praticamente arremessado para dentro daquele compartimento do veículo. Em seguida, o jovem teve os seus pés atados com outra das cordas de *nylon*.

Antes de ser trancado em posição fetal pelos marginais, Luca ainda foi notificado por uma voz hostil, carregada de ironia, que sentenciou:

– *Aê, seu filha da puta, se num saí grana dessis cartão aqui, velho, cê só sai dessi porta mala morto.*

E a porta fechou-se com um estrondo violento, envolvendo Luca e todos os seus temores na mais absoluta e medonha escuridão.

Encolhido como carga dentro de seu próprio carro, o estudante ouviu o ruído da moto se afastando. Depois, o próprio carro em que o jovem se encontrava acusou o ruído causado pelo acionamento da ignição e pôs-se em movimento. O balanço era lento e irregular.

No porta-malas, um jovem com a vida em risco e indefeso, temeroso de que nunca mais veria um nascer de sol em sua passagem pelo mundo. Vida breve e efemeramente violentada.

À medida que o tempo se arrastava, o peito de Luca apertava-se, em uma angústia desesperadora. Ele já temia pelo pior.

Um gemido engasgado amargou-lhe a laringe. A certeza do que estava por vir tomou conta da alma do estudante. Entre o pânico incontrolável e os sacolejos de seu cativeiro ambulante, o jovem bem nascido desfez-se em murmúrios sufocados pela mordaça que lhe calava a voz.

A venda em seu rosto cobria olhos inundados por lágrimas de terror e desamparo.

Sem ter a noção do tempo em que o carro se deslocara, Luca teve a impressão de sentir o veículo deslizar por um pavimento mais uniforme. Parecia diminuir a velocidade. Por fim, desacelerou até parar.

Ao longe, o estudante ouviu o latido agudo e insistente de um cachorro, mas só isso. A escuridão na qual se encontrava não permitia a menor especulação sobre a sua localidade.

Mas a audição de Luca fazia uma leitura aproximada da movimentação ao seu redor.

O ruído do motor cessou, a porta do motorista se abriu e depois se fechou. Alguns passos se deslocaram sobre um piso de terra, em direção ao porta-malas. A trava do guarda volumes foi acionada por um sinal remoto e um facho de luz fraco e amarelado invadiu o cárcere provisório do jovem.

O filho do casal Altobelli permaneceu imóvel, encolhido e indefeso. Sua vulnerabilidade não lhe dava a menor possibilidade de especular sobre qualquer ajuda que o tirasse daquela situação aterrorizante. Todo o cenário apontava para um final trágico para o estudante universitário.

A mesma voz feminina e rude de alguns minutos – *"seriam horas?"* – chegou aos ouvidos de Luca:

– *Intão, bóizinho. Tá di boa aê?*

Antes que a resposta fosse esboçada, o porta-malas fechou-se de novo com violência e o cativeiro do jovem sequestrado mergulhou novamente em um negrume infinito.

Em um esforço para desviar-se de suas emoções avassaladoras, a vítima ajeitou-se como pôde sobre a estrutura dura de metal, mas que era forrada com um revestimento aveludado que minimizava um pouco o desconforto físico do jovem.

Mas o silêncio externo contribuiu para a preocupação de Luca e o instinto, de novo, impeliu-o a tentar captar os ruídos do lado de fora do carro. Precisava entender o que se passava ao seu redor. Nada...

Sem latidos, sem socorro e sem esperança...

Depois de um tempo impossível de se determinar, Luca ouviu um ronco fraco e distante. O ruído de motor tornou-se mais audível e familiar: era o motoqueiro de volta! O veículo parou. As três vozes se cruzaram à distância e, em seguida, passos se aproximaram do porta-malas. A porta foi aberta.

– *Tira essi cuzão daí* – ordenou a voz ríspida masculina.

Mãos rudes agarraram os braços de Luca. A desvantagem da posição, a truculência dos bandidos e a ausência de visão fizeram com que o jovem batesse com força em alguma saliência interna do espaço, fazendo-o ferir-se no joelho direito, ao ser arrancado do compartimento onde estivera confinado.

Imediatamente o local tornou-se úmido e revestido com um líquido viscoso e morno. Em segundos, o jovem sentiu a sua perna direita empapada, da rótula para baixo.

Uma brisa fresca banhou todo o seu corpo ao ser retirado de seu veículo, o que poderia ser uma indicação ao jovem de olhos cobertos de que ele e a quadrilha se encontravam em um local aberto e distante da área urbana.

E mesmo ali, o fedor de maconha mais uma vez chegou-lhe às narinas.

– *É, pleibói... cê vai ajudá no fim di semana dus favela aqui, veí... Ô Zoinho, solta só as mão deli...*

Os pulsos em "X", às costas, foram desatados.

O jovem sentiu o fluxo sanguíneo aquecer-lhe novamente as palmas das mãos. Ainda vendado, parado e de pé, Luca estendeu ligeiramente os braços e deu-lhes um leve movimento de chacoalhar. O fluir natural de glóbulos e hemácias trouxe-lhe de volta o vigor dos dedos. Uma dor latejante começou a tomar conta da articulação do seu joelho direito, mas o jovem mal teve tempo para prestar atenção no desconforto do ferimento.

O tal Zoinho ainda o segurava por um dos braços. Luca, rendido, no escuro e amordaçado, procurou mostrar cooperação e obediência. Mas uma outra sentença chegou-lhe aos ouvidos de forma inapelável.

– *Caba com issu* logo, mano, e *vão bora daqui, pôrra...* – disse a voz feminina, algo distante.

O pior dos seus temores havia se confirmado. As pernas de Luca tremeram mais do que nunca e um aperto de dedos o agarrou com mais força pelos braços.

– *Ajuelha aê, plebó, vaii...*

– Por favor, eu quero ir embora – foram as primeiras palavras de Luca em um longo espaço de tempo.

– *E cê vai, tá ligadu? Vai imbora dessi mundu. Cê sabi rezá?* – O sarcasmo do bandido potencializou o terror absoluto do estudante.

91

Impotente, indefeso e exposto, Luca perdeu o controle sobre suas emoções. Fragilizado e ciente da tragédia iminente, o jovem desabou em um choro descontrolado e implorou por sua vida:

– Nãããão!!! Olha, eu tenho mais dinheiro! Eu faço uma ligação e eu consigo mais dinheiro *pra* vocês. Eu quero ir embora, por favor!!

A voz que parecia ser a do líder do bando ignorou o pranto e os apelos de Luca e ordenou:

– Zoinho, atira na cabeça *pra morrê logu*. Eu e a Ge *leva* o carro e *cê leva* a moto. Depois que *cê acabá* aqui, passa lá *na goma, firmeza*?

Luca, na escuridão e no mais profundo terror, sentiu um forte solavanco no ombro direito, que o arremessou de joelhos em um terreno algo arenoso. Em um gesto de desespero derradeiro, fruto de uma reação instintiva fora de seu controle, o estudante clamou por sua vida a todo pulmão, ao mesmo tempo em que evocou a única pessoa que lhe veio à mente naquele instante fatal:

– Nãããããããooooo!!!!!!! ... Mãããããããããeeeeeeeee!!!!!!!

Mãe seria a última palavra que o jovem haveria de pronunciar em vida.

Como em um diálogo sórdido, ouviu uma risada sarcástica e grotesca como resposta.

Um clique metálico fez o jovem encolher os ombros instintivamente e cerrar ainda mais os olhos, já no mais completo negrume. A cabeça vendada curvou-se resignadamente para frente, em direção ao chão. As costas arcadas ainda saltavam com os soluços vigorosos do lamento derradeiro do estudante. Era o fim...

Então...

Luca até pensou tratar-se do seu próprio carro afastando-se do local, mas o que de início soava apenas como um som abafado e grave, em segundos transformou-se em um estrondoso ruído em tom crescente, como uma tempestade inesperada em pleno deserto.

Em meio ao rufar mecanizado e constante que parecia vir de todas as direções e ainda sem compreender o que se passava do lado externo de sua escuridão, o jovem ainda pôde ouvir a voz masculina mais distante gritar:

– *Sujô, Zoinho, váza*!!!

Mais assustado ainda com o barulho retumbante que vinha de cima para baixo e que agora nitidamente lembrava o som de uma britadeira urbana rasgando o asfalto em uma cadência um pouco mais lenta, Luca jogou-se ao chão ao mesmo tempo em que levou as mãos aos olhos e retirou as vendas que o separaram do mundo nos últimos... quanto tempo haveria se passado?

A visão do jovem evoluiu da escuridão absoluta para uma penumbra mais suave, que exatamente naquele momento era violada por uma corrente de ar irregular que agitava a vegetação nativa ao redor, ao mesmo tempo em que um facho de luz forte, azul e em forma de cone se arrastava em direção ao sul.

Um helicóptero!!!

O instinto do medo fez com que o estudante, ainda vulnerável e confuso, se levantasse. Meio sem equilíbrio, e já com os pés livres, o universitário precipitou-se estabanadamente na direção oposta do trio. O membro mais próximo da vítima naquele momento corria em direção à moto.

O carro de Luca permanecia parado no que parecia ser uma estrada de terra um pouco mais adiante. Um homem e uma mulher se posicionavam um em cada uma das portas do veículo; ora olhando na direção do aparelho aéreo; ora olhando na direção do parceiro e da vítima, que aproveitara a confusão para escapar de sua execução.

Da mesma forma que invadira a cena de um latrocínio, o helicóptero afastou-se rumo ao seu destino. Em poucos segundos desapareceu solenemente por detrás de uma colina a uns trezentos metros de distância do local, sem se dar conta que acabara de salvar a vida de um inocente.

Luca ainda viu o carro afastar-se em alta velocidade e o último bandido saltar sobre a moto e efetuar uma manobra em curva em um movimento brusco. A ação levantou um arco de poeira na traseira da moto, que seguiu precipitadamente em uma rota sinuosa logo atrás do veículo roubado.

Sem tempo para decisões mais elaboradas, Luca fugiu no sentido do facho de luz do helicóptero, sem desviar os olhos da direção em que partiram os bandidos, temeroso de que eles pudessem retornar e finalizar o que a intervenção inesperada da aeronave impedira abruptamente.

O jovem empreendeu uma corrida contra a morte e se lançou em disparada em direção à vida, que de repente acenou com a possibilidade de acréscimos em uma existência que parecia ter chegado ao fim há alguns poucos minutos.

Por uns vinte minutos e sem parar, Luca cruzou vegetações, pulou um pequeno riacho, escalou pequenos morros, tropeçou, caiu, levantou-se... reiniciou a caminhada e de repente... parou...

Ofegante e ainda confuso, teve a impressão de ouvir uma mistura indecifrável de sons ainda um pouco distante. Olhou para um morro no horizonte à sua direita, na mesma direção em que vira o helicóptero seguir em voo baixo. Visualizou uma combinação, algo tosca, de luzes vermelhas e azuis tingindo o tom azul ainda mais escuro daquela parte do horizonte estrelado.

Com o coração pulsando cada vez mais forte e esperançoso, o jovem imprimiu uma velocidade maior no ritmo de seus passos. Convicto, deslocou-se na direção da combinação de ruídos que pareciam vir de um filme policial imaginário, em mais uma cena de ocorrência noturna envolvendo vítimas de um acidente rodoviário em uma autoestrada: vozes, rádio transmissores e celulares. Os ouvidos de Luca pareceram distinguir, com mais clareza, vozes que se cruzavam e que pareciam ditar instruções confusas de toda ordem...

O jovem sentiu lágrimas de alívio correrem-lhe pelo rosto. Já quase sem condições de prosseguir, esforçou-se em chegar ao topo do monte que, pelo outro lado, indicava desembocar em uma rodovia de duas mãos. Ao atingir finalmente o topo, o estudante viu que uma parte do asfalto aglomerava um número razoável de viaturas e pessoas, no lado oposto da via aos pés do morro, de onde o ex-cativo a tudo assistia.

No alto, e cercado pela escuridão da noite, Luca era um ser exausto, ofegante, agachado, machucado, aterrorizado, sujo e fragilizado. Mas vivo...

Reunindo as últimas reservas de força para vencer o cansaço do espírito, o terror da alma e o machucado na perna ferida, o jovem deu um passo em direção à estrada. A dor no joelho duplicava de intensidade a cada segundo, mas ele se sentiu subitamente revigorado pelo socorro eminente quase ao seu alcance.

Trôpego, o estudante desceu a colina, quase desfalecido, e alcançou o asfalto. Parou momentaneamente.

Angustiado e ansioso, teve que aguardar um comboio de caminhões seguirem rumo ao sul, antes de poder cruzar o asfalto e alcançar a valeta larga e gramada que separava as duas vias. Sua visão começou a escurecer mais do que a noite ao seu redor.

O grupo uniformizado parecia executar uma dança tribal frenética em torno de algo que Luca não conseguiu identificar. Ofegante, iniciou a escalada final que finalmente o levaria de volta à cidade, à família e à vida.

Um grito estremecido explodiu em suas laringes, como se tivesse vida própria e fosse independente da vontade de Luca:

– Socorro!!!

Somente um dos homens uniformizados virou-se em direção ao grito aparentemente vindo do asfalto logo atrás.

Luca desacelerou o passo e estendeu a mão à frente do corpo, como um náufrago em busca de salvação. As pernas sucumbiram à ausência de forças. O jovem dobrou os joelhos e lentamente apoiou as duas mãos no pavimento.

Cada músculo de seu corpo juvenil doía de forma incessante, castigados que foram pelos acontecimentos das últimas horas.

O joelho ensanguentado queimava com o que pareciam ser as picadas de milhões de agulhas. O jovem ainda teve tempo de ver um paramédico uniformizado correr em sua direção. Em seguida, Luca desfaleceu no asfalto, envolto em um torpor indomável.

Uma ausência infinita de luz abraçou o estudante por completo. Mas, dessa vez, a escuridão seria segura e aconchegante.

Capítulo 13

Conquistador

Carta Afro-brasileira:

"Prezado Brasil,

Como vai você, tudo bem? Espero que sim...

Brasil, como eu também sou um residente desta casa, escrevo-lhe estas linhas para melhor tentar entender a relação que queremos ter um com o outro. Para que esta mensagem franca faça sentido, gostaria de lembrar-lhe, meu bom Brasil (você, que costuma ter a memória curta), sobre como foi que a nossa relação começou:

Eu habitava, solerte e lépido, os quintais tórridos daquele bairro chamado "África", lembra? Sim, a África! Logo ali, depois do "grande rio" chamado Atlântico... Eu vivia de forma humilde, integrado com a natureza; era livre e feliz.

Lá eu olhava para os meus pares nos olhos; podia apertar-lhes a mão escura como a minha, abraçá-los, dançar, comer e dividir com eles fatos e lendas (muitas, muitas!!!) de antepassados comuns.

Mas um dia, Brasil, sem que eu pedisse ou fosse perguntado e sem que um convite fosse feito, você chegou sorrateiramente em meu quintal, e de forma violenta, com armas de matar, me arrancou de meu chão. Sim, Brasil, um sequestro... como os muitos que hoje assistimos atônitos e indefesos nos telejornais e novelas do horário nobre.

Você me separou de meus familiares, derramou o meu sangue, quebrou os meus ossos, marcou a minha pele bonita, desde o primeiro dia em que nos encontramos. Arrastou-me em correntes por todo um oceano e me trouxe para um mundo estranho, para o qual eu jamais sequer fui perguntado se gostaria de visitar.

Aqui chegando (aqui, prezado Brasil, nesta ampla e imensa casa) repetiu o flagelo: tratou-me com o açoite, subestimou e desprezou a minha condição humana.

Me fez presenciar o urro de dor de outros iguais a mim e corrompeu a honra íntima de mulheres com a tez escura como a minha. Tratou-me com desdém, me enxotou para os morros, periferias, favelas e "quebradas" perversas deste novo

96

mundo. E quando teve a chance de se redimir, fracassou absurdamente: negou-me emprego, escola, e me deu migalhas vergonhosas de cidadania...

Prezado Brasil, você até se esforçou em espalhar a ideia de que eu ou quem comigo se parecesse seria feio, incapaz e limitado. Mas, mesmo do fundo da mais rústica das senzalas, Brasil, ou no mais humilde dos barracos, eu jamais me vi assim!

Talvez me faltasse o dom da retórica, mas jamais me vi da maneira como você queria que eu me enxergasse.

Não sei... pode ser que o espírito dos meus antepassados, mesmo através destes poucos séculos em que nesta casa habito, insistissem em rufar nos atabaques astrais, trazendo em seu ritmo africano e eterno a certeza de que na grande aldeia da humanidade, aquele povo de pele escura era exatamente igual aos outros povos sentados à mesa da vida.

Mas, sabe como é, né, Brasil...? A natureza acha o seu próprio caminho e o rio corre para o mar. Você ainda resiste, mas parece dar sinais de que começa a me respeitar como sou; e eu já aprendi a gostar de você há muito tempo!

Às vezes você tem umas recaídas: não reconhece o meu valor, ignora o suor vertido sobre este chão e que ajudou no erguimento desta nossa casa, desde o alicerce até o último tijolo, e finge desconhecer a certeza de que, se eu sair, a estrutura se desmorona.

Mas aprendi a gostar da nossa casa e de você e daqui não saio mais. E pela reação dos nossos vizinhos, este lugar fica muito mais bonito comigo dentro dele e não seria assim tão bonito se eu não estivesse por aqui. Hoje eu sei que este lugar é tão seu quanto meu! "Nós", meu caro Brasil, o construímos: Eu e você. E agora temos que dividir o espaço. Com paz, justiça e harmonia.

Eu quero melhorar, estudar, trabalhar, me qualificar para crescer ainda mais, mas você inventa argumentos e dá voltas para me convencer a mudar de ideia e persistir na imagem derrotista que, SÓ VOCÊ, Brasil, enxerga em mim.

Mas não tem jeito, eu vou mudar para melhor; vou crescer, conquistar o respeito que sei que mereço, e ainda que você não queira ou não me ajude, Brasil, vou ficar mais bonito ainda!

Portanto, desencane Brasil, todos os meus êxitos serão meus e seus, porque eu mesmo já desencanei e até dou risadas de sua insistência em querer dizer que neste lugar os fracassos são somente meus. Até porque só você acredita nisso, ninguém mais. Então, fica a proposta: os fracassos servirão como aprendizado entre nós dois e, de minha parte, eu vou me esforçar sempre para errar pouco e ser humilde para dividir os sucessos entre eu e você.

Bom, Brasil, eu vou ficando por aqui: não me leve a mal, eu gosto de você. No fundo você é um grandalhão de coração doce. Quando se descobre o seu lado bom, você impressiona o mundo inteiro!

A gente precisa um do outro, Brasil, e se você me entender melhor, a gente só tem a ganhar. Ajude-me a estudar, crescer, prosperar, para que cada vez mais pessoas falem bem de nossa casa e que nos olhem com mais respeito. Se levarmos em consideração a maneira como você me trouxe aqui para dentro, este lugar já era para estar no chão, mas eu optei pela conciliação. Eu quero somar e não diminuir...

E para terminar, meu prezado Brasil, perdoe-me a longa carta, mas ela reflete o nó na garganta e o desabafo contido que queria sair e extravasar, preso que estava desde aquela tarde ensolarada em que você me raptou e me trouxe à força, desde lá, para além do "grande rio".

Você me fez chegar neste lugar pra nunca mais voltar. Mas a minha mão está estendida, Brasil: é só você pegá-la e apertar...

A gente se vê por aí. Axê. Assinado: Um afro-brasileiro".

Com esta carta, Marcos ganhou um concurso estudantil, ao fim da conclusão do ensino médio. A sua redação foi escolhida como a melhor entre os seis mil trabalhos entregues e registrados como concorrentes aos prêmios.

Pela vitória, Marcos teve a oportunidade de, junto com outros alunos vencedores em outros estados, conhecer Brasília e ser recebido solenemente pelo Ministro da Educação e Cultura. Esta pequena obra também contribuiu para o aprofundamento de suas questões sobre afro-brasilidade, cada vez mais frequentes nas reflexões do jovem estudante.

À medida que o seu entendimento sobre a diáspora africana e as condições gerais dos afrodescendentes nascidos no Brasil se aperfeiçoava, mais Marcos apurava o seu senso crítico sobre os problemas que atingiam qualquer cidadão de pele mais escura da maior nação negra fora da África. Além disso, ele próprio, já um universitário dedicado, trabalhava em busca de soluções e alternativas para a promoção da cidadania de primeira classe, pelo menos dentro dos muros da Universidade Metropolitana.

E Marcos contava também com o benefício do respaldo dos pais e irmãos, os quais apoiavam integralmente a virtuosidade e o comportamento do jovem Sampaio de Souza.

Como era ele parte de uma minoria dentro do perfil médio histórico dos alunos da UniMetro, Marcos tratou de compor forças com um grupo pequeno de trinta e dois estudantes universitários negros, dentro de um universo de doze mil estudantes matriculados nos diversos cursos que a entidade oferecia. Para a surpresa de Marcos, alguns poucos alunos caucasianos se alinharam às proposições do grupo daquela minoria organizada, chamado internamente de *AfroMetro.*

A princípio, a maioria dos estudantes e os outros centros estudantis não deram importância para aquele grupo de jovens com reivindicações relativamente estranhas para o ambiente conservador do campus, entendendo que a agenda proposta pelo grupo cairia no silêncio e não encontraria eco em meio aos jovens bem nascidos e que se encontravam aos risos e abraços no *point* mais disputado em todo o campus: a cantina.

Mas em apenas um ano de curso, Marcos já havia, com a aprovação da reitoria da universidade, organizado palestras e oficinas sobre afrocidadania e estruturado, para o ranço crescente dos alunos oriundos da classe média, um núcleo acadêmico de estudantes a favor de políticas de inserção dos graduandos afrodescendentes nos demais centros estudantis espalhados pelo campus.

Cantina da UniMetro. Uma moça de rosto escuro e arredondado sentou-se à frente de Marcos.

Imperturbável, a jovem ajeitou sobre a mesa entre os dois estudantes uma bandeja razoavelmente ocupada com guloseimas altamente calóricas; refrigerante, batata frita, um volumoso hambúrguer e uma barra de chocolate. Não era à toa, refletiu Marcos, que a amiga sentada do outro lado possuía um corpo avantajado para o frescor dos seus vinte e um anos.

As roupas largas e coloridas escondiam boa parte da silhueta robusta da amiga. Uma faixa em tons verde e marrom circundava a cabeça da estudante e dava à jovem um aspecto de mulher africana, dessas vistas em publicações sobre a beleza das mulheres do Continente-mãe. E a associação procedia, pois os traços da estudante eram realmente muito bonitos. Integrante do curso de Filosofia da UniMetro, Jamira Silva era uma aluna outrora reclusa, que encontrou na causa e coragem demonstradas por Marcos um canal para extravasar toda a latência de sua veia militante, até então reprimida.

A princípio hesitante sobre o seu ingresso na AfroMetro, a associação dos estudantes afrodescendentes da UniMetro, Jamira foi conhecendo Marcos no dia a dia da universidade. Após refletir mais sobre a sua condição de jovem negra, de classe ascendente e bolsista em uma universidade cujo prestígio dos alunos era proporcional ao número de passaportes e volume da conta bancária dos pais, a estudante sacramentou convictamente a sua adesão ao núcleo e alinhou-se totalmente ao discurso do orador da chapa *Igualdade,* que era o canal político da AfroMetro, no campus.

Em pouco tempo, Jamira tornou-se uma espécie de secretária e organizadora da agenda acadêmica de Marcos: monitorava o fluxo de correio eletrônico da AfroMetro, agendava reuniões, revisava o conteúdo programático do núcleo, administrava a produção do material publicitário para a campanha de Marcos nos debates e na estratégia pró-Semana da Cultura Afro-brasileira.

Com o passar do tempo, e em razão da eficiência de Jamira, Marcos criou uma relação de confiança e irmandade com a jovem, a ponto de surgirem especulações dos outros membros mais atuantes da AfroMetro sobre um possível envolvimento mais íntimo entre os dois jovens.

A dupla se divertia com a situação, sem jamais deixar que os rumores interferissem na qualidade daquela amizade sincera e na seriedade dos propósitos do grupo.

– *Tá* servido, lindo? – perguntou Jamira, avançando com uma generosa abocanhada sobre o suculento sanduíche espremido entre os dedos rechonchudos da jovem.

Marcos apenas dirigiu um breve olhar para o volume multicolorido na mão de Jamira e voltou a percorrer as linhas da biografia em inglês do orador e militante afro-americano Booker T. Washington, dado de presente pelo irmão e que por um bom tempo ficou esquecido entre outros livros das prateleiras sempre bem ajeitadas do seu quarto.

– Não, obrigado. Eu já almocei – disse Marcos, com sua costumeira simpatia.

– Eu ainda não – respondeu Jamira, já mastigando o lanche.

Sem que Marcos tivesse tempo de raciocinar se a frase significava que aquele hambúrguer gigantesco e cheirando a *bacon* frito já era o almoço ou se tratava apenas de "uma prévia" para a refeição do meio do dia, Jamira emendou:

– Tivemos poucas adesões desde a última assembleia, Marcos. Precisamos atrair mais aliados. Eu acho que a outra chapa já deve estar com quase o triplo das nossas intenções de voto *pro* referendo... – Um gole de refrigerante interrompeu a fala e o raciocínio da estudante.

– Estamos fazendo mais do mesmo e obtendo os mesmos resultados. Temos que manter a estratégia, mas acho que é hora de mudar a tática. – Marcos fechou o livro e decidiu dar mais atenção ao assunto.

– O que você propõe então, *sabidão*? – Marcos sempre se impressionara com a habilidade da amiga em devorar grandes quantidades de alimento e saber manter vivo um diálogo, tudo ao mesmo tempo.

– Eu vou pensar em alguma coisa. *Tô indo pra* biblioteca... vem comigo? – propôs Marcos, ao mesmo tempo em que se levantava e recolhia o livro sobre a mesa.

Jamira ajeitou a alça da bolsa de couro sobre os ombros arredondados, assentou livros e cadernos em um dos braços e com a outra mão segurou como pôde a metade restante do sanduíche, seguindo Marcos em passos curtos e apressados, no fluxo contrário dos jovens que se dirigiam à cantina.

– Nosso público, Jamira, entre militantes e simpatizantes, é bem menor e com menos recursos do que o da outra chapa, e por isso mesmo temos que ser bem eficientes em nossas abordagens com os alunos do campus. Temos só mais uma assembleia e depois já vem a votação. Temos que *fazer mais barulho* com o que temos em mãos, pelas próximas semanas. Vamos fazer o seguinte...

– Marcooos! Maaarcos! – uma voz feminina com timbre aveludado avançou pelas costas de Marcos e Jamira, interrompendo as ponderações dos dois estudantes negros.

Antes mesmo de girar sobre os calcanhares, Marcos já sabia de quem se tratava: Bruna!

– Marcos! *Tá* surdo, é? – indagou a bela morena, de pele clara e cabelos negros, dona de uma beleza que se destacava entre as muitas beldades que desfilavam languidamente pelos espaços amplos da UniMetro.

Sem cerimônias e dirigindo um breve "*oi*" para Jamira, a jovem estudante apoiou-se no ombro de Marcos como quem desejasse recuperar o fôlego. Uma fragrância adocicada invadiu levemente o espaço do universitário, que teve que conter com esforço o fervor de sua carga de testosterona, ante a proximidade perturbadora da bela jovem.

Marcos, contudo, jamais deixou que o prestígio que desfrutava entre as garotas do campus, negras e brancas, fosse deturpado para aventuras sexuais que o caracterizassem como um predador de universitárias.

Crítico em relação a si mesmo, Marcos tinha consciência do seu papel e de sua representatividade junto aos demais alunos da universidade, principalmente aos olhos dos discentes negros. Tratava todas as garotas com atenção e respeito e administrava com destreza tanto as investidas diretas e indiretas vindas de várias estudantes e de várias formas; como também conduzia com discrição os flertes que eventualmente avançavam para um pouco além de uma mera troca de olhares.

– *Tá rolando* um papo muito sério com a Jamira sobre a campanha. Foi mal. Estamos indo *pra* biblioteca, vamos? – Marcos gesticulou com a cabeça, em um gesto típico de quem convida alguém a fazer alguma coisa.

Marcos temeu que a proposta feita a Bruna pudesse desagradar Jamira, mas antes que ele pudesse perceber qualquer reação contrária nesse sentido, um tom característico de chamada de celular se ouviu de dentro da bolsa de sua fiel amiga.

Após engolir o último naco do hambúrguer em suas mãos, Jamira foi para um canto do corredor para atender a ligação de seu aparelho.

– E *aê*, moça. Vai se juntar à nossa chapa ou não? – Marcos indagou à Bruna, com um sorriso franco no rosto.

– Ai, Marcos... Tipo, eu entendo a sua luta e eu já te disse que você é o primeiro *cara negão* com quem eu, tipo, fiz amizade. E só comecei a falar sobre essa coisa de raça e luta de classes depois que comecei a te conhecer melhor e conversar sobre isso com você nos intervalos das aulas. E você sabe que... Bom... mas não é sobre isso que eu queria falar com você... – disse Bruna, levando o diálogo para um outro rumo.

A jovem falava docemente, ao mesmo tempo em que deixou pousar a sua mão macia no antebraço de Marcos.

– Tudo bem, menina... então, manda.

Marcos percebeu que Jamira falava ao telefone e rabiscava freneticamente algumas anotações em uma página do caderno.

– Lembra que eu te falei sobre uma prima minha que, tipo, faz Administração no IBAM? – Bruna indagou, olhando para Marcos diretamente nos olhos.

– Sim, lembro – Marcos respondeu, já curioso pela prévia dada pela amiga.

– Pois é.... ela me mandou isso. Dá uma olhada...

Bruna retirou uma pasta preta de sua bolsa. O material tinha uma dobra ao centro, contendo alguns papéis institucionais multicoloridos e repassou a Marcos.

– Tem alguns impressos em inglês que eu não consegui traduzir, mas pelo que pude entender, trata-se de uma organização dos Estados Unidos pra universitários que, tipo, quiserem desenvolver projetos de impacto econômico em comunidades... algo assim. Achei que você pudesse se interessar.

Marcos folheou rapidamente as folhas digitalizadas contidas na pasta. De fato, e tal como Bruna havia previsto, o material capturou a atenção do jovem, que após alguns instantes sentenciou:

– Interessante... Você tem mais detalhes?

– Bom, minha prima disse que, tipo, lá no IBAM eles montaram uma equipe que já está desenvolvendo alguns projetos. Pelo que entendi também, esses projetos são julgados depois em uma competição entre universidades. Parece bem legal. Falei sobre você e, tipo, pedi *pra* ela me mandar mais informações, aí ela me mandou a pasta, que chegou ontem via correio.

– Valeu, *Bru*. Posso levar o material? Vou ler com calma e quem sabe a gente não monta uma equipe aqui no campus também, né?

– Foi o que pensei também. Tipo, liga *pra* minha prima... Anota o celular dela aí. – Bruna acionou uns comandos em seu aparelho e ditou para Marcos uma sequência de nove números.

Marcos registrou o nome e o número da prima de Bruna na memória eletrônica de seu próprio celular. Em seguida, guardou o aparelho no bolso lateral do jeans estilo *street* que trajava e, antes mesmo que tirasse a mão do bolso, um par de lábios macios pousou ousadamente no canto de sua boca.

– Tchau, Marcos. Tipo, a gente se fala depois. Já *tô* atrasada *pra* aula de Estatística.

Marcos teve tempo apenas de ver Bruna girar elegantemente sobre os calcanhares e se retirar na mesma direção da qual viera.

De sua posição, Marcos pôde observar todos os atrativos daquele corpo esguio e perfumado afastar-se em passos rápidos em direção a um dos blocos que conduziam ao setor das áreas de ciências exatas da UniMetro.

– Limpa a baba, Marcos, e vamos que temos alguns pontos a discutir sobre a próxima assembleia. – O tom de voz de Jamira trazia uma carga de ansiedade leve e sutil.

Marcos virou-se para a amiga, percebendo uma sombra de expectativa em seu olhar.

– Que foi?

– A secretaria do Comitê Eleitoral Acadêmico acabou de ligar. *Tão* procurando você. Parece que o jornal *Folha de Notícias* quer fazer uma reportagem sobre a campanha da Semana da Cultura Afro-brasileira.

– Isso é bom. Ajuda a promover a campanha em si – respondeu Marcos.

– E também querem entrevistar o seu pai ou a sua mãe. – Marcos olhou surpreso para Jamira por um segundo.

Mas logo deu de ombros, ofereceu o braço para a amiga e ambos seguiram para a biblioteca.

Capítulo 14

Entrevista

A bandeja prateada contendo café e água pousou silenciosamente sobre a mesa envidraçada ao centro da sala.

A auxiliar doméstica, que trajava um uniforme típico em preto e branco, retirou-se do ambiente. Silvio percebeu que a senhora mancava ligeiramente em uma das pernas.

Tudo ao redor do repórter ostentava luxo e um poder de consumo diferenciado: quadros europeus, tapetes mediterrâneos, livros raros, porcelanas orientais. Uma profusão de cores contrastava com as paredes alvas que reforçavam a atmosfera de sofisticação e requinte do cômodo.

Um lustre simétrico em seu formato circular e com pingentes de cristais admiravelmente brilhantes pairava sobre o ambiente, exatamente ao meio geométrico do teto, acima da mesa central do recinto, como se fosse um guardião imponente da elegância refinada da sala de estar da mansão da família Altobelli.

Silvio trajava um terno em tom cinza-escuro, o qual se alinhava com a gravata bicolor azul e vermelha em diagonal. Todo o conjunto completava-se com a camisa branca executiva, utilizada apenas em ocasiões especiais.

Uma mochila executiva preta carregava o *notebook* e o restante do material de apoio que um repórter deve sempre trazer consigo. Algumas negociações foram necessárias para que Silvio finalmente obtivesse a permissão de acesso à residência suntuosa, em um dos endereços mais restritos da cidade.

Primeiro, a solicitação formal da administração do jornal *Folha de Notícias*. Em seguida, a intervenção direta dos advogados da família: a entrevista poderia ser feita na residência dos Altobelli, mas somente com um repórter, não haveria a tomada de fotografias do interior da mansão e apenas uma foto da mãe do aluno seria publicada, e a mesma seria escolhida pela própria Laura Altobelli. As perguntas da entrevista foram enviadas com antecedência pela redação do jornal, para análise. Os procedimentos foram então acordados e a entrevista na residência finalmente confrmada e agendada.

– Olá... Sr. Silvio Mendonça? – o timbre de voz era tão elegante que parecia ter sido emanada dos quatro cantos da sala.

Uma mulher de aspecto sereno, cabelos claros e curtos, levemente tingidos e de passos firmes irrompeu pela sala.

Vestindo um conjunto social cor de jade, o qual combinava com o tom dos seus olhos, era impossível não notar os bons tratos que realçavam a beleza da mulher de meia idade, que elegantemente ofereceu as mãos em cumprimento ao repórter, antes mesmo de se colocar ao alcance da reciprocidade do jornalista.

Tudo em Laura Altobelli exalava requinte: os cabelos bem tratados, a pele de aspecto macio e saudável, o critério da roupa bem escolhida e a silhueta do corpo que denunciava a frequência de alguma atividade física regular.

– *"Corrida, natação ou quem sabe até um personal trainer..."* – especulou em silêncio o jovem repórter.

– Sim. E agradeço imensamente a disponibilidade deste espaço em sua agenda, Sra. Altobelli – disse Silvio, liberando o magnetismo peculiar de sua personalidade.

– Sem problemas. E o fato de o meu marido ser assinante do jornal ajudou bastante. – O sorriso de Laura era tão sofisticado quanto os seus modos.

– O que só aumenta a minha responsabilidade... – disse Silvio, arriscando um sorriso tímido, em contrapartida.

– Bom... acho que podemos começar, então. Por favor... – a anfitriã estendeu a mão, em uma indicação de que ambos deveriam se acomodar no sofá.

– Claro, obrigado. Antes de mais nada, acho importante frisar que a entrevista será unicamente em aspectos familiares corriqueiros, como já foi proposto com antecedência. Acredito que podemos cobrir tudo entre quarenta e cinco minutos e uma hora de entrevista, tudo bem?

– Certo.

– A senhora permite que eu grave a entrevista? – indagou Silvio, já com o dispositivo de gravação em mãos.

– Não há problemas. Siga em frente.

Silvio posicionou o pequeno aparelho digital sobre a mesa de centro envidraçada e deu início à matéria jornalística.

—— 105 ——

Um estudo prévio sobre a família Altobelli havia sido feito e um roteiro mental, com perguntas cuidadosamente selecionadas, já havia sido construído com antecedência pelo repórter.

O jornalista, àquela altura, já era sabedor do prestígio e influência que a mulher em sua frente desfrutava no topo da alta sociedade de São Paulo e dos limites que a sua sequência de perguntas poderia percorrer.

Ciente do trauma e das precauções familiares ocasionados pelo sequestro de Luca havia dois anos, e pela discrição recomendada pelos advogados dos Altobelli, não haveria a divulgação de informações sobre os hábitos de consumo da família ou qualquer outra particularidade mais reveladora sobre os seus costumes.

Silvio deu abertura à entrevista com naturalidade:

– Dona Laura, qual o segredo *pra* se administrar com sucesso o papel de esposa de um grande empresário, ser uma *socialite* de prestígio e dar conta da responsabilidade de ser mãe de um universitário brilhante?

Um brilho discreto de encantamento acendeu-se nos olhos de Laura Altobelli e, a partir dali, Silvio presumiu que o encontro se daria sem sobressaltos.

– Bom, não é fácil. Mas eu procuro desempenhar cada papel com zelo e organização e também faço questão que cada um deles se integre com o outro, tendo o cuidado *pra* que uma função não entre em conflito com as demais. Acho que é tudo uma questão de definir o que é importante, urgente ou prioritário em seu dia a dia. A família deve vir sempre em primeiro lugar. A partir deste núcleo, você vai adequando as demais atividades.

– E como a senhora descreveria a Laura esposa de empresário, a Laura *socialite* e a Laura mãe?

– A Laura esposa de empresário é aquela que em primeiro lugar verifica se está tudo bem com o marido, o filho e a casa. Fora isso, eu acompanho o esposo em viagens representativas e em alguns eventos sociais estratégicos da corporação dele. Pelas características desses ambientes, devo agir com discrição; tem o momento certo *pra* sorrir, ficar neutra, falar e expressar a minha opinião. Eu preciso ter a exata noção de que o meu marido, nestes casos, é o centro das atenções. A Laura *socialite* é aquela que reúne amigos, promove jantares e organiza ações beneficentes. Aqui, o meu nível de autonomia é maior e eu também sou, é claro, mais responsável pelo êxito das coisas que organizo. A Laura mãe é aquela que se coloca ao lado de Luca nos bons e maus momentos. Não há muito o que eu possa fazer na questão do acompanhamento de um estudante universitário, com toda esta modernidade que o ensino contemporâneo promove, mas procuro ajudar na facilitação da logística de atividades do meu filho; hora de acordar; alimentação adequada; controle de recados; etc. E não é fácil ser mãe de um aluno com tantas tarefas como o Luca, porque com o passar do tempo você passa de orientadora a orientada: *"Mãe, preciso disso! Mãe, preciso daquilo!"*. Mas eu procuro facilitar as coisas *pra* ele da melhor maneira possível. – A aparente verborragia da *socialite* não comprometia a robustez de sua elegância.

– Dona Laura... o ambiente e o estilo familiar geram influências nas tomadas de decisão do filho na universidade?

– Entendo que sim, na medida em que o filho leva *pro* seu convívio social os valores que são assimilados e praticados dentro de casa. Por outro lado, a própria vida social de qualquer pessoa acrescenta outros valores que acabam por contribuir *pra* formação geral do caráter de cada cidadão. Acho que há um *mix* entre o que se aprende dentro de casa com os outros valores que se adquire após o início de vida em sociedade.

– Qual a importância dos pais neste processo?

– Bom... acho que os pais têm a função de indicar um caminho. Mas a caminhada quem faz são os próprios filhos.

– E o que fazer quando os filhos trazem os seus conflitos e questionamentos da vida em sociedade *pra* dentro de casa?

– Discuti-los, colocá-los sobre a mesa, ajudar no que for possível... Aqui em casa é sempre um exercício muito saudável quando eu, meu marido e meu filho nos reunimos após o almoço ou jantar *pra* falar sobre negócios, alta sociedade, mundo universitário ou qualquer outro assunto. Cada um apresenta os seus argumentos, sem a necessidade de que haja unanimidade. É bom, porque enriquece o ponto de vista de cada um...

Os poucos minutos na companhia daquela mulher que Silvio Mendonça só conhecia através das notas sobre a *high society* paulistana fizeram-no entender melhor sobre o magnetismo e fascínio que ela provocava no rol dos milionários habitantes do eixo São Paulo-Miami.

– E neste sentido, como a senhora, enquanto mãe, enxerga esta polêmica com temática racial envolvendo o seu filho na universidade?

Laura precisou de uns dez segundos para refletir, antes de prosseguir.

– O tema é polêmico, mas o ambiente universitário é um lugar ideal *pra* este tipo de discussão. Junte-se a energia dos jovens, um assunto controverso e a tal liberdade de expressão e pronto: está formado um bom caldo cultural. O curioso é que eu passei toda a minha vida ao largo deste tipo de discussão. Mesmo antes de casada, a minha família já tinha empregadas e empregados negros e eu nunca tive problemas com nenhum deles. Tem até um episódio na minha juventude... Não, não... apaga essa última parte... Desculpe. – O entusiasmo de Laura diluiu-se por um lapso de segundo.

– Tudo bem – assentiu elegantemente Silvio.

– Só tira essa última parte sobre a minha juventude. – O repórter percebeu a ênfase discreta dada às duas palavras finais da fala da mulher ao seu lado, no sofá.

– Sem problemas. Qual a opinião da senhora sobre o racismo e o preconceito de cor, Dona Laura?

– Não temos esse problema em nossa família. A minha nora é japonesa! – A introdução da namorada de seu filho na entrevista pareceu trazer um entusiasmo súbito à expressão facial da mulher.

– Se ela fosse negra, a senhora aprovaria a relação? – Silvio se deu conta de que aquela pergunta fora formulada em um impulso, uma vez que não fazia parte do roteiro mental previamente preparado por ele e também não fazia parte do questionáro enviado previamente para a análise de Laura.

Silvio teve ali a certeza, naquele instante e olhando diretamente nos olhos da mulher à sua frente, que se a entrevista tivesse sido feita à distância, aquela pergunta jamais teria sido formulada.

A indagação claramente pegou a *socialite* de surpresa. Ela olhou para o repórter com uma expressão um tanto assustada. O entusiasmo anterior desaparecera de seus olhos. Por um breve segundo Silvio temeu pela continuidade da entrevista.

Para alívio do repórter, um sorriso aberto e espontâneo ressurgiu e brilhou nos lábios finos de Laura Altobelli. Uma arcada de dentes perfeitos pôs-se à mostra.

– É uma pergunta difícil... Por outro lado, conheço o meu filho e tenho razões para crer que ele jamais se envolveria com uma negra. E você, já namorou alguma negra? – Silvio teve a impressão, talvez errônea, de que a pergunta servia mais como um desafio do que uma curiosidade. A pergunta da *socialite* seria, é claro, eliminada posteriormente da publicação final da entrevista.

– A minha profissão toma muito tempo. Não sobra tempo *pra* namorar. Qual a opinião da senhora *pra* esta polêmica nacional das cotas raciais nas universidades?

– Polêmica desnecessária e acho tudo isso um absurdo. Uma pessoa tem que se qualificar pelos méritos próprios e não por sua ascendência étnica. – A assertividade de Laura não deixava dúvidas quanto ao seu posicionamento sobre o assunto.

– Qual a primeira pessoa que lhe vem à mente, em se tratando de personalidade negra brasileira?

– Pelé e... hmm... Jair Rodrigues!

– A senhora os convidaria *pra* um jantar em sua residência?

– Mas é claro!

– Por terem dinheiro?

– E por serem do meio. – A *socialite* parecia bem à vontade em delinear as condicionantes para que uma pessoa contasse com o prestígio de poder aparecer em sua lista seletíssima de convidados das reuniões sociais que de tempos em tempos gostava de organizar naquela portentosa mansão.

– O dinheiro, neste caso e *pros* negros, abre portas?

– Dinheiro facilita o acesso. *Pra* negros, índios, nordestinos... todo mundo! Silenciosamente, Silvio achou peculiar o fato da mãe de Luca colocar negros, índios e nordestinos em uma mesma frase.

– E agora uma última pergunta: O que a senhora diria *pra* liderança do movimento a favor da Semana Cultural Afro-brasileira?

– O Brasil é de todos nós. Esse tipo de movimento só serve *pra* nos separar. Todos têm direito a uma boa educação, um emprego decente e uma cidadania de primeira classe. Não fiquem esperando que o governo faça tudo *pra* uma classe da sociedade, enquanto que a outra vai à escola, estuda, batalha, se qualifica e acaba obtendo os melhores empregos e sobe socialmente. Façam a mesma coisa!

– Sra. Altobelli, muito obrigado.

Silvio acionou o dispositivo de interrupção de gravação do aparelho de áudio, o qual estalou um clique seco e o depositou em um dos muitos bolsos da mochila que trazia consigo.

A *socialite* contemplava os preparativos de partida do repórter e com o canto dos olhos Silvio percebeu um lapso de hesitação que varreu o semblante da anfitriã.

Uma sensação de desconforto começou a tomar conta de seu interior. Uma vibração silenciosa e estranha construiu-se entre a senhora e o repórter. Sem saber ao certo como reagir, Silvio levantou-se em um movimento rápido, ao mesmo tempo em que ajustava a bolsa, já fechada, em um dos ombros.

—— 109 ——

– Obrigado pela oportunidade, Dona Laura, e conforme o combinado, amanhã eu enviarei para os seus advogados, por *email*, a versão editada da entrevista que será publicada no jornal.

– Tudo bem. Não há problemas... Silvio Mendonça, correto? – indagou Laura, com uma expressão de quem analisava a alma do repórter, através dos olhos.

– Isso mesmo, Sra. Altobelli – disse o jornalista da *Folha de Notícias*, já próximo da porta de saída da sala de estar.

– Sim, sim, Silvio. Sabe...? – Laura pareceu titubear de novo.

Por prudência, Silvio não se atreveu a incentivar a hesitação persistente no olhar da mulher ao seu lado, já explícita.

Laura mantinha a mão na maçaneta dourada da porta.

– Passe bem e obrigado – disse Silvio, no seu deslocamento em direção à porta. O repórter saiu da residência e ganhou o *hall* externo da casa. De onde estava, o jovem pôde visualizar parte da porção ajardinada da área frontal da mansão, no exato instante em que sentiu um leve toque em seu braço. O contato das mãos de Laura Altobelli o forçou a brecar os passos e olhar para trás.

Ao contemplar a senhora parada junto ao lado externo da porta de entrada, Silvio percebeu uma sombra de arrependimento naquele par de olhos claros. A mesma expressão que Silvio percebera quando a *socialite* fizera a breve menção sobre a sua juventude, durante a entrevista.

O máximo de gesto que o bom senso do repórter lhe permitiu naquele momento foi o de ficar por dois ou três segundos parado sobre o retângulo de sisal na soleira da porta, à espera de uma revelação que justificasse a hesitação misteriosa da *socialite*, pelos últimos minutos.

Em uma tentativa de quebrar o embaraço daquele breve instante, Silvio enfiou a mão em um dos bolsos do paletó e retirou um cartão de visitas, repassando-o às mãos da mulher.

– Bom, caso haja mais algum detalhe que gostaria de acrescentar, fique com o meu cartão.

– Tudo bem. Vou te passar um *email*... sobre a parte que pulei durante a entrevista – respondeu a mulher, enquanto lia as infomações impressas no cartão.

O repórter despediu-se, mais curioso em tentar entender do porque da Sra. Altobelli decidir revelar mais tarde o relato sobre algo que ela teve a chance de informar na própria entrevista do que pelo fato de ela ter abortado a mesma informação durante a produção da matéria.

—— 110 ——

Capítulo 15

Banzo

Walterboro, sexta-feira, 14h:48min.

Ashley levantou sutilmente o boné vermelho e preto do time feminino de basquete da Universidade da Carolina do Sul, onde sua prima Kelsey era atleta e bolsista. Com um leve erguer do torso, a jovem olhou para os quatro livros que repousavam pacientemente sobre a mesa de plástico branca e redonda instalada junto a piscina de formato sinuoso aos fundos da casa ampla da família LaVernne.

O calor do meio de tarde e uma rara coincidência de folgas da universidade e do Museu de Relíquias da Escravidão foram um convite para que a jovem moça pudesse desfrutar daquele setor da casa, que andava um pouco negligenciado desde que iniciara os seus estudos superiores em Salkehatchie.

Assim como acontecia em outros locais dos Estados Unidos, Ashley sabia da sua condição de jovem negra que residia em um bairro de classe média predominantemente branca. Através de conversas pontuais com o pai, quando criança, a estudante aprendeu que a classe média negra nos Estados Unidos existia desde antes do fim da escravidão na América.

Todavia, aprendera também com Lou que naqueles tempos a classe de negros privilegiados consistia apenas de afro-americanos de pele mais clara e que se integravam com menor dificuldade nos ambientes plutocráticos e que também despontavam eventualmente em cargos profissionais mais destacáveis.

Mas, ainda que os "mais claros" fossem mais aceitos, esses eram, contudo, segregados pelos brancos e também eram isolados e até mesmo estigmatizados pela comunidade negra das camadas inferiores e de discurso revolucionário.

Ashley depois aprendeu que, até meados da década de 1950, a maioria daqueles que se consideravam negros da classe média estavam confinados aos subúrbios Americanos e ainda coabitavam com a classe operária e também com os afro-americanos mais pobres.

Ashley ouvira também de Lou Thomas que esse cenário começou a mudar com o Movimento dos Direitos Civis no país.

Desde a década de 60, a classe média negra crescera consideravelmente nos Estados Unidos e os afro-americanos ascenderam às posições melhor remuneradas e puderam elevar significantemente o seu nível educacional. Longe de se isolarem e de serem identificados unicamente pela cor da pele, os negros endinheirados dos Estados Unidos, então em maior proporção, primeiramente se integraram aos bairros brancos e em uma etapa seguinte passaram a multiplicar os seus próprios bairros, de classe média predominantemente de afro-americanos.

Mais tarde, já uma estudante universitária, Ashley tomou conhecimento, através de suas pesquisas em Sociologia, de que foram necessárias três décadas para que a classe média negra dos Estados Unidos se consolidasse como um segmento da sociedade Americana com características distintas.

Dekalb do Sul, em Atlanta, Condado de Prince George, em Maryland e Baldwin Hills em Los Angeles, ganharam notoriedade na América como nichos residenciais de afro-americanos com poder de consumo acima da média.

Não foi o caso da família LaVernne, uma vez que Lou Thomas optou por adquirir a bela residência naquele bairro de Walterboro. Pela conveniência da proximidade com a sua família, residente a algumas poucas milhas ao norte da cidade e pelos condados vizinhos, e também visando o conforto e segurança de sua Ashley.

E uma parte desse privilégio era desfrutada naquele instante por Ashley, à beira da piscina de sua casa.

O seu corpo esguio e bem torneado descansava sobre uma esteira de material sintético vazado, sob o sol forte que jorrava os seus raios na pele escura e homogênea de Ashley.

O biquíni cor de rosa harmonizava-se com o tom bege claro das pedras que circundavam o azul da piscina e com o verde do gramado bem cuidado da área ao redor do pequeno balneário. Aquela seria uma das poucas oportunidades que ela teria para relaxar e aproveitar um tempo maior em casa com a mãe, antes de embarcar para o Brasil como parte de sua pesquisa de campo, pela universidade. A interferência do pai, como ela previra, agilizou os processos de obtenção do visto brasileiro e o seu embarque se daria sem entraves em alguns dias.

A jovem ajeitou o boné sobre os olhos. Em seguida, reclinou-se para trás. Acomodada sob o sol intenso de Walterboro, Ashley repassou mentalmente os livros que compunham uma parte do arsenal bibliográfico que consultava para a elaboração de sua tese acadêmica...

"*Escravo e Cidadão: O Negro nas Américas*", de Frank Tannenbaun, "*Escravidão: Um Problema na Vida Institucional e Intelectual Americana*", de Stanley Elkins e "*Interpretações da Escravidão: Os Estados Escravocratas nas Américas*", de Arnold Sio. Todas as obras constavam no texto "*Escravidão no Brasil e nos Estados Unidos, um ensaio em História Comparativa*".

Sua atenção para as questões da diáspora africana surgiu aos dez anos, durante uma visita familiar à casa de Tio Maurice, pai de sua prima Kelsey.

Quando ainda era uma criança, em meio ao churrasco tradicional de uma Family Union[5], evento que reunia os vários membros da família LaVernne espalhados pelo país, Ashley abrigava-se atrás de uma árvore, procurando esconder-se da horda de primos e primas que se divertiam e faziam algazarra com suas brincadeiras de pique-esconde.

O pai sentava-se por perto com os irmãos e outros adultos, os quais falavam de generalidades e contavam piadas. A certa altura, questionado sobre as suas experiências como fuzileiro fora dos Estados Unidos, o pai de Ashley, já um pouco afetado pela quantidade de cerveja consumida naquela tarde, sentenciou:

– "... e os negros no Brasil são diferentes..." – lembrava-se Ashley, com clareza.

Embora voltasse a brincar normalmente pelo resto do dia, aquela frase ficou gravada na mente da menina.

No trajeto de retorno para casa, no horário avançado de uma noite de um domingo já distante, a pequena Ashley questionou inocentemente o pai, até então em silêncio e focado na consistência de sua condução pela interestadual sul 95.

Lou, Isabel e a filha tinham acabado de deixar Summerton, no condado de Clarendon, umas setenta milhas ao norte de Walterboro e onde ocorrera a reunião da família.

– Dad, how come Black folks in Brazil are "diferentes"?[6] – perguntara inocentemente a pequena Ash, no banco de trás do veículo.

– Hey you little rascal... were you listening to your old man´s talk?[7] – o tom de voz do pai era de espanto e suspeita ao mesmo tempo, ainda que ligeiramente jocoso.

---

5   Tradução: União Familiar. Reunião consanguínea típica e comum em famílias afro-americanas.

6   Tradução: – Pai, como assim os negros brasileiros são "diferentes"?

7   Tradução: – Ei, espertinha... você estava ouvindo a conversa do seu velho?

Os olhos de Lu focavam a estrada e fizeram um malabarismo para localizar a filha no banco traseiro, através do retrovisor.

– Nope...[8] eu escondia atrás de árvores.

O pai nunca se opôs ao fato de Ashley invariavelmente esforçar-se em conversar com ele mais em português do que em inglês, pois a proficiência da menina era de qualquer forma adequada ao seu próprio nível de entendimento da língua.

Mas as respostas do pai eram sempre em inglês e raramente ele interagia com Ashley através da língua nativa da mãe, que naquele exato momento ignorava completamente o diálogo entre pai e filha, dentro do carro. Isabel estava recostada no assento do carona do Lincoln Continental cor de vinho e envolta no mais profundo sono, já desde as primeiras milhas rumo ao sul.

O pai aguardou alguns segundos, como sempre fazia, toda vez que a filha lhe dirigia perguntas que demandassem respostas mais elaboradas, mas que não fugissem do nível de entendimento lógico da menina.

– Bem, doçura. Como você sabe, o pai morou alguns anos no Brasil. Quase cinco anos, para ser mais exato. Mas antes de me tornar fuzileiro, papai era muito envolvido com grupos de afro-americanos, interessados em que nós negros tivéssemos uma vida melhor, aqui na América. Isso foi há mais de trinta anos e papai era bem jovem. Era uma época diferente em nosso país. Era perigoso até para um jovem negro sair às ruas à noite. Corria-se o risco de se voltar muito machucado para casa ou até mesmo nunca mais voltar. Mas, ainda assim, nós formávamos grupos de protesto e participávamos de passeatas. O Sul do país era muito movimentado com esses acontecimentos; escolas, igrejas, associações, líderes... bem, todos se engajavam, apesar dos riscos, para combater o tipo de tratamento que era demonstrado aos negros da América. Isso fez com que a minha geração, ou aqueles que cresceram envolvidos nesses acontecimentos e que sofreram com todos aqueles problemas, amadurecessem com uma visão politizada um pouco diferente das gerações anteriores e também com a autoestima mais fortalecida. "I´m Black and I´m proud!" era mais do que uma canção do James Brown para nós, era uma palavra de ordem.

As recordações daquele homem negro de ombros largos e cabelos escovinha começaram a ganhar volume em seu discurso.

Embora ele estivesse concentrado nas faixas e curvas da interestadual 95, algumas imagens mantidas em lembranças de tempos idos desfilaram em sua retina: a filiação informal junto aos Panteras Negras de Charleston, as assembleias clandestinas, as batidas policiais, o aliciamento de outros jovens, as campanhas estudantis difundindo o "Programa dos Dez Pontos", as divergências internas,

---

8   Tradução: – Não mesmo...

a saída do grupo, o alistamento nos fuzileiros, o Vietnam, a emboscada, o tiro no abdômen, o retorno para casa, as condecorações por mérito, o destacamento para serviços de segurança diplomática junto ao Departamento de Estado, o posto no Japão, a transferência para o Brasil, um incidente em São Paulo, uma jovem negra de olhar tímido, o casamento, a volta para os Estados Unidos, o nascimento da filha, a obtenção do posto civil junto às Nações Unidas, a vida passada mais em Nova Iorque do que em Walterboro...

– E por causa de tudo isso, eu aprendi a enxergar uma boa parte de nós, afro-americanos, com orgulho. Eu preservava a minha autoestima mesmo se tivesse que cruzar uma esquina tomada por militantes da Ku Klux Klan. Mas no Brasil... não sei... pelo tempo que vivi lá... vi muitos negros e pouca militância, embora exista quase o mesmo número de negros e brancos no país e ainda assim... Sabe filha... eu tinha a impressão de que os negros no Brasil naquela época andavam com a cabeça baixa e os olhos pregados no chão. Você entende o que estou dizendo?

– Aham... – a resposta de Ashley soou mais sonolenta do que indiferente.

– Até a sua mãe... Quando eu a conheci, o que me chamou mais atenção nela, além da beleza natural que ela tem, foi o olhar tímido e terno que ela apresentava. Ali eu deduzi que a única maneira que eu teria de que aquele olhar triste estaria seguro, seria se ela se casasse comigo. – Lou ameaçou um sorriso.

Era raro o pai de Ashley falar sobre a esposa de maneira tão carinhosa na frente da filha.

Seria porque ela estava dormindo ou o efeito das muitas Bud Lights consumidas por ele desde sexta-feira à noite?

– Mamãe é triste por... ham... saudadis de Brasil. Todos negros de Brasil são tristes, dad?

– Bem, filha, depois que fomos tirados da África, a tristeza passou a ser uma companheira constante dos afro-descendentes nas Américas. Existe uma palavra africana para definir essa sensação: "banzo". E também não foi por acaso que criamos o blues, aqui mesmo no sul da América, que é a essência musical do sentimento de... "saudadis"... Nunca entendi muito bem essa palavra em português, até o dia que sua mãe me explicou o seu significado, antes de você nascer. Mas eu sempre tive a impressão de que os negros do Brasil têm uma aparência de sofrimento mais acentuada do que os negros nos Estados Unidos, mesmo sendo eles os reis do samba e do futebol. Talvez por que aqui somos em menor número e tivemos que lutar em várias frentes diferentes para sobreviver... não sei... pode ser que este detalhe nos deu um senso de unidade mais organizado do que no Brasil... ou talvez porque a escravidão aqui foi encerrada antes da escravidão no Brasil...

----- 115 -----

As dúvidas do pai e o olhar triste da mãe foram as bases motivadoras que fizeram despertar a veia pesquisadora de Ashley.

Foi a partir daquela viagem por uma estrada do sul dos Estados Unidos, entre Summerton e Walterboro, que nasceu o interesse de Ashley Santos LaVernne pela Diáspora Africana.

Os estudos e pesquisas da menina sobre o assunto se iniciaram a princípio de forma lúdica, para depois adquirirem um formato científico e de caráter acadêmico em poucos anos.

O emprego no Museu Afro-americano de Walterboro e as manobras para o período de pesquisa de campo no Brasil foram só uma questão de tempo.

– Nós somos mais felizes que negros de Brasil, dad?

– Não, filha. Apesar dos avanços em nossa comunidade, também temos problemas sérios em nosso meio. Eu diria que em termos de inclusão social estamos alguns anos mais adiantados do que os nossos primos do hemisfério sul. Mas por outro lado, em muitos aspectos, os negros brasileiros estão em condições bem melhores do que a grande maioria dos negros em solo africano. Sei do que estou falando, pois já visitei muitos países da África...

Recostada no assento traseiro de um carro de luxo que deslizava a média velocidade de volta para casa e com o olhar fixo no céu escuro e estrelado da Carolina do Sul, a pequena Ashley teve a descoberta de que ela mesma, filha de um negro dos Estados Unidos e de uma negra do Brasil, fazia parte do enredo histórico que fazia convergir para um mesmo ponto três pontas da trama de um triângulo articulado aos poucos, ao longo da Era moderna e contemporânea.

E foi assim, ainda na pré-adolescência, olhando as estrelas sulinas do banco de trás do automóvel de sua família, que Ashley começou a compreender que a África, o Brasil e a América tinham em comum um fator que os unia consanguineamente: O negro.

Um ruído de passos lentos e cadenciados fez Ashley pôr de lado as suas abstrações. Uma voz carinhosa e já também afetada pelo avanço da idade anunciou:

– Uma boa limonada gelada *pra* aliviar o calor, baby.

– *Thanks, mom, I sure need some!*[9] – a voz de Ashley deixava explícita a sua satisfação pela costumeira providência da mãe.

Isabel pousou a bandeja e se acomodou na outra esteira, situada do lado oposto de Ashley, fazendo com que a mesa de plástico se situasse entre as duas.

---

9   Tradução: – Obrigado, mãe. Eu bem que preciso mesmo!

– Você passou filtro solar, filha? – indagou a mãe, ao mesmo tempo em que se servia do refresco sobre a mesa.

– Como sempre, *mamma*.

– Você tem uma pele muita bonita, filha. Precisa cuidar bem dela.

– *That´s a fact.*[10]

Ashley esticou os braços e também se serviu com uma quantidade generosa da limonada caprichosamente preparada pela mãe.

Como de hábito, Isabel tivera o cuidado de adicionar uma quantidade generosa de cubos de gelo no copo da filha.

A jovem introduziu dois canudos de plástico no líquido e ajustou o encosto da esteira de modo a ficar em uma posição mais vertical e saborear o refresco em suas mãos. Uma primeira sorvida e... perfeito!!!

Enquanto sentia o frescor e o sabor adocicado do preparado lhe causar um efeito contrastante com o calor abafado do meio de tarde, Ashley cerrou os olhos e perguntou à mãe:

– *Mamma*, porque nunca voltou *in* Brasil?

Isabel Ashley jamais se furtou em responder às perguntas de sua filha e como mãe se sentia orgulhosa por saber que sua persistência em falar em português com a menina havia produzido um resultado tão eficiente na eloquência da jovem.

Pela primeira vez, entretanto, a mãe de Ashley sentiu-se impulsionada a mudar de assunto, mas virou-se com um olhar terno para a filha e determinou-se a dar prosseguimento ao diálogo.

– Saí de lá bem jovem, *darling*. E quando saí de minha cidade *pra* trabalhar em São Paulo, jamais imaginei que em poucos anos a minha vida iria mudar tanto. Conhecer o seu pai transformou a minha vida. Eu só me arrependo por não ter aprendido o inglês tão bem, mesmo morando aqui depois de tanto tempo. Mas, *pra* responder a sua pergunta... eu perdi o contato com a minha família, *honey*. A última vez que vi meu pai e minha mãe, eu já estava de mudança *pros* Estados Unidos e não houve nem despedida, nem cerimônia religiosa... só assinatura de papel. Seu pai, é lógico, estava comigo e não é preciso nem dizer a dificuldade *pra* ele se comunicar com o meu pai e a minha mãe. Mas o português dele sempre foi melhor do que o pouco inglês que sei...

"Quando eu e o seu pai fomos pra minha cidadezinha, o seu avô ficou calado e triste, a sua avó me olhava com os olhos cheios de lágrimas. Mas eu sabia que no fundo ela sentia orgulho em ver que eu estava indo embora do Brasil com chances

---

10   Tradução: – É verdade.

de ter uma vida melhor. Eu me lembro também da cara de espanto do seu Tio Dito, meu irmão mais velho. Sempre me lembro dele. Quando eu era pequena, ele me protegia de tudo e costumava fazer bonecas feitas de galhos de árvore pra eu poder ter com o que brincar. Ele sempre gostou de ajudar as pessoas. Depois que... bom, quando eu já era mocinha, ele entrou para o Corpo de Bombeiros. Mesmo depois que eu fui pra São Paulo, ele me visitava sempre, só para ter a certeza de que tudo estava bem com a irmãzinha dele. Com ele aprendi o significado da palavra herói... Ele era o meu irmão amado. Eu e o seu pai pedimos pra ele ir com a gente até o aeroporto, pra alguém da família fazer a despedida. Nunca mais esqueço a imagem dele dando tchau pra mim... Isso nunca mais saiu das lembranças de sua mãe. Eu me lembro que ele, que já era grande... ele ficou mais tranquilo em saber que eu estava me casando com um negro maior e mais forte que ele. Eu e seu pai chegamos lá na minha cidadezinha em um dia e voltamos para São Paulo dois dias depois".

"E eu e seu pai éramos muito ligados um no outro e a gente fazia um casal muito bonito, mesmo eu sendo brasileira e ele Americano, com modos e culturas tão diferentes. Depois do casamento, eu ainda mandava cartas pra minha família no Brasil. O Dito sabia ler e escrever e poderia passar os recados para os meus pais. Foi o que pensei, mas eu nunca recebi uma resposta das cartas que enviei. Depois, as minhas cartas diminuíram e depois eu parei de escrever. Nunca mais tive contato, não sei se meus pais estão vivos e nem sei se eles ainda moram no mesmo lugar. Não me sinto bem quanto a isso e gostaria de saber deles; saber como estão e dizer que ainda sinto amor por eles e que apesar de todo este tempo, ainda penso neles quase todos os dias. Eu gostaria de poder ajudar a todos, até com dinheiro, agora que minha vida mudou... E também sem eles não havia outro motivo pra eu retornar ao Brasil. A minha passagem pela cidade grande foi curta e difícil. Trabalhei para algumas famílias. Trabalhava muito, ganhava pouco... Pessoas com dinheiro, mas sem noção de limites. Juventude meio sem juízo. Mas voltando ao assunto... sem contato com a minha família, não havia razão pra eu voltar e não voltei. Não tenho orgulho em dizer isso pra você, filha, mas esta é a verdade."

– Entendo, *mom*. Você... *regret*[11]?... de morar *in* Estados Unidos?

– Não, filha. O que eu consegui aqui com seu pai, eu não conseguiria em quarenta anos de trabalho duro no Brasil. Mesmo com o sacrifício e o preço de perder o contato com a minha família, aquela foi a decisão mais certa. Eu e o seu pai temos, sim, os nossos problemas. O sentimento já não é mais o mesmo, e o casamento perdeu de vez o encanto de uns

---

11   Tradução: se arrepender.

anos *pra* cá. Mas valeu, conheci coisas e lugares que jamais sonhei, vi pessoas que jamais imaginei conhecer, aprendi o básico de uma outra língua, coisa que jamais pensei *pra* mim quando ainda morava no Brasil e acima de tudo, tive você, *darling*. Você compensou tudo e evitou que a minha vida nos Estados Unidos tivesse apenas o lado material. Quando você nasceu e foi entregue em meus braços na maternidade, eu vi esses olhos amendoados... ali eu entendi o sentido de minha vida. Hoje você é jovem, linda e inteligente. E eu tenho a sua amizade, a sua atenção e o seu respeito. Aprendeu a minha língua como eu não consegui aprender a sua direito e, graças a Deus, tenho com quem conversar nesta terra desde que você completou cinco anos. – O timbre de voz de Isabel acusou uma melancolia captada pela sensibilidade de Ashley. A filha olhou para a mãe com o mais terno olhar que pôde construir.

– *I love you, mamma. And I always will.*[12] Eu não poderia pedir uma mãe melhor do que você.

– Obrigado, *honey*. É muito bom ouvir isso... E por falar em pedir... eu tenho um pedido pra te fazer. Só você pode me ajudar, filha...

---

12   Tradução: – Eu te amo, mãe. E eu sempre vou te amar.

Capítulo 16

Um divã

Luca repousava sobre um estofado de consistência mediana, cujo formato se moldava confortavelmente aos contornos de sua nuca. Com as mãos à altura do peito e os pés aquecidos por meias em lã bege com estampas em azul marinho, o jovem fixava distraidamente o olhar nas pás cor de mogno do ventilador instalado no teto branco da sala.

O escritório suntuoso localizava-se em uma casa bucólica construída em uma rua extensa e plana da Vila Mariana. O logradouro transformara-se, ao longo dos anos, em um filão de casas comerciais e de prestação de serviços, naquela parte de São Paulo.

Uma leve inclinação do tronco permitiu ao jovem contemplar os diplomas e certificados que revestiam a parede atrás da escrivaninha da Doutora Cassandra Furtado, uma das mais conceituadas psicoterapeutas do país, de prestígio internacional e com diversos trabalhos publicados na área de terapia comportamental.

A psicoterapia tornou-se a válvula de escape do jovem, filho de Laura e Giulli Altobelli, ante as sequelas comportamentais causadas pela situação de extrema violência vivida pelo estudante nas mãos da quadrilha de assaltantes de quem fora vítima.

O trauma do sequestro, mais a experiência *quasi mortis* vivenciada por Luca durante o ataque ao seu veículo, perceberam os pais, trouxeram reflexos danosos para o equilíbrio mental do filho. Laura e Giulli, preocupados com os efeitos que o incidente veio a provocar na estabilidade emocional do filho, providenciaram para que ele se submetesse às sessões regulares de terapia como uma opção para a retomada natural do ritmo de um jovem universitário que antes do incidente demonstrava ter um caráter alegre, brincalhão e extrovertido. A ocorrência transformara por completo a personalidade do jovem.

A princípio, Luca relutou em ceder à abordagem dos pais, mas a persistência abnegada da mãe o fez, por fim, reservar um dia da semana para sessões de quarenta e cinco minutos com a Dra. Furtado.

Vestida em um indefectível e ainda assim elegante jaleco branco, a terapeuta irrompeu à sala em passos cadenciados e posicionou-se em um ângulo fora do campo de visão de Luca.

– Boa tarde, Luca – a voz de Cassandra imprimia a marca de sua experiência na área.

As primeiras consultas com o estudante foram eminentemente de relaxamento, até que a especialista garantisse a conquista da confiança de Luca.

– Oi, Doutora – respondeu Luca, ocasionalmente de olhos fechados.

Formada em psicologia e também com diversas especializações nos campos da psicanálise e psicoterapia, a especialista, sentada na poltrona ao lado do divã, era uma referência no conhecimento da mente humana e, além disso, o seu consultório era um dos mais requisitados em todo o país.

Laura Altobelli teve que fazer uso do prestígio e influência de seu nome para obter uma antecipação no agendamento das consultas da doutora, já comprometido por meses a fio.

Um olhar dócil, adornado por cabelos acinzentados e com um corte conservador, abrigava-se atrás de um par de óculos de armação acrílica e de coloração rubra, o máximo de modernidade a que se permitia a especialista, já na sua sexta década de existência e a quarta de atividades profissionais na área.

Luca, desde a primeira consulta, percebera que a terapeuta expressava-se num tom de voz linear e equilibrado, materializando a credibilidade dos diplomas e certificações que ilustravam quase dois terços de uma das paredes do espaço que acabara de ter a sua porta de acesso obstruída pela própria especialista, pelos próximos quarenta e cinco minutos.

Os anos de pesquisa e aplicação prática de técnicas terapêuticas mostraram à doutora que a psicoterapia e o tratamento psiquiátrico deveriam ser aliados da psicologia, e Cassandra dedicou-se intensamente no estudo dessas disciplinas, no intuito de contribuir de forma significativa com as ciências destinadas a auxiliar na elucidação dos mistérios da mente humana. E ela o fez com inegável competência.

Entre os cursos de formação superior e licenciatura, somados aos estágios supervisionados, foram vários anos de muitas pesquisas e sacrifícios, uma vez que a habilitação para a realização do psicodiagnóstico, da psicoterapia e orientação, passou a fazer parte do seu planejamento para a evolução em sua área de estudo. Com o passar do tempo, e à medida que consolidava a sua carreira, a reputação da especialista obteve

—— 121 ——

reconhecimento internacional em razão de suas teses e artigos produzidos na área de psicologia social.

Ortodoxa da escola de Freud e adepta das técnicas de interpretação das mensagens inconscientes das palavras, o grau de sucesso da carreira de Cassandra também se baseava em sua reconhecida habilidade em "conectar" com seus pacientes, por mais complexa que fosse a patologia detectada. Por idealismo profissional, sentia-se particularmente compelida em tratar de jovens com distúrbios psíquicos, pois percebia nesses a força motriz capaz de trabalhar em prol de um mundo melhor.

Não tinha a pretensão de ser a solução de todos os problemas da juventude moderna, mas procurava ser para esta um caminho alternativo, quando tudo parecesse perdido.

Exercia a psicoterapia com a motivação de propiciar aos jovens instáveis a possibilidade de descobrir "o outro lado da moeda". E Cassandra também abraçava a causa de, através de seu ofício, fazer com que eventuais experiências adversas da juventude fossem conduzidas e administradas da forma menos traumática possível, sem comprometimento significativo do adulto ainda em processo de formação.

Alguns meses após a ocorrência do sequestro, os pais de Luca perceberam uma alteração brusca do comportamento do filho.

Se por um lado o estudante aproximou-se mais da mãe, em contrapartida, as suas saídas costumeiras se tornaram menos frequentes. Além disso, Luca tornara-se mais calado do que geralmente era e suas conversas passaram a ter uma visão social mais crítica e uma linguagem mais ácida no tocante às classes menos favorecidas, às quais passou a dirigir mais a sua atenção desde o incidente, como nunca o fizera antes.

A presença constante, o amor incondicional e o caráter extrovertido de Akemy, a namorada alegre e otimista do jovem, tornaram-se elementos significativos no processo de reintegração social de Luca, mas alguns reflexos do sequestro ainda se manifestavam inesperadamente no comportamento do estudante, na forma de surtos de pânico e pesadelos noturnos.

Havia ainda ocasiões em que ele simplesmente recusava-se a sair da residência por dois ou três dias, centrando todas as suas atividades no interior da residência e dando conta de seus afazeres por meio do celular e da internet.

Naquela fase da abordagem, desde as primeiras sessões de terapia, as técnicas da Doutora Cassandra procuravam auxiliar Luca a reconquistar o controle sobre essas novas reações, pela prática do relato oral.

Era preciso que o paciente projetasse os seus pensamentos e suas emoções subliminares.

O objetivo era fazer o estudante sentir, redescobrir e trazer para dentro do consultório episódios eleitos por ele próprio, para que pouco a pouco se iniciasse o detalhamento e o reconhecimento do seu interior, e a partir daí, mapear formas de auxílio que a terapia ajudasse a promover para a retomada de uma condição de saúde mental mais equilibrada e saudável.

Com o acúmulo das sessões, Luca por fim descobriu a satisfação de ter para si a "posse" daquele horário e local onde tinha o direito de ser *"ele mesmo"* por inteiro.

Relatar-se de forma espontânea, explorar temas escolhidos, falar e aprender a ouvir a própria voz em uma relação de pura empatia com a terapeuta, diante da melancolia que povoava as suas reflexões desde o sequestro, tornou-se uma atividade não só gratificante como também enriquecedora.

Cassandra, por sua vez, procurava elencar os impactos causados pela passagem traumática e violenta do incidente, no equilíbrio emocional de Luca. Sua vasta experiência em outros casos semelhantes lhe autorizava a contextualizar aquele caso específico.

Fruto de seus estudos acumulados ao longo de sua carreira, Cassandra sabia que aquele se tratava de mais um caso em que a violência urbana se configurava em uma prioridade de primeira grandeza dentro do espectro de preocupações de toda a sociedade.

De acordo com alguns levantamentos realizados pela própria doutora para a publicação de um artigo escrito por ela para uma revista científica, o Brasil detinha a quarta posição mundial em número de homicídios, com uma taxa de vinte e sete homicídios por cem mil habitantes, perdendo apenas para Colômbia, Venezuela e Rússia.

Quando apenas os jovens eram considerados, o país subia para a terceira colocação, atrás de Colômbia e Venezuela. O mesmo estudo revelava uma concentração particular de vítimas de violência no país nessa faixa da população: a taxa de mortalidade por homicídio entre os não-jovens era de quase cinco por cento, enquanto que entre os jovens o número subia para mais de trinta por cento. Os levantamentos de Cassandra Furtado mostravam que Luca Altobelli era um verdadeiro sobrevivente.

Cassandra era defensora da tese de que à medida que o problema da violência urbana sofria transformações em sua dinâmica, ela deixava de ser uma métrica estatística a ser estudada e eventualmente enfrentada e passava a ser uma fonte de estudos também da psicologia, em que muitos acadêmicos tinham aprofundado pesquisas sobre o tema.

A doutora também fazia parte de um núcleo de profissionais denominado Grupo de Estudos da Violência da Pontifícia Universidade Católica de São Paulo, o qual buscava também interpretar o fenômeno da violência urbana e contribuir para a compreensão do problema e produção de estratégias capazes de modificar aquele quadro.

Um pré-diagnóstico do caso envolvendo Luca indicava que aquele se tratava de um histórico de produção de um indivíduo impotente diante da violência, pela constatação de que ele vivera uma situação de imersão total em uma ocorrência de controle aversivo absoluto, no qual a fuga e a esquiva se tornam as únicas alternativas possíveis.

Em casos como aquele, a fuga é tentada na primeira oportunidade possível, como de fato viera a acontecer com o jovem, em razão da aparição súbita de um helicóptero de apoio que ocasionalmente prestava ajuda em um acidente com vítimas, na rodovia próxima do local onde o filho dos Altobelli fatalmente seria executado.

Nos diagnósticos mais severos, o indivíduo atribuiria a responsabilidade do acontecimento a outros e tenderia a alimentar um distanciamento do contato social.

Passaria a ignorar sobre tudo o que acontecesse ao seu redor ou, por outro lado, desistiria de interagir com o que estaria à sua volta, chegando a abandonar a família, a escola, a sociedade, nos casos mais extremos.

Em alguns casos, uma das sequelas mais comuns era a incorrência de pesadelos com cenários envolvendo a participação dos mesmos criminosos responsáveis pelo trauma violento verificado na vida real.

As reações iniciais de Luca apontavam para um diagnóstico bem semelhante, mas Cassandra também acreditava que, com o nível de apoio demonstrado pela família, a patologia tinha grandes possibilidades de ter o seu quadro revertido.

As sessões com Luca progrediriam num crescendo: as entrevistas seriam classificadas em informal, focalizada, por pautas e estruturada.

Iniciava-se naquele dia a etapa da entrevista focalizada, até a formulação de um pré-diagnóstico preciso e o melhor tratamento ou terapia a ser indicado.

A entrevista com Luca prosseguia, já com as últimas perguntas ao seu paciente em andamento.

– ... você dizia que queria falar um pouco mais sobre a sua infância, Luca... – continuou a especialista.

– Ah, sim doutora. Eu dizia que ela foi muito feliz, sempre com os meus pais do meu lado e eles sempre fizeram tudo por mim. A gente sempre viajou junto durante as férias... Disneylândia, Aspen, Bariloche... Minha mãe é muito carinhosa comigo e meu pai é sempre muito ocupado; só de uns tempos pra cá é que as nossas conversas se intensificaram.

– Hmmm... e como era na época da escola?

– Ah, era muito legal. As professoras eram atenciosas e divertidas. Eu tinha muitos amigos, mas com alguns deles eu não falo há anos. Você também teve muitos amigos na infância, doutora? – Luca formulou a pergunta como se confabulasse com alguém que conhecesse por muitos anos.

– O que levou você a fazer esta pergunta? – a especialista indagou, ao mesmo tempo em que fez rápidas anotações em um bloco de papel fora do foco visual de Luca.

– É porque de uns tempos pra cá tenho pensado bastante nos amigos daquela época...

– Muitos ou só alguns?

- Alguns... Aqueles com quem eu brincava mais – o jovem imprimiu um tom de seriedade no timbre de sua voz.

– Chegou a brigar com algum deles alguma vez?

– Não que eu me lembre. Pelo menos nenhuma briga muito séria... – justificou-se o estudante.

– Algum deles era mais violento?

Luca pausou por uns três segundos e sem saber se simplesmente respondia à pergunta da especialista ou se verbalizava a mais sincera impressão de sua alma, afetada desde o fim do sequestro, sentenciou:

– Sabe, doutora, eu nunca tive amigos negros...

Cassandra ouviu e escreveu algo em seu bloco de anotações. A última do dia. A sessão estava encerrada.

Capítulo 17

A família

– Oi mano, chegou bem na hora. O que significa "Middle East"? – Areta perguntou a Marcos, ao mesmo tempo em que mordiscava um lápis de revestimento amarelo.

– Oi, mocinha. Middle East? "Oriente Médio"! Dá um beijo... – Marcos não se cansava de mostrar afeto à irmã caçula.

– Ah... e "boundaries"? – a menina explorava ao máximo os conhecimentos do irmão em inglês, sempre que possível.

– "Fronteiras ou limites". Estudando pra prova? – Marcos se posicionou atrás da irmã e observou com atenção a escrita que Areta desenvolvia naquele instante.

– Prova, não. Trabalho... Preciso apresentar um texto sobre geopolítica internacional, e o professor recomendou alguns textos e algumas páginas da internet. Algumas estão em inglês, mas tem outras palavras que eu não conheço. Você vai almoçar em casa?

Diferentemente dos irmãos mais velhos, Areta teve o privilégio de frequentar uma escola particular desde os primeiros ciclos de estudo. Mas o histórico de alunos brilhantes de Carlos Alberto e Marcos teve grande influência na sua abnegação em também ser uma estudante talentosa.

– Vou almoçar e já vou sair de novo. Cadê a mãe? – Marcos fez um afago carinhoso no topo da cabeça de Areta, já se preparando para deixar a sala onde a irmã estudava.

– *Tá* na cozinha, falando com a tia no telefone.

Marcos deixou a irmã com os seus costumeiros trabalhos escolares e dirigiu-se à cozinha.

Lá, certamente encontraria a mãe travando os habituais contatos telefônicos semanais com a irmã Sonia, uma mulher falante, dois anos mais velha que Elisa, e que depois de casada estabelecera residência na cidade do Rio de Janeiro.

Marcos entrou na cozinha e depositou os seus livros sobre a mesa. De fato, viu a mãe ao telefone, ao mesmo tempo em que ela mudava uma de suas mãos de uma panela para a outra, entre as quatro bocas do fogão.

Em seguida, Marcos beijou-lhe a fronte, sem interromper a conversa entre as duas irmãs. O aroma da comida de Elisa pela casa era instigador.

– Tudo certo então, Sô. Eu te ligo no fim de semana, *pra* saber do Ivo. O Marcos acabou de chegar e já *tá* rodeando as panelas. Deve *tá* com fome, esse menino. *Té mais*, tchau... Oi, filho. O almoço já vai sair. Senta...

– Oi, mãe. Cadê o pai?

– Saiu. Deu um probleminha na instalação elétrica lá da igreja e o pastor pediu *pra* ele ver se consegue consertar. Você sabe como o seu pai é curioso *pra* essas coisas, né... – Elisa era uma mãe dedicada e atenciosa. A sua ternura era transmitida em seu modo de falar, fosse em família ou em qualquer outra situação.

– Tudo bem com a Tia Sônia?

– Tudo bem. O seu Tio Ivo vai fazer uma operação no joelho, mas não é nada sério. Você ainda vai sair de novo, filho?

– Só vim *filar a boia* da senhora, mãe. Mas já vou sair de novo... O tio Ivo *inda* joga bola? – Marcos pegou uma banana do cesto de fruta sobre a mesa e fez menção de descascá-la.

– Deixa isso daí, menino, senão depois você fica enrolando *pra* comer! O compadre Ivo? Não... mas a operação é justamente por causa disso. Parece que ele tinha alguma coisa nos joelhos que não foi tratada como devia e agora *tá* dando problemas. Os dois joelhos dele doem muito e de vez em quando incham. Filho, pega o azeite no armário *pra* mim, por favor? Vou preparar a salada...

Marcos entregou o frasco à mãe sem nem mesmo precisar se levantar da cadeira. A cozinha da casa era bem aparelhada e meticulosamente decorada por Dona Elisa.

Tudo na residência da família Souza refletia o esforço dos pais aposentados em providenciar aos filhos um mínimo de conforto e aconchego. Agora que só faltavam Marcos e Areta para criarem, os pais conseguiram estruturar dois quartos, devidamente montados, um para cada um dos filhos.

Um carro seminovo e um sítio modesto no interior, além da residência da família já quitada, era todo o patrimônio dos Souza.

A casa era ampla, na verdade um sobrado com garagem frontal e um espaço ao fundo que servia como área de serviço e de lazer. Um lugar aconchegante em todos os aspectos.

Com um plano de aposentadoria bem planejado e uma administração orçamentária familiar rigorosa, Livaldo e Elisa foram bem sucedidos em estabelecer uma filosofia de convívio doméstico que prezava o respeito pela individualidade de cada um, a sustentabilidade moral e ética dos filhos e a aspiração por bens materiais que se adequassem à realidade financeira da família.

– Puxa, você nem me perguntou como foi a visita do jornalista aqui, ontem, menino. – A mãe de Marcos olhou para o filho com um ar de repreensão.

Mas o estudante conhecia bem dos arroubos de bom humor de sua mãe.

– Nossa, mãe! Ando tão ocupado com as atividades da escola que... – tentou justificar o filho.

– Eu sei, filho. Mas a conversa foi bem interessante! – Elisa empolgou-se de tal forma que ela se sentou no outro lado da mesa, disposta a relatar ao filho todo o teor da entrevista que dera no dia anterior para um jovem repórter do jornal *Folha de Notícias*.

– Afinal, Dona Elisa, o que ele perguntou? – Marcos não se fez de rogado e estimulou o entusiasmo da mãe.

– Bom, primeiro ele me informou que a conversa seria sobre assuntos familiares. Como somos em família, do que nós gostamos, essas coisas, sabe? Aí ele quis gravar a entrevista e o seu pai falou que não tinha problemas. Seu pai ficou só no começo e depois saiu porque tinha que ir ao banco. Depois o jornalista perguntou sobre o tempo em que eu e seu pai estamos aposentados e como a gente fazia pra combinar as obrigações do lar com o apoio a você e nas coisas da faculdade. Eu disse que uma mãe sempre dá um jeito de prestar apoio aos filhos de uma forma ou de outra. Que mais...?

"A mãe não sabe usar palavras difíceis, mas eu falei pra ele que o mais importante de tudo é mostrar amor aos filhos e dar ajuda e apoio quando eles precisarem. Falei também que... muito simpático o moço, viu!..., que eu e o seu pai sempre trabalhamos duro pra que vocês três tivessem mais oportunidades do que nós. Falei que nós não tivemos a chance de ir pra faculdade, mas que a minha profissão e a do seu pai permitiram que a gente desse a vocês uma chance de ter uma juventude melhor do que a nossa. Falei que tudo o que temos foi conseguido com muita luta e que a educação de vocês três sempre foi algo que demos muito valor. Falei também do nosso orgulho com vocês, que nunca deram qualquer tipo de trabalho pra nós, pelo contrário, e que no seu caso, a satisfação era grande

em ver que o nosso menino estava lutando por uma causa boa. Expliquei pra ele que no nosso tempo, lá na nossa juventude, a gente era meio distante desta coisa entre negro, branco. A gente tinha vergonha em falar desses assuntos. A gente só queria se divertir naquela época; as festas, os bailes... Preto na faculdade era coisa muito difícil de se ver...

Daí ele me perguntou sobre a minha vida em comunidade e eu falei que a minha rotina é cuidar do seu pai, cuidar dos filhos e ir pra igreja. Falei da nossa conversão pra evangélicos, depois que a Areta nasceu, das nossas tarefas dominicais, dos nossos encontros bíblicos. Falei também sobre a decisão em família pra que a conversão de vocês acontecesse somente se vocês quisessem, sem a nossa imposição. Depois eu falei que em casa nós ensinamos que a educação e o respeito vencem qualquer tipo de barreira, inclusive essa discussão sobre ser negro e ser branco. Pra nós, o que vale é o caráter da pessoa, mas que se você entende que lutar pelos negros é uma causa justa e honesta, tem todo o nosso apoio. Mas eu disse ao moço que eu e seu pai insistimos sempre pra que os nossos filhos tenham respeito a todos, mesmo pra uma pessoa que não goste da gente. Os pais têm a obrigação de fazer com que os filhos sigam o caminho do bem e o bem deve começar dentro de casa.

Bom, depois ele me perguntou o que eu faria se eu fosse uma aluna desta universidade hoje e eu disse que, se fosse hoje, com certeza eu ia participar da campanha, fazer parte das reuniões e tudo mais. Se você acredita em uma causa, deve lutar por ela. Perguntou também se eu achava que o Brasil é um país racista e eu respondi que até vocês nascerem e crescerem este assunto nunca teve importância pra mim e pro seu pai e que só depois que você entrou pro ginásio e começou a me fazer perguntas sobre escravidão, consciência negra e Zumbi dos Palmares é que comecei a pensar mais no assunto. Só a partir daí que esse negócio de racismo começou a chamar a minha atenção. Engraçado, depois da entrevista é que me dei conta que toda a minha vida eu só havia morado em bairros com brancos, era uma das poucas alunas negras na escola, uma das poucas auxiliares de enfermagem negras no hospital e assim por diante... Mas, como na minha juventude uma das raras opções de lazer pra uma moça negra do subúrbio eram os bailes "black", era pra lá que eu ia com as minhas primas e foi num deles que conheci o seu pai. Ali era o único lugar em que eu via mais de uma dúzia de patrícios reunidos".

– Pelo jeito, a conversa foi longa, hein?

– Ah, ele ficou pelo menos uma hora aqui em casa. Mas teve mais. Depois ele me perguntou como eu reagiria se você se envolvesse com uma menina branca e eu disse que a felicidade não depende da cor da pele e sim da sinceridade do sentimento. A sua felicidade com uma namorada branca ia depender mais de vocês do que a opinião dos outros, mas eu também declarei que nesses tipos de caso o problema é quase sempre com os pais da moça branca e não com os pais do rapaz negro. O mundo está cheio de exemplos assim, e eu disse que na maioria das vezes o namorado preto é aceito mais fácil se tiver dinheiro e posição social. Senão... – A expressão final de Elisa parecia sintetizar a sua opinião sobre o assunto.

– É, mãe. A senhora tem razão – Marcos afirmou a tese e imediatamente lembrou-se de André, um amigo negro da faculdade que naquele momento enfrentava exatamente aquele tipo de problema.

– Filho, você está namorando alguma menina branca da faculdade? – A mãe olhou incisivamente para o filho. Marcos não conseguiu disfarçar a surpresa com a pergunta feita por Elisa.

– Não, mãe. Não estou namorando ninguém e quando estiver, a senhora será a primeira a saber – disse Marcos, mal conseguindo disfarçar um sorriso maroto.

– Humpf... acho bom mesmo, menino. Bom... depois ele me perguntou sobre uma pessoa branca famosa que gosto e eu falei da Princesa Diana, pela história de vida dela. Já no fim, ele me perguntou sobre o que eu achava da história de que no Brasil o dinheiro abre as portas pros negros e o que eu diria pra outra mãe do orador da chapa que é contra a realização da semana da cultura negra, e eu disse que o dinheiro abre as portas pra todo mundo e, no caso de nós negros, abre as portas e ainda dá tapinha nas costas e que pras mães dos alunos da outra chapa, eu diria que a cultura do país tem várias características e que a população negra é uma delas e tem tantos direitos e deveres quanto as outras. E foi mais ou menos isso... Depois ele tirou umas fotos minhas na sala e encerrou a entrevista.

– Puxa, mãe. A senhora deu um show. – O estudante olhou para a senhora à sua frente com admiração e carinho.

Elisa levantou-se num impulso e começou a preparar a mesa para o almoço.

– Eu acho que fiz mais sucesso com o bolo e o cafezinho que servi depois da conversa, meu filho. Agora vai chamar a sua irmã e lavar as mãos, que o almoço tá pronto. E liga *pro* seu pai, fala *pra* ele vir logo...

Capítulo 18

Testemunho

– Nico, tá ocupado? – Silvio consultou o amigo, ao telefone.

– ....

– Você pode dar um pulinho aqui na minha mesa? Quero te mostrar uma coisa... – A área de trabalho de Nico situava-se na ala oposta da redação.

– ....!!!

Silvio desligou o telefone e voltou a analisar a sua caixa de mensagens eletrônicas daquela manhã.

Como já era esperado, havia um acúmulo de mensagens "não lidas", após um fim de semana competindo com o seu grupo de amigos praticantes de mountain cross. Uma das mensagens, contudo, chamou a atenção de Silvio.

Talvez fosse preciso acionar a rede de relacionamentos de seu amigo Nico.

– Fala, garoto. Muito tombo com a bicicleta? – Nico entrou na baia de Silvio e ocupou a cadeira para visitantes, do lado de fora da escrivaninha.

– Olha, até que choveu um pouco no sábado. Uma trilha mais difícil do que a outra, mas a turma se divertiu bastante... Escuta, lembra uma vez que você me disse que quando começou a trabalhar aqui na redação tinha um repórter antigão que uma vez ofereceu apoio pra conseguir o visto Americano pra dois tiras federais? Lembra...? Você disse que era uma equipe de agentes que precisava fazer um treinamento policial em Washington, se não me engano...? – Silvio lembrara-se do relato feito a ele por Nico havia algum tempo.

– Sim, lembro. Como eu te disse da outra vez, assim que comecei a trabalhar aqui no jornal, o Cardoso me contou de uma reportagem dele sobre dólares falsos que havia acontecido em Santos. Depois do fim da cobertura desse caso, que aconteceu antes de eu ser contratado, o antigão, me disse que dois policiais envolvidos no caso, um delegado e um agente, receberam um convite *pra* fazer um curso de identificação de notas falsas nos Estados Unidos. Eles ainda não tinham o visto e o Cardoso tinha um bom relacionamento com um tal... putz, esqueci o nome... mas ele era um jornalista brasileiro que trabalhava junto ao adido de imprensa do Consulado Americano. Depois de alguns telefonemas, o Cardoso conseguiu dar um jeito de a solicitação chegar até este adido e o processo parece que deu uma acelerada. Como os dois policiais foram muito competentes no caso dos dólares falsos, os vistos saíram, foram concedidos sem problemas. Mas, por que a pergunta, Silvio?

– É sobre aquela matéria que eu estou produzindo lá na Universidade Metropolitana... – O editor de informática olhou para o repórter do caderno policial. Nico percebeu um ar de seriedade na expressão do amigo.

– Ah... a Dani me falou que você conseguiu a aprovação da reitoria pra fazer a reportagem no campus. Cotas raciais... é isso? – Silvio viu o amigo se posicionar mais confortavelmente no assento da cadeira.

– Bom, não exatamente, mas enfim... Eu entrevistei as mães dos dois alunos oradores das chapas adversárias na votação do referendo. De fato, o evento está gerando a maior polêmica na universidade. Mas, não é bem por causa disso que te chamei... dá uma olhada no *e-mail* que uma das mães dos oradores me enviou. Senta aqui. Quer um café? – indagou Silvio, ao mesmo tempo em que se ergueu para dar lugar ao amigo do outro lado da mesa.

Nico indicou que sim e Silvio liberou a sua cadeira ao amigo. Em silêncio, o experiente repórter se informou sobre o conteúdo da mensagem eletrônica enviada a Silvio pela *socialite* Laura Altobelli:

"Prezado Silvio,

Gostaria de lhe pedir desculpas pelo meu embaraço momentâneo durante a entrevista. É que se trata de um assunto que geralmente não falo com qualquer um. Na verdade, é assunto que não discuto nem mesmo em família, mas você me inspirou confiança sobre o que estou para lhe falar.

Entenda o assunto mais como um desabafo e, é claro, não há necessidade de se publicar o conteúdo deste e-mail. Para mim serve como uma forma de tirar este peso que carrego no peito desde a minha juventude. Sou uma mulher e uma mãe feliz e realizada, Silvio, pois tenho um marido maravilhoso e um filho talentoso. Mas nem sempre as coisas foram calmas assim para mim...

Já houve um período mais turbulento em minha vida, mais especificamente, na minha juventude. Sou a filha caçula de uma família tradicional da alta sociedade paulistana, os "Magalhães de Medeiros", e quando eu era jovem e solteira, conheci um jovem bonito e charmoso durante uma viagem minha ao Rio de Janeiro. Isso foi há muito tempo. Ele era fuzileiro dos Estados Unidos e estava cumprindo um período militar no Brasil. Para a minha felicidade, o posto de trabalho dele era em São Paulo e, depois de alguns dias, nos reencontramos aqui na cidade. Em pouco tempo eu já estava apaixonada e eu sentia que o sentimento era recíproco. Ele era o chefe do destacamento dos fuzileiros Americanos em São Paulo, naquela época. Em pouco tempo eu fiquei profundamente envolvida com ele e depois de algum tempo iniciamos os nossos planos para o nosso casamento. Meus pais não se opuseram; eu já não era mais uma garotinha, estava com vinte e oito anos e nunca havia mantido uma relação tão bem e por tanto tempo. Tudo ia bem até que um dia ele foi chamado às pressas para os Estados Unidos. A mãe dele, que tinha algum tipo de problema de saúde, estava morrendo e ele queria vê-la pela última vez. Por fim, ela acabou falecendo e ele retornou ao Brasil. Mas aí, as coisas mudaram. Em 1976, retornávamos de um baile de carnaval de um clube de campo da elite da cidade; nós dois e mais outro fuzileiro que dirigia o veículo consular e que vi somente naquela noite. O meu namorado estava mudado desde a sua volta dos Estados Unidos e já não era mais o mesmo comigo; se divertia, mas estava mais calado do que de costume. Eu até pensei que era por causa do falecimento da mãe e procurei entender as reações dele. Quando chegamos em casa, o amigo dele precisava ir ao banheiro e eu os convidei para subir. Meus pais, que nunca gostaram de carnaval, viajavam pela Europa. A nossa família tinha uma empregada que já estava com a gente havia pelo menos uns dois anos. Eu me lembro que, assim que nós entramos, eu pedi pra ela servir um café para o amigo de Bernard, na cozinha. Eu precisava de uma chance de ficar sozinha com McCoy para entender o que estava acontecendo e do porquê de ele estar diferente comigo, desde o retorno dele. Foi daí que ele me contou que, na viagem dele e também nas visitas à mãe no hospital, reencontrou uma antiga colega de escola a quem não via havia muito tempo. Não precisei de mais nada pra perceber que ele tinha se envolvido de novo com ela. Por fim, ele me disse que havia tomado a decisão de voltar ao país dele naquele ano mesmo para se casar com ela. Eu ainda tentei ponderar com ele sobre a nossa situação, mas não adiantou. Como eu estava apaixonada e já tinha os meus planos de uma vida em matrimônio com ele, eu entrei em desespero.

Eu me lembro que primeiro comecei a chorar e depois olhei para ele com ódio e comecei a socá-lo com muita raiva, mas ele não reagiu. No desespero e sem pensar, peguei um cinzeiro que estava sobre a mesa da sala e arremessei na direção dele. O cinzeiro bateu com força um pouco acima do olho e a ferida começou a sangrar. Ele se levantou com a mão sobre o corte e saiu do apartamento, sem dizer nada. Desesperada e me sentindo um lixo, corri para o banheiro e tranquei a porta por dentro.

Chorava muito e vi todos os meus planos de felicidade desmoronando, um por um. A única coisa de que me lembro é de um monte de frascos de plástico na caixa de medicamentos no armário do banheiro e uma porção de pílulas na palma da minha mão. Fui acordar alguns dias depois, no hospital.

Quando abri os olhos, a primeira imagem que vi foi a dos meus pais com ar triste e de mãos dadas na cabeceira do meu leito. Eles me disseram o que aconteceu: o chamado para retornarem às pressas para o Brasil e da sorte de ter gente em casa para poder me prestar socorro, salvando a minha vida, mas que eu havia brincado com a morte. Também te envio este email por achar bem emblemático ver o meu filho envolvido em uma polêmica deste tipo na universidade, sem saber que uma empregada negra salvou a vida da mãe dele há mais de trinta anos. Depois de minha recuperação, meus pais me mandaram para a Europa para que eu reconstruísse a minha vida. Fiquei lá por uns anos, voltei para o Brasil com uma grande disposição para reescrever a minha história. Nunca tive a oportunidade de dizer obrigada à moça negra que trabalhava em casa e que me salvou e também ainda não encontrei uma forma de contar essa passagem de minha vida para o meu filho, que se tornou uma pessoa menos tolerante com os negros, desde que foi sequestrado.

Tive um impulso de lhe contar tudo isso na entrevista, mas na última hora mudei de ideia. Foi por isso que tive aquela reação hesitante com você.

Sou grata pela sua atenção e desculpe o meu longo desabafo".

– O que você acha? – perguntou Silvio, de pé, ao lado da mesa.

– Sei lá... Só não entendi porque que uma perua como essa iria revelar tanta coisa da intimidade dela *pra* você. Foi a primeira vez que vocês se viram, não foi?

– É... eu também fiquei pensando nisso. Acho que... não sei... talvez pelo fato de ela ter simpatizado comigo... vai ver ela se sentiu encorajada em dizer pra mim alguma coisa que provavelmente ela não tivesse coragem de dizer pra uma pessoa mais próxima dela. Ou, quem sabe, ela quis aproveitar a oportunidade da entrevista pra se livrar de algum sentimento de culpa, por não conseguir contar sobre o incidente *pro* próprio filho. Uma coisa é certa: isso foi mais do que o impulso que ela descreve no *e-mail* e agora me recordo que quando eu estava saindo da casa, ela parecia estranha, como se quisesse me dizer alguma coisa ali mesmo. Daí, ela me disse que me enviaria um *e-mail* com mais informações. Taí a mensagem... – concluiu Silvio, um pouco curioso em colher mais impressões de Nico sobre o assunto.

– Mas, aonde você quer chegar? No que você acha que eu posso te ajudar?

– Bom, aqui ela diz que a briga dela com esse tal fuzileiro e a tentativa de suicídio aconteceram há mais de trinta anos. Você me disse que a reportagem dos dólares falsos foi feita alguns anos antes de você começar a trabalhar aqui no jornal, o que dá mais ou menos na mesma época ou com alguns poucos anos de diferença, correto?

– Hmmmmm... 1975, 1976... é... é verdade, sim. Mas, e daí? – perguntou Nico.

– A minha pergunta é: será que o amigo do Cardoso... o tal jornalista brasileiro do consulado Americano que você falou, é daquele tempo ou soube do caso na época?

– Não tenho como responder. Pode ser que sim, mas não sei... Porque a pergunta? – Nico queria estimular a verve de repórter de Silvio.

– É que a *socialite* é da família "Magalhães de Medeiros"! Além de dar uma bela matéria, estou curioso em saber se na época o jornal publicou alguma reportagem a respeito... – a voz do jovem jornalista soou despretensiosa.

– Sobre os dólares falsos, sim. O Cardoso, como eu disse, cobriu esta matéria. Mas, sobre este caso da *socialite*... Acho que não... Mas seria preciso ver nos arquivos antigos – afirmou o jornalista policial.

– Foi o que eu pensei. Mas fiquei curioso em saber se houve algum tipo de intervenção de algum interessado pra que o caso fosse "abafado", considerando as pessoas envolvidas...

– É uma dúvida pertinente. Ainda mais naquela época...

– Pois é... Por isso quis saber o que você achava... Vale a pena remexer nesse angu? – perguntou Silvio, ao mesmo tempo em que dirigia uma careta de descrédito na direção do amigo.

– Bom, meu chapa, o filho é seu. No *email* ela diz que não quer nada publicado sobre o tema. Olha o código de confidencialidade, hein... – advertiu amistosamente Nico.

– Valeu pelo toque e já está no meu radar. – Silvio parecia um tanto frustrado pelo excesso de prudência percebido na fala do amigo.

– Bom, se é só isso, vou nessa. – Nico fez um giro de 180 graus com a cadeira e levantou-se num salto.

– Vai pra onde?

Nico hesitou por alguns segundos e completou:

– Hmmm... o meu editor me enviou pra uma reportagem fora da cidade. Devo ficar ausente de São Paulo por uns bons dias. Vamos fazer o seguinte, se eu conseguir alguma informação sobre esse incidente do fuzileiro, eu passo por e-mail, tudo bem?

– Perfeito. Obrigado, amigão...

Após contornar a mesa de Silvio, Nico dirigiu-se rumo à ala que conduzia de volta ao seu setor. Parou por um segundo, virou-se para o amigo e num sorriso franco e espontâneo sentenciou:

– Meu chapa, você além de muito competente tem uma sorte danada. Vai fazer muito sucesso na sua carreira. A gente se fala! – Silvio percebeu uma emoção sincera e melancólica no olhar de Nico, cuja razão não pôde precisar com exatidão.

Antes de sumir no fim da ala, o repórter policial derrubou de propósito o frasco contendo lápis e canetas de Guilherme Franco, responsável pelo caderno de economia da *Folha de Notícias* e notoriamente o jornalista mais mal humorado de toda a redação.

Silvio conteve a gargalhada e mergulhou novamente no andamento dos muitos compromissos pendentes que tinha para o restante daquele dia.

Capítulo 19

O embarque

Quatorze segundos. Foi o tempo necessário para que as duas poderosas turbinas Prat & Whitney e os cento e setenta mil litros de combustível do 777-200ER da Delta Airlines pudessem fazer decolar as quase duzentas toneladas de carga total do majestoso aparelho aéreo, fazendo-o elevar-se em direção às nuvens acinzentadas vindas do mar, devorando as primeiras das quase quinhentas milhas que conduziriam a aeronave até o aeroporto de Atlanta, no Estado da Geórgia, escala até o deslocamento definitivo para a cidade de São Paulo, Brasil.

Após a ligeira tensão inicial, costumeira a alguns passageiros nos primeiros instantes de uma decolagem, Ashley acomodou-se na poltrona do corredor do voo 843 e liberou um suspiro de alívio imperceptível para os três passageiros à sua esquerda e menos ainda para o senhor de aspecto sisudo e rosto enrugado, sentado solitariamente junto à direita de Ashley e aparentemente já mergulhado em um sono silencioso e profundo.

O assento central, o "B", encontrava-se vazio e todos os lugares da classe econômica possuíam uma pequena tela de TV. Por sorte, a jovem escolhera o assento "C", do corredor, o que ocasionaria à jovem a facilidade relativa em poder movimentar as pernas durante o voo. O pouso no Brasil se daria, afinal, em mais de quinze horas de deslocamento, a partir daquele instante.

O avião iniciou uma manobra em curva e Ashley ainda arriscou uma olhada pela janela à sua direita. Para trás, e cada vez menor, ela visualizou o complexo aeroportuário de Charleston.

Voando sobre as nuvens do céu da capital da Carolina do Sul, Ashley lembrou-se que uma vez Lou lhe dissera que o aeroporto de Charleston era originalmente localizado em uma mina de fosfato alugado pela South Carolina Mining and Manufacturing Company. Em 1928, a Charleston Airport Corporation foi criada para arrendar aproximadamente setecentos acres de terra, que foram condicionados para abrigar duas pistas de pouso para aeronaves. O local, então de propriedade privada, foi inaugurado

— 137 —

oficialmente no dia 10 de agosto de 1929. Em 1931, a cidade de Charleston arrecadou cerca de sessenta mil dólares para a aquisição da propriedade e deu início ao desenvolvimento do campo aeronáutico.

Lou nunca perdia a oportunidade de desfiar para a filha os seus vastos conhecimentos sobre as peculiaridades daquela região dos Estados Unidos.

"Sabe bastante sobre muitas coisas, mas conhece pouco da própria filha..." – costumava pensar em silêncio Ashley.

Com ar de resignada, a jovem universitária abriu a sua bolsa a tiracolo e retirou de seu compartimento lateral dois livros, um bloco de anotações e alguns panfletos sobre o programa de intercâmbio universitário que a aguardava no Brasil.

Tão logo fosse possível, Ashley também faria uso do seu notebook.

Certificou-se de que o passaporte e os demais documentos mais importantes estavam em seus devidos lugares, e ao folhear rapidamente os impressos instrucionais da Universidade Salkehatchie sobre o seu programa de pesquisa, encontrou uma pequena medalha dourada com a foto de sua mãe bem ao centro.

Há exatas quatro horas mãe e filha cruzavam as quase cincoenta milhas que separavam Walterboro de Charleston e mal podiam conter a emoção por Ashley fazer o caminho de volta de Isabel, cerca de três décadas depois da chegada da mãe nos Estados Unidos.

A mãe não deixou de admirar o fato de que Ashley tinha, porquanto de sua viagem para o Atlântico sul, quase a mesma idade que a sua, quando ela própria havia deixado o Brasil. Felizmente, a jornada da jovem LaVernne se daria em circunstâncias incomparavelmente mais favoráveis do que a sua.

A jovem beijou a medalha com a foto, carinhosamente, e separou alguns outros papéis que haveria de revisar até a escala em Atlanta.

O traço pragmático de sua personalidade a fez pesquisar os pormenores do conteúdo do programa de seu período no Brasil e o convênio estudantil para o qual havia se candidatado. Àquela altura, a jovem Americana já estava devidamente informada de que o módulo ao qual havia se empenhado em participar incentivava as ações de pesquisa em campo de estudantes e professores dentro de um propósito de desenvolvimento acadêmico diferenciado.

O programa também dava apoio a projetos que desenvolviam intercâmbio técnico entre estruturas organizacionais binacionais, visando a mobilidade de estudantes entre os Estados Unidos e o Brasil.

Os selecionados tinham o benefício da obtenção de um currículo acadêmico internacional e uma dimensão cultural mais abrangente, agregada aos seus estudos pela via da especialização curricular entre os dois países.

Além disso, o acordo institucionalizava o reconhecimento mútuo e o registro de créditos acadêmicos entre as instituições de cada nação; a aquisição de proficiência em outra língua e a exposição cultural em mão dupla, bem como outras formas de aprendizado em experiências relacionadas ao desenvolvimento profissional.

Pelas duas últimas semanas, Ashley aprendera que toda esta estrutura do programa era administrada em conjunto pelas instituições *Fund for the Improvement of Postsecondary Education*[13] *(FIPSE)*, do Departamento de Educação dos Estados Unidos, e a Fundação Coordenação de Aperfeiçoamento de Pessoal de Nível Superior (CAPES), vinculada ao Ministério da Educação do Brasil.

Os módulos acadêmicos de especialização e pesquisa do programa variavam de seis meses a dois anos, e a jovem de Walterboro foi informada que os candidatos haveriam de bancar os custos de hospedagem e subsistência nos respectivos países.

A cadeira de Ashley, no curso de *Estudos da Diáspora Africana e seus Impactos na Economia das Américas*, tinha a duração de um ano, renováveis por mais um, e a captação de alunos para aquele módulo se dava por meio dos anúncios virtuais nas páginas virtuais das universidades membro e em órgãos governamentais estudantis dos dois países e também pelas ferramentas de busca da internet.

A ansiedade pela experiência de sua estada na América do Sul motivou a filha de Isabel e Lou Thomas a pesquisar sobre possíveis comunidades de Americanos no Brasil e a jovem descobriu que com a economia sulina em ruínas após a Guerra Civil dos Estados Unidos, algumas famílias dos veteranos confederados não demoraram em atender aos pedidos do Imperador do Brasil, Dom Pedro II, para que imigrantes com conhecimentos campestres e de cultivo de algodão se deslocassem para o país de origem de sua mãe.

Os estudos de Ashley mostraram que o número de imigrantes da Confederação para o Brasil, no período entre 1865 e 1885, foi de cerca de nove mil pessoas, a maioria oriunda do sul dos Estados Unidos, vindos do Alabama, Texas e Carolina do Sul.

Outras ondas de imigração menores chegaram ao gigante da América do Sul vindos da Louisiana, do Mississipi, da Geórgia e da

---

13   Tradução: Fundo para o Melhoramento da Educação Pós-Secundária.

Virgínia. A parte maior dos novos residentes se estabeleceu no Estado de São Paulo, nas cercanias de uma pequena localidade chamada Vila Santa Bárbara, que anos depois se rebatizaria como Santa Bárbara D´Oeste, para em seguida fundarem a cidade de Americana, a apenas algumas milhas de distância.

O clima e o solo da região eram assemelhados ao do sul da América do Norte e as frutas típicas que os imigrantes trouxeram com eles, como pêssegos e outras, proliferaram. Bem como as variedades Americanas de milho e algodão que também se adaptaram muito bem no hemisfério sul.

Um dos proeminentes desses imigrantes foi o Coronel William Hutchinson Norris. Maçom e nascido na Geórgia, o Coronel Norris era um veterano da Guerra do México, advogado e Senador do Alabama antes do início da Guerra Civil Americana, quando tinha sessenta anos, e com quatro filhos que serviram na infantaria das forças do Alabama.

Através dos seus contatos no Brasil e em resposta às solicitações do Imperador Dom Pedro II, o Coronel Norris organizou a imigração de um grande contingente de famílias do Alabama, ao fim da guerra local. O próprio Imperador recebeu o Coronel Norris e o seu grupo em sua chegada em solo brasileiro. O militar passou a ser considerado o fundador da cidade de Americana que, anos depois, se tornaria um pólo têxtil com mais de cento e cinquenta mil habitantes, sendo a maioria de descendentes italianos. Em 1999, a comunidade italiana local pressionou as localidades locais para que a cruz de Saint Andrew, símbolo da batalha da Confederação, fosse retirada do palanque da cidade fundada pelos imigrantes confederados.

Além do estado de São Paulo, algumas famílias confederadas se estabeleceram nos estados do Pará, Bahia, Espírito Santo, Rio de Janeiro e Santa Catarina.

Um núcleo do Alabama estabeleceu-se em Santarém, uma cidade situada ao longo do Rio Amazonas, no estado do Pará, e desenvolveu-se em um aglomerado com quase um quarto de milhão de pessoas. Mas assim como em Americana, a sua influência e contingente diminuíram consideravelmente desde o século XIX.

Muitas das famílias retornaram para os Estados Unidos após alguns anos, mas algumas outras permaneceram no Brasil e se adaptaram totalmente à cultura local. Alguns sinais de sua influência ainda podiam ser percebidos, mesmo após muitos anos. Na região do Amazonas, durante as festas do mês de junho, as pessoas trajavam vestuários típicos e se reuniam em rodas de danças sulinas ianques, com bandas que adotavam o uso de banjo e acordeão, instrumentos típicos do folclore musical do sul dos Estados Unidos.

Curiosamente, na área de Americana, no Estado de São Paulo, Ashley aprendeu com sua pesquisa que existia na região um grupo denominado Sons of Confederate Veterans, que se autoproclamavam "*Os Confederados*".

Em 1994, os descendentes locais dos primeiros imigrantes começaram a se reunir, no intuito de preservar as raízes de sua herança cultural.

Anualmente, os Confederados passaram a organizar uma festa sulina Americana na região. Galinha frita e pão de milho eram consumidos em larga escala, tendo a música *country* típica como a trilha sonora de fundo. As bandeiras "rebeldes" se tornaram comuns nessas celebrações, mas os membros dos "Confederados" alegavam que a conotação com fundo racial, originada nos estados do Sul dos Estados Unidos, não estava associada ao mesmo símbolo usado no Brasil.

Para a surpresa de Ashley, durante as suas pesquisas sobre imigração dos sulistas Americanos para o Brasil, alguns dos descendentes contemporâneos tinham a pele escura e poderiam ser considerados negros se residissem na América do Norte.

A jovem teve parte da curiosidade da sua pesquisa alertada por um incidente ocorrido em 1868, quando um membro da comunidade dos imigrantes sulistas faleceu e, por não ser católico, teve o seu enterro proibido de ocorrer no cemitério da Vila de Santa Bárbara.

Um local denominado "Campo Cemetery" foi fundado pelos descendentes dos sulistas e tornou-se um monumento de significância histórica para os "Confederados".

Uma outra organização local, denominada Fraternidade Descendência Americana, fundada em meados da década de 50, preservava a estrutura e as tradições do Campo Cemetery. Aos segundos domingos de cada mês, os "Confederados" se reuniam no local para um serviço religioso seguido de um *picnic* no estilo sulista, e a Fraternidade também se tornou a mantenedora do Museu da Imigração de Americana, o qual passou a possuir em seu acervo artigos dos seus ancestrais Confederados.

Apesar da preservação de algumas tradições e das homenagens prestadas às suas raízes, muitos dos antigos Confederados passaram a se preocupar com os sinais de que a herança cultural sulista Americana pudesse ser esquecida pelas gerações mais novas. A constatação se baseava na evidência de que os jovens descendentes dos "rebeldes" Americanos não soubessem falar inglês ou por demonstrarem pouco interesse nas atividades da comunidade.

Ashley ponderou, respaldada em suas leituras sobre antropologia, que aquela era uma situação que qualquer imigrante, em qualquer parte do mundo, haveria de encarar mais cedo ou mais tarde. Ciente da longa extensão da viagem, a jovem repousou os papéis em suas mãos no banco vazio ao seu lado e reclinou o assento para uma posição mais confortável do seu torso.

Antes de sucumbir à suavidade do voo e ao ruído inebriante do avião, a estudante ainda encontrou lucidez para agradecer silenciosamente à sua mãe pela vantagem de ter aprendido e assimilado satisfatoriamente a língua portuguesa, o que havia facilitado a aprovação do intercâmbio que permitira a sua ida ao Brasil.

Mas antes, ainda haveria uma escala de mais de três horas em Atlanta, e Ashley adormeceu sob o abraço confortante de um sono a mais de trinta mil pés de altura.

Capítulo 20

No distrito

Três álbuns mal conservados com várias páginas contendo fotos em 3 X 4 com rostos diversos foram colocados à frente de Luca para uma possível identificação dos criminosos que haviam participado de seu sequestro.

Um dos álbuns continha apenas rostos femininos. Solicitado pelas autoridades policiais responsáveis pela investigação do caso e acompanhado por dois representantes do escritório de advocacia da família, o jovem universitário já havia alertado a todos para a possibilidade de não conseguir fazer a identificação visual de todos os sequestradores, já que ficou com os olhos vendados a maior parte do sequestro.

Com a insistência dos pais e dos próprios assessores jurídicos para que o reconhecimento fosse realizado, Luca se resignou e resolveu levar o caso adiante.

Mas havia o problema de já se ter passado um bom tempo desde o incidente. Ao escapar da morte depois de dominado e quase sendo executado, o jovem Altobelli apareceu em toda a imprensa e o caso ganhou repercussão nacional, com larga cobertura jornalística da ocorrência por vários dias a fio.

Branco, rico e bem nascido, passou a ser tratado como um símbolo da indignação da sociedade contra os casos de violência da metrópole, os quais se avolumavam em quantidade e formas de terror. Uma ordem expressa do Secretário de Segurança para o distrito responsável pelas investigações tornou o caso de prioridade "A1".

Mas ao perceberem que o assédio generalizado estava desviando os propósitos de justiça e protesto social sobre o caso, os pais de Luca decidiram isolá-lo do contato com a imprensa e nomearam o escritório de advogados dos Altobelli para ser o porta-voz da posição da família sobre o fato.

A estratégia mostrou-se acertada e aos poucos a família, dentro do possível, retomou a rotina de seus afazeres. Mas ainda era preciso tentar passar pela etapa da identificação visual dos sequestradores, os quais ainda não haviam sido presos, desde a fuga de Luca.

Próximo à porta do cartório policial localizado aos fundos do distrito, um dos advogados conversava em voz baixa com o delegado responsável por aquela investigação, enquanto o outro fazia companhia a Luca. Naquele instante, o jovem folheava pacientemente o primeiro álbum, sem muita esperança de conseguir identificar pelo menos um dos criminosos envolvidos em seu sequestro.

Embora cientes de que alguns juristas não considerassem o reconhecimento fotográfico como prova cabal para o indiciamento de suspeitos, os advogados de Luca entenderam que aquele seria um passo importante no fornecimento de detalhes que pudessem levar à prisão de todos da quadrilha.

– Relembrando, Luca: o reconhecimento de criminosos por meio de fotos é uma prática válida para o registro de queixas em casos de crimes inafiançáveis, como é o seu caso, em qualquer delegacia. Vítimas de crimes como você, que tomam esta iniciativa, ajudam a evitar que os criminosos tenham as suas ações encobertas, e isso também ajuda bastante na elucidação de casos de violência – insistiu o advogado, como demonstração de conhecimento sobre o assunto e também em uma tentativa de deixar Luca mais tranquilo durante o processo de identificação.

– Doutor, eles são todos meio parecidos... – O desânimo do jovem era evidente.

– Fica tranquilo, Luca, e olhe as fotos com calma. Ainda temos muito tempo.

– Aí é que tá, doutor. Eu não quero ficar aqui muito tempo. – O estudante não via a hora de sair daquela localidade.

– Entendo. Você já viu um álbum inteiro. Já, já acabamos... – respondeu o advogado, um senhor de rosto redondo e enrugado.

– O problema é que eu só vi o rosto de um deles e mesmo assim muito rápido! – argumentou o jovem.

– Você se lembra de algum detalhe do rosto? Algum sinal...? – indagou o advogado, ao mesmo tempo em que fazia um gesto de dúvidas com uma das mãos.

Luca olhou para o teto de forma reflexiva.

– Tô tentando lembrar, doutor...

Ainda pela manhã, no trajeto de deslocamento para o distrito, a única imagem que lhe vinha à memória era a do carona do piloto da moto, o mesmo que apontou a arma contra a sua cabeça e invadiu o carro pela porta do motorista, empurrando-o violentamente para o banco do lado.

Como o invasor estava sem capacete, o jovem realmente pôde encarar, por um lapso de segundo, o rosto semibarbudo, de feições rudes e olhos avermelhados.

A partir desse instante, ou seja, o tempo passado no banco de trás, o cativeiro no porta-malas, a saída do carro no meio da mata, a intervenção providencial do helicóptero, a fuga, a chegada ao asfalto e o desmaio, lhe chegavam em fragmentos confusos e dispersos.

O detalhe mais marcante registrado em suas recordações era o cheiro forte de maconha que exalava de todos os membros da quadrilha. Desde o sequestro, Luca passou a exigir de alguns dos seus amigos que consumiam a mesma erva para não fazê-lo quando ele estivesse por perto. Ou ele mesmo se retirava em silêncio, quando alguém de sua roda social acusava o consumo de *Cannabis Sativa*, fosse pelo cheiro característico ou pelo comportamento alterado.

– Não, não me lembro de muitos detalhes. A única certeza que tenho é de que o cara que entrou pela porta do motorista era negro, forte e muito violento. Já entrou no carro me batendo. Depois, fui ameaçado de morte constantemente e proibido de olhar diretamente para qualquer um deles. Os outros dois, quero dizer, a mulher que entrou no carro depois e o cara que pilotava a moto... Desses daí eu não vi nada e não tenho como fazer a identificação deles. Quando eu consegui tirar a venda, eles já estavam longe de mim e eu estava mais preocupado em fugir pro mato.

– Bom, pelo menos temos alguma chance com o que invadiu o carro – ponderou o senhor engravatado ao seu lado.

– Tô com sede – informou Luca.

– Só um minuto. Já volto.

O advogado deixou a companhia de Luca e dirigiu-se ao outro advogado, de olhar hesitante e dando a impressão de ser novo no ofício. Alguns sussurros e o segundo assessor apressou-se em direção à porta de saída da delegacia. O senhor, seguramente um advogado mais velho e mais experiente, retornou para a companhia de Luca, ao sofá.

– O estagiário foi buscar água e refrigerante. Se não conseguirmos nada depois do último álbum, vamos embora, tá certo?

– É como eu disse, esses rostos são meio parecidos. A maioria é de negros... – observou o estudante.

– Tente não se prender a este detalhe. Se o que te apontou a arma e te bateu era negro, procure se lembrar de outros identificadores. Anéis, brincos, cicatrizes...

Luca, naquele momento, folheava o último álbum, com movimentos mecânicos.

Cada indivíduo no volume era identificado de frente e de lado. Um nome ao pé da imagem identificava um por um dos rostos lado a lado e sob alguns deles aparecia um apelido entre aspas, após a palavra "vulgo".

O advogado auxiliar retornou ao recinto com uma sacola de plástico de supermercado contendo algumas garrafas de água mineral e refrigerante. A delegacia não possuía ar condicionado e o calor era insuportável.

Após sorver quase metade de uma garrafa de uma só vez, o jovem Altobelli voltou-se de novo para o último álbum. Folheou mais duas páginas e parou repentinamente.

Com um celular à mão, o assessor ao seu lado não testemunhou a mudança de ânimo súbita de Luca. O álbum foi colocado pelo estudante sobre o sofá ocupado por Luca e o advogado.

Num arroubo incontido, o jovem chamou a atenção de todos do recinto ao exclamar em voz alta:

– Lembrei! Agora lembrei! – exclamou o jovem quase aos gritos.

Todos os presentes se silenciaram, como num sincronismo exaustivamente ensaiado, e se voltaram para Luca, que denunciava em seu rosto um brilho de convicção nos olhos pelo resgate de algum dado oculto em algum canto da memória, até aquele instante.

Impulsionado pelo seu entusiasmo, o jovem ergueu-se do sofá e dirigiu-se ao delegado próximo à porta, sendo seguido de imediato pelo seu advogado, que se levantou num pulo, e surpreso pela reação inesperada de seu cliente.

– Doutor, lembrei! – repetiu Luca.

O chefe policial responsável pelo caso virou-se para Luca e assumiu a expressão mais solidária que pôde conceber.

Dr. Maurício Lacerda, distante e burocrático na maioria das ocorrências que passavam pela delegacia, fez questão de coordenar pessoalmente aquela ocorrência, em razão do prestígio da vítima, da intervenção explícita do Secretário de Segurança e também pela repercussão que o caso havia tomado junto à imprensa local e nacional.

– Vem cá, meu filho. Vamos pro meu gabinete. Dr. Godoy, o senhor pode nos acompanhar, por favor? Oliveira, o Araújo tá lá no plantão, fala pra ele subir pra minha sala, agora – ordenou o delegado, tomando ares de absoluto controle da situação.

Após ter dado a instrução ao escrivão, o delegado conduziu o pequeno grupo para a sua sala no andar superior da delegacia e todos se acomodaram no amplo cômodo ao fundo do corredor, único local do edifício a contar com ar condicionado.

Araújo, o chefe dos investigadores do 28º Distrito Policial, entrou apressadamente na sala, posicionando-se em pé ao lado do delegado, no espaço interno da mesa do chefe policial.

– Pois não, meu jovem. De qual detalhe você se lembra que pode nos ajudar na investigação? – perguntou o delegado, após apoiar os cotovelos sobre a escrivaninha.

Luca olhou por um segundo para o seu assessor, que sutilmente autorizou a continuidade do depoimento.

– Eu me lembrei de dois apelidos que os bandidos falaram quando eu já estava dominado dentro do carro, Doutor! – Havia uma carga de ansiedade no tom de voz de Luca.

– Isso é importante. E quais eram os nomes? – perguntou o delegado de polícia, pacientemente.

– Bom, a mulher era tratada por um nome que eu não me lembro, mas agora eu me lembrei de dois apelidos que com certeza foram ditos quando o motoqueiro e o cara que entrou no carro falavam um com o outro: "Téia" e "Zóinho". Isso mesmo, Téia e Zóinho! E o bandido que me bateu tinha uma tatuagem de uma faca... ou punhal...? enrolado em uma rosa vermelha em um dos braços. Isso mesmo! – O estudante olhou para todos os rostos ao seu redor alternadamente, na esperança de que a informação que acabara de fornecer o livrasse para sempre do sentimento de angústia que o invadia toda vez que tinha que abordar aquele assunto.

O delegado olhou por uns instantes em silêncio para o jovem à sua frente e em seguida deslocou o olhar para o investigador postado em pé, ao seu lado.

O investigador retribuiu o olhar do delegado com uma expressão atônita, assumindo uma feição em seu rosto que denunciava surpresa diante da revelação do jovem universitário.

– Esse detalhe é muito relevante, meu jovem, e vai ajudar bastante nas buscas por esses marginais. Araújo, comunique ao escrivão que vamos registrar oficialmente esta informação e incluir mais este dado no inquérito. Pede pra ele vir pra cá também.

Capítulo 21

Convocado

Toc, toc, toc...

Marcos bateu com os nós do dedo na porta da sala.

– Com licença...

– Ah! Entra, rapaz. Recebeu o recado da moça da secretaria?

– Sim. E também respondi o seu *e-mail*, professor. Algum problema? – perguntou o estudante, ainda um pouco hesitante.

– Não, pelo contrário. Vai ter aula agora? – Equilibrando-se no terceiro degrau de uma pequena escada de metal dobrável, o homem franzino e de fala rápida não dirigiu o olhar diretamente ao estudante, mas o seu tom de voz era educado e cortês.

Naquele instante, ele organizava alguns livros em uma enorme prateleira de mogno que continha volumes acadêmicos abrangendo vários assuntos de conteúdo pedagógico.

– Sim. Mas ainda tenho alguns minutos. Alguma coisa que eu possa ajudar, professor? – Marcos entrou de vez no recinto e retirou a sua mochila das costas, colocando-a no chão.

– Hã... você pode me passar aqueles livros ali daquela caixa? Eu preciso de alguém pra me ajudar a organizar esta sala, mas o nosso orçamento tá apertado, então eu tenho que me virar sozinho! E olha que eu ainda tenho que ajeitar e catalogar tudo isso até a auditoria no mês que vem... – completou o homem magro e de fala suave.

Após acomodar o último livro, o professor desceu da pequena escada que normalmente utilizava para atingir as prateleiras mais altas da estante.

Em seguida, alinhou a roupa cinzenta e sóbria que trajava e ajustou a cadeira de sua escrivaninha. Abriu um livro de anotações ao canto da mesa e rabiscou um sinal ilegível próximo a um campo que indicava as ações para a agenda do dia, antes de sentar-se e convidar Marcos para repeti-lo no gesto.

Hora de explicar ao aluno a razão de ele ter sido chamado ao gabinete.

– Marcos, você já ouviu falar da Fundação Coordenação de Aperfeiçoamento de Pessoal de Nível Superior, do Ministério da Educação? – indagou o professor.

O Prof. Almir Reis, um dos instrutores mais queridos da Universidade Metropolitana, apresentava um tique nervoso ao falar, fazendo com que o seu olho esquerdo piscasse durante a sua fala, dando um aspecto ligeiramente grotesco ao seu rosto magro e anguloso. Entretanto, era um dos profissionais mais competentes em sua área. Respeitado pelos seus pares e muito requisitado pelos alunos.

Marcos pensou um pouco e respondeu sinceramente:

– Provavelmente sim, professor. Mas não sei exatamente do que se trata.

– Claro, eu sei. A divulgação desses órgãos é mais em nível administrativo junto às entidades de ensino superior e depois as próprias escolas fazem a comunicação aos estudantes. Vou até propor à reitoria uma revisão geral do marketing deste programa já pro ano que vem. Bom, de uma forma bem simples, é um programa do governo federal que estimula o intercâmbio internacional e também pesquisas de alunos universitários que queiram desenvolver trabalhos acadêmicos específicos de graduação e pós-graduação até mesmo em outros países, como forma de desenvolvimento de competências em diversas áreas e a experiência do convívio com alunos universitários de outras nações, dando um caráter universalista em sua formação educacional, antes do ingresso no mercado de trabalho. Deu pra entender? – questionou com franqueza o pedagogo, na esperança de que a explicação ajudasse no entendimento do aluno sobre a introdução do assunto.

– Sim, professor. Perfeitamente!

O professor à frente de Marcos era um profissional formado em pedagogia, que havia iniciado a carreira docente bem cedo, dando aulas de português em escolas públicas dos subúrbios da cidade, após especializar-se nas áreas de Psicologia da Educação, Didática e História da Educação.

Com muito esforço pessoal, o Professor Reis concluiu o curso de bacharelado e aprofundou-se nas teorias da educação, filosofia e sociologia aplicada ao ensino.

Candidatou-se mais tarde a uma cadeira na Universidade Metropolitana, obtendo a vaga através do mérito de suas teses na área de Ciências Pedagógicas. Após alguns anos, recebeu da reitoria a missão de planejar e desenvolver metodologias de ensino e acompanhamento de

—— 149 ——

professores e alunos em diversos tipos de programas educacionais, junto à Coordenadoria de Extensão.

– Puxa, que interessante, professor! Esta universidade está inscrita neste programa?

– Sim. Há alguns anos. Mas, em razão de uma restrição orçamentária, não tivemos como enviar alunos ou professores para um intercâmbio fora do país pelos últimos dois anos, mas talvez isso mude no ano que vem... O caminho inverso do programa é mais viável, devido à diferença cambial, que neste momento favorece o dólar em relação ao real e então a universidade usa parte dessa verba aqui mesmo no Brasil, com combustível, alimentação e outras pequenas despesas feitas pela universidade durante a estada dos estudantes estrangeiros em nosso país. Mudando de assunto, como está indo a campanha sobre a Semana da Cultura Afro-brasileira?

– Parada dura, professor, mas cada chapa está trabalhando a sua estratégia e seus argumentos como pode. Vamos ver o resultado da votação... – Marcos assumiu uma expressão preocupada.

– Que linguagem é essa, rapaz? "*Parada dura*"? – Como um purista da boa linguagem, o pedagogo deixou vir à tona o seu lado educador.

– Foi mal... "*Desculpe*", professor! – Em seu íntimo, o jovem penitenciou-se sobre o deslize à frente de um profissional que construíra boa parte de sua carreira ensinando estudantes a ouvir, falar, ler e escrever de maneira correta.

– Fique tranquilo, Marcos. Até porque eu sei que você é um ótimo aluno. Mas voltando ao nosso assunto e sem querer entrar no mérito da questão, acho saudável esta polêmica toda. Você tem sorte, menino. Na época do seu irmão isso... essa coisa de feira de exibição sobre a raça negra, seria impensável!

– É... ele me disse a mesma coisa. – A lembrança do irmão trouxe um alívio no embaraço momentâneo do universitário.

– Bom, mas não foi por isso que eu te chamei aqui. Como eu te dizia, um aspecto importante deste programa de pesquisa e intercâmbio diz respeito à recepção e hospitalidade aos alunos que vêm ao Brasil para a obtenção de créditos acadêmicos em suas respectivas universidades. A UniMetro tem um programa interno que designa um aluno do campus para o acompanhamento sistemático, durante o período de estada de um estudante hóspede no Brasil. Nós chamamos este programa de "Embaixador universitário". Esta semana nós confirmamos a chegada na UniMetro de uma aluna que vem de uma universidade dos Estados

Unidos, mais precisamente da Carolina do Sul, pra passar um período longo fazendo pesquisas no Brasil. Ela é filha de mãe brasileira e o pai é um Americano que tem um cargo importante nas Nações Unidas. Ela vem pro Brasil para completar os seus estudos sobre a Diáspora Africana ou algo assim. Ela tinha a opção de ficar hospedada aqui mesmo nos dormitórios da universidade, mas parece que ela conseguiu alugar um *flat* de um cidadão Americano residente na cidade, em um prédio residencial em Moema. Ele está fora e parece que só volta pro Brasil no ano que vem. Fizemos uma triagem através dos alunos do curso de História de nossa universidade e chegamos ao seu nome. O fato de você estudar História e ter um bom domínio em inglês facilitou a sua escolha, além da sua postura em relação às questões envolvendo a cultura negra. Como sou o coordenador do programa e o responsável pela recepção e monitoramento dos embaixadores acadêmicos junto aos alunos bolsistas internacionais, achei apropriado fazer esta abordagem com você...

– Professor, esta função extra pra um aluno da Metropolitana não cria um conflito com a época de provas e a entrega dos trabalhos da própria UniMetro?

– Boa pergunta. O programa estabelece uma tabela de compensação para as horas dedicadas como embaixador e que valem como pontos pra disciplina que o aluno estiver cursando. Isso não significa que você não deva fazer as provas ou trabalhos. Mas há uma adequação nas datas de provas e trabalhos programados para os alunos que fazem parte do programa. Tudo é monitorado e os embaixadores devem preencher alguns formulários antes, durante e após a fase de acompanhamento.

– Entendi, professor. Mas o que faz exatamente um embaixador universitário?

– Além de ajudar na recepção e adaptação dos estudantes visitantes, os embaixadores devem assessorar sistematicamente os hóspedes sobre os aspectos relevantes e pitorescos da História do país. Isso significa esclarecer sobre as peculiaridades regionais, os costumes, o folclore, a dinâmica política e econômica, a conjuntura sociológica das cidades e assim por diante. E também ajudar na prospecção de dados que possam auxiliar na coleta de informações pras pesquisas do aluno visitante. Às vezes os embaixadores têm que viajar; ou pro interior ou até mesmo pra outros estados. Pra isso é preciso ter um bom entendimento sobre a cronologia histórica do próprio país, sem que haja alguma barreira de ordem institucional entre o visitante e o hóspede, e também pra que a experiência em campo do visitante seja vivenciada em toda a sua plenitude. Nada mais natural que estudantes convivendo com estudantes, não é mesmo? Entendemos que a comunicação entre as partes tende a fluir melhor. A sintonia é mais natural e a linguagem é mais direta, mesmo que seja em línguas diferentes, o que no caso de vocês dois não haveria de ser um problema; você fala bem o inglês e, pelo currículo que recebemos da visitante, ela domina razoavelmente o português, que aprendeu com a mãe, segundo o dossiê que recebemos sobre ela. Acho que um bom entendimento não demoraria a ocorrer entre vocês dois.

– Professor, tem algum tipo de treinamento pra um aluno se tornar um embaixador universitário? – O assunto pareceu despertar o interesse do estudante.

– É aqui que a coisa fica um pouco complicada, Marcos. Até tem, mas a aprovação do módulo com esta aluna veio de última hora e tivemos que acelerar os processos pra que todos os procedimentos ainda pudessem ser alocados na grade institucional da universidade e aprovados dentro do orçamento administrativo. E também a tempo de serem incluídos na grade de módulos educacionais que serão auditados no fim do ano. O treinamento é de três semanas e ocorre no primeiro semestre, mas estamos em cima da hora. O "jeitinho brasileiro" vai ter que entrar em ação. A pergunta é: Você aceita ser o nosso embaixador universitário pra esta estudante pesquisadora?

– Bom, pelo o que o senhor explicou, aceito e espero representar bem a UniMetro. E quando é que ela chega? – Marcos já tinha se convencido de que gostaria de participar daquele programa.

– Amanhã de manhã. E como eu já contava com a sua aceitação, você já está escalado pra ir buscá-la no aeroporto. Já facilitei tudo pra você. Antes de ontem, à tarde, eu passei um *e-mail* pra universidade dela, e pra ela também, informando que haveria alguém da universidade pra recepcioná-la e apanhá-la no desembarque, no aeroporto. Haverá um motorista e um veículo da universidade à disposição dos dois pra alguns deslocamentos por São Paulo. Aqui... esta é a pasta com o currículo da aluna, pra que você conheça um pouco mais sobre a estudante. Não se esqueça de passar pela administração e deixar os seus dados pra liberação do veículo. E fique tranquilo quanto aos relatórios do programa a serem entregues na Coordenadoria, Marcos. Eu vou te dar todo o apoio necessário. Tudo certo, então?

– Tudo certo, sim. Obrigado, professor.

– As informações sobre o voo, chegada e apartamento onde ela vai ficar hospedada também estão na pasta que lhe entreguei. Tem um cartão de visita com os meus dados de contato grampeado em uma das folhas. Recomendo que você chegue ao aeroporto pelo menos uma hora antes da chegada do voo. Alguma dúvida?

– Não, professor. Está tudo bem explicado.

– Então boa sorte, Marcos.

O jovem aceitou o aperto de mão oferecido sobre a mesa. O professor continuou:

– Tenho a certeza que fiz uma boa escolha e a nossa expectativa é pra que você também agregue valor ao seu currículo acadêmico, quando o ciclo de pesquisas da visitante se encerrar. Bom, se você não se importa, ainda tenho que abrir mais algumas caixas de livro que chegaram... – O professor levantou-se, do outro lado da mesa.

– Professor Reis, obrigado pela lembrança do meu nome e farei o melhor que puder pra ser um embaixador universitário à altura da expectativa da Metropolitana – disse Marcos, recolhendo a sua mochila do chão, ao pé da escrivaninha.

– Tenho a certeza que você se sairá muito bem, Marcos. Boa sorte e qualquer dúvida é só ligar pra mim.

Marcos saiu da sala do Prof. Reis, feliz com a boa notícia inesperada. Por ser um jovem equilibrado e avesso a arroubos emocionais, manteve sob controle o impulso de sair correndo e informar à sua galera sobre a missão que acabara de ser colocada sob a sua responsabilidade.

Ao sair do gabinete, o jovem ganhou o corredor da sala da coordenadoria e atingiu o lance de escadas que o conduziria ao pátio que precedia a longa calçada de cimento que terminava no bloco do edifício do curso de História, a quase um quilômetro de distância.

Antes de chegar ao último degrau, retirou, debaixo do braço, a pequena pasta plastificada entregue pelo Prof. Reis e que continha os papéis, informativos e formulários sobre o programa de pesquisas acadêmicas entre o Brasil e os Estados Unidos.

Folheou rapidamente alguns impressos publicitários sobre uma certa Universidade Salkehatchie, em Walterboro, Carolina do Sul, e desdobrou um papel informativo do Ministério da Educação. Separou um impresso com o itinerário e a previsão de chegada do voo Delta Airlines 843.

Por último, encontrou uma folha contendo os dados curriculares da aluna pesquisadora. Nome: LaVernne, Ashley Santos.

No canto superior direito da página, uma foto de passaporte colorida e recente dava vida à folha em preto e branco do resumo biográfico da universitária Americana: a pele negra harmônica e de aparência acetinada, os cabelos pretos, escorridos e brilhosos, a mecha rebelde e curvada em direção ao olho esquerdo, o olhar vívido que parecia querer saltar da folha de papel e ganhar o mundo para além daquelas duas dimensões... o sorriso iluminado que parecia ofuscar toda a informação digital convertida em dados e números impressos no restante do currículo...

Os passos de Marcos reduziram a velocidade sem que o universitário o percebesse.

Por alguns segundos, o seu olhar se fixou no rosto enquadrado em foto colorida daquela jovem negra de aspecto radiante que no dia seguinte aterrissaria em solo brasileiro. Uma sombra de admiração tomou conta da expressão de Marcos.

Algo naquele olhar eternizado em um *flash* luminoso prendeu-lhe a atenção e antes que a lógica de seu raciocínio pudesse se construir, uma sirene estridente no pátio do edifício à sua frente o trouxe de volta ao mundo real.

Algumas horas de estudo o aguardavam e os papéis com os dados de Ashley foram colocados de volta no invólucro de plástico.

Contrariado, Marcos constatou um ligeiro atraso para a sua aula e o jovem apressou os passos em direção à porta de entrada do prédio.

Capítulo 22

Um amigo, um adeus

"Silvio, como médico e compadre de seu pai, preciso lhe dar um alerta. Neste exato momento, você tem dez vezes mais chances de adoecer de câncer de pulmão, cinco vezes mais chances de sofrer um infarto, cinco vezes mais chances de sofrer de bronquite crônica e enfisema pulmonar e duas vezes mais chance de sofrer um derrame cerebral... Tenho a obrigação de recomendar que você pare de fumar e inicie algum tipo de atividade para melhorar a sua condição física. Com o tempo você vai perceber um aumento da sua força muscular e da sua capacidade cardiorrespiratória. Ouça as minhas recomendações. E um bom condicionamento físico melhora as condições de saúde e previne doenças crônicas como hipertensão arterial, diabetes, arteriosclerose e ajuda no controle do peso corporal. E você está um pouco acima do peso ideal tolerável para um jovem da sua idade, rapaz. E pode acreditar que exercícios adequados de intensidade moderada, de duas a três vezes por semana, com uma hora de duração, melhoram, e muito, o condicionamento físico geral. Com o tempo você ganha força, flexibilidade e potência. Seria bom você considerar também atividades aeróbias para melhorar a sua condição pulmonar. Vou te encaminhar para um especialista. Você é bem jovem, Silvio. Ainda há tempo..."

O alerta dado, quando Silvio tinha vinte e dois anos, por um médico amigo da família e indicado por seu pai, foi o argumento irrefutável para que o rapaz abandonasse de vez o tabagismo, cinco anos antes.

O repórter havia adquirido o vício de fumar ainda na adolescência, por força da influência dos amigos e da pressão em ter que se sentir "inserido" na turma do colégio, em Rio Preto, sua cidade natal, no interior de São Paulo.

Embora não fosse um fumante contumaz, Silvio decidira, após terminar o seu curso de Comunicação, abandonar o cigarro e adquirir hábitos mais saudáveis.

O ritmo agitado da cidade grande, a distância dos amigos fumantes e a correria da redação o motivaram a cercar-se de atividades que

— 155 —

promovessem o alívio do *stress* do dia a dia e logo nos primeiros meses na metrópole consultou o tal médico especialista, residente de longa data na cidade São Paulo.

A lista de malefícios elencada pelo clínico geral foi o motivo cabal que convenceu Silvio a redesenhar o seu interior e trabalhar na construção de uma nova pessoa.

O jovem alterou os seus hábitos alimentares, sem abolir o consumo de carne vermelha; em seguida, adotou o ciclismo campestre como esporte, e pelos últimos três anos alternava a prática esportiva com dois dias de *jogging* no Parque da Cidade por cerca de uma hora, logo ao amanhecer, antes de se dirigir para o trabalho.

Como o previsto pelo médico nas primeiras consultas, os novos hábitos fizeram com que Silvio eliminasse uma quantidade generosa de gordura ociosa do seu organismo, a qual não retornou em razão dos cuidados do jornalista com a boa condição atlética recém-adquirida.

Naquele momento, evoluções mágicas de Korsakov, compostas no século XVII, ecoavam no cérebro do jovem através dos fones de ouvido minúsculos do aparelho MP3 que reproduziam fielmente a sequência de arranjos extraordinários do músico aristocrático russo, famoso por ser o responsável por recuperar, de maneira inovadora, a cultura tradicional russa e revolucionar a orquestração musical da época.

Silvio descobrira o gosto por músicas clássicas ainda na época de estudante universitário, quando passava horas a fio a sós, estudando e empenhado em obter boas notas em seus trabalhos acadêmicos.

O jovem encontrou nas notas das grandes árias e nos arranjos dos grandes concertos um grande aliado reflexivo, madrugadas afora. O seu gosto não se limitava somente a uma escola de música clássica, mas como apreciador do estilo, o repórter admirava particularmente Nikolay Rimsky-Korsakov e tinha também uma predileção por Antonio Lucio Vivaldi, o gênio italiano, reconhecido não só por sua arte como também por seu amor ao ofício da música barroca e à sua coragem em romper com as regras vigentes na sociedade veneziana do final do século XVII e início do XVIII.

Silvio sentia-se renovado toda vez que os tinha como companhia; antes como estudante, enquanto devorava livros e apostilas até altas horas noturnas e também naquele exato instante, enquanto vencia, passada a passada, os minutos e os quilômetros de sua corrida matinal.

Um pequeno trecho na subida exigiu mais vigor de seus músculos, já ávidos por reservas de força e resistência.

— 156 —

– É nas subidas que se conhece um bom atleta... – Silvio murmurou para si mesmo, parafraseando uma máxima lida de um treinador fundista, certa vez quando lia uma revista para maratonistas, em uma banca de jornal.

Desde que leu a frase pela primeira vez, Silvio a adotou como um mote pessoal e passou a utilizá-la como um motivador pessoal, nos trechos de corrida mais difíceis de serem transpostos.

Um pouco antes de chegar ao topo da inclinação, o corredor passou por uma enorme pedra natural que se debruçava sobre a trilha estreita e asfaltada, dando a impressão de querer bloquear a passagem pelo seu lado direito.

Ao lado esquerdo, uma vegetação baixa e úmida precedia um aglomerado de árvores que replicava uma porção remanescente da mata atlântica original. Descendo a pista e no sentido contrário, Silvio cruzou com um casal de meia idade e de cabelos grisalhos que trotava em passadas sincronizadas. A dupla parecia desenvolver um diálogo recheado de risos e entusiasmo.

Enfim, o topo. Mais alguns metros... uma curva fechada à esquerda e... por fim, Silvio visualizou à distância o longo trecho plano que o levaria para a parte final de seu treino.

O jovem jornalista acelerou gradativamente o ritmo, como sempre fazia nos últimos cinco minutos de suas corridas, preparando o corpo para o *sprint* final.

Um sentimento de satisfação cruzou as suas abstrações e misturou-se aos timbres musicais de Vivaldi, que naquele instante embalavam cada neurônio de sua caixa craniana.

Lembrou da vibração de Otávio Proença, o seu supervisor na redação, assim que ele retornou de sua viagem à Europa e se informou da evolução da matéria jornalística desenvolvida pelo jovem repórter. O formato proposto por Silvio para a reportagem foi aprovado na íntegra.

As entrevistas com as mães dos alunos já estavam prontas para a editoração e publicação, a cobertura das assembleias universitárias já estava planejada e na agenda, e a votação final do referendo sobre a Semana da Cultura Afro-brasileira no campus da UniMetro teria a presença da *Folha de Notícias*.

Silvio tangenciou um pequeno quiosque utilizado para churrascos no lado oeste do parque, e finalmente alcançou a grande reta plana pavimentada que o levaria para o portão de saída daquela área exuberantemente verde.

As suas passadas se aceleravam sistematicamente. Cento e cinquenta metros...

A camiseta regata grudou-se ainda mais ao corpo pela resistência do ar frio frontal, ainda salpicado pelo orvalho da manhã, e também pela umidade abundante do suor que agora escorria pelo tórax e sob as vestes do repórter travestido de atleta. A trilha sonora em seus ouvidos intensificou a fertilidade de sua imaginação e nos últimos minutos da corrida o parque transformou-se em uma imensa arena internacional e Silvio se viu alinhado com os maiores velocistas da história olímpica. Cem metros...

Superando as dores e os concorrentes imaginários, o torso do repórter inclinou-se ligeiramente para frente, deslocando o centro gravitacional de seu corpo, e tudo mais deixou de existir, restando apenas o piso plano em sua frente e a miragem de uma faixa de chegada mais adiante. Cinquenta metros...

Agora, o próprio universo não existia mais. Somente Silvio, o espaço e o tempo. Os braços se alternavam, em um movimento articulado e contínuo; o peito arfava e buscava com sofreguidão cada molécula de oxigênio que a atmosfera, em todo o misterioso milagre da criação, pudesse produzir. As pernas se revezavam e liberavam surtos de energia cinética, em uma dança frenética de nervos; músculos e tendões. O par de calçados emborrachados cobrindo-lhe os pés parecia voar sobre o solo, promovendo Silvio ao posto de décimo terceiro deus do Monte Olimpo. Dez metros...

"Meu corpo dói". Nove metros...

"Mas eu preciso continuar". Oito metros... *"Essa dor é sagrada"*. Sete metros... *"Será que consigo?"* Seis metros... *"Tenho que chegar!"* Cinco...

"Adeus, cigarro". Quatro...

"É preciso sempre..." Três...

"... seguir em frente..." Dois...

"... e superar ..." Um...

"... os próprios limites!" Chegada!

Silvio atingiu o fim do *sprint* e fez uso de outros trinta metros para desacelerar os passos, antes de iniciar os alongamentos protocolares de fim de corrida.

Caminhando vagarosamente e com o batimento cardíaco voltando gradualmente ao seu ritmo normal, o jovem colocou as mãos à altura da cintura e inclinou a cabeça para trás.

Ofereceu o rosto ao firmamento, respirou fundo e abriu os olhos. O céu apresentou-se diante de seu olhar em tons azulados e róseos e o

—— 158 ——

infinito ainda cintilava, em alguns pontos esparsos, os últimos registros luminosos que encerravam o espetáculo celestial da madrugada e que havia alguns minutos enfeitavam o escuro da noite com o brilho de bilhões de sóis e corpos estelares que explodiam e se reciclavam a distâncias inimagináveis daquele parque bucólico e encravado entre arranha-céus e viadutos da maior metrópole do hemisfério sul do planeta Terra.

05h51min. O movimento de atletas usuários da pista aumentava à medida que o Sol nascia ao leste, e Silvio parou em uma barraca de sucos, próximo ao portão de saída, onde costumeiramente reabastecia os líquidos queimados na corrida com uma dose generosa de água de coco natural.

Após cruzar o portal de saída, o jovem repórter caminhou até o amplo estacionamento externo do local, para cumprir o ritual de dirigir de volta para o seu apartamento, trocar-se rapidamente e com sorte chegar à redação antes do engarrafamento urbano das nove horas.

Por cerca de vinte minutos, o repórter conduziu o seu carro sem dificuldades até o edifício onde residia e que ficava a uns dez quilômetros do parque. Como sairia em breve, estacionou o veículo a uma quadra da entrada principal do prédio. Lembrou-se do celular no porta-luvas.

"Será que tem mensagens?" – pensou.

Em um movimento rápido, S i l v i o abriu o compartimento do painel e pegou o celular. Apertou o botão de acionamento do aparelho. O visor colorido iluminou-se por alguns segundos e logo em seguida uma mensagem digital informou:

"Recarregue a bateria".

As letras empalideceram e em seguida sumiram do mostrador. Silvio não conseguiu disfarçar a frustração consigo mesmo por deixar a bateria do celular descarregar por completo, mas logo em seguida resignou-se por lembrar que poderia recarregá-la por pelo menos uns quarenta minutos, antes de seguir para a redação.

Ao chegar à portaria, recebeu uma informação de seu Zózimo, o porteiro:

– Seu Silvio, a energia acabou uns dez minutos depois que o senhor saiu. Já liguei pra companhia de luz e eles falaram que daqui uns quarenta minutos eles vem prá cá. O gerador deve funcionar por mais uns trinta minutos e o prédio está sem elevador, ar-condicionado e internet – informou o homem pelo pequeno vão da estrutura de vidro que o separava do contato com os transeuntes da portaria.

Silvio agradeceu as informações e a atenção do sempre prestativo porteiro e dirigiu-se às escadas precariamente iluminadas pelas lâmpadas amareladas que operavam naquele momento sob a carga limitada do gerador de energia localizado em algum canto oleoso do primeiro subsolo, dos três que existiam no edifício.

Entrou em seu apartamento e apressou-se em tomar um banho rápido enquanto o corpo ainda estava quente e, em seguida, tratou de separar os acessórios e os trajes já deixados prontos por Dona Nilda no dia anterior.

Como não teria acesso à internet e o celular não poderia ser recarregado em casa, concluiu que seria melhor antecipar a saída ao trabalho e não pôde evitar a constatação de que era um ser humano totalmente dependente da eficácia e praticidade que o maquinário moderno proporcionava em termos de conforto doméstico e velocidade na obtenção e transmissão de informação no âmbito pessoal e profissional.

Já dirigindo a caminho do trabalho, Silvio inclinou-se para a direita e encaixou o espelho do aparelho receptor de áudio digital no nicho, localizado ao lado do volante.

Sintonizou o equipamento em uma estação que tocava música instrumental contemporânea. Identificou os arranjos de Herbie Hancock nas primeiras notas da música e equalizou o áudio para tons mais graves, da mesma forma que os ajustava quando estava em casa, nas raras sessões musicais de sábado que gostava de organizar com alguns amigos, de tempos em tempos.

Ao iniciar a descida da larga artéria perimetral que desembocava num complexo de edifícios corporativos conhecido como Business Park Center, próxima à área do Morumbi, Silvio logo visualizou um imponente prédio azulado e envidraçado que abrigava todas as operações do jornal *Folha de Notícias*.

Manobrou o volante e convergiu o seu veículo para a pista da esquerda, antes de buscar o acesso para a última rampa que levava aos quarteirões que circundavam um dos três grandes blocos que compunham o robusto centro empresarial.

Como já imaginava, encontrou um pequeno engarrafamento a algumas quadras do pátio inferior do estacionamento e aguardou pacientemente a sua vez, antes de inserir o cartão magnético no *slot* que haveria de fazer subir a cancela que bloqueava o acesso dos veículos às duas mil vagas disponíveis do local.

O estacionamento de três pisos subterrâneos fora construído externo às unidades dos três edifícios do BPC, que se situavam a uns quatrocentos metros das garagens. Silvio conseguiu uma vaga no segundo subsolo e cruzou a pé todo o espaço que conduzia até o elevador e rampa de pedestres.

Resoluto, ignorou o elevador e preferiu ir a pé, pela rampa, até a saída que conduzia à rua. Assim que reencontrou a luz do dia, percebeu uma movimentação incomum do outro lado da via pública mais adiante. A agitação vinha de fora da área do estacionamento e já próximo às escadas com degraus em arco horizontal que terminavam nas duas portas de vidro com sensor de presença que davam acesso ao amplo saguão central de entrada de um dos blocos.

Três viaturas policiais do 28º DP, com as lâmpadas de giroflex acionadas e uma dupla de furgões de transmissão em microondas pertencentes a emissoras de televisão, concorrentes entre si, ocupavam as vagas frontais do edifício e a viatura de uma grande rádio local transitava lentamente, à procura de um lugar apropriado para estacionar.

Uma comoção começou a se formar do lado de fora das portas envidraçadas da torre e alguns seguranças em terno escuro, portando rádios transmissores, surgiram do *hall* interno da recepção e começaram a limitar o acesso dos transeuntes ao prédio. À medida que se aproximava da entrada, Silvio pôde reconhecer o Sr. Humberto Salles, que raramente saía do seu gabinete durante o expediente, cercado por uma meia dúzia de câmeras de TV e microfones. O executivo gesticulava nervosamente, enquanto procurava responder às perguntas dos repórteres que lhe chegavam simultaneamente.

Silvio sentiu um desconforto desesperador subir-lhe ao peito e antes que tivesse tempo de especular sobre o que pudesse ter acontecido, uma voz carregada de dor e angústia chegou-lhe aos ouvidos, vinda da calçada à sua direita.

– Siiilvio! – uma voz feminina.

Era Daniela, a namorada de Nico, o seu melhor amigo na redação, que acabara de sair de um táxi.

A moça sempre alegre cobriu, em silêncio, os poucos metros que a separavam de Silvio. Aproximou-se rapidamente do repórter. Apesar da cabeça baixa e dos óculos escuros, o jovem repórter pode perceber que a moça havia chorado havia pouco tempo. Silvio recebeu um longo abraço da jovem e ouviu:

– Estou tentando ligar pra você desde cedo... – a voz da jovem, sempre cheia de entusiasmo e energia, chegava aos ouvidos de Silvio como um sopro débil.

– O meu celular descarregou. O que está acontecendo? Por que este monte de polícia e a imprensa na frente do prédio? – perguntou o repórter, angustiado.

– Você ainda não sabe? – Daniela ergueu as lentes negras que lhe cobriam os olhos já avermelhados e uma lágrima teimosa fugiu-lhe ao controle, escorrendo para o canto dos lábios que tremiam timidamente, ao mesmo tempo em que anunciava:

– Mataram o Nico, Silvio... O Nico morreu...

Capítulo 23

Terra Brasilis

Manhã de sexta-feira. Após concluir a ligação telefônica prometida à sua mãe na Carolina do Sul tão logo tocasse em solo brasileiro, Ashley guardou o celular em sua bolsa tiracolo e aproximou-se da esteira móvel do setor de bagagens do Aeroporto Internacional de Cumbica, Guarulhos, que haveria de trazer as três grandes malas contendo roupas, acessórios e farto material acadêmico para todo o período de seu programa no Brasil.

Antes do seu embarque, ainda nos Estados Unidos, a jovem fora informada de que um representante da Universidade Metropolitana estaria à sua espera no saguão de chegada do aeroporto, com uma placa de identificação com o seu nome.

Naquele instante, algumas centenas de passageiros de três voos internacionais iniciavam as ações de coleta de bagagens, de certificações sanitárias e outras conformidades alfandegárias.

Uma profusão de línguas se fazia sentir ao redor da jovem. Naquele aeroporto, entre as cinco e as oito horas da manhã, se concentrava a chegada de oitenta e cinco por cento dos voos internacionais. Com isso, o desembarque tornava-se lento, com uma demora superior a noventa minutos para a sequência dos procedimentos alfandegários necessários durante a triagem de passageiros e bagagens.

À sua direita, uma criança com traços orientais agachava-se para abrir uma pequena bolsa que pelas últimas 24 horas havia sido o compartimento de alguns brinquedos de madeira, cobertos com figuras geométricas coloridas e engrenagens mecânicas que aparentemente foram projetadas para se desmontarem e se reagruparem em combinações lógicas.

Aproximou-se o máximo que pode da esteira e aguardou a chegada do seu conjunto de bagagem. Todas as malas estavam identificadas com uma etiqueta branca plastificada e embutida próxima ao segredo numérico de segurança e que trazia as iniciais "A.S.L. (SC)" em cada uma delas.

—— 163 ——

Do lado de fora da área de desembarque, junto ao bloqueio amarelo instalado à meia altura para limitar o avanço de transeuntes no ato da abertura da porta de saída dos passageiros para o saguão de recepção pública do aeroporto, Marcos escolheu um ponto menos agitado, de onde pudesse visualizar a saída dos passageiros desembarcados.

Trazia erguida sobre a cabeça a placa branca com o nome de Ashley Santos LaVernne em letras garrafais vermelhas, e que lhe fora entregue pela Coordenadoria de Extensão no dia anterior.

Apesar de toda a erudição do seu aprendizado na língua inglesa, aquela seria a primeira vez em que ficaria integralmente com uma falante nativa e ali, sob a responsabilidade de desempenhar bem a função de embaixador universitário e na eminência de recepcionar uma estudante que nunca havia estado no Brasil, o jovem sentiu um calafrio subir-lhe as espinhas e uma ligeira incerteza sobre a sua capacidade de conduzir com êxito a missão que lhe fora incumbida.

Mas a perspectiva de obter pontos em sua graduação acadêmica e o apoio moral dado pelos pais durante o jantar na noite anterior dissipou em segundos aquela insegurança momentânea. A breve ansiedade de Marcos foi interrompida por uma avalanche de pessoas e bagagens que deixaram a área alfandegária, assim que as duas portas automáticas se afastaram a partir do centro, acionadas pelos sensores de presença nelas instalados.

Executivos apressados... senhoras bem vestidas e ostentando artigos proibitivos... adolescentes inquietos e ruidosos, pessoas de pele estranhamente alva e de rostos avermelhados, alguns turistas cansados e empurrando carrinhos de mão repletos de bagagens e algumas sacolas contendo artigos adquiridos na área *duty-free*... um afrodescendente alto, trajando um agasalho esportivo vistoso e com um acessório eletrônico para músicas sobreposto aos ouvidos...

Todos cruzaram o funil de saída, indiferentes aos olhares ansiosos em ambos os lados do corredor humano. Ninguém que se assemelhasse à jovem sorridente da foto em suas mãos passou pelo corredor e Marcos olhou em direção à grande porta de entrada e saída do amplo corredor social do aeroporto, para certificar-se de que a jovem não houvesse passado pelo representante da Universidade Metropolitana sem que este a tivesse percebido. Nada...

Ansioso, direcionou o seu olhar para a tela LCD, suspensa em uma coluna cilíndrica de sustentação da cobertura do saguão. O estudante visualizou a relação atualizada dos voos internacionais.

Na quinta linha lia-se: *Voo Delta Airlines 843 – AT/GUA – Pousado – 08h17min.*

Sem conseguir conter a sua preocupação, Marcos consultou o seu relógio:

09h05min. O lapso de tempo era razoável e o jovem censurou-se por deixar a ansiedade tomar conta de suas atitudes enquanto aguardava a saída da estudante.

A vibração do celular à altura da cintura provocou um leve susto em Marcos. Sem que o seu olhar fosse desviado da porta de saída da alfândega, o jovem alçou o aparelho à altura do ouvido. O visor acusava a chamada de Jamira, como ela própria havia prometido que o faria, assim que soube da designação do amigo para o posto de embaixador universitário.

– Oi, mana! – A felicidade aparente funcionava como um filtro para o seu nervosismo.

– E aê, gatão... A moça já chegou?

– Já, mas ainda não saiu da alfândega. – Os olhos de Marcos mantinham-se fixos no fluxo de saída dos passageiros.

– E depois? Pra onde vocês vão?

– Acho que ela vai querer ir pro apartamento dela e depois descansar, não sei ainda.

– Certo. Se vocês vierem pra cá, leva ela pra conhecer o DA e o pessoal da nossa chapa – propôs Jamira.

– Pode ser. Acho que podemos também informar pra ela sobre as assembleias e os trabalhos pra votação no campus. O que você acha?

– Vamos ver... Ela fala português?

– O professor Reis me informou que ela aprendeu um pouco com a mãe dela, que é brasileira e mora nos Estados Unidos há muito tempo – informou o estudante.

– Tá, então. Me liga depois e me fala se...

– Tenho que desligar. Tem um monte de gente saindo. Depois eu ligo! – O universitário interrompeu a ligação e fixou os olhos na leva de viajantes que acabava de se debandar pelo corredor.

Depois de uma sequência interminável de passageiros apressados, saídos de um mesmo voo, surgiu um jovem de cabelos longos e amarrados em estilo rabo-de-cavalo, que passou pelo funil e foi ovacionado por um grupo de amigos no lado oposto do corredor. Logo em seguida, uma senhora oriental idosa e de aspecto fragilizado era empurrada lentamente em uma cadeira de rodas por um homem mais jovem e de feições rechonchudas.

Mais ninguém parecia que iria cruzar a passagem, e de repente...

Atrás de um jogo de bagagens com três malas de porte médio sobre um carrinho de mão de maior porte, surgiu uma jovem negra que se movia em passos lentos e graciosos, ao mesmo tempo em que vasculhava a saída do corredor com os olhos, à procura de alguma identificação com o seu nome.

O índigo do jeans e a camisa em cor violeta realçavam a tonalidade escura e atraente de sua pele. Marcos associou de imediato a passageira com a jovem sobre a qual havia se informado através dos formulários fornecidos pela UniMetro e pela foto colorida ainda em suas mãos. Deslocou-se um pouco para a sua esquerda, a fim de facilitar a visualização da placa que ele trazia suspensa sobre as cabeças das demais pessoas presentes no local.

Ashley detectou a placa e abriu um sorriso, antes mesmo de visualizar quem a segurava.

Acenou com entusiasmo e caminhou em direção ao seu próprio nome. Marcos retribuiu o aceno e pela primeira vez os olhares dos dois jovens se encontraram um com o outro.

A apenas dois metros de distância, Marcos encantou-se com o conjunto da imagem vindo em sua direção. Separados pela barreira física e obstruídos parcialmente pelo trânsito de pessoas, Marcos indicou com uma das mãos um espaço aberto, menos congestionado, mais adiante, e ambos caminharam lado a lado até o lugar indicado.

Ao atingirem o local, os dois jovens se olharam por alguns segundos e Ashley quebrou o gelo ao propor um aperto de mão e em seguida abrir os braços e oferecer o rosto para um carinho amistoso, como havia aprendido através do livreto com instruções sobre costumes brasileiros que o seu pai havia lhe enviado semanas antes, tão logo soube do projeto acadêmico da filha no Brasil.

Ao retribuir o abraço, Marcos pode sentir o perfume gracioso que a pele de Ashley ofertou por um breve instante.

– Prazer. Eu sou Ashley Santos LaVernne. Você é Marcos? Marcos Souza? – A fala da moça à sua frente chegou suavemente aos ouvidos do jovem brasileiro.

A voz da estudante reverberava variações melódicas agradáveis e o leve sotaque em outra língua lhe dava um charme que arrebatou de vez a admiração pela visitante causada em Marcos, já desde a primeira visualização da figura de Ashley.

– Isso... Marcos Souza. E sou o Embaixador universitário responsável pela sua recepção. Seja bem-vinda ao Brasil. Você fez uma boa viagem? – perguntou o estudante.

– Hmmm... sim! Na segunda... parte?... de viagem eu ler mais sobre o Brasil. Desculpe, mas o meu português não é bom. – Ashley parecia constrangida.

Marcos riu e respondeu com um humor sincero e explícito:

– *Well... I´m not sure that my English is any better than your Portuguese, so maybe this is a good chance for us to help each other.*[14]

Ashley abriu os olhos surpresa e retribuiu o sorriso de Marcos, antes de sentenciar:

– Wow! Você fala inglês muito bom... muito bem! Você morou *in* Estados

Unidos?

– Não, e também nunca viajei pra fora do país... – revelou Marcos.

– *Amazing*[15]! Obrigado por estar aqui e ajudar.

– Sem problemas. Eu levo as bagagens – Marcos assumiu o controle do carrinho de mão, até então conduzido pela jovem Americana – e temos um carro com motorista no estacionamento esperando. Acho que você quer ir primeiro pro seu apartamento, correto?

– Sim! Preciso recuperar de viagem e ter um banho. Mas depois gostaria de conhecer a Universidade Metropolitana...

– Tudo certo, então. Vamos?

– Sim! – Ashley ajeitou uma das malas dentro do carrinho e passou a caminhar ao lado de Marcos.

Ao saírem do saguão da área de desembarque e recepção de passageiros, Marcos e Ashley se depararam com uma garoa fina que caía sobre todo o estacionamento.

Ao alcançarem o pátio repleto de carros de luxo e de utilitários de toda espécie, um Fiat Doblò de cor cinza se aproximou da rampa utilizada pelos transeuntes para alojar bagagens nos veículos particulares com acesso naquela área do aeroporto.

Luis, o motorista da universidade, apressou-se em acomodar todos os volumes no porta-malas do carro. Em poucos segundos o veículo e os seus passageiros partiram rumo ao lado oeste da cidade de São Paulo.

---

14   Tradução: – Bem... Eu não estou certo de que o meu Inglês seja muito melhor do que o seu Português, portanto talvez esta seja uma boa chance pra gente ajudar um ao outro.

15   Tradução: – Impressionante.

Como Marcos passara a temer a partir do momento em que percebeu a insistência da garoa, houve alguma dificuldade para o veículo deixar a área de estacionamento do aeroporto e o trânsito na via principal que conduzia à área central da cidade movia-se vagarosamente, o que certamente retardaria a chegada ao *flat* que pelos próximos meses seria a residência de Ashley no Brasil.

– Tempo com chuva sempre? – indagou Ashley, em um esforço pessoal para minimizar os tropeços semânticos que compunham a sua fala.

Os dois jovens sentavam-se lado a lado no banco traseiro do veículo.

– Pra dizer a verdade, não muito, nesta época do ano. Mas meus pais sempre me falaram que São Paulo é a "Terra da Garoa".

– Ga-ro-a...? – indagou pausadamente a estudante.

– Sim, garoa. "*Drizzle*", em inglês. São Paulo, nickname: "*Drizzleland*".

– Hmmm... Interessante. Você mora com pais?

– Sim, moro com meus pais e uma irmã. Tenho um irmão mais velho, casado, que mora em outro bairro da cidade. Você tem irmãos?

– No... *I´m*... Eu sou... como se diz "*the only daughter*"?

– "Filha única" – Marcos sentiu-se feliz por ser útil em facilitar o entendimento de sua língua junto à jovem Americana.

– Fill-li-a ú-ni-ca... Obrigada. Sou "filha única". Você estuda História? – Ashley lembrou-se de um dado a respeito de Marcos, no *e-mail* que recebera de seu tutor em Walterboro, sobre o aluno brasileiro que haveria de recepcioná-la no Brasil.

– Sim. Estou no segundo ano. "*Sophomore*"... Quero ser professor de História – confessou o brasileiro.

– Hmmm... muito bom. Eu estudo para especialização *in* Estudos Afro-americanos e também trabalho *in* museu de Walterboro. Desculpe meu português. Não é bom... Se é melhor, podemos comunicar in inglês.

– Não se preocupe. Pra quem nunca esteve no Brasil, o seu português é muito bom. – Marcos se esforçava em deixar Ashley tranquila com relação à sua proficiência.

– Por minha mãe, eu cresci ouvindo português. Depois gostei da língua e sempre tenho livros sobre Brasil e internet ajuda *in* ouvir, muito, muito!

– Se houver muita dificuldade, nos comunicamos em sua língua. Eu sempre leio em inglês, mas quase nunca falo em inglês. A sua mãe é brasileira de qual cidade?

– De Espírito Santo. E esta é a cidade... – Ashley retirou do bolso um papel dobrado que continha um nome de cidade escrito à mão, onde se lia: "*Ecoporanga, Espírito Santo*".

– Ecoporanga... Nunca ouvi falar.

– Ela disse que saiu da Ecoporanga quando menina e depois muda para São Paulo para trabalhar.

– Entendo – assentiu Marcos.

– Ela também disse que eu tenho um tio... Benedito... Dito... que pode morar lá.

– É mesmo? – o estudante quis estimular o relato da visitante.

– Desculpa? O que é "é mesmo"?

– Hmmm... *something like: "really"*?[16]

– *Ah... okay*. Sim! Ele é o irmão velho de minha mãe. O nome dele é Benedito Lourenço dos Santos... Aquilo são favelas? – A jovem apontou para algum ponto do lado de fora da janela do seu lado direito no veículo.

Ao dirigir a pergunta a Marcos, Ashley indicou um aglomerado de habitações de aspecto deplorável e de estrutura precária que se estendia por centenas de metros ao longo da via pavimentada de saída do maior aeroporto da América do Sul.

– Sim, uma das muitas que existem na cidade. – Marcos mal pode ocultar o desconforto em ter que expor uma das muitas mazelas que comprometiam a reputação de São Paulo, uma das maiores cidades do mundo.

Os extremos oposto das estatísticas de qualidade de vida de qualquer estudo sociológico coexistiam naquela mesma mega metrópole. Núcleos populacionais sabidamente abaixo da linha de pobreza explícita interagindo com edifícios globalizados e condomínios de luxo com infraestrutura de primeiro mundo.

Enquanto se preparava para expor a sua percepção sobre o quadro demográfico da cidade onde residia, Marcos foi acometido por uma reflexão silenciosa sobre se o Brasil, como um todo, seria um país rico pontilhado por bolsões de pobreza, ou se ele era cidadão de uma nação pobre pontuada por ilhas de prosperidade.

– Muito triste – constatou Ashley.

– Realmente. É um problema que os políticos sempre dizem que vão resolver, mas que não acaba nunca. Mas, também não dá pra confiar em políticos... – discursou o embaixador universitário.

– Políticos... estão *in* todos os lugares. – Havia um tom de rejeição na fala de Ashley.

---

16   Tradução: – Hmmm... algo como: "é verdade"?

– E por onde passam... um outro problema de São Paulo é o trânsito. Olha isso...

– Muitos carros! Quanto tempo mais até o apartamento?

Marcos fez um malabarismo com o tronco, na tentativa de visualizar melhor a dimensão do engarrafamento à frente e sentenciou:

– Acho que mais uns quarenta, cinquenta minutos. O que você acha, Luis? – A pergunta foi dirigida ao senhor no volante, em silêncio desde a saída do aeroporto.

– Mais ou menos isso mesmo, Marcos. Sexta-feira, chuva... já viu, né... – respondeu prontamente o motorista.

– É... eu já imaginava... – Marcos voltou a sua atenção para a jovem ao seu lado – Mas, Ashley, como é o seu curso de Estudos Afro-americanos?

– Oh, sim. Esta área é dedicada para a produção de pesquisa de conquistas de afro-americanos. *You know*, a civilização ocidental procura estudar as culturas do mundo por muitas gerações, mas as mudanças de pessoas *in* Estados Unidos precisa de uma ideia mais... hã... profunda?... da história de negros por acadêmicos interessados no assunto. Neste curso, os afro-americanistas estudam a verdade histórica humana para analisar algumas... *assumptions*... desculpe... sobre raça e assim ajudar estudantes a ter escolhas mais precisas sobre a contribuição de negros na criação de sua sociedade e para entender bem a sua própria civilização. O objetivo é a criação de uma cidadania positiva. O curso fala sobre economia, *psychology* e situação de negros no passado e no presente, além de enriquecer profissionais de negócios, de jurídico, de trabalho social e de educação sobre diversidade. Eu quero especialização dessa área, escrever livro e ser professora em universidade. – Ashley gostava de detalhar sobre os aspectos de sua escolha acadêmica. Talvez um traço herdado de Lou Thomas, seu pai, que tinha o mesmo comportamento quando o assunto era cultura negra universal ou detalhes pitorescos sobre a Carolina do Sul, sua terra natal.

– Muito estudo, né? – indagou distraidamente Marcos.

– "Né"... você e o motorista falaram esta palavra... e sempre ouço isso in audios de MP3 do rádio e in programas de TV do Brasil. É mesmo que "*right*"... right?

– *Right*! – concordou o jovem, dando-se conta de que o diálogo assumira um tom engraçado.

O ambiente descontraiu-se ainda mais no interior do veículo. Funcionou, enfim, como uma forma de amenizar a frustração silenciosa de Marcos, surgida com a lentidão, algo irritante, do trânsito em todo o trecho.

– Aqui... pegue o seu papel com o endereço do Espírito Santo, Ashley, antes que eu esqueça. – Marcos devolveu o papel para as mãos de Ashley.

– Ah, *okay*. Hã... Marcos... eu preciso de favor – disse a jovem ao guardar o papel em sua bolsa pessoal.

– Claro, o que seria?

– *In* algum momento de viagem, eu preciso ir até... E-co-po-ran-ga... você *ir junto*?

Capítulo 24

Tendência de votos

Jefferson, o presidente da chapa "Tradição", da ala contrária à realização da Semana Cultural Afro-brasileira, inclinou-se na direção de Luca e murmurou-lhe algo inaudível. O restante do grupo se acomodava ao redor da mesa, situada a um canto da sala de reuniões do Diretório Acadêmico da UniMetro.

Embora fosse denominado o líder da chapa, Jefferson raramente tomava uma decisão sem antes consultar Luca, que por sua vez tinha consciência de sua influência sobre o grupo e o jovem Altobelli acreditava que teria mais poder de manobra se usufruísse da influência de sua eminência parda sobre a chapa ocupando o posto de Diretor de Comunicação.

Solange e Hayda, Marketing; Ronaldo, Ciências Contábeis e Paulo Sérgio, do curso de Administração, formavam a liderança da chapa. A reunião em andamento havia sido convocada por Jefferson, após um alinhamento com Luca, para analisar a estratégia da campanha e as últimas ações da chapa antes da eleição geral no campus.

Luca deu indicações de que o presidente faria uso da palavra e os demais membros silenciaram para que a reunião tivesse continuidade.

– Então, pessoal... Hoje eu tenho que sair mais cedo. Tem um trabalho em grupo pra entregar e já tem uma outra galera me esperando. Hayda? – Luca olhou para a estudante à sua esquerda. Hayda era a Relações Públicas da chapa e a responsável por expor os itens da plataforma da chapa pelo campus da UniMetro.

– Gente, consegui mais três voluntários pra fazer o corpo a corpo nos horários noturnos. E eles já podem começar amanhã.

– Muito bom! E até quando podemos usar a gráfica? – perguntou Jefferson.

– Esta semana é a última. E fiquei sabendo que o pessoal da "Igualdade" deve pegar o material impresso deles entre hoje e amanhã.

– Certo. Paulo, Ronaldo... e aê...? Alguma novidade sobre a pesquisa de intenção de votos? – questionou o presidente.

Após uma breve troca de olhares com Ronaldo, Paulo Sérgio antecipou-se e reportou os resultados obtidos aos demais:

– Bom, pessoal, a nossa pesquisa cobre os últimos vinte dias. Se a eleição fosse amanhã, tudo indica que venceríamos e com uma margem razoável de votos, acima dos doze por cento de quem já confirmou que vai votar. Mas ainda tem muita gente que não decidiu se vai participar da votação, uma vez que o voto será facultativo. Esse pessoal soma quarenta por cento do total possível de votos. Se houver uma reviravolta e eles decidirem votar, podem mudar o resultado final.

Luca demonstrou certa preocupação e sentenciou:

– A nossa chapa não pode correr este risco. Tem como fazer um mapeamento deste pessoal, pra gente poder intensificar a nossa campanha com eles?

– Já tenho! O Paulo Sérgio computou e eu formatei tudo – exclamou Ronaldo, com um certo ar de triunfo em seu rosto.

O estudante acionou um botão em seu notebook. Uma série de quatro quadros em formato PowerPoint, com números e gráficos distribuídos de forma organizada e lógica surgiu na tela de quatorze polegadas.

– A maioria dos indecisos é do pessoal das áreas de ciências exatas... cinquenta e três por cento. Desses, quarenta e seis por cento trabalha durante o dia e estuda à noite. Os outros quarenta e sete por cento dos indecisos são da área de ciências humanas, sendo que sessenta e quatro por cento desse povo trabalha de dia e vem pra universidade à noite. Em ambas as áreas, mais de quarenta e cinco por cento dos entrevistados estão além da metade dos respectivos cursos. Ou seja, são formadores de opinião consolidados dentro do campus. Posso apresentar outras amostras também...

– Não, não, velho. Obrigado. Já deu pra ter uma ideia.

Todos da chapa admiravam a facilidade com que Paulo Sérgio e Ronaldo dominavam computadores e números. Mas também sabiam da necessidade de controlar o ímpeto dos dois em querer ilustrar a reunião com métricas e projeções matemáticas cada vez mais complexas e intrincadas.

– Solange, você consegue ajustar as nossas próximas ações de acordo com esses números aí? – indagou Jefferson.

– Com certeza! Paulinho, você pode fazer uma cópia do seu arquivo pra mim? Hoje mesmo já faço os ajustes em casa à noite e depois passo pra você por *e-mail*... – pediu Solange, a secretária do grupo.

—— 173 ——

– Tá bom, então. Alguma coisa, Luca...?

O jovem Altobelli, como era de seu costume em ocasiões como aquela, permaneceu a maior parte do tempo calado, até que todos se manifestassem, para em seguida expor suas considerações.

A chapa já estava habituada em deixar a palavra final das reuniões para o seu orador.

– Pessoal, parece que estamos no caminho certo. Se continuarmos nesta tocada, vamos derrotar essa palhaçada sobre Semana Afro, sem sustos – profetizou o estudante.

– Também acho, Luca. Os crioulos vão ter que pedir transferência pra outra universidade, depois da eleição. – A fala de Solange, a mais eloquente de todos à mesa, trazia uma boa dose de sarcasmo e traduzia a sua indisfarçável aversão por negros, tão implacável quanto a de Luca.

A privacidade daqueles encontros permitia ao grupo externar todos os seus preconceitos em relação a quem não era do grupo, sem o risco de sofrer sanções que certamente seriam impostas à chapa, caso aquelas observações fossem feitas em locais públicos.

– Esses favelados entram aqui por causa desta porcaria de cotas e ainda querem tomar conta da universidade. Vai te catar... – disse a estudante, indignada.

– Na minha sala tem uma morena... dá pra ver que ela é filha de mulato ou negro... ela senta lá no fundo. Hahahaha... não aguentou a pressão do resto da sala e já declarou que vai votar contra a Semana Afro-brasileira. Ela disse que não gosta nem de *rap* e faz um esforço danado pra se enturmar... Neguinha metida à branca. O pior é que é inteligente, a figura – disse Ronaldo, em uma fala entrecortada por sorrisos irônicos.

– É lógico. É o *"lado branco"* dela se manifestando... rárárá!– completou Solange.

Luca riu ruidosamente da frase da aliada e foi seguido pelas gargalhadas dos demais.

As reuniões do grupo eram pontuadas por comentários pejorativos sobre os negros e apenas em público a chapa "Tradição" adotava um comportamento politicamente correto. Ao cruzarem com os membros ou simpatizantes da chapa "Igualdade" pelos corredores da Metropolitana, os alunos conservadores adotavam uma atitude amistosa e cordial, para logo em seguida manifestarem todo o seu escárnio, tão logo lhes fosse possível.

Certa vez, a tela da TV de plasma da praça de alimentação da universidade passava um jogo de futebol entre o Brasil e a Argentina.

Após a conclusão de mais um gol a favor da Seleção Canarinho, um aluno negro, novato, e um pouco mais entusiasmado, passou a pular sob as imagens da partida transmitida ao vivo.

Luca, sentado com o seu grupo a uma boa distância do aluno torcedor, não perdeu a oportunidade de destilar o seu ódio contra a felicidade do rapaz:

– Vocês entendem porque os argentinos chamam a nós brasileiros de "*macacos*"? – provocou à época, o estudante.

O fato de o gol do Brasil ter sido marcado por um jogador afrodescendente, não minimizou a acidez do comentário do estudante bem nascido e os amigos sentados à mesa passaram a meia hora seguinte desfilando impropérios sussurrados, a despeito da partida em andamento.

Naquela tarde de futebol, sorrisos e gargalhadas contidas faziam pano de fundo para as piadas ofensivas aos negros.

– E aê... alguém sabe de mais alguma coisa sobre o "*lado escuro*" da campanha? – questionou Ronaldo.

– Parece que eles estão meio perdidos. Já tem pouca gente na chapa deles e... – quis informar Paulo Sérgio.

– Ei... vocês ficaram sabendo? – interrompeu subitamente Hayda.

Todos olharam para Hayda, que deu a entender que a informação teria relevância, àquela altura da reunião.

– Depois que saí da gráfica ontem, passei na sala do Comitê Eleitoral Acadêmico pra entregar uns papéis e aquele menino desengonçado que trabalha lá começou a conversar comigo sobre a votação e, a semana dos negros e tal... aí, do nada, ele me falou da chegada de uma aluna dos Estados Unidos pra um intercâmbio estudantil ou coisa assim.

Luca expressou o pensamento geral e indagou à Hayda:

– E daí? Esta universidade sempre recebe alunos de fora pra intercâmbio...

– Eu sei. Mas essa parece que vem pra fazer estudos sobre África, Brasil... sei lá... e é negra.

– Putz... não bastasse ter que aturar esses infelizes daqui mesmo, agora a universidade vai importar a escória de fora... – Com esse comentário, o presidente da chapa "Tradição" pediu desculpas e se levantou.

No entanto, foi Luca quem deu a reunião por encerrada.

Capítulo 25

Paizão

– Que música é essa que tá tocando, filho? – perguntou Livaldo a Marcos, ao ouvir as harmonizações vocais de um grupo musical que não conseguiu identificar.

– *The Ebonys*, pai. É um dos muitos conjuntos de baladas negras obscuros dos anos 60 e 70. Bom demais, né?

– Cantam bem... Onde você consegue estas coisas, filho?

– Internet, pai. Muita coisa que ficava com colecionadores, agora está disponível em arquivos digitais. Às vezes uma indicação dá uma outra fonte, que leva a outros bancos de dados, e por aí vai... – sentado no banco do carona, Marcos mais uma vez aproveitava o sábado para desfrutar da serenidade e placidez do pai.

As responsabilidades e compromissos na UniMetro tomavam uma boa parte das atividades do jovem, ocasionando dias seguidos em que ambos mal se falavam, a não ser pela ligação diária que o pai fazia questão de executar para deixar claro ao filho que atrás de seu esforço e dedicação nos estudos havia uma retaguarda segura e solidária para que ele concluísse o seu ciclo universitário com o melhor respaldo que os pais pudessem proporcionar.

O filho admirava o caráter calmo e equilibrado do pai, traço que ficou ainda mais evidente após a sua aposentadoria e conversão evangélica.

Pelo menos por duas vezes por mês Marcos acompanhava os pais em algum deslocamento de interesse da família ou alguma outra saída em que pudesse ouvir e aprender com a sabedoria simplória e cativante de Livaldo Souza, um cinquentão careca e com o rosto afetado por algumas protuberâncias dérmicas comum aos senhores negros de meia idade.

A presença do pai inspirava tranquilidade ao filho e Marcos não se cansava de olhar, orgulhoso, para o homem de mãos enormes e ventre já saliente que tinha o dom de trazer a palavra certa no momento adequado.

O automóvel ganhou acesso à estrada que conduzia ao hipermercado, ao qual a família Souza costumava ir regularmente para o abastecimento do lar. Após a liberação da cancela do estacionamento, o veículo ganhou o asfalto na rota de retorno para casa.

– É... as coisas mudaram muito, desde os bailes da minha época. Quando o seu pai era solteiro, filhão, conseguir algum álbum ou compacto com alguma raridade era um sacrifício. Só se alguém conseguisse algum de fora do país, o que era difícil, porque na minha época era quase impossível alguém da periferia viajar pro exterior. Às vezes a gente conseguia alguma coisa com os donos das lojas de disco do centro, por encomenda. E quando o disco chegava, a gente não avisava ninguém... hehe... Quando tinha as nossas festinhas... naquela época, sabe...? Todo bairro tinha duas ou três equipes de bailes... chegava no meio do baile, a gente "anunciava" a novidade pra quem estava presente na festa. Mas tudo era muito amador... a gente improvisava na hora... parava o baile, fazia um certo charme sobre a novidade e colocava pra tocar. Aí a gente ficava estudando a reação da turma sobre a exclusividade. Se era uma melodia, quem levava jeito se arrumava... hehehe... e se era pra dançar, quem gostava ia pro centro da roda. Se a equipe sentisse que a música tinha agradado, passava a fazer parte dos outros bailes, senão... E também uma equipe costumava ir discretamente nas festas *black* dos outros bairros, só pra ver se tinha alguma novidade que eles iam tocar também. Bons tempos aqueles... – Marcos percebeu o saudosismo na voz do pai.

– Tinha muitas brigas, pai?

– Bom, filho... só se alguém de outro bairro ou de outra equipe se exibisse demais num lugar em que não era o seu. Se engraçar demais com a garota mais bonita da festa, por exemplo... Aí dava problema... Mas eu nunca me envolvi em briga em lugar nenhum.

– Não dá mesmo pra imaginar o senhor brigando com ninguém, seu Livaldo! E por que aqueles discos que estão lá em casa ficaram com você, pai?

– A maior parte da coleção que passei pra você é de discos que não tocaram muito. Os que eram mais tocados ficaram com o Jurandir. Foi a forma que a gente achou de fazer a partilha, depois que a equipe se desmanchou.

– Ainda bem, pai! A sua coleção tem umas obras lá que já não existem mais em catálogo! – Marcos manifestou toda a sua empolgação.

– É mesmo, filho? Bom, os discos agora são seus, filhote... – respondeu o pai com a tranquilidade habitual.

– Pai, tem o vinil do *Super Fly*, do Curtis Mayfield, tem um compacto do *Natural Four*... – Falar sobre música negra de fato deixava Marcos motivado.

– Iiiiii, filhão... o pai nunca aprendeu inglês... hehehehe... Mas pelo seu entusiasmo, acho que valeu a pena segurar a coleção por todos esses anos.

– Se valeu? Pai, você tem um LP do Don Salvador tocando com a banda Abolição! – O tom professoral de Marcos equivaleu-se à de um arqueólogo ao descobrir que um colecionador desatencioso possuía uma estátua original do faraó egípcio negro Piye, da 25ª Dinastia, e que não dava muita importância para o fato.

– Hmmmm... Deste daí eu me lembro! Ganhei de presente da sua mãe, antes da gente se casar – disse o pai, com um sorriso simplório no rosto.

– É isso mesmo, pai! Tem uma dedicatória dela logo na capa pro senhor. Eu tenho o maior cuidado com ele. O disco é muito bom...

– É, meu filho... Naqueles tempos era muito divertido ir aos bailes. O seu pai trabalhava a semana toda e ficava esperando chegar o fim de semana pra ir pras festas. Era muito bom...

– Pai, como foi mesmo que o senhor e a mãe se conheceram?

As andanças do passado dos pais sempre encantavam Marcos. Em silêncio, contudo, o jovem se deu conta de que aquele era um dado sobre Livaldo e Elisa que não sabia por completo.

– Hehehehehe... Uma vez por mês havia uma festa que a gente chamava de "Especial" e que acontecia no salão de festa do Clube Alvorada, lá na Casa Verde. O clube nem existe mais... agora é um prédio residencial. Era a festa mais esperada por todos que gostavam de bailes *black*, naquele lado de São Paulo. Nesse dia iam todas as equipes da região, além de pessoas de outros cantos da cidade e sempre tinha uma atração especial. Seu pai não perdia um! E também nessa festa a gente tinha que vestir social, então *a negrada* dava uma caprichada no visual. As nêga de vestido e salto alto... *os nêgo* com o sapatinho brilhando, cabelo *black power* bem cortado... tudo muito refinado. O baile só ficava bom depois das onze da noite, mas se você passasse pela bilheteria do clube às nove e meia, já tinha gente na fila comprando ingresso.

– O senhor ia sozinho, pai?

– Bom, filho... quem tinha equipe de baile ou fazia parte de alguma naquela época, tinha prestígio com a mulherada; comigo e com o Jurandir não era diferente. Ou a gente ia acompanhado de alguém ou acabava saindo de lá com alguma *mina*, como a gente falava naquela época. No dia que conheci a sua mãe, eu tava com uma outra garota, a Regiane, que era uma *nêga* muito bonita...

– Paaaaaiiiii... – repreendeu Marcos, ao mesmo tempo em que soltava uma sonora gargalhada.

– É, filho. O seu pai era muito namorador, mesmo. Tudo tem sua fase... hehehe. Bom, no dia que eu conheci a sua mãe, ela estava com mais umas quatro ou cinco outras garotas e aquela era a primeira vez que ela ia a um baile *Black,* lá no Alvorada. Eu estava na fila do bar pra comprar uma cerveja e ela estava na fila de refrigerante. Sua mãe nunca gostou de bebida alcoólica e foi graças a ela que minha vida tomou outro rumo... Eu esperava pacientemente a minha vez de chegar no caixa pra pegar a ficha da cerveja; o Jurandir e as meninas que *tavam* com a gente haviam ficado lá no outro lado do salão. Aí, de repente, eu olhei pro lado e vi sua mãe conversando com mais duas outras meninas, mas o engraçado é que quem me chamou mais a atenção na hora foi justamente uma outra menina, a Gleydes, que também era muito bonita e que depois eu descobri que era prima de sua mãe... – A forma como o pai de Marcos narrava aquela passagem de sua vida fazia o filho ver a cena em toda a sua plenitude.

– A que hoje mora na Alemanha?

– Essa mesmo! Alguns anos depois, a Gleydes conheceu um alemão no Rio e foi embora pra Europa. Bom, depois que peguei a cerveja, voltei pra minha turma e depois de alguns minutos eu vi que a sua mãe e as amigas dela estavam não muito longe da gente. Começou a tocar a sequência de músicas lentas. Sua mãe olhou timidamente pra mim e me deu um sorriso que me fez esquecer de todo resto do baile. A partir daquele sorriso eu vi que a sua mãe era a pessoa certa pra mim! Em três meses ficamos noivos e em um ano nos casamos... – A felicidade ficava explícita em cada detalhe descrito por Livaldo.

– Sabe, pai, às vezes, olhando vocês dois, eu tenho a impressão de que vocês ainda são namorados...

– E somos, filho! Eu sou um homem feliz. Sua mãe me completa. Graças a ela, a minha vida mudou pra melhor. Sempre me ajudou; nos bons e maus momentos. Quando o seu irmão Carlos Alberto nasceu, a gente tava em uma situação bem difícil, sabe...? Morávamos de aluguel, as contas não paravam de chegar e sua mãe trabalhou até o último dia possível da gravidez.

– E, pai, como você soube, na noite do baile, que a mãe seria a pessoa certa pra você?

– Você não *"sabe"*, filho, você *"sente"*. E um dia isso vai acontecer com você. *"O dia do sorriso tímido"* chega pra todo mundo... hehehe.

— 179 —

Marcos calou-se por um instante e avançou a sequência de música para a faixa seguinte. As harmonias de uma faixa instrumental da saxofonista de *jazz* Pamela Williams se incorporaram aos alto-falantes internos do automóvel.

A suavidade melódica de *"Close the door"*, antigo sucesso na voz de Teddy Pendergrass, preencheu suavemente o interior do veículo, cobrindo de acordes e arranjos metálicos a conversa entre pai e filho.

– Será que eu consigo ser feliz tanto quanto o senhor, pai? – Marcos sentiu a necessidade de mergulhar na sabedoria simplória do homem ao volante.

– Filho, o que eu posso dizer pra você é que, quando você encontrar uma mulher que você sente que pode fazer a diferença em sua vida, não se acomode com o primeiro encontro. Valorize as oportunidades, deixe o seu interesse bem claro e aja de um jeito que a sua presença e atenção se tornem uma forma de fazer a outra pessoa se sentir bem... Atitude é o que conta, filhão. Atitude é o que conta... – repetiu Livaldo.

– Vou me lembrar disso, pai. Mas a verdade é que, no momento, eu estou focado em estudar muito e acabar bem a faculdade.

– Certo, filho. É por aí... Mas não se assuste se de repente você tiver que ajeitar as suas... prioridades... A vida é cheia de surpresas. No dia em que você se pegar sentindo falta de alguém, vai entender que encontrou "aquela" mulher que passou a ter uma importância diferenciada pra você...

– Às vezes as meninas jogam umas indiretas... – o jovem confessou ao pai. Pela primeira vez o filho dava detalhes de sua intimidade para Livaldo. Mas sentia-se seguro em relatá-lo ao seu melhor amigo.

– Filho, você é um negão boa pinta, inteligente e sem vícios. Isso vai acontecer mesmo depois que você estiver com alguém e aí você vai ter que saber separar as coisas... Se fosse na minha época, rapaz, você estaria rodeado de meninas brancas se insinuando pra você.

– E tem, pai. E também não tem muitas meninas negras na Metropolitana... Eu conheço quase todas e sou mais próximo da Jamira, que todo mundo pensa que rola alguma coisa entre a gente, mas somos só bons amigos. Gosto muito dela, mas é só amizade. Tem mais duas que estão na nossa chapa... umas outras três que conheci do período noturno e agora tem aquela dos Estados Unidos que veio pro Brasil fazer a pesquisa sobre escravidão e só... que eu conheço, é claro. Cadê o jornal, pai? – Marcos mudou o curso da conversa, repentinamente.

– Tá no banco de trás, do lado da Bíblia, embaixo da blusa do pai, filho. – Marcos liberou momentaneamente o cinto de segurança e esticou o braço para alcançar a edição do dia da *Folha de Notícias*, no banco de trás, mostrando certa ansiedade.

– Será que já tem alguma coisa sobre a votação da Semana da Cultura Afro-brasileira e a matéria com a mãe? – O estudante recolocou o cinto de segurança e depositou o jornal sobre o seu colo.

– Não sei, filhote. Dá uma olhada. A sua mãe já avisou a família toda sobre a entrevista, e ela, que nunca foi muito de ler jornal, compra um todos os dias, desde o dia da entrevista. Pelo que o repórter falou com ela, deve começar a ser publicado por esses dias... Estou muito orgulhoso de você, meu filho.

– A causa é justa, pai. Acho que depois desta eleição, a UniMetro nunca mais será a mesma, vamos ver... – O estudante voltou a sua atenção para o jornal no seu colo.

Ao desdobrar o primeiro quarto de folha, Marcos deparou com uma foto colorida grande.

Era uma imagem frontal que destacava o rosto de um homem seguramente acima dos quarenta e cinco anos, cabelos encaracolados e com um nó de gravata visivelmente malfeito.

Uma tarja preta em diagonal ascendente cortava a foto em seu canto superior direito. Na parte inferior, bem ao centro da imagem, lia-se a data de nascimento e falecimento da pessoa ilustrada no retrato.

Acima da foto do repórter falecido, a manchete, em letras garrafais: "Nicolau Silvério Santana, repórter da *Folha de Notícias*, assassinado em serviço e no cumprimento do dever jornalístico".

Abaixo, o longo editorial de repúdio, escrito de punho pelo próprio Diretor de Redação do jornal *Folha de Notícias*.

– Que tragédia, essa do repórter, né pai...?

– Pois é, meu filho. Até os jornais concorrentes estão publicando sobre esse caso. Parece que depois de uma ligação anônima, acharam o corpo dele em uma casa abandonada lá perto da Rodovia dos Eucaliptos. Lamentável... Essa violência está demais. Falta de fé em Deus...

– O que se vai fazer, hein, pai? – O tom de voz de Marcos denunciava a sua preocupação em querer contribuir para a construção de um mundo melhor.

– Orar, meu filho: "Filho do homem, quando uma terra pecar contra mim, cometendo graves transgressões, estenderei a mão contra ela, e tornarei instável o sustento do pão, e enviarei contra ela fome, e eliminarei dela homens e animais...", Ezequiel, 14-13.

– Amém – completou Marcos.

—— 181 ——

– Eu te amo, meu filho – afirmou o pai, como forma de expressar o seu sentimento para o menino jovem, quase homem, ao seu lado.

Marcos era um jovem evangélico, mas não praticante.

Religião era uma atividade que tinha pouca influência nas decisões do seu dia a dia. Mas o carinho e a proximidade com os pais, todavia, o faziam entender um pouco melhor o sentido da palavra "Deus".

– Eu também te amo, pai.

Capítulo 26

Despedida e luto

O terreno quase plano do local distribuía, em quadras simétricas, construções de mármore de tamanhos e colorações variadas. Algumas eram simples, outras com pequenas coberturas sustentadas por colunas e exibindo imagens formosas de anjos cabeludos e alados. De frente para uma delas, três homens em uniforme laranja, de mãos rústicas e endurecidas pelos calos adquiridos ao longo de anos incontáveis de trabalho pesado, removiam os últimos borrões de terra da cova que haveria de receber o caixão do repórter Nico Santana.

O repórter fora encontrado morto e barbarizado num matagal, havia setenta e duas horas. Ao redor do caixão, uma pequena multidão acompanhava em silêncio os últimos atos para o enterro do jornalista. Olhos avermelhados e rostos entristecidos acompanhavam em silêncio o trabalho dos coveiros, que por sua vez aguardavam um sinal para iniciarem o descenso e cobertura da urna funerária.

O jornalista policial morto tornara-se mais uma vítima das estatísticas de guerra urbana da metrópole. Violência que ele mesmo, através do seu trabalho, havia procurado denunciar por anos a fio.

A uma distância respeitosa, vários órgãos da imprensa, que acompanharam o desenrolar dos fatos desde as primeiras notícias sobre a tragédia, faziam o registro do enterro e aguardavam o término das últimas despedidas, para registrar os depoimentos dos familiares, amigos e de algum porta-voz do jornal *Folha de Notícias*, na expectativa de colher qualquer informação inédita que pudesse ser levada ao público, uma vez que o caso causara uma enorme comoção em toda a opinião pública de São Paulo e também de outros estados do Brasil.

O irmão mais velho de Nico, amparado por uma adolescente que parecia ser sua filha, fez um discurso breve e emocionado, no qual pedia por justiça e para que não deixassem a morte do irmão ter sido em vão. Logo em seguida, o presidente do jornal tomou a palavra e assegurou aos presentes que a *Folha de Notícias* não descansaria enquanto aquele

183

crime covarde e hediondo não fosse elucidado e uma resposta fosse dada à família e aos companheiros de trabalho, e que *"a imprensa brasileira continuaria com a sua missão de prestar serviços e ajudar na construção de uma sociedade mais justa e fraterna, através da busca de informação e da dedicação de profissionais como Nico Santana, tombado que fora no nobre exercício de suas funções."*

Silvio observava tudo pelo lado externo do aglomerado ao redor da cova. Seu coração sentia o peso pela perda do camarada. Curvado e melancólico, pediu licença. Sabidamente o melhor amigo da vítima, abriu caminho entre os presentes e em silêncio se dirigiu em direção ao caixão de Nico, que àquela altura já havia sido retirado do carrinho que o transportara até a cova, desde a área do velório do cemitério. O invólucro em madeira, naquele instante, já estava à beira do túmulo, sobre o solo e pronto para ser acomodado ao fundo da fenda de terra cor de cobre e úmida e que haveria de abraçar para toda a eternidade a matéria do corpo inerte do jornalista que tanto ajudara o jovem repórter em seu início de carreira e que com o tempo tornara-se um amigo fiel e solidário.

Silvio abaixou-se junto à urna brilhosa e ornamentada de Nico. Ofereceu em silêncio e de improviso algumas frases de despedida ao amigo. Retirou do bolso externo de sua jaqueta um pedaço de tecido longo e em tons cinza e branco. Uma gravata... Silvio relaxou o nó da peça, fazendo-o parecer torto e mal feito. Gentilmente colocou-o sobre a cruz dourada que enfeitava a tampa do caixão, à altura do peito do corpo em seu interior. Com uma tristeza ainda mais profunda e dolorosa tomando conta de seu interior, Silvio se levantou e mal percebeu o surto de suspiros e lágrimas do círculo de pessoas ao seu redor. Os coveiros receberam um sinal e iniciaram o descenso do caixão de Nico. Um senhor obeso e de rosto rosado passou por Silvio, aproximou-se da beira da cova e com certa dificuldade abaixou-se junto ao túmulo. Trazia na mão um pequeno pote de escritório arredondado, contendo algumas canetas e lápis em seu interior. Era Guilherme Franco, o editor do caderno de economia, quase sempre mal humorado e insociável, mas um dos mais afetados na redação da *Folha de Notícias* pela violência que fizera tombar o colega; o mesmo colega que não perdia uma oportunidade de provocar propositalmente a sua irritação.

Guilherme colocou o frasco próximo à beira da cova e num gesto bem significativo, deu-lhe um pequeno empurrão, imitando a travessura de Nico e fazendo com que o pote e tudo o mais em seu interior se esparramasse sobre o caixão, agora já pousado ao fundo do abrigo derradeiro. Levantou-se, enxugou as lágrimas com um lenço e lentamente retornou para a mesma posição que ocupava junto ao grupo de pessoas.

Porções de terra cobriram o caixão em cinco minutos e o aglomerado lentamente se deslocou em direção ao portal de saída do cemitério.

Com as mãos nos bolsos e cabisbaixo, Silvio caminhou sobre uma trilha sinuosa e pavimentada em pedras. No percurso recebeu condolências e algumas palavras de consolo que lhe chegavam aos ouvidos, mas o jovem estava absorto com o esforço em entender a lógica dos acontecimentos das semanas recentes, desde que falara com Nico pela última vez.

A conversa entre os dois na redação sobre a matéria na universidade, o relato do *e-mail*, a informação dada pelo próprio Nico de que estaria viajando a serviço. Deduziu que a tal "viagem" tratava-se, na verdade, da matéria jornalística que o amigo estava produzindo e cujo sigilo profissional o obrigou a ocultar detalhes sobre o trabalho em si, sempre perigoso. A equipe de repórteres da área policial do jornal *Folha de Notícias* tinha a reputação de ser uma das mais competentes do Brasil e historicamente produzia matérias do setor que invariavelmente pautavam até mesmo a cobertura dos correspondentes internacionais nos casos de violência de grande impacto do país.

Nico, pelos primeiros levantamentos policiais, tomou conhecimento involuntariamente de informações que efetivamente colocaram a sua vida em risco.

Com o aval da chefia da redação, e diante da insistência abnegada do jornalista em continuar na comunidade para obter mais dados para a sua reportagem, a operação teve o seu progressimento. Devido à sua experiência, Nico infiltrava-se com exímia competência nos guetos suburbanos e discretamente fazia os registros jornalísticos que julgava esclarecedor para publicação posterior. Levando-se em consideração o seu histórico profissional na área, que era conhecido e respeitado, aquela seria mais uma reportagem em sua bem-sucedida carreira de repórter policial. Não foi...

Melancólico e entretido em suas reflexões sobre o amigo, Silvio não percebeu a aproximação de Daniela, à sua esquerda. O rosto da jovem, geralmente corado e cheio de vida, apresentava dessa vez a palidez semelhante a de um enfermo em um leito de hospital, além das marcas inconfundíveis de rugas provocadas pelas últimas noites sem dormir.

O repórter compadeceu-se ante a certeza de que, mais do que ele próprio, a namorada de Nico mostrava-se claramente mais devastada pela tragédia e em um gesto de compaixão, envolveu-a sob o braço esquerdo e ambos caminharam lado a lado, unidos pelo óbito da pessoa em comum que os unia e mudos, talvez na busca por um consolo mútuo, se deslocaram em direção ao portão de saída do cemitério.

Ao atingirem o lado externo da área pública reservada ao velório, pararam e se abraçarem mais uma vez.

– Força, mulher.

– Você também, Silvio. Obrigada por tudo.

– O pior vem agora... Retomar a rotina sem que ele esteja por perto. Mas conte comigo. Me liga. Qualquer dia, qualquer hora... Se precisar de alguma coisa...

– Vou ligar, sim. Te cuida, então. Ah... antes que eu me esqueça... um dia antes de... eu falei com o Nico pelo celular. Ele parecia meio tenso, mas disse que estava tudo bem. Ele me perguntou se eu tinha falado com você e se você tinha recebido o *e-mail* dele...

– *E-mail*? Que *e-mail*?

– Ele mandou um *e-mail* pra você, com cópia pra mim de uma *Lan house* perto da favela. Você não recebeu? Foi a última informação que recebi dele em vida. Já informei pra polícia. Eles vão registrar o dia e o horário do *e-mail* e considerar isso na investigação.

– Mas, Daniela... eu não recebi *e-mail* nenhum do Nico!

– Não? Estranho... bom, eu estou com a cópia impressa que ia levar pro 28º DP. Aqui, pode ficar com esta. Depois imprimo outra e levo pro delegado.

Silvio leu rapidamente a cópia impressa que reproduzia na íntegra a mensagem de correio eletrônico recebida pela namorada de seu melhor amigo, quatro dias antes. Apesar do turbilhão de emoções sentidas com os fatos das últimas horas, Silvio correu os olhos rapidamente sobre a informação contida no papel entregue por Daniela e releu as linhas da última comunicação de seu amigo, que diretamente lhe diziam respeito. Dobrou com cuidado a mensagem, guardando-a no bolso interno da jaqueta escura que trajava.

Em seguida, beijou fraternalmente o rosto da jovem à sua frente e caminhou em direção ao seu carro no estacionamento, cruzando com uma outra procissão silenciosa de rostos melancólicos e chorosos que acabava de chegar ao Cemitério Jardim do Paraíso, para mais um sepultamento de uma pessoa querida que se ia.

186

Capítulo 27

Bem-vinda

Ashley apressou o passo para entrar no elevador antes que as portas se fechassem. Em um impulso ligeiro, ela obteve o acesso ao veículo no instante em que as duas portas em aço inox se deslocavam para o centro do vão, antes de se mover rumo aos andares superiores. A jovem acionou o botão para o sexto andar do prédio e acomodou-se no fundo do veículo. Em seguida, verificou o estado geral de sua aparência no reflexo da parede espelhada do elevador, como toda moça o faz no frescor da juventude. Ao seu lado oposto, apenas uma senhora de aspecto distinto e sobriamente vestida, olhava fixamente para o visor digital interno que identificava os andares de parada. O aparelho deslocava-se devagar. Ashley olhou com o canto dos olhos para a senhora, que ignorava por completo a presença da estudante no mesmo espaço.

– Você é professora aqui? – arriscou a universitária, na esperança de poder por em prática os seus dotes na língua portuguesa.

Apenas os olhos da mulher se deslocaram na direção de Ashley, e uma voz que mais expressava desdém do que truculência respondeu:

– Não. Vim tratar de assuntos particulares na administração da faculdade.

– Ah, sim... *Wow*, muitos prédios aqui...

O elevador continuou a sua subida e Ashley percebeu que algo em sua última fala fez com que desta vez a mulher no outro canto girasse, além do olhar, também a base de seu pescoço em sua direção. Por um breve segundo, os olhares de ambas se cruzaram dentro do ambiente confinado e ventilado, movido diariamente por cabos hidráulicos e impulsos eletromecânicos. Um par de olhos esverdeados mediu Ashley de cima a baixo, e ainda carregada com um tom de indiferença, a voz vinda do outro lado do elevador indagou:

– Você não é brasileira, né?

"*Né...*" – pensou Ashley.

– Não. Cheguei *in* Brasil semana atrás.

– Você é africana?

Ashley achou interessante a pergunta daquela senhora desconhecida e não pode conter um sorriso espontâneo, que revelou a perfeição e brancura de sua arcada dentária.

– De Estados Unidos. Estou *in* Brasil para especialização.

– Boa sorte. Vou ficar por aqui.

– OK. Bom dia pra você.

A porta do elevador se abriu e a mulher ofereceu um aceno mínimo com a cabeça, antes de se retirar do elevador em passos altivos, sem jamais olhar para trás.

Sem se ater muito à antipatia aparente à qual acabava de ser exposta, Ashley tomou a direção oposta e cruzou uma pequena copa ao longo do corredor, que era utilizada por funcionários e visitantes como área social e lanchonete. Virou à esquerda, subiu dois lances de escada, atingiu uma antessala que abrigava um balcão de atendimento, vazio naquele instante. Acomodou-se em um sofá próximo do balcão e escolheu uma das muitas revistas disponíveis sobre a mesa de acrílico próxima a um bebedouro de plástico transparente, naquela área de recepção.

Folheou as primeiras páginas e sentiu dificuldades em entender o português ali impresso e que, pelo pouco que a jovem conseguiu compreender, relatava detalhes fúteis e banais de políticos, artistas e pessoas influentes do *jet-set* brasileiro. Alguns daqueles rostos já lhe eram familiares, em razão de sua obstinada pesquisa sobre os costumes do país, antes do seu embarque para o Brasil. Ashley consultou mais uma vez o nome da revista e retornou às paginas em seu interior, tendo a atenção chamada para a total ausência de fotos ou matérias jornalísticas da revista com celebridades afrodescendentes, como invariavelmente ocorreria em uma publicação similar em seu país, fosse a *People, a Lifestyle* ou mesmo outras de menor tiragem.

– Pois não?

Uma jovem ruiva e sardenta posicionou-se por detrás do balcão e dedilhou um teclado de computador oculto à altura de seu ventre. Seu rosto salpicado de pequenos pontos avermelhados produziu um sorriso simpático e revelou uma fieira horizontal metalizada que lhe cobria a arcada dentária, fazendo-a parecer ainda mais jovial.

Ashley levantou-se, aproximou-se do balcão e retirou uma carta em inglês que trazia consigo, já desde a Carolina do Sul, com a incumbência de entregá-la para a pessoa responsável pela Coordenação de Assuntos Internacionais da Universidade Metropolitana. O compromisso era mais do que relevante, uma vez que Ashley deveria se reportar regularmente, a partir daquele dia, àquele setor do campus.

– Ah, sim. Eu tenho uma reunião com Sra... Nadjla *Abra-haum*...?

– Seu nome, por favor...

– Ashley Santos LaVernne, dois "enes".

– Só um minuto, por favor.

A recepcionista acionou o ramal de comunicação interna através do aparelho telefônico próximo ao teclado do computador e deu ciência à uma voz na outra ponta da linha sobre a visita recém-chegada.

– Tudo certo, pode entrar. Segunda porta à direita.

– Obrigada.

A jovem universitária transpôs o balcão de atendimento e depois a porta de acesso interno. Estacionou sob o marco da entrada do gabinete de Najdla Abrahão, que naquele instante posicionava-se de perfil para a entrada e mostrava-se entretida com alguma ocorrência em desenvolvimento na tela plana de seu computador.

– Olá, sente-se. Só um minuto.

Ashley acomodou-se em frente à mesa detalhadamente organizada da Coordenadora e aguardou até que ela se desvencilhasse daquilo que a mantinha focada nos dados digitais do quadrado diante de seus olhos.

– Pronto! Prazer! E seja bem-vinda ao Brasil. Fez boa viagem?

Nadjla estendeu a mão ao mesmo tempo em que se levantou da cadeira, no que foi seguida por Ashley. A energia transmitida no cumprimento revelou uma mulher segura e condicionada a tomar decisões estratégicas a todo instante. A coordenadora levava os dedos inconscientemente sobre a orelha esquerda, dando vazão ao hábito de manter os cabelos lisos e negros presos em determinada posição, os quais voltavam a se soltar e deslizar graciosamente sobre os ombros da administradora. Os seus traços eram suaves, quase delicados, e contrastavam com a vivacidade do olhar e vigor na sua forma de se expressar.

– *Yeah...* sim! Cheguei muito bem e o embaixador de universidade foi perfeito. E já estou admirada, Sra *Abra-haum*. São Paulo parece New York e Los Angeles *in* um mesmo lugar!

– É verdade. E o país é muito grande e muito bonito também!

Ashley passou às mãos da coordenadora o envelope timbrado e que continha a carta institucional introdutória protocolar do programa de pesquisas de campo da estudante, redigida pela administração da Universidade Salkehatchie, ainda na Carolina do Sul.

—— 189 ——

– Ah, sim. Eu recebi um *e-mail* do meu contato em sua universidade e eles me falaram que você entregaria a carta em mãos.

Nadjla rompeu o lacre do envelope e correu os olhos sobre as linhas da carta apresentando a aluna Ashley Santos LaVernne e o propósito de sua pesquisas acadêmicas no Brasil no programa entitulado *"Estudos Afro-americanos e as Implicações da Diáspora Africana no Contexto Sócio-Econômico das Américas"*.

– Tudo certo. Depois eu leio com mais calma e respondo... Bom, vou falar um pouco da nossa coordenadoria e se você tiver alguma dúvida é só perguntar, tudo bem?

– Tudo bem! Meu português não é bom, mas se não entender eu pergunta.

– Certo. A nossa estrutura aqui está dividida em três áreas: Coordenadoria de Assuntos Internacionais, da qual eu sou a responsável, a Subcoordenadoria de Intercâmbio Internacional, supervisionada pelo Professor Josué Miranda, e a Subcoordenadoria de Apoio ao Estudante Estrangeiro, gerenciada pela Professora Wirma Telles. Somos unidades de assessoramento direto à reitoria, e a nossa responsabilidade é a dos contatos com pessoas e instituições acadêmicas no exterior.

– OK.

– Pra resumir, a C.A.I. proporciona orientação aos professores, funcionários técnico-administrativos e estudantes da Universidade Metropolitana nos convênios com instituições estrangeiras e a participação de nossos representantes em programas de graduação e pós-graduação no exterior. Nos casos como o seu, a nossa área oferece acompanhamento acadêmico e orientação sobre os aspectos legais e institucionais, além de apoio sociocultural visando o alcance das metas dos trabalhos que devam ser produzidos pelo estudante. Está entendendo?

– Sim! Uma coordenadoria dividida *in* três... áreas... *"né"*?

Nadjla olhou curiosa para Ashley e foi traída pela surpresa em ver a jovem universitária Americana à sua frente fazer uso de uma expressão genuinamente brasileira, de forma espontânea e bem contextualizada com a dinâmica do diálogo.

– Isso! Então, a nossa tarefa é a de te ajudar a tomar o direcionamento correto, no desenvolvimento do seu trabalho. As fontes a serem consultadas, as referências bibliográficas pra pesquisa, locais a serem considerados para a coleta de dados, enfim...

– OK.

—— 190 ——

Ashley prestava atenção em cada informação relevante que era transmitida por Nadjla e mais uma vez, em seu íntimo, agradeceu ao empenho da mãe em lhe haver aprimorado a condição em detectar palavras chaves, ao longo de uma conversação, que ajudassem no entendimento da mensagem como um todo. As orientações lúdicas da mãe em português, já desde a mais tenra idade de Ashley, produziram resultados práticos e eficazes na adaptação da menina com a língua-pátria do Brasil.

– Qual a diferença entre esta coordenadoria e de Professor Almir Reis, que está escrito no informativo que recebi?

– O setor do Professor Reis, que é a Coordenadoria de Extensão, é o nosso parceiro no projeto. A reitoria determinou que este intercâmbio de alguma forma beneficiasse os alunos brasileiros, através do convívio e interação acadêmica com os alunos visitantes. Por isso, criamos o posto de Embaixador universitário. Este aluno tem que dedicar algumas horas da sua grade no apoio ao aluno estrangeiro e, dentro das possibilidades, acompanhar o aluno visitante em alguma fase da pesquisas de campo. Este embaixador atua como um facilitador cultural, tradutor etc. Resumindo, a Extensão fica responsável pelo aluno brasileiro, e esta coordenadoria fica responsável pelo aluno estrangeiro. Como é o nome do aluno que te recebeu no aeroporto?

– Hã... Marcos Sampaio de Souza, Curso de História.

– Ah, sim. Com certeza a ficha dele já está na S.A.E.E.

– S.A.E.E...?

– Na Subcoordenadoria de Apoio ao Estudante Estrangeiro, que mencionei agora há pouco, da Professora Wirma.

– Ah, sim... Eu quero fazer pesquisas *in* lugares fora de São Paulo. Minha pesquisa precisa ser... grande?... alguns livros falam muito de Rio de Janeiro.

– Com certeza! Rio de Janeiro é obrigatório quando se fala em estudos do negro no Brasil. Mas também considere Salvador, Recife, o interior de Minas Gerais e Pernambuco em suas pesquisas.

– Muitos lugares. É possível o embaixador universitário ir para estas cidades comigo?

– Não tenho como te responder diretamente esta pergunta, mas posso te dar a minha opinião. Pra todos os lugares, acho muito difícil, pois pode prejudicar a grade de estudos dele mesmo. Vamos fazer o seguinte: eu vou pedir pro pessoal da S.A.E.E. te ajudar a montar um roteiro de viagens pras suas pesquisas fora do estado. Depois a gente apresenta o itinerário para a Extensão e negociamos os pontos mais estratégicos onde a presença do Marcos seria importante. O que acha?

– Perfeito! Espírito Santo fica perto de... Salvador?

– Espírito Santo é um estado que faz divisa com o estado da Bahia. Por quê?

– Eu preciso ir até cidade de Ecoporanga, Espírito Santo. Talvez eu *paro lá,* depois de visitar Salvador.

– Nunca ouvi falar da cidade.

– Minha mãe vem de lá e preciso encontrar alguém de família...

Capítulo 28

Sol nascente

– O que você está lendo? Uma voz masculina ecoou de dentro do banheiro suntuoso dos Altobelli.

– A História do Japão, Gigi – respondeu a esposa, atenciosamente.

Laura Altobelli aninhava sobre o colo uma enciclopédia colorida luxuosa, dada de presente à mãe de Luca por Akemy. Giulli, o marido, apareceu na divisória da suíte interna do quarto do casal apenas com uma toalha enrolada em volta da cintura. Ele escovava os dentes vigorosamente.

A mão esquerda apoiava-se no batente da porta entre os dois aposentos.

– Ah... – O tom de voz de Giulli era mais enfático do que o seu interesse pelo assunto.

– Lembra quando fomos pra lá há uns dois anos? Engraçado, né? Estivemos lá algumas vezes e eu não tinha ideia de que o país fosse assim tão interessante... – declarou Laura, de óculos e sem tirar os olhos das páginas do livro.

– Também pudera, amor. Toda vez que a gente viaja, você só pensa em fazer compras e andar de metrô! Já falei pra você aproveitar mais o lado cultural dos lugares que visitamos. – O homem de pé à porta não conseguiu disfarçar a ironia de seu comentário.

– Mentiroso! Eu sempre tenho que arrastar você aos museus e pontos turísticos quando viajamos! Se eu deixar, você vira a noite nos hotéis escrevendo relatórios. – A fúria eminente de Laura dissipou-se ao perceber um sorriso maroto no canto dos lábios de seu esposo.

Depois de alguns minutos Giulli alojou-se ao lado da mulher, que vestia somente uma camisola de seda, e sentiu a fragrância de sua pele agradavelmente perfumada sobre a cama. O executivo apoiou-se no próprio cotovelo e fez uma tentativa de ler o conteúdo do livro em posse da esposa:

– Além do melhor sushi do mundo, o que mais tem aí sobre o Japão? – indagou o homem.

– Esse livro é bem didático, gostei... aqui, Gigi... Você sabia que o Japão é, na verdade, um arquipélago? Olha só... quatro ilhas principais: Hokkaidou, Honshuu, Shikoku e Kyuushuu, mas tem outras pequenas ilhas, também. A maior ilha é a Honshuu, onde fica Tóquio. – Laura falava como uma professora madura e experiente, ao ensinar sobre Geografia Continental para uma sala de aula repleta de adolescentes.

– Interessante! – Sabedor do gênio da esposa nos momentos em que ela exigia atenção, Giulli assentiu, aparentemente focado na explicação.

– Pois é... Você sabia também que os japoneses e chineses conseguem se entender através da língua escrita, apesar de suas linguagens orais serem completamente distintas uma da outra? E tem mais; existem palavras portuguesas que são utilizadas no vocabulário japonês!

– É mesmo? Como assim? – Desta vez, a curiosidade do marido foi levemente estimulada.

– Tá aqui... PAN-pão, KOPPU-copo, BOTAN-botão, ARUBAMU-álbum, TEMPURA-tempêro, ARIGATOO-obrigado...

– Puxa, amor, quem diria... Mas... português... como pode?

– Bom... aqui diz que o Japão sofreu uma grande influência da civilização ocidental desde a introdução do Cristianismo, em 1549, por um missionário português, um tal... Francisco Xavier.

– História nunca foi o meu forte... A menina tem parentes lá, não é mesmo?

Giulli trouxe Akemy para o centro da conversa.

– É... ela tem uma irmã mais velha, em Nagoya. Ela sempre vai pra lá e o Luca já me disse que na próxima viagem gostaria de ir com ela.

– Nagoya... estive lá uma vez em uma conferência sobre crédito internacional – informou o esposo.

– Eu também li sobre a cidade. Aqui diz que é a quarta maior cidade do Japão, com mais de dois milhões de habitantes e que foi bombardeada durante a Segunda Guerra Mundial. Fica entre Tóquio e Quioto e é o centro econômico do país. – O interesse de Laura pelas coisas do Japão, naquela noite, parecia inesgotável.

– A conversa tá muito boa, minha linda, mas eu não vou deixar um imperador lá no outro lado do planeta interferir na nossa geopolítica... – Cinco dedos grossos pousaram sobre o joelho direito da mulher perfumada ao alcance do apetite sexual do Sr. Altobelli.

Em seguida, Giulli tomou a enciclopédia das mãos de Laura, fechou-a com firmeza e jogou-a com convicção sobre os felpos do tapete, ao mesmo tempo em que fazia a mão escorrer sob a coberta de seda, deslizando-a suavemente em direção ao ventre macio da mulher.

A mão do homem continuou a deslizar por sobre a pele da esposa, desde o joelho até a parte superior das coxas firmes. Em mais de cinco décadas de vida, e quase trinta anos de matrimônio, Laura e Giulli sentiam-se irresistivelmente atraídos um pelo outro. Para o marido, não havia apelo maior do que as curvas sedutoras daquela mulher madura, cuja visão ainda tanto o encantava.

Vinte e cinco anos antes, o mesmo fascínio chamou a atenção de Giulli Altobelli em uma livraria do aeroporto Charles de Gaulle, em Paris, enquanto ambos aguardavam o mesmo horário de embarque para o voo de volta para o Brasil.

Giulli prosseguiu em sua jornada rumo ao prazer. De repente, os seus dedos se aninharam cuidadosamente sobre os pêlos púbicos de Laura. Os lábios ardentes do casal se encontraram e se uniram em um beijo sensual e o desejo se fez crescer entre os dois.

Antes de sucumbir por completo, entretanto, Laura afastou Giulli com certa energia e dirigiu a ele um olhar de dúvida, como se a pergunta a seguir fosse traçar em definitivo a sorte da economia asiática e de todo o resto do planeta.

– Gigi... Você acha que eles vão se casar? – A expressão de Laura olhando o marido diretamente nos olhos não deixava dúvidas de que o seu questionamento prosseguiria, até que ela obtivesse uma resposta.

– Eles quem? – quis racionalizar Giulli, em meio à libido que naquele exato instante colocava fogo em seus hormônios e interferia na lógica do seu raciocínio.

– Gigi!

Apesar do tom amistoso da repreensão, o uso veemente do apelido íntimo do esposo indicava que a esposa estava de bom humor, mas que não desistiria enquanto não conseguisse a resposta para a sua pergunta.

– *Em hora tão inadequada... – concluiu Giulli, em silêncio.*

Com esforço, Giulli controlou a sua volúpia por alguns instantes e, mais uma vez, pousou o cotovelo sobre o travesseiro. Em seguida, acomodou a cabeça sobre a palma da mão, tendo o cuidado de manter a mão livre sobre o ventre de Laura.

– O Luca e a Akemy? Hmmm... Ele nunca me deu a entender que estão evoluindo nesta direção, mas eu acho que ele realmente gosta dela. Por que... ela te falou alguma coisa? – a voz do espôso assumiu um tom ponderado.

Aquele era um traço da personalidade do marido que encantou a jovem na rota Paris-São Paulo e que a fez esquecer definitivamente todos os resquícios das lembranças boas que ainda preservava sobre o seu envolvimento com um fuzileiro Americano que havia feito o seu coração em pedaços, cinco anos antes daquele voo.

– Não, mas eles já passam os fins de semana sozinhos. E se falam em viajar juntos pro Japão... Você sabe como são essas coisas. Você acha que devemos falar com ele? – O futuro do filho passou a ser o foco do pensamento de Laura, para a agonia relativa de Giulli.

– São jovens, amor. É natural que queiram ficar juntos o tempo todo. Mas acho que não é pra casamento, não. Não antes de se formarem... Bom, de um jeito ou de outro, é uma decisão que os dois devem amadurecer entre eles e se eles se manifestarem neste sentido, aí eu e você diremos o que achamos – continuou o marido.

– É... concluir a faculdade deve ser a prioridade pros dois agora. Mas eu confesso... eu gosto da japonesinha; ela é doce, carinhosa, atenciosa e de boa família. Vou torcer pra que os dois fiquem juntos. Já pensou? Netinhos loiros e de olhos puxados. O máximo!

– Uma mistura interessante... E se a Akemy fosse negra? – Giulli questionou de uma maneira sincera demais para parecer uma provocação.

Ainda assim, Laura olhou surpresa para o marido por alguns segundos e o seu rosto adquiriu um ar demasiadamente sério para uma mulher que há poucos minutos estava prestes a dar e receber prazer.

– Por que a pergunta? – Para a esposa, a pergunta do companheiro tinha sido tão intrigante quanto à sua própria reação naquele momento.

– Nada, amor. É só a mesma pergunta que o repórter da *Folha de Notícias* fez pra você sobre o nosso filho... – tentou argumentar Giulli.

– Não, não gostaria. É complicado... Não! Nem pensar! Nosso filho, casado com negra... Nem se ele não tivesse sido sequestrado! Eu não gostaria de ter netos mulatinhos e de cabelo *pixaim*. Não gosto nem de pensar nesta possibilidade. Que coisa. Olha a situação: uma festa de fim de ano, toda a família reunida e os nossos netos os únicos escurinhos... Deus me livre! – Laura parecia querer refutar aquela possibilidade com todas as suas forças.

– Isso é preconceito. E se ele realmente gostasse dela?

– Não, Gigi. Cada um no seu lugar. Se ao menos... quero dizer... por que eles não fazem como os negros dos Estados Unidos? Lá, eles lutam pelos seus direitos e conseguem sucesso e melhorias já tem um bom tempo. – A eloquência da teoria de Laura tencionava soar convincente e conclusiva em cada letra e cada palavra.

– Hmmm... faz diferença? Você dá a entender que acha os negros estrangeiros melhores do que os negros brasileiros... É isso?

– Não sei... Só acho que cada um deve ficar em seu devido lugar. E se é assim que meu filho entende a felicidade dele, é assim que vou ficar do lado dele, só isso.

– Você falou assim pro repórter? – indagou Giulli.

– Não, meu bem. Aqui a gente tem que ser sempre... "politicamente correto".

A última fala da mulher adquiriu um tom enfático impossível de não ser observado.

– Pense bem, amor... lembre-se que... – quis ponderar o esposo.

– Eu sei, Gigi. E não quero falar sobre isso agora – Laura interrompeu o marido e fez menção de virar-se para o outro lado.

– Bom... nem eu. Mas você não acha isso um tanto paradoxal? Afinal você... Quer saber? Deixa essa conversa prá lá! Primeiro foram os japoneses, agora os mulatinhos... onde estávamos mesmo? – Um abraço forte envolveu os quadris ainda sinuosos da mulher perfumada e forçou-a a virar-se com as costas pousadas na maciez da cama.

Sem que desta vez a esposa oferecesse qualquer resistência, Giulli explorou decisivamente a intimidade da esposa com a mão e Laura gemeu lascivamente, sucumbindo indefesa aos avanços maliciosos dos dedos e músculos do marido.

Capítulo 29

Diáspora

Marcos e Ashley despacharam as duas bagagens individuais no balcão de *check-in* da companhia aérea que servia a rota São Paulo/Salvador e se dirigiram para a área de embarque do aeroporto de Congonhas.

Após o primeiro encontro no dia da chegada de Ashley ao Brasil, os dois pouco se viram. Marcos estava empenhado em suas obrigações acadêmicas e totalmente envolvido com o desenvolvimento da estratégia da campanha para a realização da Semana Afro-brasileira no campus da Universidade Metropolitana.

A estudante Americana havia conseguido o apoio do setor cultural do consulado dos Estados Unidos na cidade do Rio de Janeiro para passar dois dias na metrópole carioca e conhecer alguns pontos culturais que lhe dariam subsídios para a estruturação de sua pesquisa. O contato entre ambos, desde a chegada da visitante ao Brasil, duas semanas antes, portanto, resumira-se à uma ligação telefônica e dois *e-mails* de consulta de Marcos para a verificação se tudo andava bem com a jovem.

No início da semana, Marcos recebera do Professor Reis a orientação de que a sua companhia seria importante junto à Ashley nos deslocamentos de estudos agendados em Salvador, pois a estada dela na cidade seria mais longa do que a ocorrida no Rio e, apesar do domínio razoável do português da estudante, a presença do embaixador universitário seria relevante para agilizar os processos e acelerar os contatos.

As aulas eventualmente perdidas, informara o professor, seriam remanejadas após o retorno de Marcos a São Paulo.

Aquela viagem, especulou o jovem, certamente seria uma oportunidade de os dois se conhecerem melhor e saberem um pouco mais dos projetos de vida de cada um, para depois do período acadêmico. Mas o estudante da UniMetro realmente estava exausto pelos dias e noites recentes, intensos em razão das provas em profusão e os pormenores envolvendo a campanha eleitoral.

Após os procedimentos de decolagem da aeronave terem sido concluídos e a certificação de que o voo ganhava as nuvens com segurança, Marcos desculpou-se com Ashley e informou que recuperaria um pouco das energias durante a próxima hora. O merecido sono chegou em breve e Ashley decidiu organizar algumas de suas anotações feitas durante a sua estada no Rio de Janeiro.

Ao despertar, após quase noventa minutos, o olhar de Marcos encontrou uma Ashley de óculos e focada nas páginas de um compêndio em inglês sobre embarcações que atuaram no tráfico de escravos da África para os Estados Unidos.

Revigorado e convicto de que o seu corpo realmente demandara por aquele curto repouso, o jovem desativou o cinto de segurança. Com uma leve pressão das costas, o seu assento foi reclinado para trás, num ângulo um pouco mais aberto e confortável para o corpo.

– Descansou *bom*? – indagou Ashley, fechando a publicação em seu colo, tendo o cuidado de registrar aquela parte da leitura com um marcador de páginas em forma de elos de corrente.

– Nossa... eu tava precisando! E aê... o que achou do Rio? – indagou Marcos, descontraidamente.

– Fantástica! Uma cidade muito, muito bonita! – Ashley pareceu animar-se com a pergunta de Marcos.

– É engraçado, mas eu não conheço o Rio de Janeiro ainda. Mas um dia...

– Oh... cidade maravilhosa. Realmente! Quero voltar lá antes de retornar para os Estados Unidos.

– Em que lugares você foi? – Marcos virou-se ligeiramente na direção da estudante.

– *In* dois dias fui para Lapa, uma comunidade de Rocinha, Candelária e Projeto de Mangueira. Mas tem outros lugares que é preciso ver antes de fim de programa.

– Sortuda, hein? – disse o jovem, espontaneamente.

– *Excuse me*? – replicou Ashley em sua língua, por segurança.

– Sortuda... "*lucky girl*"... – interagiu o estudante, solícito.

– Ah, sim... "sortuda"... vem de palavra "sorte", *right*? – quis certificar-se a Americana.

– *That´s right*! – emendou Marcos.

– *Gee*... o seu inglês é quase perfeito! – Ashley deu um sorriso sem, no entanto, olhar diretamente para o companheiro no assento ao lado.

– O seu português também – sentenciou o brasileiro.

– Talvez... mas eu tive dificuldade *in* Rio. O jeito de pessoas falar...

– O Brasil é muito grande. Os sotaques mudam de região pra região. – O universitário sentiu um impulso em ser solidário com a colega estrangeira.

– *I see*. Mas, Marcos, *believe me*, seu inglês é melhor que meu português. Como você aprendeu? – A jovem mostrou-se determinada em descobrir.

Marcos sentiu-se prestigiado com o interesse da moça ao seu lado. Uma sensação de afinidade passou a tomar conta de seu relato.

– Não sei explicar direito. Nasci com este... *gift*. Mas uma coisa me ajudou muito. Meu pai colecionava LPs... discos... vinil de *black music* e eu cresci ouvindo quase que somente este tipo de música em inglês. Até quando ficava sozinho eu ouvia aquelas melodias toda hora e depois fui me acostumando com os sons. Tentava repetir... era engraçado... meu irmão morria de rir. Depois quis descobrir o que aquelas letras queriam dizer, comecei a ler sobre os compositores e querer saber mais e mais sobre os músicos, vocalistas, produtores e as gravadoras. Como as músicas que meu pai colecionava eram raras, não havia muita informação em português. Com a internet melhorou bastante, mas ainda assim a informação que me interessava só estava em inglês, então... primeiro eu comecei a estudar sozinho e depois meus pais foram convencidos e decidiram me colocar em um centro de línguas e nunca mais parei de estudar a língua. Você é a primeira pessoa nativa da língua inglesa com quem eu passo tanto tempo. Confesso que até eu estou surpreso comigo mesmo. – Desta vez, Marcos pode perceber que Ashley parecia dirigir para ele um olhar de admiração.

Pela primeira vez, desde que se conheceram, o jovem pode perceber em detalhes a beleza em ébano da estudante ao seu lado, cujos olhos naquele momento brilhavam em sua direção com uma expressão analítica e de curiosidade.

A simpatia carismática de Ashley surpreendeu Marcos. Ainda que por breves segundos, algo no jeito de olhar da jovem o fez ter a sensação de que aquele traço da estudante tinha o poder de inibir o caráter loquaz de sua própria personalidade.

Ao ter a jovem negra do seu lado, Marcos se deu conta de que passara toda a infância, adolescência e juventude rodeado por meninas brancas e que algo na presença daquela bela negra dos Estados Unidos provocava uma reação em seu interior que o jovem negro brasileiro naquele momento não conseguia entender ao certo do que se tratava.

– Bom, qual é o roteiro de sua passagem por Salvador? – O jovem estudante sentiu-se traído pelo seu impulso em querer desviar-se do olhar persistente de Ashley. Ele quis, com a pergunta, se livrar da onda elétrica que percorreu as suas vísceras ao olhar diretamente para os olhos de Ashley, segundos antes.

– Lugares e organizações que preciso visitar *in* Salvador para algumas entrevistas e informações.

– Ah... entendi. E você já viu alguma coisa sobre a cidade? – indagou Marcos.

– Hã... Eu... "leio"...? – Ashley pareceu hesitar.

– Li – prontificou-se em corrigir o estudante.

– *Thanks.* Eu li que Salvador tem mais de três milhões de habitantes, e é a terceira cidade mais populosa *de* Brasl. É chamada de "Cidade de Alegria" e "Roma Negra". Vi in livro que *in* 1549 chegou pela Ponta do Padrão, um administrador e mais pessoas, *in* seis embarcações, com instruções de rei de Portugal de fundar uma cidade-fortaleza chamada do São Salvador. A cidade foi invadida por holandeses *in* 1598 e 1638. O açúcar, *in* século XVII, era produto muito exportado de Brasil. Então Bahia ficou *uma grande exportador* de açúcar. São Salvador foi capital *de* Brasil até 1763. Foi lá a revolta de escravos muçulmanos *in* 1835... Revolta de Males...

– "*Malês*". Revolta dos Malês – ajustou mais uma vez Marcos.

– Isso! E depois de República e a crise de açúcar, a importância econômica e política da cidade... caiu?... nacionalmente – concluiu Ashley.

– Puxa... você realmente pesquisou sobre o Brasil, não? – disse o jovem, sinceramente admirado.

– Muito. Meus pais sempre falou de Brasil e depois de *elementary school*, eu ler tudo sobre Brasil e também de negros *de* Brasil. Ontem eu tive contato com o tutor de meu projeto *in* Walterboro e fui informada de que além de defesa de minha pesquisa, também tenho que fazer uma... *presentation*...? para os novos alunos de *African American Studies* de Salkehatchie e falar sobre metodologia e resultado de minhas pesquisas – declarou a jovem, sem esconder uma ponta de orgulho em seu tom de voz.

– Muito bom! Será bom pra sua qualificação acadêmica, né?

– Sim, mas estou um pouco nervosa sobre minha *presentation*...

– Vai dar tudo certo. E você leu sobre o Pelourinho? – Marcos sentia-se cada vez mais à vontade com a moça em sua companhia.

– Ah... sim! Pelourinho é uma pedra localizada *in* uma praça. Pelourinho de Salvador era usado para castigar escravos. Depois de fim de escravidão *in* Brasil, este local da cidade foi de muitos artistas e Pelourinho ficou um centro de cultura e é parte no Registro Histórico Nacional e também chamado de Centro Cultural do Mundo por UNICEF, *I mean*, UNESCO... e eles *certified*...?

– Certificaram – completou Marcos.

– Obrigada... certificaram Pelourinho como Patrimônio *de* Humanidade.

– Impressionante. Você sabe mais sobre Salvador do que muitos brasileiros! E como se chama uma pessoa que nasce em Salvador? – O bom humor aflorou de vez no espírito do jovem brasileiro.

Ashley abriu um sorriso arrebatador, que pôs a mostra o alinhamento perfeito de seus dentes. A gargalhada foi inevitável. Em seguida, a jovem exclamou:

– Ah! Ah! Ah! Sim! Vi a palavra *on* internet! So... pe.. lo... te... ria... nino! – Marcos compartilhou do sorriso sonoro de Ashley e ao retomar o fôlego, o jovem completou:

– "*So-te-ro-po-li-ta-nos*!"... hehehe... essa palavra é grega: Soterópolis, ou seja, cidade do Salvador" – continuou o estudante, ainda imerso em risadas.

– Preciso ouvir esta palavra mais vezes... E repetir também...

– Ah... pra quem aprendeu a falar português como você, é só uma questão de tempo. E o que você pesquisou sobre os negros em Salvador?

– Essa é parte que gosto! Salvador é o centro da cultura afro-brasileira. Mais de cinquenta por cento *de* população *de* cidade é... *mixed*...? E quase trinta por cento é de negros. Salvador é maior cidade com grande população de descendentes de africanos no mundo, depois de *New York*. Muitos são de origem nagô, yorubá, e chegaram *de* Nigéria, Togo, Benim e Gana. A chegada de africanos *in* séculos XVII e XVIII, foi importante para fazer a cultura de Bahia. Historiadores falam *de* diferença *de* cultura *de* Bahia para cultura de outros estados brasileiros. *In* outros estados, os africanos que chegaram *in* Brasil *era* os negros... bantos... de Angola. Negros yorubás e nagôs *fez* a rica cultura de Bahia. Tinha religião própria, música própria, dança própria, roupa própria... *and what not*? – Ashley parecia entrar em êxtase ao discorrer sobre um assunto que conhecia tão bem.

– Ashley... eu estou admirado. Uma verdadeira aula.

– Admirada *fui* eu. Quanto mais eu conhecia sobre Salvador, mais queria ler! E também a cidade é importante destino turístico *de* país. Por exemplo, minhas pesquisas sobre local falaram que Mercado Modelo é o ponto escolhido por muitos turistas para comprar lembranças *de* Bahia e eu quero muito ir para lá. No porão de mercado ficavam escravos vindos de África enquanto aguardavam *para* destino. *You see...* a história de diáspora africana é muito rica, mas ainda não muito estudada. Por exemplo, é possível que mais de um milhão de escravos africanos foram desembarcados *in* Bahia, desde início *de* escravidão até 1850.

– Muito interessante. Só pra confirmar: na sexta-feira nós embarcamos pra Vitória e de lá seguimos de carro pro interior do Espírito Santo... Ecoporanga, certo? – perguntou o jovem.

– *That´s correct*! – replicou Ashley.

– Você conhece essa pessoa de lá?

– Não. Eu não tenho certeza *de* encontrar esse irmão de minha mãe. Eu tenho somente o nome completo *de* tio de minha mãe e nome *de* cidade. Única informação é que ele era... bombeiro...? *Anyway*, ele não sabe que estou *in* Brasil e eu não sei se ele *é* vivo. Mas tenho máquina de filmagem e se encontrar pessoas de família Santos de Ecoporanga, *preciso de fazer* imagens e levar para minha mãe. Isso ela ainda não sabe!

– Ótima ideia!

– E você Marcos... Por que estuda História? – a jovem voltou a olhar diretamente para o seu embaixador universitário.

– Bom, eu sempre gostei desse assunto e também tenho planos de ser professor. Meu sonho é um dia fazer alguma especialização fora do país. E quem sabe no futuro escrever livros acadêmicos sobre a saga dos negros no Brasil.

– Ir *in* Estados Unidos é plano também?

– Também, mas não é uma viagem que me seduz, no momento...

– E o que você sabe sobre Afro-americanos?

– Bom... o fato é que o meu interesse pelo assunto aconteceu mais pela minha fixação por *black music*, desde que comecei a ouvir os discos do meu pai, como eu já disse. E quando eu comecei a entender sobre as letras de Curtis Mayfield, Jill Scott-Heron e outros, passei a ler tudo sobre o Movimento dos Direitos Civis, os Panteras Negras, Rosa Parks e Stockley Carmichael... Depois passei a ler sobre o universo afro-americano como um todo – esclareceu o estudante.

– Wow... você também pesquisou bastante!

– No meu caso não era bem "pesquisa" ou se era, não tinha nenhum caráter científico. Mas deu pra aprender, por exemplo, que a história dos africanos na América começou em 1619, com a chegada do primeiro contingente de colonos negros. A história dos negros no seu país se dividiu basicamente entre o Sul rural e o Norte urbanizado. A "Grande Migração"

203

foi o abandono do Sul pelos afro-americanos em direção às cidades do norte, mudando os aspectos de sua cultura no processo. Estou falando muito rápido?

– Não, *please*, continua – assentiu a jovem.

– Bom... uma dessas mudanças por parte dos afro-americanos foi a da noção de "propriedade" e "*humanidade*". A partir daí, a questão passou a ser a da dupla tarefa de evoluir como cidadão, sem comprometer a importância de sua ancestralidade africana. E isso vale até os dias presentes pra uma grande parte dos afro-americanos que habitam os Estados Unidos de costa a costa, em todos os estados da federação Americana – disse Marcos.

– *Very well said*.

– Mas os meus conhecimentos sobre o assunto são bem básicos. Nada que se compare com o seu conhecimento sobre os negros no Brasil. De qualquer forma, um bom estudante de História deve saber que a maioria dos africanos capturados no comércio negreiro e levados pra América, veio do oeste da África, em uma área que ia mais ou menos desde o Rio Senegal, ao norte, até o norte do Rio Congo, ao sul. Ao mesmo tempo em que africanos representavam um número grande e diverso de sociedades, línguas e religiões, elas compartilhavam também de várias características culturais, muitas das quais podem ser percebidas e identificadas na cultura afro-americana contemporânea. Certo?

– É verdade. E quais nomes de história dos negros *in* Estados Unidos você conheceu? – A jovem também estava impressionada com os conhecimentos de Marcos sobre a trajetória da comunidade afrodescendente na América.

– Essa pergunta é boa... Hmmmmm... Tive uma ideia! Eu falo de alguns afro-brasileiros que são importantes para a História do Brasil, mas de quem pouco se fala nas escolas e você me "apresenta" os equivalentes na História dos Estados Unidos, como num desafio. *What about that?* – propôs Marcos.

– *Awesome*! Você primeiro! – indicou Ashley.

– Ah, não! *Ladies first*... hehehe... você começa! – concedeu o estudante.

– Oh, *alright then*... Hmmmm... Phillis Wheatley, poeta e uma de escravas mais famosas do século XVIII e teve os seus... *poems*?... publicados *in* London.

– Juliano Moreira, cientista brasileiro, com mais de cem títulos publicados internacionalmente.

– Crispus Attackus, mártir *de* Revolução Americana.

– Benedito José Tobias, pintor, desenhista e aquarelista, de São Paulo.

– Pintor? Hmmmm... OK... os Estados Unidos teve um muito famoso até 1830. Joshua Johnston, que era *de* cidade de Baltimore.

– Certo. Tá ficando interessante... Vou evitar os nomes "comuns"... Tem o poeta Antonio Gonçalves Crespo, que com quatorze anos foi morar em Portugal. A sua obra foi construída sobre a temática da brasilidade e pela negritude.

Sem que os dois jovens se dessem conta, a troca de informações começou a ganhar contornos de um debate acadêmico saudável e de alto nível. Quem seria o primeiro a dizer "desisto"?

– Eli Whitney, inventou máquina processadora de algodão *in* 1793.

– Antonio Gonçalves Dias, filho de escrava. Dramaturgo e jornalista literário.

– Benjamin Bannaker, cientista, astrônomo e matemático. Criou conceito de plantas arquitetônicas.

– Valentim da Fonseca e Silva. Filho de escrava e um dos maiores escultores do Brasil, junto com Aleijadinho.

– William Still, abolicionista de Filadélfia. Um dos organizadores *de... Underground Railroad...*?

– Ah, sim! A "Ferrovia Clandestina"! Li alguma coisa a respeito, sobre escravos fugindo do sul para o norte escondidos e por rotas alternativas... Xisto Bahia! Cantor e compositor. Autor da primeira música gravada em disco no Brasil. – Marcos parecia animar-se cada vez mais com o andamento da conversa.

– Lewis Haydon, abolicionista *de* cidade de Boston – continuou Ashley. Lino Coutinho. Médico Imperial e Professor da Faculdade de Medicina da Bahia.

– Dred Scott. Provavelmente o fator que fez o início de Guerra Civil *in* Estados Unidos.

– É mesmo? Hmmmm.... Joaquim Cândido Soares de Meireles! Doutor em Medicina e fundador da Imperial Academia de Medicina do Rio de Janeiro.

– Richard Allen. Fundador *de* Igreja Episcopal Metodista Afro-americana.

– Hmmmm....

Marcos pensou por mais alguns segundos e prosseguiu:

– Hammm... Dom Silvério Gomes Pimenta. O primeiro bispo negro do Brasil e membro da Academia Brasileira de Letras.

205

– P.B.S. Pinchback. O primeiro governador negro de um estado Americano.

– Benjamin de Oliveira. Considerado a primeira estrela circense do mundo e produtor de um dos primeiros filmes brasileiros.

– Henry Ossian Flipper. O primeiro afro-americano a se graduar *in* Academia Militar de West Point.

Na fileira de assentos de passageiros ao lado, na área oposta do corredor, um senhor engravatado, que devorava um livro sobre sustentabilidade, teve a atenção desviada para o embate cultural travado em voz relativamente baixa pelo casal de jovens e discretamente passou a acompanhar o teor da conversa.

– Manuel Raimundo Querino. Desenhista e arquiteto, abolicionista e um dos pioneiros dos estudos sobre os negros no Brasil.

– Blanche Kelso Bruce. O primeiro senador Afro-americano a cumprir mandato inteiro *in* Estados Unidos.

– Nilo Peçanha. Senador e Presidente da República!

– Brasil teve presidente negro? – Ashley assustou-se com a informação.

– Nilo Peçanha era afro-brasileiro, mas os livros de História do Brasil não dão relevância a este dado, mesmo isso sendo uma exceção à regra dos países ocidentais. Sim! Já tivemos o nosso Obama! – completou Marcos, mantendo alto o bom humor.

– *I see...* Edward A. Bouchet. O primeiro afro-americano com um... *degree... in* uma universidade de brancos.

– Teodoro Sampaio. Um dos maiores intelectuais e engenheiros do Brasil. Ashley e Marcos estavam tão entretidos com o aumento da lista que não perceberam o serviço de bordo aproximar-se pelo corredor central do avião, trazendo lanches e aperitivos para aquela primeira metade do voo.

Após a rápida interrupção, Marcos recostou-se mais à vontade em sua poltrona e continuou com suas ponderações sobre o assunto, sem olhar diretamente para Ashley:

– É uma pena que pouco ou quase nada se fala sobre essas figuras importantes da história desses afrodescendentes. Tanto do Brasil quanto do seu país.

– Concordo. E eu ainda não falei *in* Jan Matzeliger, Lewis Howard Latimer, Dr. Daniel Hale Williams, Frances Ellen Harper, Mary Church Terrell, Ben Singleton, Bill Pickett, William Monroe Trotter e muitos, muitos outros!

– Meu Deus... nunca ouvi falar destes nomes – confessou Marcos.

– O estudo de Diáspora Africana faz você ler sobre todos eles. Acredite, a história dos negros *in* Estados Unidos vai além de Dr. Martim Luther King Jr e Malcolm X. Sim... e a minha pesquisa terá uma seção separada para um africano diretamente relacionado entre história de escravidão *in* Brasil e Estados Unidos.

– Como assim... um africano? – Marcos olhava pela janela e contemplava o contraste do azul do céu fazendo fundo ao topo das nuvens brancas que mais pareciam acolchoados de algodão imensos e ininterruptos.

– Já ouviu falar de Mohammah Gardo Baquaqua?

Marcos renunciou à sua posição confortável de admirador do infinito e virou-se para Ashley. Em seguida, inclinou a cabeça na direção da estudante, em um gesto de curiosidade explícita. Depois, repousou o copo com refrigerante sobre a bandeja articulada à sua frente e os seus olhos assumiram um ar de surpresa e espanto, ao mesmo tempo em que indagou à Ashley:

– "Ba"... o quêêê?

Uma voz masculina e jovial ouvida em todos os alto-falantes e todas as classes no interior da aeronave abortou a resposta de Ashley:

"Senhoras e senhores, aqui quem fala é o comandante Luis Carlos Seppe, do voo TAM JJ 3660 com destino à cidade de Salvador. Obrigado por escolherem a nossa empresa para voar. A temperatura local..."

Mais alguns poucos minutos e a aeronave pousaria na Terra de Todos os Santos. Trazendo uma *"Santos"* entre os seus passageiros...

Capítulo 30

A vida segue

Silvio ajeitou o *notebook* sobre a mesa de acrílico redonda, localizada quase no centro da pequena cafeteria e situada no sexto pavimento da sede do jornal *Folha de Notícias*.

O repórter depositou a garrafa com água mineral ao lado da agenda de anotações, de onde o papel dobrado que continha a mensagem de Nico havia sido retirado. Era o impresso que lhe fora dado em mãos por Daniela, no dia do velório de seu amigo. Apesar do sentimento de tristeza, Silvio não pode conter um certo bom humor quando deduziu o motivo pelo qual nunca recebera a informação enviada pelo amigo: ele certamente havia digitado errado o endereço eletrônico de Silvio. Por sorte, enviara a mesma mensagem com cópia aberta para Daniela, que por sua vez teve o cuidado de manter a correspondência em sua caixa de entrada.

Tão logo pôde acessar o serviço de mensagens de seu celular, Silvio também soube que o amigo havia tentado um contato via telefone, um dia antes do envio do *e-mail* à Daniela, sem, no entanto, deixar qualquer mensagem mais relevante. De qualquer forma, os dados da ligação também foram repassados para os policiais encarregados pela investigação do assassinato de Nico Santana.

Até aquele momento, as informações levantadas pela polícia davam conta de que o rastreamento das ligações telefônicas e também dos *e-mails* enviados pelo repórter indicavam que até pelo menos um dia antes de sua morte, Nico teve uma relativa mobilidade no entorno da favela do Gasômetro, onde ele coletava material para a sua reportagem.

E de fato, confirmou-se depois que, em razão de sua infiltração na comunidade para uma outra matéria, o repórter deparou-se inesperadamente com a informação de que poderia haver um grande derramamento de sangue no local, por conta da disputa pelo tráfico de drogas de duas quadrilhas vizinhas.

As ligações telefônicas de Nico foram feitas em sua maioria de orelhões de dentro ou nas proximidades da comunidade e os seus *e-mails* eram todos enviados sempre de *lan-houses* próximas da localidade. Nestas ocasiões, apurou-se mais tarde, Nico tinha a precaução de deixar o seu celular inativo ou mantido em casa, evitando o risco de ter as suas ligações interceptadas ou o *chip* clonado.

O impresso aberto sobre a mesa dizia:

"Silvio,

Fala meu chapa! Não deu pra te informar antes, mas estou produzindo uma matéria sobre CDs pirateados aqui na favela do Gasômetro e esta era a "viagem ao interior" que eu te falei semana passada. Quando eu voltar, te pago o almoço! Só acho que vou ter que esticar um pouco as minhas visitas na comunidade porque ontem um cara que mora aqui me deu uma informação que, se eu confirmar hoje, pode ser um furo pra redação nos próximos dias. Acho que até amanhã de manhã eu confirmo. Não estou com o meu celular.

Obs.: O nome do amigo do Cardoso, no caso lá do Consulado Americano, é Samuel Feitosa. Consegui o nome dele no arquivo morto da matéria sobre os dólares falsos. O tal Samuel não apareceu na reportagem, é claro, mas o nome estava anotado em uma cópia do B.O. da época. Não deve mais trabalhar no Consulado. A Daniela (que está recebendo uma cópia da mensagem) tem um contato brasileiro que trabalha lá com os gringos. De repente é um caminho e ela pode te ajudar. Boa sorte, e a gente se fala na volta.

Abs do amigo".

Aquela, provavelmente, foi a última mensagem em vida de Nico.

Desde que tomara conhecimento do conteúdo do *e-mail* do amigo, Silvio decidira definitivamente descobrir do porquê de uma tentativa de suicídio de uma jovem de família influente da cidade que contou com o envolvimento direto no caso de um fuzileiro naval dos Estados Unidos no incidente, havia mais de trinta anos, jamais ter chegado às páginas de nenhum dos jornais da época.

Iria ele próprio atrás das respostas, com discrição e critério, menos pelo dever do ofício, uma vez que era o editor do caderno de informática da *Folha de Notícias* e não um repórter policial, e mais como uma demonstração de respeito ao esforço do colega, morto em serviço, em levantar com precisão a informação sobre o incidente de 1976.

Em seu íntimo, Silvio sentiu-se em dívida moral com Nico, desde que lera o recado impresso da namorada do amigo.

Decidiu que mais tarde ligaria para Daniela e pediria o apoio da jovem, ainda em luto, para entrar em contato com o tal contato brasileiro que trabalhava no Consulado, segundo o informado por Nico no *e-mail*.

Mas, no momento, a sua prioridade era a reportagem de cobertura da votação na UniMetro. Aquela semana seria importante para a continuidade da matéria, pois a data dos votos em urna com os alunos se aproximava.

Conforme os entendimentos alinhados com a reitoria, Silvio oficializou e obteve a autorização para passar uma tarde no campus e em contato direto com os estudantes e professores. A proposta era ilustrar a dinâmica das opiniões internas sobre o tema e oferecer aos leitores da *Folha de Notícias* uma amostra da agitação cultural em curso nas dependências da maior universidade estadual do país.

Antes do deslocamento até o campus, entretanto, o repórter decidiu por uma breve parada na cafeteria do prédio, como costumava fazer de vez em quando. A releitura do *e-mail* do amigo foi providencial para que Silvio começasse a planejar uma estratégia que lhe permitisse encontrar, contatar e quem sabe colher informações com um jornalista de nome Samuel Feitosa, ex-funcionário do Consulado dos Estados Unidos, sobre os fatos ocorridos em São Paulo havia muitos anos e que se tornaram uma incógnita latente nas reflexões do jovem repórter.

Recolheu todo o material sobre a mesa e dirigiu-se sem pressa ao estacionamento do local. Ao chegar à universidade, informou sobre a sua presença à administração, que designou um colaborador administrativo para acompanhar a sua cruzada pelos blocos acadêmicos do complexo.

O repórter foi recepcionado por Luisa, no saguão de entrada da ala administrativa. Ela era uma assistente alta, muito bonita e trajando um uniforme de recepcionista de um tom acinzentado sóbrio.

– Olá, tudo bem? Sou o Silvio Mendonça, da *Folha de Notícias*...

– Luisa Cabral, da administração. Eu vou acompanhá-lo pelas alas do campus, tudo bem?

Após as apresentações formais, ambos passaram a caminhar pelas calçadas cimentadas que conectavam um bloco de ensino a outro. O tráfego de alunos não era intenso e Silvio especulou em silêncio que não teria dificuldades em abordar alguns transeuntes para uma entrevista breve.

A tarde apresentava uma temperatura amena. O complexo fora construído em uma imensa planície que precedia as margens de uma porção remanescente da mata atlântica. Alguns condomínios de alto padrão e dois grandes centros de convivência foram erguidos nas vizinhanças da universidade, alterando o perfil provinciano do bairro com o passar dos anos.

Os filhos da classe média compunham mais da metade da população de matriculados no local, com ligeiro decréscimo populacional para os cursos das áreas humanas do horário noturno, cada vez mais ocupado pela classe emergente e por bolsistas, em uma amostra de que uma fração da sociedade, outrora ausente do processo educacional em nível superior, se esforçava em buscar a qualificação acadêmica e de que algumas políticas públicas de inserção profissional em nível superior estavam alterando o perfil médio de graduação para algumas disciplinas.

Silvio trazia consigo apenas o seu indefectível gravador de voz portátil e a câmera digital, além de um bloco de anotações para uma eventual coleta de informações emergenciais. As matérias sobre a eleição já publicadas na *Folha de Notícias* trataram primeiramente da história da universidade, da estrutura organizacional da instituição, da sua participação no contexto sociopolítico de São Paulo e do país, dos alunos ilustres, das suas transformações internas e, por fim, da evolução do debate e da participação dos alunos e de alguns familiares, na polêmica envolvendo a proposta da Semana da Cultura Afro-brasileira nos corredores da UniMetro. Agora chegava a vez de colher o entendimento e o impacto da eleição no processo de formação da opinião e de parte do caráter daquela enorme população estudantil.

– Bom, não conheço nada da UniMetro. O que você sugere? – indagou Silvio.

– Podemos começar pela área sul do campus, pelo bloco de Geologia, e depois fazemos o caminho de volta até o portão. Como você gostaria de fazer as entrevistas? Quantos alunos você pretende entrevistar? – quis saber a funcionária.

– No máximo uns quatro e da forma mais natural possível, sem interferir na rotina dos alunos. Eu só preciso de material o suficiente pra depois, talvez, selecionar uns dois ou três pra publicação. Eu estava pensando em abordar os que estivessem disponíveis e fora das salas de aula. Ah, a visão de um ou dois professores também seria importante... – informou o repórter.

– Sem problemas. Eu apresento você pra pessoa, deixo vocês à vontade pra não inibir o entrevistado e depois a gente vai pro próximo. Está bom pra você?

– Perfeito, sem problemas!

– A minha supervisora colocou uma viatura da UniMetro à nossa disposição...

– É muito longe daqui?

– Hmmm... não é perto, mas é uma distância que dá pra fazer caminhando. – Luísa olhou para a direção em que os dois deveriam caminhar. Uma brisa vinda do sul fez uma mecha de cabelo cobrir parte de seu rosto.

Silvio olhou ao redor e em seguida ergueu os olhos para o céu. Adepto dos hábitos saudáveis, o jovem voltou os olhos meio sem jeito para Luisa e o seu rosto contorceu-se em um convite para a pequena jornada.

– Está uma tarde agradável. Você se importa? Eu gosto de caminhadas.

– De maneira nenhuma! Eu até prefiro! Vamos por aqui... – apontou Luisa. Dois pares de calcanhares giraram sentido à uma avenida arterial que dividia o enorme campus em duas grandes áreas razoavelmente iguais. Construções arejadas, de janelas perfiladas e de formato retangular, eram margeadas por bolsões de estacionamento em ambos os lados da avenida.

Ao sul, um lago artificial adornado por uma passarela arqueada e habitado por carpas e mais alguns peixes exóticos de água doce formavam um conjunto arquitetônico bucólico e agradável aos olhos de qualquer visitante. Ao longe, entrecortado pelas correntes de ar térmicas que cruzavam os céus de todo o complexo universitário, se ouvia o canto aleatório de tiês e de outros pássaros silvestres, habitantes costumeiros da mata fronteiriça da universidade e que ressaltavam ainda mais a atmosfera de recanto campestre que o local proporcionava. Oitocentos metros além da margem oposta do lago, operários uniformizados trabalhavam freneticamente na edificação da nova sede da reitoria, cuja inauguração estava prevista para sessenta dias.

Um grupo ofegante e determinado de corredores universitários trotava em passadas cadenciadas rumo ao norte, ao longo da pista interna de pedestres, paralela à calçada oposta da avenida principal.

– Trabalha aqui há muito tempo? – perguntou Silvio.

– Três anos. E também sou estudante da universidade.

A voz de Luísa tinha uma entonação grave que a tornava bem peculiar e ao se dar conta do quanto aquilo tornava ainda mais atraente a moça ao seu lado, Silvio adotou a postura de se disponibilizar mais a ouvir do que monopolizar a conversa entre os dois, enquanto caminhavam.

– É mesmo? E estuda o quê?

– Faço Hotelaria à noite. Estou no quarto semestre!

– Interessante... São quantos semestres?

– Ainda tenho mais dois semestres. Tenho muito o que ralar, ainda.

– É... mas é assim mesmo. E quais são os seus planos depois de formada?

– Bom, eu quero trabalhar na administração de um grande hotel do Rio de Janeiro ou, quem sabe, até conseguir um emprego fora do país.

– E o que se aprende em Hotelaria, exatamente?

– A hotelaria é uma indústria de serviços que possui características organizacionais próprias. A finalidade do setor é o fornecimento de hospedagem, segurança, alimentação e demais serviços relativos à atividade de receber visitantes, hospedes, turistas e similares, essas coisas, sabe?

A explicação dada por Luisa soou convincentemente técnica para alguém que estudava a matéria. Silvio sentiu-se motivado a saber mais sobre o assunto.

– E como anda o mercado brasileiro *pra* esta área?

– O Brasil ainda é um país com pouca tradição no setor hoteleiro. Aqui, a indústria começou com as hospedarias pertencentes aos portugueses, que recebiam hóspedes em suas próprias residências. Você sabia que o primeiro hotel internacional do Brasil foi instalado no Rio de Janeiro no século dezessete e que os hotéis pequenos foram surgindo depois?

– Não, não sabia... Mas acho que com a modernização do Brasil e a melhora da infraestrutura de uma maneira geral, podem fazer crescer o setor, você não acha?

– Essa é a expectativa e também foi por isso que escolhi esta disciplina. Pra dizer a verdade, e apesar das dificuldades, o segmento melhorou bastante e o Brasil está se especializando nesta área. Precisa, *né*? Até bem pouco tempo mesmo, a administração hoteleira era, em sua maior parte, feita por famílias. Tinha um administrador, os parentes e alguns auxiliares, *pros* serviços mais simples. Mas o mercado evoluiu, o avanço tecnológico chegou e a globalização da economia fez aumentar a concorrência entre os hotéis. As coisas tiveram que mudar. Tudo ficou mais profissional. Os modelos que mais influenciam a hotelaria brasileira são os dos Estados Unidos e o do Japão.

– Interessante.

– Pois é... Mas e você? Como é a sua vida no jornal? Que tragédia com o repórter de vocês, hein...?

Silvio sentiu um aperto no peito e acusou a emoção ao ignorar toda a beleza ao seu redor e fixar o olhar no pavimento cimentado e fracionado em quadrados paralelos que precediam os passos do casal.

– Nico... ele era o meu melhor amigo... – A voz de Silvio se manifestou mais como um sopro.

– É mesmo? Puxa, sinto muito. Todo mundo tá falando do assunto... Esta cidade tá cada vez mais perigosa de se viver...

– É... tomara que os responsáveis vão logo pra cadeia.

– Já se tem alguma ideia de quem fez aquilo?

– A polícia está investigando e o jornal colocou o nosso departamento jurídico pra acompanhar o caso detalhadamente. Vamos ver...

Pelos próximos quinze minutos, Silvio e Luisa caminharam lado a lado, conversando sobre assuntos diversos. De repente, a jovem parou e Silvio sentiu a mão da jovem pousar no seu antebraço.

– É aqui! É só achar alguém...

– Aquele ali? Você conhece? – Silvio apontou para um senhor calvo, de óculos, que carregava com habilidade uma meia dúzia de livros sob o braço e se deslocava em direção ao estacionamento.

– Sim, é o Professor Carvalho. Quer começar com ele?

– Pode ser... – Silvio começou a preparar o seu gravador de voz.

– Professor! Professor Carvalho! O senhor tem um minuto?

Capítulo 31

A Boa Terra

– E aê... o que tá achando? Tá gostando da cidade? – perguntou Marcos, andando por uma rua movimentada, ao lado de Ashley.

– Sim, muito! Salvador é uma cidade muito... *exciting*! – respondeu a jovem, visivelmente encantada com as pessoas e as edificações ao seu redor.

– Eu também não conhecia nada daqui e confesso que tô impressionado! – informou o estudante.

Segunda-feira. Marcos e Ashley haviam desembarcado em Salvador ao final da tarde daquele mesmo dia. Os dois universitários conseguiram hospedagem em duas suítes de uma mesma ala de um modesto hotel no Morro do Cristo e, após se acomodarem apropriadamente, optaram por um giro no centro histórico da cidade.

A noite se anunciava quente e úmida. Pessoas e automóveis transitavam por calçadas e ruas estreitas. Por todos os lados, bares e restaurantes distribuíam mesas ao longo dos passeios. Turistas de todas as aparências e línguas completavam a atmosfera de uma noite agitada da cidade, embalada por uma mistura de sons e ritmos diversos que vinham de várias direções e ao mesmo tempo: *reggae*, samba e alguns arranjos de percussão sabidamente africanos.

Em algumas esquinas, pequenos aglomerados de pessoas bebiam e dançavam animadamente. Um detalhe urbano chamou a atenção dos dois jovens: em todas as direções, homens, mulheres e crianças de pele escura e aspecto simples circulavam entre os transeuntes oferecendo acessórios e *souvernirs* que pudessem ser comprados pelos turistas, aparentemente abastados em euros e dólares.

Em pinceladas ágeis e movimentos vigorosos, um homem negro e magro, sem camisa e de cabelos estilo rastafári produzia quadros em tons fortes e com temática jamaicana. O seu talento e a qualidade de improvisação de suas telas pequenas eram apreciados por um pequeno grupo de admiradores ao seu redor. Os dois jovens caminhavam lado a lado e eventualmente um chamava a atenção do outro para algum fato ou visão peculiar e trocavam impressões entusiasmadas sobre cada novidade.

As últimas horas passadas um ao lado do outro pareciam consolidar uma amizade que descobria pequenas afinidades que os aproximava cada vez mais.

Casualidade ou coincidência? O foco do estudo, as aspirações, a postura em relação à herança cultural... Muitos pontos convergiam para um respeito e admiração mútuos e para Marcos, a presença daquela jovem negra, inteligente e bonita, tornava-se cada vez mais agradável.

Enquanto caminhavam em busca de algum local onde pudessem sentar e observar o movimento, Marcos lembrou-se que, antes do embarque para Salvador, ele e Ashley se dispersaram na livraria do aeroporto em São Paulo, cada um em busca de algum volume que pudesse ser folheado durante o voo. Sem saber ao certo a razão, o jovem lembrou-se que em um determinado ângulo entre as prateleiras de livros e revistas, pôde observar Ashley de pé e entretida com uma publicação em suas mãos.

Diante da casualidade da visão, Marcos não pôde conter um leve suspiro de admiração ao contemplar os contornos bem distribuídos de Ashley. A imagem da jovem, distraída em letras e linhas, fez com que Marcos, por alguns instantes, sentisse como se toda a autonomia de sua personalidade se desmanchasse e escorresse pelas prateleiras e bancadas do local, perdendo-se entre contos e biografias.

O jovem teve a sensação de que o seu interior passou a buscar abrigo para um sentimento ao mesmo tempo novo e arrebatador, causado, ao que tudo indicava, pela silhueta da jovem a alguns metros de distância, e que naquele instante percorria os olhos sobre sentenças desconhecidas. Ashley, naquele momento, não se deu conta de que a sua própria existência parecia inspirar sinfonias celestiais em um jovem negro brasileiro, que foi removido de seus devaneios por uma atendente de sotaque paulista bem caracterizado e que perguntava se Marcos procurava por alguma edição específica.

Marcos foi raptado de suas lembranças pelos dedos longos e macios da própria Ashley, os quais pousaram em seu antebraço desnudo, ao mesmo tempo em que a outra mão da jovem apontava para uma construção antiga com algumas mesas disponíveis ao longo de uns oito metros de calçada. Encontraram uma mesa vazia, à esquerda da entrada, bem ao canto e próxima a uma cerca baixa de barras metálicas de cor branca. Era uma espécie de bancada que se situava acima de uma ladeira movimentada.

Os dois jovens ocuparam, cada um, uma cadeira em lados opostos da mesa. Daquela posição, em um ponto privilegiado da Cidade Alta, podia-se avistar uma boa parte da Baía de Todos os Santos e a movimentação dos veículos que rodavam pela orla sinuosa que contornava aquela parte da costa oriental do Brasil.

Um garçom, trajando uma camisa vermelha berrante e enfeitada com flores amarelas, se aproximou da mesa, anotou o pedido da dupla e se afastou em direção ao interior do estabelecimento, ziguezagueando por entre outras mesas do recinto, que não era grande, mas que apresentava um movimento intenso já para o princípio daquela noite envolta em mormaço e agitada.

– Muito quente, não? – Marcos indagou à Ashley, ao mesmo tempo em que ambos se ajeitavam à mesa.

– Sim! Muito quente! É como noites de *New Orleans* ou *in* Mississippi no verão!

– É quente assim também?

– Sim, e também muito... *stuffy*? – completou a Americana.

– Abafado! – traduziu o estudante.

– Abofado...

– Aba... abafado.

– Abafa Abafado! Obrigada – ajustou a jovem, com um sorriso.

Ashley pareceu repetir a palavra para si, sem que a sua voz pudesse ser ouvida. Marcos riu da técnica da jovem e manteve aceso o diálogo:

– Por falar em lugares, você não me falou muito sobre a sua cidade...

– Sobre Walterboro? Ah, é uma cidade pequena *in* Carolina do Sul. Mas, *you see,* para falar de Walterboro é preciso falar um pouco de Carolina do Sul, entende? A região que agora é a Carolina do Sul era parte *de* colônia inglesa de Carolina, nomeado *in celebration* de Rei Carlos II de Inglaterra. *In* 1712, a colônia de Carolina separou *in* dois. Tinha agora a Carolina do Norte e a Carolina do Sul. Muitas guerras importantes de Revolução de Estados Unidos *in* 1776 ocorreram *in* Carolina do Norte. O nome de Carolina do Sul, *the Palmetto State*, era *de* guerra de independência. *Palmetto* é palavra inglesa que *in* português significa palmeira. Isso é porque no início de revolução, forças britânicas *attempted to...* prender um forte de madeira de palmeiras, que tinha muito *in* aquele estado. Em dia seguinte, o comandante de forte, quando viu navio de guerra britânico *in* fogo, disse que fumaça saindo de navio era como uma palmeira. Carolina do Sul foi o oitavo estado Americano *in* data de 23 de maio, 1788. A Guerra Civil de Estados Unidos começou *in* Carolina do Sul, *in* 12 de abril, 1861, quando *troops* confederadas atacaram o *Fort Sumter*. Depois *de* guerra, o estado voltou para a União, *in* 25 de junho, 1868.

– Mas, como assim... "voltou pra União"?... Não entendi!

– Desculpe... *In* década de 1830, o movimento para abolição *de* trabalho escravo cresceu *in* Norte industrializado *de* Estados Unidos, e o Sul, dependente de indústria de campo, era para o uso de trabalho escravo. *In* 1850, a Carolina do Sul queria separar *de* restante de país, por causa de debate nacional sobre trabalho escravo – se isto, a escravidão, deveria ou não ser permitido *in* territórios Americanos de... *West*... de país. Mas, sem apoio de outros Estados *de* sul, a Carolina do Sul não separou *de* país. *In* 1860, o republicano abolicionista Abraham Lincoln venceu as eleições presidenciais e Carolina do Sul, pensou que Lincoln... *voided*...? a escravidão no país e decidiu separar *de* Estados Unidos. E então, os outros dez estados também *separou* de Estados Unidos, e fizeram grupo para formar os Estados Confederados de América. Você entende?

– Sim, Ashley. Agora ficou claro e bem explicado.

– Também estou... *amazed*... com o meu português que melhora! *Unbeliavable*! *Anyway*... Você pode dividir o estado *in* três regiões: Montanhas Blue Ridge são uma parte de terra que cobre o lado... *northwest*...?; Piemonte, que é a maior parte de região nor...oeste... *right*...? e as Planícies de Litoral de Atlântico que são o... restante...? de Carolina do Sul. Walterboro fica nesta área... e é uma cidade de Condado de Colleton. O Condado tem um pouco mais de dez mil habitantes. Walterboro apenas tem um pouco mais de cinco mil pessoas. A distribuição de... *ethnics*...? *in* Colleton é de um pouco mais de cinquenta por cento de caucasianos, um pouco mais de quarenta e oito por cento de afro-americanos e outros distribuídos *in* nativo-Americanos, asiáticos e latinos.

– Ah... e a história da cidade? Como ela surgiu?

– Hmmm... *in* verão de 1784, os donos de plantação de arroz de Colleton... começaram...? um lugar para os tempos de verão e deram nome "*Hickory Valley*". Este lugar cresceu e as pessoas *de* local chamaram de "Walterboro", para os dois irmãos que primeiro chegaram para lá, Paul e Jacob Walters.

– Tem muitas escolas em Walterboro?

—— 218 ——

– Oh, Walterboro tem muitas escolas! Quatro elementary schools; Black Street Elementary, Hendersonville Elementary, Forest Hills Elementary e Northside Elementary. Eu sou de Forest Hills Elementary! E... escolas médias...? *is that right...*? são duas: Forest Circle Middle e Colleton Middle.

– E quantas universidades?

– Somente uma: *University of South Carolina Salkehatchie.*

– Salk... what? – Marcos aventurou-se, em vão, em repetir o nome sem tropeços.

– Hahaha... *Salkehatchie... I know! It´s not an easy one to get when you first hear it!* Salke-ha-tchie. Você pode repetir?

– Salke-ha... Salkeha-tchie! – o jovem brasileiro pronunciou, por fim.

– *There you go!*

– Mais difícil que "soteropolitano"! – quis justificar o estudante.

– *No way!* Não vou tentar de novo. Não quero ficar... *embarassed...*

– Tá bom... Mas ainda acho que o seu português é melhor do que o meu inglês! – insistiu Marcos, em sua tese.

– *Well,* Salkehatchie é um campus de Universidade de Carolina do Sul. E tem outras por outras regiões de estado.

– Legal... E como é a sua vida em Walterboro?

– Hmmm... passo maior parte *de* tempo estudando. E também faço parte de serviços de Igreja Metodista Bethel Unida de Walterboro aos domingos. E também vou ao... *gym...*? duas vezes em semana para corrida. E um dia de semana eu fico *in* Museu de Walterboro.

– Museu? Que tipo de museu?

– Ah, sim. O... *Slave Relic Museum.* Como se diz *"relic" in* português?

– Relíquia...

– Obrigada. O Museu de Relíquias de Escravidão de Walterboro.

– Puxa... e o que você faz no Museu?

– Eu ajudo *in* organização de documentos e coisas assim. O museu é para as... relíquias...? que escravos faziam e usavam durante escravidão. Lá tem documentos de história e culturas de África. Tudo de museu é de período de 1750 para o meio de 1800, mais ou menos. O meu trabalho é voluntário.

– Muito interessante. Depois vou ver na internet.

– Ah, sim. Temos um *webpage.* Muito simples, mas tem informação.

– Mas você também se diverte em Walterboro, não?

– Não muito... Às vezes vou para casa de familiares *in* cidades por perto. Existem alguns... *night clubs...* mas fui poucas vezes; *in* Charleston,

219

Sommerton e Long Head Islands... Mas gosto de ir para... *shopping malls*...? aos sábados de tarde com minhas primas e acompanhar minha mãe também. E até dois meses antes eu...

O garçom surgiu entre os dois e interrompeu o raciocínio da jovem. Com destreza, o funcionário descarregou de sua bandeja uma porção de aperitivos típicos locais e dois grandes copos contendo água de coco gelada sobre a mesa e se retirou após certificar-se de que os jovens estavam bem servidos.

– Hmmm... *smells good* – sentenciou Ashley.

– Acho que você vai gostar. Já experimentei uma vez em um restaurante baiano de São Paulo. Muito bom! – garantiu Marcos.

– Como se chama?

– "Bobó de camarão". Mas eu li uma vez em uma revista que o nome original disso é "ipetê", comida de Oxum, e que depois é que virou "bobó de camarão".

– Hmmm... *shrimps*. Gosto de *shrimps*. *In* férias de fim de escola médio eu e meus pais *viajou* para a Jamaica e lá tem pratos típicos com camarões grandes... *Delicious*!

– Experimenta! – convidou o estudante.

Ashley levou uma pequena porção da iguaria aos lábios. Fechou a boca e deixou a saliva processar lentamente a consistência e o tempero da massa alimentar nunca antes ingerida.

Agitou elegantemente a parte inferior da boca, ao mesmo tempo em que os olhos focavam em um ponto imaginário do céu iluminado da noite de Salvador, como se os pretos velhos celestiais estivessem no aguardo do seu veredicto sobre o efeito mágico daquele prato, cuja feitura fora passada de geração a geração desde o primeiro africano a pisar em solo brasileiro, há quase cinco séculos.

– *Oh, my God... Terrific*! Diferente!

– Sabia que você ia gostar, Ashley. A comida brasileira é bem robusta. Só pra você ter uma ideia de como a culinária brasileira é diversificada, aqui no Brasil os índios cultivam mandioca, o feijão e milho, que eles usam pra fazer o pirão e bebidas fermentadas pra acompanhar peixes e caça. Os portugueses trouxeram para o Brasil o hábito de consumo de açúcar, sal, alho, limão, arroz, as carnes de boi e galinha, a sardinha, o bacalhau, os legumes e os doces finos. E com os negros, a cozinha colonial conheceu a pimenta malagueta, o quiabo e o azeite de dendê. Uma grande parte dos pratos típicos nacionais nasceu da mistura dos hábitos alimentares dessas três etnias, sabia?

E as religiões milenares africanas são a base de pratos como o acarajé, caruru, mungunzá e o próprio bobó de camarão, entre outras, que são adaptações da comida sagrada dos orixás – esclareceu Marcos, dando mostras dos seus conhecimentos sobre este aspecto da História do Brasil.

Ashley empolgou-se com o sabor inédito que se espalhava pelo seu paladar e passou a consumir o restante da primeira porção com mais desenvoltura e volúpia. Pousou dois dedos sobre os lábios e fechou os olhos, denunciando um êxtase gastronômico nunca antes experimentado em seus vinte e dois anos.

– Preciso *de* receita e levar para minha mãe.

– Fácil. Antes de você voltar... pros Estados Unidos, eu consigo uma pra você.

– Obrigada. *Sorry*... o que eu falei?

– Hmmm... você falava sobre sair com sua mãe... Ah, alguma coisa de dois meses atrás... – lembrou-se o estudante.

– *Oh, yeah... right*. Até em dois meses atrás eu tinha um... *boyfriend*...?

– Namorado...

Marcos sentiu que sua voz saiu afetada com a informação revelada por Ashley e jurou em silêncio que seria mais discreto e cuidadoso ainda, em seu esforço em fazer a estada da estudante no Brasil o mais agradável possível.

– *Boyfriend*... namorado. Obrigada. *Well*, até em dois meses atrás eu tinha um namorado... Hollis. Mas... Acho que não preciso falar sobre isto, não?

– Se você não quer, tudo certo.

– Mas e você, Marcos? Você tem uma... namorada...?

– Não e nunca tive. Não alguém que eu pudesse levar e trazer pra casa ou apresentar pros meus pais. Ainda não apareceu ninguém que eu leve a sério.

– Levar a sério...?

– *Take it seriously*.

– Ah... mas, você é um jovem homem negro muito bonito. *In* Estados Unidos seria muito popular com garotas.

– Ah! Ah! Ah! Que nada... sou bem simples. É que no momento tô mais focado nos meus estudos. Acho que não teria muito tempo pra dar a qualidade de atenção que eu acho que uma namorada merece.

– *Fair enough*... Parece justo. *Wow*... olhe a cidade. – Ashley fixou o olhar no panorama da cidade.

A brisa noturna roçou a sua face e fez com que uma mecha de cabelos flutuasse e cobrisse parte de sua visão. O simples gesto de ajeitar os cabelos distraidamente trouxe de volta a Marcos a mesma reação que experimentara na livraria do aeroporto e, para retomar o controle sobre suas emoções, o jovem estudante direcionou a sua cadeira para o mesmo cenário contemplado pela moça do outro lado da mesa.

Enquanto saboreava a sua água de coco, Marcos sentia que uma transformação ocorria dentro de sua pessoa, embora não soubesse exatamente do que se tratava.

Do interior do bar se ouvia os acordes possantes e intimistas de um *pout-pourri* de MPB emitidos por caixas de som ocultas e Marcos sentiu-se um ser privilegiado por poder testemunhar uma noite agradável, diante de uma visão espetacular, em uma cidade envolvente e ao lado de uma jovem encantadora. Ou seria aquela uma noite agradável, diante de uma visão encantadora, em uma cidade espetacular, ao lado de uma jovem envolvente?

Sem se deter sobre a definição precisa do prazer que a sua juventude experimentava por dentro e por fora, Marcos sentia-se feliz por viver a autenticidade e significância daquele momento.

Pelas próximas duas horas, os dois jovens conversaram sobre amenidades e ajustaram a agenda para os próximos dias na cidade: as pessoas a serem encontradas, os lugares a serem visitados e o material de pesquisa a ser coletado por Ashley. Marcos consultou o seu relógio e sinalizou para a jovem sobre o avanço do horário. Para uma segunda-feira, noite adentro, a cidade de Salvador ainda apresentava uma agitação intensa. Acostumado a disciplinar o seu horário de sono e um pouco exausto pelo desgaste do deslocamento para aquela parte do Brasil, Marcos dirigiu-se à Ashley:

– Acho melhor irmos. Já é tarde e amanhã a nossa agenda já começa bem cedo... – sugeriu o jovem.

– Sim. Estou cansada. E você, com sono...

– Então vamos.

Saíram do local e com a ajuda da gerência do bar, conseguiram um táxi que os levaria de volta ao albergue, no Morro do Cristo.

Ambos desceram do veículo e caminharam lentamente em direção à recepção do local. Acenaram para o recepcionista de plantão e chegaram a um pequeno corredor que levava a um lance de escada que precedia uma área aberta de onde se podia chegar aos corredores de acesso aos dormitórios do local.

Quartos comunitários à esquerda, suítes à direita. Um grupo de jovens cabeludos e com sotaque espanhol passou por Marcos e Ashley e desapareceu em direção à porta de entrada. Ao chegarem à suíte 34, pararam por uns instantes e despediram-se.

– Amanhã, café às sete e meia e depois vamos pro museu, que abre às nove e meia, OK?

– *Sounds good to me*. Boa noite, Marcos – disse a jovem.

– Boa noite, Ashley – respondeu o estudante, já sentindo os efeitos do sono em seus músculos.

Marcos introduziu a chave na fechadura e...

– Marcos!

O jovem olhou para sua direita e viu Ashley se aproximar com um riso que parecia iluminar toda a penumbra do corredor e antes que ele pudesse recompor-se da surpresa, a jovem repousou os lábios em uma das faces do estudante.

– Obrigada, *man*. Você é muito... *helpful*... desde minha chegada *in* Brasil. – Antes mesmo que a resposta fosse articulada, Ashley virou-se e ganhou o acesso de sua suíte.

Ainda com a mão sobre a chave na fechadura, Marcos viu a jovem fechar a entrada atrás de si. Ele ficou naquela posição por alguns segundos, olhando para a outra porta.

Teve a impressao de que o seu coração batia energicamente em um compasso novo.

O universitário agitou levemente a cabeca, girou a chave na tranca, abriu a porta de seu quarto e entrou.

Capítulo 32

Suando frio

A ampla sala social do grêmio do diretório acadêmico da Universidade Metropolitana, localizado em um anexo fora do complexo dos blocos de salas de aula e cujo acesso se dava pelo lado externo do perímetro do terreno, fervilhava com a vibração dos alunos da chapa de Luca e seus aliados. Outros estudantes e alguns curiosos entravam pela única porta de entrada do recinto para verificar a movimentação em seu interior. O resultado da votação do dia anterior acabara de sair e a proposição da chapa Tradição vencera o referendo. A Semana da Cultura Afro-brasileira havia sido impugnada!

Luca e os líderes da chapa vencedora se abraçavam e comemoravam!

Apitos e gritos de ordem ecoavam pelo salão. Akemy, sorridente, abriu caminho entre os estudantes e se aproximou de seu namorado para premiá-lo com um beijo pela vitória, na frente de todos.

Os pais de Luca, presentes na universidade a convite do filho, se colocaram a um canto do palco improvisado para a fala dos vencedores, e mais pessoas entravam no local para a celebração dos jovens.

Os líderes da chapa já haviam dirigido a palavra à ruidosa plateia e chegara a vez de Luca, o orador do grupo, se pronunciar. A noite começava a abraçar o campus da universidade e o jovem estava ansioso em deixar o local e comemorar o feito com Akemy em algum lugar aconchegante e isolado. Há muito tempo os pais de Luca não viam o filho com aquele brilho nos olhos e a felicidade do seu estado de espírito era evidente.

Os alunos militantes presentes, filhos de famílias abastadas e bem vestidos, formavam uma aglomeração em semicírculo próxima ao palco, na expectativa do pronunciamento de Luca.

Quando o jovem preparava-se para iniciar o seu manifesto, um ruído forte fez com que todos os presentes se voltassem em direção à porta. Um, dois, três, quatro indivíduos armados e mal encarados invadiram o salão e uma jovem vestida em jeans e com uma pistola à mão fechou a porta por dentro, impedindo qualquer tentativa de fuga pela única saída possível.

As duas janelas de refrigeração foram tomadas por dois dos invasores, desencorajando qualquer possibilidade de evasão por ali. Os gritos, que então eram de alegria e confraternização, alteraram-se drasticamente para um tom de surpresa e terror.

Instintivamente, todos os presentes se jogaram ao chão, inclusive Lucas e dois estudantes que estavam sobre o palco. Um dos invasores correu no sentido oposto da porta de entrada, de arma em punho, e saltou sobre o palco, agarrando Luca pelo pescoço e obrigando-o a ajoelhar-se. Daquela posição, Luca pôde testemunhar o pavor vivido por todos os que se encontravam dentro do salão naquele momento, inclusive Akemy e os seus pais, esparramados humilhantemente pelo piso em cimento do grêmio.

O jovem implorou desesperadamente para o meliante que o dominava para que não machucasse ninguém:

– Calma! Calma!

– *Aê, pleibói*, cala a boca, *seu filha da puta*! – rebateu o invasor.

Lucas sentiu o estômago embrulhar ao ouvir o timbre daquela voz e a sensação só fez piorar quando identificou a tatuagem rústica e azulada de um punhal enrolado em uma rosa vermelha com espinhos no braço de cor escura que sufocava a passagem de ar em volta de seu pescoço. A sensação de náuseas aumentou quando o jovem sentiu o forte odor de maconha vindo do bandido que ameaçava a sua vida com a ponta de uma arma voltada para a sua cabeça. Um assalto! O mesmo bando que sequestrara Luca no passado!

Um dos assaltantes, até então posicionado junto a uma das janelas, removeu das costas uma mochila e começou a circular entre os jovens deitados no chão. Todos estavam temerosos e assustados com a audácia da quadrilha.

– *Aê*!!! *Todu mundu colocanu* celular e as cartêra aqui nessa bolsa... *rapidinhu* e sem gracinha!!! Vai! Vai! Vai!

Rudes e violentos, os assaltantes deixavam claro que qualquer atitude que desagradasse aos seus interesses poderia trazer consequências trágicas para os que estivessem no interior do salão e Luca, devastado por se tornar vítima da mesma gangue pela segunda vez, desta vez teve o seu temor infinitamente intensificado por ver expostas, ao mesmo tempo e ao mesmo risco, todas as pessoas que mais amava em sua vida, e não havendo nada que ele pudesse fazer para tirá-las daquela situação aterrorizante.

Tentando chamar a atenção do bando para si, Luca, ainda sob o domínio violento daquele que parecia ser o chefe dos bandidos, implorou aos demais:

– Pessoal! Passem tudo pra eles!

Em menos de dois minutos a mochila estava abarrotada de objetos de valor e um dos assaltantes gesticulou ao líder que já era hora de partir do local. Toda a ação não durara mais do que cinco minutos e quando todos no local imaginaram que o terror havia acabado, Luca foi violentamente empurrado em direção à porta.

– Cê vai com a *genti, pleibói*! – proclamou o homem negro no comando das ações.

Ao ouvir a frase, o instinto maternal de Laura Altobelli aflorou e ela avançou imprudentemente em direção ao marginal líder, o qual acabara de passar por ela e oferecia-lhe as costas. Laura, naquele instante, estava cegamente enfurecida. Quando suas mãos tocaram as costas do assaltante, um estalo ruidoso ecoou por todo o salão.

Laura soltou um gemido surdo e sua cabeça fez um movimento brusco para trás ao mesmo tempo em que o seu corpo era arremessado para frente. Atingida pelas costas, a mãe do aluno líder da chapa Tradição despencou grotescamente ao chão e em uma fração de segundo um círculo vermelho começou a se formar sob o seu corpo, no piso onde caíra desfalecida, empapando a delicadeza de seu vestido em seda chinesa.

Gritos desesperados preencheram o salão e todos procuraram se abrigar da melhor maneira possível; alguns correram e pularam para a parte traseira do palco do salão, onde há dez minutos a chapa vencedora comemorava em êxtase a vitória na votação. Outros correram para os sanitários localizados ao fundo do salão, e os que ficaram mais próximos dos assaltantes procuraram se abrigar sob alguns assentos de madeira localizados ao longo das duas paredes laterais que faziam angulo com a parte frontal do salão.

Àquela altura, Luca e os demais imploravam para que toda a movimentação no salão estivesse sendo testemunhada por algum transeunte ou por qualquer pessoa na parte interior da universidade, já que o grêmio se localizava do lado externo do complexo e junto à uma via pública que dava acesso à uma autoestrada interestadual que, para aquele caso, facilitaria qualquer ação de fuga, caso houvesse a intervenção de força policial.

– Sai fora! Sai fora! – uma voz se fez ouvir entre os bandidos.

Com estas palavras, o líder do bando ordenou aos parceiros para que se retirassem do local, ao mesmo tempo em que se posicionou junto à porta, sempre de arma ameaçadoramente em punho.

Em seguida, o marginal esperou que o último membro do bando saísse carregando a mochila e demais objetos em direção à rua e fez menção de tomar a mesma direção. O bandido hesitou por um segundo, virou-se e olhou para Luca, que já havia se precipitado para o local onde a mãe dele havia caído.

O jovem, já em total desespero, tentava reanimar a mãe. Laura não mostrava movimentos espontâneos e estava ensanguentada, mas ainda respirava. Por um lapso de segundo, o olhar de Luca e o do chefe do bando se cruzaram, e antes do marginal se retirar, o estudante teve a impressão de ver aquele rosto escuro sorrir e produzir uma expressão grotesca de desprezo e desafio, para em seguida fugir pela mesma porta de entrada pela qual invadira o salão. Antes mesmo que toda a sua figura saísse do campo de visão, todos no interior do salão ouviram o ronco de um automóvel e a cantada de pneus girando em falso sobre o asfalto da rua de acesso daquela área da UniMetro.

Já banhado em lágrimas e sentindo a devastação do sentimento de perda, Luca voltou-se para o rosto pálido da mãe, deitada sobre o seu colo, e sentiu o visgo de um líquido vermelho empapar-lhe as pernas. A respiração da mãe era irregular e débil. O seu pai precipitou-se ao seu lado e compartilhou com o filho a dor e a lágrima da tragédia recém-consumada. As mãos de Giulli logo se empaparam com o sangue de Laura. O marido chorava, desesperado.

Em poucos segundos filho e pai foram cercados pelos demais presentes que, lentamente e temerosos, deixavam, um a um, os seus refúgios improvisados. Alguns se apressaram em direção à saída, em busca de socorro. Uma aluna, com uma faixa da chapa Tradição em volta da cabeça, e cujo celular não havia sido roubado, discou com os dedos trêmulos a combinação "1-9-0", em uma tentativa desesperada de acionar a Polícia para aquela ocorrência.

Luca fechou gentilmente os dedos de uma mão sobre o queixo da mãe e tentou de todas as formas fazê-la despertar, rejeitando o fato de que a mulher que mais amava em sua vida despedia-se deste mundo, assassinada covardemente dentro da universidade.

– Mããeee... acorda, mãe! Levanta! – pedia o jovem, entre lágrimas e soluços.

Alguns alunos levaram as mãos à cabeça e desabaram em um choro incontido. Uma outra aluna desmaiou e foi amparada por outras duas amigas. Alguns homens em uniforme de segurança entraram correndo no salão e a comoção aumentou. Abraçado pelo pai, também devastado, e ainda segurando o corpo inerte da mãe, Luca ergueu os olhos para o teto do salão, vazando-o em direção ao infinito e a todos os pulmões gritou um brado que ecoou por todo o recinto, fazendo com que o mais indiferente dos seres sobre a face da terra se arrepiasse ao ouvir o tom e o ódio avassalador de sua voz:

– Eu odeio os negros!!! Eu odeeeio os neeeegroosss!

– Luca, meu filho... – a mãe reagiu precariamente, mas a voz de Laura parecia vir de uma outra dimensão.

A fala da mãe soava profunda, quase inaudível e fantasmagórica, pertencente a um outro mundo. O desespero do jovem era total e Luca sentia-se um inútil, impotente e incapaz de fazer parar o tempo e impedir que a vida de sua mãe escorresse para todo o sempre entre os seus dedos.

– Mããããããeeeeee... Perdão, mãe. Não pude te defender... Mããããããeeeeeee!

Luca, naquele instante, era a imagem suprema da tragédia humana.

– Filho... – insistiu a voz débil e distante de Laura.

Luca sentiu um toque carinhoso em seu ombro esquerdo e soltou um grito assustador, ao mesmo tempo em que o seu tronco projetou-se para cima e os seus olhos cor de turquesa se arregalaram abruptamente.

A imagem de um teto branco substituiu em um quantum de tempo a figura de sua mãe ferida e quase morta em seus braços. Luca sentiu a velocidade e intensidade de seu próprio ritmo cardíaco no peito, que naquele exato instante arfava com vigor, em razão do estado emotivo afetado e confuso pela mistura das imagens do seu inconsciente ainda frescas em sua retina e a assimilação lenta e gradual da realidade que o cercava no aconchego do seu quarto e no conforto de sua residência.

Sentada ao lado da cama, Laura afagava-lhe os cabelos e olhou-o com o olhar mais terno que uma mãe pode dirigir ao filho ao despertar de um sonho ruim.

– Calma, filho. Já passou... foi só um sonho. Calma... – Um sentimento indescritível de alívio começou a tomar conta do espírito do jovem.

Entretanto, ainda confuso e sonolento, Luca procurou o colo bem-vindo da mãe e aninhou-se em seus braços, sendo envolvido por uma sensação infinita de segurança e paz. A angústia do pesadelo lentamente deu lugar a uma calmaria espiritual e Luca, aos poucos, sucumbiu ao estado sonífero, desta vez consciente de que nos braços daquela mulher nenhum perigo do mundo poderia lhe fazer mal.

Antes de mergulhar novamente no mundo dos sonhos, Luca ainda conseguiu articular uma parte de seu raciocínio para balbuciar uma frase em direção à mulher carinhosa do mundo real, que segundos antes o resgatara de um estado de dor e angústia.

– Mãe...

– Sim, meu filho? – perguntou Laura, ao mesmo tempo em que deslizava os seus dedos entre os fios de cabelo do filho.

– Eu te amo muito. – respondeu o jovem, já de olhos fechados.

Sem que houvesse tempo para que seus ouvidos acolhessem a recíproca afável enviada pelos lábios da mãe, o jovem reingressou em seu universo abstrato, em busca de um descanso tranquilo em meio a uma noite de sono parcialmente interrompida por um pesadelo inquietante.

Capítulo 33

O mar de Aratu

Salvador: 11h45min – Nova Iorque: 08h45min

Ao longo da terça-feira e durante uma visita de pesquisa pré-agendada no Museu Afro-brasileiro de Salvador, Ashley e Marcos conheceram Mariel, a filha de um Capitão de Corveta reformado da Marinha do Brasil e Subdiretor da famosa instituição cultural da Bahia.

O Museu fora incluído na agenda de visitas da universitária Americana em razão de sua importância histórica e do seu acervo voltado para o entendimento da contribuição da África na História do Brasil. Os levantamentos técnicos feitos por Ashley indicaram que o local fora idealizado, desde a sua fundação, para ser um pólo convergente de um programa de cooperação cultural entre o Brasil e países da África e que visava o desenvolvimento dos estudos voltados para a temática afro-brasileira, através de um convênio firmado entre os Ministérios das Relações Exteriores e o da Educação e Cultura. O local oferecia o seu acervo para visitação pública desde os princípios da década de 1980.

Mariel trabalhava por meio expediente às terças-feiras no local, pela parte da manhã, ajudando o pai com algumas tarefas administrativas, antes de se dirigir para a Universidade Federal de Salvador, onde cursava o último ano de Medicina, com especialização em Cardiologia.

Branca e oriunda da classe média, a jovem residia na Base Naval de Aratu, que era um local a cerca de quarenta quilômetros do centro de Salvador e um ponto onde, durante a Segunda Guerra Mundial, a Marinha dos Estados Unidos havia montado uma instalação militar como base de apoio para as suas operações bélicas pelo Oceano Atlântico. Parte pertencente à Marinha do Brasil e de acesso restrito, o local abrigava oficiais da ativa e seus dependentes. Eventualmente celebridades e pessoas de renome do cenário nacional, até mesmo o presidente do País, desfrutavam da vista e da tranquilidade do local, em seus períodos de férias.

Casas padronizadas de apenas um pavimento e margeadas por uma bela praia davam à localidade um aspecto singular e sofisticado. O convite aos estudantes visitantes foi feito e, com apenas um telefonema para o pai, Mariel conseguiu alojar Ashley e Marcos por uma noite no hotel do balneário, e comprometeu-se com os dois a levá-los de volta a cidade de Salvador, no fim da tarde de quarta-feira. O tempo estava extremamente agradável e certamente os três jovens poderiam aproveitar bem o dia ao longo da praia e os atrativos que o local oferecia.

As instalações do hotel eram modernas e o uso de *notebook* era autorizado, inclusive com disponibilidade de serviços de internet sem fio, proporcionando um nível de conectividade satisfatório para os visitantes ali hospedados.

Lou LaVernne mais uma vez apareceu na tela de Ashley.

– Olá, Lou – saudou Ashley, com pouco entusiasmo.

– *Hi, sweetheart*. Como foi a viagem? – perguntou o pai, dos Estados Unidos.

A conversa entre ambos transcorreu como ocorria algumas vezes; o pai falando em inglês e a filha em um esforço para usar a língua aprendida com a mãe.

– Boa. Minha chegada foi tranquila e fui muito bem recebida.

– E o que você está achando do país?

– Um país fantástico, Lou. As pessoas são muito amáveis e eu vejo que todos querem me ajudar para deixar coisas mais fáceis para mim. Brasileiros são muito amigos e humanos. Todos tratam *de mim* como se *eu moro* aqui há muito tempo e eles sempre tem alguém *com convite* para almoçar ou passar um dia com eles e isso é um pouco estranho para mim... – O entusiasmo de Ashley se devia mais pelo fato de poder falar do Brasil, do que pelo fato de ter o pai no outro lado da conexão.

– Ah! Ah! Ah! Vejo que as coisas não mudaram muito, afinal. Era exatamente assim, quando eu morava aí.

– Mas estou me adaptando todo dia...

– Muito bom! Alguma dificuldade com a língua?

– Muitas! Bem diferente *de aulas* que tive com a mamãe. As palavras locais são difíceis de entender e parece que todo brasileiro fala muito rápido. Tem palavras que nunca ouvi e nunca li... Mas a universidade brasileira colocou um aluno para me acompanhar em alguns lugares e ele me ajuda *in* algumas de minhas pesquisas e isso é bom para mim.

– Hmmmmm... um aluno como companhia? E quem é ele?

– Nome dele é Marcos, estudante de História. Fala inglês muito bem e é muito inteligente. Mas quase sempre falamos *in* português. Quero usar o máximo de minha viagem *in* Brasil – confessou a jovem.

– Muito bom, Ash. Escute, não foi possível que eu fosse até Waterboro para a sua despedida. Depois de Istambul, o meu departamento já me designou logo em seguida para uma outra missão em Armsterdam. Desculpe...

Como se já aguardasse o discurso repetitivo do pai quanto às suas costumeiras ausências em ocasiões especiais, Ashley minimizou o fato com a informação passada a Lou sobre a presença infalível de Isabel na ida até Charleston para a despedida da filha e a quem não haveria de ver por alguns meses, em razão de suas pesquisas no Brasil.

– Sem problemas, Lou. Mamãe estava comigo no aeroporto e *tudo foi bem*. Já estou *in* Brasil e montando o meu trabalho. Obrigado *por ajuda* com o visto brasileiro!

– Eu sei, querida. Mas desta vez eu realmente gostaria de falar com você antes do seu embarque... Lembra-se que da última vez eu lhe disse que havia algo que era preciso que você soubesse?

Embora a convivência com o homem robusto na tela de seu *notebook* fosse precária e pontual pelos últimos seis anos, Ashley percebeu uma certa ansiedade no comportamento de seu pai.

– Hmmmmm... OK, Lou. Estou ouvindo... Qual o problema?

– Não se trata de nenhum problema, na verdade. É algo sobre a sua mãe que você precisa saber. Antes de mais nada, é bom deixar claro que antes de decidir sobre lhe contar sobre isto, eu e sua mãe conversamos e concluímos que você já é uma jovem crescida e madura o suficiente para tomar conhecimento sobre isto... Até por você estar morando na cidade em que eu conheci a sua mãe. – Havia um tom de preparação na forma de se expressar do ex-fuzileiro.

– Então fala, Mr. Lou Thomas LaVernne – solicitou Ashley, já bem impaciente. Pelos próximos quinze minutos da conexão virtual entre o hotel Ocean Inn, na Praia de Inema, até a sede das Nações Unidas, o pai de Ashley descreveu em detalhes, para a filha, fatos ocorridos havia três décadas no Brasil e que prenderam a atenção da universitária durante toda a revelação. A jovem ouviu todo o relato em silêncio.

Ainda na noite anterior, Ashley recuperara uma mensagem de Lou Thomas em seu telefone celular, que solicitava um contato virtual e em *webcam*, para a revelação da informação que ele acabara de passar à filha.

O testemunho de Lou não pareceu provocar qualquer alteração significativa no estado emocional de Ashley. A estudante aguardou pacientemente a conclusão da fala do pai para expor a sua ponderação.

—— 232 ——

– OK, Lou. Mas, não entendo o segredo de uma coisa tão simples. E também não entendo porque isso não foi falado para mim antes. Acho que você e *mammy* exageraram um pouco no assunto.

– Não tínhamos a certeza de como você reagiria quando soubesse do assunto, só isso. Fico mais tranquilo em saber que você recebeu a informação com serenidade. Ainda hoje vou falar com sua mãe e avisá-la que eu e você já falamos sobre o assunto e sei que ela também vai se sentir mais aliviada. Havia um acordo entre eu e ela em te contar sobre isso somente quando você estivesse com mais de vinte anos. Coincidiu de ser exatamente quando você está no Brasil. Principalmente o fato de... – O homem teve a fala interrompida pela filha.

– Lou, está tudo certo. Quando eu falar com mamãe, eu vou dizer o que acabei de falar com você. Não há problemas.

– OK, filha. Fico mais tranquilo agora que já sei da sua opinião. Vejo que minha garotinha cresceu e amadureceu mais rápido do que eu esperava...

– Você podia ter percebido isto há mais tempo. Vou desconectar. Meus amigos estão *in* recepção do hotel. Estamos indo para a praia. Até outro dia, Lou.

– Sem problemas, *sweetie*. Cuide-se. E até outro dia – despediu-se Lou.

– *Bye*.

Ashley encerrou a conexão, deixou o quarto e encontrou-se com Marcos e Mariel, que já a aguardavam na recepção do hotel. O trio deixou o saguão em direção à areia.

A manhã estava ensolarada e abafada. Aquele setor da praia estava praticamente vazio. Duas crianças brincavam sob um guarda-sol, com alguns recipientes de plásticos multicoloridos e de formato arredondado. Bem ao lado, uma mulher de meia idade se bronzeava, deitada de bruços em uma toalha esticada sob o sol e sobre a areia já quente da orla.

Os três jovens caminharam uns oitenta metros e acomodaram-se em uma área sombreada por coqueiros, próxima a um quiosque de bebidas e petiscos, à meia distância entre o passeio da via pavimentada do condomínio e o quebra-mar.

Em questão de segundos o trio foi servido por um *barman* negro e simpático. Ele trazia às mãos três cumbucas ornamentais de tamanho médio e com um formato semelhante ao de uma bola de futebol Americano cortada em um dos extremos. Cada peça continha um sistema similar ao de uma garrafa térmica que auxiliava na preservação da temperatura do refresco entre cinco e oito graus Celsius, por pelo menos uns vinte minutos, à sombra.

– Chico, que garapa é essa? – perguntou a anfitriã ao balconista.

– Mamão mais água de coco, Marielzinha, e batido em polpa de acerola bem gelada, *é graça?*

– Sabia, não! *Porreta*, hein?

Como turista, cada novo sabor experimentado por Ashley naquela terra tropical, provocava na jovem a reflexão sobre se o resto do mundo realmente sabia da profusão e combinação de frutas e polpas incrivelmente doces e espantosamente saborosas existentes no Brasil. A brisa marítima aliviava o efeito que o calor abafado produzia sobre aquela parte da costa da Bahia.

Para otimizar o tempo de sua pesquisa, Ashley levara consigo o seu *notebook* e um dispositivo USB removível. Fazendo uso do conforto da sombra do quiosque e dos coqueiros, a jovem acomodou o computador em seu colo e avançou sobre o teclado negro freneticamente, dando vazão e conteúdo à sua pesquisa acadêmica e atualizando os dados referentes às reuniões e visitas efetuadas em Salvador até aquele momento.

Pela segunda vez em poucos dias, Marcos foi tomado por aquela sensação de privilégio causada pelo fato inusitado de se ver em um local paradisíaco, em uma cidade que até então não conhecia e ao lado de duas garotas que até bem pouco tempo ele nem sequer sabia que existiam. Trajado com uma bermuda estilo surfista, o jovem levantou-se de seu assento e olhou ao redor extasiado, mal acreditando na vista que a orla azulada e panorâmica lhe proporcionava.

– Que lugar... – disse às garotas, em tom de confissão.

– Muito bonito, né? Gosto de vir aqui sempre que posso, sabe? É bem mais tranquilo e reservado do que Itapuã, Boa Viagem, Rio Vermelho, Porto da Barra, Praia do Flamengo, e por aí vai... Como o meu pai é um dos administradores daqui, não é difícil arrumar um ou dois quartos por uns dois dias, durante a semana e na baixa estação – Mariel expressou-se com a languidez e musicalidade características do sotaque local, ao mesmo tempo em que ajeitava o biquíni em tom esverdeado.

A sua peça de banho complementava o conjunto harmonioso e jovial de um corpo curvilíneo e de pele alva.

– Mas não viemos até aqui só pra ficar admirando a paisagem, não! Vem... vamos mergulhar! – Antes que Marcos pudesse esboçar uma reação, Mariel pegou-o pela mão e literalmente arrastou o jovem em direção ao quebra-mar.

Marcos ainda virou-se sorridente para trás e com a mão livre acenou para Ashley, convidando-a para o banho nas ondas leves de Aratu. Em seguida, mergulhou atleticamente sob um pequeno vagalhão espumante prestes a arrebentar a uns vinte metros dos três formosos coqueiros que sombreavam o quiosque escolhido pelo trio.

Ao longe, mar adentro, uma pequena embarcação pesqueira parecia flutuar no encontro difuso entre o oceano e o firmamento. À direita, um velejador solitário deslizava lentamente na superfície das águas, inclinado sobre uma prancha de *windsurf*, deixando um rastro espumoso e prateado para trás, ao mesmo tempo em que parecia ser cortejado, pelo alto, por um séquito de meia dúzia de gaivotas que, fazendo uso das correntes térmicas que varriam o litoral naquela hora do dia, seguiam a embarcação a uma distância razoável.

Ashley contemplou todo o cenário por uns minutos, perdendo fôlego diante do vigor de tanta beleza, e seus olhos se fixaram por alguns segundos em Marcos e Mariel. Focou Mariel, e depois Marcos. De repente se deu conta de, por quanto pudesse se lembrar, jamais em seus vinte e dois anos havia testemunhado a visão de um jovem negro e uma jovem branca compartilhando, entre um mergulho e outro, uma felicidade tão franca e espontânea, em parte provocada, deduziu a Americana, pela magia daquela região um tanto isolada do Atlântico Sul.

Diante daquela visão, Ashley convenceu-se de que havia algo de especial nos brasileiros e que a proposta de procurar uma extensão acadêmica naquele país tinha sido uma decisão feliz e oportuna. Por mais dedicada que sua mãe pudesse ter sido ao doutrinar a filha sobre o Brasil, durante a sua infância e adolescência em Walterboro, e por mais que o mundo virtual pudesse inundar a internet com as mais variadas informações sobre o gigante tropical e a sua população, nada se comparava à experiência de conviver e aprender com os próprios brasileiros sobre as várias formas de ser daquele povo receptivo e predisposto a sorrir e festejar sempre que possível.

– *Talvez Lou não estivesse tão correto em sua afirmação de que os negros brasileiros eram assim tão tristes...* – refletiu a moça que trazia uma boa dose de carga genética brasileira em suas veias.

Havia também a constatação de que a mãe de Ashley perdera o vínculo com as suas origens há mais de trinta anos e a realidade do país como um todo se alterara significativamente desde que ela se mudara com Lou para a Carolina do Sul. Em muitos aspectos, comparando os relatos feitos pela mãe com as experiências reais em curso naqueles poucos dias entre São Paulo, Rio e Salvador, Ashley tinha a impressão que se tratavam de países diferentes entre o que ela aprendeu com a mãe nos Estados Unidos e o que ela conhecia mais e cada vez melhor em seu programa educacional.

Ao sentir toda a receptividade e simpatia de Mariel, Ashley também se deu conta de que jamais conhecera uma jovem branca com quem pudesse iniciar uma amizade sincera e que, ainda que não tivesse muitos amigos íntimos em sua terra natal, todas as suas amizades nos Estados Unidos eram com afrodescendentes, fossem meninos ou meninas: Tanisha, sua prima, a quem via umas três vezes por ano; DeShawn, o garoto solista que conhecera no coral da Igreja Metodista Bethel Unida de Walterboro; Jamal, companheiro de esteira na academia de ginástica, Shantell e Charlaynne, amigas de Salkehatchie e o próprio Hollis, o ex-namorado.

Ashley percebera também que, pelo menos aparentemente, o convívio entre negros e brancos era menos conflitante no Brasil do que em seu país. Pelo pouco que pôde perceber, parecia haver uma maior facilidade de ambas as comunidades compartilharem de um mesmo espaço, sem que o fator étnico se tornasse um elemento de atrito ou pano de fundo para a conquista de uma posição social mais privilegiada, como Ashley vivenciava em seu próprio país. Pelo menos, para Ashley, não aparentemente.

Marcos e Mariel retornaram do banho aos risos e encharcados. Ao se aproximarem do quiosque, Ashley não pode deixar de perceber o porte atlético e bem distribuído no fenótipo afrodescendente de Marcos e no íntimo da estudante Americana surgiu a curiosidade em saber se o amigo brasileiro praticava algum tipo de esporte.

Desde que o conhecera, Ashley percebera que Marcos tinha o dom de atrair os olhares femininos. Talvez, pensou, em razão do encanto de sua inteligência acima da média, a harmonia de sua beleza vigorosa e o charme de seu sorriso discreto. Ashley contemplou a silhueta úmida do jovem caminhando em sua direção e uma sensação estranha alterou o ritmo de sua respiração quando um braço de Mariel entrelaçou-se com um dos braços de seu amigo, fazendo com que os músculos dos dois jovens trocassem através da pele um pouco de areia, de água, de sal e de sol.

Ao chegarem perto do quiosque, ambos se jogaram sobre suas esteiras, um em cada lado de Ashley. Se acomodaram, perceberam a porção de petiscos marinhos que fora preparada e servida entre os assentos por Chico.

—— 236 ——

Com o apetite atiçado pelo esforço do mergulho, Marcos e Mariel passaram a se deliciar com o prato.

– *Ashli*, menina... Você não vai mergulhar, não? A água tá uma delícia! – indagou Mariel, ao se ajeitar na esteira.

– Eu não sei... talvez, sim. Mas estou *sem exercícios in* quatro dias. Eu olhei a linha da praia e...

– Você quer correr? Olha, a área reservada é bem longa. A pé e de ponta a ponta, deve dar uns quatro quilômetros, beirando a praia.

– Correr? Não... veja, estou *in* sandálias. Eu *ir andar*... Alguém *para ir* junto? – convidou Ashley.

Embora a pergunta fosse para ele e Mariel, Marcos não percebeu o olhar direto de Ashley, pois estava distraído em degustar cada milímetro do enorme camarão em suas mãos e boca.

A jovem riu, deu de ombros e pôs o boné vermelho e preto do time feminino de basquete da Universidade da Carolina do Sul sobre a cabeça. Em seguida, desligou o seu *notebook* e guardou-o em sua bolsa de proteção, depositando-a sobre o assento até então ocupado por ela.

Ao levantar-se, tirou da mesma bolsa o aparelho MP4 que trouxera consigo e que sempre usava em suas sessões de ginástica. Depois, calçou as sandálias leves de látex adquiridas em Salvador e livrou-se do tecido que cobria boa parte do seu corpo até então. Ashley estava determinada a enfrentar os raios solares implacáveis que jorravam do sol quase a pico.

Mariel contorcia-se na tarefa de ajeitar os cabelos longos e lisos em forma de coque. Fazia-os adquirir um formato arredondado na nuca e informou:

– Vou *quarar* até *despelar*, minha nega, e depois lhe encontro na caminhada, tá bom?

Ashley dessa vez não se esforçou em compreender com segurança o significado daquela frase e decidiu por não consultar Marcos sobre o que Mariel quis dizer com aquelas palavras.

Por sua vez, Marcos não pode deixar de admirar o esplendor do corpo de Ashley, tão logo ela cruzou o seu campo de visão em passos lentos e graciosos. E desta vez quase em toda a sua plenitude.

Trajada em um biquíni discreto e de corte diferente dos padrões brasileiros, os músculos de Ashley denunciavam, em cada movimento, o seu zelo pela boa forma física, preservada pela prática abnegada de exercícios programados para a obtenção de uma silhueta saudável e atraente.

A sua pele escura, agora generosamente exposta aos ventos amenos daquele paraíso tropical, definitivamente atraíram a atenção de Marcos, que, com certo esforço, voltou-se para a tarefa de devorar a iguaria que até a pouco era o epicentro de sua concentração.

Marcos sentiu o ímpeto de seguir Ashley em sua caminhada, quando uma voz à sua direita solicitou:

– Marcos, passa o protetor solar em minhas costas, *meu rei*? – O pedido inusitado fez Marcos hesitar por um segundo.

O jovem desviou o olhar para Mariel e percebeu que a jovem baiana já havia deslocado a sua esteira para fora da área sombreada do quiosque e deitava-se de bruços, oferecendo a metade exposta de seu corpo para as ondas da radiação solar despencando do céu.

– *Bora* com isso, *meu rei*. Quero ficá feito *alodê*, não...

Marcos olhou para Ashley mais uma vez. A jovem já estava à uma boa distância do quiosque e entretida com a trilha sonora que começava a embalar a sua caminhada. Chico, o *barman* magro e responsável pelo quiosque, limpava copos e preparava sucos variados, alheio ao que se passava ao seu redor.

Marcos resignou-se e posicionou a sua esteira paralela à de Mariel, mas ainda assim acomodou-se em uma posição em que pudesse manter a vista sobre Ashley, já se deslocando no calçadão marginal da via pavimentada e que se estendia ao longo da orla de Aratu.

O jovem aplicou uma pequena porção do protetor solar na parte superior traseira de Mariel e em seguida espalhou homogeneamente o creme pelas costas e braços da jovem, com movimentos circulares que deixavam a pele alva com uma superfície viscosa e brilhante. Mariel pareceu relaxar aos primeiros toques de Marcos e seu corpo parecia ceder ao contato da força dos dedos e palmas do jovem que no dia anterior havia de imediato chamado a sua atenção ao entrar acompanhado de Ashley no Museu Afro-brasileiro.

"*Ó pai, que rei é esse?*" – pensou Mariel no dia anterior, assim que visualizou Marcos no saguão de entrada do museu.

Depois da longa caminhada e sem que Marcos ou Mariel a tivessem acompanhado, Ashley retornou para a areia em direção ao abrigo de coqueiros daquele canto da praia. Contornou o quiosque e deparou com a cena de Mariel sentada, espalhando e massageando um creme pastoso nas costas largas e atléticas de Marcos. Riu outra vez, embora algo lhe dissesse que aquele sorriso não acompanhava o teor da emoção que sentia em seu interior naquele momento.

—— 238 ——

Procurando por gestos que dessem o máximo de naturalidade às suas reações... – *O que está acontecendo comigo?* – ... Ashley deixou-se desabar sobre a sua esteira.

Como num ritual primitivo há muito cultuado, Chico apareceu ao seu lado com outro recipiente contendo o suco exótico e saboroso servido anteriormente. O calor era insuportável. A caminhada tinha sido longa e exaustiva. Pequenas explosões de suor floresciam sobre o tórax da jovem Americana, escorrendo vagarosamente entre a formosura de seus seios.

Ashley reidratou-se instintivamente com os fluídos e as vitaminas do preparado gelado, como lhe fora ensinado em suas aulas de exercícios aeróbicos da Academia Curves, em sua cidade natal. E também pela vigilância sistemática de sua mãe à beira da piscina de sua casa, em Walterboro.

– *Heeeeeyyyy...* vocês *não ir* andar! – protestou a jovem.

A jovem afro-americana flexionou a sua voz da forma mais espontânea que pôde.

– Eu ia, minha nêga. Mas o seu amigo aqui queria *quarar* sem creme. Já pensou? Aí sim, ia virar um *arigofe*!!!

– "*Ari...*"? – quis saber Ashley.

– *Arigofe*, minha nêga. Alguém prá lá de preto. *Rapaz*, nesse tom já tá *porreta* demais, *é graça?*

Mesmo naquela posição, Marcos olhou para Ashley. Por algum motivo sentiu-se incomodado por não ter ido caminhar com a amiga e ao mesmo tempo experimentava naquele instante uma perturbação estranha e incontrolável por sentir o toque das mãos de Mariel sobre os seus músculos e a atenção do olhar de Ashley sobre a cena ao mesmo tempo.

Em uma tentativa de se livrar daquela sensação perturbadora de vulnerabilidade, Marcos ergueu-se da esteira, movimentou as pernas e dirigiu-se ao balcão do quiosque, de onde solicitou uma porção de peixe frito para três pessoas. Em seguida arrastou a sua esteira de volta para a área sombreada, posicionando-se ao lado de Ashley.

– Mariel disse que hoje à noite haverá uma balada no salão de festas do hotel e nos chamou. Vamos?

– "Balada"... o que é uma balada?

– Festa... Com música, algo pra se beber e muita gente bonita.

Capítulo 34

Na redação

Um depoimento. Régis Carvalho, Professor de História e Filosofia da Universidade Metropolitana:

– "Bom, eu sou totalmente a favor da realização da Semana Cultural Afro-brasileira, aqui na UniMetro. Como um estudioso da História do Brasil, eu atesto que vários dos aspectos da cultura popular e da formação do pensamento brasileiro enquanto cidadão, país, nação, pátria e estado, trazem em seu bojo uma forte influência de costumes vindos do lado de lá do Atlântico. Primeiro porque a própria identidade brasileira reflete os vários povos e etnias que constituem a demografia do país: indígenas, europeus, africanos, asiáticos, árabes etc. Segundo porque essa mesma miscigenação formou aqui uma civilização bem peculiar e que sintetiza essas culturas. No que diz respeito aos negros, a influência das abstrações míticas africanas e que ajudaram a moldar a identidade do Brasil ao longo de sua História, chegou ao Brasil, como sabemos, através dos povos escravizados e trazidos pra cá em um longo período que durou mais ou menos de meados do século dezesseis a meados do século dezenove. Os próprios números não mentem: pegue o tempo total de nossa história oficial, desde Cabral até ontem. Agora, divida em dez partes iguais. Pois bem, durante cerca de dois terços deste tempo os africanos foram trazidos pra cá pra literalmente dar forma e conteúdo ao Brasil. Os negros desse país, portanto, têm menos tempo de cidadania brasileira do que de *status* de "casta" do período pré-abolição.

É preciso entender quem eram esses africanos pra tentarmos entender o pensamento dos afro-brasileiros de hoje. A diversidade cultural da África refletiu nas diversas etnias dos escravos desembarcados no Brasil. Eles vinham de povos diferentes, falando dialetos e idiomas africanos distintos e com tradições próprias. Assim como a indígena, a cultura africana foi ignorada pelos colonizadores. Os escravos eram batizados antes ou ao chegarem no Brasil. Na colônia, eles aprendiam o português, adquiriam nomes portugueses e eram obrigados a se converter à doutrina cristã. Por exemplo: alguns grupos, como os hauçás e nagôs, de religião islâmica, já traziam uma herança cultural e sabiam escrever em árabe, e outros, como os bantos, eram monoteístas. Através do sincretismo religioso, os escravos adoravam seus orixás sob a túnica de santos Católicos. Os negros legaram pra cultura brasileira uma enormidade de elementos: na dança, música, religião, cozinha e no idioma. Essa influência se faz notar em praticamente todo o País, embora em certas porções, principalmente em estados do Nordeste, como Bahia e Maranhão, a cultura afro-brasileira seja mais presente.

Curiosamente, em um país tido como emergente e com viés neoliberal, este aspecto do estado brasileiro traz um paradoxo de interesses: muito embora os setores estratégicos da *intelligentzia* hegeliana caucasiana e monástica brasileira abracem a faceta africana pra fins alegóricos e de consumo, a própria sociedade brasileira reluta em conceder aos afro-brasileiros, que seriam em tese o princípio e o fim da dita cultura afrodescendente, o direito de monopolizar e fazer de sua própria cultura uma fonte de renda. Algo como: *"Tudo bem, celebremos o samba, o carnaval, a musicalidade, a ginga e a capoeira, mas qualquer fortuna que se ganhe sobre estes pilares da cultura negra, se transformados forem em "commodities" de consumo, essa deve ficar restrita às mãos e bolsos não-negros"*. Mais ou menos isso...

Não existem no Brasil afrodescendentes que enriqueceram com a divulgação de sua própria cultura, mas as cotas de patrocínio de cervejarias que disputam contratos astronômicos de TV *pro* carnaval não param de subir. As religiões de matriz africana são discriminadas sistematicamente, em um país que se pretende laico; eis um paradoxo muito mal resolvido dentro da convivência social das diversas formas de crença religiosa que existem em nosso país. Resumindo, sob a tutela dos afrodescendentes, a sua própria cultura é um instrumento exótico e, com o perdão pelo trocadilho, alegórico, pra inglês ver. Mas se apossada por não-negros, a cultura negra torna-se um "negócio" e fonte de renda, cujos lucros não são revertidos aos verdadeiros criadores da obra cultural, neste caso, os próprios negros. Eu costumo dizer que aos olhos do mundo, somos um país mulato, sem grana e feliz. Mas aqui dentro, índio quer apito, o mulato canta, o branco ganha, e o negro... ah, esse sempre dança.

Acho muito válida a discussão desse tema aqui na UniMetro, afinal, daqui sairão muitos formadores de opinião pro futuro. De uns anos pra cá a reitoria tem estimulado este tipo de discussão no corpo docente e até mesmo aberto alguns cursos de especialização acadêmica e programas internacionais como o "Estudos Afro-brasileiros e as Implicações da

Diáspora Africana no Contexto Socioeconômico das Américas", que na verdade é a versão nossa de um mesmo projeto que existe nos Estados Unidos há mais tempo. No ano passado nós recebemos dois professores de Gana e um grupo de estudantes de Angola. Este ano acabamos de receber uma aluna da Carolina do Sul, dos Estados Unidos, em um módulo de estudos de alguns meses pelo Brasil. Esta semana ela está em Salvador colhendo dados pra pesquisa dela. Pesquisar e conhecer o nosso legado afro-brasileiro é como fazer um teste de DNA do País pra assim podermos entendê-lo melhor, qualificá-lo e prepará-lo adequadamente pros desafios do século XXI, que serão muitos, podem ter certeza. Bom, é isso o que eu acho..." – concluiu o professor.

– Obrigado, Professor Régis.

Outro depoimento: Paulo Henrique Mercadante, estudante de Economia, 4o ano.

– "É um absurdo essa coisa de Semana Afro-brasileira dentro do campus. Meus pais se formaram aqui e tenho dois irmãos mais velhos que concluíram o terceiro grau aqui também, e eles me falaram que nunca houve este tipo de comemoração por aqui. Instituir este tipo de celebração no calendário da universidade, pra mim, é como oficializar a discriminação ao contrário. Não acho que a gente deve combater o racismo praticando o racismo. Nenhum grupo ou tipo de aluno é privilegiado aqui na Metropolitana e segundo a Constituição brasileira, somos todos iguais perante a lei. E essa coisa de "Dia da Consciência Negra", por exemplo? Será que eu posso criar um "Dia da Consciência Branca", também? O que vão dizer de mim? Vão me chamar de racista? Este é o meu último ano na Metropolitana e, comparando com o meu primeiro ano, eu vejo um número maior de estudantes negros e bolsistas circulando pelos corredores da universidade. Isso é bom, mostra que se você se esforçar, você consegue. Meus pais falaram pra mim que durante o ano de estudante deles só viram duas alunas negras no curso de administração e ainda assim só uma delas foi até o fim do curso. Agora, ficar criando políticas paternalistas antes, durante e depois que esses alunos ingressem no curso superior não vai ajudar em nada. Muitos amigos do meu círculo já me disseram que não fazem muita questão de fazer amizades com os estudantes negros do campus porque eles andam por aí "cheios de razão", até com uma certa prepotência. Eu nunca reparei nisso e tenho até um amigo negro daqui que estuda Educação Física. Mas a ideia da Semana Afro-brasileira é ridícula e pra mim é demagogia da instituição. Sou totalmente contra."

– E você, vai participar da votação?

– Vou não... pra mim é perda de tempo. Tenho mais o que fazer.

– Obrigado, Paulo Henrique.

Ao encerrar a reprodução em áudio das duas últimas entrevistas, Silvio olhou para o seu supervisor, no aguardo de suas considerações.

– Muito bom, Silvio. Tem material de sobra pra edição e publicação do restante da matéria. Vai ter bastante trabalho nestes últimos dias, hein? – provocou Otávio, bem humorado.

– É verdade. Até o final da votação, muito trabalho! Mas acho que nossos leitores vão gostar do resultado – ponderou Silvio.

– Alguma novidade sobre a revisão gráfica do caderno de informática do jornal e da nova proposta visual de nossa página virtual? – indagou o supervisor.

– O pessoal que cuida da empresa de *webmasters* ficou de me ligar hoje à tarde. Vou dar uma cobrada...

– É bom, antes que a chefia comece a cobrar da gente.

– Tá certo, então... Bom, vou nessa... – Silvio fez menção de se retirar do espaço de seu chefe.

– Silvio... espera um pouco. O professor... o da primeira entrevista... ele disse que a universidade tem um programa internacional que recebe acadêmicos e alunos de fora do país... é isso mesmo? – Otávio deu mostras de que o material colhido pelo repórter poderia ter mais um encaminhamento.

- Hmmm... ah... sim! A aluna Americana... e pelo o que ele disse, ela está na Bahia. Por quê?

– Acho que a opinião de uma universitária negra de fora do país enriqueceria o conteúdo da matéria, além de dar uma visão, digamos, internacional da polêmica. Acho que vale a pena uma entrevista com ela. O que você acha?

– Pô... é mesmo! Vou me certificar de quando ela volta e se for preciso eu faço a entrevista via fone mesmo, daqui de São Paulo, pra ganhar tempo; até porque já estamos às vésperas da votação. – Silvio sentiu-se prestigiado por ver o seu chefe interagir positivamente com o material colhido para a reportagem.

– Ótimo. Bom... deixa eu voltar pro trabalho. Talvez eu vá pro Chile na semana que vem participar de um congresso de correspondentes internacionais.

– Ah, tá... Otávio! Por falar em estudante Americana e só pra registrar... antes do Nico... bom... ele me enviou um e-mail... aquele recado sobre a matéria que ele fazia e que ele tentou mandar pra mim com cópia pra namorada dele, lembra? Então... na mesma mensagem, ele me falou sobre um antigo funcionário brasileiro do Consulado dos Estados Unidos... um jornalista... me fugiu o nome agora... Enfim... esse funcionário era amigo do Cardoso, o repórter antecessor do Nico no caderno policial. Esse funcionário dos gringos ajudou dois policiais federais que trabalharam em uma investigação de dólares falsos a conseguirem o visto de entrada pra um curso para peritos nos Estados Unidos. Você já ouviu falar de alguma coisa sobre uma moça de uma família rica de São Paulo que se envolveu com um militar do Consulado Americano, mais ou menos na mesma época da ocorrência com os dólares?

– Não... não que eu me lembre. Por quê?

– Bom... pra não tomar muito o seu tempo: essa tal moça rica é agora mãe de um dos alunos desta votação da UniMetro. Isso mesmo! Ela é a *socialite* da primeira entrevista que produzi sobre o assunto. Olha que coisa: ela teve um relacionamento amoroso com um representante militar do Consulado Americano quando era solteira, isso em 1976, e o desfecho do caso foi quase trágico. Mas curiosamente, parece que não houve registro nenhum na época. Não foi feita nenhuma queixa, nem boletim de ocorrência; nada. Se fosse hoje, estaria em todas as capas de revistas e seria manchete na maioria dos jornais.

– Mas... como é que você sabe de tudo isso, rapaz?

Silvio informou a Otávio sobre o *e-mail* enviado a ele por Laura Altobelli, dias depois da entrevista, no qual ela relatava o incidente de 1976.

– Hmmmm... ainda estou um pouco confuso. Você tá querendo dizer que o caso dos dólares falsos tá relacionado com o caso de amor da granfina? – indagou o supervisor.

– Na verdade, não. Mas o fato de a *Folha de Notícias* ter feito a reportagem dos dólares falsos na época e estar fazendo a cobertura na UniMetro agora, pode ajudar a relacionar uma ocorrência com a outra. Foi o Nico quem me disse que o Cardoso e o jornalista brasileiro do Consulado eram amigos, naquela época.

– É... mas o Cardoso morreu há muitos anos... Mas, diga lá, aonde você quer chegar com tudo isso?

Silvio olhou decisivamente para Otávio Proença. Seu supervisor imediato, além de um defensor implacável dos interesses institucionais do jornal, era tido por muitos como um dos favoritos de Humberto Salles para assumir o cargo de Diretor de Jornalismo da *Folha de Notícias*, de acordo com os rumores circulantes junto às máquinas de café da redação. Continuou a sua abordagem, de forma decisiva:

– Sinceramente fiquei curioso em saber do porquê de não haver nenhum registro sobre este fato envolvendo uma família tão notória e influente da cidade, como a da mãe do garoto da UniMetro. Não sei, mas acho que o fato da própria envolvida ter relatado o acontecido pra um repórter depois de tanto tempo é significativo. O meu faro de jornalista me diz que devo seguir em frente, mas gostaria de consultar a sua opinião, antes de dar qualquer outro passo. O que você acha?

Otávio olhou para o jovem do outro lado da mesa, ciente de que tinha diante de si um profissional promissor e diferenciado. Todavia, precisava determinar a que nível estava o seu interesse sobre o assunto.

– Mas tem a questão do sigilo...

– É verdade. Mas isso também não quer dizer que não possamos convencê-la, quem sabe, a autorizar o jornal a resgatar essa história..., talvez até pra publicação de uma matéria especial sobre o assunto... sei lá... – disse Silvio.

– Se coloque no lugar dela, Silvio: por que você autorizaria hoje a divulgação de algo que, pelo que você tá me contando, você, os seus pais, ou seja lá quem for, não quiseram que se tornasse público há três décadas?

– É... já me fiz esta pergunta... mas também me pergunto a toda hora porque ela revelou este incidente pra um jornalista com quem ela nunca tinha falado antes...

– A sua dúvida procede. Mistérios da cabeça de uma mulher, rapaz. Nem tente entender. Por falar nisso... e casamento, Silvio? Constituir família é uma coisa importante... – perguntou Otávio, em tom paternalista.

– Está em meus planos, Otávio. Mas no momento não é prioridade pra mim. Ainda estou construindo patrimônio e primeiro quero consolidar a minha carreira de jornalista. E, é claro, achar a mulher certa pra mim. Bom... posso pelo menos ver se consigo levantar alguma informação relevante com este funcionário antigo do Consulado? Talvez ele possa trazer alguma luz sobre este caso da Sra. Altobelli.

Otávio tamborilou distraidamente, com um lápis comprido e de corpo amarelo, uma de suas faces, ao mesmo tempo em que escrutinava Silvio com um olhar fixo e analítico.

– OK. Vá em frente. Mas priorize as suas ações. Acho melhor você primeiro finalizar a matéria na universidade... não se esqueça de contatar e entrevistar a estudante Americana... e também monitorar a revisão do *website* do jornal. Quando e se sobrar algum tempo, você pode tratar

––––– 245 –––––

deste caso aí... romance de *socialite* com soldado gringo... é cada uma. Só mais uma coisa, Silvio: se você conseguir alguma informação relevante, vamos conversar primeiro e ver o melhor encaminhamento que a chefia de redação pode dar pro assunto, pra evitar qualquer constrangimento pro jornal, sem problemas?

– Tá certo, então, Otávio... Se surgir algum fato novo, a gente conversa.

Capítulo 35

Estrada e História

O Ford Ecosport XLS preto automático com Marcos ao volante e alugado no aeroporto de Vitória deslizava em média velocidade sobre a rodovia ES 080. Marcos e Ashley acabavam de cruzar o município capixaba de Santa Tereza, na expectativa de chegarem à cidade de Ecoporanga, cerca de 310 quilômetros ao norte da capital do Espírito Santo, em menos de três horas.

O cansaço do voo entre Salvador e Vitória, o aspecto rural em ambos os lados da estrada, a garoa fina e contínua sobre o asfalto, fizeram com que Ashley adormecesse no banco do carona. Eventualmente avistava-se um pequeno entreposto comercial ou moradores locais à beira do caminho. Grandes carretas transportadoras roncavam na mão contrária, sentido capital, produzindo um véu branco à sua passagem e obrigando Marcos a aumentar momentaneamente a velocidade de vaivém do limpador de para-brisa do veículo, assim como a sua cautela ao volante do automóvel.

Embora o veículo já viesse equipado com GPS, Marcos deixou sobre o console entre os dois bancos dianteiros um mapa de tamanho médio que indicava a rota ainda a ser seguida, até o destino final: São Roque do Canaã, Colatina, São Domingos do Norte, Água Branca, Barra de São Francisco, Água Doce do Norte, e finalmente, Ecoporanga, já ao longo da rodovia 342.

Pela primeira vez o jovem enfrentava uma longa jornada como motorista, sem a segurança da presença do pai. O velho Livaldo já o autorizara a ficar no comando do carro da família na última temporada de férias e no deslocamento de São Paulo até Itanhaém, uma vez que o filho já era maior de dezoito anos. Com algumas dezenas de quilômetros percorridos, todavia, e ao sentir a robustez daquele automóvel sob seu comando, o nervosismo de Marcos deu lugar à tranquilidade e logo o universitário dominava o utilitário com destreza e segurança.

O relógio digital do painel marcava 14h48min e Marcos esperava chegar em Ecoporanga ainda sob a luz do dia. No início da viagem, ainda no aeroporto, Ashley havia pedido a Marcos para introduzir o dispositivo USB dela no sistema de som do carro, e a jornada dos dois jovens iniciou-se às batidas suaves e românticas em arquivos de áudio. Marcos percebeu que a jovem dormindo ao seu lado gostava de *Aalyah, Aaron Hall, All 4 One, B5, Changing Faces, Donell Jones, Johnny Gill, Kelly Price e Maxwell*, entre outros.

Aquele não era exatamente o estilo de música que Marcos costumava ouvir, em razão do seu apego por *black music* dos anos 60 e 70, mas a quietude imposta pelo sono silencioso de Ashley convidou o jovem a prestar atenção nos acordes vindos dos arquivos eletrônicos organizados em sequência alfabética e nos arranjos instrumentais que chegavam aos seus ouvidos exigentes.

Afinal, quando o assunto era música negra, Marcos sabia do que falava, fruto de suas muitas horas de exposição e leitura sobre as obras primas artísticas produzidas nos estúdios da Motown, Atlantic, Stax e MSFB.

Mas ao verificar o bom gosto da trilha sonora que lhe fazia companhia naquele instante, o jovem convenceu-se a pesquisar mais sobre a música negra dos Estados Unidos dos anos 80 e 90.

Ao olhar brevemente para o lado, Marcos visualizou Ashley adormecida, com o cinto de segurança devidamente afixado sobre o peito e com a cabeça levemente inclinada em direção à porta do carona. Ao olhar para a estudante por um breve instante, o jovem não pôde evitar de se admirar com o fato de que até há alguns dias a ideia de conhecer uma jovem negra dos Estados Unidos, tão carismática e cheia de encantos, e que em determinados momentos lhe provocava reações até então desconhecidas era tão improvável quanto o fato de ele estar naquele instante ao volante de um tipo de carro que jamais dirigira, em uma estrada totalmente desconhecida para ele e em direção à uma cidade da qual ele nunca ouvira falar.

Cauteloso, voltou o olhar para o asfalto e o panorama à sua frente e as lembranças da festa ocorrida no salão de bailes do hotel em Aratu, na Bahia, voltaram como em um filme.

As imagens ainda trafegavam frescas em sua memória...

Algumas dezenas de jovens ocupavam a pista de dança central do recinto. Braços e pernas da maioria dos presentes se agitavam ao som típico de música Axé, no instante em que Ashley ingressou no salão. Seu olhar varreu o ambiente, na tentativa de visualizar Marcos e Mariel entre os frequentadores.

—— 248 ——

A anfitriã viu Ashley junto à entrada da discoteca e acenou em direção à visitante. Abrindo caminho entre rodinhas de amigos e casais de namorados, a jovem Americana aproximou-se dos banquinhos dispostos junto ao balcão do bar, que estavam ocupados pelos dois amigos brasileiros. Marcos trajava uma camiseta branca, jeans em cor índigo e calçava tênis branco. A simplicidade e acerto dos trajes do jovem realçavam a harmonia e equilíbrio dos seus traços afrodescendentes. Ele e Ashley eram os únicos negros no salão de festas.

– Você demorou pra descer, Ash! – tentou dizer Marcos.

– *Excuse me*? – Ashley inclinou-se em direção ao rapaz, na expectativa de poder ouvir melhor o amigo. O volume da música e o cruzar de vozes pelo salão dificultavam a audição da jovem e tornavam a sua compreensão da língua portuguesa ainda mais trabalhosa.

Marcos compreendeu a situação e quis fazer uso da língua nativa de Ashley, para facilitar-lhe a comunicação:

– *"Já ia te buscar... você estava demorando..."* – declarou o jovem.

– Oh, sim... eu estava *in* contato com minha mãe *in* Walterboro... para avisar que está tudo bem. E também acertávamos alguns detalhes sobre minha ida até Ecoporanga. Estou preocupada, ela não me pareceu muito bem... estava com a voz abatida – Ashley insistiu em responder em português.

– *"Talvez seja saudades..."*

– É... talvez. *In* todas as minhas viagens para exterior ela estava comigo...

– *"Fica tranquila. Vai dar tudo certo".*

– Obrigada, Marcos. *Wow*! Que música agitada! Não parece samba.

– *E não é samba! É Axé! O ritmo da Bahia! Sucesso no país inteiro!*

Ashley foi servida com um aperitivo leve, à base de groselha e coco. A jovem agradeceu e percorreu mais uma vez o olhar sobre o ambiente ao redor. Em seguida, concentrou o olhar de volta à pista de dança.

Os mais animados no salão pulavam e chacoalhavam ao som pulsante das batidas cadenciadas e cheias de energia do ritmo vindo das enormes caixas cor de graúna do sistema de som e que estavam posicionadas junto às laterais do palco. O DJ da balada, um jovem careca e com feições mestiças, dedilhava simultaneamente diversos discos de vinil enfileirados dentro de uma caixa retangular cromada, em uma demonstração clara de exímia coordenação motora e segurança absoluta no que fazia.

O discotecário, ao mesmo tempo, se esforçava em manter um fone de ouvido arcado junto ao ouvido esquerdo, no instante em que monitorava a música em execução e a próxima a ser tocada.

Efeitos de luzes coloridas cruzavam a semiescuridão do salão, produzindo contrastes de diversas matizes sobre as roupas dos jovens presentes em agitação pela pista.

Ashley vestia uma bermuda cor de mel discreta e uma blusa de alça amarela que expunha tanto os seus ombros arredondados quanto os braços bem torneados e que denunciava a regularidade dos seus exercícios físicos. Um par de sandálias de couro entrelaçado até à meia altura da canela completava o conjunto que a jovem escolhera para se divertir e, ao mesmo tempo, amenizar o calor noturno de Salvador.

– "*Puxa... como você está linda...*" – confessou Marcos.

– Obrigada... você também está muito... – iniciou a jovem.

Antes que Ashley pudesse finalizar a frase, surgiu Mariel, que até então conversava com uma outra jovem próxima do trio e a jovem baiana pegou a estudante Americana pela mão. Em seguida, a brasileira arrastou a jovem dos Estados Unidos para o centro da pista de dança. Ashley teve antes o cuidado de deixar a sua bebida aos cuidados de Marcos.

As duas jovens posicionaram-se frente à frente. A brasileira iniciou uma sequência de movimentos corporais de coreografia bem sinuosa, ao mesmo tempo em que incentivava a Americana a acompanhá-la nos passos e nos gestos.

Ashley hesitou por alguns segundos e aos poucos os seus nervos e músculos foram sendo dominados pelo som da percussão que parecia vir de todos os lados do salão. O gestual dançante de Mariel, por fim, acabou por contagiar os outros jovens ao redor e gradativamente todos se puseram a reproduzir aqueles passos cheios de originalidade que misturavam pulos, rebolados, gritos extasiados e um levantar de braços que se moldavam às palavras de pura energia comandadas pela voz feminina vinda dos alto-falantes e que dominava todo o ambiente. Cada batida de tambor parecia fazer duplicar o ritmo e a intensidade das batidas cardíacas de Ashley.

A estudante negra se esforçava ao máximo em acompanhar os movimentos dos jovens ao seu redor, mesmo com as mudanças de passos repentinas e os gritos inesperados que todos na pista executavam em um sincronismo extraordinário.

Apesar da novidade experimentada em uma dança que nunca ouvira antes, algo naquele ritmo lhe parecia familiar, como se aquela música já corresse em suas veias e falasse diretamente ao seu corpo e à sua alma. Para ela, parecia que a magia daquela profusão de batidas que lhe chegava aos ouvidos era só um canto ancestral adormecido em seus cromossomos e despertado através de um ritual profano. Era o saber ancestral fazendo Ashley dançar ao som do ritmo africano da Bahia.

A timidez de Marcos o forçou a ficar próximo do balcão apreciando o desenrolar da balada. Por nunca consumir bebida alcoólica, bebericava um suco de açaí e mantinha discretamente o olhar sobre Mariel e Ashley. A Americana mostrava-se cada vez mais à vontade com o som comandado pelo DJ e com o frenesi criado dentro do salão.

Ao ver o esforço de Ashley em reproduzir os movimentos e a ginga peculiar das garotas brasileiras pela pista, Marcos por fim teve a certeza de que algo naquela negra de olhar franco, e que lhe provocava encantamento a cada palavra e gesto, o impulsionava na direção de um sentimento que parecia ultrapassar o simples interesse de mais uma amizade feminina a ser conquistada. A própria viagem ao nordeste e a necessidade do apoio do estudante brasileiro para a evolução da pesquisa de Ashley pareciam contribuir para a construção de uma relação de cumplicidade entre os dois jovens. Pelo menos era assim que Marcos melhor entendia os fatos dos últimos dias em companhia de Ashley.

Após quase uma hora de dança contínua na pista, Ashley e Mariel retornaram para o balcão, onde Marcos as aguardava. A jovem brasileira avançou sobre a sua bebida e Ashley colocou-se próxima ao jovem, fazendo com as mãos perto do rosto o gesto característico de quem quer refrescar-se do calor causado pela movimentação física intensa.

– *"Você aprendeu rápido!"* – disse Marcos em inglês, com um sorriso no rosto.

– Mariel é boa professora. É só ter atenção e repetir todo mundo. Por que você *não ir dançar* com a gente? – indagou Ashley, com os seus costumeiros pequenos deslizes ao falar em português.

– *"Sem chance! Eu dançando essa música sou uma desgraça! Mas para quem nunca dançou isso, você foi muuuuito bem!"* – completou o jovem.

– Falando inglês de novo, hein, Marcos...? Relaxa, meu rei. *Cê tá no Brasil! Olhai, ó pai, ó...* Melodia. Vem, dançar comigo, vem... – Mariel, mais uma vez, interferiu no diálogo entre Marcos e Ashley.

A trilha sonora do salão mudou para um ritmo mais suave e romântico e como em um ritual de acasalamento, as luzes de todo o ambiente diminuíram a sua luminosidade lentamente. A pista pareceu transformar-se num caleidoscópio de casais grudados e que giravam em um lento rodopio, em velocidades e rotações diferentes.

Em alguns segundos alguns lábios sussurravam juras e propostas em ouvidos receptivos, outros sorriam simplesmente e uns poucos, mais audaciosos, se encontravam em um beijo longo e ardente. Marcos teve o ímpeto de recusar o convite, mas considerou que seria deselegante rejeitar a atenção de alguém que havia sido tão hospitaleira e que facilitara a estada dele e de Ashley naquele balneário paradisíaco do nordeste do Brasil.

Pela segunda vez na Boa Terra, Marcos evitou olhar diretamente para Ashley e deixou-se levar pelas mãos de Mariel. Os dois jovens se posicionaram próximo ao centro da pista, quase exatamente no mesmo local onde há cinco minutos a jovem brasileira e Ashley dançavam ao som de Axé, como amigas de longa data.

A minissaia branca e a camiseta amarela justa de Mariel destacavam o seu porte curvilíneo e a jovem logo cruzou os braços ao redor da nuca de Marcos. Em seguida, repousou a sua testa sobre a base inferior do pescoço do jovem, deixando o seu ventre colado ao corpo do seu par. Outros casais dançavam ao redor e, à medida que a música avançava, Marcos percebia que Mariel aproximava ainda mais o corpo dela junto ao seu, fazendo uso dos movimentos lentos da dança.

O calor do corpo da jovem, levemente umedecido pela sessão de dança anterior, a maciez dos cabelos perfumados de Mariel de encontro à sua face, todo o clima proporcionado pela melodia que pairava no ar... Tudo contribuiu para que Marcos, aos poucos, reagisse aos estímulos enviados pela moça momentaneamente aninhada em seus braços e que a cada volta deixava claro quais intenções tinha para com aquele jovem negro visitante, chamativo e que, pensara Mariel, surgira em seu ambiente de trabalho como um deus africano descido dos céus e que viera a este mundo, enviado de alguma profecia desconhecida, para a Terra de Todos os Santos, somente para monopolizar a sua atenção.

Quando Marcos se deu conta, suas mãos já tinham envolvido os quadris de Mariel. Ele sentia que estava sucumbindo, a cada passo da dança suave, aos seus próprios instintos e às investidas sutis da jovem. O aperto ao redor de seu pescoço intensificou-se e os dois corpos nunca estiveram tão colados; Marcos pareceu sentir Mariel relaxar ainda mais em seus braços e lentamente as duas faces coladas deslizaram sugestivamente em uma rota previsível de colisão. Os cantos dos lábios de um e de outro se roçaram levemente.

—— 252 ——

Quando o movimento do beijo estava prestes a se consumar, o jovem abriu os olhos e sentiu o olhar de Ashley cruzar a distância que a separava de Marcos e Mariel. Ainda que na penumbra, Marcos identificou o olhar impassível da jovem Americana sobre ele, mas enigmático o suficiente para interromper o contato dérmico entre ele e a bela menina branca desejosa em seus braços, antes do encontro final.

Discretamente, Marcos resgatou o autocontrole sobre os próprios músculos, o suficiente, pelo menos, para limitar a dança a uma proximidade mais discreta.

Aguardou o fim daquela música para dar a indicação de que gostaria de voltar ao balcão, antes mesmo que a próxima canção se iniciasse. Segurou educadamente a mão de Mariel e abriu caminho entre os casais que ainda dançavam unidos, indiferentes às emoções novas que chegavam de forma inesperada ao conhecimento de Marcos. Ao chegar próximo de Ashley, encontrou a jovem sentada ao balcão e dedilhando o copo em suas mãos, já com mais da metade do aperitivo consumido. Recebeu Marcos e Mariel com um sorriso e sentenciou, em português:

– Vocês brasileiros dançam *muito bom*... – A empolgação da jovem era tímida.

– Muito *b-e-m*... O nosso país respira música! – Marcos quis, com a frase, provocar algum tipo de entusiasmo no semblante alterado de Ashley e percebido à distância pelo jovem.

– Todas músicas *in* Brasil muito... *rica*! – disse a jovem Americana.

– E você não viu... ou melhor... ouviu todos os ritmos ainda – completou Marcos, aos sentar-se ao lado da estudante da Carolina da Sul.

– Hã... samba-enredo e samba do roda *in* Rio, pagode e sertanejo *in* São Paulo e agora axé *in* Bahia. Um pouco igual e ao mesmo tempo um pouco diferente... muito interessante. Mas acho que este... *drink*?... um pouco forte para mim; melhor eu *ir para* quarto e descansar. Amanhã devo escrever muitos relatórios para Salkehatchie, fazer algumas ligações e preparar para viagem de volta para Salvador... vou ficar um bom tempo *in* quarto. Mariel... entendi que saímos depois de almoço, correto?

– Sim, Ashli. A *van* do hotel vai levar você e Marcos de volta até o hotel. Já tá tudo acertado. Eu vou com vocês. Almoçamos aqui e depois vamos – disse a anfitriã, enquanto bebericava o aperitivo em seu copo.

Marcos olhou diretamente para Ashley e indagou:

– Não quer ficar mais um pouco, Ashley? Daqui a pouco já vou pro meu quarto... também estou cansado...

– *No thanks*, Marcos, *really*... Eu não podia beber álcool... Mas amanhã eu *estar* bem. Mariel será boa companhia. Até amanhã e boa noite. – Ashley deixou o seu copo sobre o balcão e saiu em direção à porta de saída do salão.

Um ônibus interestadual na ES 080, à frente do carro, fez Marcos sair de suas lembranças. Em uma manobra rápida com o volante, o estudante ultrapassou-o em um trecho seguro da estrada.

A sensação de diminuição e o aumento súbito da velocidade antes e depois da ultrapassagem, despertaram Ashley de seu sono. De forma lenta, esfregou os olhos seguidamente, buscando recobrar o domínio sobre o seu raciocínio, ainda vagando no limbo intangível entre o sonho e a realidade.

– *We´re there yet?*[17] – perguntou a jovem, traindo-se em sua intenção de só falar em português, pelo tempo em que estivesse no Brasil.

– Não... Acabei de passar uma placa que dizia "Água Branca". Isso significa que vamos chegar em Ecoporanga bem antes das 19h00. Dormiu bastante, hein? – Marcos alegrou-se pela eminência em poder ouvir a voz musicada da estudante de novo.

– Eu dormir pouco, desde chegada *in* Brasil. Salvador e Aratu foi muito *ocupado*... – A jovem levou a mão até a boca e bocejou sonoramente.

– Você está um pouco quieta... Nem desceu *pra* tomar café, hoje de manhã – declarou o jovem ao volante.

– Hã... está tudo bem... muitos *e-mails* e documentos para os Estados Unidos... – respondeu a jovem, com o olhar distraído pelo avistamento da topologia exuberante, à beira da entrada, apesar da garoa intermitente que os acompanhava desde a saída do aeroporto de Vitória.

– Quase não conversamos desde Aratu... – Marcos enviou um olhar de dúvida em direção à Ashley.

– É verdade... mas, realmente...? Estou muito ocupada. Tem muito... *deadlines*...? em minha pesquisa – respondeu a moça, ainda sem olhar para o rapaz ao volante.

– *Tá* bom... *Tá* com fome? – insistiu o brasileiro, sentindo uma certa resistência por parte de sua companhia dentro do carro.

– Não. Você está?

– Também não. Acho que dá *pra* aguentar até chegar em Ecoporanga.

– *Cool*! Você está ouvindo meus arquivos MP3! O que acha? – A simpatia de Ashley pareceu despontar sutilmente em sua fala.

---

17   Tradução: – Já chegamos?

– Muito bom! Assim que voltar pra São Paulo, vou pesquisar mais sobre este tipo de melodias. Bom demais! Quem é esse cantando?

– *One minute... Lo-Key!* O nome de música é: "*I Got A Thing For You*". Uma de minhas favoritas! Pode fazer uma cópia de arquivos para você, OK?

– Obrigado. Vou querer, sim... Ecoporanga... Sabe, depois que você me falou sobre esta cidade e o seu tio... eu pesquisei sobre o nome dele... *Benedito Lourenço dos Santos*... não deu nada... ou melhor, até achei alguns, mas certamente não eram a mesma pessoa – informou o jovem.

– Oh, obrigada... eu também já tinha feito a pesquisa muitas vezes, com mesma resposta. Não tenho certeza de que vou *encontrar irmão* de minha mãe, mas quero tentar... – declarou Ashley.

Os dois ocupantes do carro voltaram a se silenciar. A garoa persistia fina e inconstante ao longo da estrada. Determinado a fazer com que Ashley lhe desse um pouco de sua atenção, Marcos aproveitou aquele instante para resgatar um assunto que a jovem havia abordado apenas superficialmente, entre os céus de São Paulo para a Bahia:

– Ashley? Lembra da nossa conversa no voo pra Salvador?

– Hã... sim... – disse a estudante, ainda de olho na paisagem.

– Você falava sobre um africano... como era mesmo o nome...?

– Africano? Nome? Hmmm... ah, sim. Baquaqua! Mohammah Baquaqua!

– Isso! Afinal, quem foi ele? A gente nem teve tempo de voltar a falar no assunto...

– Boa pergunta! Onde está a minha bolsa? – o assunto pareceu definitivamente trazer Ashley ao seu verdadeiro bom humor.

Os assuntos sobre a Diáspora Africana tinham realmente o poder de fazer a estudante lembrar sobre as prioridades de sua vida.

– No banco de trás.

– OK. Preciso *de ler* umas anotações – Ashley virou-se para trás e retirou de sua bolsa duas folhas de papel sulfite dobradas e que haviam sido guardadas cuidadosamente dentro de um livro de História grosso e de capa dura.

O texto estava impresso em dupla face e tinha as páginas numeradas.

A estudante abriu cuidadosamente o par de folhas e informou a Marcos:

– Isso *é parte* mais importante de minha pesquisa e também uma *de razões* para eu estar *in* Brasil. Um dia eu estava *in* Internet e vi um *link* de resultado de pesquisa para as palavras "*Africa, Brazil, United States and slavery"*. Alguns *links* apareceram e um dos últimos de página direcionava para "Baquaqua, Mohammah Gardo". Quando *abri informação*, apareceu a história de escravo Baquaqua e eu vejo que tinha uma informação muito diferente para pesquisa e um bom material para inclusão *in* meu programa de estudos.

– E por que este Baquaqua é tão... diferente?

– Vou tentar com anotações, OK? Está *in* inglês, mas vou dizer *in* português...

– Sem problemas. Ainda tem muita estrada até Ecoporanga.

– Baquaqua foi negro jovem comum *in* África, escravo *in* Brasil e livre *in* Estados Unidos. Sua biografia é importante porque foi falada por ele mesmo, para a História, mas *poucos pessoas* sabem sobre ele.

A introdução, algo solene de Ashley sobre o assunto, aguçou os ouvidos de Marcos. Em um impulso, o jovem levou a mão ao botão de comando do sistema de som do carro e interrompeu a música que fazia o pano de fundo da conversa entre os dois estudantes, dando a atenção que o tema parecia demandar.

– Obrigada, Marcos. *Tribos de africanos teve* um jeito diferente *para contar* tempo, que usa a lua. Então, é possível que ele, Baquaqua, nasceu entre 1824 e 1830, *in* aldeia de nome Zoogoo, *in* região onde hoje é Benim. Pais de Baquaqua eram mulçumanos de tribos diferentes, e ele tinha dois irmãos e duas irmãs. O pai... *sent*...? Baquaqua para *um mesquita* para estudo de religião mulçumana, mas depois de tempo Baquaqua foi e morou com um tio que foi um... *blacksmith*...? e aprendeu *de trabalhar* com metal. O jeito *de africanos de tribo aprender foi diferente*, sem livros ou papéis e usavam um... *board*... chamado Wal-la, que era *de escrever lições* e alunos *eram para ler* e escrever e depois o *board* era limpo e outra lição o professor escrevia. Alunos devem aprender vinte capítulos de Alcorão sem esquecer uma palavra, assim educação deve ser finalizada. Baquaqua era adolescente e durante guerra *de entre tribos* foi preso *in* lugar chamado Bergoo e depois liberado para casa. Depois Baquaqua foi escolhido para ser um... "*Cherecoo*"... um segurança... de um rei próximo de Zoogoo. *In* linguagem de tribo, "rei" era "Massasa-ba" ou " Sa-bee" e Baquaqua serviu a um "Sa-bee" por muito tempo. Agora vem parte importante de vida de Baquaqua, que fala de sua... *capture*...? e vida de escravo. Proximidade de Baquaqua com "Sa-bee", o rei, fez sentimento de competição e outros de aldeia queriam ele longe de rei, e um dia de *ir de visita* à sua mãe, Baquaqua foi... *cheated*...? pelos estranhos, a ir para a aldeia de Zaracho, que era perto de Zoogoo. Baquaqua fica de noite *in* Zaracho e bebe muita

Ba-gee, que era bebida muito forte de africanos. De manhã Baquaqua acorda e entende *que era... como se diz "cheated"...?*

– Enganado – informou Marcos.

– Obrigada. Baquaqua *era enganado* pelos estranhos e tinha a informação de que era agora um escravo e que estranhos eram africanos caçadores de africanos. Baquaqua andou como prisioneiro em direção à água, para grande vila de Aroozo e depois para Chirachiree e depois para Chammah e Baquaqua foi vendido outra vez e ele estava a quatro dias distante de casa e sempre andando rápido. Baquaqua passa *in* outras aldeias e é vendido outras vezes e chegou *in* aldeia de Gra-fe e Baquaqua vê primeira vez *in* vida dele um homem branco, e tem susto. Gra-fe era perto de grande rio e Baquaqua foi levado *in* rio e colocado *in* um... *boat...* ?, com mais outros africanos por dois dias e chegou a um lugar muito bonito, onde tinha um navio distante *in* água do mar. Todos africanos tinham correntes e cordas e eram marcados com fogo. *In* praia *africanos recebeu* o último alimento. Tinha africanos de muitos lugares e os pequenos navios *foi para* o navio grande *in* mar. Todos *africanos entrou* sem roupa. Homens e mulheres *in* lados diferentes. O lugar era pequeno e impossível *para andar* e dormir por causa de posição de corpo. Tinha muita sujeira *in* navio. Único alimento de navio para africano era como uma sopa fervida. Não tinha água para os africanos e *muitos morreu.* Africanos também foi jogados *in* mar com vida. Duas vezes *os africanos foi* para fora de navio para água, sol e banho. Baquaqua chega *in* Pernambuco, na América do Sul. *In* noite os africanos saíram de navio *para mostrar a senhores* de cidade. Alguns africanos de navio *falava* português aprendido com famílias de portugueses de praias africanas. *Esses africanos não fez* viagem com os africanos caçados. Baquaqua fica um ou dois dias *in* terra e depois vai para homem branco português de Pernambuco que faz pão. A família de português tinha também a esposa, *dois crianças* e outra mulher. – Ashley acomodou-se no assento e virou a segunda folha de papel sulfite sobre a primeira, dando continuidade à sua explicação:

– *Let's see...* OK. Homem português era católico e tinha outros quatro escravos. Todos os escravos *tinha violência* do senhor português. Baquaqua recebia nome de "*cassoori*", que eu acho ser palavra portuguesa "cachorro" que ele não sabia falar...

– Mas como você ficou sabendo de tudo isso? Como saber se tudo isso é verdade? – Marcos considerou o relato de Ashley detalhado demais para não ser alguma ficção com a qual ela quisesse ilustrar a sua pesquisa.

– *Take it easy, buddy*. Explico depois de contar. Baquaqua falava português melhor *todo dia* e sabia contar *número de cem* e foi vender pão para senhor português. Depois de tempo, Baquaqua *inicia beber* e vida ficou ruim. Baquaqua *escapar* muitas vezes e voltar. Baquaqua também quer terminar própria vida, mas falha. Baquaqua está mais uma vez *in* cidade e vai com mais duas escravas para mais um senhor muito cruel. Depois Baquaqua vai para Rio de Janeiro, onde foi vendido para capitão de *navio de mercado*. Baquaqua trabalha com limpeza *in* navio e serviço de mesa de membros de navio. Uma viagem acontece para Rio Grande do Sul e o navio troca a carga por *carne secada* e depois vai para Rio de Janeiro. Depois Baquaqua vai para Santa Catarina para... conseguir...? farinha. Depois Baquaqua vai outra vez para o Rio Grande e troca carga por óleo de baleia para Rio de Janeiro. Um agente *de Inglaterra* com café para chegar *in* Nova Iorque falou com senhor de Baquaqua e o africano e outros escravos tinha que ir *in* viagem para trabalhar *in* navio. Baquaqua... *heard*...? que *in* Nova Iorque não tinha escravos e que Estados Unidos era livre. *F-r-e-e* foi primeira palavra que Baquaqua aprendeu *in* inglês. Depois, Baquaqua e outros escravos *aprendeu* sobre Nova Iorque. Quando navio chega *in* Nova Iorque, muitas pessoas negras entram *in* navio. Capitão de navio tem medo de perder Baquaqua e *deixa ele* preso *in* porão. Baquaqua consegue um dia abrir seu lugar, sair de navio e pisar *in* Nova Iorque. Baquaqua é preso e volta *in* navio. Mas oficiais de Nova Iorque falam que Baquaqua pode ser livre se quer, mas Capitão de navio convenceu Baquaqua para ir *in* navio.

Dois dias depois, três grupos de pessoas de Nova Iorque chegam *in* navio. Pessoas de grupo falam para Capitão que Baquaqua e outros são livres e vão para prédio principal de Nova Iorque. Cônsul Brasileiro estava lá e Baquaqua e outros *teve* oportunidade de ficar *in* Nova Iorque ou voltar *in* Brasil. Baquaqua diz para ficar *in* Nova Iorque. Baquaqua e outros ir para prisão. Depois de três dias, Baquaqua estar outra vez *in* prédio principal de cidade para mais perguntas e outra vez *in* prisão. Algumas pessoas de Nova Iorque com pensamento de liberdade fez conspiração e porta de prisão fica aberta e Baquaqua vai outra vez para ruas *de cidade*. Amigos de liberdade ajudam Baquaqua para chegar *in* Boston. Depois Baquaqua consegue uma viagem para Haiti. Vida *in* Haiti muito difícil para Baquaqua. Baquaqua encontra o Reverendo Judd, missionário de igreja Batista, e trabalha para missionário. Baquaqua trabalha para missionário e esposa *in* dois anos. Baquaqua é agora... *christian*...? e não bebe mais. Para não entrar *in* guerra de Haiti, missionários falam para Baquaqua ir *in* Nova Iorque.

_____ 258 _____

– Puxa... tenho certeza que nenhum curso de História do Brasil fala sobre Baquaqua! – afirmou veemente Marcos, já convencido de que a história de Ashley era um tesouro biográfico de valor imensurável.

– Possivelmente. Mas *in* Estados Unidos também e por isso decidi por esta pesquisa. *Anyways*... Baquaqua vai para Delaware para sua educação e fica três anos *in* faculdade. Baquaqua lê o modelo de governo de Rainha Vitória e decide *de ir* para Canadá. Baquaqua faz naturalização para ser cidadão de... majestade...? e fica um homem verdadeiramente livre.

– Impressionante. E o que aconteceu com Baquaqua, depois que ele foi para o Canadá? – indagou Marcos, completamente seduzido pelo relato dado pela estudante.

– Não há registro e sem história sobre últimos dias de Baquaqua. Talvez eu *continua* pesquisa *in* Canadá no futuro.

– Mas como você chegou até Baquaqua, exatamente? – Marcos desta vez estava determinado em fazer a amiga falar, até obter a resposta que ele queria.

– Minha pesquisa fala sobre Diáspora Africana e eu querer... *unify*...? dados sobre escravidão *in* África, América do Sul, América Central e América do Norte. Minha base de pesquisa iniciou com estas referências. Depois usei references bibliográficas de "África", "Brasil" e "Estados Unidos". E então eu cheguei *in* nome "Mohammah Gardo Baquaqua" e encontrei *no* Internet informações de livro sobre biografia dele, escrita por um abolicionista de nome Samuel Moore...

Depois de refletir por alguns segundos, a jovem continuou:

– Na verdade, Marcos, eu também sou o... resumo...? de todo isso: Pais de pais de pais de meu pai *era africanos*... meu pai é um negro de Estados Unidos... minha mãe uma negra de Brasil. Baquaqua põe junto estes pontos. Pesquisar sobre Baquaqua é conhecer melhor sobre mim também... – a fala de Ashley trazia uma alta dose de reflexão sobre a sua própria pessoa.

– É... depois de tudo o que você me disse, concordo plenamente com você – assentiu o estudante.

– E é por isso que estou aqui.

– Olha aquela placa! Ecoporanga – 10 km. Estamos chegando... – apontou o jovem.

Marcos e Ashley contemplaram juntos, suspensa sobre a estrada, a placa verde com dígitos brancos que informava aos motoristas da ES 080 sobre a proximidade da cidade natal da mãe da estudante Ashley Santos LaVernne.

—— 259 ——

Capítulo 36

Retratos

Tóc, tóc, tóc. Três toques firmes na porta do quarto.

– Luca. Vem tomar café, menino! Sua mãe já tá na mesa e pediu pra você descer – pediu uma voz feminina.

– Tá bom, Cida. Já tô indo!!!

"Mi... você me pega na facu? Hj eh o meu rodízio..."

A imagem em alta definição de Akemy em *webcam* digitando algo em um teclado invisível moveu-se como em câmara lenta a um canto da tela do computador de Luca. No campo de interatividade da ferramenta virtual de mensagens instantâneas, o símbolo de uma mão com o polegar para cima pipocou com um sinal sonoro, indicando a afirmativa do pedido, seguido da sentença:

"Sim, lindo. Só tenho 1 aula hj. Chego cedo. Te espero na cantina. Bjs".

Akemy aproximou-se da câmera sobre o seu computador e articulou o gesto de um beijo, antes de desconectar-se com o namorado. Luca certificou-se de que o *download* de suas músicas estava em andamento, fechou todos os outros programas abertos, conferiu o material para as aulas do dia e saiu do quarto, trancando a porta atrás de si. Somente uma vez por semana o jovem deixava o cômodo aberto para que Cida, a senhora que auxiliava na manutenção doméstica dos Altobelli desde que Luca tinha quatro anos de idade, pudesse tratar da limpeza e arrumação do recinto.

Ao chegar à ampla cozinha da residência, onde desde pequeno ele costumava tomar café e conversar com Cida, Luca encontrou a mãe já sentada e folheando uma revista de pessoas ricas e famosas. Aproximou-se com um abraço caloroso, seguido de um beijo de afeto na fronte de Laura.

– Bom dia, mãe. Nossa... você tá linda! Vai sair? Bom dia, Cida... – disse o estudante, ao mesmo tempo em que se sentava no seu canto preferido da mesa.

– Bom dia, seu Luca – respondeu Cida, de costas, ocupada com uma parte da louça espalhada sobre a pia.

– Bom dia, meu filho. Hoje tem um evento beneficente no Clube dos Libaneses às dez horas e a Karime Murad me convidou pra ser a mestre de cerimônia. Lembra dela?

– Hmmm... não, mãe.

– É a esposa do Dr. Murad, filho. Foi ele quem fez o tratamento pra sua tia Gina poder ter filhos.

– Ah, sim. Lembrei! O médico que foi com a gente pra Aspen uma vez...

– Isso, ele mesmo. Você era bem menino ainda... Bom, eu encontrei com ela no cabeleireiro, conversamos, ela me convidou e eu aceitei.

– Que legal, mãe! Depois você me conta. Cida... tem mais creme de amendoim? – pediu Luca.

– Tem sim, menino. Já vou pegar.

Cida, que ajeitava algumas peças de jantar em um compartimento de louças a um canto do cômodo, dirigiu-se até a dispensa cor de marfim ao lado do grande *freezer* às costas de Laura Altobelli. Ela movia-se com um movimento pendular lateral da cabeça ao deslocar-se.

A queda de bicicleta em uma ladeira longa e íngreme do interior do Paraná na infância daquela mulher de origem simples deixara sequelas em sua perna esquerda, causando o andar manco característico de quem sofreu uma atrofia em um membro inferior. O que não foi impedimento para que Aparecida Gertrudes Bentz, então uma jovem senhora e solteira, se mudasse para São Paulo, a convite de uma amiga que viera anteriormente em busca de uma vida melhor na cidade grande e que soubera da vaga para auxiliar doméstica em uma casa chique da capital de São Paulo.

Após alguns contatos com a mãe do menino, Cida foi a selecionada para assumir os trabalhos de limpeza da casa e eventualmente tomar conta do pequeno Luca, um menino lépido e inteligente, então com quase quatro anos. O mesmo jovem universitário, à mesa, que acabara de lhe pedir por creme de amendoim.

A qualidade dos seus serviços, o seu comprovado apego ao menino e o bom relacionamento de Cida com os pais de Luca acabou por ampliar as suas funções dentro da residência e ela passou a ser uma agregada da família. Solteira, com quase quarenta anos, a jovem senhora morava em um pequeno quarto e cozinha aos fundos da mansão dos Altobelli, o que facilitava a sua disponibilidade para os eventos sociais constantes que a patroa gostava de organizar na luxuosa moradia.

Cida depositou a guloseima preferida de Luca próximo a outro pote do mesmo creme, já quase vazio.

– Pronto, menino – disse a auxiliar, antes de retornar aos seus afazeres com a louça.

– Obrigado, Cida.

– De nada. Dona Laura, a senhora precisa de alguma coisa?

– Não, Cida. Obrigada. Eu só volto à noite. Qualquer coisa, me liga no meu celular ou deixa um recado.

– *Tá* bom, Dona Laura. Posso pedir pro Alceu passar no mercado e trazer mistura, depois que levar a senhora? Tô indo *pra* área de serviço...

– Claro. Por falar nisso, pede pra ele passar no Santa Lúcia. O Gigi chega hoje à tarde de Buenos Aires e pediu risoto *pro* jantar. Você quer alguma coisa, filho? – Laura virou-se para o filho.

– Não, mãe. E também não sei que hora vou chegar. A Mi vai passar na *facu* pra me pegar, estou sem carro hoje. E talvez a gente vá pro cinema depois.

– Ah, tá... Mas me liga. Cida, pode ir então – a *socialite* liberou a ajudante do lar.

– Dá licença, Dona Laura. Licença, Luca.

– Toda.

Cida saiu da sala e Luca sentiu-se mais à vontade para comentar:

– Que seria da senhora sem a Cida, hein mãe? – perguntou o filho, ao mesmo tempo em que se deliciava com o sanduíche preparado por ele mesmo.

– *Iiiiii*, filho... Não gosto nem de pensar. Ela é uma luz que caiu do céu *pra* mim! – concordou a mãe.

– É... lembra quando ela se esforçava pra me ajudar com as lições de casa?

– Pois é... Ela sempre teve muito carinho e amor por você, filho.

– Verdade... Porque ela nunca se casou, mãe?

– Não sei, filho. Ela não me fala muito sobre a vida particular dela e eu respeito. A Cida é muito especial. Mas antes de você nascer... aliás, antes mesmo de eu me casar, tinha uma outra... – Surpresa até consigo mesma pela tranquilidade do seu tom de voz, Laura repousou a revista sobre a mesa e diante da revelação, inesperada até para ela, sentiu-se motivada a continuar com o assunto.

A mãe consultou rapidamente o relógio branco sobre a parede do lado oposto da mesa e viu que ela tinha um bom tempo para falar com o filho sobre um assunto que sempre lhe trazia bloqueios, quando abordado.

– Tinha? – o filho perguntou distraído, enquanto abria o pote de creme de amendoim e espalhava a pasta cor bege sobre um lado da fatia de pão de forma. Ao lado, uma xícara com chocolate quente e que seria consumida em breve.

– Tinha, filho. Eu ainda era solteira e morava com os seus avós no *flat* da Oscar Freire. Peraí... já volto! – Laura saltou de sua cadeira e saiu da cozinha.

Retornou em menos de cinco minutos. Ao voltar, trazia sob o braço um álbum grosso e de capa dura, de cor violeta. Abriu espaço entre o desjejum de Luca para acomodar o volume em posição aberta e posicionou uma cadeira ao lado do filho.

Os olhos de Luca percorreram fotos em preto e branco e de um colorido algo berrante de uma jovem de cabelos longos e ondulados, calça jeans de boca larga e de beleza estonteante, mesmo sob aquela estética peculiar de meados da década de 70. O filho nunca tinha visto aquela coleção! Família, amigos, escola, viagens, bailes, formatura; boa parte do passado da mãe retratado em mais de cem fotos da infância, adolescência e juventude.

Os dedos de Laura folhearam rapidamente as folhas iniciais da coleção e pararam em uma página que continha várias fotos tiradas em um dia de aniversário distante, da futura senhora Altobelli.

Em uma delas, em preto e branco, Laura estirava-se sobre o carpete da sala que abrigava móveis de formato arredondado e com uma enorme estante de livros ao fundo. Os pais de Laura sentavam-se lado a lado ao centro do sofá. O tio Alfredo, trintão e cabeludo, sorria, sentado em um dos braços do móvel, que era revestido com uma estampa exótica e de gosto duvidoso, segundo uma avaliação visual rápida e silenciosa do jovem.

– Foto antiga, hein, mãe? Olha o *vô* e a *vó*! Que saudades... – disse Luca, sempre ressentido por ter desfrutado pouco da presença dos avós, falecidos quando ele ainda era um estudante do ensino primário.

– É... eu também. Tá vendo essa moça aqui? – Laura colocou o dedo no extremo direito do retrato.

Ao lado do tio, de pé, uma jovem negra, magra e de olhar tímido, trajava um típico uniforme padrão de auxiliar doméstica, com os dedos entrelaçados à frente do corpo.

– Quem é essa negrinha, mãe? – perguntou Luca, sem demonstrar muito interesse pela figura indicada por Laura.

– Isabel, meu filho. Era uma empregada que trabalhou em casa por dois ou três anos, quando sua mãe ainda era solteira... Acredite ou não,

263

ela, de certa forma, foi pra mim o que a Cida é pra você. Sua mãe era muito festeira e gostava de badalação, meu filho. Tinha festa quase todo fim de semana, os meus amigos daquela época organizavam encontros e excursões quase todo mês. Eu saía com as amigas... frequentava os clubes *top* da cidade... enfim... sempre tinha algum "agito" da turma. Isabel não só ajudava com a limpeza de casa, mas também me dava uma força com as correrias que apareciam quase sempre em cima da hora: roupas, recados, compras, horários... era uma loucura! E era também a minha confidente em muitas das minhas aventuras da juventude. Ela era um pouco mais jovem do que eu, não tinha muita cultura, mas tinha muita sabedoria e falava sempre a coisa certa na hora certa. Os meus pais viviam viajando. Eu e seu tio Alfredo nunca fomos muito próximos um do outro... A Isabel, além de ser muito companheira, me mostrou, do jeito simples dela, um mundo que eu não sabia que existia. Ela sempre ouvia as minhas confidências e também me falava dos sonhos que ela tinha... Ela vivia me falando dos pais e do irmão que moravam no Espírito Santo, se não me engano. Ela não ficou com a gente muito tempo, mas ela ajudou bastante a sua mãe... Pra mim, ela foi mais amiga do que empregada. Ah, Isabel...

Laura se viu de volta a um tempo de juventude, aventuras e desencontros.

– Puxa, mãe. A senhora nunca tinha me falado dela – disse Luca.

– Pois é, filho. É que nunca havia aparecido uma oportunidade. Aí você fez o comentário sobre a Cida... – quis justificar a mãe.

– É que eu vejo as suas correrias pra cuidar do pai, de mim, da casa e dos seus eventos, mãe. Haja ajuda, hein?

– Nem me fala, filho. E a Cida realmente me ajuda bastante. Sabe...? Você acredita que até hoje, de vez em quando, eu penso na Isabel? Por onde será que ela anda?

– Mas, mãe... O que aconteceu com esta tal Isabel?

Laura olhou para o filho, que enchia a boca com uma abocanhada generosa do sanduíche em suas mãos. O seu olhar adquiriu um ar melancólico como se a afirmativa a ser passada ao filho fosse trazer um quê de culpa em sua revelação:

– Ela se casou e foi embora... Nunca mais nos falamos... – informou a senhora, entristecida. Talvez o filho não tenha percebido, mas as palavras saíram de sua boca com uma sonoridade doída e saudosa.

– *Tsc, tsc, tsc*, negros... Essa raça vive se casando cedo pra pôr filhos no mundo o quanto antes. E depois a cidade fica cheia de sequestradores e meninos de rua...

A aparente tristeza de Laura pareceu ficar mais evidente com a frase dita pelo filho. Mas, como mãe, entendia as reações do filho.

Amável como sempre, ela aproximou-se do filho e deu-lhe um abraço misericordioso por trás, no topo da cabeça de Luca. A mulher sabia que amava o seu menino mais do que qualquer coisa no mundo e sabia também que o sentimento era recíproco. Recolheu o álbum da mesa, ao mesmo tempo em que indicava estar pronta para ir ao compromisso beneficente no Clube dos Libaneses.

– Não no caso da Isabel, filho. Ela se casou e foi embora do Brasil – disse a mãe, com o álbum já sob os braços.

– Como assim, *"fora do Brasil"*? – Luca parou de mastigar e olhou em direção à mãe, que já se encaminhava em passos rápidos em direção à saída da cozinha.

– Agora não dá, filho. A conversa seria longa e outro dia eu te conto o resto da história.

Antes de cruzar a porta, Laura virou-se e enviou um beijo à distância para o filho.

– E me liga durante o dia, menino.

Capítulo 37

Essas moças...

– Filho, cuidado na estrada. E liga quando vocês chegarem em Vitória. Você conhece sua mãe... Quanto tempo você vai ficar aí? Tá fazendo o quê agora? – A voz de Livaldo soava preocupada.

– Agora vou dormir, pai. Aeroporto, estrada... *Tô* bem cansado. Amanhã nós vamos ver se achamos o tio da Ashley. Pelo que conseguimos descobrir aqui na cidade, parece que ele é um senhor que mora afastado do centro. A cidade aqui não é muito grande e os lugarejos são próximos um do outro, mas vamos ter que ir de carro. E no dia seguinte a gente pega a estrada de volta logo cedo. O nosso voo sai de Vitória às 13h05min. Você vai me buscar no aeroporto?

– Posso sim, filhão. Me liga amanhã à noite. Ou eu te ligo de novo, tá bom?

– A mãe tá em casa?

– Foi pra igreja com sua irmã. Hoje tem um encontro bíblico de senhoras e uma palestra pra jovens sobre trabalhos comunitários. Daqui a pouco eu vou *buscar elas*... Tá sendo boa a viagem, filho?

– Ah, pai. Sem comentários. Nunca aprendi tanto em minha vida. A Ashley é uma pessoa muito inteligente e diferenciada. Ela sabe mais sobre o Brasil do que muitos brasileiros!

– Hehehe... Deus dá oportunidades pra todo mundo, meu filho, todo mundo... Agora, cabe a cada um saber usar a sua chance, quando ela aparece. Aproveite o máximo de conhecimento nestas viagens, filho. Conhecimento é uma coisa que você adquire e que fica com você pra sempre. Isso é uma coisa que ninguém pode tirar de você... – declarou o pai, sabiamente.

– Pode deixar, pai. Estou tomando nota de muitas coisas e também tirando muitas fotos. Quando eu chegar em casa, eu mostro tudo pra vocês – informou Marcos.

– E, filho, toma cuidado. Não vá fazer nenhuma besteira...

– Como assim, pai?

– *Cê* sabe filho... Longe de casa, lugares diferentes, meninas diferentes... Já fui jovem também e sei como certas coisas funcionam. Cuidado, hein? – o alerta de Livaldo soava sério como o de todo bom pai que se preocupa com o bem-estar e o caráter de seus filhos.

– Ah! Ah! Ah! Boa ideia, pai! Acho que vou arranjar um neto pro senhor e pra mãe aqui nesse fim de mundo! – o jovem quis por à prova a paciência habitual de seu pai, pelo telefone.

– *Fiiiilhoo...* – apesar da ênfase, a voz de Livaldo pareceu querer ocultar uma risada eminente.

– Brincando, pai. Se bem que conheci uma menina, mesmo... – Marcos desta vez voltou a se expressar com o equilíbrio que o caracterizava.

– Aonde, filho? – perguntou o pai.

– Na Bahia, pai. Mariel... *legalzinha* até. Mas "moderninha" demais – relatou o jovem.

– É como eu disse: toma cuidado, filho – enfatizou o zeloso senhor.

– Tá bom, pai. Recado anotado... Pai...?

– Sim, filho.

– Quando o senhor conheceu a mãe e descobriu que ela era a mulher certa pra você, como é que o senhor chegou nela pra mostrar que *tava* interessado?

– Eu tive a sorte de ela ter demonstrado o interesse primeiro, filho. E depois eu me comportei mostrando pra ela que eu seria capaz de fazer dela uma mulher feliz como ninguém mais conseguiria. A atitude nestas horas conta muito, viu? Mais do que as palavras. Mas por que a pergunta, filho?

– Nada não, pai. É que me lembrei daquela conversa nossa no carro outro dia, lembra...? Bom, vô nessa, então. Fala pra mãe que eu ligo amanhã à tarde pra ela, em casa.

– Tá bom. Descanse bem e fique com Deus. Te amo, filho.

– Também te amo, pai. – Marcos recolocou o aparelho telefônico na pequena cômoda e jogou-se sobre a cama de solteiro do pequeno hotel ao longo da Rodovia 342.

Os dois jovens haviam chegado à Ecoporanga bem ao fim da tarde daquele mesmo dia, quase à noite. O tempo ruim fizera com que a chegada à cidade ocorresse um pouco além do esperado.

A dupla se alojou, sem problemas, em quartos diferentes, no quarto andar do prédio modesto construído estrategicamente em um trecho da rodovia e que servia tanto aos viajantes com destino ao sul, quanto aos deslocamentos direcionados ao centro-oeste, norte e nordeste do país.

Tão logo os visitantes se instalaram em seus quartos, Ashley ligou para Marcos e informou que tomaria um banho e dormiria até a manhã seguinte, para partirem em busca de um homem chamado Benedito Lourenço dos Santos, tio de Ashley e que perdera o contato com Isabel Casemiro Lourenço dos Santos, sua irmã e mãe da universitária Americana, havia cerca de trinta anos.

Marcos tirou a camisa e abriu a sua mala de viagem. Em seguida, ele dirigiu-se ao minúsculo banheiro do quarto, também disposto, assim como Ashley o informara pelo telefone, a se preparar para um banho que o relaxasse. A campanhia do telefone soou mais uma vez, fazendo-o sentar-se novamente à beira da cama, que rangeu discretamente ao peso do seu corpo.

– Alô?

– Alô, Marcos...? – uma voz feminina familiar.

– Quem é?

– Marcos, sou eu... Bruna!

– Bruna! Caramba, meu. Como é que você conseguiu me achar aqui? Ah... já sei. Você falou com a Jamira, né?

– Isso mesmo! Tipo, foi ontem, depois que vocês se falaram pelo celular. Ela me deu o nome da cidade e o do hotel onde vocês poderiam ficar. Peguei o número pela internet e esperei você chegar pra te ligar. Tudo bem, moço?

– Tudo bem. Um pouco cansado, mas a viagem tá sendo bem interessante – disse Marcos.

– E quando é que você volta?

– Depois de amanhã, à tarde. Por quê?

– Lembra que eu te falei da minha prima que, tipo, conheceu uma instituição dos Estados Unidos chamada SIFE?

– Ah, sim! Lembro... aquela que monta times universitários de empreendedorismo, não é isso? Eu ainda não tive tempo de... – começou a justificar o estudante.

– Eu sei, eu sei. Você anda bem ocupado, eu sei. Mas é o seguinte: Um cara da matriz da SIFE Internacional está vindo pra São Paulo e, tipo, vai falar com os alunos do IBAM. A minha prima é da comissão de estudantes que vai receber o tal cara lá na *facu* dela, tipo, pra ver se eles montam uma equipe por lá. Ela me perguntou se eu havia falado com mais alguém ou encontrado algum outro aluno além de você na UniMetro pra falar sobre a SIFE. Aí, tipo, eu falei que só tinha falado com você. Daí ela perguntou se você não gostaria de ir até lá na *facu* dela pra ver como é a apresentação do cara da SIFE e eu disse que você *tá* envolvido *num* outro programa internacional, mas que, tipo, eu ia te ligar assim mesmo. E aí... o que você acha, *lindão*?

– Eu fiquei interessado... O problema é o tempo. Em qual campus do IBAM e quando vai ser essa apresentação?

– A minha prima estuda em Ribeirão Preto, mas a apresentação do cara vai ser em Campinas, tipo num sábado, daqui a dez dias.

– Hmmm... preciso ver. Posso confirmar depois? – Marcos sentia-se exausto demais para poder raciocinar. Ele queria dormir logo.

– Sem problemas. Eu, tipo, já adiantei as coisas e falei pra minha prima que você ia ligar pra ela. Você tem o número dela, que eu te dei, certo?

– Tenho, sim. Tá registrado no meu celular. Assim que eu voltar pra São Paulo eu ligo pra ela, pode deixar – prometeu o jovem.

– Tá bom, então, gatão. Quando você voltar, tipo, a gente se fala. Saudades do preto mais lindo do mundo... Te cuida então. Um beijo, tchau!

– Tchau, Bruna. A gente se fala.

Ao fim da conversa, Marcos fixou o olhar no telefone por alguns segundos. Retirou sua agenda de dentro da mala, rabiscou um lembrete curto para si e anotou a data da apresentação do representante SIFE em Campinas, agendada para ocorrer em dez dias, de acordo com o informado por Bruna. Levantou-se, despiu-se de vez e caminhou para o banheiro.

Depois, Marcos deitou-se de costas, logo após o banho, ainda sentindo o efeito relaxante da água quente sobre a sua pele e músculos. Com os olhos fixos no teto branco levemente amarelado, o pensamento de Marcos retomou a conversa telefônica com Bruna, há pouco, e o jovem resgatou uma frase que, por alguma razão, ficou registrada em sua memória: "*Saudades do preto mais lindo do mundo...*"

Em seguida, o pensamento do jovem regressou um pouco mais e fixou-se no momento em que ele dançava uma música lenta de forma sensual e provocativa com Mariel, na noite quente de Aratu. O beijo na boca evitado no último segundo...

Bruna, Mariel... Mariel, Bruna. Duas belas garotas que literalmente provocavam e faziam ferver todos os hormônios reprodutivos de Marcos e que certamente, no futuro, poderiam fazer parte de uma lista de suas aventuras da juventude, caso ele assim desejasse. Já sucumbindo aos efeitos do sono que o envolvia aos poucos, o estudante ainda teve tempo de se perguntar por que conseguia atrair e chamar a atenção de garotas brancas, belas e bem nascidas.

O sono pesado o fez desligar-se deste mundo antes de conseguir articular uma resposta que o convencesse.

Capítulo 38

Vale do Paraíba

Os últimos dias tinham sido intensos para Silvio. Atarefado com os procedimentos de cobertura, edição e publicação do material jornalístico relativo à votação da Semana Afro-brasileira na Universidade Metropolitana, o jovem repórter decidira estender a sua jornada de trabalho em algumas horas em seu próprio apartamento por algumas noites, pois a decisão de resgatar os detalhes do caso Laura Altobelli tornara-se quase uma obsessão, embora não fosse aquela a sua missão profissional mais importante do momento.

A sua personalidade investigativa e a morte de seu melhor amigo, todavia, o impulsionavam a prosseguir com aquele caso, ainda que a orientação dada pelo seu supervisor sinalizasse que a votação no campus universitário deveria ter um caráter prioritário em suas ações. Para que as duas atividades fluíssem regularmente e produzissem resultados satisfatórios, Silvio decidira trabalhar noites adentro e dividir as horas do fim de semana nas duas frentes, mesmo que ao custo da suspensão temporária da prática de *mountain cross* com os amigos, que era a sua válvula de escape para as tensões e *stress* que a sua profissão ocasionava.

Guaratinguetá, sábado de manhã.

Silvio estacionou o seu veículo na Rua Prudente de Moraes, próximo à Praça Dom Pedro II, situada ao lado do ponto de acesso à Via Dutra. Dali, o repórter seguiria a pé até a altura do número "962" de uma conhecida avenida local, o endereço residencial informado via telefone pelo ex-funcionário do Consulado dos Estados Unidos em São Paulo.

Os prazos e ações da cobertura jornalística do repórter na universidade estavam razoavelmente em dia. Otávio mostrava-se satisfeito com os depoimentos e informações obtidas no campus da UniMetro e Silvio decidira se deslocar até o Vale do Paraíba, determinado a fazer a sua ida à cidade valer a pena. Silvio obteve o consentimento do homem ali residente e que provavelmente poderia trazer mais esclarecimentos sobre o caso envolvendo, há cerca de trinta anos, um antigo funcionário do governo dos Estados Unidos com uma bela jovem da alta sociedade de São Paulo, agora uma respeitável senhora plutocrata de uma das maiores cidades do mundo.

Graças à intervenção de uma funcionária contemporânea do setor de vistos do Consulado, amiga de Daniela, a namorada de Nico, o contato foi articulado e Samuel Feitosa concordara, via fone, em encontrar-se com Silvio, desde que o encontro se desse em sua residência na cidade de Guaratinguetá.

Silvio fez menção sobre os dois policiais federais que foram enviados para um treinamento nos Estados Unidos através do contato feito pelo setorista policial Cardoso, do jornal *Folha de Notícias*, com o então jornalista brasileiro do Consulado e Samuel antecipara gentilmente ao jovem repórter que teria prazer em relatar o que ainda se lembrava sobre o caso da apreensão de dólares falsos ocorrida em 1976.

Silvio consultou o seu relógio e percebeu que chegara cedo para o encontro agendado. O endereço indicado por Samuel localizava-se do outro lado da Praça Dom Pedro II, na área central da localidade, e Silvio alegrou-se pela chance de poder cruzar, sem pressa e a pé, as ruas centrais da famosa cidade. Para o repórter seria um ganho no hábito de só passar tangencialmente por Guaratinguetá, inapelavelmente de carro e a quase cem quilômetros por hora, pela rodovia SP-RJ, no trecho próximo ao Rio Paraíba, o majestoso curso d'água que praticamente dividia a cidade em duas partes.

O jovem lembrou-se de ter lido em algum lugar que aquela era a cidade mais velha do Vale do Paraíba, mas percebeu que a região vivia nitidamente um processo de urbanização, pois a despeito de a paisagem ainda ostentar inúmeros casarões da época colonial, prédios novos e casas modernas já começavam a se destacar no panorama arquitetônico do logradouro. Em seu deslocamento pelo centro, Silvio visualizou museus, bibliotecas, salões de exposições, além de uma vigorosa atividade comercial e de serviços.

Ficou óbvio também para o jornalista que as vias mais antigas centrais eram em sua maioria irregulares, com traçados tortuosos, provavelmente devido à simplicidade de sua concepção original. Ao deixar a praça, Silvio ganhou acesso à Rua Prudente de Moraes, e circulou por pequenas vias movimentadas, até chegar em uma artéria pavimentada um pouco mais longa, de nome "Marechal Deodoro".

O repórter cruzou um pequeno rio e chegou até uma rua residencial, para visualizar logo em seguida, à sua esquerda, uma placa sinalizadora que indicava: "Avenida Ruy Barbosa".

– "*É aqui...*" – constatou Silvio, enquanto caminhava por mais uns seiscentos metros até chegar ao número "962".

O visitante parou por um instante em frente a um sobrado muito bem conservado, com barras de ferro grossas que preservavam uma garagem ampla. O espaço abrigava um Vectra prateado de quatro portas, impecavelmente limpo. À esquerda do veículo, na mesma direção do portão, um lance de degraus revestidos com um tipo de piso antiderrapante conduzia à parte superior do imóvel. A avenida sitiava uma mescla de empreendimentos variados e prédios residenciais modestos.

Contudo, aquela moradia destacava-se das demais pelo impacto visual agradável e a qualidade de seu acabamento. Embora fosse um bairro próximo do centro da cidade, o baixo movimento de veículos chamou a atenção de Silvio. O jovem consultou o seu relógio de pulso mais uma vez e, em seguida, olhou por entre as barras de ferro da residência que separava a entrada da calçada.

Ao canto, na parte interior do portão, Silvio procurou e localizou um pequeno quadrado de plástico com um botão arredondado ao centro. Acionou-o com um toque e aguardou. Após quase um minuto de espera, uma cabeça apontou, do piso superior do sobrado, para fora de uma porta de mogno trabalhado, em direção ao portão. Uma senhora idosa, de cabelos cinzentos e de óculos com lentes redondas e minúsculas avançou lentamente sobre a soleira da entrada.

A figura simpática e com ar maternal enxugava as mãos em um avental florido e tinha uma aparência cativante. Ao visualizar a senhora de pé, na soleira da porta, Silvio experimentou uma emoção que remetia ao carinho que se deve cultivar por senhoras idosas caseiras e às vovós provincianas. De olhos cerrados, a mulher parecia querer ajustar o foco da visão já afetada pelo tempo.

– Quem é? – A voz da senhora possuía um timbre grave e maternal.

– Bom dia, senhora. Meu nome é Silvio Mendonça. É aqui que mora o Sr. Samuel Feitosa? – perguntou Silvio, educadamente.

A senhora congelou-se por um breve instante e, por fim, solicitou, antes de voltar para o interior da residência:

– Só um minuto, por favor.

A simpática anciã retornou logo depois com um molho de chaves na mão. Demonstrando cautela, ela desceu lentamente os degraus, tendo o cuidado de pousar uma das mãos sobre o corrimão refratário que acompanhava o grau de inclinação da escada. Dois giros de chave liberaram o acesso à garagem.

– Bom dia. Como vai a senhora? – cumprimentou o repórter, ainda de pé sobre a calçada.

– Bom dia. Bem, graças a Deus. Faz favor... Entra. – A senhora gesticulou com a mão livre e deu um passo para trás, liberando a entrada do jovem à garagem.

– Obrigado – agradeceu o repórter.

Em seguida, Silvio seguiu os passos lentos da senhora e entrou na sala do domicílio. De imediato, o jovem percebeu que o asseio externo da casa alinhava-se com a arrumação interna da sala, pela disposição equilibrada dos móveis e o padrão sóbrio da decoração.

O recinto era amplo e arejado, revestido com um piso de madeira em corte diagonal que era cuidadosamente coberto com carpetes dispostos elegantemente no chão do recinto, sob a mesa central, o sofá e a estante. Uma outra estante em madeira escura posicionava-se na parede oposta à entrada, e em seu interior percebia-se, em sua parte central, enciclopédias antigas em inglês e espanhol, diversas obras de Pablo Neruda e algumas outras publicações de ensaístas europeus desconhecidos por Silvio.

Na coluna vertical esquerda da estante, uma farta coleção de bebidas e destilados das mais variadas origens, colorações e maltes. Na coluna direita, uma meia dúzia de quadros emoldurados, retratando situações familiares em épocas distintas.

Uma vistosa colagem emoldurada da tela *Don Gabriel de la Cueva*, do pintor renascentista italiano Giambattista Moron, adornava a parede sobre o sofá, promovendo uma certa erudição ao conjunto decorativo do espaço. Uma mureta de meia altura dividia o recinto em dois ambientes e Silvio visualizou um espaço reservado para refeições à mesa no lado oposto da divisória e um corredor lustroso que se encerrava em uma porta de cor clara que naquele instante se encontrava encostada.

– Por favor, seu Silvio... senta aí que o meu marido tá acabando de tomar banho e já vem. O senhor aceita um café? – a voz da senhora de baixa estatura e aparência cândida dava a impressão de soar com algumas falhas, mas ainda assim chegava aos ouvidos de Silvio de forma amável e calorosa.

– Hmmmmm... aceito um cafezinho sim, Dona...

– Thereza, meu filho... Dona Thereza. Fica à vontade. Eu já volto... – A senhora se deslocou vagarosamente e desapareceu pela porta ao fim do corredor.

Silvio sentou-se e procurou por apoio no braço macio do sofá. Sozinho na sala, o jovem sentiu crescer o fascínio pela sensação de tranquilidade que irradiava de todos os ângulos do interior daquele recinto.

—— 274 ——

A porta do corredor se abriu novamente e Dona Thereza reapareceu, desta vez com uma bandeja de acrílico em mãos, de onde fumegava uma xícara de café forte, acompanhado dos demais componentes necessários para a oferta de um autêntico café doméstico com biscoitos, tão comum nos lares interioranos pelo Brasil afora.

– O senhor toma café com açúcar ou adoçante? – perguntou a senhora.

– Só uma colherzinha de açúcar, Dona Thereza, por favor. Eu estava vendo as fotos da estante... – informou Silvio.

– O senhor viu? Tem foto minha com o Sassá... quando a gente ainda era bem moço... tem foto dos filhos... dos netos...

– Quantos netos a senhora tem, Dona Thereza?

– Eu tenho três filhos e cinco netos!

– Bastante gente, hein?

– Pois é... o meu filho caçula mora no Canadá.

– Que interessante. Ele está lá há muito tempo?

– Cinco anos. Ele foi promovido e...

A porta do corredor se abriu e pelo seu batente surgiu um homem alto e calvo. Os passos relaxados e o olhar altivo identificavam alguém que não parecia ter pressa na chegada, mas que tinha convicção no caminho a ser seguido. A camiseta regata deixava à mostra uma compleição esbelta e expunha os braços longos, com veias grossas e azuladas ressaltando sob a pele. O uso de bermudas àquela hora do dia ilustrava a relativa tranquilidade de quem já cumprira com a sua missão trabalhista e que procurava, portanto, desfrutar em família o passar das horas de uma merecida aposentadoria.

Silvio repousou a xícara de café sobre a mesa de centro da sala, levantou-se e estendeu amistosamente a mão na direção de Samuel Feitosa. Um aperto firme e seguro selou o primeiro contato entre os dois homens, colegas de profissão de épocas distintas, e o anfitrião gesticulou educadamente para Silvio, convidando-o a sentar-se novamente.

Dona Thereza esfregou novamente as mãos no avental, dirigiu um sorriso singelo para Silvio e disse:

– Bom, deixa eu cuidar do almoço. Seu Silvio, você almoça com a gente...?

– Seria uma honra, Dona Thereza. Mas tenho que passar na redação ainda hoje, antes das quatro horas. Fica pra uma outra oportunidade – disse o visitante.

– A casa é sua. Dá licença. Sassá, não esquece do remédio.

Dona Thereza retirou-se da sala, promovendo a oportunidade para Silvio e Samuel trocarem considerações.

– Sua esposa é muito amável, seu Samuel. E obrigado por me receber em sua casa.

– Sem problemas. Você é da *Folha de Notícias*? – A voz de Samuel era rouca, impostada.

– Sim, sou repórter, colunista e editor da seção de Informática, mas talvez eu mude de setor em breve.

– Ah, sei... e vocês já descobriram quem fez aquela covardia com o colega de vocês?

A fala do homem acomodado na poltrona vinha carregada com um forte sotaque interiorano.

– Não, não, seu Samuel. Mas a polícia está investigando o caso com empenho e estamos todos com esperança de que os responsáveis irão logo pra cadeia. – Silvio jamais conseguia disfarçar a tristeza que o assunto lhe provocava.

Mas, ali em Guaratinguetá, ele deveria ser mais profissional do que nunca.

– Este foi um dos motivos que me fez vir pra cá, moço. Aquela cidade tá cada vez pior! – declarou Samuel.

– O senhor é daqui mesmo da cidade?

– Eu nasci em Taubaté, mas meus pais se mudaram pra cá quando eu ainda era bebê.

– Entendi... – respondeu Silvio, ao pousar mais uma vez a xícara de café sobre a mesa de centro.

– Eu servi o exército em São Paulo e depois comecei a estudar jornalismo, sabe? Naquela época tudo era mais difícil... muito mais difícil! Depois trabalhei uns quatro anos pra uma revista de variedades, onde eu tive que aprender inglês... imagina só, isso na década de 1950! Depois trabalhei mais de dez anos com um concorrente da própria *"Folha"*, inclusive como correspondente na Europa. Voltei pro Brasil e soube de uma vaga pra área de assessoria jornalística do Consulado dos Estados Unidos. Era pra trabalhar com o Adido de Imprensa do Consulado Americano em São Paulo. Eu já era casado, tinha dois filhos e precisava sossegar um pouco. Fui, consegui a vaga e trabalhei lá de 1968 a 1979. Depois saí de lá, já pensando em mais sossego pra mim e minha esposa, e vim trabalhar pra uma rádio aqui da região. Estou aposentado e o meu prazer na vida agora é tomar remédio pra pressão, *levar pito* da mulher e brincar com os meus netinhos...

—— 276 ——

Silvio foi surpreendido pelo humor inusitado de Samuel e deixou escapar uma gargalhada espontânea.

– O senhor viveu uma época complicada, hein, seu Samuel?

– *Ih*, menino... Golpe militar, repressão, guerra fria, movimentos estudantis. Desculpe a expressão, mas era um inferno! Bom, mas você não veio até Guará pra escrever a minha biografia, que eu sei. Você falou no telefone sobre os dois policiais federais e a apreensão de dólares falsos em 1975 ou 1976... Claro que me lembro do caso! Foi no porto de Santos e teve uma enorme repercussão na época! Inclusive, alguns especialistas dos Estados Unidos vieram pro Brasil. O material falsificado era muito bom! Depois até descobriram que tinha uns funcionários da doca envolvidos com uma quadrilha internacional de falsificadores... Deu o que falar, viu?

– Imagino... E depois o senhor intercedeu junto ao adido de imprensa Americano pra que os agentes da Polícia Federal deste caso pudessem receber o visto Americano e participar de um curso nos Estados Unidos, correto?

– Isso mesmo. Parece que durante as investigações dos dólares os especialistas Americanos gostaram do trabalho dos tiras e algum figurão policial dos Estados Unidos convidou a equipe de policiais daqui pra participar de um curso de peritos em falsificação que era em Washington, se não me engano. Um ou dois dos investigadores não tinham visto de entrada, mas alguém da Policia Federal brasileira conhecia o Júlio Cardoso... o repórter de vocês, da *Folha*, que cobria o caso. O Cardoso era muito amigo meu... grande repórter policial! Ele me ligou antes mesmo da investigação acabar e eu disse que iria consultar o Mr. Taylor, que era o Adido de Imprensa do Consulado da época. Como a investigação foi um sucesso absoluto, os vistos foram emitidos sem problemas. Os policiais... eram dois, ou três... viajaram, fizeram o curso e voltaram.

– Entendi... – disse Silvio, mostrando uma certa hesitação.

– Vamos lá, garoto. Não é isso que você quer saber, não é mesmo? – Silvio olhou para Samuel e percebeu uma mudança no olhar do velho jornalista.

O seu rosto adquirira uma expressão séria e analítica sobre o jovem repórter. De bermudas, com as pernas cruzadas e ambos os braços sobre as laterais da poltrona, o senhor idoso assumira a postura de um rei aposentado e de sandálias, ainda majestoso e altivo, à espera de uma pronta resposta de seu súdito.

– Já fui repórter também, moço. Nem sempre uma abordagem sobre um assunto começa com a pergunta do tema que um repórter quer explorar e você não viria de São Paulo à Guaratinguetá pra me perguntar só isso... Não subestime os poucos cabelos brancos que ainda me restam, rapaz.

– O senhor tem razão, Seu Samuel – confessou o jovem repórter.

– Então vá em frente, rapaz! Faça valer a sua viagem até aqui!

A franqueza e astúcia do interlocutor trouxeram à tona um certo embaraço por parte de Silvio, que recorreu à energia do açúcar e da cafeína de uma xícara já quase vazia, ainda quente sobre a mesa, antes de prosseguir:

– Bom, Seu Samuel... Mais ou menos por essa época havia fuzileiros Americanos servindo no Consulado em São Paulo, certo?

– Ah, sim. Depois do sequestro do Embaixador Americano Charles Elbrick no Rio de Janeiro em 1969, alguns procedimentos externos e internos de segurança das unidades consulares dos Estados Unidos no Brasil foram revistos. Destacar fuzileiros pra tratar de questões de evacuação de funcionários e da segurança das instalações consulares era uma prática normal no mundo inteiro, naquela época, e acho que ainda é até hoje. Em São Paulo não era diferente, ainda mais porque, depois do incidente com o embaixador, aconteceram também outros casos parecidos; o cônsul do Japão, os embaixadores da Alemanha e da Suíça... tudo lá no início da década de 1970. Era ditadura militar de um lado e terrorismo do outro... Um sufoco, rapaz, um verdadeiro sufoco! – enfatizou Samuel.

– Tenho certeza de que era, Seu Samuel... O senhor se lembra, mais ou menos na mesma época da ocorrência dos dólares falsos, de algum caso... ou melhor... de um desses fuzileiros se envolvendo emocionalmente com uma jovem rica lá de São Paulo? – Passado o embaraço inicial da conversa com o anfitrião, Silvio voltou a ter o controle sobre as suas reações.

– *Hehehe*... É o que mais acontecia, Silvio! Veja só: eles vinham de todos os lugares pra um país tropical, onde as mulheres são bonitas, bronzeadas e sensuais. Não resistiam! Acabavam se envolvendo mesmo e muito! Não dá nem pra contar em uma mão só. Mas é preciso ponderar... afinal, os fuzileiros também eram jovens e solteiros em sua grande maioria...

– Certo. Nesse caso, eu estou me referindo a uma situação peculiar. Parece que houve um envolvimento sério entre um fuzileiro em particular e uma jovem de uma família muito influente de São Paulo, mas parece que as coisas não terminaram muito bem...

– *Hmm*... como assim? – quis saber o velho jornalista.

– Bom, pra resumir, o tal fuzileiro rompeu com essa namorada brasileira e parece que depois disso houve agressão física entre os dois e a moça foi hospitalizada, ou algo assim. Te lembra alguma coisa?

Samuel olhou para o alto, aparentando contemplar as hélices estáticas de madeira do ventilador instalado ao centro do teto da sala, prontas para serem acionadas pelos dedos zelosos de Dona Thereza, a qualquer indicação de calor excessivo, nas costumeiras tardes de sono do marido ao sofá.

– Sinceramente, não. Mas é bom lembrar que o meu trabalho me fazia viajar muito pelo Brasil, acompanhando o adido de imprensa Americano. Pode ser que eu nem mesmo estivesse na cidade, na época desse suposto caso. Eu não tinha muito contato com os fuzileiros. A não ser nas comemorações do dia 4 de Julho, na casa do Cônsul Geral Americano, ou no *Marine Ball*, o Baile dos Fuzileiros, que na época acontecia nos hotéis de luxo de São Paulo. Quem era a moça?

– Seu Samuel, eu prefiro preservar a privacidade desta pessoa. Espero que o senhor entenda... Hoje em dia ela é uma senhora influente da alta sociedade de São Paulo e ela me pediu discrição – esclareceu o jovem jornalista.

– Ela mesma pediu? Não entendi...

– Pois é... Ela mesma me contou sobre o incidente. Só estou aqui hoje porque ela teve a iniciativa de me contar sobre o envolvimento dela com o fuzileiro. Depois disso, fui fazendo uns levantamentos nos arquivos antigos da *Folha* que me levaram até o seu nome...

– Mas... por que ela te contou sobre o incidente? Por que você?

– Não sei, seu Samuel. Também me fiz esta pergunta... Bom, de qualquer forma, ela nem sabe que vim até aqui pra falar com o senhor, daí a necessidade imperativa do sigilo.

– Bom, lamento mesmo. Além de nunca ter ouvido falar do incidente, também não vejo como posso te ajudar neste caso. – Samuel parecia frustrado com sua própria constatação.

– Tudo bem. Pelo menos o senhor se lembra de quantos fuzileiros tinham no Consulado naquela época? – indagou Silvio, já disposto a se despedir do senhor e pegar a via Dutra, de volta para São Paulo.

– Ah, não lembro... Mas... espera aí! Eu tenho umas fotos daquela época... Só um minuto que eu já volto. – Samuel ergueu-se da poltrona com certo esforço e desapareceu pela porta do corredor.

Logo em seguida, o homem retornou com uma caixa de papelão de tamanho médio. Dentro da caixa, umas duas dezenas de álbuns fotográficos de tamanhos variados, numerados e organizados cronologicamente, se acomodavam lado a lado e uns sobre outros. Os instantâneos armazenavam fotos da carreira trabalhista do jornalista aposentado, desde o início do serviço militar até os registros mais recentes, ainda como comentarista político na Rádio Difusora de Guaratinguetá, já em fins da década de 90.

O senhor repousou a caixa ao chão próximo à mesa de centro da sala e retirou do fundo um álbum que continha os dizeres: *Consulado dos Estados Unidos – 1968 / 1979.*

O volume foi depositado sobre o acrílico do móvel. As mãos de Samuel ignoraram as primeiras páginas da coleção e, em seguida, estenderam o álbum em duas bandas, exibindo uma sequência de fotos pretas e brancas e outras coloridas que recontavam a cronologia de fatos de uma época distante que se revelava aos olhos admirados de Silvio Mendonça, já em um outro tempo; um outro século.

"O senso de organização deste homem é admirável" – pensou o jovem jornalista.

– Vamos ver se encontramos alguma coisa... – o anfitrião falou, em voz baixa.

Samuel percorreu pacientemente a mão sobre as fotos, a partir do canto superior esquerdo da primeira folha. Os dedos alvos e ossudos deslizaram lentamente no sentido horizontal da página, ao mesmo tempo em que os olhos esverdeados e circundados por rugas semicirculares pousavam ocasionalmente em uma ou outra foto, para em seguida prosseguirem em busca de algum retrato que pudesse ser útil ao rapaz visitante que lhe inspirava confiança e que mantinha-se calado, sentado pacientemente em silêncio a um canto do sofá.

Samuel virou mais uma folha da coleção e abriu uma nova sequência. Ao chegar ao fim da página seguinte, suas pupilas se dilataram e uma imagem fez com que a ponta de seu dedo indicador direito desse dois toques ligeiros sobre uma foto em preto e branco, de tamanho um pouco maior do que todas as outras expostas nas duas páginas abertas. Bem ao centro do retrato destacava-se um jovem branco alto, trajando um terno escuro.

De cabelos negros e fartos, o homem fotografado segurava um copo de plástico em uma das mãos e era ladeado pelo que parecia ser um pelotão de jovens sorridentes de cabelo em corte escovinha, todos empertigados em um uniforme militar de cor escura. Todos os militares do retrato ostentavam um conjunto de medalhas e condecorações diferentes para cada um dos enquadrados na mesma foto. O homem ao centro era Samuel Feitosa, em meados da década de 1970. No canto inferior direito, uma inscrição cursiva e inclinada em 45 graus ascendentes atestava:

"Mr. Feitosa, Thanks for supporting the celebrations regarding the Independence Day – SP, July 4th, 1975".[18]

Ao lado esquerdo da imagem frontal de Samuel, quatro militares, e à sua direita, outros três. Sobre cada um dos militares constavam iniciais: PFC. S. R., PFC. M.D., PFC. J.W., Cpl. L.T.L., o jovem Samuel Feitosa, e na sequência *First GySgt*. B.E.M., PFC. E.A.A. e PFC. R.B.

– Esta foto é a mais próxima que eu tenho da época do incidente que você mencionou. Se não me engano, esse destacamento ficou junto por pelo menos mais um ano servindo no Consulado, depois desta foto. Entenda que eles não chegavam todos na mesma época; havia sempre um rodízio de quem vinha pro Brasil e de quem seguia a sua carreira servindo em outros lugares do mundo. Não sei se ainda é assim, mas na minha época...

– E o que são essas letras?

– O posto militar e as iniciais do nome. PFC significa *"Private First Class"* e é como se fosse um Soldado Raso, Cpl é *"Corporal"*, que é Cabo e GySgt, *"Gunny Sargeant"*, Sargento de Artilharia. Como já disse, eu fiz serviço militar e a classificação hierárquica dos Fuzileiros Navais Americanos tem uma certa semelhança à do exército – explicou Samuel.

– E qual destes seria o chefe do pelotão, neste caso?

– Este daqui, do meu lado esquerdo... GySgt. B.E.M. *Hmmm*... não me lembro do nome. Aliás, de nenhum deles. Isso foi há muitos anos...

Silvio olhou para Samuel, em seguida mirou aquela foto em preto e branco e na sequência pousou o olhar em Samuel mais uma vez.

– Não tem problemas. Seu Samuel, se não for pedir muito... como faço pra conseguir esta imagem?

Ao ouvir o pedido do jovem repórter em sua sala, a memória de Samuel retrocedeu aos seus primeiros anos como repórter do jornal *Correio do Estado*, antes de se tornar um respeitado correspondente internacional, quando se frustrou com a sua chefia ao obter informações relevantes cobrindo os primeiros anos da Revolução de 1964 e ver o seu trabalho sistematicamente "ajustado" pela gerência de redação do jornal, cuja tendência editorial assumira um alinhamento explicitamente pró-governo militar.

O jovem Samuel resignou-se em acatar as determinações de seus superiores, mais por estar em vias de se casar e ter ambições quanto à sua carreira jornalística que se iniciava, do que por concordância com a postura adotada pela organização para a qual trabalhava.

---

18   Tradução: "Sr. Feitosa, obrigado por apoiar as comemorações sobre o Dia da Independência – SP, 4 de Julho de 1975".

—— 281 ——

A memória do jornalista retrocedeu para o início dos anos 60, meses após a eclosão do golpe militar, quando chegou às suas mãos a foto original da traseira de um veículo Volkswagen 1962, de cor clara, estacionado a uns quinze metros do portão de entrada da Escola Paulista de Ciências Sociais, uma das muitas instituições de ensino superior que se posicionara contra a tomada de poder pelas forças militares. Através de levantamentos obtidos pela mesma fonte que lhe entregara a foto, em uma antiga pastelaria da Avenida Ipiranga, durante uma típica tarde de garoa paulistana, Samuel descobriu que o carro tratava-se, na verdade, de uma viatura velada das forças de repressão do governo recém-estabelecido.

Na mesma semana da tomada da foto, um dos líderes estudantis da EPSC foi dado como desaparecido e seu paradeiro desconhecido. Coincidentemente, três semanas após a entrega da foto para o seu redator chefe, Samuel recebeu ordens expressas de se transferir para a área de esportes do *Correio* e preparar as malas para um período de pelo menos dois anos fora do Brasil.

O argumento que lhe foi apresentado na época veio na forma de um memorando assinado pela sua gerência, informando que o jornal necessitava de um posto avançado na Europa com conhecimentos de inglês, visando a cobertura dos preparativos para a próxima Copa do Mundo de futebol, uma vez que a anterior ocorrera no Chile, em 1962, e o Brasil, na condição de bicampeão mundial, era tido como um dos favoritos para a conquista da próxima, a ocorrer na Inglaterra, de acordo com os critério de rodízio de continentes estabelecido pela FIFA, a entidade suprema do futebol mundial.

Embora a perspectiva de adquirir experiência internacional fosse sedutora, e sem ainda compreender a magnitude de um período sombrio ainda em fase embrionária e que também engatinhava em seus desdobramentos na História do Brasil, Samuel jamais conseguiu superar a frustração de ver o seu comprometimento com o jornalismo ser desconsiderado em razão de uma decisão de cunho ideológico que, na mente de um repórter em busca da consolidação de sua carreira de jornalista, era no mínimo questionável.

O então jovem repórter embarcou para o Velho Continente frustrado e sem ver a continuação de uma possível reportagem sobre a revolução contar com a sua assinatura e sob uma ótica eminentemente informativa. O paradeiro do líder estudantil da EPSC só foi determinado quase vinte anos mais tarde, através de uma mensagem anônima enviada para uma rede nacional de televisão.

Uma carta escrita à mão denunciava a existência de um cemitério clandestino em uma localidade isolada no extremo sul da área metropolitana de São Paulo, em um trecho remanescente da Mata Atlântica e de difícil acesso. Escavações foram efetuadas no local, com ampla cobertura da imprensa e quinze ossadas humanas foram removidas de uma cova comum.

Desde a descoberta dos restos mortais humanos, quando Samuel já estava de volta ao Vale Paraíba e se preparando para a sua aposentadoria como comunicador da Rádio Difusora, o jornalista se questionava se todas aquelas vidas poderiam ter sido salvas, caso a reportagem sobre o Volks estacionado nas proximidades de uma entidade educacional, contrária ao *status quo* que se anunciava no Brasil, tivesse sido publicada no dia seguinte da apresentação da foto conseguida por ele, na redação do jornal.

O senhor, com expressão sábia e feições enrugadas, prolongou o olhar sobre Silvio por mais alguns segundos, ciente de que tinha diante de si um profissional jovem e abnegado em busca da verdade; a mesma verdade que o próprio Samuel quis informar há mais de quarenta anos, em seu ambiente de trabalho, e não conseguiu.

O homem experiente identificou, na ida de Silvio até Guaratinguetá, o mesmo ímpeto que lhe fora mutilado pela sua chefia em tempos idos e, com a visita do rapaz, sentiu-se aliviado em poder, talvez, ter a chance de aplacar um pouco do desconforto pelo único incidente que lhe causava uma incômoda sensação de culpa, em toda a sua carreira.

Por fim, o senhor tamborilou rapidamente os dedos sobre a foto e sentenciou:

– Bom, esta foto eu não posso te dar, mas... você conhece de computador?

– Sim, seu Samuel! Como eu disse, a minha área no jornal é o caderno de informática.

– É verdade. Desculpe. A memória já não é mais a mesma. Sabe como é, *né*? Então, vem cá. – Samuel levantou-se e Silvio seguiu-o pelo corredor junto à área de jantar, em direção à porta pela qual Dona Thereza desaparecera, havia quase meia hora.

Após a porta, o corredor ganhava um ângulo de noventa graus à direita, prosseguindo por mais uns quatro metros. Na parede ao fim da passagem, uma pequena janela com cortinas brancas em seu interior permitia a entrada dos raios solares e aquela parte da casa exalava um aroma peculiar de comida caseira que pareceu despertar o apetite de Silvio.

Do lado direito do segundo corredor, Samuel fez correr uma porta deslizante que dava acesso a um lance de escada descendente. Os dois homens chegaram a um pequeno cômodo que Silvio deduziu ser o outro lado da parede de fundo da garagem. O jornalista aposentado e Silvio desceram os degraus e viraram de novo à direita, desta vez com acesso a um pequeno salão contendo um pequeno escritório, abastecido com uma escrivaninha, um computador conectado a uma impressora copiadora, que de longe Silvio identificou ser uma Epson CX 5600 e que também operava como escaneadora.

Um aparelho de telefonia móvel repousava em uma pequena banqueta de marfim ao lado esquerdo do posto de trabalho e sobre dois compartimentos vazados que continham alguns pacotes fechados de papel sulfite. Mais ao fundo, Silvio visualizou uma outra porta que, por pura dedução do visitante, deveria dar acesso a outros cômodos e à parte mais aos fundos do subsolo da casa.

– Bem equipado, hein, Seu Samuel?

O senhor revelou o orgulho em um sorriso discreto e respondeu:

– Na verdade montei este espaço pros meus netos, quando eles vêm pra cá. Sabe como é a juventude de hoje, né... Não conseguem viver sem internet. Mas eu também uso esse cantinho pra escrever alguns artigos e depois enviá-los pra alguns blogs sobre política.

– Uma vez jornalista, sempre escrevendo, não é, seu Samuel?

– E vai ser assim também, depois que você se aposentar, rapaz. Certas coisas nunca mudam.

Samuel puxou uma cadeira e passou-a a Silvio.

– O computador é todo seu. Vá em frente – disse o senhor.

O jovem agradeceu e sentou-se em frente à tela do computador, deslocando o teclado escuro para uma plataforma entre a sua própria e a outra destinada à base da tela LCD, em um degrau acima, no móvel.

Silvio abriu o álbum sobre a superfície desocupada, na página contendo a foto da celebração do dia 4 de Julho Americano e descolou o retrato com cuidado para não danificar, nem a foto e nem o álbum. Devolveu o teclado à sua posição original e pediu a Samuel para segurar o álbum. Depositou a foto com a imagem para baixo contra a face envidraçada e fechou a tampa de proteção do equipamento.

Em seguida, acionou alguns comandos via teclado e aguardou pela abertura de um programa de codificação de imagens. Levou o cursor sobre um quadrado virtual que solicitava pelo comando "OK" e aguardou. Um feixe de luz percorreu lentamente a extensão da tampa de proteção do

—— 284 ——

escaneador, ao mesmo tempo em que um quadrado um pouco maior espocou na tela, com uma barra de monitoramento em sua parte inferior. Aos poucos, um feixe de cor verde foi ativado e avançou com velocidade razoável da esquerda para a direita, indicando a leitura e transformação da imagem da foto em sinais digitais.

Em menos de meio minuto a operação se completou e os padrões binários do programa indicaram que a operação de decodificação e duplicação da imagem havia sido concluída com sucesso. Em seguida, Silvio acessou o seu provedor de mensagens eletrônicas. Anexou o arquivo recém-criado e enviou-o eletronicamente para si mesmo.

– Posso fazer uma cópia no papel também, só pra garantir, seu Samuel? – consultou Silvio.

Após a autorização, Silvio alterou a função do equipamento e aproveitou a permanência da foto no compartimento de reprodução para produzir uma cópia em preto e branco, em uma folha de papel sulfite. A máquina expeliu lentamente a imagem copiada e todo o aparato foi automaticamente desativado ao término da operação.

– Ficaram boas? – quis saber o senhor Feitosa.

– Ficaram! Seu Samuel, eu nem sei como agradecer ao senhor... – Ambos retornaram para a sala e Silvio preparou-se para deixar a residência.

– Bom, moço, faça bom uso. E como sugestão, leve o jornalismo sempre a sério. Nesta profissão, você está lidando com a formação de ideias de outras pessoas. É uma responsabilidade muito grande. Não precisa dar os créditos da foto. Levo uma vida tranquila com minha esposa aqui em Guaratinguetá e pretendo que as coisas continuem assim, tudo bem?

– Obrigado, seu Samuel. Vou me lembrar sempre deste conselho com muita consideração. E qualquer decisão que a minha chefia tomar quanto ao que conversamos aqui hoje, será comunicada ao senhor em primeira mão.

– Nem precisa, mas se é procedimento do jornal, tudo bem...

– Obrigado mesmo, Seu Samuel. E se um dia o senhor for pra São Paulo... ou se precisar de alguma coisa de lá... já tem o meu cartão. Ah... tem como deixar um até breve pra Dona Thereza? – pediu Silvio, já a caminho da porta.

– Claro! Só um minuto... *Teca*! *Tecaaa*!!! – A voz rouca de Samuel ecoou pela casa como um trovão.

Dona Thereza surgiu mais uma vez na sala e, sempre em passos lentos, postou-se ao lado de Samuel. O trio desceu as escadas em direção ao portão de saída. Silvio, já do lado de fora do portão, despediu-se mais uma vez do casal.

Dona Thereza insistiu mais uma vez:

– Não quer mesmo ficar pro almoço, Seu Silvio?

– Obrigado, Dona Thereza. O cheiro tá mesmo muito apetitoso. Hoje eu não posso, mas se houver um outro convite, volto aqui, com certeza.

– Então já *tá* convidado, meu filho. Venha quando quiser, viu?

– Obrigado pela recepção, pelo café e pelo seu tempo. Até um dia.

Silvio virou às costas e retornou a pé pelo mesmo caminho, até a praça onde havia estacionado o seu carro. No trajeto de retorno a São Paulo, o repórter lembrou de seu amigo Nico e sorriu ao volante, satisfeito pelo resultado obtido com a sua ida até Guaratinguetá.

A rápida passagem pelo Vale do Paraíba tinha sido válida em todos os aspectos.

Capítulo 39

Cabelos brancos

O canarinho em fase de troca de penas assustou-se com o movimento repentino de elevação da gaiola de barras finas que o mantinha em cativeiro. O pássaro saltou freneticamente entre os três puleiros de repouso e assim que a estrutura de madeira retornou ao suporte de metal chumbado na parede erguida e pintada há menos de dois meses, a ave cinzenta e amarelada retornou ao ato de bicar entre os grãos de alpistes frescos, trocados religiosamente pelo dono da casa a cada dois dias.

A paixão por passarinhos surgira certa vez, ainda na infância, quando os olhos do mais novo de dois irmãos perceberam um pequeno pássaro ferido e agonizante ao lado de um arbusto, à beira da estrada de terra de quatro quilômetros que servia de rota entre o vilarejo capixaba e a escola da comunidade.

Por três dias a fio o pequeno menino se empenhou, com a ajuda do pai, em ter sucesso na recuperação do passarinho. Mal a aula se encerrava e o garoto impaciente apressava o irmão mais velho por toda a caminhada, na intenção de chegar em casa o mais rápido possível e ver como estava o bichinho.

No quarto dia desde o encontro do filhote, o menino entrou no espaço simples da casa que servia de área de visitas e trazia entre as mãos o corpo inerte do pequeno pássaro, já quase sem vida. Lágrimas banhavam um rosto escuro infantil e os dedos pequenos do menino deslizavam sobre o corpo frágil que ainda preservava um derradeiro sopro de vida entre as penas.

Ainda inocente sobre as agruras envolvendo o ciclo vida e morte, o menino esticou as mãos em direção ao irmão mais velho:

– Nado, ele não levanta mais... Me ajuda aqui, Nado.

– A gente tentou, menino. Tem mais jeito, não...

Ainda chorando, o menino saiu da sala, triste por não ter conseguido salvar a vida da criatura que vira caída à beira da estrada.

A casa nova, construída em um terreno plano, era cercada por uma área vasta e exibia uma variação vegetal que ia desde hortaliças no entorno da casa principal, até um aglomerado de árvores silvestres ao fundo, a cerca de uns duzentos metros de distância, ao fundo da propriedade.

O sol forte banhava a terra ainda úmida pela garoa do dia anterior, que caíra por boa parte do norte do estado. A chácara situava-se ao longo da estrada de terra que dava acesso ao município de Santa Luzia do Norte, um lugarejo também conhecido como Patrimônio dos Pretos, a cerca de trinta quilômetros ao norte da cidade de Ecoporanga, Espírito Santo.

Um senhor negro e de cabelos brancos acabara de limpar, na parte posterior da residência, a cobertura dividida em duas partes onde, de um lado mantinha um pequeno viveiro de passarinhos, seu lazer favorito, e do outro guardava materiais e ferramentas diversos para a manutenção da casa, da camionete e do pequeno rancho. O terreno e o automóvel eram todo o patrimônio adquirido por aquele senhor, em muitos anos de trabalho abnegado como militar do Corpo de Bombeiros naquela região do estado capixaba.

O proprietário dirigiu-se para a frente da casa, onde todas as manhãs ele acondicionava os dejetos produzidos em suas terras, colocando-os em contentores de lixo orgânico adquiridos junto à prefeitura de Ecoporanga e que ficavam perfilados à esquerda e a uns oitenta metros do grande portão central, para serem recolhidos a cada dois dias pelo caminhão de coleta municipal.

Apesar da brancura dos cabelos e o desgaste natural dos órgãos chegando aos sessenta anos, o homem movia-se com vigor e demonstrava uma firmeza de movimentos acima do verificado normalmente na maioria das pessoas da mesma faixa etária.

Ao cruzar o interior da casa, atravessar a porta e atingir o piso cimentado da varanda frontal da residência, que continha apenas uma cadeira de balanço posicionada exatamente para contemplar a visão da estrada de terra que trazia e levava os visitantes àquela região, o homem percebeu ao longe a aproximação lenta, no horizonte à sua esquerda, de um veículo esportivo de cor escura.

O carro percorria, à média velocidade, os três quilômetros de terra batida que passavam pela frente de sua propriedade e que em quinze quilômetros mais adiante cruzavam com uma via pavimentada que levava ao município de Mucurici, no extremo norte do estado de Espírito Santo.

O homem repousou uma porção de pacotes fechados contendo sementes de algumas hortaliças para plantio sobre a mureta que circundava

—— 288 ——

toda a varanda da casa. Com a sua curiosidade e atenção tomadas pela provável passagem do veículo, o senhor de terceira idade recostou-se em uma das duas colunas centrais de tijolos expostos que sustentavam a cobertura inclinada da entrada da residência.

O veículo pareceu diminuir de velocidade à medida que se aproximava do portão que dava acesso ao terreno e a curiosidade do senhor aumentou quando o automóvel, um Ecosport XLS preto, parou na estrada, do lado de fora da cerca e a uns cinco metros do portão de entrada.

Após alguns segundos, a porta do motorista se abriu e um jovem de pele escura e porte atlético pisou na beira da pista de terra batida. Simultaneamente, o lado do carona liberou a saída de uma jovem negra de aspecto igualmente saudável e que trazia ao ombro uma bolsa tiracolo de tamanho médio. Ambos caminharam em direção ao portão, tendo o cuidado de evitar pequenas poças enlameadas no trajeto, já exauridas pela constância do calor abrasivo das 11h00.

A dupla postou-se bem ao centro do portão da chácara e, ciente de que era observado pelo senhor de pé na varanda, Marcos desenhou um semicírculo no ar com a mão e em seguida esforçou-se para que a sua voz chegasse ao senhor negro, impassível e vigilante, a cerca de uns trinta metros, de pé, sob a cobertura:

– Bom dia. Por favor, onde posso encontrar o Sr. Benedito Lourenço dos Santos?

– Quem é?! – Uma voz grossa cruzou a distância entre o homem e os dois jovens de pé, perto do portão.

– Nós somos de São Paulo e gostaríamos de falar com ele! Ele está? – perguntou educadamente o jovem.

– Que assunto?! – O senhor fez o gesto de cabeça característico das pessoas que querem enxergar melhor um foco de visão distante.

– Uma pesquisa de universidade! – informou o jovem, com convicção.

Ainda postado na varanda, o homem cerrou os olhos na expectativa de poder reconhecer os rostos do casal parado em frente à sua chácara e que dava sinais de que o conhecia. Como não houve o reconhecimento, optou por preservar a distância entre ele e os dois, até certificar-se de que uma eventual liberação da entrada na chácara seria segura.

O homem raramente recebia visitas.

– Que tipo de pesquisa, moço?!

O rapaz lançou um olhar rápido em direção à moça e respondeu:

—— 289 ——

– Nós somos universitários! Eu sou brasileiro e ela é estrangeira! Estamos fazendo uma pesquisa sobre bombeiros aposentados de todos os estados do Brasil!

O jovem enfiou uma das mãos no bolso, retirou um papel, leu-o rapidamente e continuou:

– Nós passamos por Ecoporanga, lá na base militar da Rua Projetada, e o pessoal sugeriu uma visita até a sua chácara pra uma possível entrevista... Eles disseram que a chácara ainda não está servida com linha telefônica. Quem indicou o senhor foi o... só um minuto... Sargento Pinheiro! – disse o rapaz, em voz alta.

O nível de desconfiança do senhor negro diluiu-se e ele passou a se deslocar lentamente em direção ao portão.

– Universitário, é...?

"Que será isso?" – pensava o homem enquanto seguia até o portão.

– Isso mesmo. Senhor... Benedito? – perguntou o estudante, com um tom de voz mais moderado.

Ao se aproximar do casal, o homem atestou que ambos eram efetivamente visitantes de passagem, pela placa do carro, onde se lia Vitória-ES, e também pelos trajes urbanos que contrastavam com o hábito local do uso de bermudas e regatas em dias quentes como aquele. Como se em um arranjo preestabelecido entre a dupla, o rapaz e a jovem trajavam jeans e camiseta branca, completando o conjunto com pares de tênis escuros.

A moça, que até então não dissera uma palavra, sorria nervosamente e escondia os olhos por trás de um par de lentes grandes e enegrecidas de um modelo de óculos de sol que parecia cobrir uma boa porção do seu rosto. Sobre a cabeça, um chapéu ondulado cor de musgo, o qual Dito teve a impressão de só ter visto nos filmes estrangeiros que costumava assistir com Iaciara nas sessões noturnas de sábado que eventualmente o casal, dono da daquelas terras, acompanhava através das transmissões via satélite que chegavam na tela de televisão, pela antena parabólica instalada na parte traseira da propriedade.

Sob o chapéu, em volta da cabeça, um lenço com estampas sinuosas envolvia todo o volume dos cabelos, deixando só uma pequena porção das orelhas à mostra, ao mesmo tempo em que servia como um aparador para o suor estimulado pela temperatura e umidade daquela região do Brasil.

– Você tem algum documento, moço? – A voz soava firme e Marcos identificou nela uma pessoa simples e educada.

—— 290 ——

O jovem tirou do bolso da calça uma carteira de estudante da faculdade e passou-a por cima de uma das metades da barra de ferro horizontal do portão, fazendo a identificação parar nas mãos do homem do lado interno, que a examinou e devolveu logo em seguida ao estudante.

Marcos, em seu íntimo, sentia-se um pouco constrangido por informar ao proprietário da chácara uma versão algo fantasiosa sobre o motivo daquela visita, mas por fim consolou-se, na certeza de que a inverdade se justificaria pela intenção final da surpresa reservada para aquele dia, articulada animadamente ainda naquela manhã com Ashley, após saírem do posto do Corpo de Bombeiros Militar de Ecoporanga.

A identificação de ambos como estudantes universitários, a passagem pela base militar e a menção do nome do sargento de plantão que indicara o caminho até a chácara à beira da estrada, havia cerca de meia hora, foram as únicas partes verdadeiras da introdução feita por Marcos ao bombeiro aposentado.

Foi somente no deslocamento entre o hotel de Ecoporanga e a base do corpo de bombeiros, naquela manhã, que Ashley contou a Marcos mais detalhes sobre a existência do irmão de sua mãe naquela parte do Brasil.

Sentada ao banco do carona, a jovem Americana relatou ao jovem brasileiro sobre a ida da mãe, quando Isabel ainda era bem jovem, para trabalhar em São Paulo; o emprego como doméstica, as visitas constantes do irmão em São Paulo, o contato com um militar Americano, o casamento repentino e a partida para os Estados Unidos. Marcos mostrou-se maravilhado com o enredo descrito pela jovem Americana e viu despertar em si o desejo de contribuir, mais do que nunca, para o encontro da sobrinha e do tio, parentes desconhecidos entre si, e cujo convívio fora impedido, até então, pela casualidade que determina os destinos das pessoas e das coisas.

– Benedito Lourenço dos Santos, às ordens. Mas por aqui todo mundo me conhece por seu Dito. Bom, mas a entrevista não vai ser aqui no portão, né...? Então, vamos entrando... – Benedito removeu um molho de chaves que trazia preso à altura da cintura e desbloqueou a grande trava de aço que trancava o portão por dentro.

Em seguida, o senhor empurrou com certo esforço as duas bandas do portal metálico para o lado de fora da entrada, abrindo espaço para o acesso ao espaço interno do terreno. Lá atrás, na varanda, uma figura feminina apareceu e passou a observar a movimentação junto ao portão.

– Pronto... pode trazer o carro aqui pra dentro. Pode pôr ali atrás da caminhonete – indicou o senhor.

—— 291 ——

Enquanto Marcos manobrava o carro para o interior do terreno, o homem gesticulou em direção à varanda e dirigiu a palavra para a moça ao seu lado:

– Vocês são de São Paulo, é? Eu ia muito prá lá quando era mais moço. Tinha uma irmã que morava lá... Depois nunca mais voltei.

– *Hammm*... entendi – disse Ashley laconicamente, sentindo o coração pulsar com força.

O homem e o casal subiram o pequeno lance de escadas e alcançaram o piso da varanda, onde uma mulher de baixa estatura aguardava o trio com um ar de curiosidade estampado no rosto.

– Ciara... esses moços são de São Paulo e tão aqui pra falá alguma coisa sobre bombeiros.

A mulher tinha uma aparência peculiar: cabelos longos e lisos que reluziam um brilho e um aspecto indicando que no passado foram extremamente grossos e negros. O rosto, de formato arredondado, abrigava um par de olhos ligeiramente puxados sob duas sobrancelhas curiosamente finas e ralas. A pele tinha uma tonalidade uniforme da cor de cobre escurecido, e o vestido rosa, à altura dos joelhos, realçava a beleza nativa da esposa de seu Dito. Marcos sentiu-se maravilhado por, pela primeira vez em sua vida, contemplar pessoalmente a beleza de uma mulher índia fora dos livros nos quais fazia as suas pesquisas para os seus trabalhos acadêmicos do curso de História na Metropolitana.

– Ah, *tá*! Prazer, Iaciara Lourenço dos Santos. Então vamos entrar que eu vou preparar um café *gorinha* mesmo.

Ao entrarem, Ashley e Marcos se abrigaram em um cômodo amplo, de piso de azulejos decorados e brilhosos, de tamanho médio. À direita da entrada, um sofá vermelho de encosto alto se apoiava em uma das paredes brancas que compunham a sala. Um grande tapete cor de terra cobria uma boa parte do piso do recinto. À esquerda, uma janela grande em armação de alumínio, e que dava para a área da varanda, situava-se sobre uma poltrona idêntica ao *design* do sofá. Do mesmo lado, num ângulo de noventa graus em relação à janela da varanda, um conjunto de pratos de porcelana e xícaras brancas decorava um balcão em mogno enegrecido envidraçado, de uns três metros de largura.

Ao centro da parede, sobre o balcão, uma colagem emoldurada colorida mostrava um negro forte e de olhar sério em traje militar de gala, de braços dados com uma bela jovem de sorriso largo e cabelos negros, enfeitados com uma tiara brilhante adornada com um arranjo que lembrava uma coroa de pétalas brancas e finas.

—— 292 ——

Simetricamente, logo abaixo do quadro sobre o balcão, um pequeno enfeite de cocar indígena e a miniatura de um caminhão de bombeiro estilizado colocavam-se lado a lado, acomodados sobre um tecido decorativo em formato de losango rendado, cujas pontas horizontais, mais longas, apontavam para ambos os extremos do balcão.

A simplicidade da decoração do ambiente tornava-o agradável e acolhedor e a sensação era intensificada pela corrente de ar fresca que cruzava todo o cômodo, vinda do norte, trazendo alívio para o casal de jovens, trajados inadequadamente para o rigor da temperatura da região.

– Senta, gente, por favor – disse o senhor.

– Obrigado, seu Dito. Nossa... como é gostoso aqui dentro! – declarou Marcos, olhando ao redor.

– Ah... eu gosto muito daqui. É bem tranquilo, sabe? Comprei quando ainda era uma mata fechada, depois que minha irmãzinha foi embora... lá se vão uns trinta anos ou mais. Eu ainda morava com os meus pais em Ecoporanga. Hehe... não tinha nada aqui naquela época! Fui o primeiro a comprar terreno por aqui. Dividi em prestações e fui pagando aos poucos. A prefeitura queria trazer o povo pra cá pra fazer a cidade crescer. Mas só comecei mesmo a mexer aqui há uns vinte anos atrás, depois que me casei. Tinha que saír do aluguel, né...? Primeiro eu construí uma casinha pequena. Depois fui limpando, carpindo, plantando, levantando paredes... Mas eu também tinha que ajudar os meus pais, né...? Eu era bombeiro na cidade e quando dava, eu vinha pra cá. Aí, logo depois, eu conheci a minha índia, a gente se casou, e fomos aumentando a casinha aos poucos... Eu me aposentei no ano passado e daí deu pra acabar o que faltava... Deu trabalho, viu! Eu e a Ciara fizemos tudo isso daqui sozinhos! – A voz do senhor demonstrava a satisfação de quem alcançou um sonho desejado.

– Tenho certeza que sim, seu Dito. Podemos gravar a entrevista sobre a sua carreira de bombeiro?

– Pode sim, moço. Mas quem vai fazer as perguntas é você, né? A moça aí fala bem a nossa língua? – disse Benedito, arriscando um olhar e um sorriso em direção à jovem, que havia retirado o par de óculos assim que entrara na sala. O chapéu e o cabelo preso pelo lenço prejudicavam, contudo, uma visualização satisfatória dos seus traços.

– Quase nada, seu Dito. Ela só está me acompanhando como turista pra conhecer esta parte do Brasil. Eu pedi pra ela me ajudar a gravar a entrevista... Tudo bem? Podemos começar? – perguntou o estudante.

– Sim, claro... – concordou Benedito.

Marcos entregou um pequeno gravador de voz para Ashley, agora sentada no sofá ao lado do senhor, e preparou-se para o início da "entrevista" com o bombeiro aposentado.

Quando o jovem ia formular a primeira pergunta, Iaciara entrou pela sala com uma grande bandeja artesanal feita de casca de bambu entrelaçada. Sobre a superfície, uma jarra de limonada repleta de gelo acompanhava uma tigela que trazia cubos de bolo de fubá, uma vasilha retangular de plástico que continha biscoitos e bolachas, e uma garrafa térmica azul que exalava um aroma de café feito naquela hora.

– Tá muito quente, mas eu trouxe um suquinho gostoso pra refrescar o calor e também um cafezinho, se preferirem... – disse Iaciara, que em seguida sentou-se no lado vazio do sofá, junto ao marido.

– Obrigado, Dona Iaciara. Esse nome é índio, não é? – quis saber Marcos.

– É sim, moço. Eu nasci em uma comunidade tupiniquim de Aracruz... – respondeu a senhora.

Ao contemplar os traços étnicos de Iaciara, veio à mente de Marcos uma bateria de pesquisas acadêmicas feitas no ano anterior, no seu curso de História da Metropolitana, sobre os povos indígenas do Brasil e o jovem lembrou-se de alguns dados levantados por ele que davam conta de que o estado do Espírito Santo fora, à   época do descobrimento, habitado por diversas tribos indígenas, todas pertencentes ao tronco Tupi.

Aquela pesquisa havia chamado a atenção do estudante por informar que as tribos do interior capixaba eram chamadas de Botocudos, sendo-lhes atribuído comportamento agressivo e belicoso, além da prática de antropofagia. Aracruz, a região natal de Iaciara, por sua vez, abrigava os descendentes dos primeiros tupiniquins encontrados no estado e que, com o passar do tempo, passaram a praticar a agricultura de subsistência e o artesanato indígena como recurso de sobrevivência.

Se em tempos idos as tribos nativas eram arredias no trato com a civilização colonizadora, o olhar doce e o sorriso fácil da índia ao lado de seu Dito nada tinham de hostil.

– A senhora nasceu em uma comunidade índia? E como vocês se conheceram?

Pela próxima meia hora, enquanto os dois jovens deliciavam-se com as guloseimas caseiras preparadas pela dona da casa, seu Dito e Iaciara, como sempre gostavam de fazer quando indagados sobre o assunto, alternaram-se na tarefa de descrever aos estudantes os fatos que culminaram no encontro dos dois, há vinte e seis anos, durante um evento comunitário voltado para as comemorações do Dia do índio no estado, organizado pela Pastoral Indigenista da Diocese da Cidade de Colatina.

As festividades – disse Iaciara – haviam sido coordenadas por uma entidade denominada Missionárias Combonianas, promotora de iniciativas de autossustentação das mulheres tupiniquins e da divulgação de produtos nativos das aldeias de Aracruz e de outras comunidades indígenas do estado capixaba.

Um destacamento do corpo de bombeiros da Cidade de Colatina foi solicitado para acompanhar o evento, uma vez que as comemorações durariam um fim de semana inteiro no centro histórico da cidade e aguardava-se a presença do prefeito da cidade e do governador do estado para as festividades. Em razão do afluxo de visitantes além do previsto, o Comandante dos Bombeiros da cidade solicitou apoio de efetivo humano para os Comandantes dos destacamentos de Bombeiros dos municípios vizinhos.

O jovem Cabo Benedito, acompanhado de um soldado do quartel de Ecoporanga foi instruído, através de uma ordem de serviço do Comando de sua base, a se apresentar ao Oficial Bombeiro de plantão da cidade irmã, um dia antes do início do evento, para o conhecimento das ordens a serem executadas durante a realização do evento em Colatina.

Seu Dito explicou, com riquezas de detalhes, o momento em que, no segundo e último dia das comemorações, passava por um canto da praça central onde ocorria o evento e se encantou com a figura da jovem índia, agachada próxima a um grande tecido retangular estendido sobre o chão, onde plantas medicinais, cocares, artesanatos diversos, pequenas esculturas de madeira, macramês indígenas, penduricalhos tribais, raízes, colares, brincos, e bolsas disputavam palmo a palmo a atenção dos transeuntes.

Misturado no aglomerado de curiosos que escrutinava a qualidade da arte indígena de Iaciara, o negro alto, forte e fardado, admirou-se com a destreza da jovem, de pele genuinamente bronzeada e cabelos profundamente negros e lustrosos, em prender a atenção do pequeno grupo de pessoas ao seu redor.

Sob o pretexto de querer adquirir um dos artefatos expostos pela índia, Benedito pediu à jovem nativa para guardar um pequeno enfeite artesanal indígena que seria recolhido mais tarde pelo bombeiro, ao término do seu plantão de serviço. Ao fim do dia, Benedito retornou àquele ponto da praça e para o seu desespero, o local estava vazio. O militar começou a perguntar sobre a índia para algumas outras pessoas que recolhiam suas mercadorias em pontos próximos e ele recebeu de

—— 295 ——

volta a informação de que ela acabara de embarcar no ônibus da prefeitura que a levaria de volta para a reserva de Aracruz.

Benedito ainda viu a traseira do ônibus se deslocando lentamente e abrindo caminho entre os pedestres, em uma rua afluente à praça, antes de virar a direita e sumir atrás do local da antiga estação ferroviária da Estrada de Ferro Vitória-Minas.

Esperançoso em poder alcançar o veículo antes que ele conseguisse passar pela multidão e ganhar velocidade em uma via mais livre, Benedito acelerou o passo em direção à parte frontal da igreja vizinha à antiga estação, criando uma rota a pé que, com sorte, interceptaria o ônibus quando este apontasse na rua à sua direita.

Ao chegar em um ponto ideal e pisar no asfalto, o militar ofegante viu o veículo longo e metálico passar, em média velocidade, da esquerda para a direita, diminuindo um pouco a velocidade mais adiante, dando preferência a uma fila de carros em um cruzamento há poucos metros. Benedito correu em direção ao veículo e socou com força a porta de passageiros, ao mesmo tempo em que mostrava a sua carteira militar para o motorista que, assustado, freou o motor, parando o coletivo solicitamente.

Benedito pediu licença ao condutor e caminhou convicto entre os bancos e encontrou Iaciara sentada bem ao fundo do ônibus, com uma expressão temerosa nos olhos. Fardado e com algumas gotas de suor deslizando sobre a testa, Benedito perguntou à moça se ainda havia tempo para adquirir o artesanato escolhido anteriormente. Com tristeza o soldado recebeu a informação de que, como ele não havia voltado até o encerramento da exposição, ela não teve outra alternativa a não ser vender o enfeite... mas que ela confeccionaria um outro especialmente para ele!

O bombeiro e a índia casaram-se oito meses depois e o enfeite citado era o mesmo que decorava o balcão da sala da chácara de Benedito e Iaciara, ao lado da miniatura do autotanque vermelho dos bombeiros.

– Nossa... que história, hein, seu Dito? – exclamou Marcos, cada vez mais admirado.

– É... eu dei muita sorte. Depois que a gente se casou, só melhorou, né Ciára? – disse o homem, lançando um olhar comprometido em direção à sua esposa.

– É sim, meu *mutum*.

– Tá vendo...? Ela vive me chamando com essas palavras de índio e... – acusou o senhor, ameaçando cobrir o ambiente refrescado com um sorriso de contentamento.

—— 296 ——

– Mutum, meu nego. Cor escura... que eu gosto tanto – Iaciara disse a frase olhando para Dito com uma expressão adolescente e apaixonada.

Marcos reconheceu, naquele diálogo e gesto, a mesma reação que os seus próprios pais tinham ao querer demonstrar o afeto e cumplicidade que faziam de Livaldo e Elisa um casal feliz e enamorado.

– Ainda tem mais! Eu sou diretor do Centro Cultural "Patrimônio dos Pretos", que é o nosso antigo clube recreativo, daqui de Santa Luzia. Sou um dos fundadores... lá tem uns instrutores que ensinam capoeira, sabe? Vocês tem que conhecer lá! Um dia eu tava em casa, cantando uma roda de capoeira e eu falei a palavra "quilombo" e ela... como é mesmo, Ciara? – indagou Benedito à esposa.

– Você cantava "quilombola", Mutum. Lá na aldeia a minha gente falava a palavra *canhambora*, que em tupi significa "lugar de homem fujão". É meio parecido... – disse Iaciara, gesticulando a cabeça em tom afirmativo.

– É isso mesmo... Bom, já falei demais. Desculpa, atrapalhei a entrevista...

– Eu ficaria o dia inteiro ouvindo o senhor, seu Dito. E a senhora também, Dona Iaciara. Mas temos que terminar aqui, voltar pra Ecoporanga, amanhã dirigir até Vitória e depois embarcar de volta pra São Paulo.

– Tá bom, então. Tô à sua disposição... Marcos, né?

– Isso mesmo. Bom, vou começar, tudo bem?

Depois de algumas perguntas introdutórias, a entrevista tomou um curso mais específico.

– Senhor Benedito, o senhor foi bombeiro por quanto tempo?

– Fui bombeiro militar por trinta e cinco anos. Comecei em 1972.

Enquanto falava, o senhor olhava diretamente para Marcos. Embora suspendesse o gravador digital próximo à boca do entrevistado, Ashley estava em um ângulo que a deixava fora do foco de visão do homem falante e ativo, cuja personalidade era diametralmente oposta ao estilo discreto e reservado de Isabel, sua mãe. A jovem removeu o chapéu da cabeça com a mão livre e repousou-o sobre o colo, mantendo os óculos escuros sobre os olhos e o lenço no cabelo.

– E por que o senhor escolheu esta profissão? – prosseguiu Marcos.

Marcos percebeu um olhar de tristeza tomar conta do semblante do senhor à sua frente, que abaixou o olhar sintomaticamente. Receoso de que talvez a pergunta tivesse sido inapropriada, olhou para Iaciara como quem pedisse por ajuda. Benedito estava sentado no sofá exatamente entre a esposa e a jovem visitante e pela primeira vez o seu rosto mostrou-se sem a energia que os estudantes haviam percebido desde que ali chegaram, havia pouco mais de uma hora.

Sabedora da razão daquele silêncio repentino, Iaciara forçou levemente o cotovelo contra a lateral do marido, ao mesmo tempo em que exclamou:

– Vai, nego. Conta logo...

Benedito ergueu o olhar e soltou um suspiro de resignação, como se tomasse coragem para enfrentar o maior dos seus medos e prosseguiu:

– Eu tinha uns dez, onze anos... Era eu e meu irmão, o Bernardo... Dois anos mais velho que eu. Eu chamava ele de Nado. A gente fazia tudo junto: ia pra escola, jogava bola, ajudava o pai na roça, ia nadar... Um dia eu e ele voltávamos pra casa... tava muito calor e caímos no Prata, como a gente fazia de vez em quando. Brincamos bastante e depois a gente pulou na água de uma pedra que tinha na beira do rio. O último mergulho a gente sempre dava junto, sabe? Depois, a gente colocava o uniforme, subia a trilha e pegava a estrada a pé, de volta pra casa. Só que daquela vez, nós dois pulamos juntos, mas só eu subi... Cheguei na outra margem e não vi meu irmão... Ele era bom demais na água, sabe...? Ele costumava brincar com o apelido meu e dele, dizendo: "*Você é o Dito e eu... Nado!*" – o ex-bombeiro exalou mais um suspiro melancólico e continuou:

– Aí eu chamei pelo nome dele... Nada. Quando olhei mais pra baixo no rio... uns metros de mim... vi a cabeça dele... tinha sangue... mas ele tava vivo... ele levantou um braço... e gritava: *Dito! Dito! Me ajuda!*... e a água foi levando ele... corri na beira do rio que nem louco... daí, eu pulei de volta n' água... nadei o mais rápido que pude, rio abaixo... ele ainda me viu e tentou nadar contra a água... eu gritava desesperado, sabe?... *Vai pra berada, Nado! Aguenta um palmo aí... já tô chegando!* Mas ele já tava muito cansado, não aguentava nem bater na água mais... aí o corpo dele rolou no rio igual um tronco de madeira... eu ainda consegui chegar bem perto dele, mas não teve jeito... ele afundou mais uma vez e não subiu mais... só acharam o corpo do Nado dois dia mais tarde, bem longe no rio. Nunca mais esqueci dele gritando o meu nome e pedindo socorro... Até hoje eu sonho com ele me chamando... – concluiu o homem.

– Nossa, seu Dito. Foi difícil pro senhor, né? – Marcos percebeu a umidade nos olhos de seu Benedito. Ao mesmo tempo, uma onda de tristeza tomou conta dos sentimentos do jovem universitário.

– Difícil? O Nado era meu irmão e meu melhor amigo. A gente era muito apegado um no outro, sabe? Só tive coragem de chegar perto de um rio novamente quando entrei pro Corpo de Bombeiros, muitos anos depois.

– Então esse fato trágico com o seu irmão influenciou o senhor na escolha da profissão, seu Dito?

– Ah... com certeza, moço. No dia do enterro dele, eu jurei pra mim mesmo que ia fazer de tudo pra salvar e ajudar as pessoas com esse tipo de situação, sabe?

Ashley ouvia tudo atentamente, frustrada por compreender muito pouco do relato do homem ao seu lado. Mesmo para os ouvidos razoavelmente bem treinados de Ashley, Benedito se expressava com uma fala rápida e pontuada com expressões locais totalmente desconhecidas para a jovem Americana.

Alternando a posição no apoio manual ao gravador vocal digital, a jovem conduziu o aparelho para a palma da mão esquerda e discretamente desatou, na nuca, o nó do lenço estampado que cobria e ocultava toda a robustez e vigor dos seus cabelos.

Em seguida, a estudante depositou o lenço dentro do bojo do chapéu, junto com os óculos escuros, e agitou levemente a cabeça, ajustando o volume capilar. O coração da jovem palpitava em um compasso cada vez mais acelerado, como nunca lhe ocorrera anteriormente e ela sentia um frio no estômago diante da expectativa crescente em revelar àquele homem forte, de cabelos brancos e de traços muito parecidos com os de sua mãe, a verdadeira razão daquela visita.

Marcos fazia um excelente trabalho em manter a atenção do entrevistado voltada para a sua figura:

– Entendi. Mas o senhor disse que tinha uma irmã, também...

– Ah, sim. Belinha... Isabel! A nossa... a minha irmãzinha caçula! Ela tinha uns quatro, cinco anos quando o Nado morreu... – informou Benedito.

Ashley sentiu os olhos lacrimejarem, ao reconhecer a pronúncia do nome de sua mãe.

– O senhor falou que ela morava em São Paulo?

– Ela saiu daqui quando ainda era mocinha... uma tia nossa já morava por lá e pediu a permissão dos meus pais pra levar a Belinha pra São Paulo.

– Pro senhor foi difícil então, hein, Seu Dito? Perdeu o irmão... depois a irmã caçula vai embora...

– Belinha era *pequinininha*, um tôco... mirrada, quietinha. Depois que o Nado morreu, eu me apeguei nela ainda mais... Eu queria passar o

—— 299 ——

tempo todo com ela. Fazia brinquedo pra ela; boneca de palha de milho, sabe? Chegava da escola correndo só pra pegar ela no colo. Se ela chorava em casa, eu chegava em cima dela antes da mãe. Quando eu entrei pros bombeiros, ela já era uma mocinha. Hehehe... era ela que cuidava dos meu uniformes; não deixava nem a mãe pôr as mãos! Ela vivia dizendo que não gostava de Ecoporanga... já falava em ir morar em cidade grande, essas coisas... Quando a chance apareceu, ela não pensou duas vezes: picou a mula! Não foi nada fácil convencer o pai e a mãe, mas a Belinha era danada! Aí meus pais só deixaram ela ir pra São Paulo se eu fosse a cada dois meses pra lá, pra ver como ela tava se virando. E assim foi... – completou Dito.

Ashley levou um dos dedos a um canto dos olhos, interrompendo uma lágrima que ameaçava descer sobre a sua face. Em contraste, o coração pulsava energicamente, traduzindo a alegria indescritível da moça em cada batida.

– E onde ela está hoje, Seu Dito?

Benedito pareceu hesitar por um segundo. Olhou com decisão para Marcos e afirmou:

– Ela se casou e foi embora...

– Embora pra onde, seu Dito? – indagou Marcos, fingindo ignorar por completo o conhecimento sobre o paradeiro da irmã do homem à sua frente.

– Embora pro estrangeiro, moço. Ela conheceu um patrício que era do exército Americano... um negócio assim... eu só vi ele duas vezes... ele veio pra Ecoporanga uma vez pra falá com os nossos pais... Parece que eles só se casaram no papel... um mês depois, eu fui pra São Paulo uma última vez, pra me despedir dela no aeroporto... era pra ir todo mundo, mas na última hora só eu pude ir... minha mãe já tava doente na época e o pai teve que ficar tomando conta dela... Despedida *memo*, só a minha... Ela ficou de mandar as cartas pela tia lá de São Paulo... Mas nunca recebemos nenhuma. Aí a gente perdeu contato com a tia... Nem sei se Belinha tá viva ainda... Depois daquele dia no aeroporto, nunca mais tivemos notícia dela... mais de trinta anos, moço. – Benedito cruzou os dedos das duas mãos, em um gesto nítido de tristeza e impotência.

– Puxa, que pena, seu Dito. Mas quem sabe um dia, *né*? Ashley... conseguiu gravar?

Iaciara inclinou-se para enxergar melhor a jovem do outro lado do marido e Benedito girou o tronco, dando-se conta que, entretido com a viagem ao passado da qual acabara de retornar, esquecera quase que completamente da moça que passara o tempo todo quieta ao seu lado e olhou em sua direção.

A princípio, olhou-a com ar indiferente, um pouco preocupado com a própria indelicadeza com a visitante ao deixar a entrevista ter fugido um pouco do assunto sobre a sua carreira no Corpo de Bombeiros de Ecoporanga. Depois, admirou-se com a beleza finalmente exposta e revelada daquela jovem de pele escura, ao perceber que ela finalmente livrara-se do chapéu, do lenço e dos óculos escuros.

Em seguida, Benedito mostrou um ar de embaraço pelo fato de a jovem não fazer nenhuma pergunta adicional e sim olhar fixamente naquele par de olhos com uma expressão ao mesmo tempo esperançosa e melancólica. Havia um brilho estranhamente familiar em seus olhos e que por um breve instante causou no homem da chácara uma emoção inexplicável, o que o fez recuar um pouco a cabeça e olhar para aquele rosto jovem mais atentamente.

Como se a sala arejada fosse pouco a pouco se dissolvendo ao seu redor, Benedito fixou o olhar nos cabelos muito bem tratados da jovem, depois o seu olhar encontrou-se de novo com os olhos singelos e amendoados da moça, para em seguida conferir o formato do nariz e o alinhamento sinuoso dos lábios ligeiramente salientes.

Imagens de lembranças que Benedito acreditava terem se apagado de suas recordações para todo o sempre começaram a pipocar nos neurônios adormecidos de sua memória e o homem sentiu sua garganta secar. Um tremor discreto tomou conta de suas mãos e pernas.

O queixo anguloso de Benedito moveu-se vagarosamente e um murmúrio incrédulo exalou-se de seus lábios que, em um sopro trêmulo e quase inaudível, exclamou:

– Nossa senhora... você parece...

– Prazer, *mister*. Meu nome é Ashley Santos LaVernne e sou filha de Isabel dos Santos LaVernne, sua irmã. Oi, tio... – declarou a jovem, com a voz entrecortada pelo impacto da revelação.

Benedito ouviu a fala da jovem chegar-lhe aos ouvidos e ignorou completamente o aperto forte em seu braço direito, a primeira reação de Iaciara ao testemunhar a realização de suas preces, desde que tomara conhecimento da história da irmãzinha de Dito, que saíra do país havia cerca de trinta anos e nunca mais voltara.

Sem palavras que pudessem expressar o turbilhão emocional que o atingira naquele instante, Benedito ergueu-se do sofá, na esperança de que de pé se convenceria de que aquela visão não se tratava de um

—— 301 ——

sonho e, com a sobrinha já entre os braços, o bom homem sentiu despertar em seu peito aquele ímpeto incontrolável de salvamento e proteção que eclodiu em dose dupla em seu caráter desde que viu um passarinho e um irmão escaparem dos seus dedos, num quintal de chão batido e nas águas turvas do Rio Prata. Também para nunca mais voltarem.

Serena como a mãe, Ashley recebeu o abraço de seu tio Benedito e compreendeu a necessidade daquele homem em extravasar todos os anos em que desejou fazer o mesmo com Isabel, sua pequena irmã Belinha, sem sequer saber o que o destino havia feito dela.

Abraçado e soluçando ao ombro da sobrinha, Benedito envolveu a jovem como se jamais fosse deixá-la sair de seus braços de novo. Ali, naquele momento, aquele homem, que passara boa parte de sua vida se preocupando mais com o bem-estar dos outros do que de si próprio, sabia que ao abraçar o sangue do sangue da irmã, trazia de volta para os seus braços também um pouco do amor perdido dos pais, de Isabel e de Bernardo.

Marcos e Iaciara acompanharam com um silêncio respeitoso a cena, igualmente tocados pela carga emocional do momento.

Após o longo abraço do tio, Ashley sentou-se de novo ao sofá, revirou a bolsa tiracolo com a qual viera para a chácara e ainda afetada pela emoção em ser resgatada por um laço de sangue havia muito perdido, declarou:

– Tio... minha mãe pediu para eu entregar este carta, se eu conseguir encontrar com você. Ela diz que carta explica tudo.

Capítulo 40

Visões do passado

– É isso mesmo, Doutor?

– Sim. O Dr. Lacerda acabou de me ligar do 28° DP – disse a voz do advogado dos Altobelli do outro lado da linha.

– E agora...? O que acontece? – perguntou a *socialite*, com certa ansiedade.

– Bom, Dona Laura. Parece que eles agora vão incluir mais este dado no inquérito do sequestro do Luca e, a partir daí, intensificar as diligências. O mais importante agora é juntar mais provas que ajudem a incriminar este tal "Zoinho" e os outros do bando. A quadrilha é perigosa mesmo e a polícia já estava de olho neles...

– Certo, Doutor... Só te peço uma coisa: gostaria de diminuir ao máximo a ida do meu filho em delegacias e essas coisas. Tem jeito de, se for o caso, ele prestar depoimentos de uma forma mais reservada e em outro local?

– Dona Laura, eu vou fazer um contato com o Dr. Lacerda nesse sentido e depois dou um retorno pra senhora, tudo bem?

– Tudo bem. Espero que o senhor me entenda... Ele ainda está muito afetado com esta história e a gente não vê a hora disso tudo acabar...

– Sem problemas, Dona Laura. Entendo perfeitamente a preocupação da senhora. Eu vou checar e depois dou um retorno.

– Obrigada de novo, Doutor. Fico no aguardo, então. Até mais tarde.

Laura devolveu o telefone à sua base e meditou por um segundo. Em um novo impulso, pegou o próprio telefone celular e digitou um comando que acessou um numeral pré-gravado de sua lista de contatos. No terceiro toque, a resposta:

– Alô...?

– Sr. Silvio? Silvio Mendonça?

– Desculpe, o identificador de números não acionou. Quem gostaria?

– Boa tarde, Silvio. Aqui é a Laura, mãe do Luca Altobelli... da reportagem sobre a votação na Metropolitana. Tudo bem?

– Dona Laura!!! Só um segundo, por favor... Pronto! Tudo bem, Dona Laura?

– Tudo bem, Silvio. Parabéns pelas matérias. Ficaram muito boas. Muito bem feitas. Agora é aguardar o resultado das urnas, né?

– Ah, obrigado, Dona Laura. O importante é levar uma informação de qualidade pros nossos leitores, né?

– E vocês estão conseguindo, Silvio. Ah... eu li também a entrevista com a mãe do menino da outra chapa. Confesso que fiquei admirada com a simplicidade da visão dela. Mas, Silvio, não é por isso que eu estou te ligando...

– Ah, pois não, Dona Laura. Está tudo bem com o Luca?

– Sim, ele está bem. Estudando bastante e bem ocupado com este movimento todo na faculdade. Mas o assunto é outro, Silvio... O meu advogado acabou de me ligar dizendo que, pelas informações que o Luca forneceu no dia do reconhecimento fotográfico da quadrilha, os bandidos do sequestro são os mesmos suspeitos de terem assassinado o jornalista de vocês... o Nico... como era o nome dele mesmo?

– Nico Santana, Dona Laura.

– Isso. É quase certeza que a mesma quadrilha cometeu os dois crimes. Você já sabia disso?

– Não, Dona Laura. O nosso departamento jurídico acompanha este caso, mas os dados mais relevantes da investigação são reportados diretamente à direção do jornal, que depois determina qual informação pode ou não pode ser publicada. A esta altura, eles também já devem ter sido informados. Mas agradeço de qualquer forma a gentileza da ligação.

– Não há de quê, Silvio. E, de novo, parabéns pela matéria da faculdade. Então, passar bem...

– Hã... Dona Laura! Dona Laura?

– Pois não...?

– Desculpe... e foi até bom que a senhora me ligou... eu ia ligar também... A senhora tem um minuto?

– Claro.

– Seria sobre o *e-mail* que a senhora me enviou há uns dias... O da história da noite do baile de carnaval... Lembra? – Usando de sua habilidade como repórter, Silvio evitou citar "a história do rompimento do caso amoroso com o fuzileiro Americano há trinta anos..." como o motivo que o faria ligar posteriormente.

– Ah, sim... lembro. Puxa, desculpe, Silvio. Depois eu fiquei pensando que não deveria te perturbar com questões pessoais. Eu também ia te ligar pra falar sobre isso... Vamos esquecer o *e-mail* e colocar uma pedra em cima deste assunto, tudo bem...?

– Pois é, Dona Laura. É justamente sobre isso que eu ia ligar pra senhora. Mas pelo telefone não dá pra falar...

– Algum problema, Silvio? – A voz da *socialite* desta vez soou um pouco mais carregada e preocupada.

– Não, problema não... Mas sabe como é repórter, né? Na verdade, tem um dado que não ficou muito claro no *e-mail* e, além disso, eu gostaria de propor outra coisa pra senhora... Até em retribuição à confiança que a senhora depositou em mim ao me contar a história toda...

Silvio estimulou a curiosidade natural feminina para convencer definitivamente a mulher ao telefone sobre a necessidade do encontro.

– Bom, como é que a gente faz, então...?

Do outro lado da linha Silvio sentiu um alívio, junto com a sensação de que nascia ali um grande furo de reportagem.

– Como a senhora está de tempo pra amanhã?

– Essa semana é impossível, Silvio. Estou organizando um mega evento no *Jockey Club* pra uma joalheria e que me toma todo o dia. Só vou estar mais tranquila a partir de terça-feira da semana que vem.

– A senhora não pode, então, se encontrar comigo na terça-feira no Fargus Café, depois do almoço? É um bistrô discreto que inauguraram a semana passada no shopping Higienópolis... Fica mais ou menos no meio do caminho pra nós dois. O que a senhora acha?

– Tudo bem. Às quinze horas tá bom pra você?

– Pra mim, perfeito. Talvez a senhora se interesse pelo que consegui.

– Tudo bem, Silvio. A gente se vê na terça, então.

– Até terça, Dona Laura. E obrigado de novo.

Laura desligou o aparelho e passou a tamborilar o canto do rosto com o aparelho, meditando sobre o diálogo que acabara de ter com o repórter da *Folha de Notícias*. Apesar de ter a curiosidade despertada sobre o quê exatamente Silvio teria a comentar sobre a informação que ela mesma havia passado para ele via *e-mail* havia alguns dias, a mãe de Luca não podia negar a sensação de alívio pelo fato de visualizar uma chance de poder desabafar com alguém de fora do seu círculo íntimo sobre os fatos daquela madrugada fatídica de 1976, os quais desencadearam uma sequência de reflexos na vida de muitas pessoas.

No silêncio de sua sala de estar espaçosa e meticulosamente decorada, e ainda sob o efeito da conversa telefônica com Silvio, as memórias de Laura se reconstruíram uma a uma diante dos seus olhos...

A discussão e a briga com McCoy, o quase noivo militar Americano... o despertar no leito de um hospital, quatro dias depois... as fortes dores no baixo ventre... o retorno para casa... a recuperação lenta... as conversas misteriosas do pai ao telefone... a visita do homem engravatado no apartamento dos Magalhães de Medeiros... o seu envio repentino para a Europa "como parte da terapia para a sua recuperação", como o informado pelos pais... a vida pacata na Suíça... o retorno para o Brasil, cinco anos depois... o encontro com o diretor de um banco espanhol, durante uma escala em Paris... o casamento em alto estilo... a lua de mel em Ibiza... a gravidez depois dos trinta... o nascimento de Luca... a vida que, afora o incidente com o seu filho, parecia seguir o curso normal das coisas.

Entretanto, o *e-mail* para Silvio também trouxera de volta para Laura outras recordações pós-tentativa de suicídio, quando soube, após despertar no leito do hospital, que a sua ação de autoeliminação havia sido frustrada pelo socorro que lhe chegou a tempo de impedir que a *overdose* de tranquilizantes culminasse em sua morte.

Ainda sob o torpor das intervenções clínicas, Laura lembrou-se de que foi avisada pela voz sussurrada de sua mãe de que estava tudo bem... que Isabel a havia encontrado desacordada no chão do banheiro... que a empregada tivera a clarividência de providenciar por socorro imediatamente... que os médicos haviam feito uma lavagem em seu estômago...

Laura, a partir de então, viveu sob a certeza de que continuava viva exclusivamente pela iniciativa oportuna daquela jovem negra, de sorriso pequeno e pouca fala, com quem aprendeu a confidenciar as aventuras de sua fase jovem.

A jovem milionária permaneceu em cuidados hospitalares por quase um mês e no retorno ao lar, para a sua surpresa, recebeu a informação dos pais que Isabel havia se demitido dos serviços junto aos Magalhães de Medeiros para se casar com um militar Americano e ter se mudado da cidade, sem ter deixado qualquer endereço para contato.

Logo em seguida, os pais se reuniram com a jovem e a convenceram de que, para complementar com qualidade e segurança o seu processo de recuperação física e mental, o ideal seria que ela saísse do país por uns tempos e que retornasse mais tarde para o Brasil, se assim o desejasse. Todos os argumentos foram recomendados e endossados tecnicamente pelo médico da família.

Laura resignou-se e, em razão de já ter uma amiga residindo no exterior, optou por morar três anos na cidade de Delemont, noroeste da

Suíça, quase na divisa com a Alemanha. O período na Europa, de fato, foi altamente positivo para a jovem, uma vez que ela aproveitou a estada na região para retomar o gosto pela vida.

Naquele quase exílio, aprendeu outras línguas e educou-se em arte e cultura. Com o passar do tempo, as recordações sobre os fatos em São Paulo foram se diluindo na memória de Laura, sendo cada uma suprimida paulatinamente nas reflexões da jovem, que se reciclou por inteiro e retornou renovada ao Brasil. Quando desembarcou em São Paulo, era uma mulher mais culta, mais madura e já com planos de se tornar uma referência do *jet set* paulistano, através da organização de eventos para a alta sociedade da maior cidade do Brasil.

A única ressalva para a *socialite* em todos aqueles anos, e que eventualmente ganhava relevância nos momentos de reflexão sobre aquele assunto, era o fato de que Laura, depois do incidente, nunca mais falou com Isabel e nem sequer teve a oportunidade de agradecer à jovem empregada dos Magalhães de Medeiros por ter-lhe salvo a vida.

Na longínqua noite de 1976, Laura tentou, e não conseguiu, cometer suicídio; só não teve êxito em sua ação graças à presença da moça negra em seu apartamento.

Apesar de se considerar uma nova pessoa e quase trinta anos terem se passado desde o seu retorno ao Brasil, uma sensação de dívida pessoal ainda persistia em seu íntimo e Laura entendia que aquela questão ainda era um detalhe a ser equacionado em sua existência. O desabafo breve ao jovem repórter por *e-mail*, concluiu, foi uma forma sua encontrada para, uma vez surgida a oportunidade, extravasar a necessidade de dividir com alguém o seu desejo, até então contido de, quem sabe, fazer chegar à Isabel a sua eterna gratidão.

E havia ainda a necessidade de revelar os detalhes do incidente para o seu filho Luca, cujo destino fizera com que a experiência mais significativa com uma pessoa negra fosse a mais traumática que uma pessoa bem criada pudesse imaginar. Apesar do posicionamento sempre preconceituoso do filho, Laura estava determinada a contar a ele sobre a noite em que a sua mãe teve a vida salva por uma pessoa de uma cor e classe diferentes das suas.

Antes de se levantar e sair da sala, a mãe de Luca não conseguiu evitar a dualidade de uma emoção antagônica, causada pela constatação de ter tido no passado a sua vida salva por uma jovem negra dócil e solidária e que o seu próprio filho estivera, em tempos recentes, perto da morte sob as mãos de um negro violento e sanguinário.

Irônica ou sabiamente, pensou Laura, as regras do tempo e do espaço que moldam os destinos das pessoas e das coisas haviam determinado que a primeira ação culminasse na consumação da segunda.

Capítulo 41

Jungle Fever

Marcos retornou da apresentação do representante Americano do programa SIFE no IBAM, na cidade de Campinas, determinado a estruturar uma equipe universitária de empreendedorismo no campus da UniMetro e participar das competições nacionais da entidade, antes mesmo da conclusão de sua graduação acadêmica.

No sábado seguinte de sua volta do giro pela Bahia e Espírito Santo em companhia de Ashley, o jovem organizou-se e conseguiu ajustar a sua agenda para poder se fazer presente na palestra institucional da SIFE, a organização global fundada para a fomentação de projetos universitários.

O estudante encontrou-se com Bruna e sua prima Tatiana, na entrada do prédio do Instituto Brasileiro de Administração e Mercados, e o trio ouviu pacientemente as explanações detalhadas sobre os objetivos dos projetos e as formas de adesão ao programa. No meio da tarde, os três retornaram a São Paulo no carro de Bruna e Marcos pediu às primas para acompanhá-lo até à Metropolitana, pois ele ficara de se reunir com os demais membros da chapa Igualdade. Marcos e os demais companheiros tinham que concluir os últimos detalhes sobre a votação da Semana Cultural Afro-brasileira, a ocorrer no meio da semana seguinte. As duas jovens concordaram em acompanhá-lo.

Bruna era bonita, mas Tatiana era irresistivelmente atraente.

Os cabelos loiros, ondulados e fartos cobriam-lhe os ombros estreitos e delicados. Ligeiramente mais alta do que Bruna, a prima de sua amiga era igualmente sensual, em todos os aspectos. Esbelta e simpática, a jovem vestia-se com um *top* branco sob um colete aberto à frente e o calor daquele sábado a fez ser ainda mais generosa ao trajar um jeans apertado e de cintura baixa que deixava à mostra a depressão escurecida e harmônica de seu umbigo, o qual parecia ter sido esculpido pela natureza sobre um ventre suavemente sinuoso, bem ajustado ao formato curvilíneo do diâmetro abdominal que diminuía no sentido da cintura para depois ampliar-se graciosamente na direção das ancas.

Toda aquela combinação se sustentava sobre um par de pernas roliças que se alternavam em passos graciosos e que invocavam os desejos mais ardorosos em qualquer ser humano que centrasse o foco no conjunto daquela obra absurdamente agradável aos olhos.

Marcos e as duas garotas encontraram Jamira e os demais membros da chapa em uma área pré-acordada; o pátio em céu aberto próximo à área da cantina. Posteriormente, todos concordaram em se deslocar para a quadra poliesportiva a cinco blocos dali, para discutir a estratégia e as últimas ações da semana de votação decisiva. Quando chegou ao prédio do ginásio de esportes, o grupo passou pelo portão que dava acesso ao corredor longo e envidraçado à esquerda, cuja arquitetura permitia visualizar a quadra coberta e parte das arquibancadas pintadas em azul e branco, as cores oficiais da Metropolitana.

Todos viraram à esquerda e chegaram ao lance superior das arquibancadas. A arquitetura da construção fora concebida de forma a deixar a quadra multiuso em um plano inferior em relação ao pavimento exterior. Para o acompanhamento das competições que ali ocorriam, os espectadores costumavam preencher os assentos de cima para baixo, à medida que chegavam para assistir aos jogos realizados no local. Os estudantes caminharam mais uns quinze metros e passaram pelo portão, junto à cerca de acesso ao perímetro interno. Desceram cinco degraus, escolhendo o lance de assentos mais próximos do piso de madeira lustroso e sentaram-se em uma posição que os colocava de frente para a quadra e de costas para o corredor envidraçado, um pouco mais acima.

Desde que se encontrara com as estudantes em Campinas, Marcos tentava disfarçar, mas tinha extrema dificuldade em tirar os olhos das curvas de Tatiana.

Igualmente, Bruna já havia percebido alguns olhares mais ousados dos meninos do grupo em direção à prima e... não perdeu tempo! Mais do que nunca e sem se importar com a presença de Jamira, de Zé Augusto, de Henrique e dos demais estudantes da *Igualdade*, a morena passou a enroscar-se com o orador da chapa e a interpor-se no trajeto dos olhares furtivos de Marcos em direção às formas provocativas de Tatiana.

Finalmente, Marcos pediu à Jamira que atualizasse ao grupo sobre as informações mais recentes envolvendo a campanha, desde a sua viagem de ida e volta para Salvador. A coordenadora da chapa começou a leitura da prestação de contas e do relatório de atividades do período.

Em um determinado momento, e para a sua própria surpresa, Marcos não conseguiu evitar que Bruna se sentasse despreocupadamente em seu colo; a jovem aninhou as suas pernas na parte interna das coxas do jovem e ali ficou, ao mesmo tempo em que passou os braços pelo pescoço do estudante, fazendo o seu corpo jovem, macio e perfumado repousar de forma definitiva sobre todos os hormônios do orador da chapa Igualdade.

Apesar da proximidade ousada da estudante, o universitário manteve a sua conduta de não ultrapassar os limites que se impõem na amizade entre um homem e uma mulher e de forma apenas discreta pôs os braços em torno da cintura de Bruna, buscando retomar o foco das explicações de Jamira, que se posicionara de pé em frente aos membros da chapa. Ao fim de sua breve introdução, que durou cerca de quinze minutos, a coordenadora cedeu a palavra a Marcos.

O líder da chapa retirou gentilmente Bruna de seu colo e ergueu-se do assento, colocando-se ao lado de Jamira. Dali, de pé, o estudante assumiria a fala ao grupo.

Bruna sentou-se na arquibancada e piscou veladamente um dos olhos em direção à Tatiana, em um sinal de triunfo malicioso e proposital, materializando o desafio lançado no dia anterior à prima, de que seria capaz de se insinuar para aquele estudante bonito e carismático, cujo espírito de liderança e prestígio entre as meninas a fizera descobrir que tinha uma irresistível atração física por rapazes negros. Ciente da constatação, Marcos, contudo, jamais alimentou as investidas de Bruna. Alguns dias antes da votação sobre a Semana da Cultura Afro-brasileira, a sua conduta não seria diferente.

Marcos agradeceu Jamira quanto ao relatório e iniciou a sua preleção com o grupo:

– Bom, pessoal. Chegou a hora, *né*? Todo o trabalho da nossa chapa vai ser verificado na semana que vem. Acho que todo mundo aqui deu o melhor de si e isso já conta bastante. Como a Jamira acabou de falar, a outra chapa trabalhou muito forte. Eles têm mais membros, contaram com mais recurso e a base de apoio deles era bem militante. Mas isso não significa vitória pra eles; quero ver nas urnas. Vamos seguir a nossa agenda normalmente. Na segunda-feira tem a última reunião com a comissão eleitoral universitária pra revisão das regras de votação e de apuração dos votos. Todo mundo na sede do D.A. meia hora antes do início da reunião, tudo bem, pessoal?

Todos assentiram com a cabeça e Marcos prosseguiu:

– Bom... alguém quer falar alguma coisa?

Zé Augusto, colega de sala de Marcos no curso de História e um dos primeiros estudantes a aderir à chapa Igualdade, ergueu o braço e solicitou a palavra:

– Fala, Zé... – consentiu Marcos.

– Marcos, todo mundo aqui se empenhou bastante na campanha e, falando por mim, acho que a nossa estratégia foi bem executada. Mas... e se a nossa chapa perder?

Todos os olhares convergiram para o rosto de Marcos, que com a loquacidade peculiar de sua personalidade, ponderou:

– Boa pergunta, Zé. Nós entramos nesta briga pra ganhar, é claro. E a disputa foi dura em todos os sentidos. Estou confiante, mas se a vitória escapar, fica a ideologia. Eu acho assim, a gente conseguir criar a discussão de um tema como esse em uma instituição como a Metropolitana já foi um avanço. Que sirva de exemplo pras outras turmas que entrarem com o mesmo propósito, depois que nos formarmos e cada um buscar o seu espaço lá fora...

... quanto mais eu avanço no curso de História, mais eu aprendo que nós, negros brasileiros, somos uma nação dentro de outra nação. A gente nasceu sob a mesma bandeira e canta o mesmo hino, mas o exercício da nossa cidadania plena, enquanto afro-brasileiros, é estimulado de maneira desigual. Aliás, eu acho que este é um dos problemas de identidade que o Brasil vai ter que enfrentar mais cedo ou mais tarde; a grande maioria da comunidade negra do Brasil é de afrodescendentes e não de afro-brasileiros.

Parceiros, parece a mesma coisa, mas não é! Entendo que afrodescendente é a pessoa negra e afro-brasileiro é o cidadão negro brasileiro consumidor e integrado. O meu contato com a estudante Americana e a viagem pra Bahia e o Espírito Santo aumentou ainda mais a minha percepção de que o nosso movimento aqui na Metropolitana é mais do que justificado. É preciso transformar os afrodescendentes desse país em afro-brasileiros. E como eu disse em uma das nossas assembleias, o Brasil jamais será um país de Primeiro Mundo sem contar com os afro-brasileiros na mesa das decisões que podem aumentar o prestígio e a importância do Brasil diante dos olhos do mundo. Mas, por outro lado, nós, negros brasileiros, precisamos fazer a lição de casa primeiro: resgatar a nossa História, para compreendermos de fato quem éramos no passado, buscando uma compreensão clara sobre quem somos no presente e o que queremos pro nosso futuro.

E nós negros precisamos aprender a gerar soluções pros nossos desafios através da livre iniciativa. São muitos os problemas que afligem a grande maioria da comunidade afro-brasileira e, por extensão, quase todos os afrodescendentes deste país. Enfim... tem muita coisa a ser feita, mas, repito, a iniciativa tem que partir de dentro de nossa própria comunidade. Sem essa de ficar esperando que o governo venha passar a mão na nossa cabeça! Até porque somos bonitos, inteligentes, trabalhadores e capazes. Queremos, podemos e devemos dar a nossa contribuição para que o Brasil se torne cada vez maior e melhor. Vamos em busca dessa igualdade, pessoal, a mesma que carregamos como o símbolo de nossa chapa.

Ainda é menos pior sermos segregados e menosprezados e ainda assim lutar por condições mais justas para nós e os nossos semelhantes do que continuarmos passivos diante da tendência viciosa e institucionalizada que se verifica nas favelas e nas prisões. Mas que não seja só em faculdades, não! Precisamos buscar o nosso espaço e melhorar a nossa competência em todos os segmentos e instituições; seja nos meios científicos, empresariais, financeiros, ou de comunicação e assim por diante. Se perdermos a votação aqui no campus, Zé, não significa que temos que abaixar a cabeça; muito pelo contrário! Estamos plantando uma semente e abrindo um espaço dentro da Metropolitana. Logo, logo estaremos formados e cada um vai buscar o seu próprio caminho. Não tenho a menor dúvida que a experiência que tivemos aqui vai servir de lição pro grupo e pra cada um de nós e esta luta também vai ser uma referência pras próximas gerações de afro-brasileiros que conseguirem ingressar aqui. Com derrota ou com vitória, a gente tem que continuar lutando pelo ideal de uma sociedade mais fraterna e justa, com respeito à diversidade e oportunidades iguais para todos... Desculpa, galera... acho que fui mais panfletário do que nunca, foi mal... – confessou Marcos, um pouco afetado pelo próprio discurso.

Jamira, Zé Augusto, Henrique, Sandra e Léa e mais alguns outros alunos recém-promovidos a membros integrantes da chapa. Todos jovens. Todos negros. O grupo sempre soube que por ser o representante da minoria universitária afro-brasileira da UniMetro, o embate com a proposta da outra chapa, maior, com mais recursos e mais prestígio, seria difícil. Mas a militância por aquela causa dentro do campus criou um vínculo de amizade entre todos e um elo de convivência que extrapolava o ambiente da faculdade. Quando possível, os membros da chapa Igualdade organizavam churrascos, reuniões, *happy hour* e escapadas para o litoral de São Paulo, em fins de semana prolongados.

Marcos também gostava de reunir-se com a turma em sua casa para um bom bate-papo e a chance de poder exibir os seus conhecimentos sobre *black music* e comentar com orgulho sobre a velha coleção de vinil do pai, agora sua.

Henrique, irmão gêmeo de Léa, um negro careca e de cavanhaque que cursava o terceiro ano do curso de Geografia, era outro *expert* em *black music*, embora a sua preferência fosse o *hip hop* e o *rap* dos anos 80 e 90. Ambos os amigos descobriram, um no outro, o complemento recíproco sobre o conhecimento em um estilo de música negra que não tinham, uma vez que as suas preferências cobriam épocas distintas da batida que movimentava milhões de dólares na indústria fonográfica mundial, desde meados da década de 1950.

Marcos não via a hora de mostrar ao amigo as suas "descobertas" copiadas dos arquivos de R&B contemporânea, gentilmente cedidos por Ashley.

Sandra, estudante do curso de Pedagogia, era uma das mais novas representante do grupo. Já desde os primeiros dias de militância, contudo, ela encantou e impressionou a todos pelo seu talento em elaborar, juntamente com Jamira, a redação das pautas e das atas das reuniões; fosse pela qualidade dos textos elaborados, quanto pelo detalhamento dos itens discutidos. A jovem, naquele exato momento, anotava meticulosamente tudo o que era dito pelos demais, para a confecção dos relatórios a serem distribuídos por *e-mail*, já no dia seguinte. Ainda assim, sintetizou bem o pensamento do grupo, naquele instante.

– Relaxa, Marcos. Você falou a coisa certa na hora certa... né, pessoal?

Todos concordaram com convicção e a reunião prosseguiu pelo resto da tarde.

Bruna e Tatiana ouviram todos os argumentos de Marcos, boquiabertas com a eloquência e o encanto do jovem ao expor em palavras toda a ideologia daquele pequeno grupo universitário que tanto barulho tinha causado no campus da Metropolitana nos últimos meses. Os demais membros do grupo se sentiram à vontade com a presença de Bruna e Tatiana. Embora nenhum deles conhecesse a menina loira, aquela não era a primeira vez que Bruna participava de uma reunião da chapa.

Tatiana mantinha-se neutra em relação aos assuntos abordados na reunião, limitando-se a prestar atenção no estilo de cada um dos participantes. Embora sentisse o seu interesse pelo tema aumentar naquela tarde, considerava-se uma aprendiz nas questões envolvendo negros, e optou pela neutralidade como forma de minimizar as chances de cometer alguma gafe que pudesse ser mal interpretada pelos demais. A cada intervenção dos estudantes, a bela prima de Bruna procurava aprender com a conduta determinada de cada um daqueles alunos, todos educados em realidades distintas da sua própria experiência de vida.

Com intensidade semelhante a de sua prima, e admirada com a própria empatia quase imediata com aquela turma, a estudante do IBAM sorriu em silêncio ao convencer-se de que acabara de ganhar um novo grupo de estudantes para incluir em sua lista de amigos.

E o próximo churrasco com a sua nova galera de amigos no sítio de seus pais, em Ibiúna, seria a prova da sua convicção.

– ... e com o Henrique e o Zé fazendo o rodízio no monitoramento das urnas, tá bom, pessoal? – Marcos articulava as ações e responsabilidades para cada um dos membros, desde a segunda-feira até o dia da votação, na quarta-feira. A reunião chegava ao final.

– Alguém quer falar mais alguma coisa, antes da gente acabar? Léa, a válvula de escape emotiva do grupo, pediu a palavra:

– Pessoal, antes desta última reunião, eu estava um pouco insegura, mas depois de tudo o que a gente discutiu aqui, estou pronta pra ir com tudo na votação. Como disse o Marcos, não será fácil, mas agora percebo que fizemos bem a nossa parte. Posso dar um abraço em cada um de vocês?

Antes mesmo de abraçar Henrique, à sua esquerda, o rosto de Léa já estava umedecido em lágrimas e todos convergiram para o seu assento, compartilhando um abraço demorado, caloroso e cheio de esperanças.

A sorte sobre a votação da Semana da Cultura Afro-brasileira estava lançada! Alguns minutos depois, com todos a caminho do estacionamento da universidade, Zé Augusto emparelhou-se a Marcos e indagou:

– E aê, mano. Quer uma carona até em casa?

– Ô, Zé. Valeu mesmo. Eu já tinha combinado com o meu velho e ele vem me buscar. Já deve tá a caminho... Mas aê.. brigadão.

– Belê. Então? Não quer ir comigo lá na FNAC na segunda? Tem uma parada pra resolver lá de uns livros e tal...

– Putz, nem dá, Zé. Deixa pra próxima; segunda eu tenho que entregar um trabalho e uns relatórios e talvez eu marque um encontro com a Ashley sobre...

– Encontro... tá, entendi... o negrão vai pagar de gatão internacional agora, é? – Zé Augusto olhou maliciosamente para Marcos.

– Nada a ver, Zé. Cara, você é um predador, hein?

– Predador? Eu? Sem essa... Mano, você viu o formato da prima da Bruna? Eu iria!

– Isso... vai falando alto, até ela te ouvir e você queimar o seu filme, mané... E não deu pra prestar muita atenção, não. Tava ocupado com a Bruna no meu colo...

– Isso... vai falando alto... mané.

Os dois amigos sorriram com cumplicidade e trocaram um comprimento manual de palmas, socos leves e enlace de dedos, ao mesmo instante em que, do lado externo do portão principal da universidade, o pai de Marcos acionava a buzina em dois toques rápidos característicos, chamando a atenção do filho.

Marcos se despediu dos demais.

– Oi, filho. Tudo bem? – disse o pai, assim que o filho entrou no veículo. Como era hábito entre os dois, Marcos deu um beijo afetuoso no rosto já um tanto enrugado de Livaldo.

– E aê, pai... Foi um dia muito bom. Em Campinas e aqui. Tô bem otimista...

– Bom, tá certo. Mas, vê se sossega hoje e domingo. Seu irmão vem almoçar em casa amanhã.

– Legal. Pai... lembra quando o senhor me disse que quando a mulher certa aparecesse eu iria saber?

– Lembro sim, filhão. Por quê?

– Deixa que eu levo, pai. Eu vou te contando tudo no caminho.

O pai olhou para o filho e sorriu por saber que o seu menino se transformava em um homem. Livaldo deslocou-se orgulhosamente para o banco do carona.

Capítulo 42

Laços de amizade

Segunda-feira, 14h57min.

Fargus Café, praça de alimentação do Shopping Higienópolis.

O grande *hall* de teto em formato de domo abrigava algumas dezenas de mesas brancas com quatro assentos fixos ao chão em cada uma delas. A cobertura externa era revestida por um tipo de material que permitia a passagem parcial da luz natural externa. Todo o perímetro do vão central interno, ao redor das mesas, era composto por pequenos restaurantes e *fast-foods* já nem tão ocupados, pelo horário do dia.

Quatro corredores construídos em alinhamento com os pontos cardeais davam acesso às escadas fixas que levavam aos andares inferiores. No ponto de intersecção dos corredores, no sentido norte-sul e leste-oeste, duas estruturas de escada rolante faziam o transporte eletromecânico dos usuários do *shopping*. Ao longo do corredor leste avistava-se uma doceria, uma chocolataria, uma sorveteria e uma casa de pães finos. Todas aquelas casas atraíam os olhares de crianças coradas e barulhentas e de casais nitidamente da classe média alta.

No corredor oeste, Silvio sentava-se em uma mesa de dois lugares na parte interna de um bistrô moderno e estilizado, encostado à parede e com visão voltada para a porta de entrada do local. O jovem organizava alguns arquivos e relatórios em seu *notebook* quando Laura Altobelli entrou no recinto. A calça em linho azul escuro bem cortado, em contraste com a camisa de seda em tom pastel, atestava o seu costumeiro bom gosto ao se vestir, próprio das mulheres maduras, abastadas e com recursos financeiros mais do que suficientes para manter o guarda-roupa sempre em dia com os lançamentos e padrões da alta costura do vestuário feminino verificados na rota Nova Iorque - Milão - Tokyo.

A bolsa de grife estampada com figuras geométricas coloridas e os óculos escuros eram os acessórios que complementavam a elegância e altivez de Laura. O gerente do bistrô, até então absorto junto à máquina registradora eletrônica atrás do balcão, agradeceu em silêncio pela aura

—— 317 ——

de elegância e sofisticação que pareceu entrar no recinto junto com a senhora.

Ao ver a aproximação de Laura, Silvio levantou-se e ofereceu-lhe um aperto de mão, convidando a senhora para o assento do outro lado da mesa. Assim que os dois se acomodaram à mesa, uma atendente em uniforme cor de café aproximou-se com uma pequena cesta contendo quatro pequenas esferas amareladas, que Silvio julgou serem à base de queijo.

– Olá, com licença. Vocês gostariam de fazer o pedido agora?

– Dona Laura? – concedeu Marcos, em favor da senhora à sua frente.

– Hã... uma água sem gás e um *capuccino* pra mim, por favor?

– E o senhor?

– Um café expresso e uma água sem gás também, por favor.

– A água é gelada ou sem gelo?

– Sem gelo pra mim – confirmou Laura, ao mesmo tempo em que depositava os óculos escuros ao seu lado da mesa.

– Pra mim também. Obrigado.

– Muito bem montado este café! Eu não conhecia... Se bem que faz tempo que não venho pra estes lados. Meu filho vem quase sempre aqui com a namorada dele...

– A casa foi aberta há umas duas semanas. Parece que é uma franquia com sede na Bélgica. O nosso editor do caderno "Dia-a-Dia" foi convidado pra inauguração do ponto deles na Cidade Jardim, gostou e passou a recomendar pro pessoal da redação. É bem aconchegante e o serviço é muito bom.

– Boa dica... Mas, por que tanto mistério assim, rapaz? O que você tem pra me dizer que não podia ser dito ao telefone?

– Bom, Dona Laura... Primeiro, por respeito à senhora. Segundo, porque, como jornalista, eu posso dizer pra senhora que ligação telefônica não é uma coisa muito segura pra determinados assuntos.

– Se você diz...

– Pode acreditar. E terceiro, porque eu precisava perguntar... por quê eu?

Ao fim da pergunta de Silvio, a atendente retornou carregando uma bandeja com alças, contendo o pedido de café e água e uma outra cesta menor com duas balas de hortelã e dois cubos de chocolate embrulhados em saquinhos transparentes que expunham o logotipo do estabelecimento.

Laura adoçou o cappuccino ao seu gosto e olhou para Silvio com um olhar sério e penetrante.

– Eu já desconfiava que você tinha esta pergunta pra fazer... – A elegante senhora deixou escapar um suspiro.

Em seguida, continuou:

– Foi um desabafo, como eu disse no *e-mail*, Silvio. Mas ao mesmo tempo foi como tirar um peso que carrego comigo todos estes anos... E também uma tentativa de me livrar dessa sensação de culpa...

– Culpa...? Culpa de quê...? Dona Laura, existe mais alguma coisa que a senhora quer me contar?

O olhar de Laura entristeceu-se como Silvio ainda não tinha visto e o jovem repórter teve ali a certeza de que havia também um desejo contido por trás do envio daquele *e-mail*, além de um simples desabafo.

– Bom, Silvio. Você se lembra dos detalhes do *e-mail*?

– Sim... pelo menos os mais relevantes...

– Você se lembra da empregada?

Silvio pareceu hesitar e o seu rosto adquiriu uma expressão de incerteza.

– A empregada... a que eu disse que estava no apartamento naquela noite... Silvio, por fim, lembrou-se do trecho da mensagem:

"*... a minha empregada estava no apartamento e dormiria ali naquele fim de semana. Eu me lembro que assim que entramos em casa, eu pedi pra ela servir um café para o amigo de Bernard na cozinha...*"

– Sim, claro. Agora me lembrei. Mas...?

– Ela era mais do que uma empregada, na verdade, Silvio. Ela se tornou uma amiga, uma confidente pra mim. A Isabel, esse era o nome dela... ela era muito simples, de família muito humilde. Foi a doméstica que mais tempo trabalhou com a gente... Era do Espírito Santo, se eu não estiver enganada e era com ela que eu me desabafava, contava os meus segredos, as minhas loucuras da juventude, tudo... Ela era amiga, fraterna, paciente, sincera... quando eu chegava da escola, das festas, das viagens, ela era a primeira pessoa que eu queria ver pra contar as novidades, mesmo se meus pais estivessem em casa. Ah, meus pais... eles nunca paravam em casa. Passavam mais tempo em aeroportos do que comigo. Até o fim da minha adolescência eu até ia com eles quando podia, mas depois que entrei pra faculdade, me tornei mais independente. Fazia os meus próprios roteiros. Morava praticamente sozinha com a Isabel, na imensidão daquele apartamento, já que meu irmão Alfredo também nunca foi muito apegado a mim. Ele é bem mais velho do que eu e desde que eu me conheço por gente ele vive como um *playboy*, só gastando o dinheiro de papai. E foi nessa época que Isabel foi contratada. Eu não fazia a menor ideia que ela ia se tornar uma grande amiga. A princípio, eu mal falava com ela; mas depois eu comecei a perceber que ela escolhia as minhas roupas e preparava as minhas refeições exatamente do jeito que eu gostava. Fazia e dizia as coisas certas, de uma maneira bem simples e sempre na hora oportuna. Ela era incrível! Eu era mais velha, mas nem por isso eu deixava de ouvir a opinião dela antes de tomar qualquer decisão e ela, com aquele jeitinho simplório dela, falava a coisa certa na hora certa. Quando ela não estava em casa, ela ficava com uma tia que também era empregada e que morava num bairro longe. Eu comecei a perceber a importância dela uma vez em que ela caiu de cama por uma semana. Foi como se uma irmã minha tivesse ficado doente. Sem contar que o apartamento ficou aquela coisa, né? Os meus pais arranjaram pra que ela ficasse num hospital particular e com o apoio do médico da nossa família. Depois do incidente com... bom, depois que saí da minha crise e recobrei os meus sentidos... meus pais depois me disseram que a Isabel havia se envolvido com o mesmo militar para quem eu havia pedido que ela servisse café, no dia dos incidentes no apartamento, pedido demissão e saído da cidade sem deixar endereço para contato... eles me informaram que se não fosse por ela, eu teria morrido, já que foi ela quem teve a iniciativa de pedir ajuda quando me achou caída no chão do banheiro e providenciar socorro... e a partir daí, nunca mais vi a Isabel... ela simplesmente sumiu... Eu até fui no apartamento da tal tia... mas nem a tia estava mais lá e nem ninguém sabia do paradeiro dela... achei estranho. O que me incomoda até hoje, Silvio, é o fato de que nem ela deixou qualquer recado pra mim e nem eu tive a chance de me despedir dela e isso me criou uma angústia muito grande. Aliás, cria até hoje. Não consigo superar isso... Pra mim é o mesmo sentimento de quem tem um parente desaparecido e de quem não se tem notícias nunca mais. Meu marido vive me dizendo pra deixar essa história pra lá e seguir com a minha vida. Meu filho não sabe desta história ainda, mas já estou decidida a contar pra ele em breve... Às vezes eu até penso que já superei tudo e quando menos espero, aquela angústia volta com tudo. A sua visita em casa aquele dia, pra fazer a sua matéria jornalística, me conduziu a uma reflexão mais profunda sobre a minha própria vida e a formação do caráter do meu filho. Sabe por que, Silvio? Porque essa entrevista sobre a semana dos negros na universidade me fez entender que, ao mesmo tempo em que eu carrego dentro de mim a sensação de dívida com uma pessoa negra, o meu filho entende que os negros têm uma dívida com ele...

Ali, naquela hora, me veio um ímpeto em, quem sabe, encontrar um jeito de saber do paradeiro de Isabel. Eu pensei: *"Um repórter... por que não...?"* Eu ia até falar sobre o assunto na mesma hora, mas fiquei sem jeito, afinal eu nem te conhecia. Mas o fato de você trabalhar na *Folha de Notícias* também me deu mais segurança. Depois eu peguei o cartão que você me deu quando ia embora, criei coragem e enviei o *e-mail*... Acho que no fundo foi um pedido de ajuda. Um jeito indireto de pedir a alguém com mais recursos do que eu que me ajudasse a encontrar uma maneira de ao menos saber o que aconteceu com ela, desde que deixei o hospital... Tenho vários amigos jornalistas, até pelo meio em que circulo. Mas todos são colunistas sociais, com um tipo diferente de rede de relacionamento. Daí eu pensei: *"Não custa tentar..."* E estou aqui agora pra oficializar o pedido: Me ajude a encontrar Isabel, Silvio!

Após a longa exposição de Laura, Silvio manteve-se impassível diante do estado emotivo da interlocutora à sua frente, como lhe fora ensinado no seu curso de jornalismo. Mas também percebeu que aquele era o momento mais adequado para apresentar à *socialite* as informações associadas ao passado dela mesmo, que ele conseguira obter, graças aos dados informados por Nico, antes de sua morte.

– Dona Laura, eu agradeço muito a senhora pela sinceridade e a confiança em mim. Eu já tinha esta leitura da situação, antes mesmo desse seu desabafo. Espero que a senhora não se zangue, mas eu fiz alguns levantamentos antes de propor este encontro aqui hoje. Bom, como jornalista, eu devo adiantar que não posso revelar a fonte sobre quem me forneceu o material que vou mostrar agora, mas seria interessante se a senhora pudesse analisar com cuidado o que eu trouxe...

– Tudo bem, Silvio. Pode prosseguir...

Silvio ergueu a bolsa tira-colo e a depositou sobre a mesa, ao lado de seu *notebook*. Fez surgir do seu interior um envelope amarelo grande, de onde os dedos do jovem retiraram duas folhas de papel sulfite com imagens semelhantes em preto e branco, e as repassou às mãos de Laura.

– A senhora reconhece algum desses rostos nas duas imagens?

A *socialite* estendeu as duas folhas lado a lado sobre a mesa e retirou da bolsa um par de óculos minúsculos e adequados para distâncias curtas.

Em sua pré-adolescência contraíra uma virose ocular que, a princípio, haveria de obrigá-la a usar óculos para toda a vida. Anos depois, entretanto, submeteu-se a um tratamento rigoroso com um disputadíssimo oculista francês residente em Toulouse e que fora recomendado à família Medeiros por um amigo de seu pai. As sessões semestrais do tratamento, à base de um determinado hormônio sintético e que duraram um pouco mais de três anos, minimizaram substancialmente

—— 321 ——

o uso de óculos por Laura, mas ao custo da irregularidade do seu ciclo menstrual e sem que se conseguisse dispensar o uso de óculos de leitura para as distâncias menores de um metro. E Laura sentia que, à medida que a sua idade avançava, a necessidade do uso dos óculos se acentuava e proporcionalmente ao aumento das distâncias.

Inclinou-se discretamente sobre uma das fotos e iniciou uma verificação da esquerda para a direita. Olhou atentamente cada um dos rostos sorridentes perfilados no retrato. Curiosamente para Laura, as fotos traziam um pedaço de papel branco que cobria a superfície da imagem mais ou menos da metade para baixo, como se ocultassem propositalmente alguma informação. Fazendo a análise visual sem pressa, verificou cada uma das expressões: um militar fardado e com traços latinos, um soldado combatente de baixa estatura e parcialmente encoberto pelo primeiro da fila, um fuzileiro magro segurando o quepe à altura do estômago, um negro forte e de sorriso incrivelmente alvo; ao centro da foto um jovem de olhar distinto e o único em trajes civis, e na sequência, um loiro alto de cabelo escovinha, um soldado de perfil e de rosto redondo e, por último, um outro jovem vestido em farda, cujo olhar distraído apontava para longe do foco da câmera. Todos os militares trajavam um mesmo tipo de uniforme, diferenciados apenas nas condecorações no peito e nas divisas hierárquicas um pouco abaixo da altura dos ombros, na lateral dos braços.

Silvio aguardou pacientemente enquanto Laura refazia a verificação no sentido inverso. Quando ela quase completava o caminho de volta, na extrema esquerda, a senhora retrocedeu o olhar em algumas posições e estacionou as pupilas sobre o loiro alto e de cabelo escovinha. Os dedos finos ergueram a foto da mesa e aproximou-a ainda mais dos seus olhos, otimizando o foco sobre aquele rosto no retrato.

Repousou a imagem sobre a mesa e olhou para Silvio.

– Reconheceu alguém?

Laura olhou para o repórter com um olhar frio, impassível.

– O altão do meio, ao lado do homem de terno, sem dúvidas. Ele foi meu namorado na época. É o próprio Bernard Edward McCoy. Meus pais se livraram de todas as fotos que eu tinha dele, esta é a primeira imagem que vejo dele, desde 1976. Mas é ele, sim. Afirmo categoricamente.

O repórter removeu o papel que cobria a metade inferior da imagem: "*First GySgt. B.E.M.*", apontavam as iniciais da foto. Laura Altobelli resgatara para a sua retina a imagem de Bernard Edward McCoy, após mais de três décadas.

O rosto do militar, imóvel e sorridente na foto sobre a mesa, era a imagem de um homem a quem havia amado e se entregado apaixonadamente em sua juventude e que em uma noite quente de verão pusera abaixo todos os seus sonhos e planos que direcionavam para uma vida a dois baseada na busca mútua pela felicidade. Para a surpresa de Silvio, Laura reagiu bem à revelação daquela informação e a senhora manteve a sua habitual postura ereta e soberana, como se a figura da foto merecesse apenas a frigidez de sua indiferença, ainda que se tratasse do homem a quem dedicara o mais sincero e puro dos seus sentimentos.

– Bom, seguindo a sua recomendação, não vou questionar sobre como você conseguiu esta foto. E pode ficar tranquilo que não estou zangada pelo fato de você conseguir esta informação antes mesmo deste nosso encontro. Pelo contrário... Isso mostra que a minha intuição a seu respeito estava correta.

– Obrigado, Dona Laura. Mas agora me veio uma dúvida...

– Pois não, Silvio.

– A senhora acabou de dizer que a Isabel se casou com o outro militar que havia entrado no apartamento junto com este tal Bernard no dia de sua crise, é isso?

– Sim, foi a informação que meus pais me passaram. Com certeza aquela foi a primeira vez que eles se viram... É bom lembrar que a gente voltava de um baile de carnaval e eles estavam em trajes comuns. Eu era jovem... tinha exagerado um pouco na bebida... Os dois estavam de bermuda, se não me falha a memória. O companheiro de Bernard eu só vi aquele dia. Foi ele quem deu carona pra mim e o Bernie ao fim do baile. Nunca tinha visto ele antes e falei muito pouco com ele... E assim que entramos no apartamento, ele ficou na cozinha com a Isabel. Ah, ele era negro e bem escuro!

– Tem um negro na foto...

– É, eu vi. Mas não tenho como confirmar. Já faz muito tempo. Pode ser, mas não tenho certeza...

– Certo, Dona Laura. Então a senhora autoriza pra que eu prossiga nos levantamentos?

– Sim, mas desde que esses levantamentos pelo menos me indiquem que fim levou Isabel. Se por fim você não conseguir saber sobre o que se deu com ela, as outras informações não me interessam. – Desta feita, a voz de Laura carregava um timbre de acidez que recomendavam prudência por parte de Silvio.

—— 323 ——

– Essa é a ideia, Dona Laura. Estarei atento a este detalhe. A senhora tem algum outro dado dela? Nome, endereço na época, qualquer coisa...?

– Não. Os meus pais é que tinham, mas nunca passaram nada pra mim e eu também nunca perguntei. Toda a administração da família ficava por conta deles ou do meu irmão. Eu me lembro que quando eu voltei pro Brasil, eu perguntei ao Alfredo se ele tinha alguma informação sobre a Isabel e ele me disse que o prontuário dela tinha ficado com o papai e a mamãe. Depois, a minha vida ganhou uma outra dinâmica; conheci o Giulli, o Luca nasceu... Anos depois, os meus pais faleceram e o tal prontuário de Isabel simplesmente nunca foi encontrado. A única coisa que sobrou foi uma foto minha com ela, na comemoração do meu aniversário. Só... Faço questão de repetir que eu até procurei por ela na casa da tia dela, que morava no subúrbio, mas até esta tia dela sumiu. Fui lá um dia e a história foi a mesma: mudou sem deixar endereço. Somente uma vez a Isabel me disse o nome do lugar de onde ela era, mas já não me lembro mais. Desculpe, Silvio. Não estou ajudando muito, né?

– Está tudo bem, Dona Laura. Essas coisas são assim mesmo. A senhora não poderia adivinhar que estes dados seriam tão importantes pra você mesmo trinta anos depois... Mas eu recomendo que, de agora em diante, a senhora tome nota de qualquer lembrança que ressurgir sobre este caso. A senhora falava de algumas ligações do seu pai e de alguém que visitou a sua casa?

– Ah, sim... Disso eu me lembro! Logo depois que voltei pra casa, quando eu comecei a me recuperar e poder andar pelo apartamento, meu pai, por duas ou três vezes, transferiu algumas ligações para o gabinete de trabalho dele. Não achei muito estranho, pois eu pensei que se tratava dos assuntos dos negócios dele. Meu pai era um empresário centralizador muito bem-sucedido, que gostava de saber como andavam as coisas nas empresas da família. Às vezes participava das reuniões dos acionistas e mesmo afastado, tinha muita influência sobre o conselho consultivo do conglomerado que ele havia criado com muito esforço. Era o jeito dele... Mas um dia eu saí do meu quarto e precisava ir até a sala de estar pra pegar um livro. Minha mãe não estava em casa e eu tive que sair do meu quarto. Quando eu passei pelo corredor, vi meu pai conversando com um homem que eu nunca tinha visto e meu pai parecia nervoso. Nenhum dos dois me viu. Não interferi, pois eu imaginava que fosse alguma coisa envolvendo os negócios da família. O fato é que depois daquele dia, meu pai mudou da água pro vinho; ficava mais tempo no telefone, ficou irritadiço, nervoso e mal falava comigo. Foi logo depois dessa visita que meus pais receberam em casa o médico que fazia o meu acompanhamento clínico e ele, em uma reunião com todos da família, recomendou que eu considerasse seriamente uma temporada fora do país, como forma de neutralizar possíveis sequelas emocionais relacionadas ao meu incidente com o McCoy e também pra diluir mais rapidamente os efeitos clínicos do meu quase envenenamento, que ainda apresentavam o risco de apresentar algum diagnóstico regressivo no meu quadro de recuperação, pelo que disse o doutor, na época. No começo eu ainda relutei, pois, apesar de tudo, os meus planos eram outros. Mas depois de muita insistência dos meus pais, eles me convenceram e eu fui morar na Europa. Fiquei lá uns cinco anos... E no final, acabou sendo bom pra mim, mesmo.

– Entendi. E quanto ao médico da família que você mencionou?

– Sinceramente, não sei. Ele fez a recomendação e meus pais acataram sem pestanejar. Eu fui pra Suíça e quando eu retornei pro Brasil, fiquei sabendo que ele havia falecido e o consultório fechado.

– Entendi... Dona Laura, só mais uma pergunta: a senhora sabe se a Isabel tinha outros parentes, além da tia que você falou?

– *Hmmm*... eu me lembro que uma vez ela me falou sobre os pais e um irmão, lá no Espírito Santo, se não me engano... mas não me falou nomes, nem endereço, nada... e eu nunca vi ou falei com esse tal irmão...

– Tá... É, tem muita informação que ainda precisa ser levantada. Não vamos nos empolgar muito.

– Eu já esperava isso, Silvio.

– Mas também não quer dizer que não apareça nada. Pode ser que a gente dê sorte...

– Bom, eu preciso ir. Quais os próximos passos, Silvio?

– Amanhã tenho uma estudante dos Estados Unidos pra entrevistar sobre a votação na Metropolitana. Depois eu retorno pra redação e vou fazer um mapeamento das informações que a senhora me passou. Se aparecer alguma novidade ou alguma dúvida, posso te ligar, Dona Laura?

– Claro, Silvio. Sem dúvida. Boa sorte, então. E deixa que eu pago o café.

– Obrigado, Dona Laura. A gente se fala, então.

Silvio saiu do bistrô e a caminho do estacionamento ligou para o seu contato na UniMetro. Ainda precisava solicitar autorização da universidade para entrevistar a universitária Americana, de acordo com as instruções de seu chefe. Discou uma série de oito dígitos, enquanto descia a escada rolante. Alguém atendeu na outra ponta:

– Alô, quem fala? Oi, Luisa... tudo bem? Escuta, preciso de sua ajuda...

Capítulo 43

Mamma!

Terça-feira: 07h43min.

Ashley levou à boca a última metade da barra de cereal que ocasionalmente consumia de manhã, quando a concentração na elaboração dos trabalhos acadêmicos interferia na regularidade do horário da refeição matinal. A estada em São Paulo e os deslocamentos ao Rio, Bahia e até mesmo ao Espírito Santo, haviam produzido uma enormidade de informações que demandava lógica e critério em seu processamento. Desde que retornara de Vitória com Marcos, a jovem alimentava planilhas e formulários, quantificava tabelas e dados colhidos junto a museus e bibliotecas; estruturava e resumia textos e referências bibliográficas, traduzia pequenas frases e trechos de arquivos de áudio, selecionava e classificava fotos e vídeos. Tudo isso em três ou quatro telas de seu notebook, o qual operava intensamente havia quase uma hora.

Quando separava uma das imagens que haveria de compor o seu relatório final, Ashley deparou-se com uma foto tirada no Centro Cultural Patrimônio dos Pretos, onde dois negros em torso nu e trajando uma espécie de vestimenta índia feita de palha gingavam um frente ao outro, executando uma dança folclórica afro-indígena do Brasil, de nome "Maculelê", e que simulava uma luta na qual os dois guerreiros representando combatentes, armados com facões e bastões feitos de pau, enfrentavam invasores inimigos.

Ashley deu-se uma pausa e os momentos de emoções inesquecíveis vividos em Ecoporanga retornaram em suas lembranças com forte intensidade.

A chegada na chácara... o encontro com o tio que nunca conhecera... a revelação surpresa... as lágrimas incontidas, suas e de seu Benedito... a entrega da carta de sua mãe, um resumo, com a ajuda de Marcos, do que fora a vida de Isabel desde a sua chegada nos Estados Unidos, do casamento ao nascimento da sobrinha... a mostra de imagens da família LaVernne em fotos e vídeos, antigos e recentes...

Ashley lembrou-se da forma como ela e o tio se olhavam, tal como se o mundo lhes devesse o tempo perdido e depois recuperado. E também como a magia do laço sanguíneo fez construir entre o tio e a sobrinha um elo intangível de empatia. Em menos de uma hora, a sinergia interativa comum em pessoas com a mesma carga genética fez com que o velho Dito e a jovem Ashley se entendessem em pequenos gestos, como se a distância do tempo e do espaço jamais tivesse existido entre os dois.

E Ashley concedeu-se um momento de doce recordação...

– Tio Dito, minha mãe pediu para dizer este frase para você:

"Adeus, minha sempre-viva, até quando nos veremos.

As pedras do mar se encontram, assim nós também seremos..."

– Ela me pede para repetir isto desde que eu sou pequena... muitas, muitas vezes! Mas não falou o significado. O que é isso? – indagou a sobrinha.

– É uma trova daqui da terrinha que sua avó cantava pro Nado, pra mim e pra Belinha quando a gente ainda era criança, sabe? E o seu tio cantou essa música bem baixinho nos ouvidos dela, no dia em que a gente se viu pela última vez. Eu e ela choramos e cantamos essa música juntos, abraçados no aeroporto. Faz muito tempo... Ela ainda se lembrou disso? Belinha danada!

Quando o tio Dito deu à Ashley a informação de que tanto ele quanto a sua mãe Isabel haviam nascido em um antigo sítio outrora localizado perto da atual sede comunitária, os dois universitários consideraram a possibilidade de estender a estada na região por mais um dia. Também pelo fato de que a capoeira era a principal atividade local e Ashley considerou a possibilidade de também incluir mais algum dado interessante em sua pesquisa.

Houve também uma certa imposição doce e chorosa do tio para a permanência de ambos na chácara, naquela noite. Os jovens concluíram que mais um dia nas proximidades poderia unir o útil ao agradável. Ashley poderia desfrutar mais tempo ao lado dos tios e, além disso, obteria mais informações para a sua pesquisa técnica, uma vez que a capoeira era largamente praticada e estimulada no Centro Cultural Patrimônio dos Pretos, entidade na qual o seu Benedito era um dos coordenadores.

– "Não vejo a minha Belinha tem mais de trinta anos, não vou deixar a minha sobrinha ficar na minha casa só umas horinhas. De jeito nenhum!" – Aquele fora o argumento de misericórdia usado pelo ex-bombeiro e os dois jovens pernoitaram na residência.

No dia seguinte, logo após o café da manhã, Dito, Iaciara, Ashley e Marcos embarcaram na camionete possante da chácara e partiram para o vilarejo Patrimônio dos Pretos. O tio da jovem, na tarde anterior, fizera chegar à sede da comunidade a informação de que a sua sobrinha do exterior e um amigo de São Paulo iriam visitar o local e os organizadores do Centro Cultural se prontificaram em promover, ainda que de forma improvisada, uma pequena recepção para os visitantes.

Ao chegarem à vila, Dito, Iaciara e os dois estudantes foram recepcionados por um grupo de senhores negros de meia idade e pelos demais membros da comunidade, todos de aspecto humilde e amistoso. Dito pegou Ashley gentilmente pelo braço e a levou para perto de um senhor encurvado e de cabelos brancos.

– Ashley... vem cá com o tio... deixa eu te apresentar... esse daqui é o seu João Bahia... ele é o residente mais velho aqui de Patrimônio. Ele sabe todas as histórias da região...

Ashley sorriu para o ancião e apertou-lhe as mãos ossudas. Por algum motivo, teve a impressão de que ser apresentada ao velho senhor fazia parte de algum tipo de ritual protocolar da localidade, sem o qual o trânsito pelo vilarejo seria desautorizado.

Sempre com ajuda de Marcos, ela conheceu, através daquele velho senhor, a história do lugarejo onde a sua mãe havia nascido.

João Bahia explicou em uma linguagem simples que em 1942 um certo Sr. Antonio Teodorico dos Santos, a esposa Analinda Francisca dos Santos e seus filhos chegaram ao local atraídos pelas terras férteis da região, que passou a ser chamada de "Patrimônio dos Pretos", em virtude da afrodescendência dos pioneiros. Para sua surpresa, Ashley recebeu, através da fala pausada e ainda assim majestosa do ancião, a informação de que todos os negros nascidos naquela região e que portavam o sobrenome "dos Santos" descendiam diretamente dos primeiros habitantes daquela localidade. Sem que o fato tivesse sido premeditado, a jovem sentiu uma emoção indescritível invadir o seu peito, ao se dar conta de que o seu deslocamento para aquele vilarejo estabelecera um resgate importante da sua própria existência. Aquele lugar simples e de casas precárias, assentado em coordenadas geográficas que jamais imaginara que fosse visitar um dia, era simplesmente a raiz de sua vida. Aqueles rostos tímidos e envergonhados ao redor, alguns idosos, muitos adolescentes e uns poucos infantis traziam traços físicos semelhantes aos seus e a jovem descobriu-se irresistivelmente "de volta para casa". Ali, naquele instante em que era o centro da admiração de primos e primas distantes que jamais ousou crer que existissem, mesmo no mais delirante de seus sonhos, a jovem universitária de Walterboro, Carolina do Sul, sentiu-se feliz e viva ao experimentar um sentimento de felicidade que se materializou em sua alma em toda a sua plenitude.

Após a introdução inicial de João Bahia, um outro membro da comunidade, mais jovem e também mais articulado e que os demais tratavam de Mutamba, tomou a palavra e passou e explicar que, pelo fato de aquela ser uma comunidade rural e, por conseguinte, os habitantes conviverem em permanente contato com a natureza, a prática de capoeira, sabidamente concebida nas matas, encontrou ali um solo fértil para a sua preservação. Mutamba também explicou orgulhosamente que uma equipe de capoeira de Patrimônio dos Pretos chegou a apresentar-se, no passado, em um Encontro Mundial de Capoeira realizado no Rio de Janeiro, chamando a atenção de estrangeiros. Após o evento, o vilarejo recebeu um convite para que o grupo viesse a representar o Brasil em um projeto patrocinado pela UNESCO e pelo Governo Francês.

Para a admiração de Ashley, foi dada a informação de que a capoeira da região de Patrimônio dos Pretos gerava renda para a comunidade através de apresentações em outras cidades e da confecção de instrumentos musicais como o berimbau e o atabaque e que aquela atividade genuinamente brasileira havia se tornado a verdadeira redenção da localidade, que enfrentava dificuldades econômicas desde o desmatamento ali ocorrido a partir de meados da década de 1970.

Mutamba seguiu explicando que a divulgação da capoeira na região havia crescido e que de dois em dois anos eram organizados encontros com capoeiristas estrangeiros em Patrimônio dos Pretos, como forma de divulgar o trabalho do grupo local e manter o intercâmbio cultural com outros países. A data era sempre aguardada com expectativa pelos moradores locais e das regiões vizinhas, atraindo também capoeiristas da Bahia, Rio de Janeiro e Minas Gerais. Para o orgulho dos líderes da comunidade, atestou Mutamba, em 2004 o vilarejo havia sediado o 4º Encontro Internacional de Capoeira, quando Patrimônio dos Pretos recebeu visitantes franceses, alemães e holandeses em suas terras.

Ashley estava ansiosa em relatar todas essas novidades para a mãe. Ao fim da tarde, quando retornasse de seus compromissos na Metropolitana, a primeira coisa que faria seria ligar para Walterboro.

– *"Lou pode esperar"* – pensou, ao lembrar-se repentinamente da figura do pai.

Entretanto, apesar da aparente satisfação pela evolução do seu trabalho acadêmico, dos dados colhidos em sua pesquisa de campo e da felicidade vivida em Ecoporanga, uma angústia tomara conta do peito de Ashley.

A jovem entendeu que a viagem para o nordeste e à terra de sua mãe também resultou em uma descoberta inesperada para ela: nascera nela um desejo incontido de manter distância de Marcos.

Desde o retorno de ambos a São Paulo, e ao longo do fim de semana, a jovem percebera que algo havia mudado. Todas as fotos da viagem em que Marcos aparecia ao seu lado foram segregadas em uma pasta particular e separadas das outras destinadas à sua pesquisa. Sem que ela conseguisse encontrar uma razão equilibrada que justificasse a decisão, Ashley resolveu diminuir o contato com aquele negro amável, inteligente e atencioso, que havia feito a sua estada no Brasil mais confortável e menos trabalhosa, em todos os aspectos.

A estudante decidiu, portanto, restringir o apoio de Marcos unicamente às funções pertinentes ao posto de Embaixador Universitário, e somente nas operações em curso dentro das instalações da Metropolitana. A rigidez do caráter de Ashley determinou que aquela decisão era necessária e daquela forma seria feito.

A jovem preparava-se para desativar o computador e seguir para a universidade, quando o sinalizador digital na tela de seu computador indicou que um novo *e-mail* acabara de lhe ser enviado.

"Mensagem de: Nadjla Abrahão"

A jovem reabriu a sua caixa de mensagens e clicou sobre a correspondência recém-recebida:

"Dear Ashley,

How´re things with you? Would you be willing to give an interview for a local newspaper today regarding the Afro Brazilian Exhibit bill voting expected to take place in campus tomorrow along the day? I think it´d also add up to your research.

Think about it. Please, advise.

Best regards - N.A. / International Affairs Coordination"[19]

---

19   Tradução: Prezada Asley,

Como estão as coisas com você? Você estaria disposta a dar uma entrevista para um jornal local hoje sobre o referendo da semana da Feira Afro-brasileira, prevista para acontecer no campus amanhã ao longo do dia? Eu acho que isso também agregaria algo para a sua pesquisa.

Pense a respeito. Por favor, dê um retorno.

Saudações – N.A. Coordenação de Assuntos Internacionais.

Ashley respondeu à Nadjla que decidiria quanto ao pedido assim que chegasse à universidade, ainda pela parte da manhã. Desligou o aparelho, trocou-se rapidamente e saiu do apartamento.

Ao chegar à Metropolitana, a estudante deslocou-se imediatamente para o gabinete de Nadjla, que a recebeu na sala após despachar uma série de documentos com sua assistente.

– Olá, Ashley! Senta, querida. Pra não tomar muito o seu tempo, eu recebi um pedido do Presidente do Comitê Eleitoral Acadêmico, o professor Ismael Katz. Tem um jornal da cidade que vem fazendo a cobertura da votação sobre a Semana Cultural Afro-brasileira aqui na Metropolitana. Eles souberam da sua presença na universidade e fizeram contato com a administração para fazer uma entrevista com você. A reitoria falou com o Comitê, que informou pro jornal que iria pedir pra nós consultarmos você primeiro... O que você acha?

– *Hmmm...* entrevista? Como se chama jornal?

– *Folha de Notícias*. O jornalista responsável pela reportagem vem aqui quase todos os dias. As matérias sobre a movimentação deste tema estão sendo publicadas todos os dias, desde a segunda-feira passada e vai até a publicação do resultado final das urnas. Eles gostariam de ilustrar a parte final da série com a visão de alguém que mora num país com experiências relevantes sobre questões raciais, no caso, os Estados Unidos. Então, você autoriza?

Ashley refletiu por alguns segundos e respondeu:

– Certamente. O jornalista vem *para aqui* hoje?

– Já está aqui. Ou melhor, neste momento ele está na recepção da administração da universidade. O nome dele é... só um instante... Silvio Mendonça. Posso avisar que você está indo pra lá?

– Ah, sim. Claro.

– Tá... só um minuto.

Nadjla pegou o telefone e acionou um ramal interno.

– Oi, Luisa... Avisa pro repórter que a estudante Americana já está a caminho, tá bom?

O telefone foi desligado.

– Pronto, Ashley. Você sabe onde é o prédio da administração, né? O segundo prédio à direita, depois da cantina.

– *"Né!"* – pensou Ashley.

A jovem agradeceu, deixou o gabinete da Coordenadoria de Assuntos Internacionais e caminhou distraída em direção ao prédio da administração. A angústia que descobrira dentro de si nas primeiras horas

—— 332 ——

da manhã parecia aumentar e uma saudade súbita de sua mãe a fez sentir o coração apertar. No charme discreto dos passos que a conduziam para uma entrevista inesperada, o silêncio de Ashley indicava que naquele instante a jovem daria tudo o que tinha para se aninhar no abraço quente da mãe e chorar como uma criança frágil em busca do consolo carinhoso, diante de uma vontade não saciada.

Torceu para que a entrevista e o dia passassem logo. Não via a hora de ligar para Walterboro, no fim da tarde.

Capítulo 44

O menino de rua

Quarta-feira, 16h08min.

A votação sobre a Semana Afro-brasileira no campus da Universidade Metropolitana já estava em andamento. Mais uma hora e o horário de comparecimento às urnas estaria encerrado. Todas as projeções davam conta de que a proposta da chapa Tradição seria a vencedora. Não obstante os esforços louváveis da proposta defendida pela chapa Igualdade, a visão de tendência conservadora da geração herdeira dos valores prevalecentes e estabelecidos naquela instituição educacional desde a sua fundação, talvez ainda demorasse alguns anos para se perceber alguma flexibilidade em sua postura.

Ronaldo, o responsável pelas estatísticas de tendência de votos da chapa de Luca, fizera uma projeção segura de uma vitória de sua chapa nas urnas do campus e calculava que a sua margem de erro seria menor do que um por cento. Reunidos em uma sala de aula no bloco do curso de administração, ele, Jefferson, Solange, Hayda, Paulo Sérgio e mais alguns alunos voluntários debatiam felizes e especulavam sobre qual a melhor forma de celebrar o resultado da votação, já antecipando o triunfo da campanha.

Luca, que estivera ausente durante toda a manhã, entrou na sala silenciosamente e foi recebido com entusiasmo pelos presentes. Saudou discretamente, e sem sorrir, cada um dos membros da chapa, enquanto caminhava na direção de Jefferson, que se sentava à mesa que em um dia normal seria ocupada pelo professor. O orador e líder universitário foi cercado pelos demais membros da chapa.

O jovem recebeu uma saudação calorosa e entusiasmada do presidente da Tradição.

– Grande campeão!

– Olá, pessoal. Pelo que vi nos corredores e lá fora, a vitória é certa, né?

– Só uma desgraça faz a gente perder esta votação, Luca. Tá no papo!

– Certo... – assentiu Luca, sem mostrar nenhum entusiasmo.

– Que foi, velho? Você parece preocupado...

– Tô com um problema em casa. Jefferson, eu preciso falar com todo o pessoal aqui.

– Agora?

– Se for possível, tenho que sair.

– Tá bom. Segura a onda aí... Pessoal! Pessoal! Aqui, um minuto da atenção, por favor! Leandro, dá uma encostada aí na porta! Psiu, pessoal, só um minuto! – pedia Jefferson, ao mesmo tempo em que fazia gestos largos com ambos os braços.

Luca se posicionou bem ao centro da parede principal da sala, de forma que pudesse ser visto por todos os presentes no recinto.

– Pessoal... Parece que a vitória é certa. A campanha foi trabalhosa e tudo indica que a nossa proposta será a vencedora. Parabéns a todos pelo esforço e dedicação em fazer com que nós conseguíssemos o maior número de votos. Amanhã, no auditório, está previsto um pronunciamento do Comitê Eleitoral Acadêmico com os membros das duas chapas, pra homologação dos resultados. Seria muito importante a presença de todos vocês. O Jefferson pediu pra eu avisar que depois da reunião no auditório haverá uma comemoração da chapa pelo fim da campanha. Outra coisa, eu gostaria de pedir que mostrássemos o maior respeito pelo pessoal da chapa Igualdade. Independentemente da diferença de votos, o pessoal do lado de lá mostrou valor e lutaram pelo que acharam... acham correto! *Repito: peço respeito com os alunos da outra chapa.* Obrigado e até amanhã – Luca se despediu dos presentes com um aceno e deixou a sala tão silenciosamente quanto entrara.

Um pouco surpresos pelo teor e o tom impositivo da última parte da fala de Luca, os membros da chapa se entreolharam, deram de ombros e continuaram a compartilhar a alegria pela certeza do veto à realização da Semana da cultura Afro-brasileira na UniMetro.

Luca retornou para o estacionamento, assumiu o volante do seu Audi A3 preto blindado e partiu em direção à faculdade de Akemy, do outro lado da cidade, com quem havia combinado de se encontrar ao fim da tarde para um *happy hour* a dois.

Enquanto dirigia, o jovem refletia sobre os fatos relatados por sua mãe na noite anterior, durante o jantar. De forma terna e em tom melancólico, Laura descreveu em detalhes para o filho os acontecimentos desencadeados antes mesmo de ela se casar com seu pai.

A mãe revelou a Luca, com sinceridade na voz e tristeza no olhar, a importância daquela empregada negra e de ar simplório exposta na foto antiga que lhe fora mostrada pela primeira vez na cozinha da mansão da família, no dia em que mãe e filho tomaram café juntos. Naquele momento, o retrato em preto e branco repousava sobre o painel do veículo do jovem, à esquerda do volante.

Colocado ali desde a manhã daquele mesmo dia, de forma que Luca pudesse contemplar a imagem toda vez que a interrupção do trânsito assim o permitisse, o jovem esperava que a evidência visual do retrato o ajudasse a compreender melhor o impacto que a informação revelada por sua mãe havia provocado em suas meditações. Luca contemplou o retrato pela enésima vez: a mãe, jovem e vigorosa, estirada sobre o carpete da sala, os móveis de formato arredondado, a enorme estante de livros ao fundo, os avós já falecidos sentados lado a lado ao centro do sofá, o velho tio Alfredo sorrindo sentado no braço revestido do móvel, e a empregada negra, Isabel, de uniforme, de pé e ao lado do tio.

O seu veículo deslocava-se sobre as ruas e avenidas da cidade e o jovem, mãos ao volante, usou do tempo e da fotografia para adequar as suas reflexões à nova realidade que lhe fora revelada na noite anterior. A maneira fraternal e nostálgica dos relatos da mulher a quem mais amava no mundo, trouxeram a Luca a evidência de que a sua existência se devia, em boa parte, ao fato de que a própria vida de sua mãe havia sido salva por uma pessoa negra, antes de ele nascer. Aquela constatação contrastava substancialmente com os preconceitos marcados a fogo em sua alma e em seu caráter, desde que fora sequestrado e a vida colocada em risco sob a mira do revólver de um assassino negro, frio e latrocida.

Luca precisava refletir...

Ainda absorto em seus pensamentos, o estudante assustou-se ligeiramente ao ser removido de suas abstrações pelo toque de seu telefone celular.

– Oi, mãe.

– Bom dia, *bambino*. Tudo bem?

– Tudo, mãe. *Tava* pensando na senhora...

– Você toma conta do meu pensamento desde que vi os seus olhos pela primeira vez, filho. Dormiu bem? Quando acordei, você já tinha saído...

– Dormi sim, mãe. Tô pensando nas coisas que a senhora falou ontem...

– Pois é, meu filho. Eu só aguardava a melhor oportunidade de poder contar sobre esses fatos pra você. Eu iria lhe contar antes, mas,

—— 336 ——

como mãe, eu achei melhor esperar pra ver como você ia evoluir com a sua terapia. Seu pai acabou de me ligar pra saber como você reagiu.

– Ah, tá... Ele volta quando?

– Só daqui a dois dias, pelo que ele falou. Bom, está tudo bem então, né? – quis certificar-se a mãe.

– Tá tudo bem sim, mãe. Acabei de sair agora da Metropolitana e vou pegar a Akemy. Não devo chegar cedo.

– Tá, filho. Mas me liga...

– Tá. Depois eu ligo. E mãe... valeu. A conversa foi muito boa.

– Te amo, filho. Até mais tarde.

Após depositar o aparelho em sua base de apoio dentro do carro, Luca reassumiu o controle do volante com ambas as mãos, e conduziu o automóvel por uma avenida larga e circundada com modernos edifícios comerciais em ambas as calçadas. No fluxo de ida e vinda de automóveis, comum em qualquer artéria urbana de cidade grande, pessoas apressadas se esforçavam em cumprir com rigor suas agendas e certamente articulavam soluções para alguns de seus problemas.

Luca dirigia pela pista da esquerda, sentido norte, e irritou-se com o andamento moroso do trânsito, outra sequela percebida em seu comportamento outrora pacato, desde o sequestro. Seguindo a fila de carros com o olhar, Luca visualizou um vulto a pé no canteiro central, próximo a um táxi, uns cem metros adiante.

Tratava-se de um menino de pele escura, de uns quinze anos, talvez.

As pernas magérrimas eram cobertas por uma bermuda rota, os pés calçavam chinelos imundos e escurecidos, e os ombros arcados suspendiam uma camiseta regata suja e com um grande rasgo transversal, à altura do ventre.

O menino trazia ainda em uma mão uma garrafa de refrigerante contendo um líquido embranquecido e na outra um pequeno puxador de borracha improvisado na ponta de um cabo de vassoura, semelhante ao acessório utilizado para limpar para-brisas e que normalmente são usados por frentistas em postos de gasolina e lava-rápidos.

A imagem decadente do garoto contrastava com a opulência dos arranha-céus envidraçados perfilados dos dois lados da avenida e também com a predominância de automóveis de luxo competindo em valor e acessórios no vaivém frenético daquele meio de tarde.

Pela velocidade do trânsito e a demora aparente do semáforo, Luca deduziu que em alguns minutos o seu automóvel se aproximaria do rapaz, ou vice-versa.

O jovem olhou para a sequência de carros à sua direita e praguejou ao perceber que seria impossível mudar de pista antes de ser abordado pelo quase indigente que já se aproximava de seu veículo. Luca sentiu-se vulnerável e olhou ao redor, como quem procurasse por ajuda.

O fim de tarde parecia imprimir nos rostos vistos pelo herdeiro dos Altobelli, ao redor, a expressão de ansiedade dos que dirigem para chegar logo.

Cada um em um veículo, e cada veículo fadado a um destino diferente. Luca pôde ainda identificar parte da atividade em algum deles: no carro à direita um menino de óculos se distraía com algo que lembrava um aparelho manual de jogos eletrônicos; no carro de trás, duas moças inquietas conversavam e trocavam de estações em busca de alguma música mais agitada; à esquerda de Luca, na pista contrária e do outro lado do canteiro, um homem engravatado falava ao telefone com o vidro lateral parcialmente aberto e atrás dele uma mãe de humor alterado se esforçava em acalmar três crianças hiperativas no banco traseiro.

Todos, sem exceção, ignoravam os conflitos adjacentes; cada um imerso em sua própria dinâmica do cotidiano. Em cada carro, um mundo fechado.

Motoristas e passageiros trancados, mas não imunes, ante aos perigos vindos do asfalto, bem sabia Luca.

Sintomaticamente, o estudante passou os dedos sobre o joelho direito, na região da cicatriz grossa que lhe cruzava a rótula em diagonal, e sentiu sob o tecido do jeans a materialização do pior dos seus pavores.

Antes de chegar ao veículo de Luca, o rapaz deteve-se no carro logo à frente, conduzido por uma mulher ao volante e uma adolescente no banco do carona. De pé e bem próximo da janela do motorista, o pedinte ofereceu-se para limpar o para-brisa e a leitura da linguagem de corpo do menino e também das mulheres deu a entender que a motorista e a passageira não tinham nada a dar em troca por uma eventual limpeza do vidro frontal do veículo.

Curiosamente, o menino de rua negro, de aspecto curiosamente empalidecido e feições esquálidas, deu um passo para trás e inclinou a cabeça em um gesto humilde de agradecimento, ao mesmo tempo em que se prontificou a limpar criteriosamente o amplo visor frontal do carro à frente de Luca.

Em retribuição, o menino recebeu o reconhecimento gestual da mulher e da adolescente. Em seguida, o menino sorriu, virou-se e caminhou em direção ao carro de Luca, carregando a garrafa e o rodinho improvisado como se fossem os troféus mais desejados do mundo, com um olhar convicto estampado nos olhos fundos e no rosto sofrido. Ao chegar à janela do motorista, ergueu a garrafa e o puxador para Luca, como quem pedia autorização para limpar o carro.

Um pouco receoso, o estudante desceu o vidro do seu lado por menos de meio palmo.

– Hoje não, pivete, não tenho trocado... – Luca informou ao menino, de maneira ríspida.

– Não, tio, *num quero dinhêro*, não. – A voz do garoto soava fraca e doente. Luca espantou-se com a afirmativa do rapaz e desceu mais dois dedos do vidro lateral.

– Como assim? O que você quer, então?

– Não quero nada não, tio. É que eu fico aqui na avenida vendo *esses carro bonito*. Aí eu fico *pensano* que eu *pudia tê* um igual. Quando para um que eu gosto, eu limpo e penso que é o meu...

– Mas se você estudar, trabalhar e guardar dinheiro, pode ter um desses, e até mais... – Luca espantou-se com a própria disposição momentânea em querer argumentar com um trapo humano que havia meio minuto lhe causara um sentimento de asco e repulsa.

Sem responder, o menino passou a limpar o carro com esmero, esfregando uma flanela surrada em uma mancha em um canto do para-brisa que teimava em não sair.

– Pronto, seu carro *ajudô o mundo ficá um pôco* mais bonito... Eu sei, tio. Mas é que *num vai dá tempo*... – concluiu o menino. Luca teve a impressão de que o menino desenhara um sorriso tímido em um canto dos lábios de aparência ressecada. Os dentes eram turvos e mal cuidados.

– Não vai dar tempo de quê? – indagou o universitário, com um olhar no menino e outro no comboio de carros à sua frente.

– Não vai dá tempo *de tê um*, tio. Eu *tô morrendo*... Mas *vô deixá* uns carro bonito até *num aguentá* mais. – O olhar do menino cruzou com o do estudante por uma fração de segundo. O jovem rico teve a impressão de ter visto um brilho sair dos olhos do menino de fala quixotesca.

Luca sentiu o fôlego falhar.

Sem dizer mais nada, o menino afastou-se um passo e inclinou a cabeça, em sinal de agradecimento, e dirigiu-se para os carros perfilados atrás de Luca, segurando com os seus braços magros e condenados os dois troféus com os quais se esforçava em deixar o mundo mais limpo e bonito. Antes que ele mesmo deixasse o mundo...

Luca fez subir totalmente a janela do seu lado, ao mesmo tempo em que sentiu uma lágrima fina ameaçando descer por uma de suas faces. Lembrou-se da frase que disse no dia em que tomou café com sua mãe:

"Tsc, tsc, tsc, negros... Essa raça vive se casando cedo pra pôr filhos no mundo o quanto antes. E depois a cidade fica cheia de sequestradores e meninos de rua..."

O semáforo mais adiante migrou para a cor verde.

Luca retomou a atenção para o fluxo de automóveis que escoava mais rápido à sua frente e olhou para a foto em preto e branco da mãe, jovem e encantadora, no painel do carro. Olhou para o trânsito mais uma vez; para a foto de novo e, em um impulso, começou a convergir para a pista da direita.

Mais uma... mais uma e... mais uma! Luca chegou à última pista a tempo de atingir um cruzamento que o levaria à uma direção diferente à que tinha programado anteriormente.

Fez uma ligação breve e conversou com Akemy. Em seguida, mudou o curso original de seu carro, rumo ao sudeste da cidade.

Determinado, seguiu sentido à casa de tio Alfredo...

Capítulo 45

Partida

Quinta-feira, 13h53min.

Marcos ouvia a explicação da matéria ao fundo da sala, mas para ele a aula parecia não existir. O professor era só uma figura difusa diante dos seus olhos. Os ruídos que lhe chegavam aos ouvidos também eram confusos e cruzados. Fisicamente presente na aula, sua concentração flutuava por outras abstrações. A proposta da chapa Igualdade havia sido derrotada na votação do campus, mas algo a mais comprimia o peito do jovem.

O veto à Semana Cultural Afro-brasileira constava no planejamento do grupo e mesmo com a eminente homologação da vitória da chapa Tradição, Marcos reuniu-se com os demais membros do grupo naquela mesma manhã e todos começaram a traçar a estratégia de deixar um projeto de continuidade do ideário da chapa para os líderes novos a serem empossados nos anos posteriores.

Para a alegria dos integrantes do grupo vencido, várias mensagens de solidariedade foram encaminhadas à chapa Igualdade, antes, durante e imediatamente após a contagem do último voto, com a promessa de um bom aumento no número de alunos novos dos mais variados cursos em dar suporte às propostas ideológicas da chapa que fossem semelhantes à que acabara de ser impugnada pelo voto estudantil.

Marcos apoiou o ombro na parede à sua esquerda. Absolutamente distraído, passou a produzir movimentos circulares e monótonos na folha branca do caderno à sua frente. Alguns colegas dos assentos mais próximos desfilavam uma série de comentários maliciosos sobre algumas garotas que se sentavam mais à frente da sala, mas Marcos blindou-se com as distrações silenciosas e que ocupavam por completo a lógica de suas ponderações.

Desde que retornara do giro por Bahia e Espírito Santo, Marcos não conseguia mais contato com Ashley. Os *e-mails* enviados por ele não eram respondidos, os recados deixados ao celular da Americana não tinham

—— 341 ——

retorno e os dois não se encontravam mais na universidade, embora Marcos soubesse da informação de que recentemente a estudante dos Estados Unidos estivera reunida na administração com a área de Assuntos Internacionais e que ela também havia concedido uma entrevista ao mesmo jornalista da *Folha de Notícias* que havia feito a matéria jornalística com a sua mãe, durante a cobertura da campanha no campus.

Rafael sentava-se na carteira ao lado de Marcos. Obeso e prolixo, ele costumava desafiar professores com questionamentos complexos e polêmicos. As suas intervenções invariavelmente se transformavam em debates calorosos que avançavam no horário das aulas. Inclinou-se na direção de Marcos e desferiu dois socos com os nós dos dedos rechonchudos na plataforma de apoio de material, chamando a atenção do orador da chapa Igualdade.

– Ô, parceiro... tá surdo?

– Que foi? – Marcos pareceu despertar do limbo.

– O professor tá te chamando... – disse Rafael.

Marcos ajeitou-se na carteira e olhou na direção do professor, de pé atrás da mesa. O instrutor manteve-se calado e acenou com a cabeça em direção à porta.

Um rapaz de cabelos encaracolados apontava a cabeça no vão da porta e olhava na direção de Marcos. Era o assistente administrativo desengonçado que prestava apoio aos vários gabinetes subordinados à Reitoria.

– Você é o aluno Marcos Sampaio? O Professor Reis solicita a sua presença lá na Coordenadoria de Extensão, com uma certa urgência. – A voz do contínuo soava como um grunhido ríspido e afônico.

O rapaz disse a frase e sumiu do vão da porta.

Marcos recolheu o seu material e saiu do recinto. Ao chegar à sala do Coordenador, encontrou-o sentado e com dois envelopes à mão. O professor convidou-o a sentar. Trazia no rosto uma expressão que deixou Marcos preocupado.

– Tudo bem, professor Almir?

– Mais ou menos, Marcos. A gente ainda não se falou depois da viagem de pesquisa da estudante Americana, né? Não há pressa, mas seria importante um relatório pra Extensão antes da sexta-feira que vem.

– Sim, professor. Na verdade, o relatório já está pronto. Ainda falta revisar. Eu estive ocupado com as provas, a ida até Campinas e os trabalhos com a votação no campus. Mas vou entregar até antes do prazo...

– Tá bom, eu fico no aguardo. Só pra confirmar o entendimento: foi tudo bem nas visitas de pesquisa, correto?

– Foi sim, professor. A Ashley falou com as pessoas que precisava falar e visitou os lugares que tinha que visitar. Filmou lugares, entrevistou pessoas, tirou fotos, conseguiu objetos e material impresso. Levantou muitos dados, mesmo. Ela teve que comprar uma outra mala pra trazer mais coisas. Pra ela e pra pesquisa. Trouxe até um berimbau...

– É... foi o que pensei. Quer dizer, eu precisava confirmar com você que tudo correu bem durante esses deslocamentos. Mas... dá uma lida nisso... Meu inglês não é muito bom, mas pelo pouco que entendi...

Um dos envelopes foi passado para as mãos de Marcos, que retirou de seu interior a cópia de uma carta impressa e assinada por Ashley, com um texto em inglês que dizia:

"Prezada Coordenadora Nadjla Abrahão,

Gostaria de agradecer o apoio dado pela Coordenadoria de Assuntos Internacionais quanto à viagem de pesquisa realizada por mim aos estados do Rio de Janeiro, Bahia e Espírito Santo.

Em especial, gostaria de destacar o valor inestimável do apoio do aluno Marcos Sampaio de Souza, do Curso de História da Universidade Metropolitana, durante a fase de pesquisas nas cidades de Salvador, Aratu, Ecoporanga e Patrimônio dos Pretos.

Sem a presença e companhia do Embaixador Universitário, a minha tarefa seria de uma dificuldade infinitamente maior.

Através do meu testemunho, a minha universidade de origem obterá relatórios que, espero, estimulem a continuação deste programa bilateral para esta e outras áreas de pesquisa.

Agradecidamente,

Ashley Santos LaVernne."

– Não era pra tanto. Só fiz o que me foi orientado a fazer...

– Calma, ainda não acabou... Veja esta outra carta.

O outro envelope foi aberto pelo jovem. Desta vez, a carta era para a própria Coordenadoria de Extensão, também em inglês e que dizia:

"Prezado Coordenador Almir Reis,

Preciso informar que vou interromper a minha participação no programa "Estudos Afro-americanos e as Implicações da Diáspora Africana no Contexto Sócio-Econômico das Américas".

Problemas de família nos Estados Unidos impedem a continuação de minhas pesquisas e a minha permanência no Brasil.

O pouco tempo que fiquei no país me deu a oportunidade de reunir material mais do que suficiente e que me ajudará muito no meu projeto acadêmico.

Assim como já registrado junto ao setor de Assuntos Internacionais, gostaria de destacar o valor inestimável do apoio do aluno Marcos Sampaio de Souza, do Curso de História da Universidade Metropolitana, durante a fase de pesquisas nas cidades de Salvador, Aratu, Ecoporanga e Patrimônio dos Pretos.

Sem a presença e companhia do Embaixador Universitário, a minha tarefa seria de uma dificuldade infinitamente maior.

Agradeço à Universidade Metropolitana e à Coordenadoria de Extensão pelo apoio permanente em minhas pesquisas.

Um memorando de agradecimento para esta universidade também será enviado por mim para o órgão responsável pelo programa na Universidade Salkehatchie, na Carolina do Sul.

Agradecidamente,
Ashley Santos LaVernne"

Marcos obrigou-se a ler o conteúdo mais uma vez para entender que se tratava de uma carta de despedida.

Intimamente, sentiu um túnel nascer em sua laringe e ampliar-se pelas suas vísceras, dando a impressão que continuaria a crescer infinitamente até engolfá-lo em um portal que o transportaria para qualquer lugar bem longe dali.

– Mas... como assim?

– Pois é, Marcos. Você foi a pessoa que mais conviveu com ela, desde que ela chegou ao Brasil. Eu pensei que talvez você soubesse de alguma coisa...

– Não, professor. A última vez que a gente se viu foi na sexta-feira, no aeroporto. Depois, ela não retornou mais os meus recados... nem meus *e-mails*, nem nada. Não a vi mais pelo pátio, na cantina... simplesmente! Mas fiquei sabendo que ela esteve no gabinete da Coordenadora Nadjla e também parece que ela deu ou ia dar uma entrevista para a *Folha de Notícias*.

– É verdade. Eu falei com a Nadjla e ela confirmou.

– Então, professor. Estou tão sem entender quanto você.

– E na viagem... aconteceu alguma coisa?

– *Hmmm...* não. Nada que a fizesse tomar a decisão de querer interromper o programa. Pelo contrário! Na ida pro Espírito Santo, ela pôde colher muito material pra pesquisa e reencontrar familiares da mãe dela, que é brasileira.

– É mesmo?

– Sim, professor. Foi muito interessante. Mas... agora me lembrei de uma coisa...

– Que foi?

– Quando estávamos em Aratu, me lembro que ela me disse que estava preocupada. Ela tinha conversado com a mãe dela e parece que alguma coisa não estava bem lá nos Estados Unidos. Problemas de saúde, se não me engano... Mas ela não deu nenhuma indicação de que fosse alguma coisa grave. Tanto que continuamos a viagem normalmente e ela não tocou mais no assunto...

– Sei...

– Professor, se você quiser, eu posso falar com ela antes do embarque. O que você acha?

– Não seria uma má ideia, Marcos. O problema é que não dá mais tempo...

– Como assim...? – Marcos indagou, já prevendo uma má notícia.

– A Coordenadora Nadjla me ligou ontem à noite e ela me falou que, logo depois que acabou a entrevista, à tarde, com o jornal, a Ashley saiu às pressas da universidade. Parece que ela ligou mais tarde pra C.A.I. informando que iria embarcar pros Estados Unidos hoje às 15h30min... já passa das duas da tarde. No mínimo, já fez o check-in...

Marcos procurava não deixar transparecer para o Professor Reis a sua melancolia profunda e doída e que se agravava a cada segundo. Constatou que a jovem que havia conquistado a maior parte de seus pensamentos desde a viagem da pesquisa acadêmica, partia naquele exato momento de volta para casa.

Ashley deixava o Brasil da mesma forma como chegara: discretamente e sem alarde.

– Que pena... – Ao dizer a frase, Marcos sentiu que a sua vontade era a de sair dali, correr para o aeroporto e saber diretamente de Ashley o porquê de sua saída repentina do país.

– Bom, Marcos, obrigado de qualquer forma e... – O telefone sobre a escrivaninha tocou. O professor atendeu e olhou para Marcos:

– Ele tá aqui, sim... você quer falar com ele? Ah, tá bom, eu aviso... Marcos, é pra você passar lá na C.A.I. Parece que tem um recado da Ashley lá pra você.

345

Ao receber a informação, o jovem pediu licença, despediu-se com pressa do professor e se deslocou para a sala da Coordenadoria de Assuntos Internacionais.

Ao chegar ao local, a assistente ruiva e sardenta entregou-lhe um envelope branco, lacrado e com a expressão:

"Coordenadoria de Assuntos Internacionais
To: Mr. Marcos Sampaio de Souza"

A frase fora escrita à mão, em um envelope branco.

– Você é o Marcos, né? Chegou isso pra você, pelo malote interno, junto com as cartas pra Extensão e Assuntos Internacionais. Parece que todas foram entregues na portaria do campus, hoje de manhã. Procurei você e me falaram que você estava na Extensão...

– Obrigado.

O universitário afastou-se do balcão da recepção e dirigiu-se para o corredor que desembocava em uma área aberta, atrás do prédio administrativo da Universidade Metropolitana. Ansioso, o jovem sentou-se em um banco de cimento próximo a uma parede aos fundos do edifício. Naquela posição era possível contemplar, ao fundo do panorama à sua frente, a beleza da mata que se esparramava com certa simetria junto à cerca perimetral do terreno, mas a atenção de Marcos estava totalmente voltada para a carta que ele acabara de desdobrar.

Em inglês, Ashley despedia-se de Marcos:

"Querido Marcos,

Quando você receber este recado, muito provavelmente já estarei embarcando para os Estados Unidos.

Desculpe a forma como me despeço de você. Alguns fatos me obrigam a voltar para Walterboro. Já fiz um contato rápido com os meus orientadores e será possível concluir a minha pesquisa pela Internet, mas devo preparar uma apresentação detalhada sobre esta passagem pelo Brasil e demonstrá-la para professores e alunos em nosso auditório já nos próximos dias. Mas tenho bastante material e acho que não haverá problemas.

Aprendi mais e muito sobre o Brasil e o meu português também evoluiu graças à sua atenção comigo. Foi muito bom também aprofundar os meus estudos sobre a história dos negros no Brasil. Lembrarei da sua ajuda no contato com o meu tio Dito em Ecoporanga para o resto de minha vida.

Obrigado por toda a sua dedicação e paciência comigo. Saiba que gostei muito de sua companhia e sentirei falta de nossas longas conversas. Só não estava acostumada a ver um negro bonito e atraente como você estar todo o tempo rodeado de garotas brancas, mas acho que é um item da cultura brasileira que eu precisaria entender melhor.

Desejo sucesso na conclusão do seu curso e boa sorte com os seus projetos.
Carinhosamente, Ash"

Marcos concluiu a leitura e deixou as suas costas se apoiarem na parede junto ao banco de cimento. Seus olhos enfim visualizaram a beleza do horizonte verde em contraste com os primeiros tons de violeta que começavam a tingir as nuvens alinhadas com o topo das árvores ao longe. Não fosse pela tristeza que atravessava o seu estado de espírito naquele instante, Marcos certamente teria a sensibilidade de apreciar um fim de tarde como o que se anunciava naquele exato momento.

Com o esplendor da natureza espelhado diante dos olhos e a carta de Ashley nas mãos, Marcos exalou um suspiro de incredulidade e sentiu-se inapelavelmente impotente diante da imensidão da natureza ao seu redor e do sentimento devastador que o consumia por dentro ao fim da leitura daquela carta.

Capítulo 46

Revelações

Sexta-feira,08h11min.

– Inacreditável...

– É... também achei, Otávio... – confessou o repórter.

O supervisor de Silvio ouviu, do aparelho de seu subordinado, a entrevista com a estudante Americana mais uma vez e bateu nervosamente com o polegar sobre a mesa.

– Me conta tudo de novo, Silvio... Você se reuniu com a Sra. Laura Altobelli...

– Isso, Otávio. Eu me encontrei com a Sra. Laura pra confirmar com ela alguns dados contidos no *e-mail* que ela havia me enviado depois que eu fiz a entrevista com ela sobre a votação na universidade. Eu pensei que, com sorte, eu poderia criar um ambiente que me permitisse mostrar as informações que eu havia levantado com o jornalista que havia trabalhado no Consulado Americano na época do incidente dela com o fuzileiro. Nesse encontro, ela me deu mais informações ainda sobre os fatos de 1976. Daí eu mostrei as fotos que havia conseguido em Guaratinguetá e, depois disso, ela me deu autorização pra prosseguir com mais levantamentos sobre o caso, já que ela realmente quer saber do paradeiro da empregada dela na época, a tal Isabel. Bom, no dia seguinte, eu haveria de continuar com a matéria sobre a votação na Metropolitana e liguei pra uma pessoa que conheci lá... Na verdade, uma amiga muito atenciosa que fiz na universidade, e que me ajudou a agendar um horário com a estudante Americana... sugestão sua mesmo, lembra?

– Claro, claro... me lembro, sim – retorquiu Otávio.

– Pois, foi isso... Consegui um encontro pra entrevista com ela pro dia seguinte e a intenção era somente obter a visão de alguém de fora sobre aquele tipo de votação na universidade, seguindo a sua recomendação. Fomos pra um local isolado da universidade e...

"– O seu português é muito bom. Mas... você prefere que a entrevista seja em inglês? Eu falo razoavelmente...

– Português, porque depois vou mostrar artigo para minha mãe.

– *Hmmm...* tenho alguns exemplares aqui, com as entrevistas que já fiz. Estão aqui em algum lugar, só um minuto... Pronto! Pra você ler depois. Você tem um bom português, onde você aprendeu?

Ashley pegou dois exemplares da *Folha de Notícias* das mãos de Silvio e os acomodou dentro de sua bolsa, sem se preocupar em ver o conteúdo.

– Meu pai é Americano e minha mãe é brasileira.

– Interessante... Bom, eu vou tirar umas fotos suas, fazer algumas perguntas e depois você me passa os seus dados, tudo bem?

– Tudo bem.

Dois sorrisos tímidos de Ashley foram registrados pela câmera digital de Silvio.

– Agora a entrevista. Podemos começar?

– Sem problemas...

– Só um instante... assim... pronto! Qual o seu nome?

– Meu nome é Ashley Santos LaVernne.

– Qual o seu país e de que cidade você vem?

– Estados Unidos e sou de Walterboro, Carolina do Sul.

– Qual a sua opinião sobre este tipo de votação no campus da Universidade Metropolitana?

– Acho interessante que este tipo de assunto é provocado *in* um espaço de universidade. É um exemplo bom de analisar um problema e colocar ele para verificação de uma maneira democrática.

– É comum no seu país acontecerem votações como esta?

– *In* minha universidade, não. Coisas mais importantes são decidas pelo "*school board*" que é grupo formado de administradores, professores, pais, financiadores e alunos. A estrutura de universidades de Estados Unidos é um pouco diferente.

– E como é a questão racial nas universidades Americanas?

– *Hmmm...* as coisas mudaram muito desde os anos 60 e 70. Problemas raciais ainda existem *in* sociedade Americana, mas universidades hoje são mais... integradas...?

– E você, como negra, teve algum problema aqui na universidade ou fora dela?

– Sinceramente, não. Mas estou aqui *in* pouco tempo. Estava *in* Rio e *in* outros estados de Brasil e foi muito bem recebida *in* todos lugares.

– E qual diferença você percebe entre o negro Americano e o negro brasileiro?

—— 349 ——

– Uma vez meu pai falou que negros brasileiros são tristes, mas não é isso que vejo. Quando voltar para Estados Unidos, vou falar a ele o que vi aqui...

– O seu pai conheceu o Brasil, certo?

– Sim. Ele trabalhou aqui e conheceu minha mãe *in* São Paulo...

– Muito obrigado pela entrevista, Ashley.

– Eu encerrei a gravação normalmente e depois, por pura curiosidade, eu quis saber um pouco mais sobre os pais dela, sobre quem ela havia mencionado na entrevista espontaneamente...

– Você disse que o seu pai conheceu a sua mão aqui no Brasil...?

– Sim. Meu pai morou aqui uns tempos. Era militar. Encontrou minha mãe. Depois eles casaram.

– Seu pai era do exército Americano?

– Não. Ele era de *Marine Corps*...

– Marine... Marines...?

– Isso. Vocês dizem... fu... fuli... desculpe, ´fu-zi-lê-ros´!

– Seu pai foi fuzileiro?

– Sim... mas não é mais.

– Você sabe em que ano?

– Não sei, mas foi antes que eu nascer. Mas... por que pergunta?

– É que... Não, não é possível... Será...?

– Tem problema?

– Não... nenhum! Mas... Seu último nome é "LaVernne"... é isso?... letra "L"... Ashley, posso te mostrar uma imagem que tenho nos meus *e-mails*?

– Imagem... que imagem?

– No *notebook*. Só um minuto...

Silvio depositou a sua mochila entre ele e a estudante. Retirou um aparelho cor de grafite e retangular de seu interior e acomodou-o sobre as pernas, ligando-o em seguida.

– Como é o nome inteiro de seu pai?

– Louis Thomas LaVernne.

– Meu Deus... Não é possível... Olha esta foto antiga...

– Cpl L.T.L.!? Este é Lou!!! Mas... como...?

– O nome de sua mãe é Isabel?

– O que está acontecendo aqui?

– Eu vou dizer, mas você não vai acreditar..."

– ... e antes mesmo de eu explicar tudo, ela pediu desculpas, se levantou perturbada e foi embora – finalizou Silvio.

– Bom, dá pra imaginar... Eu mesmo estou impressionado.

– Bom... pelo menos eu já tinha encerrado a entrevista.

—— 350 ——

– Mas ainda tem uns *gaps* nesta história, Silvio. A aparente ausência de registros do incidente na época, o homem misterioso que falou com o pai da Laura, o sumiço da tia desta tal... Isabel, o médico que recomendou a mudança pra Europa...

– É... essas são as partes que não se encaixam...

– Você acha que consegue essas informações?

– Ainda não sei, Otávio. Mas vou atrás...

– Bom, então continua tudo na mesma. Ter a autorização da granfina já ajuda e bastante. Mas ainda não dá pra pensar em matéria pra publicação, embora tudo indique que podemos ter na mão um furo de reportagem sensacional. E lembre-se que agora estamos lidando com duas coisas distintas: a matéria da votação na universidade, que já acabou, e uma possível matéria sobre um fato que virou fumaça por algum motivo há mais de trinta anos. Se você conseguir essas informações que faltam, podemos pensar em alguma coisa. A partir de agora vamos trabalhar juntos no manuseio dos dados novos que você levantar sobre o assunto, tudo bem? Celular, *e-mail*, reunião aqui na redação, se você preferir... abuse da minha agenda. Mais alguma coisa?

– Não, está tudo certo, Otávio. Qualquer novidade, eu te informo.

Silvio retornou para a sua estação de trabalho. Acomodou-se na cadeira giratória atrás da mesa e colocou a pasta com o relatório "Laura Altobelli" e o aparelho de gravação portátil sobre a mesa. Encostou a nuca no apoio traseiro, cruzou os dedos sobre o ventre e fechou os olhos. O repórter vinha trabalhando intensamente pelas últimas três semanas. O monitoramento sobre o lançamento do novo website do jornal, a votação na universidade, os levantamentos sobre o caso envolvendo a *socialite* cujos detalhes acabara de compartilhar com o seu supervisor...

Silvio sentia-se realmente exausto, porém motivado por saber que cada uma daquelas ações avançava satisfatoriamente. Na verdade, depois do encontro com Laura, a inusitada entrevista com a estudante Americana e a reunião com Otávio, o jovem repórter sentia-se mais desafiado a desvendar a lógica dos fatos aparentemente isolados que começavam a criar um quebra-cabeça intricado e quase surreal.

– *Ê balada*, hein... – uma voz jovial fez o jornalista interromper o seu breve descanso.

Silvio abriu os olhos, sem alterar, no entanto, a posição de repouso que assumira para relaxar por alguns segundos. De pé, junto à coluna que separava a baia de Silvio da área do jornalista ao lado, o *office-boy* da redação encarava o jovem repórter de maneira maliciosa.

—— 351 ——

Hugo era um adolescente esguio e simpático, contratado havia um ano, através de um convênio que o jornal firmara com uma entidade de apoio à qualificação de jovens estudantes do ensino médio, oriundos das regiões consideradas como "de risco", da área metropolitana de São Paulo.

O programa concedia uma ajuda de custo aos inscritos, ao mesmo tempo em que qualificava os estudantes com habilidades funcionais que pudessem melhorar as suas chances de empregabilidade posteriormente. O pré-requisito para ter acesso àquela oportunidade era simples: inscrever-se no programa, continuar os estudos e preservar uma determinada média nas notas escolares.

Hugo não tinha irmãos e nunca conhecera o pai. Bom filho e bom aluno, ele entregava tudo o que ganhava para ajudar na manutenção da casa simples de três cômodos que dividia com a mãe, em um bairro distante e populoso, no lado leste da cidade.

Silvio tratava-o com respeito e admirava a firmeza de caráter do garoto, apesar das dificuldades e das tentações que lhe eram apresentadas quase todos os dias em razão de sua realidade mais imediata. A retidão do garoto fora posta à prova um mês depois de ter iniciado o seu ciclo como estagiário, quando o supervisor Otávio havia perdido a sua carteira com documentos em um dos andares do edifício, após trabalhar até mais tarde em seu gabinete.

Hugo saíra logo depois e encontrara a carteira de Otávio caída próxima de um cesto metálico entre dois elevadores, em um corredor que estava com as luzes apagadas. Por ser o último a sair do seu andar e não encontrar nenhum segurança à saída do prédio, o menino registrou a sua saída com o seu crachá na catraca eletrônica e seguiu normalmente para a escola, levando consigo a carteira polpuda. Receoso e precavido, teve antes o cuidado de envolvê-la com o mesmo papel e pano de cozinha que sua mãe usava para envolver o seu lanche escolar de todos os dias, deixando-a bem ao fundo da mochila velha e surrada, na qual também carregava o seu material escolar.

No dia seguinte, chegou mais cedo do que o de costume e foi direto para o gabinete do supervisor e aguardou pela sua chegada na recepção. Tão logo Otávio chegou, Hugo passou-lhe a carteira e explicou sobre como havia encontrado o objeto, na noite anterior.

– Seu Otávio, a carteira do senhor *tava* caída no corredor do terceiro andar ontem à noite. Só sei que é sua porque tem o nome do senhor escrito no couro do lado de fora – informara Hugo, respeitosamente.

– Nossa, rapaz... procurei esta carteira igual louco. Até voltei aqui, mas... Depois me lembrei. Tinha colocado no bolso do paletó que tava na minha mão e tive que correr pra pegar o elevador... Com certeza alguém ia achar. Obrigado, como é o seu nome?

– Hugo Batista, seu Otávio. Sou o novo estagiário do Pró-Estudar.

– Ah, sei... a minha carteira de motorista *tava* solta dentro, garoto? – O jornalista, talvez o futuro homem-forte do jornal *Folha de Notícias* nos próximos anos, fez a pergunta para Hugo olhando-o diretamente nos olhos.

– Desculpa, seu Otávio. Mas eu não abri a carteira do senhor...

O supervisor agradeceu e aguardou a saída do adolescente negro que ele nem sequer sabia que fazia parte do quadro de estagiários sociais do jornal.

Assim que o office-boy deixou o seu gabinete, Otávio abriu a carteira ansiosamente. Os cartões de crédito... os dois talões de cheque com todas as folhas... o pingente de ouro com a letra "O" dado de presente pela filha e os duzentos reais que costumava manter em carteira para alguma emergência... tudo lá!

Naquela mesma manhã, um memorando manuscrito foi enviado para o setor de RH da *Folha* e um *e-mail* de duas linhas foi passado para Humberto Salles, o Diretor de Redação.

– Antes fosse, Hugo... e aê, quais as novidades? – disse Silvio, ameaçando um bocejo.

– Tudo na mesma, seu Silvio. Tem um segundo?

– Claro, amigão. Senta aí!

Silvio ajeitou-se na cadeira, balançou a cabeça como quem se livra de um sono pesado e deslocou as mãos cruzadas do ventre para a superfície de sua mesa. Hugo animou-se e sentou-se feliz na cadeira externa da escrivaninha de Silvio.

– Dá uma olhada...

Hugo passou às mãos de Silvio um celular destes que armazenam fotos digitais. O visor colorido destacava o rosto de uma menina negra, adolescente, talvez uns dezesseis anos, de um sorriso angelicamente iluminado e traços que pareciam artificiais, de tão harmônicos.

– Nossa, que gata! Quem é? – perguntou Silvio, visivelmente curioso e sem desviar o olhar da imagem no aparelho.

– O nome dela é Develyn... Conheci umas duas semanas atrás... – disse Hugo, entusiasmado.

—— 353 ——

– Essa internet. Eu não dou essa sorte... Nome interessante. Mas e aê... é só amizade?

– Talvez não... *ainda tamo* nos entendendo.

– Não dá bobeira, garoto. Segura com as duas mãos!

– É, já me falaram. A gente vai se encontrar no sábado.

– É isso aí, fera. Você é um bom menino. Merece... Mas trate a moça com atenção e com carinho. O resto acontece naturalmente... Como é que vocês se conheceram?

– Ah, seu Silvio, depois da internet só fica sozinho quem quer. Tem um monte de páginas de paquera por aí... achei uma... criei o meu perfil e pus alguns dados meus... Do nada, comecei a receber *uma pá* de *e-mails* de *várias mina*... Uma me chamou a atenção e a gente começou a se entender. Mas depois, só pra ter certeza, eu peguei o nome dela e joguei num site de pesquisa. Como o nome dela não é muito comum, a pesquisa me levou *praquelas* listas de *links* com aqueles sites de relacionamento que já mostra o nome da pessoa na pesquisa, sabe? Então... achei dois *links* com o nome dela. Era a própria! Fiz contato, deixei um *scrap* pra ela... e daí o resto foi acontecendo...

– É isso aí, garoto. Quem sabe eu não apele pra um desses também... tô precisando.

– Funciona, seu Silvio. Bom, vou nessa. Tem alguma coisa de banco? Tô indo pra rua...

– Não, Hugo. Mas valeu assim mesmo. E boa sorte com a menina.

– Obrigado, seu Silvio. Fui!

Silvio viu o garoto com jeito de jogador de basquete ajustar um par de fones de ouvidos e sair cantarolando um *hip-hop* dançante. Em sua cantoria, parecia criar rimas que expressavam a sua expectativa de, a partir de sábado, poder chamar de namorada uma menina negra linda que conhecera no mundo virtual.

Em seguida, o repórter olhou para a pilha de papéis sobre a mesa à sua frente, à espera de sua intervenção para sumirem dali. Antes de interagir com os mesmos, entretanto, resolveu por tomar um bom café, como forma de estimular a sua coragem para iniciar a jornada daquele dia que, Silvio bem sabia, não acabaria tão cedo.

Levantou-se, passou pela porta que dava para o saguão do elevador e ainda viu Hugo no corredor, encostado de costas para a parede e no aguardo do veículo que o levaria até o andar térreo.

O repórter serviu-se de uma dose generosa de café em sua caneca vermelha, dada de presente de aniversário por Nico, e voltou para a sua mesa. Ao sorver o primeiro gole, já sentado, veio-lhe à mente, e de forma espontânea, a conversa com o *office-boy*:

– *"Tem um monte de páginas de paquera por aí... achei uma... criei o meu perfil e pus alguns dados meus... Funciona, seu Silvio..."*

Um segundo gole de café. Silvio olhou para a tela plana de seu computador.

– *"Funciona, seu Silvio..."*

A frase teimava em ressoar em seu pensamento.

Silvio depositou a caneca sobre a mesa e pensou por um segundo. Fez uma careta de descrédito, mas ainda assim acionou o site de pesquisa que sempre utilizava como auxílio para a produção de suas matérias jornalísticas.

"Por que não?" – indagou a si mesmo.

Enquanto ponderava, Silvio digitou um nome na barra de pesquisa do site: *"Louis Thomas LaVernne"*.

Em menos de um segundo, uma mensagem pipocou em uma página branca e quase toda vazia:

Os valores inseridos não retornaram nenhum resultado em nossa base de dados.

"O pai de Ashley não fez nada de muito relevante em sua carreira, pelo visto..." – concluiu em silêncio o jovem jornalista.

– Bom, já esperava... – sentenciou Silvio, em um murmúrio conformado.

O repórter suspirou resignadamente. Em seguida, virou as costas para o computador e passou a despachar outras pendências empilhadas em um outro canto da outra mesa. Revirando papéis de forma mecanizada, Silvio parecia irritado com a sua constatação de que chegara a um beco sem saída, em seus levantamentos.

Um minuto depois, soltou um resmungo e voltou-se repentinamente para a sua máquina. Reabriu o mesmo site de pesquisa e digitou nervosamente um segundo nome, entre aspas: *"Bernard Edward McCoy"*.

Desta vez a página virtual demorou um pouco mais de três segundos para reagir. Quando retornou, listava uma série de quatro *links*, todos em inglês, que traziam em destaque o nome pesquisado e informações preliminares sobre os dados contidos nos bancos de dados virtuais.

Silvio sorriu satisfeito e clicou na primeira das opções. Trazia informações genéricas e muito vagas: *"McCoy, Bernard Ed. – Former Marine, deceased, 1999 etc..."*[20]

O cursor migrou para a segunda opção. Um *link* bem antigo da internet:

---

20   Tradução: "McCoy, Bernard Ed. – Ex-fuzileiro, falecido, 1999, etc..."

"DEATH – Master Gunnery Sergeant Bernard Edward McCoy died on January 26, 1999. McCoy was being treated for complications from pancreatic cancer and had also been suffering from long-term bowel disease. He is buried in Americus' Oak Grove Cemetery, Section N5-South, Georgia. He was 53 and is survived by his wife, Audrey Wallace McCoy and his two daughters, Samantha, 24, and Laurie, 21".[21]

Embora a segunda fonte fornecesse algumas informações, ainda não era o suficiente para qualquer tipo de conclusão. Silvio inclinou-se para trás e fixou os olhos na informação exposta na tela do computador. Era preciso ir além, mas como?

"Pense, Silvio, pense..." – O desejo de querer ir mais fundo naquele assunto martelava o raciocínio do repórter.

O jovem considerou, em silêncio, sobre mais uma alternativa, contraiu as pálpebras ligeiramente e avançou de forma lenta em direção ao teclado. Copiou um nome informado na pesquisa anterior, apagou o último dado pesquisado e colou o novo dado na barra.

Silvio especulou sobre o provável nome inteiro de uma das filhas de Bernard McCoy, acrescentou mais dados e pediu a verificação: *Laurie Wallace McCoy"*.

Dois *links* com a pesquisa solicitada apareceram na tela branca. Para a surpresa de Silvio, o primeiro era justamente o do mesmo site de relacionamento informado por Hugo havia quase uma hora e que trazia o nome da pessoa pesquisada. Entusiasmado, prometeu a si mesmo conhecer melhor e usar mais, em outra oportunidade, aquela ferramenta virtual para encontrar alguns amigos da infância, mas naquele momento o repórter precisava estabelecer algumas conexões lógicas que pudessem lhe render uma reportagem jornalística em alto nível.

Silvio clicou no primeiro *link* da nova página...

Na verdade, o nome Laurie Wallace McCoy era um subitem de alguns dados biográficos de uma certa Janet Wallace-McCoy Dvorak, 30, que, ao que tudo indicava, era filha de Laurie e neta de Bernard Edward McCoy, o fuzileiro morto em 1999. Dentre outros apontamentos,

---

21   Tradução: "FALECIMENTO – Morreu no dia 26 de Janeiro de 1999, o Sargento de Artilharia Bernard Edward McCoy. McCoy estava sob tratamento por complicações relacionadas a um câncer no pâncreas e também sofria por um longo tempo de uma doença no intestino. Ele foi enterrado no Setor N5-Sul, no Cemitério Oak Grove, na cidade de Americus, Georgia. Ele tinha 53 anos e deixa esposa, Audrey Wallace McCoy e duas filhas, Samantha, 24 e Laurie, 21".

um informava explicitamente, em inglês: *"... a former southern state governor..."*[22].

Já habituado com a ferramenta, Silvio prosseguiu em sua varredura, desta vez norteando os parâmetros de busca sobre um antigo governador do estado sulino do Tennessee, Gary Wallace. Seguindo uma trilha lógica, o jornalista concentrou a sua pesquisa sobre a biografia do ex-governador e confirmou a paternidade desse sobre a esposa do falecido fuzileiro McCoy.

Além disso, alguns dados da carreira do ex-político se abriram na tela do computador do jovem repórter. À medida que mais informações eram coletadas a respeito de Gary Wallace e sua carreira política, Silvio se convencia que chegava cada vez mais perto de uma espetacular operação orquestrada para encobrir os reflexos do rompimento intempestivo de um caso amoroso aparentemente corriqueiro entre um fuzileiro Americano servindo no Brasil e uma jovem da alta sociedade de São Paulo, havia mais de trinta anos.

Silvio afastou-se da tela e passou a rabiscar alguns números em uma folha de papel ao canto da mesa. Largou o lápis sobre as contas feitas e despencou com certa dose de energia sobre o encosto da cadeira. De olho nos rabiscos registrados no papel, o repórter desabafou só para si:

– Puta que pariu, não acredito... Será...? Só tem um jeito de saber...

Deslocou-se para frente, pegou o telefone e discou um número. Precisava ligar para Laura Altobelli.

A ligação caiu no serviço de correio de voz. Silvio deixou uma mensagem e retornou para o trabalho, normalmente.

Fez uma pausa e discou para um segundo número. Uma voz feminina atendeu do outro lado. Silvio prosseguiu:

– Alô? Daniela? Tudo bem? Tá podendo falar? Preciso de sua ajuda...

---

22   Tradução: "... um ex-governador sulino... "

Capítulo 47

Leito de hospital

Sábado, 18h32min – Centro Médico de Colleton, Carolina do Sul. Sala de recuperação. Ashley sentava-se ao lado da mãe em repouso e abrigava calorosamente a mão livre e inerte de Isabel entre as suas, acariciando-a com um movimento de vaivém lento e paciente.

O braço direito de Isabel repousava do outro lado da cama, espetado na veia por uma agulha na parte superior interna do antebraço. Dali, um tubo fino maleável e transparente elevava-se para uma bolsa de plástico contendo um líquido ligeiramente turvo. A cabeça da mãe da jovem acomodava-se em uma posição levemente inclinada sobre um travesseiro grande e imaculadamente branco. Os olhos fechados, a pele abatida e a sonda nasal causavam uma angústia incontrolável no coração de Ashley, embora os médicos já houvessem informado à filha que a sua mãe não corria risco de vida, embora o seu quadro atual inspirasse cuidados.

Um maquinário computadorizado e com algumas telas digitais expondo gráficos incompreensíveis, monitorava o estado geral da paciente, acima e na parte traseira do leito ocupado por Isabel.

Na lateral do lado oposto da cama, um móvel branco e com rodinhas continha uma série de aparatos hospitalares básicos, dispostos organizadamente nas duas plataformas disponíveis.

Ao pé do leito, no lado externo da cama, uma planilha de controle clínico-terapêutico indicava a data de internação, os sintomas apresentados, o tratamento recomendado, os medicamentos ministrados, o horário das aplicações, a evolução do quadro geral da paciente, o controle de enfermagem, a assinatura do rondante clínico e o visto do médico responsável.

O Centro Médico do Condado de Colleton, instalado na cidade de Walterboro, era uma instalação de cento e trinta e um leitos e que servia aquela área da Carolina do Sul havia mais de um século. O local oferecia apoio para diagnósticos diversos, serviços ambulatoriais, terapia, emergência e cirurgia.

A unidade de monitoramento cardíaco do hospital estava municiada com um aparato técnico admirável. Embora de dimensões modestas, aquela ala do centro médico abrigava tecnologia de ponta para o diagnóstico precoce de doenças do coração. A equipe médica do local tinha ótima reputação e as enfermeiras do local foram atenciosas e deram o atendimento adequado à Isabel tão logo a paciente ali chegou, trazida pela ambulância acionada emergencialmente via 911 por Lou Thomas, havia três dias. O senhor LaVernne providenciou também para que ele ficasse hospedado na suíte para familiares que o hospital oferecia.

E também se certificou para que a administração da unidade estendesse o mesmo benefício à filha, tão logo ela retornasse do Brasil.

Candidamente, Ashley afagava os cabelos cinzentos de Isabel e angustiava-se com a possibilidade da mãe ter o seu quadro piorado e a filha não conseguir lhe contar sobre os fatos marcantes ocorridos nos poucos dias em que se dedicara à sua pesquisa acadêmica e ao seu giro genealógico pelo norte do Espírito Santo, na terral natal da mulher que repousava no leito daquele hospital.

Naquele exato momento, ainda sob o efeito dos remédios aplicados na manhã daquele mesmo dia, sua mãe descansava sob um sono induzido. Na terça-feira à tarde, Lou Thomas chegara ao hospital junto com os paramédicos e trazendo a esposa desacordada. À chegada da mulher ao hospital, a equipe de plantão diagnosticou de imediato um quadro sintomático de distúrbio cardíaco, além de um mal-estar generalizado.

Os médicos detectaram uma obstrução leve de uma artéria importante do coração e mantinham a paciente sob medicamentos. O período de observação e exames era importante para que a equipe médica determinasse se uma angioplastia seria necessária ou se o caso demandava uma intervenção cirúrgica mais invasiva.

Por sorte Lou estava em casa, em gozo das duas semanas trienais de descanso a que tinha direito, parte do seu pacote de benefícios como delegado da ONU, após vinte anos de carreira no órgão.

Segundo o histórico registrado na ficha de internação no hospital, o casal LaVernne assistia a um programa de televisão na residência da família em Walterboro, quando repentinamente Isabel levou a mão ao peito e desfaleceu sobre o braço do sofá. Fazendo uso dos seus antigos treinamentos de primeiros-socorros como fuzileiro, Lou executou os procedimentos de emergência mais imediatos, ao mesmo tempo em que solicitava o deslocamento dos paramédicos para a sua casa.

—— 359 ——

O socorro fora providencial e, considerando as circunstâncias, o atendimento à Isabel tinha sido mais do que satisfatório. As projeções iniciais dos médicos indicavam que, se a possibilidade de cirurgia fosse descartada, Isabel poderia até retornar para casa em menos de cinco dias.

Lou Thomas retornou para o quarto de Isabel, após atender a uma chamada em seu celular.

– Descanse um pouco, *honey*. Você está aí há horas... – disse o pai à filha.

– Estou bem, Lou. Eu quero que ela me veja, quando abrir os olhos – respondeu Ashley, sem olhar para o pai.

Lou afastou o móvel com rodas contendo apetrechos hospitalares e acomodou-se do outro lado do leito. Embora a sua expressão facial demonstrasse alguma preocupação com o estado da esposa, o seu comportamento geral indicava uma certa frieza com o fato de Isabel estar desfalecida em um quarto de hospital, repetindo o padrão usual de tratamento do pai para a mãe, captado pela perspicácia de Ashley desde os nove anos de idade.

Nada faltava para Isabel, mas raramente Lou Thomas dirigia à esposa qualquer gesto que indicasse uma demonstração pública de carinho. Se por um lado Ashley jamais testemunhara o pai elevar o tom de voz com sua mãe, poderia, por outro lado, contar em uma das mãos as vezes em que os vira trocar um simples abraço de afeto.

Nas oportunidades em que Lou não estava fora do país em missão pela ONU, o casal celebrava os aniversários de casamento com um jantar em um bom restaurante de Walterboro.

Em uma dessas comemorações, entretanto, mais precisamente durante as celebrações das bodas de prata do casal, comemoradas quando Ashley tinha dezesseis anos, uma reunião especial foi organizada no salão nobre da Igreja Episcopal Africana Metodista de São Pedro de Walterboro.

Lou passara toda a noite dando total atenção aos familiares que vieram de várias regiões dos Estados Unidos. Contudo, mal dirigiu palavra à Isabel e a filha lembrou-se em detalhes de como Lou, ao chegar em casa após as festividades, simplesmente subiu para o quarto do casal no andar superior da casa, despedindo-se da esposa e filha apenas com um aceno de mão rápido e impessoal.

– "*Vou dormir*" – foi tudo o que dissera o ex-fuzileiro.

Ashley lembrou-se que sua mãe apenas sorriu timidamente e desejou boa noite para a filha com um abraço quente e afetuoso, ao mesmo tempo em que sentenciou:

"– *My baby*. Se eu tivesse que viver outros tantos anos em um país diferente, sem ver a minha família no Brasil, mas com a certeza de que você nasceria um dia, enfrentaria tudo de novo. Boa noite, minha princesa."

– Como andam as coisas na Salkehatchie?

– Sob controle. Já fui informada que este meu retorno inesperado não vai interferir na avaliação da minha pesquisa. Só que eu vou ter que passar mais tempo refinando dados na internet e talvez eu tenha que recorrer ao acervo da Biblioteca Nacional, em Washington. O meu orientador está negociando com os responsáveis pela minha disciplina para que eu faça uma apresentação aberta nos próximos dias, com foco nos dados sobre a diáspora africana que consegui coletar no Brasil. A proposta é para que no fim essa apresentação e a defesa final da tese sejam consideradas para a avaliação geral dos trabalhos – disse a estudante, sempre com a mão de Isabel entre as suas.

– Interessante. Tenho alguns contatos em Washington que talvez possam te ajudar no acesso ao acervo da Biblioteca Nacional.

– Obrigado, Lou. Eu falo com você, depois que receber mais diretrizes de meu tutor.

Neste instante, uma enfermeira de baixa estatura e passos lépidos entrou na sala trazendo em mãos uma prancheta com uma série de planilhas organizadas em ordem alfabética.

– Vou ter que pedir para que vocês se retirem do quarto. Esse é o horário de alguns procedimentos médicos específicos e o regulamento do hospital não permite a permanência de pessoas que não são do corpo médico durante a sua execução.

Ashley relutou, mas por fim inclinou-se, beijou carinhosamente a fronte da mãe e sussurrou algo ininteligível aos ouvidos da paciente. Afagou a mão da mãe entre as suas mais uma vez, antes de se levantar e se retirar do quarto em companhia de Lou. Ambos se dirigiram para um espaço recém-inaugurado no hospital que servia de um pequeno centro de convivência para familiares e visitantes do estabelecimento. Aquele setor dispunha de uma pequena lanchonete, algumas mesas e assentos no centro e uma área de leitura a um canto, com publicações diversas para a distração dos usuários do local.

Pai e filha conseguiram um par de poltronas vazias, ao fundo, e separadas por uma mesa baixa contendo algumas revistas. Ambos acomodaram-se da melhor maneira possível e tão logo pôde sentir a maciez do revestimento do móvel ceder ao peso de seu corpo, Ashley constatou a intensidade do cansaço em todos os seus músculos e nervos.

Desde que havia retornado do Brasil, a jovem passara quase que a totalidade de seu tempo ao lado da mãe no hospital, colocando todas as suas outras prioridades em segundo plano. O *jet lag* da longa viagem de volta naquele instante cobrava o seu preço. Nas últimas setenta e duas horas, a jovem havia retornado para a sua residência apenas duas vezes, para trocar de roupas e passar algumas instruções para Marita, a auxiliar doméstica de Isabel.

A jovem fechou os olhos e sentiu o sono entorpecer-lhe lentamente as entranhas, como uma droga alucinógena que derramava sobre o seu fluxo sanguíneo um néctar inebriante que transportava, de forma sutil, uma simples mortal a um limbo platônico e irresistivelmente atraente. Antes que sucumbisse por completo, Ashley abriu parcialmente os olhos e o seu foco enquadrou a imagem de Lou Thomas sentado na outra poltrona. Displicentemente, o senhor de cabelos embranquecidos folheava uma revista sobre instrumentação hospitalar.

A jovem contemplou em silêncio a figura do homem a quem sempre se referia pelo primeiro nome e cujo comportamento neutro produziu um efeito emocional peculiar em Ashley, uma vez que a jovem tinha a convicção de que não o odiava, mas que também não se sentia impulsionada a acreditar que tinha um pai para amar.

– Obrigada, Lou – declarou Ashley, parcialmente adormecida.

– Desculpe, *honey*...?

– Obrigada. Se você não estivesse por perto, não sei o que poderia acontecer com mamãe...

– Não agradeça. Se fosse o contrário ela também faria o mesmo.

– Tenho dúvidas. Acho que ela não teria a habilidade em prestar os primeiros socorros e ligar para o 911.

– Desculpe. Não fui claro. Eu quis dizer que, se caso acontecesse o mesmo comigo no Brasil, ela também teria ligado para a emergência. – Lou arriscou um sorriso discreto em direção à filha.

Ashley ajeitou-se na poltrona. O sono, até então implacável, desapareceu de seus neurônios como em um passe de mágica.

– Entendi. Como os fatos de trinta anos atrás quando vocês dois se conheceram em São Paulo... É isso...? Aquele relato que você fez para mim, pelo telefone, quando eu estava no Brasil...?

Lou remexeu-se na poltrona e repousou a revista sobre a mesa.

– Bem... sim. A minha antevisão não chegaria a tanto, mas reconheço que a analogia procede...

– Então vejamos se entendi direito, Lou: você foi designado pelo seu superior a dirigir para ele, na ida e volta de um baile de carnaval no Brasil. O motorista brasileiro dos fuzileiros adoeceu e não pôde cumprir o plantão daquela noite...

– Isso mesmo, Ash... então eu fiquei encarregado da condução do veículo do Consulado; eu até tive autorização para brincar no baile com o meu superior, mas fui instruído a não beber. Em certa altura, no meio da festa, eu percebi que havia uma discussão entre o Sargento McCoy e uma jovem que ficou o tempo todo perto dele... muito bonita. Deu a impressão que os dois já se conheciam e marcaram de se encontrar no baile... Eu nunca tinha visto ela antes... Os dois pareciam um pouco embriagados... Com algum esforço, eu convenci os dois a saírem do salão... Eu estava determinado a levar a moça para a casa dela... ela não estava em condições de dirigir... e depois eu voltaria para a residência dos fuzileiros antes que o Sargento se envolvesse em alguma encrenca... e assim seria feito... Primeiro levaria a moça para a casa dela e depois eu dirigiria de volta para a casa dos fuzileiros... De madrugada, saímos os três do baile e entramos no carro... Eles discutiram durante todo o caminho... e ela chorava muito... Por fim, chegamos à casa da brasileira... Eu disse à moça que precisava usar o banheiro... E eles também pareciam querer mais um tempo para conversar... Nós três subimos... Entramos no apartamento... Os dois pareciam mais calmos e resolveram conversar na sala... De repente a sua mãe apareceu na sala e ofereceu café para todos... O Sargento indicou para que eu fosse para a cozinha por alguns instantes... Eu e sua mãe conversamos... Eu falava português o suficiente para uma conversa simples... Então eu ouvi um grito e barulho de coisas quebrando... Corri para a sala e vi o Sargento com a mão na testa... Ele sangrava... Ele correu para o corredor e entrou no elevador... Eu fui atrás... "Um *Marine* nunca abandona o outro..." Eu vi que ele tinha um ferimento sobre os olhos... Nós retornamos para a casa dos fuzileiros... Em menos de uma semana o Sargento foi notificado e transferido para Quantico, Virginia e, desde então, não mais nos falamos...

– Sua memória é notável, Lou.

– Já foi melhor... Depois eu ainda fiquei mais um período no Brasil e... Eu passei a ver a sua mãe outras vezes depois daquele dia e... Bem, o final você já sabe.

Lou se deu uma pausa. Parecia incomodado com o teor daquela conversa e decidiu mudar de assunto:

– O encontro com o irmão de sua mãe deve ter sido marcante, não?

—— 363 ——

"... *com o irmão de sua mãe*..." – A jovem repetiu mentalmente a frase dita por Lou e a impessoalidade no tratamento dado ao seu tio Benedito não lhe causou surpresa.

– Sim, Lou. Se fosse só para conhecer o meu tio Dito, a viagem ao Brasil já teria valido a pena. Mas, além disso, vi pessoas fisicamente muito parecidas comigo, que me trataram com carinho e respeito... Soube até de um outro tio... Tio Bernardo... que eu nunca soube que existia... Aprendi palavras estranhas... *"né"*, *"tá"*, *"eita"*, *"vixe"*... Algumas indígenas... outras africanas, e que farão parte da minha tese... Eu até pesquisei sobre uma forma de cultura negra rica e com traços culturais com os quais talvez um dia eu faça algum trabalho antropológico comparativo com os Gullah, daqui mesmo, da Carolina do Sul... Vou voltar ao Brasil um dia, Lou... Não sei exatamente quando, mas sinto que a minha missão por lá está apenas começando...

– Então siga os seus instintos, *honey* – propôs Lou, ao mesmo tempo em que fechava a revista em suas mãos.

Ashley cerrou os olhos de novo, na tentativa de resgatar o sono protelado em razão da conversa com Lou. Outra lembrança fez a jovem reabri-los e mais uma vez a estudante centrou o foco no homem à sua frente, que desta vez distraía-se com o aparelho celular em suas mãos, recostado na poltrona.

– Vi uma foto antiga sua do tempo em que morava no Brasil. Lou apenas deslocou o olhar na direção de Ashley e declarou:

– Não me lembrava de que eu ainda tinha fotos do meu tempo de Brasil em Walterboro...

– Não foi em Walterboro... foi no Brasil. Vi uma foto sua no Brasil.

– *Hmmm*...? – Lou pareceu espantar-se com a informação.

Pelos próximos vinte minutos a jovem explicou ao pai os fatos em São Paulo envolvendo a polêmica sobre uma certa semana de cultura afro-brasileira no campus da universidade responsável pela sua recepção no Brasil. Primeiro Ashley falou do convite feito para que ela desse o seu depoimento sobre o assunto.

Em seguida, citou a conversa informal que teve com o repórter que a entrevistava, após o seu depoimento, e que culminou na extraordinária surpresa em ver o entrevistador retirar de sua bolsa uma foto em preto e branco de seu próprio pai, ainda muito moço, quando este servia como fuzileiro destacado para o Consulado dos Estados Unidos em São Paulo.

Antes que Lou pudesse dar vazão à sua reação de incredulidade, uma funcionária do hospital, vestida em um jaleco branco, entrou no espaço de convivência com uma expressão de quem procurava por alguém. O local não estava cheio, mas ainda assim a assistente elevou discretamente o tom de voz e perguntou:

– Há alguém da família LaVernne por aqui?

Ashley e Lou levantaram-se simultaneamente e se aproximaram em passos rápidos da funcionária.

– Vocês são familiares de Mrs. LaVernne?

O coração de Ashley parecia querer explodir e ela vibrou vigorosamente a cabeça, em sinal afirmativo. A funcionária abriu um sorriso de satisfação e informou:

– Você só pode ser a Ashley. Os efeitos dos medicamentos já passaram. Sua mãe está acordada e quer... Vocês podem vê-la agora por, no máximo, cinco minutos.

A filha dos LaVernne correu pelo corredor antes que a atendente terminasse a sua frase. Quando ela entrou no quarto, encontrou a mãe em uma posição um pouco mais vertical e de olhos abertos. Ashley aproximou-se do rosto da mãe e deu-lhe um beijo aquecido e caloroso. Isabel reagiu, com uma voz debilitada:

– *Ma baby...*

Ashley respondeu em português uma frase que aprendera com a própria mãe havia muito tempo e que raras vezes tinha utilizado em sua vida:

– Graças a Deus... graças a Deus...

A jovem olhou com ternura para a mãe, que sorriu com algum esforço e voltou a adormecer.

Após o término do prazo que lhes cabia, Lou agradeceu a enfermeira e seguiu a filha, que ja se dirigia, parcialmente aliviada, em direção à porta de saída do quarto.

O pai de Ashley caminhou pelo corredor em passos lentos, mas o seu pensamento estava tomado pela revelação que a filha acabara de lhe fazer.

Enquanto caminhava pela calçada externa que conduzia os pedestres direto para o estacionamento do hospital, Lou retirou mais uma vez o celular de sua jaqueta e ligou para o número de um apartamento bem mobiliado próximo ao Central Park, em Nova Iorque.

Capítulo 48

Força tarefa

Domingo, 10h22m.

– Tio Alfredo, você pode repetir pra mãe e pra este senhor aqui o que você me disse na quarta-feira? – o pedido de Luca ao tio vinha carregado de uma ansiedade impossível de não ser notada por Laura e Silvio.

– Pode ser, mas... quem é este cidadão?

Silvio tinha acabado de chegar à mansão dos Altobelli. O seu celular tocara às 08h30min, com o pedido insistente de Laura para o seu comparecimento em sua casa. A *socialite* deu a entender, sem fornecer maiores detalhes, que o seu próprio filho conseguira com Alfredo, seu irmão, algumas informações que poderiam trazer alguma luz para os levantamentos já feitos pelo jornalista.

O repórter finalmente tinha tomado coragem de convidar uma jovem conhecida havia pouco tempo para um encontro naquela mesma manhã e com certo embaraço cancelou o compromisso, com a desculpa de que alguém da alta diretoria do jornal acabara de ligar solicitando-lhe um possível deslocamento ao aeroporto internacional da cidade, para a cobertura de uma matéria jornalística de emergência que pedia pela sua presença.

– É um amigo meu que está ajudando a mamãe a escrever a biografia dela, tio Alfredo... – declarou Luca, para a surpresa de Silvio, que percebeu o olhar de súplica de Laura, sem que o gesto fosse notado por seu irmão Alfredo.

"Pelo jeito, não sou o único a ter que produzir desculpas por causa deste encontro. Alguma coisa aconteceu..." – pensou o repórter.

Após ver o retrato antigo de aniversário da mãe no painel do carro no dia em que se deslocava parça o encontro com Akemy, e sob o impacto emocional provocado pela cruzada solitária do menino ambulante negro que, em meio às misérias e tragédias da própria vida, apenas sonhava com um mundo pelo menos mais limpo e mais bonito, Luca decidiu verificar com o seu tio Alfredo se ele, por acaso, poderia dar alguma informação sobre o paradeiro da tal Isabel.

Um menino de rua paupérrimo, preto, condenado e idealista; um Dom Quixote da desgraça urbana. E uma mocinha de presença tímida na foto em preto e branco de um tempo distante e a quem a mãe mostrara tanta devoção e nostalgia.

Aqueles dois indivíduos, que desconheciam a existência um do outro, revelaram-se o melhor tratamento que pôde dissipar do coração de Luca todo o sentimento de rejeição que sentia em relação às pessoas negras, desde que fora sequestrado por um afrodescendente, em um fim de tarde não tão distante de suas memórias.

O tio foi convidado e convencido a passar o fim de semana na casa dos Altobelli, sob o argumento de que o sobrinho haveria de embarcar para uma viagem nos próximos dias, e uma vez que o pai do jovem só retornaria para o Brasil após a sua partida, seria prudente deixar alguém da família próximo de sua mãe. Seria a primeira vez que Laura ficaria sem o marido e filho simultaneamente, desde o nascimento de Luca.

Alfredo era um *bon vivant* assumido e sempre foram fortes os rumores de que ele sobrevivia às custas do patrimônio da família Magalhães de Medeiros, desde a juventude. Não muito afeito aos estudos, o filho mais velho dos Medeiros terminou os estudos superiores com dificuldades e por apenas um ano trabalhou junto ao pai na administração das empresas e bens da família, mas, relapso com horários e cálculos, desvinculou-se da responsabilidade gerencial dos negócios, sob o argumento de que partiria para um empreendimento próprio de consultoria, o qual nunca saiu do papel.

Passou a viver com uma quantia suficiente para a manutenção de um solteirão que o velho Magalhães de Medeiros alocou para o filho e que o pai bondosamente fizera constar em seu testamento antes de morrer, embora o padrão de vida que Alfredo Medeiros ostentava nos últimos vinte e poucos anos não fosse compatível com a quantia mensal a que tinha direito através do fundo criado pelo pai para este fim. E Alfredo jamais havia esclarecido de forma convincente sobre a façanha em ter um estilo de vida acima do razoável para alguém que passara toda a sua vida sem perder o sono com planos sobre a aposentadoria.

O seu estilo *playboy* e perdulário afetou o seu relacionamento com a grande maioria dos Magalhães de Medeiros, notadamente sua irmã Laura. Os irmãos raramente se falavam e a presença de Alfredo na casa da irmã caçula deveu-se exclusivamente à insistência de Luca junto ao tio.

—— 367 ——

– Vai escrever a sua biografia, Laura? – indagou o homem à irmã.

– Pretendo, Alfredo. Mas tem algumas partes dela que preciso de sua ajuda... O período em que fiquei no hospital. – Laura sabia que a natureza temperamental e desconfiada do irmão o faria recuar, caso o motivo real daquela reunião fosse revelado.

– Luca, me ajuda aí. Eu estava um pouco alterado...

– *"Bêbado..."* – corrigiu mentalmente Luca. – Bom, tio... você me disse que quando a mamãe foi internada por causa da briga com este tal fuzileiro Americano... alguns dias depois o vovô começou a receber alguém lá no antigo apartamento da família... e que os dois se reuniam no gabinete de trabalho que ele tinha... de portas fechadas, mas que um dia, na saída, você percebeu que o homem visitante só falava em inglês... e que depois o vovô disse pra você que se tratava de um representante de uma possível parceria pras empresas da família... e então você disse que a partir daqueles dias o vovô mudou o comportamento; ele ficou mais nervoso e que passou a receber alguns telefonemas de forma sigilosa, e que você teve a impressão que...

– Eu falei tudo isso? – Alfredo pareceu assustado com a informação dada pelo sobrinho. – Bom, se você diz... Eu fiquei com a impressão de que o problema com a Laura afetou bastante a relação do pai e da mãe, que já não era lá essas coisas... Eles passaram a discutir pelos cantos da casa e procuravam disfarçar quando tinha alguém por perto. Você ainda estava internada no hospital, Laura, e eu me lembro também que houve muitos telefonemas do pai pro Dr. Tavares, o médico da família. Antes mesmo de você voltar pra casa, o pai já tinha comentado uma vez, durante um jantar, sobre a possibilidade de mandar você pra Europa... "... pra aliviar a cabeça...", lembro bem do que ele disse... – A fala de Alfredo era pastosa, pesada e preguiçosa.

– Fale sobre a parte do dinheiro...

Alfredo olhou nervosamente para o sobrinho. Em seguida olhou para a irmã e o repórter.

O pedido do sobrinho deixou o tio visivelmente alterado. O rosto velho e enrugado adquiriu um tom avermelhado e o seu pescoço acusou imediatamente algumas protuberâncias grotescas. O homem levou a mão nervosamente ao bolso interior do paletó e retirou de lá um cigarro, acendendo-o com a mesma ânsia com que habitualmente segurava um copo com destilados. Fumo e bebida, os apêndices permanentes que faziam a silhueta de Alfredo parecer ainda mais velha do que os seus mais de sessenta anos. Os odores da queima do alcatrão chegaram às narinas de Silvio, que discretamente inclinou-se para trás em busca de uma corrente de ar que afastasse de seu olfato as partículas cancerígenas das quais já havia se livrado havia um bom tempo.

– Dinheiro...? Não me lembro direito, Luca. Eu falei de dinheiro...? – Alfredo formulou a pergunta sem olhar diretamente para o sobrinho. Seus olhos se voltavam para o cigarro entre os dedos amarelados e trêmulos.

Laura olhou para a figura de Alfredo com uma surpresa crescente. Nunca houvera afinidade alguma entre os dois e foi preciso que o seu próprio filho nascesse para que se consolidasse na *socialite* a certeza de que conhecia bem menos do irmão do que ela mesmo imaginara.

– Sim, tio! Você me disse que o meu avô te deu um dinheiro... que tinha uma mala com dinheiro... que você deveria entregar. Mas aí você começou a chorar... bebeu mais ainda e depois foi dormir. Não acabou o que tinha pra me dizer. Esse dinheiro... tem algo a ver com a minha mãe?

Todos olharam para Alfredo, que desta feita olhava diretamente nos olhos da irmã mais nova, a quem, em toda a sua vida, jamais demonstrara qualquer sinal de afeto ou carinho.

Em seguida, os olhos de Alfredo, enrugados e afetados pelo alcoolismo, criaram lágrimas que, apesar do sentimento no peito, não desceram pelo rosto. Elas apenas traduziam, naquele exato momento, todo o remorso represado por todos aqueles anos. E Alfredo sabia que aquele seu sentimento de culpa tinha a sua origem nos fatos relacionados à tentativa de suicídio da irmã, quando esta ainda era uma jovem rica, ingênua, e que, em uma noite de 1976 em que se viu desiludida, reagiu de forma intempestiva ante a certeza da destruição dos seus sonhos de felicidade.

– Laura, eu sabia que esta hora ia chegar um dia – disse Alfredo, com a voz embargada.

– Tem alguma coisa daquela noite que eu precise saber, Alfredo?

– Daquela noite não, Laura. Mas da empregada, sim.

– Como assim? – O coração de Laura alterou o seu ritmo cardíaco.

– Quando você estava no hospital, eu recebi instruções do pai pra enviar um dinheiro pra família de Isabel...

– Dinheiro? Por quê? Pra quê?

– Juro, Laura, não sei. Ele nunca me falou o motivo. Mas o pai estava muito nervoso naquele dia e me deu ordens expressas pra enviar o dinheiro pra família da mocinha. O dinheiro, um pouco mais de duzentos mil dólares, foi passado pra mim em uma mala, antes de você sair do hospital. Eu deveria ter dado o dinheiro pra família da empregada antes de você embarcar pra Europa.

– Como assim: *"deveria ter dado"*...?

Alfredo, velho e consumido, deu uma longa tragada no cigarro e exalou a fumaça em direção ao teto.

– Eu nunca entreguei o dinheiro...

Laura, Luca e Silvio olharam silenciosamente para o homem que passara boa parte de sua vida ostentando roupas de grife e um estilo de vida proibitivo. A irmã, em particular, olhava fixamente para Alfredo sem saber ao certo se o que sentia naquele momento era ódio ou pena.

– E vou dizer por que eu não fiz a entrega, Laura: primeiro, porque a Isabel pediu demissão um pouco antes de você voltar pra casa e mais ou menos na mesma época em que o pai me mandou entregar o dinheiro. Depois porque, com todo o nervosismo dele na época da sua internação, ele se esqueceu de me dar o prontuário da Isabel com os dados dela, já que eram ele e a mamãe que tinham tratado da contratação da moça como empregada. Eu só recebi o prontuário dela quase um ano depois que ele havia me passado o dinheiro. Depois que você foi pra Suíça, os velhos voltaram ao ritmo de viagens deles e só uma vez o pai me perguntou, pelo telefone, se o dinheiro havia sido entregue pra família de Isabel. E eu menti pra ele, dizendo que sim. Só que quando o prontuário de Isabel finalmente chegou em minhas mãos, eu já tinha sucumbido à tentação e começado a usar o dinheiro em meu proveito. Eu comecei pegando notas de vinte, cinquenta dólares. Depois, os saques aumentaram de valor e frequência. Quando eu já tinha usado quase a metade do dinheiro da mala, eu fiz uma aplicação de mercado que deu muito certo e passei a reinvestir o restante em rendimentos que aumentaram em muito os duzentos mil dólares iniciais, desde aquela época. Sempre disse ao pai que eram os meus negócios... que eram os meus serviços como consultor que estavam prosperando, mas, na verdade, era o dinheiro da mala que ele mesmo me repassou, fazendo de mim um novo rico. E depois que fiquei com todo aquele dinheiro só o pai mesmo quis saber do destino que eu tinha dado à grana, mais ninguém... Ele morreu sem saber que eu nunca entreguei o dinheiro que ele me pediu. Só um homem que se dizia irmão da Isabel andou me procurando por um tempo naquela época, mas eu nunca o vi e nem quis falar com ele... O resto, eu desconfio que você já sabe, Laura; mulheres, viagens, bebidas e por aí vai...

—— 370 ——

– E onde está o prontuário da Isabel, Alfredo?

– Eu queimei tudo... Quando o dinheiro da mala começou a render, eu fiquei com medo de que alguém descobrisse o que eu tinha feito. Como a entrega do dinheiro, até onde eu sei, só era do conhecimento meu e do pai, achei melhor não correr riscos. Eu nem sei qual informação tinha dentro da pasta. Queimei sem abrir. A única informação concreta que recebi do pai sobre a Isabel, antes de ele morrer, foi que ela tinha se envolvido e se casado com o outro fuzileiro que esteve no apartamento, na madrugada da sua internação, Laura.

– Isso parece que é verdade. Pelo menos foi o que o pai me disse também, já bem no fim da vida dele. Mas ninguém sabia me informar o nome deste outro fuzileiro ou pra que cidade ela havia se mudado.

– Então o pai nunca te falou da história do dinheiro...

– Não e também não consigo imaginar porque ele te pediria pra entregar todo aquele dinheiro pra família de Isabel.

– Eu me faço esta pergunta desde o dia em que ele me fez o pedido, mas nunca entendi o porquê. O pai me fez jurar que eu nunca iria contar sobre o dinheiro. Nem pra você e nem pra você, mas agora que ele já morreu... Acho que nem precisava; a gente sempre foi muito desunido e sem diálogo... – declarou o homem, antes de, mais uma vez, sugar longa e profundamente o cigarro entre os seus dedos.

– Isso não é importante agora, Alfredo. Ainda gostaria de conversar com você sobre isso, mas agora eu gostaria de...

– Laura, se era só isso, eu gostaria de subir e deitar um pouco no quarto do Luca. Estou com muita dor de cabeça...

A *socialite* captou uma tristeza fúnebre e profunda no olhar do irmão.

– A gente se fala depois. Só peço pra que não fume no quarto de Luca.

– Não se preocupe. – o irmão de Laura retirou-se da sala, sem olhar e sem se despedir do sobrinho e do repórter. Seus passos eram arrastados e ele caminhava de cabeça baixa. O mundo pesava-lhe às costas.

Silvio, estrategicamente em silêncio até aquele instante, exclamou, após a saída de Alfredo do recinto:

– Puxa...

– Pois é, Silvio. Família... sabe como é, né? E então, o que você conseguiu?

– Mais do que eu esperava. Vou resumir as informações levantadas até agora, tudo bem?

– Tudo bem.

O repórter depositou o seu notebook sobre a mesa de centro da sala.

—— 371 ——

– Em 1975, no Rio de Janeiro, você conheceu um fuzileiro Americano destacado pro Consulado dos Estados em São Paulo e em alguns meses o relacionamento entre vocês dois ficou sério, a ponto de vocês falarem em casamento, correto?

– Isso mesmo... – assentiu Laura.

– Certo. No carnaval de 1976, após vocês saírem do baile de carnaval de um clube da cidade e, já no seu apartamento, por algum motivo, ele rompeu o relacionamento com você. Um segundo fuzileiro e a empregada da sua família, a Isabel, eram as únicas outras pessoas no apartamento naquela noite e eles ficaram em um outro cômodo. Você se irritou com o militar, seu namorado até aquele momento, e o agrediu, após ele desfazer verbalmente o namoro. Você sabe que o feriu com algum objeto; em seguida você correu pro banheiro e se trancou lá dentro, viu alguns remédios no armário e tomou vários deles ao mesmo tempo. Acordou alguns dias depois, em um quarto de hospital, correto?

– Correto – disse Laura, ao mesmo tempo em que se ajeitava melhor no sofá. Luca ouvia o relatório de Silvio em silêncio.

– Ao sair do hospital, você já não teve mais contato com a empregada e soube que o tal fuzileiro, o seu ex-namorado, havia retornado pros Estados Unidos. Você soube ainda que a tia com quem a sua empregada morava mudou-se do local sem deixar endereço, pelo que você mesmo conseguiu apurar. Depois, o médico da família recomendou à família pra que você continuasse o seu tratamento de recuperação na Europa. Você resistiu, mas depois foi convencida e embarcou pra Suíça. Ficou por lá alguns anos, retornou, casou-se, teve o Luca e nunca mais ouviu falar nem de Isabel e nem do seu quase noivo fuzileiro, o tal McCoy, certo?

– Sim, certo.

– Bom, agora também sabemos que, por algum motivo, o seu pai quis fazer uma entrega generosa de dinheiro pra família de Isabel e que, segundo o seu irmão, essa entrega era pra ter sido feita na mesma época da sua internação.

– Aonde você quer chegar, Silvio? – perguntou Luca, desta vez aparentando impaciência.

– Calma, Luca... ainda tem mais. Dona Laura, lembra-se de nossa última reunião, quando eu te mostrei a foto de 1975 com alguns fuzileiros Americanos na festa do 4 de Julho Americano em São Paulo?

– Sim, me lembro. A foto em preto e branco cheia de iniciais, né?

– Isso. Você se lembra também que eu te disse que no dia seguinte eu teria uma entrevista com uma estudante visitante dos Estados Unidos?

– Mais ou menos, Silvio. Mas, por quê?

– Bom, se a senhora não acredita em milagres, é melhor começar a acreditar...

– Desculpe, Silvio. Mas não estou entendendo... – Laura parecia nitidamente confusa.

– A estudante Americana que eu entrevistei... é filha de Isabel, a sua ex-empregada.

Laura olhou para o jovem repórter como se este acabasse de afirmar que o Sol no firmamento lá fora se apagara e que um exército de anjos alados desceriam à Terra com a missão de resgatar e levar aos céus somente os puros de coração que cultivaram a fé durante a sua existência.

Mas como a *socialite* não era afeita a dogmas fantasiosos, voltou à realidade da sua sala de visitas e dispôs-se a ir fundo nos detalhes, procurando o convencimento de que o que acabara de ouvir era exatamente o que Silvio acabara de dizer.

– A estudante dos Estados Unidos com quem eu fiz a matéria sobre a votação na Universidade Metropolitana é filha da empregada doméstica de quem você busca por notícias há mais de trinta anos. Ouça isso...

Silvio reproduziu todo o áudio da entrevista com Ashley em seu notebook.

– Mas não é possível... meu Deus... não é possível... – A surpresa detectada na voz de Laura não era forte suficiente para embargar a emoção que dominava por completo o seu coração, naquele momento.

– E veja isto...

Silvio ativou um programa de imagens de seu computador e abriu as duas fotos de Ashley obtidas por ele mesmo, no dia da entrevista com a estudante Americana, no campus da Metropolitana.

Laura introduziu a mão em um bolso lateral de seu casaco e de lá retirou o mesmo par de óculos minúsculos que Silvio vira no dia do encontro no shopping, em Higienópolis. A *socialite* levou o acessório à altura dos olhos e checou as duas fotos que ocupavam uma metade de tela, cada uma delas.

Ainda com os óculos entre os dedos, Laura levou as duas palmas das mãos à altura dos lábios finos e discretamente brilhosos, em sinal de espanto. Permaneceu naquela posição por longos segundos, para a curiosidade de Silvio e do próprio filho.

– Dona Laura...?

– Desculpe... Eu vi essa moça...

– Viu essa moça...? Aonde, mãe? – indagou Luca, sem disfarçar o espanto.

– No dia que passei na Universidade pra visitar a irmã da minha amiga brasileira com quem eu morei na Suíça e que trabalha na administração da universidade. Foi ela quem sugeriu pra que eu e seu pai convencêssemos você a estudar na Metropolitana. Lembra, filho? Você veio com aquela história de querer ser surfista na Austrália... No dia que fui lá, esta moça da foto... sim, é ela!... Ela entrou no elevador...

Laura lembrou-se do diálogo no elevador:

"... – Você é professora aqui?

– Não. Vim tratar de assuntos particulares na administração da faculdade.

– Ah, sim... Escola também muito grande.

– Você não é brasileira, né?

– Não. Cheguei ao Brasil semana atrás.

– Você é africana?

– Dos Estados Unidos. Estou em Brasil para especialização.

– Boa sorte. Vou ficar por aqui..."

– Bom... mãe e Silvio... eu também já tinha ouvido falar da presença de uma estudante Americana pra um programa de intercâmbio na universidade, nunca me encontrei com ela, mas soube que ela andou fazendo pesquisas por algumas cidades brasileiras na companhia do líder da chapa que concorreu com a chapa da qual eu faço parte – interveio Luca, tão surpreso quanto a mãe.

– Dona Laura, eu gostaria de comparar aquela sua foto de 1976, que tem a Isabel, com esta imagem atual da Ashley.

– Filho, cadê a foto do meu aniversário que você pediu pra mim?

– Ficou no carro, mãe. Já volto...

Luca retornou em menos de cinco minutos, com a foto antiga em mãos.

– Obrigado, Luca. Vamos ver...

Silvio manteve suspensa a foto em preto e branco na lateral da tela do computador que mais favorecia a proximidade entre as imagens de Isabel e Ashley. Para o espanto do trio, foi como se a imagem de uma mesma pessoa tivesse sido registrada por máquinas fotográficas de épocas distintas. Duas jovens negras quase da mesma idade, a mesma cor e textura de pele, o mesmo olhar cândido e o mesmo sorriso tímido. Em cores e em preto e branco. Idênticas!

– Mãe, você não percebeu a semelhança na hora?

– Como, filho? Eu mal olhei pra ela e a gente não ficou no elevador nem um minuto. E a imagem que eu tenho de Isabel é ela usando um uniforme de doméstica e cuidando das coisas da casa. Nunca eu iria associar ela com a presença de uma negra muito bonita, com sotaque estrangeiro e dizendo que iria fazer um período de especialização no Brasil. Nunca... Se eu soubesse que aquela moça era a filha de Isabel, eu teria cancelado todos os meus compromissos do dia até saber tudo sobre a minha ex-amiga. Mas... olhando bem estas fotos, a semelhança é inacreditável. E depois da entrevista... quero dizer... essa Ashley está na universidade agora?

– Este é o problema, Dona Laura. Quando eu mostrei a foto de 1976 pra ela e comecei a confirmar as informações sobre o pai dela, ela se emocionou, pediu desculpas, se levantou e foi embora, meio perturbada. Era de se esperar... considerando a posição dela nesta coincidência incrível. Até em respeito ao estado emocional dela, não fui atrás. No dia seguinte, à tarde, eu liguei pra universidade, pra ver se estava tudo bem com ela... saber se ela estava mais calma, enfim... e eu recebi a informação de que ela estava de viagem marcada no mesmo dia de volta pros Estados Unidos e que não seria possível dar mais informações.

– Você acha que ela foi embora por causa da entrevista, Silvio?

– Não sei, Luca, pode ser que sim. Até porque, antes de eu mostrar a foto e começar a falar do pai dela, a entrevista seguia normalmente...

– Então, este fuzileiro negro que está na foto de 1975 com os outros fuzileiros é o pai dela e é também o homem com quem Isabel se casou, certo? – concluiu Laura.

– Afirmo categoricamente: este homem da foto é o pai de Ashley e o marido de Isabel – disse Silvio, convicto dos seus levantamentos.

– Estou sem palavras...

– E tem mais, Dona Laura. Eu me lembro que eu dei pra essa estudante dois exemplares da *Folha de Notícias* e que ela os colocou na bolsa. Dá pra imaginar que, se essa moça guardou os jornais, se a mãe dela ainda for viva e se houver um vínculo entre mãe e filha, existe uma chance de que o jornal com a sua entrevista chegue até às mãos de Isabel, lá nos Estados Unidos.

– Meu Deus...

– O que foi, mãe?

– Estava me lembrando do que disse na entrevista sobre os negros, meu filho. Mas, enfim... Silvio, eu preciso encontrar essa moça de novo!

Silvio pensou por alguns instantes e respondeu:

– Não seria difícil. Agora com a Internet... Além disso, eu e você temos bons contatos na universidade, Dona Laura. Não teríamos dificuldades em conseguir ao menos o nome da universidade de Ashley nos Estados Unidos.

– Mãe, eu tive uma ideia.

– Sim, filho...?

– Se vocês conseguirem a informação da universidade da Ashley, eu vou pra lá, faço o contato com ela e a mãe dela e esclareço esta história toda. O que a senhora acha?

Laura e Silvio se entreolharam. A ideia não era absurda, mas carecia de uma aprovação.

– Vou pensar, filho. Antes eu preciso conversar com o seu pai sobre isso. Silvio, neste caso, você iria com o meu filho? Nós bancamos as despesas.

– Seria um prazer, Dona Laura e agradeço o convite. Mas nos próximos meses eu estou com compromissos e agendamentos urgentes com a chefia do jornal. Lamento, mas não posso.

– Que pena.

– Eu tenho mais informações, Dona Laura.

– Pois não, Silvio. Desculpe, prossiga.

– Preciso perguntar... por quanto tempo você e o tal fuzileiro ficaram envolvidos?

– *Hmmm*... quase um ano. Com alguns meses de namoro ele já falava em casamento.

– Foi ele quem propôs o matrimônio?

– Foi meio simultâneo. Estávamos apaixonados... Um propôs e o outro aceitou na hora...

– Certo. A senhora sabe quanto tempo passou entre a chegada dele no Brasil e o início do romance de vocês?

– Pelo que eu me lembro de nossas conversas... uns dois, três meses. Por que, Silvio?

– Já explico. No *e-mail* que a senhora enviou pra mim, você diz que em algum momento antes da noite do rompimento ele teve que viajar pros Estados Unidos e visitar a mãe dele que estava doente, certo?

– Isso... A mãe dele estava bem doente e acabou falecendo. É o que ele me dizia. Aliás, foi exatamente depois desta viagem que ele já voltou meio estranho, mais frio...

– Pois é, Dona Laura. Aí é que está o problema...

– Nada mais pode me surpreender hoje, Silvio. O que você descobriu?

—— 376 ——

– Bom... de acordo com os meus levantamentos... Bernard McCoy não tinha mãe, estava casado e já tinha uma filha quando dizia que queria se casar com a senhora, Dona Laura. Ele morreu em 1999...

A manhã daquele domingo havia sido repleta de emoções fortes para a *socialite* Laura Autobelli: a revelação do irmão, a informação sobre a filha de Isabel e agora o aparecimento de um fantasma desaparecido há mais de três décadas, ressurgindo da cinzas da forma mais assustadora que se poderia imaginar e trazendo de volta àquela mulher traumas que ela pensava ter enterrado sob as camadas profundas das neves insensíveis e distantes dos invernos intensos de Delemont, um vilarejo perdido e anônimo ao norte da Suíça, que lhe servira de exílio por tantos anos.

– Como assim, Silvio...?

Pela primeira vez, desde que Silvio a conhecera, ali mesmo naquela sala, para a matéria sobre a votação na universidade na qual o filho era estudante, a voz da senhora, quase sempre elegante e altiva, soou fragilizada.

– Explico. Sempre usando a internet pros levantamentos de dados, eu consegui a informação de que esse Bernard era casado com uma certa senhora... só um minuto... Audrey Wallace McCoy. No obituário dele havia a informação de que ele tinha, à época de seu falecimento, duas filhas: Samantha, com 24, e Laurie, de 21. O *link* da internet era velho, mas para a minha sorte, mostrava a data de publicação ao pé da página. Fazendo os cálculos, constatei que a filha mais velha dele havia nascido antes de 1976, à época em que você e ele já se conheciam. Depois peguei os dois últimos nomes dele... *"Edward McCoy"*... e continuei a pesquisa. A senhora soube de outros parentes do McCoy naquela época, Dona Laura?

– Não, ele nunca falou de nenhum outro parente dele pra mim. A não ser da mãe, que vivia doente...

– Entendo. Continuando... eu filtrei algumas informações que a net mostrou sobre os dois sobrenomes do fuzileiro e cheguei a um certo "Matthew Edward McCoy" que, ao que tudo indicava, era um irmão mais velho de Bernard e o único que ele tinha. Este tal Matthew, segundo a pesquisa, é padre na cidade de Gulfport, no Mississipi. Nos dados biográficos de Matthew, informados no histórico da Igreja na qual ele é o líder religioso, consta a informação que ele, o padre, mais o pai e um irmão chegaram à cidade no final do ano de 1947, vindos da cidade de Flagstaff, no Arizona, após o pai ter retornado ferido da Segunda Guerra e a mãe ter falecido com um tumor no intestino, logo depois do nascimento do pequeno McCoy. A propósito, McCoy também morreu de um câncer no intestino. Talvez o problema da mãe fosse hereditário.

– Meu Deus...

– Pois é, Dona Laura. Por isso eu te liguei aquele dia e deixei o recado pra dar um jeito de passar essas informações pra senhora. Mas pelo que pude ver, vocês também tinham informações importantes.

– É, meu filho me surpreendeu. Ele falou com o tio sem que eu soubesse e no dia seguinte conseguiu convencê-lo a vir pra cá este fim de semana. Depois eu peguei o seu recado no celular e resolvi colocar todo mundo junto.

– Concordo. Escrever biografia... essa foi boa.

– É, mas até que não é uma má ideia. Filho, você quer mesmo ir pros Estados Unidos?

– Quero sim, mãe. Essa história mexeu comigo, como deve ter mexido com esta tal Ashley. E não vou deixar a minha mãe angustiada pelos cantos da casa, quando eu sei que posso fazer alguma coisa pra evitar isso.

– Obrigada, filho. Mas, insisto, ainda temos que falar com o seu pai e não gosto da ideia de você viajar sozinho. Não pra essa viagem.

– Pode deixar, mãe. Acabei de pensar em alguém pra ir nessa viagem comigo... Pode ligar pro pai.

– Dona Laura...?

– Sim, Silvio?

– Não lhe parece peculiar que a filha caçula de McCoy chama-se "Laurie" e que ela recebeu este nome depois que o fuzileiro já tinha conhecido você?

Capítulo 49

Cordão umbilical

Quarta-feira, 20h32min – Walterboro.

Isabel colocou a bandeja com a sopa de legumes ao lado da cama e ajeitou-se em uma posição um pouco menos vertical. O encosto alto e macio improvisado foi providenciado por Ashley e seguia as orientações ortopédicas dadas pelos médicos responsáveis pela recuperação de sua mãe, que voltara para casa havia dois dias.

– Tudo bem, *mom*. Depois eu falo para Marita recolher pratos – disse a filha, acomodada aos pés da cama.

– Obrigado, *darling* – respondeu Isabel, com a voz ainda debilitada, porém mais audível do que quando estava no Centro Médico de Coleton.

Apesar da relativa gravidade do mal súbito que afetara a condição física de Isabel, os resultados dos exames descartaram a possibilidade de alguma intervenção cirúrgica. O médico que atendeu a família diagnosticou que uma alteração na pressão arterial provocara o mau funcionamento do sistema cardíaco de Isabel, mas sem sequelas significativas das suas funções básicas. Segundo a avaliação do especialista, a crise poderia estar associada, incluindo a leve obstrução da artéria coronária diagnosticada nos exames, a algum fator externo, talvez estimulado pela ausência e distância da filha, ou a algum outro distúrbio de ordem emocional que afetou a condição clínica de Isabel, causando um comprometimento momentâneo em sua estabilidade orgânica.

– *"O colapso generalizado afetou o ponto mais vulnerável naquele momento, no caso o coração, como poderia ter afetado qualquer outro órgão de Mrs. LaVernne"* – informara o doutor, em um de seus contatos com Ashley e Lou.

No aguardo da recuperação plena da mãe, a jovem não tinha pressa em lhe contar sobre os fatos ocorridos no Brasil, nem sobre as informações da infância e juventude de Isabel que chegaram ao seu conhecimento.

Desde o seu retorno a Walterboro e nas poucas vezes em que conseguira se comunicar com a mãe, no hospital e já em casa, Ashley

379

havia comentado com ela unicamente sobre generalidades da sua ida ao Brasil. A filha falara apenas superficialmente sobre as pessoas, o clima, a cultura, os hábitos, a língua, sem, contudo, aprofundar detalhes sobre temas que provocassem reações emocionais mais intensas em Isabel. Ashley temia que qualquer carga emocional mais forte colocasse em risco o estado clínico ainda um pouco fragilizado da mãe.

A sua apresentação acadêmica no auditório de Salkehatchie, razoavelmente estruturada enquanto ainda estava fora dos Estados Unidos, estava marcada para o dia seguinte e ela passara o dia entre o monitoramento, junto com Marita, da convalescença da mãe, e nos ajustes dos dados coletados na sua pesquisa feita no Brasil. Já no primeiro dia desde o seu retorno do hospital de Walterboro, Isabel argumentou veementemente com a filha que estava se recuperando bem e insistiu para que Ashley desse prosseguimento em suas obrigações com a universidade, pois além de sentir as energias voltarem, afirmou que estaria muito bem acompanhada por Marita para qualquer necessidade menor que surgisse.

Ainda assim, a filha decidiu por passar a maior parte do tempo no quarto de casal do andar de cima da residência dos LaVernne, ao lado da mãe.

Lou retornara para Nova Iorque no dia anterior, tão logo se certificou de que a recuperação de Isabel era segura e que a presença da filha e Marita seriam suficientes para o acompanhamento da mulher com quem se casara quando ele ainda era um fuzileiro jovem e ambicioso, com planos de alcançar o seu sonho do outrora menino humilde de Walterboro: conseguir um cargo em algum órgão burocrático do governo dos Estados Unidos.

– Você ainda não me disse muita coisa sobre a viagem no Brasil, *honey*... – declarou a mãe, carinhosamente.

A filha havia se acomodado, com o seu *notebook*, ao pé da enorme cama de casal da mãe, de onde podia tratar de suas duas prioridades no momento: sua mãe e a apresentação.

Da ponta da cama, Ashley enviou à mãe um olhar sério e respondeu, em português:

– Você não fala *de verdade*... *"né"*?

Isabel surpreendeu-se com a naturalidade da filha e não conteve um sorriso que se desenhou candidamente em seu rosto, mais espontâneo do que a sua timidez natural.

– Eu não te ensinei isso, *child*! Onde você aprendeu a falar... *"né"*?

Ao ver o bom humor da mulher sobre a cama, o coração de Ashley aliviou-se e ela abandonou o computador. A jovem deslocou a bandeja e os pratos, já vazios, para um móvel ao canto do quarto e entrou para debaixo das cobertas de Isabel. Abrigou-se sob o calor do braço da mãe, o lugar mais aconchegante e seguro do mundo que existia para Ashley.

– *Mom... do you...* você lembra de estudante *de Brasil* que esteve comigo em viagem de pesquisa para Bahia quando eu e você *falava* no telefone?

– Sim, *darling*. Marcos... esse era o nome... *né*?

– Sim. Eu ouvi muitas palavras novas *de português* com ele, *mother*...

– É mesmo, querida? E o que mais você aprendeu com este tal Marcos, além de outras palavras em português?

– Aprendi que Brasil é um país onde é mais... comum...? ver homens negros com mulheres brancas do que *in* Estados Unidos... – A voz de Ashley passou de um tom de entusiasmo para um timbre de desilusão.

– *Hmmm*... não entendi, explique melhor...

– *Mom*, Marcos é um negro *de* Brasil muito bonito. O problema é que ele... *attracts*...?

– Atrai...

– *Right*! Ele... atrai... muitas garotas brancas para perto. E não faz força de sair...

A mãe fez um gesto delicado com a mão e o braço que abrigavam Ashley, provocando uma troca de olhar sincero entre as duas. Ashley olhou para as profundezas do olhar da mãe e sabia que poderia navegar segura naquele oceano de tranquilidade.

– Tem alguma coisa sobre este Marcos que gostaria de dividir com sua mãe, *sweet heart*?

Ashley abaixou resignadamente o próprio olhar e encolheu-se de novo sob a proteção da mãe. Não tinha mais como esconder o sentimento que havia descoberto e tentava disfarçar, desde que encontrara Marcos sob as mãos atrevidas de Mariel massageando-lhe as costas, na praia de Aratu, na Bahia.

– *Mother*... voltei para casa, mas parece que uma coisa minha ficou *in* Brasil.

– Agora você sabe um pouco como me sinto todos esses anos aqui nos Estados Unidos, filha. Mas, me fale mais sobre este Marcos... – pediu a mãe.

– Ele é muito charmoso, bonito e inteligente, *mamma*. Mas tinha problemas... – declarou Ashley, desta feita brincando distraidamente com uma das mãos da mãe.

– *Hmmm... really*? Por exemplo...?

– Como eu disse, mama. Muito perto de garotas brancas. *In* todos os lugares!

– Bem... talvez as garotas brancas perceberam nele as qualidades que as garotas negras do Brasil não viam e que você descobriu e se interessou, querida.

– Era incrível, *mom*. *In* todos os lugares que ele estava, muitas garotas olhavam...

– Eu já havia percebido que ele era diferente para você, minha filha. Só esperava ouvir de você mesma...

– Você já sabia, *mom*? – Ashley olhou para os olhos da mãe mais uma vez.

– Sim, *sweetie*. Uma mãe sente quando alguma coisa muda em sua cria... No dia que você ligou para mim da Bahia, eu senti que você estava diferente.

– Oh, *mom*. Tudo é tão... *confusing*. Não consigo pensar direito...

– E o que o seu coração diz agora, filha?

– Meu coração fala que eu *era estúpida* e que gostaria *de fazer tempo* ir para trás.

– E se o tempo andasse para trás, o que você faria diferente, se tivesse outra chance, menina?

Ashley arriscou um sorriso, sem olhar a mãe nos olhos. Por fim, levou uma das mãos ao ouvido de Isabel, sussurrando uma frase que a fez encarar a filha com ar de repreensão por uma fração de segundo, para em seguida despejar sobre ela um sorriso sincero, abraçá-la e fazer a sua censura, quase em gargalhada:

– *Shame on you*... Isso você também não aprendeu com a sua mãe! – disse Isabel. Surpresa, mas bem-humorada.

– E agora, *mom*?

– *Ashley, my darling*. Se o que você sente é sincero e se esse Marcos é o que você quer para você, lute por isso, minha filha. Siga os seus instintos... Onde você estiver, haverá sempre um pedaço do Brasil dentro de você. E pelo que você falou, este pedaço agora aumentou de tamanho. Quem sabe a sua própria tese não te leve de volta para perto de Marcos de novo?

– Você pensa isso, mamma?

– Tudo é possível, minha querida. Às vezes, na vida da gente, acontecem algumas coisas que são difíceis de entender.

"*Certamente*" – refletiu Ashley em silêncio, ainda temerosa em relatar para a mãe sobre o reencontro com tio Dito, o conhecimento da história de um certo tio Bernardo, o casamento do irmão brasileiro de sua mãe com uma índia de nome Iaciara, e o dia em que, durante uma entrevista sobre questões sociais dentro de uma universidade do Brasil, viu uma foto do próprio pai tirada antes mesmo de ele conhecer e se casar com a sua mãe.

Ao pensar ocasionalmente no pai, a filha teve o impulso de mudar de assunto:

– Sorte Lou estar em casa naquele noite, *mom*...

– Sim, filha.

– Do que falavam?

– Estávamos vendo TV. O seu pai não fala. Passava um programa... Depois só me lembro de ver médicos perto de mim no hospital.

– Ah... Sempre era assim, *mother*?

– Assim como, *baby*?

– Este maneira que Lou...

– *Hmmm*... Nem sempre foi assim, Ash... Quando nos conhecemos, tudo parecia bonito. O jeitão de seu pai... depois que vi ele de uniforme, gostei mais ainda. Coisa de menina apaixonada, sabe? Ele parecia gostar de mim. Pelo menos nos primeiros anos era isso o que ele me mostrava... Daí nós nos casamos e eu me mudei para cá. Depois de um ano mais ou menos, ele deixou a carreira militar e conseguiu trabalhar para o governo. A partir daí as coisas começaram a mudar. Ele passou a viajar mais, não parava em casa. Eu ficava sozinha, não falava nada de inglês... Depois ele começou a contratar pessoas para ficar comigo... Mas nenhuma dava certo. Tinha sempre o fato de eu ter que falar ou inglês ou espanhol. Aí os problemas começaram... quando eu começava a falar em voltar para o Brasil, seu pai me convencia de que tudo ia mudar, que eu ia me adaptar... Depois resolvemos ter filhos e logo depois você nasceu... felizmente... aí sim, eu achei um motivo para continuar com a vida nos Estados Unidos... por sua causa aprendi um pouco de inglês, o suficiente para me adaptar melhor... e também tive com quem falar português... sua mãe não estudou muito no Brasil, mas o pouquinho que eu sei eu passei para você... e olha para você agora; é Americana e fala português muito certinho... Oh, Ashley... se eu não tivesse você, o que seria de mim aqui neste país?

– O que você passou para mim ajudou muito *in* Brasil, *mom*.

– Bom saber disso, *darling*! Voltando a seu pai... depois, o nosso casamento esfriou. Ele nunca me deixou faltar nada, absolutamente nada. Mas aqui nos Estados Unidos eu me sinto como uma viúva de um homem que ainda está vivo.

– Sinto muito, *mamma*.

—— 383 ——

– *Please, don´t, baby*. Ele nunca deixou faltar nada para você, também.

– Acho que sim, *mom*.

– *Hmmm...?*

– Lou não deixou faltar coisas, *mother*, mas faltou um marido para você e faltou um pai para mim.

Isabel acomodou a cabeça de Ashley sob o seu queixo e passou a afagar-lhe os cabelos delicadamente. Jamais mãe e filha precisaram tanto do amor de uma com a outra. Ashley adormeceu ali mesmo, com a mãe ao seu redor.

O carinho da mãe amenizou em sua cabeça a ansiedade sobre o desafio da apresentação em Salkehatchie. Mas, em seu coração, a saudade crescente de um jovem estudante negro brasileiro era uma certeza.

Se ela ao menos pudesse voltar no tempo...

Já em sono profundo, Ashley não ouviu a pergunta serena de Isabel:

"- E então, minha pequena, você conseguiu encontrar o seu tio Dito?"

Capítulo 50

Planetário

Quarta-feira, 10h32min – São Paulo.

Silvio releu o recado digitalizado e em letras grandes mais uma vez: *"Encontre-me hoje na frente do Planetário, no Parque da Cidade, às 11h00. Assunto: Bernie McCoy".*

Eram as únicas palavras do texto impresso em uma folha de papel dentro de um envelope lacrado que fora deixado em sua caixa de entrada por Hugo naquele mesmo dia, bem cedo, de manhã. Ao ser indagado por Silvio se alguém havia protocolado a entrada daquela correspondência para ele, o office-boy respondeu que o envelope havia sido encontrado no balcão da recepção central, no andar térreo do prédio da *Folha*, pela recepcionista do setor, por volta das 09h00, e que ela ligara naquela manhã mesmo, informando que o envelope subiria, via expedição, junto com as outras correspondências destinadas ao andar.

Após a consulta com Hugo, Silvio retornou para a sua mesa e olhou para o envelope aberto sobre ela. No lado frontal do envelope, somente uma linha, também impressa e colada:

"Para o Sr. Silvio Mendonça – Folha de Notícias". Nenhuma outra nota ou identificação.

O repórter olhou para a mesa repleta de ações a serem executadas e para a caixa de entrada de *e-mails,* que naquele dia acusava uma nova mensagem a cada cinco minutos. Mostrando uma leve irritação, bufou desanimadamente. Olhou ao redor e viu todos na redação trabalhando a todo o vapor e só então se deu conta do excesso de ruído que preenchia o ambiente. Pessoas falavam, telefones tocavam incessantemente, impressoras vomitavam informações do mundo todo, campainhas de elevador ecoavam por todas as alas...

Consultou o relógio e releu o horário informado no impresso sobre a mesa. Por fim, resoluto, o repórter deixou um recado para a secretária do andar e enviou um *e-mail* de acompanhamento para Otávio, que naquele instante, sabia Silvio, estava em uma reunião. Saiu do andar, desceu rapidamente pelas escadas, passou pela recepção do andar térreo, chegou às ruas, pegou um táxi a dois quarteirões do prédio do jornal e seguiu rumo ao local indicado na mensagem.

Já a pé, no interior do parque e próximo do planetário, Silvio percebeu uma multidão próxima à entrada da construção arredondada. Aproximou-se do cartaz informativo das seções de apresentação do local e descobriu que o local estava sendo reinaugurado e que, excepcionalmente, a entrada seria franca somente naquele dia. Concluiu que, como não tinha informação nenhuma sobre o autor do bilhete, e que esse já tinha o seu nome, muito provavelmente quem havia lhe enviado o envelope saberia como encontrá-lo ali.

Embora a constatação lhe trouxesse um certo desconforto, afinal ele poderia estar sendo observado naquele instante por alguém que ele nem conhecia, Silvio fantasiou e por um segundo teve a sensação de sentir a presença de Nico ao seu lado e ouvi-lo dizer:

– "*Bom trabalho, garoto. É assim que funciona...*"

Antes que pudesse desfazer-se do pensamento, um homem magro e de meia-idade apareceu ao seu lado esquerdo e ajustou os óculos junto ao cartaz do planetário, dando a impressão nítida de que sem o gesto não conseguiria ler o que o anúncio informava.

– Será que eles falam sobre o cinturão de Oor?

– Perdão... O senhor falou comigo? – perguntou Silvio, desviando o olhar em direção ao homem.

– O cinturão de Oor... é o que o nome diz: um grande círculo de imensas bolas de gelo que circundam o Sistema Solar. De vez em quando uma dessas bolas é atraída pelo nosso Sol, pro centro do sistema. Quanto mais caem na direção do astro-rei, mais eles vão se desmanchando, mostrando uma cauda longa, branca e luminosa. Nós aqui na terra damos o nome a este fenômeno de cometa. Mas quem vai querer saber disto, não é mesmo? – completou o estranho, finalizando a sua fala com um sorriso discreto de desesperança total na ignorância humana.

– Interessante. Só que o senhor vai me desculpar... é que estou esperando uma pessoa e... – Silvio mostrou polidez, enquanto consultava o seu relógio.

– Eu costumava falar sobre o cinturão de Oor com um fuzileiro dos Estados Unidos...

Silvio olhou bruscamente para o homem de voz tranquila e que falava como se modulasse o timbre de cada palavra.

– Foi o senhor quem me enviou o envelope?

– Observe a direção que eu tomo e depois de três minutos, siga a mesma rota. Mantenha sempre a mesma distância. Quando eu me sentar, não sente ao meu lado imediatamente! E só fale comigo depois que eu falar com você, não antes. Alguma dúvida?

Após a afirmativa de um Silvio confuso, o homem virou-se naturalmente e passou a caminhar para longe da entrada da edificação de arquitetura futurística do planetário, construído bem no centro geográfico do parque. Silvio observou o deslocamento do homem e aguardou a passagem dos três minutos instruídos a ele.

Não seria difícil alcançá-lo, uma vez que os passos da figura misteriosa eram lentos e arrastados, mas Silvio não ousou ir contra as recomendações passadas há pouco, sob risco de não poder obter informações adicionais sobre um fuzileiro Americano chamado Bernard Edward McCoy, que vivera brevemente no Brasil. Silvio estava ali em busca de mais dados que pudessem jogar alguma luz sobre os fatos ocorridos em 1976, em São Paulo.

A verdade chegava ao repórter em fragmentos, sem, contudo, criar uma lógica naquele quebra-cabeça de muitas partes, cuja primeira peça havia sido um e-mail de desabafo de Laura Altobelli.

Por fim, o homem sentou-se em um banco de madeira estilizado que imitava um tronco de árvore cortado verticalmente ao meio e posicionado na horizontal. Não fosse pela peculiaridade das circunstâncias, Silvio pensou que se cruzasse com aquela figura em uma esquina qualquer da cidade, o teria como um senhor aposentado que apenas passava o seu tempo com programas de TV vespertinos, jogos de dama ou dominó com amigos, no passar das horas.

O repórter, por fim, sentou-se na outra ponta do banco e, ainda de acordo com as estranhas instruções recebidas, permaneceu calado, no aguardo de algum "sinal" que quebrasse a quietude entre ele e o homem.

Passados uns cinco minutos, o jovem jornalista instintivamente levou a mão à cintura ao ouvir o telefone celular tocar. Ao pousar os dedos sobre o aparelho, o homem ao lado de Silvio disse, sem olhar para o repórter:

– Não atenda...

– Como...?

– Não atenda... você nunca sabe.

O sinal sonoro de chamada soou por mais uns trinta segundos e desativou-se. O homem misterioso posicionou uma pasta de plástico azul entre os dois e determinou:

– Agora desligue o celular e coloque-o sobre a pasta.

Já visivelmente incomodado com a postura irritante do homem, Silvio tentou retorquir:

– *Peraí*, senhor. Se for pra...

Não houve tempo. Desta vez, e ainda sem olhar na direção de Silvio, a voz do homem soou ácida e forçada nas cordas vocais.

– Escute aqui, Sr. Silvio Mendonça. Eu tenho a informação que você precisa... e você quer a informação que eu tenho. Eu poderia estar te pedindo dinheiro por isso, mas o meu interesse vai além. Se você acha que não consegue tomar algumas precauções básicas pra conseguir os dados que você quer ou se quer tratar este encontro como uma reunião corriqueira de avô e neto, acho melhor irmos embora daqui agora mesmo e pronto... esse encontro nunca existiu!

Silvio sentiu o respeito pelo senhor desconhecido invadir-lhe todos os poros.

Convencido pelo tom irritado do homem, o jovem desligou o celular, colocou-o sobre a pasta azul entre os dois e permaneceu quieto e imóvel, ousando apenas mover os olhos na horizontal, de um lado para o outro. O homem repousou a mão discretamente sobre o celular e inclinou o visor digital em sua direção, o suficiente apenas para certificar-se de que o aparelho estava realmente desativado.

Sempre quieto, voltou-se para a sua posição original e respirou fundo.

– Parece que as pessoas perderam o interesse pelas coisas que realmente têm valor... – Sua voz parecia ter retornado ao tom amistoso detectado na entrada do planetário.

Receoso em dizer algo que não agradasse ao homem, Silvio apenas concordou com um aceno de cabeça, também sem olhar para o lado. O parque expunha um ambiente incomparavelmente mais agradável em relação ao escritório. De onde estavam, Silvio e o homem sentiam o frescor da sombra despejada graciosamente sobre aquela área do local, entrecortada aqui e ali por fachos dançantes e inclinados da luz solar, moldados que eram pela filtragem produzida pela copa das árvores frondosas que circundavam todo o planetário. Atletas amadores esporádicos cruzavam as trilhas pavimentadas ao longo do perímetro do parque e que eventualmente traçavam pistas sinuosas para a parte mais interna do habitat. O parque era, sem dúvida, um oásis verde e majestoso, cercado por torres pré-moldadas de vidro, ferro e concreto por todos os lados.

– Você gosta de Astronomia, Silvio?

– Não... confesso que não sei nada sobre o assunto.

– É um assunto fascinante, que eu só descobri quando já era um jovem adulto... ou um adulto jovem... sei lá. E desde então eu procuro ler tudo sobre o assunto. A começar pelo significado da palavra: vem do grego e significa "lei das estrelas"... porque eles, os gregos, acreditavam haver lições que se podiam aprender com as estrelas, sabe? A partir da Astronomia é que hoje se ensina física, matemática, biologia e outras matérias nas escolas e universidades, moço. O que antes era apenas uma análise subjetiva das estrelas e de outros fenômenos do céu... a tal astrologia, como a conhecemos hoje... acabou evoluindo para um estudo científico com base na teoria, na observação e na comprovação. Toda vez que fico sabendo de alguma novidade sobre o assunto, vou atrás.

– Ah... sei...

– Este planetário ficou fechado por dois anos. Um absurdo, tempo demais! Disseram que era pra reforma geral do local e a troca dos equipamentos de projeção... máquinas mais modernas e tudo o mais... Bom, se for assim... Sabe como surgiu o meu interesse pelo assunto, Silvio? É claro que não! Nós nem nos conhecemos, não é mesmo?

– Por que o senhor não me conta?

Silvio timidamente colocou em ação a sua experiência como profissional de comunicação, esperançoso para que nada do que dissesse fizesse o homem se levantar e ir embora sem dizer o que o jovem repórter realmente desejava saber.

– É... por que não? Não é relevante pro motivo que nos colocou aqui neste mesmo banco, mas vou dizer assim mesmo. Quando eu era menino, no interior de São Paulo, eu e meus irmãos costumávamos brincar perto de casa até tarde da noite. Meu pai, quando a noite era de lua cheia, costumava colocar todos os irmãos juntos no quintal.. Ele nos contava umas histórias sobre outros tipos de pessoas vestidas de branco que andavam sobre a superfície da Lua e que tinham prometido que um dia jogariam uma corda de lá de cima e que cairiam direto no quintal das famílias que tinham mais de cinco filhos. Esse *povo da Lua* pegaria sempre os dois mais novos de cada família pra levar pra Lua pra eles crescerem. Os recém-chegados deviam ajudar a aumentar a população das pessoas que moravam lá e que aqueles raptos iriam durar até que um certo "rei da Lua" achasse que já tinha gente o suficiente por lá. Pra ajudar ainda mais na nossa imaginação, meu pai apontava *praquela* bola de prata no céu e insistia no fato de que ele conseguia ver um homem a cavalo andando na Lua, seguido por uma multidão de pessoas vestidas de branco arrastando longas cordas lunares, esperando a ordem pra jogá-las sobre o nosso planeta e descerem um a um, em busca de famílias com mais de cinco filhos...

Silvio ouviu todo o relato do homem ao seu lado e não pôde deixar de também se admirar com aquela história para crianças, provavelmente criada por um pai imaginoso e simplório, que no afã de manter vivo o espírito de criatividade de suas crianças, concebera ele próprio a ideia de seres celestiais vestidos de branco e prontos para promover um equilíbrio demográfico entre a Terra e a Lua.

Ou talvez uma daquelas crianças burlou a abdução e se tornou um astrônomo amador excêntrico e de hábitos esquisitos. Nesse caso, o senhor sentado ao seu lado, pensou Silvio.

Mas o repórter estava disposto a ouvir o homem, tão somente.

– O engraçado é que o canto em que eu dormia na casa em que morávamos ficava embaixo da janela de vidro do quarto dos meninos e, pra meu desespero, ficava bem na rota celeste da Lua. Muitas vezes eu acordava de madrugada com a Lua cheia bem no centro da janela. Eu cobria a cabeça e ficava espiando com um olho só, caso alguma corda caísse de repente da Lua direto pro nosso quintal. Eu tive noites mal dormidas pelo menos até os meus doze, treze anos...

– E depois...?

– O tempo passa e a gente cresce... Um dia, apareceu lá em casa um exemplar velho e surrado de uma enciclopédia com assuntos diversos, um deles sobre os planetas do Sistema Solar. Eu virava as páginas e um planeta me fascinava mais do que o outro. Depois eu vivia pedindo pro meu pai trazer qualquer livro ou revista que tivesse um planeta ou uma estrela na capa, o que também me despertou o gosto pela leitura, de uma maneira geral. Acho que isso também me estimulou a me interessar por outras línguas, principalmente o inglês. Minha família era pobre, meu pai não podia pagar um curso, então eu pedia pra ele comprar livros velhos de gramática inglesa e eu meio que aprendi sozinho.

– Interessante, senhor...

– Vamos deixar esta coisa de nomes pra uma outra hora... Silvio. Bom, meus pais morreram quando eu tinha uns vinte anos e eu decidi tentar a vida em São Paulo. Trabalhei como pintor de paredes, balconista e depois consegui um emprego como motorista de um diretor de uma multinacional Americana. Um dia, ele me pegou estudando inglês dentro do carro e começou a falar comigo. Como viu que eu falava com uma

—— 390 ——

fluência razoável pra quem nunca tinha sentado no banco de um curso de línguas, ele me indicou pra uma vaga de motorista no Consulado dos Estados Unidos.

– *Hmmm...*

Silvio agitou-se no banco e procurou disfarçar a sua impaciência, olhando para o lado oposto ao do homem que resumia a sua biografia em poucas palavras.

– Fui aprovado nos testes e já fui designado pra ser um dos motoristas do corpo de fuzileiros. E fiquei lá por quase vinte anos.

– Dirigiu pra muita gente... – concluiu Silvio, já procurando direcionar a conversa para o que realmente interessava.

– Muita gente, moço. Inclusive pro tal Bernard Edward McCoy... Aliás, ficamos até amigos. Eu era o único motorista do Consulado Americano que sabia um pouco de inglês e isso facilitava a minha comunicação com ele... mas não com os outros. Eles não gostavam de conversar, e acho que nem sabiam que eu sabia um pouco de inglês, mas McCoy logo se mostrou muito conversador e boa praça. Ele até passou a me pedir que falasse com ele sobre Astronomia! Ele era o comandante do destacamento e, sempre que podia, ele dava um jeito pra que eu fosse o motorista pra ficar com ele pra cima e pra baixo. Eu ensinava um pouco de português pra ele e ao mesmo tempo tinha a chance de melhorar o meu inglês... e foi assim por alguns anos. Você andou perguntando sobre uma certa noite de carnaval de 1976, certo?

– É... – respondeu Silvio, um pouco surpreso pelo fato do homem estranho do seu lado estar ciente das questões para as quais o repórter procurava por respostas. Lembrou-se do pedido com alguns detalhes do caso, que fez pelo telefone à Daniela, havia dois dias.

– O que aconteceu naquela noite exatamente eu não sei... mas o que aconteceu depois daquela noite...

– Está bem...

– Como eu já disse, eu fui motorista dos fuzileiros em São Paulo por um bom tempo. Antes da tal noite, eu mesmo já tinha levado ele, o McCoy, naquele endereço... o da moça... umas duas ou três vezes. Sempre à noite... No dia do baile de carnaval, eu era o motorista escalado pra levar o fuzileiro pro clube e depois trazê-lo de volta pra casa. O problema é que um dia antes fiquei doente e não pude cumprir a escala. Fiquei de cama uns dois dias, com uma forte gripe. E só voltei de licença médica uns dias depois... Soube depois que o fuzileiro Lou Thomas havia me substituído excepcionalmente na escala. Bom, quando voltei a trabalhar,

------ 391 ------

o destacamento estava no maior rebuliço. Pra minha surpresa, o McCoy não era mais o chefe do destacamento... ele estava pra ser mandado de volta pros Estados Unidos, e o próprio Lou Thomas havia assumido provisoriamente o comando do grupo... A minha escala continuou a mesma. Em um daqueles dias, eu recebi a missão de ir até o aeroporto buscar dois representantes oficiais Americanos, que ficariam no país por alguns dias... "em missão oficial". Nesse dia, o cabo Lou foi comigo pro aeroporto, pois ele seria o encarregado de tratar da recepção e transporte dos visitantes. Os oficiais vieram pra interrogar... sim, esta foi a palavra que eles usaram... vieram interrogar McCoy, antes de ele retornar pros Estados Unidos. O cabo parecia empolgado em passar algumas informações pros dois visitantes e se esqueceu ou subestimou a minha capacidade de entender o que eles falavam em inglês, ou presumiu que eu não entenderia o que eles falavam, e eles começaram a conversar como se eu não estivesse dentro do carro. O cabo Lou, que era um negão forte e alto, estava sentado no banco do carona e passou todo o tempo virado para trás, conversando com os outros dois visitantes, que eram muito fechados e sérios. Só um deles falava; o outro era bem econômico em sua fala; de terno escuro, alto, sardento, avermelhado e só acenava com a cabeça... isso quando dava pra eu ver os dois pelo retrovisor interno do carro, é claro. Me lembro que o Americano mais quieto dava sinais de estar muito nervoso e de vez em quando ele soltava alguns palavrões. O outro, que parecia mais um assessor de alguma coisa, começou a ler umas páginas do que parecia ser um manual. O sardento abriu um jornal Americano e falava rapidamente algo sobre uma campanha política, eleições e coisas assim. Depois, ele mesmo começou a falar sobre os riscos de um escândalo... O que me chamou a atenção é que ele toda hora se referia a um determinado figurão de algum lugar nos Estados Unidos... A frase mais longa que o quietão disse, foi:

"*Alguma coisa tem que ser feita. Temos só alguns dias...*"

Ou algo assim... Dias depois, ao checar normalmente o controle de quilometragem do carro dos fuzileiros, vi que o veículo havia visitado outras vezes o endereço do apartamento onde a moça morava, mesmo depois do McCoy já ter retornado pros Estados Unidos. O que me chamou a atenção era um dado no campo do responsável pelo deslocamento. Constava o nome do Cabo LaVernne, e depois tinha um item escrito à mão: "mais 1 passageiro". Assim mesmo, sem nome. Deduzi que só podia ser um dos dois visitantes que eu havia buscado no aeroporto.

– Posso fazer uma pergunta?

– Vá em frente, rapaz.

– Quando você voltou a trabalhar, depois de ficar de cama, você teve contato com o tal McCoy?

– Não. Entre eu cair doente e voltar a trabalhar, foram pelo menos uns cinco dias ausente. Quando retornei, ele estava incomunicável e foi transferido alguns dias depois. Me lembro que ele foi levado pro aeroporto, no dia da sua viagem de partida, escoltado por outros dois fuzileiros do destacamento e sem o acompanhamento de funcionários locais. A impressão que ficou pra mim foi a de que tudo aconteceu em uma reação em cadeia: o incidente no apartamento, a vinda dos oficiais pro Brasil e o retorno do McCoy pros Estados Unidos.

– Você sabia quem morava no apartamento, certo?

– Não, sou bobo... Quando eu levava o McCoy até lá, sempre tinha que esperar por perto... e a chegada ou a saída de McCoy no lugar acontecia em horários não muito, digamos... "comerciais". E no dia em que fui buscar os oficiais no aeroporto, eles por duas ou três vezes usaram a expressão *"the girl"*, dentro do carro... Uma coisa é certa: aqueles dois não vieram pro Brasil a turismo e o tempo todo eles davam a impressão de terem vindo pra cá pra ajeitar alguma enrascada de alguém, nesse caso o fuzileiro McCoy...

– Pode ser.

– Foram dias agitados. Isso ficou comigo todos estes anos. Até me chegar a informação de que você andou perguntando sobre o incidente.

– E por que este silêncio todos estes anos?

– Na época, eu precisava manter o meu emprego. E em qual outro lugar eu poderia aprimorar tanto o meu inglês e conhecer pessoas de fora, já que eu não podia viajar? Depois, o tempo passou e isso quase caiu no esquecimento completo. Até aparecer você...

– E como você ficou sabendo que eu estou em busca de informações sobre este incidente? – Silvio resolveu arriscar um pouco mais em sua abordagem com o homem ao seu lado.

– Você é insistente mesmo, não? Fique tranquilo, você vai saber, quando chegar a hora.

– Como posso ter certeza de que essas informações são verídicas?

– Vai ter que confiar. Mas sabendo que ia falar com um jornalista, eu trouxe uma coisa pra você. – O homem abriu a pasta azul de plástico.

Em seguida, retirou uma pequena foto colorida, de baixo de umas publicações avulsas sobre astronomia, batida com uma antiga máquina Polaroid.

Olhou mais uma vez a foto e colocou-a sobre o assento do banco.

– Dá uma olhada – disse o homem, meio impositivo.

Silvio recolheu a foto discretamente, seguindo o ritual cauteloso do homem caricato ao lado, e deslocou a imagem para o seu campo de visão. No retrato, três senhores trajando ternos, costeletas e cabelos muito parecidos, colocavam-se de pé em um espaço que aparentava ser a garagem de um edifício. Ao fundo, à esquerda do retrato, um furgão consular branco desembarcava quatro passageiros e algumas malas. Dois dos passageiros estavam de costas para o enfoque da máquina, mas os outros dois, que acabavam de fechar o porta-malas traseiro do veículo, foram fotografados casualmente olhando para a câmera. Um dos fotografados, claramente, era o homem ao seu lado, bem mais novo e com o mesmo padrão de terno usado pelos três homens em primeiro plano.

– Essa foto foi tirada no dia que os dois representantes chegaram ao Brasil. O nosso fotógrafo e jornalista na época... o Samuel Feitosa... havia conseguido uma nova máquina automática que o adido de imprensa do Consulado havia trazido dos Estados Unidos e ele queria testá-la, pra ver como ela funcionava, quais recursos tinha... essas coisas. Eu tinha acabado de estacionar o carro dos fuzileiros e já íamos pegar o elevador no subsolo. Eu nem dei muita atenção... Dias depois, o Samuel foi até a sala dos motoristas pra mostrar como a qualidade da Polaroid era diferente das fotos em preto e branco e deu a foto pra mim. Guardei como recordação daqueles tempos. Tá vendo o homem do outro lado do carro dos fuzileiros, olhando pra câmera?

– Sim. É um dos dois visitantes, correto?

– Isso. É o que mais falava entre os dois. O tal que parecia um assessor ou coisa assim.

– Certo. Como faço pra conseguir uma cópia?

– Depois eu deixo uma cópia pra você no seu jornal. Da mesma forma que deixei o recado sobre este encontro...

– Por falar nisso, esse encontro foi muito útil e esclareceu alguns pontos... Agradeço muito.

– Outra coisa. Como sei que isso pode virar matéria jornalística, fica acertado de que eu sou "a fonte a ser preservada". Entendeu?

– Isso não vai ser problema... afinal, eu não sei mesmo quem você é!

– De novo, vai saber... Não hoje, mas vai saber. Bom, vou voltar pro planetário. A seção começa em quinze minutos. A mesma coisa: só saia daqui depois de três minutos após eu me afastar.

– Sem problemas.

O homem iniciou o seu deslocamento para longe do banco. Virou-se repentinamente, sem completar o giro, olhou para Silvio por uns dois segundos e indagou, curioso:

– Você sabe o que é um *parsec*, meu rapaz?

Silvio olhou para o homem como se ele tivesse falado uma língua indo-europeia há muito desaparecida e deu a entender que a pergunta precisaria ser repetida. O homem desenhou uma expressão de desencanto em seu rosto e fez um meneio negativo com a cabeça, enquanto retomava a sua caminhada em direção à construção arredondada.

Silvio ainda pôde ouvir um último resmungo:

– Deixa pra lá, rapaz... deixa pra lá.

Capítulo 51

Salkehatchie

Quinta-feira, 11h02min – Auditório da universidade.

– "... e, para concluir, minhas pesquisas até o momento indicam que não é possível imaginar a construção do Brasil como nação, estado, pátria ou país, sem estudar e compreender a participação dos africanos e seus descendentes em todo o processo. E de uma forma até mais contundente do que nos Estados Unidos. A economia brasileira baseou-se fundamentalmente na escravidão por muitos anos. Mais ou menos quarenta por cento do contingente humano sequestrado da África e que era embarcado para as Américas, foi desembarcado no Brasil. Os levantamentos iniciais das fontes de pesquisa demonstraram que as expedições portuguesas de 1516 e 1526 provavelmente já levavam negros escravizados para aquele país. No Brasil, um grande contingente de negros pertencentes aos grupos étnicos Bantos e Sudaneses, além de outros, trabalharam nas plantações de engenhos de açúcar, nas minas de ouro, de diamante e mais tarde nas plantações de café. Quando a escravidão foi abolida do Brasil, em 1888, estima-se que entre cinco e doze milhões de africanos, dependendo da fonte de pesquisa, tenham sido sequestrados para o Brasil, desde, como já vimos, as primeiras décadas de 1500. É importante lembrar que a maioria dos arquivos de entrada de lotes de africanos escravizados para o Brasil foi destruída por autoridades locais durante a construção do regime republicano daquele país, o que prejudicou, em muito, as minhas análises. Mas os dados levantados estimam que algo entre vinte e trinta mil africanos chegavam vivos anualmente ao Brasil. Isso ocorreu por mais ou menos trezentos e cinquenta anos, que foi o tempo aproximado que durou o regime escravocrata por lá, como vocês podem ver neste gráfico... aqui...! Pelo menos até 1550, o Brasil era uma colônia portuguesa muito despovoada, mas já tinha muitos negros em suas terras. Entre 1450 e 1850, mais de vinte milhões de pessoas foram levadas à força da África para as Américas. Os dados coletados e os paralelos traçados entre a forma de escravidão nos Estados

Unidos e no Brasil me permitiram encontrar uma peculiaridade histórica que acabou se tornando o centro gravitacional dos meus trabalhos e que foi o fator principal para o progresso desta pesquisa e uma boa parte da minha motivação para ir até o Brasil. Nome do fator: Mohammah Gardo Baquaqua.

Gostaria de ilustrar como cheguei ao nome de Mohammah Baquaqua: em uma conversa ao telefone com minha mãe, que por razões de saúde não pode estar presente aqui hoje, ela, na simplicidade de sua sabedoria e mostrando um interesse singelo sobre a minha pesquisa, me perguntou se seria possível que os escravizados africanos levados para o Brasil fossem da mesma região dos escravizados africanos trazidos aqui para os Estados Unidos. Essa observação simples estimulou em mim o desejo de direcionar a minha pesquisa sobre algum dado em comum que existisse entre as realidades escravocratas entre os dois países. A demanda da pesquisa, o indicativo de minha mãe e o auxílio da internet, me conduziram ao ex-escravo sobre quem vou falar agora.

De uma forma bem resumida, é preciso informar que Baquaqua nasceu entre 1824 e 1830, ao norte do local hoje conhecido como Benim, na costa oeste africana. Ele foi sequestrado ainda adolescente e levado para o Brasil em cativeiro por volta de 1840. Morou em Pernambuco, e conheceu os estados de... um minuto... Santa Catarina, Rio Grande do Sul e do Rio de Janeiro. No ano de 1847, quando ele teve uma oportunidade de viagem, como ajudante em um navio mercante, Baquaqua deslocou-se para a cidade de Nova Iorque e ali ele conseguiu fugir da embarcação. Em seguida, ele viajou com missionários para o Haiti e depois retornou aos Estados Unidos em 1849, chegando a residir posteriormente no Canadá. A biografia de Baquaqua é altamente relevante para os estudos sobre a diáspora africana, por conter um dado muito importante: Baquaqua educou-se e pode contar a sua biografia em inglês e na primeira pessoa! No fim desta apresentação, vocês serão informados sobre os dados bibliográficos que deram forma e conteúdo a esta parte da minha tese.

Os relatos de Baquaqua, a grosso modo, se equivalem, para um pesquisador de História, a um *Tiranossauro Rex* achado intacto por um Paleontólogo e extraordinariamente preservado sob as camadas de alguma geleira distante do planeta. A vida de Baquaqua deixou registrada para a história uma parte do que foi a evolução deste sistema perverso e desumano que varreu o Novo Mundo por mais de três séculos; ele foi um menino n a t i v o no continente africano, um adolescente escravizado no Brasil, um refugiado no Caribe e um homem livre na América do

Norte. Baquaqua sintetiza, portanto, através de sua saga, os africanos, os afro-brasileiros, os afro-americanos e os afro-caribenhos em uma única biografia, único abraço, um único aperto de mão. Ele ilustra a diáspora africana ocidental de maneira rara e singular. Se, por um lado, a biografia de Kunta Kinte foi crucial para o entendimento historiográfico dos negros da América, a vida de Baquaqua é altamente relevante para uma melhor compreensão do que foi a escravidão e o seu legado perverso na vida e na história dos negros das três Américas, desde o Alaska, passando pelo Canadá, até a Patagônia. Para aqueles que têm interesse em Estudos Afro-americanos, um levantamento sobre a vida de Mohammah Baquaqua é obrigatório!

Por motivos de força maior, tive que reduzir o período de minha coleta de dados em campo, mas o material que trouxe comigo do Brasil, fui informada hoje, servirá de base para outros estudos similares que serão chancelados pela reitoria desta instituição e muito me orgulho pela constatação de que o meu esforço e a retaguarda dada por esta universidade produziram resultados que possam estimular outras pesquisas com os mesmos propósitos. Além disso, para aqueles que quiserem aprofundar os conhecimentos sobre a influência da cultura africana nas Américas, recomendo uma visita ao Brasil! As minhas raízes genealógicas de pai afro-americano e mãe afro-brasileira, além do interesse sobre a vida de Baquaqua, foram determinantes para que eu viajasse para o Atlântico Sul, mas a riqueza cultural daquele país já faria o deslocamento valer a pena, e muito, para qualquer interessado. Uma visita a este gigante da América do Sul, tão próximo e ao mesmo tempo ainda desconhecido pela maioria dos cidadãos Americanos, é altamente recomendada. Temos diferenças, sim, mas temos muito mais em comum do que as primeiras impressões possam sugerir. Gostaria de agradecer ao apoio da Universidade Salkehatchie na facilitação dos créditos para esta pesquisa e dedico um agradecimento especial a Mr. Sam Hopkins, meu tutor e maior incentivador acadêmico para este projeto. Senhoras e senhores, eu me sinto honrada com a presença de todos e estou à disposição para um contato e troca de informações sobre o assunto através do *e-mail* informado no impresso distribuído durante a inscrição para esta apresentação. Muito obrigada".

A plateia, que entre alunos, acadêmicos e convidados, apresentava uma média elevada de Q.I., explodiu em aplausos vigorosos que ecoaram por longos segundos pelo salão do auditório da Universidade de Salkehatchie, na Carolina do Sul. Na grande tela de projeção que ocupava mais da metade da área do palco, surgiu um enorme logotipo digital que ilustrava as hastes das bandeiras dos Estados Unidos e do Brasil seguras por um par de mãos negras. Entre as duas bandeiras apareciam uma flor de algodão e um caule de cana de açúcar, sabidamente as duas monoculturas que simbolizavam a participação massiva dos africanos e seus descendentes na economia das duas grandes nações do Novo Mundo.

Cada uma das bandeiras era protegida sob o abrigo das asas de uma mesma pomba, branca e majestosa, com um ramo de trigo preso ao bico, simbolizando o desejo de paz e prosperidade para ambas as nações.

À frente do palco, um arranjo em semicírculo de quase seiscentos assentos em formato de plateia era separado ao centro por um corredor acarpetado. Um agito de pessoas começava a se formar. Era o movimento de alguns ouvintes se preparando para sair e outros que se deslocavam em direção à Ashley para parabenizá-la.

O auxiliar de palco de plantão recebeu um sinal e o teto alto iniciou o ritual costumeiro para aquelas ocasiões e, tão logo a apresentação encerrou-se, o jogo de luzes do auditório foi ativado, iluminando ao mesmo tempo toda a plataforma onde a estudante ainda recebia os aplausos e as quatro primeiras fileiras dos assentos mais próximos do palco.

Embora não fosse possível visualizar em detalhes as pessoas dos assentos mais ao fundo da plateia, em razão da luminosidade parcial, Ashley recebera a informação, antes de subir ao palco, de que todos os lugares do auditório estavam tomados.

Sua mãe, embora já em franca recuperação do colapso sofrido havia dias, foi convencida pela filha a permanecer em casa. Apesar da certeza de que a mulher que lhe ensinara português por longos anos teria dificuldades em acompanhar e compreender a linguagem preparada pela filha para um público acadêmico, Ashley preferiu não colocar a boa evolução do estado clínico de sua mãe em risco durante uma apresentação cujo conteúdo com repetidas referências ao país de origem de Isabel pudesse provocar nela algum impacto emocional inesperado.

Lou, como sempre, telefonou para a filha de última hora, para informar sobre algum compromisso urgente em Nova Iorque que impediria a sua participação, mas que ele lhe desejava boa sorte na apresentação e que gostaria que ela lhe enviasse posteriormente algum material que viesse a ser publicado sobre a pesquisa no Brasil e a *performance* da filha em Salkehatchie.

Sam Hopkins, o orientador de Ashley, que aprovou e incentivou o formato da pesquisa desde o início e que fora, na verdade, o grande mentor das ações para a inclusão da tese no programa bilateral acadêmico entre o Brasil e os Estados Unidos, dirigiu-se até Ashley e dividiu com ela um longo e afetuoso abraço, ciente que a primeira parte daquele trabalho fora muito bem sucedida e que os passos a serem dados a partir daquele dia ficariam por conta dos destinos que a estudante em seus braços quisesse dar aos seus conhecimentos, após a conclusão de seu ciclo universitário, que se aproximava do fim.

Pelos próximos dez minutos, Ashley, ainda de pé no palco e sempre com o seu orientador do lado, recebeu os cumprimentos calorosos de professores, alunos e estudiosos de Walterboro e de outras instituições superiores do Condado de Colleton e arredores. Apesar dos imprevistos com Isabel, a jovem sentia-se satisfeita consigo por ter conseguido superar as dificuldades apresentadas no processo e concluir parte de sua missão com o aval de seu orientador e o reconhecimento de um público exigente e especializado, que naquele momento concedia-lhe comprimentos respeitosos e olhares cândidos carregados de admiração. Um dos alunos, ao cumprimentar a estudante de Salkehatchie, comprometeu-se a procurar por Ashley em outra oportunidade para obter mais informações sobre aquele programa educacional e também sobre o Brasil.

O auditório já estava quase vazio. Faltavam ainda três convidados que faziam questão de dar os parabéns a Ashley e ao seu orientador. Sentindo a tensão da expectativa pelo êxito da apresentação sair de seus ombros como um mergulhador abissal ao remover de seu corpo o peso intolerável de seu escafandro ao chegar à superfície, Ashley ainda assim ansiava por encerrar o gestual protocolar repetitivo, porém necessário, e voltar o mais rápido possível para a sua casa e ficar em companhia de sua mãe, que àquela hora certamente já estava de pé, ao lado de Marita, ajudando e dando instruções específicas para o preparo de um almoço especial para celebrar mais uma conquista estudantil de sua filha.

Quando abraçava o último convidado, percebeu um par de vultos nos bancos das últimas fileiras do auditório, próximos da porta da entrada e nas duas posições mais internas, a partir do corredor central que dividia o conjunto dos assentos do auditório em duas metades iguais. Não era possível identificar quem eram, pelo fato de estarem sentados na região da penumbra da plateia, onde as luzes concentradas para a área do palco chegavam apenas parcialmente, mas Ashley teve a impressão de que eram dois rapazes e que usavam terno. Despediu-se também do professor Hopkins ainda no palco, desceu os lances de degraus que permitiam o acesso à plataforma de apresentação e pisou na superfície acarpetada da plateia.

—— 400 ——

Como na maioria dos auditórios modernos, o piso apresentava um pequeno declive, facilitando a visão do palco para os espectadores sentados nas fileiras mais ao fundo.

Ashley trajava um terno executivo de cor dourada, sobre uma camisa acetinada branca. Os sapatos de salto alto de couro preto e decorados com um pingente cromado lateral adicionavam charme ao andar elegante da jovem. Os cabelos, cuidadosamente tratados pelos últimos dois dias, refletiam o brilho das luzes vindas do teto e, se mesmo sem todo aquele capricho a jovem já era irresistivelmente atraente, com toda aquela produção, Ashley se tornara o foco principal dos olhares de qualquer ambiente.

No palco, dois assistentes técnicos recolhiam cabos e desativavam todo o aparato de Datashow e som, preparados no dia anterior para a apresentação da talentosa estudante universitária de Salkehatchie.

A jovem caminhou pelo corredor central. Percorreu metade do caminho e colocou uma das mãos em posição horizontal sobre as pálpebras, indicando que ainda não conseguia visualizar os dois últimos visitantes de quem queria se despedir, antes de pegar o seu carro e descrever para a mãe e Marita o sucesso da apresentação daquela amanhã.

– *Hey... won´t you guys come up front?*

– *We would, but we´re too shy...*

A voz soou familiar, mas Ashley não soube determinar de quem era.

– *Oh, don´t be silly. Come on up!*

– *Alright, then...* [23]

Da penumbra, os dois jovens se levantaram, ajeitaram-se nos paletós e entraram na área do corredor. À medida que os dois se aproximavam, Ashley percebeu que o rapaz um pouco mais à frente era branco e o segundo, um negro esbelto e de porte atlético. Avançaram um pouco mais em direção à porção melhor iluminada do corredor, na direção do palco, onde a jovem aguardava de pé, ainda com uma das mãos ao rosto e a outra apoiada no encosto de um assento já vazio.

A dupla desceu o declive do piso acarpetado da plateia e lentamente a palma da mão ao rosto da jovem afastou-se das pálpebras e cobriu-lhe os lábios, em sinal de surpresa e incredulidade, ao reconhecer o sorriso, o rosto e o molejo do jovem negro alto, agora caminhando ao lado do rapaz branco: Marcos!!!

---

23   Tradução: – Ei... vocês não vão vir aqui pra frente?
           – Gostaríamos, mas somos muito tímidos...
           – Oh! Deixem de bobagem. Venham pra cá!
           – Tudo bem, então...

Ashley sentiu as pernas tremerem e o coração pulsar mais forte do que antes de pisar no palco do auditório para apresentar a sua pesquisa, havia uma hora. Tentou dizer alguma coisa, mas o máximo que conseguiu foi manter os lábios entreabertos e os olhos fixos no rapaz que havia afetado o seu ritmo cardíaco, desde que o vira pela primeira vez, em pé, com uma placa ilustrando o seu nome, no aeroporto internacional de São Paulo.

– Simplesmente fantástica a sua apresentação, Ashley.

Antes que a jovem pudesse sair de seu estado de torpor, Marcos avançou em sua direção e liberou o seu tórax, envolvendo a jovem em um abraço forte, longo e apertado, para depois anunciar com uma formalidade que pareceu ecoar por todo o espaço daquele recinto:

– Ash... este é Luca... Luca Altobelli, filho de Laura Altobelli, uma amiga antiga de Dona Isabel... Ele veio até os Estados Unidos com a missão de encontrar a sua mãe... E eu vim pra cá com a intenção de me reencontrar com você...

Capítulo 52

1976

Quinta-feira, 09h03min – São Paulo.

A sala de reuniões do Diretor Executivo do jornal *Folha de Notícias* estava fechada e no seu interior o mandatário Humberto Salles e Otávio Proença, supervisor de Silvio, aguardavam para que o jovem repórter desse início à apresentação dos dados sobre o caso envolvendo uma senhora influente da sociedade paulista e que haviam sido coletados pelas últimas semanas. Pelo volume e seriedade das informações que havia compilado, o jovem repórter pediu autorização para apresentar o seu relatório através do uso do aparato *datashow* do recinto.

O executivo número um do jornal fora informado de forma breve por Otávio sobre a reportagem que o diário poderia ter em mãos, logo após o conhecimento dos dados fornecidos por Silvio na reunião anterior que tivera com o seu subordinado. O presidente recomendou que um relatório detalhado fosse apresentado, o qual seria determinante sobre a decisão de se prosseguir com as ações para a publicação de uma matéria jornalística exclusiva sobre um fato obscuro, ocorrido em 1976.

Silvio estava ciente de que aquela manhã definiria o seu futuro no jornal. Ele passara os três últimos dias levantando mais informações e montando um minucioso diagrama explicativo sobre os fatos ocorridos naquela madrugada fatídica havia mais de três décadas e que envolveu uma jovem rica local e um fuzileiro das forças armadas Americanas que prestava serviços junto à missão diplomática dos Estados Unidos na cidade.

De pé, ao lado da mesa longa e ao fundo da sala, Silvio segurava o controle remoto geral do maquinário que compilava, de forma digitalizada, todas as informações coletadas, desde o *e-mail* enviado por Laura Altobelli, passando pela informação dada por Nico Santana antes de sua morte, até o seu encontro com o misterioso homem no Parque da Cidade, no dia anterior. Humberto e Otávio sentavam-se na extremidade oposta de Silvio, próximos à porta da sala, em lados opostos da mesa.

—— 403 ——

O homem forte da *Folha* olhou discretamente para o relógio e tomou a palavra:

– Vamos lá, Silvio. Vamos ver se vale o risco de se publicar o que você conseguiu...

Silvio desobstruiu levemente a garganta e acionou um dos botões do controle em sua mão.

Uma série de círculos pipocou de forma irregular na tela de projeção, cada um com dados e legendas em seu interior e a maioria das bolas interconectada com uma ou mais das circunferências, formando um intricado fluxograma de pessoas, datas e lugares. Os círculos apresentavam tamanhos diferentes, proporcionais à suas relevâncias para o entendimento do quebra-cabeça aparente. Silvio testou um pequeno bastão prateado e certificou-se de que o ponto de luz vermelha apontador de itens aparecia adequadamente na tela. *OK*, operante.

– Bom... Vamos lá. Sintam-se à vontade pra me interromper a qualquer hora, se houver dúvidas... Como é sabido, eu fui designado pra fazer a cobertura de uma votação entre alunos na Universidade Metropolitana e, seguindo a orientação dada a mim, produzir uma série de reportagens sobre este evento. Bom, uma entrevista foi articulada com os familiares dos oradores universitários envolvidos nesta votação... Motivada, talvez, pelo contato com um profissional de um jornal de alto prestígio nas áreas de notícias políticas e policiais, uma das mães dos universitários entrevistados, Laura Altobelli, sentiu-se impulsionada em resgatar uma parte obscura de seu passado, o qual envolvia o seu romance com um fuzileiro dos Estados Unidos, residente em São Paulo e também uma inquietação em descobrir o paradeiro da empregada doméstica da família, de nome Isabel, com quem desenvolveu um laço de amizade diferenciado. A revelação não veio no ato da entrevista, mas depois, por *e-mail*, ela me informou que no ano de 1976 ela e Bernard McCoy, o tal fuzileiro, romperam o relacionamento, projetado pra acabar em matrimônio a qualquer momento no futuro, segundo uma expectativa criada pela jovem... O fim do relacionamento, que se deu em uma madrugada de carnaval daquele ano, acabou com Laura agredindo McCoy dentro da residência da jovem, em um *flat* de luxo de uma área nobre de São Paulo. Essa agressão, que também foi descrita no *e-mail* que eu recebi, foi percebida, mas não testemunhada, pela empregada da família e um segundo fuzileiro, companheiro de McCoy, que estavam no endereço na mesma noite, mas ocasionalmente em um outro cômodo da moradia... Logo após a saída do fuzileiro ferido, junto com o seu companheiro, a jovem se trancou no banheiro e, segundo relato dela própria, ingeriu uma quantidade excessiva de medicamentos, os quais culminaram em uma intoxicação que quase a levou à morte. A presença da empregada na casa foi crucial pro salvamento da vida da jovem intoxicada. Quando Laura saiu do hospital e voltou pra casa, algumas semanas depois, ela veio a saber pelos pais que o fuzileiro e ex-namorado havia sido transferido do Brasil e que a empregada da família havia pedido demissão e encerrado o vínculo com os Magalhães de Medeiros. Importante ressaltar que, pelo fato de a jovem rica e a empregada terem desenvolvido um laço de amizade sincero e fraterno entre si, Laura achou estranho o fato de Isabel ter pedido demissão sem deixar qualquer informação pra um contato posterior. As tentativas de reencontrar a amiga falharam, mesmo com a ida de Laura à casa de uma tia da doméstica, pra tentar ter informações sobre o paradeiro da sobrinha. Isabel chegou até mesmo a morar com esta tia, segundo a própria Laura. Para a surpresa da jovem, quando ela chegou ao local da residência, recebeu a informação de que essa tia de Isabel também já não morava mais no endereço. A tal tia também tinha se mudado sem deixar qualquer indicação do novo endereço dela. Logo em seguida, os pais e os médicos da família dos Magalhães de Medeiros se reuniram e Laura foi convencida a continuar o seu tratamento de recuperação na Europa, indo morar em uma cidade distante ao norte da Suíça, mais precisamente em... Delemont... aqui, neste mapa... por onde ficou por cerca de cinco anos. Ela retornou pro Brasil e casou-se com um executivo de prestígio de um banco espanhol e os dois tiveram um filho, agora um estudante universitário, um dos oradores da votação acompanhada pela *Folha*. Tempos atrás, este filho, Luca, sofreu um sequestro relâmpago no qual quase foi assassinado e, de acordo com o que me confidenciou informalmente a mãe, a partir daí adotou uma postura de intolerância total contra os negros. Luca colocou-se totalmente contra a realização de uma Feira ou Semana da Cultura Afro-brasileira no campus da UniMetro. Após eu comentar sobre todos esses fatos com... Nico... ele se prontificou a me ajudar, assim que tivesse um tempo, pois estava tratando de outras prioridades da área dele... Muito bem... Antes de morrer, o Nico ainda me passou informações que me possibilitaram chegar até um ex-funcionário do Consulado Americano e que trabalhou lá na mesma época dos fatos envolvendo o tal fuzileiro McCoy. Eu fui até onde o ex-funcionário mora, em Guaratinguetá, e consegui algumas imagens muito valiosas daquela época e alguns fatos realmente começaram a chamar a atenção... Depois, eu apresentei o material pra própria Laura Altobelli e ela confirmou a veracidade dos dados. O melhor vem... agora... no dia seguinte ao encontro com Laura, eu deveria dar continuidade na matéria da votação na universidade Metropolitana com uma estudante Americana que você, Otávio, havia sugerido que eu entrevistasse. Essa estudante veio pro Brasil através de um programa internacional, pra concluir uma pesquisa acadêmica iniciada em sua cidade natal no sul dos Estados Unidos e que previa a coleta de dados em campo no Brasil; em São Paulo, no Rio e em Salvador. Chamem isso de sorte, coincidência, acaso, destino, predestinação... o fato é que durante a entrevista... vejam a foto da estudante... eu descobri que a moça que eu entrevistava era justamente a filha de Isabel, a antiga empregada e amiga de Laura e que estava no apartamento dos Magalhães de Medeiros naquela noite de carnaval de 1976. Ashley, esse é o nome da estudante Americana, é filha de Isabel com o outro fuzileiro que também estivera presente no apartamento na noite do rompimento da relação da jovem rica com o tal fuzileiro McCoy.

Silvio deu uma breve pausa, tomou um gole de água, depositou o copo sobre a mesa e continuou:

– Realmente foi muita sorte... Bom, logo depois, o filho de Laura descobriu que um tio seu, irmão da mãe, recebera uma certa quantia em dinheiro do velho Sr. Medeiros pra ser entregue, por algum motivo, à família da empregada. Esse dinheiro nunca foi entregue, segundo o próprio tio. Esse irmão de Laura também confirmou a informação dada anteriormente pela *socialite* de que logo depois da internação da irmã, o pai começou a receber no apartamento da família a visita de um homem estranho e com sotaque de Americano. Esses encontros foram cercados por um sigilo nunca tomado antes pelo velho Magalhães de Medeiros. Com mais dados sobre os dois fuzileiros em mãos, fiz uma pesquisa na Internet e algumas situações puderam ser esclarecidas. Uma em particular revelou-se muito interessante: quando conheceu Laura e surgiu a possibilidade de casamento entre os dois, o fuzileiro McCoy já era um homem casado e tinha uma filha nos Estados Unidos. Sua esposa?... Só um segundo... Aqui... Audrey Wallace McCoy, filha de um político influente dos Estados Unidos, nos anos 60 e 70... Gary Wallace, governador do Tenneessee, que em 1976... simplesmente... só mais um *slide*... aqui!... era um dos concorrentes à Casa Branca nas eleições presidenciais daquele ano, com possibilidades reais de vitória. Ontem eu fui contatado por um ex-motorista do Consulado dos Estados Unidos em São Paulo, um pouco excêntrico, e que me trouxe mais informações envolvendo este caso. Nós nos encontramos de manhã, no Parque da Cidade. Ele me disse que foi motorista do destacamento dos fuzileiros na época dos fatos e me forneceu informações que indicam que algo realmente aconteceu com o Bernard McCoy naquele período. Bom... depois que eu chequei os detalhes deste cenário pela internet e antes desse encontro com o ex- motorista, eu apresentei as informações que eu tinha obtido pra Laura. A partir daí, os Altobelli decidiram enviar o filho Luca pros Estados Unidos, já que dessa vez existia uma chance real de a ex-empregada, a tal Isabel, ser encontrada pela amiga, ou pelo menos se saber algo do seu paradeiro. Descobrimos, através da Universidade Metropolitana, que a estudante reside em uma pequena cidade do estado da Carolina do Sul, chamada Walterboro. Neste momento, Luca e um outro aluno universitário que, por incrível que pareça, foi o seu orador adversário na votação da Universidade Metropolitana, estão nos Estados Unidos, e provavelmente já se encontraram com Ashley. Esse outro aluno, que fala inglês muito bem, acompanhou Ashley em algumas de suas viagens de pesquisa pelo Brasil e os dois ficaram muito amigos. Luca teve a ideia de levá-lo, pois além de não dominar o inglês muito bem, sabia que a amizade desse outro aluno com Ashley poderia ajudar na superação de barreiras não previstas que pudessem surgir em um possível resgate de algumas informações relativas àquela noite de 1976. Por exemplo: Quem era o homem que visitou a casa dos Magalhães de Medeiros mais de uma vez? O que aconteceu com a tia de Isabel, que morava na periferia de São Paulo e nunca mais foi vista? O médico que recomendou pra que Laura fizesse a sua recuperação na Europa... será que ele também estaria envolvido nesta história? Por que era importante pro pai de Laura que Alfredo, seu filho, entregasse uma boa quantidade de dinheiro pra família de Isabel, em sua terra natal? Quem é esse homem misterioso com quem eu encontrei-me ontem no parque? Por que ele quis ajudar na elucidação deste caso?

– Boa introdução, Silvio... mas e daí?

O repórter sabia que, mais do que confrontado, ele estava sendo sabatinado pelo dono do jornal.

– Esses são os fatos. Agora, gostaria de apresentar a minha teoria, e solicito que vocês prestem atenção em mais alguns gráficos: Bernard Edward McCoy, fuzileiro, casado com a filha de uma figura importante do cenário político dos Estados Unidos, com quem inclusive tinha uma filha, foi destacado rotineiramente pra função de comandante do destacamento de fuzileiros a serviço da missão diplomática Americana em São Paulo. Aqui, ele conheceu Laura Medeiros, uma jovem rica e bonita da alta sociedade paulistana, com quem se envolveu amorosamente e a quem, por algum motivo, estimulou ou não desencorajou a possibilidade de casamento. McCoy, em uma oportunidade, fez uma viagem de rotina pra sua terra natal. Na mesma época de uma fase importante para a definição da corrida eleitoral para a presidência dos Estados Unidos daquele ano. Quando voltou ao Brasil, já estava com a decisão de não levar à frente a ideia falsa de um matrimônio com a jovem Laura. Quando o fuzileiro acabou com tudo, a jovem, um pouco embriagada e com o orgulho ferido, reagiu mal e o rompimento aconteceu de forma traumática pros dois lados: ele ferido e ela intoxicada, quase à morte. Teria morrido, se a empregada da casa não a tivesse encontrado no banheiro do apartamento e providenciado socorro a tempo; Laura foi desacordada pro hospital, recuperou-se e voltou pra casa. Ao retornar, soube que a empregada, de quem havia se tornado amiga e que havia lhe salvo a vida, não tinha mais vínculo com a família e se mudara pra algum destino ignorado.

E por fim, a conclusão que eu dou pro caso: de alguma forma, a informação do envolvimento do fuzileiro McCoy com uma mulher no Brasil chegou ao conhecimento... ou da esposa... ou do sogro famoso e influente nos Estados Unidos. Além da honra da filha, um escândalo envolvendo alguém de seu círculo familiar mais íntimo poderia respingar na campanha presidencial de Gary Wallace que, à época do incidente no Brasil, começava a decolar... Vejam aqui neste *slide* com um instantâneo de uma reportagem da época... McCoy foi chamado aos Estados Unidos e... convencido a acabar com o seu ato de infidelidade mantido com a jovem brasileira... Quando os fatos ocorridos no apartamento da jovem chegaram ao conhecimento do gabinete de Wallace, ele próprio, ou até mesmo alguém de seu *staff*, tomou providências pra que os danos que a imprudência do genro pudessem causar fossem minimizados de todas as formas. Emissários vieram pro Brasil com a missão de abafar o caso de qualquer maneira e ao preço que fosse preciso. Pelo menos um desses enviados fez contato pessoal com o pai de Laura, e a partir destas conversas, pode ter surgido o convencimento para que Laura deveria deixar o país, pelo menos por uns tempos... E assim foi feito, inclusive com a participação do médico da família, pra se dar um caráter médico nas argumentativas pro *"tratamento clínico"* de Laura fora do país. Pode ser que o dinheiro passado ao Alfredo e que deveria ser entregue pra família da empregada, seja parte dessa operação de acobertamento do caso. Se isso for aceitável, não seria absurdo deduzir que, talvez, a própria Isabel tivesse o silêncio comprado em troca de uma quantia que trouxesse alguma estabilidade pra sua família ou que a revelação feita pelo próprio Alfredo de que ele nunca fez a entrega dos dólares seja um indicativo de que Isabel nunca soube da existência desse dinheiro. Mas, é claro, isso tudo são especulações minhas, pra tentar explicar a participação desse dinheiro todo na lógica dos fatos. A minha expectativa é que os dois universitários voltem pro Brasil com informações que possam preencher todos ou pelo menos alguns desses *gaps*. E essa é a minha teoria... – Otávio olhou com expectativa para o maior executivo do jornal, em uma espera respeitosa e no aguardo do efeito que a apresentação de seu subordinado pudesse ter tido no alto nível de qualidade de procedimentos que caracterizava o estilo pragmático de liderança exercida por Humberto Salles em todos aqueles anos como administrador de um dos maiores veículos de comunicação impressa e digital do Brasil.

Otávio também sabia que qualquer conduta menos profissional originada em seu departamento colocaria em risco desnecessário a sua ambição de ocupar cargos mais elevados dentro da estrutura administrativa do jornal *Folha de Notícias*.

A sua própria carreira no jornal estava em jogo.

– E por que você acha que isso deve ser publicado, Silvio?

– Primeiro, em se confirmando todas as informações que ainda buscamos, por se tratar de uma informação exclusiva, que nenhum segmento de mídia tem ou teve acesso ainda. Depois, porque os nossos leitores têm o direito de formar uma opinião sobre este assunto, e também pelo fato aparentemente ter sido acobertado por mais de trinta anos. Terceiro, porque este incidente tem uma dinâmica bem peculiar: envolve alguém da alta sociedade daqui, uma pessoa de origem simples, militares estrangeiros e, ao que tudo indica, a família de um político influente de fora do país.

– Vou ser breve, senhores. Tenho uma reunião em quinze minutos. Se esses universitários trouxerem informações que agreguem valor pra uma reportagem sobre o que realmente aconteceu em 1976, terão a minha aprovação. Caso contrário, vou pedir pra que abortem a reportagem, pra evitarmos situações indesejáveis. Com a Senhora Altobelli , com a UniMetro e até com o Consulado dos Estados Unidos. Silvio, a sua exposição foi boa e parabéns pelo esforço. *Hmmm...* você poderia nos dar licença? Preciso despachar alguns assuntos com Otávio? Ah... e parabéns também pela cobertura da votação na universidade. Exatamente o que o jornal precisava...

– Muito obrigado, Sr. Humberto. Então, com licença e até mais tarde...

—— 409 ——

Silvio deixou a sala de reuniões executiva e voltou para a sua mesa, satisfeito com a sensação de ter feito uma boa apresentação e por ter o seu trabalho elogiado pelo presidente da empresa na frente de seu supervisor.

Passados somente uns cinco minutos do fim da apresentação de Silvio aos seus superiores, a secretária do presidente bateu delicadamente na porta da sala de reuniões e mostrou apenas a sua cabeça, olhando diretamente para Humberto com um ar de dúvida.

– Desculpe interromper, Sr. Humberto. O Silvio está aqui... Ele precisa falar com vocês dois e diz que é importante.

– Mas ele... tá... fala pra ele entrar.

Silvio entrou na sala com o rosto lívido e parecia agitado.

– Esqueceu alguma coisa, Silvio?

– Desculpe, senhores. Mas é que acabei de receber uma ligação de Laura Altobelli. Alfredo, o irmão dela, foi achado morto dentro da casa dele. E parece que temos mais informações...

Capítulo 53

Ecos de Ecoporanga

Quinta-feira, 19h20min – Walterboro.

Isabel ajeitou-se ao centro do sofá, na direção mais frontal da TV de plasma da sala de estar da casa da família LaVernne, tendo Ashley ao seu lado. Na poltrona à direita, Luca, filho de sua antiga amiga Laura; na poltrona à esquerda, Marcos, o jovem negro que havia conquistado o coração de sua Ashley. Ao vê-lo entrar na sala de sua residência pela primeira vez naquela tarde quente de Walterboro, ao lado da filha, Isabel entendeu de imediato o porquê do fascínio de sua menina pelo rapaz.

Tão logo pôde recuperar o seu controle emocional pelo encontro com Marcos em sua universidade, a jovem estudante ligou para a mãe, antecipando com segurança a surpresa que ela própria acabara de experimentar. Como Ashley havia previsto, sua mãe exigiu que os dois jovens fossem levados para a casa da família LaVernne. Ashley ainda ponderou que o seu estado de saúde ainda recomendava cuidados e a mãe argumentou dizendo que se ela viesse a morrer naquele dia com aqueles jovens brasileiros na cidade sem que ela tivesse tido a chance de conhecê-los, ela partiria deste mundo entristecida e que, enquanto fantasma, ela voltaria para este mundo para protestar com a filha até o dia em que elas se reencontrassem em um outro plano.

Ashley sucumbiu ao exagero da mãe, aos risos. Conhecedora das reações de Isabel como ninguém, sabia que o seu humor era um indicativo de que ela estava bem e forte.

Quando o trio chegou à residência, Ashley, aproveitando a presença dos dois estudantes, prontificou-se em relatar à mãe sobre todos os fatos mais delicados ocorridos no Brasil que ainda não haviam sido informados à Isabel até então: o encontro emocionante com o tio Dito, a trágica história do tio Bernardo, Iaciara, a tia índia brasileira, a entrevista na universidade para um jornal local, a foto em preto e branco de Lou com o repórter, a chegada em seu *flat*, após a matéria jornalística, o recado em seu celular e o *e-mail* no computador sobre a internação de sua mãe, o retorno às pressas para Walterboro e, finalmente, a chegada de surpresa dos universitários na sua cidade natal.

Isabel reagiu bem ao turbilhão de informações vindas de sua filha e também do rapaz loiro e de rosto extraordinariamente parecido com sua antiga amiga e com quem a mãe de Ashley nunca mais tivera a oportunidade de falar, desde 1976.

Pela voz e boca de seu filho Luca, Laura falou à Isabel e por quase duas horas a mãe de Ashley viu preenchida, pouco a pouco, uma lacuna que sobrevivia em sua alma, desde que chegara recém-casada, assustada e confusa nos Estados Unidos, ainda bem jovem.

Tudo o que se passou com a jovem amiga rica desde que se intoxicara e desfalecera em uma noite de carnaval, foi relatado por Luca para Isabel em detalhes: os dias passados no hospital, o retorno para casa, as tentativas de reencontrar a amiga Isabel, a conversa com o médico da família, a ida para a Suíça, o retorno para o Brasil, anos depois, o casamento com Giulli Altobelli, o nascimento e o sequestro do filho, a entrevista para o jornal, o pedido de ajuda ao repórter...

Surpresa, mas serena como sempre, Isabel ouviu um a um dos acontecimentos das últimas semanas que a ajudaram a resgatar todas as lembranças mais significativas de sua vida e que lhe trouxeram de volta a certeza de que a ida da filha ao Brasil tinha um propósito mais abrangente do que a coleta de dados para uma pesquisa acadêmica sobre um africano que fora escravizado e que depois viveria no Brasil e nos Estados Unidos, como Ashley lhe explicara de forma bem simples.

A própria filha, por fim, mostrou à mãe os dois exemplares do jornal *Folha de Notícias* dados à estudante pelo repórter antes do início do depoimento sobre a votação na universidade e que mostrava as entrevistas e as fotos feitas anteriormente com as mães dos dois alunos universitários; os mesmos rapazes que naquele exato instante dividiam o espaço de sua bela casa nos Estados Unidos e que se preparavam para acompanhar a exibição em video sendo preparada pela jovem anfitriã.

Luca, por sua vez, fez à Isabel um relato fiel e apaixonado sobre a sua mãe. Antes do embarque do seu filho, ainda no Brasil, Laura fizera questão de reafirmar ao seu menino sobre a importância do registro de sua eterna gratidão para a ex-auxiliar doméstica; a menina simples e solidária que a fez compreender o verdadeiro sentido da palavra "amizade". O filho da *socialite* esforçou-se em transmitir à mulher ao seu lado a sinceridade da mãe através de suas próprias palavras.

Luca também trouxera para os Estados Unidos um álbum com fotos da fase de retiro de Laura na Europa... o álbum de fotos do casamento e lua-de-mel em Ibiza... a fase de gravidez e do nascimento do filho... Luca pequeno, na escola, viajando, surfando, como calouro da faculdade e ao lado de Akemy, a namorada japonesa. Por fim, Luca tirou de uma pasta um retrato e mostrou-o a Isabel.

Era a foto em preto e branco do aniversário de Laura, tirada por uma vizinha, na qual Isabel aparecia tímida a um canto, ao lado dos pais e do irmão da jovem risonha e ingênua sentada em um chão acarpetado, em frente ao sofá. A foto que registrava em uma única tomada a imagem da amizade de outrora entre as mães de Ashley e de Luca.

Isabel pegou a foto e colocou-a na palma da mão. Olhou o retrato com ternura e alisou a imagem carinhosamente com os dedos da mão livre. Seu olhar pareceu retornar no tempo e deu a impressão de querer ficar lá, como se o retrato de momentos idos guardasse uma magia especial que se perdeu na evolução de uma vida e que naquele instante ressurgia através do retângulo estático e antigo em seu poder, emergindo lentamente da foto, abraçando a sua pessoa, os jovens em sua companhia, a própria sala, suas memórias e todo o resto do mundo.

Por alguns segundos, Isabel sentiu-se transportada para uma outra época. Sem que ela sequer o percebesse, seus lábios se moveram de forma pausada e sua voz se manifestou sobre o silêncio respeitoso de Ashley, Luca e Marcos. Uma afirmação que se materializou na forma de um desabafo, mais para as suas próprias reflexões daquele momento do que para o conhecimento dos jovens presentes na sala, e que manifestou a plenitude de sua sinceridade:

– Que tempo bom. Eu era inocente e era tão feliz...

Em um impulso, virou a foto ao contrário e leu uma frase escrita por Laura, na época da comemoração. A tinta da esferográfica mostrava-se já descolorida pelo tempo:

"Papai, mamãe, Alfredo e minha amada amiga Isabel no dia do meu aniversário. São Paulo, 31 de janeiro de 1975".

Isabel depositou a foto sobre o colo e abrigou carinhosamente o rosto de Luca entre as palmas de sua mão. Olhou-o nos olhos, com uma expressão que deu a Luca uma sensação de proteção ilimitada, como se ele próprio fosse filho daquela senhora. Por fim, a mãe de Ashley sorriu um riso franco. Em seguida, sentenciou ao filho da amiga que jamais se apagara de suas recordações:

– Luca, sua mãe foi uma pessoa muito importante pra mim, em uma fase muito difícil de minha vida. Se eu sentia alguma felicidade naquele tempo, foi só depois que me mudei pra cá que pude entender a atenção, o respeito e o carinho com que a sua mãe sempre me tratava. Ver você aqui hoje, na sala de minha casa, é como sentir a presença da amizade dela depois de todos estes anos. Minha vida mudou e eu também mudei muito desde que saí do Brasil, mas a bondade de sua mãe nunca saiu de mim. Obrigado, meu filho, por me trazer de volta tanta felicidade. Sua mãe também sofreu naquele tempo, mas, olhando pra estes olhos cheios de vida que você tem, menino, tenho a certeza que você trouxe pra ela muita luz e muita satisfação também. Você querer vir até aqui pelo bem da sua mãe, mostrou o seu verdadeiro caráter. Nunca deixe o ódio fazer de você uma vítima, Luca. Meu Deus... como você parece com a sua mãe! Vem cá, me dá um abraço. Agora você também tem alguém que lhe quer bem aqui nos Estados Unidos...

Ashley, depois daquela prova de fogo emocional da mãe, convenceu-se de que poderia exibir o vídeo gravado com tio Dito no Brasil. A jovem acionou o botão *"play"* do aparelho de DVD, cruzou os seus braços com os da mãe e entrelaçou os seus dedos na mão da bondosa senhora.

Por dois segundos uma imagem azul celeste apareceu na tela. Em seguida, um apito breve e uma sequência de imagens filmadas de dentro de um veículo em movimento, e que mostrava uma estrada de terra plana cercada por uma vegetação rasteira pelos dois lados, surgiu na tela. Por um breve instante, a câmera se desviou do horizonte e focou o motorista. Marcos, com as duas mãos no volante, fez uma careta para a câmera e voltou-se para a frente do veículo. Uma gargalhada discreta de Ashley ressoou ao fundo da imagem.

O foco muda e uma casa de alvenaria de cor clara aparece ao longe, à direita, e pela filmagem percebe-se uma mata densa ao fundo da residência... uma área coberta de tamanho menor na parte traseira da construção... ao lado direito, uma garagem aberta com um veículo em seu interior... alguns contêineres de lixo orgânico à esquerda... uma cerca vazada e longa à frente... o portão frontal... a varanda... a imagem vai se aproximando... um homem negro e de cabelos brancos andando pelo quintal... o homem parou e, na distância, percebeu a aproximação do carro na estrada... a câmera mostrou o homem levando a mão sobre os olhos para enxergar melhor... a imagem sumiu da tela.

– O que aconteceu, *honey*?

– Calma, *mom. Watch it...*

—— 414 ——

O foco da câmera voltou, agora com a imagem de uma miniatura de um carro de bombeiro ao lado de um enfeite indígena exótico e muito bem elaborado. A imagem deslocou-se devagar para a direita e um senhor negro idoso, de cabelos brancos e olhar simplório, encarava a câmera, sentado em um sofá vermelho simples e ao lado de uma mulher aparentemente mais jovem e de traços muito parecidos com algumas mulheres que Isabel tinha avistado havia muitos anos, quando passava de carro com Lou em uma área próxima de El Paso, quando o casal fazia um *tour* pelas estradas do sudoeste dos Estados Unidos.

Ashley sentiu os dedos de sua mãe envolverem os seus com mais força. Instintivamente, pousou a sua outra mão sobre o braço da mãe e repousou a cabeça sobre o ombro da mulher a quem tanto amava. Era um gesto que demonstrava que ela, a filha, estaria ali, ao lado da mãe, como a própria Isabel infalivelmente sempre esteve, por todos aqueles vinte e dois anos, toda vez que Ashley precisou dela.

– Posso falar agora...? – Tio Dito pareceu hesitar na tela digital. A pergunta foi feita em voz baixa, para alguém atrás da câmera, como se cometer uma falha em frente daquele aparelho que nunca tinha visto antes fosse um dos sete pecados capitais.

– Pode falar agora, seu Dito. Já tá filmando... – A voz de Marcos soava amistosa e paciente nos alto-falantes do *home theater* do recinto.

– ... Belinha, minha irmã. Desculpa... não *tô acustumado* com essas máquinas de hoje... Mas esses dois me pediram pra gravar alguma coisa pra você... Eles vão embora hoje. Não sei nem o que te dizer, minha irmã... A última vez que a gente se viu, você inda era uma *bitelinha*. Lembra? A gente se abraçou no aeroporto... Você chorou... e eu também... Os nossos pais morreram dizendo que estavam felizes pela filha deles ter ido pra um lugar diferente... Eu me casei depois que você foi embora. Essa aqui é a minha mulher, a *Ciara*.

A tela exibiu momentaneamente a mulher bronzeada ao lado de Benedito.

– Mas meu nome é Iaciara – completou a índia, inclinando-se um pouco mais em direção à câmera.

Dito continuou:

– Eu me aposentei tem pouco tempo... Fiz minha vida nos Bombeiros lá de Ecoporanga... Bom, eu e a Ciara juntamos um dinheirinho e compramos esse cantinho aqui na beira da estrada, em Patrimônio... Eu sou membro de uma cooperativa da comunidade aqui perto... lá a gente faz benfeitoria pro pessoal daqui da região que precisa de ajuda... Eu fico na parte que ensina capoeira pras criança de escola daqui... Eu ajudo a *fazê as matrícula* e oriento a meninada... Nós não temos filhos... a gente se dá muito bem e vamos tocando a nossa vidinha em paz... Você disse que ia escrever, Belinha... Mas nunca recebemos uma carta sua. Eu ainda fui pra São Paulo pra tentar *sabê* de alguma notícia sua, depois que você foi embora... fui lá na tia Zulema algumas vezes e ela nunca estava, e na última vez que procurei por ela fui informado que ela tinha ido embora sem deixar endereço... achei estranho. A gente aqui não sabia direito o nome da cidade que você morava... Senão, eu teria dado um jeito de escrever pra você... Depois que você foi embora, eu ainda tentei falar com os seus patrões lá de São Paulo também, mas o pai e a mãe da moça da casa viviam viajando e o irmão dela nunca me atendia... nunca. Eu só queria *sabê* de você... Mas se você é feliz e está bem aí nesse lugar, minha irmã, não tem problema. Nós aqui nunca esquecemos de você e eu sempre falo sobre você pra Ciara. Graças a Deus, eu soube de você, minha irmã... meu coração se apertou muitas vezes, esses anos todos. Eu já tinha perdido o Nado quando era menino... depois você foi embora... depois o pai e a mãe... Eu não me conformaria em morrer sem nunca mais saber de você...

– Mas você tem eu, Mutum... – Iaciara interveio, em um protesto carinhoso.

– Verdade... É isso mesmo, minha irmã. Ainda bem que Deus colocou a *Ciara* no meu caminho. Ela toma conta de mim e é companheira a toda prova. Ela é meio brava com bagunça... parece você! Lembra das vezes quando eu ia te visitar em São Paulo? Você não deixava eu nem andar pela casa dos granfino pra eu não mexer em nada... Eu tinha que ficar só no seu quarto e eu ficava lá bem quietinho... A... *Ashli*... desculpa, esses nomes do estrangeiro... nossa, Belinha!... como essa menina parece com você!... e ela me enganou direitinho... chegou aqui de chapéu, lenço na cabeça, óculos... depois foi só surpresa... Tô muito feliz, minha irmã... Meu coração tá se sentindo mais leve agora... parece que acordei de um sonho ruim... Li a carta que você escreveu pra mim... Vou mandar umas coisinhas pra você, daqui da terrinha... Ainda tem muita coisa pra te dizer, Isabel, e eu vou ter que te falar por essa máquina desses meninos... tudo o que eu quero te dizer tá aqui, ó, minha irmã...

Dito colocou a mão sobre o peito.

– Mas ainda tem uma coisa, pelo menos, que eu preciso falar pra você, minha irmã... você sempre foi e sempre será a minha princesinha preta e pela sua felicidade e pelo seu bem, eu faria tudo de novo... Alguma coisa sempre me disse que um dia a gente ainda ia se falar de novo... Agora que sei que você taí, a gente não vai se perder nunca mais... se eu tiver que ir pra esse lugar a pé, eu vou... Vou pedir pra esses meninos me ensinar como mandar carta pra onde você está... Aqui na chácara a gente recebe cartas normalmente... E se um dia você visitar a gente... Bom, por enquanto é só... Você sabe que o seu irmão nunca foi bom pra falar, né...? Fica com Deus, minha irmã. Minha sobrinha me fez nascer de novo. Até um dia... É isso mesmo...? Era assim...?

Ashley desligou o aparelho e todos olharam para Isabel. Emocionalmente tocada, mas firme, ela continuava com os olhos fixos na tela escura, como se o filme ainda estivesse em projeção. Por fim, olhou para o teto e exalou um suspiro de nostalgia e satisfação. A sua tarde havia sido inesquecível e o complemento viera com a imagem, a voz e o depoimento do seu velho irmão Dito. Um amor sanguíneo tão longe e ao mesmo tempo tão próximo; graças à abnegação da filha, à ajuda de Marcos e à praticidade da tecnologia moderna. As lágrimas que ameaçaram descer-lhe pelo rosto eram de felicidade e alívio.

Luca decidiu quebrar o silêncio:

– Nossa, Dona Isabel... eu deveria ter pensado nisso também. Mas não tive muito tempo. Da próxima vez...

– Obrigada, Luca. Mas também estou muito feliz por você estar aqui. E, além disso, você está aqui em carne e osso. Ashley, *my baby*... só não entendo por que o meu irmão Dito disse que não respondeu às minhas cartas. Eu escrevi muitas vezes pra minha tia Zulema... eu pensei que as cartas tinham chegado até o meu irmão e meus pais. Estranho... nas cartas que mandei para o Brasil, eu informei o endereço daqui para o meu irmão e o meu irmão não me escreveu. Não consigo imaginar...

Ashley gesticulou em silêncio, em uma indicação de que também não tinha uma resposta para a dúvida repentina da mãe. Luca lembrou-se de uma história contada pela sua mãe sobre Isabel e, entusiasmado, interpôs-se no diálogo entre mãe e filha.

– Dona Isabel..., a minha mãe me disse que uma vez...

Ashley percebeu a vontade de Luca em querer conversar com Isabele e cedeu o seu lugar no sofá, sentindo que a sua mãe e o filho de sua antiga amiga teriam algumas histórias para compartilhar. Aproximou-se de Marcos, que retirava o disco digital do aparelho de DVD para guardá-lo em sua caixa, antes de entregá-lo para Ashley.

– *Thanks, Marcos. I really appreciate it.*

– *Oh... in English?*

– *Well, we´re in my country now* – disse Ashley, com o brilho peculiar de seu sorriso.

E os dois passaram a se comunicar na língua pátria de Ashley.

– Nada mais justo. Afinal, as nossas posições se inverteram. Eu já tinha me acostumado a ouvir você falando português e...

A jovem interrompeu Marcos educadamente.

– Só um minuto.

Ashley voltou-se para Isabel e sugeriu:

– *Momy*... vamos lá para os fundos, perto de piscina? A noite está quente e gostaria que eles conhecessem aquela parte de casa.

– Tudo bem, *baby*. Vou pedir para a Marita levar sucos e alguns *appetizers* pra nós.

Todos chegaram à área dos fundos, perto da abertura de água azulada que àquela hora já tivera o seu sistema de iluminação ativado, o que realçava elegantemente a beleza da arquitetura do local. Percebendo o engajamento da conversa entre sua mãe e Luca, Ashley discretamente levou Marcos para os dois bancos colocados no lado oposto da piscina. Ali poderiam conversar com privacidade. Agora era a sua emoção com a proximidade de Marcos que predominava na noite, entre todas as emoções que o seu jovem coração já havia experimentado pela manhã e durante a tarde.

– *Wow*... você aqui em Walterboro... difícil de acreditar.

– É... eu penso a mesma coisa. Engraçado, conhecer você me fez ir a lugares que eu nunca pensei que fosse visitar um dia. Eu tava um pouco assustado com essa história toda, mas no final, valeu a pena... Olha a felicidade da sua mãe.

– Poucas vezes eu vi esse sorriso no rosto dela... Mas que ideia foi essa de vocês dois virem aqui para Walterboro juntos?

– Inacreditável. Não sei se você sabe, mas a minha chapa perdeu a votação pra chapa do Luca. Eu e meu pessoal estávamos tristes, é claro, mas já planejando o terreno pro pessoal que vai assumir a chapa no ano que vem, já que alguns de nós já estaremos formados. Aí veio a hora do discurso de vitória do Luca... Pra surpresa de todo mundo, ele mandou um belo discurso conciliador e, como representante da chapa vencedora, disse que o resultado da votação seria respeitado pra este ano, mas que haveria instruções pros sucessores da chapa Tradição trabalharem juntos com a chapa Igualdade na organização, divulgação e realização da 1ª Semana da Cultura Afro-brasileira, no campus da Universidade Metropolitana no ano que vem. Ele ponderou que, por causa de uma distorção conceitual sobre o assunto, a estratégia de campanha de sua chapa foi feita de uma forma viciada, contaminando, foi isso mesmo o que ele disse, o juízo sobre o valor da diversidade no campus da universidade, inclusive na divulgação da proposta junto aos eleitores simpatizantes da Tradição. E depois que ele acabou o seu discurso, ele me chamou e ao meu pessoal pra subirmos ao palco e cumprimentou um por um de nós e depois fez com que o pessoal da chapa dele fizesse a mesma coisa. Foi uma surpresa muito grande pra todo mundo... Até pra quem não participou da votação.

– Mas... por que essa mudança de posição?

– Bom... depois daquilo tudo, ele me chamou pra uma conversa em particular. Nós fomos até um *shopping*... Só eu e ele. Ele me contou umas histórias... me falou do sequestro de que ele havia sido vítima. Eu já tinha ouvido falar da história do sequestro, por sinal... daí ele me falou da terapia que fazia, enfim... Me falou da história da mãe dele, da entrevista dela com o repórter do jornal que fez matéria com a minha mãe e com você... Depois ele me falou de um encontro com um menino de rua em um farol de rua... ele começou a chorar na minha frente... falou que aquele menino mexeu com ele e fez ele enxergar melhor as coisas. Daí ele decidiu vir aos Estados Unidos pra encontrar a sua mãe, pelo bem da mãe dele... parece que o próprio repórter do jornal tinha uns contatos lá na faculdade... conseguir os seus dados não foi difícil. Foi aí que ele me convidou pra vir pra cá com ele... eu caí pra trás... ele me disse que o inglês dele não era muito bom, tinha inglês de surfista! E, além disso, o fato de eu ter convivido um pouco com você poderia facilitar o contato com a sua mãe... Eu tinha planos de vir pros Estados Unidos, mas só quando estivesse trabalhando e ganhando o meu próprio dinheiro... enfim, então eu disse que aceitava... falei com os meus pais, eu já tinha passaporte, mas não tinha o visto dos Estados Unidos... aí o pai dele e o meu irmão fizeram algumas ligações e o visto saiu sem problemas... A mãe dele providenciou as reservas no hotel, no Hampton Inn daqui da cidade, adquiriu as passagens pra nós dois e... aqui estamos! Por sorte, chegamos na manhã anterior da sua apresentação; do hotel eu fiz contato com a administração da Salkehatchie, e começamos a procurar por você. Descobrimos que você faria a apresentação no dia seguinte e pedimos permissão pra ter acesso ao auditório. Quando eu disse que nós éramos estudantes da universidade parceira do programa que recebeu você no Brasil, tudo ficou mais fácil. Dei os nossos nomes e quando chegamos em Salkehatchie, as nossas credenciais já estavam prontas na recepção.

Sentamos no fundo pra não tumultuar a sua apresentação. Eu falei pro Luca que se sentássemos mais à frente poderíamos atrapalhar a sua concentração...

Ashley olhou o brasileiro nos olhos e sentenciou:

– Não tenha a menor dúvida, Marcos.

Pela primeira vez, desde que conhecera Ashley no Brasil, Marcos retribuiu aquele olhar com a mesma intensidade. Desta feita, sentia-se seguro e decidido.

– Tem uma coisa que eu ainda não disse, Ashley...

– Sim...?

– A causa é nobre e eu viria pra cá, mesmo se você não estivesse nesta história toda. Mas saber que eu iria ver você foi mais do que importante pra eu estar aqui agora. Quando eu li o seu bilhete de despedida, eu pensei que nunca mais fosse te ver.

Ashley virou-se na direção da mãe e Luca. O som de boas risadas cruzava a placidez da piscina iluminada ao centro do terreno, e chegava aos ouvidos da jovem, que se esforçava em controlar a felicidade por sentir a proximidade de Marcos ali, no lugar em que se sentia a jovem mais livre do mundo. Curiosamente, a água azulada da piscina dividia em duas duplas quatro vidas interligadas entre si.

O céu de Walterboro era de uma escuridão espetacular para os olhos dos dois visitantes e a beleza do firmamento da Carolina do Sul noturno era particularmente decorada, naquela noite, por estrelas cintilantes e de tamanhos diversos. Aquela visão tornava o momento digno de ser congelado e memorizado para todo o sempre.

– Será...?

– Como assim? Você não acredita em mim? Explico melhor, senti muito a sua falta. A frase está correta?

– A frase está gramaticalmente perfeita, mas... desculpe, Marcos... eu não acredito.

Marcos agitou-se. Durante todo o voo de Guarulhos até Atlanta, de lá até Charleston e depois no deslocamento de carro até Walterboro, aguardara por aquela chance de ficar a sós com Ashley e confessar todo o sentimento que nascera e crescera dentro dele e que explodira com um vulcão depois que ele soube que a jovem ao seu lado havia retornado às pressas para os Estados Unidos.

– Mas... por quê? O que estou dizendo é verdade. Eu nunca... Ah, acho que já sei. Foi naquela noite, quando dancei com a Mariel na Bahia, certo? Olha... foi ela quem me provocou... eu não tive como evitar...

—— 420 ——

– Já sei... o tal: "*sou homem e essas coisas acontecem... mostrar o meu poder... aumentar o meu território e a minha prole...*", não é isso?

– Desculpe, Ashley... mas, você nunca... mas afinal, o que você pensa de mim?

Ashley virou-se para Marcos de novo. Ele, por sua vez, ao ver os olhos amendoados daquela jovem negra, teve a certeza de que aquele rosto bonito nunca lhe parecera tão carente. O jovem sentiu-se com vontade de abraçá-la ali mesmo e mostrar à Ashley, à Isabel, ao Luca, às estrelas de Walterboro e ao resto do mundo todo, o carinho que se avolumava em seu peito, mas conteve-se.

Ashley sentiu que não podia esconder mais:

– Você é alguém por quem eu sempre procurei nos Estados Unidos e que só fui achar no Brasil. Por incrível que pareça...

– Então por que você não está acreditando no que estou lhe dizendo?

– Dançar com Mariel não foi problema. Foi ali que tive a confirmação de que algo estava acontecendo comigo, em relação a você.

– Então existe algo de você em relação a mim... é isso?

Ashley sentiu-se traída pela sua própria sinceridade, mas mesmo assim resolveu ir em frente.

– Sim... mas não daria certo. Você tem uma coisa que para mim seria um problema...

– E qual problema é esse? Posso saber?

Ashley respirou fundo e sua voz soou amarga e contida, carregada de um timbre que Marcos identificou como ciúmes.

– Você se lembra do primeiro fim de semana depois que retornamos da viagem para... *E-co-po-ran-ga...*?

– Sim, me lembro. Eu havia convidado você pra ir pra Campinas comigo pra assistirmos a apresentação do representante da organização SIFE e eu disse que provavelmente eu e você poderíamos tomar um sorvete ou algo assim, após o evento, mas você disse que estava cansada e que precisava atualizar alguns dados pra sua pesquisa. Eu insisti no convite e você insistiu na recusa. Eu queria muito que você fosse comigo... Mas enfim, como você não podia, eu aproveitei a tarde pra me reunir com o pessoal da minha chapa na universidade. A gente precisava discutir algumas coisas antes da votação...

– *OK*. Bem... eu resolvi trabalhar na minha pesquisa lá na biblioteca da universidade. Eu estava na cantina e vi quando você chegou na universidade com duas meninas, passou pelo pátio e foi na direção da quadra de esportes. Eu ainda tinha uns relatórios para digitalizar e voltei

421

para a biblioteca. Depois me lembrei do seu convite para o sorvete e pensei: "Por que não?" Eu já tinha adiantado muita coisa e resolvi ir até a quadra e ver se o seu convite ainda estava de pé. Quando cheguei à entrada do ginásio, passei pela vidraça, parei e vi que vocês estavam em reunião e...

– E...?

– Eu vi, Marcos. Você estava sentado na arquibancada... com uma das meninas sentada no seu colo e você estava com as mãos na cintura dela! E não diga que é mentira!

Marcos olhava estarrecido para Ashley. Lembrou-se em detalhes da tarde de reunião com o pessoal de sua chapa e a proximidade de Bruna sentada em seu colo, na quadra.

– Ash... eu me lembro... mas, por favor... acredite em mim... Bruna... é uma amiga. É o jeito dela...

– É o jeito dela? Sentando no seu colo daquele jeito na frente de todos? Imagina o que vocês não fariam se estivessem sozinhos em outro lugar...

– Não, Ash... você está enganada. Não tem nada entre eu e ela.

– O que você tem que vive atraindo meninas brancas para o seu lado?

– Bem... se é este o problema, estou com a minha consciência tranquila.

– Tranquila?

– Sim, isso mesmo: tranquila. Sabe por quê? Se é verdade que eu atraio garotas brancas, por outro lado, quando você foi embora do Brasil, eu descobri que eu estou apaixonado pela menina negra mais linda e mais espetacular que eu já vi na minha vida.

Ashley desta vez olhou para Marcos por longos segundos, sem resposta para o que acabara de ouvir. Depois, soltou um longo suspiro. Por fim, a jovem abriu um sorriso tímido, antes de sentenciar:

– Sinto muito...

– Sente muito? Não foi o suficiente?

– Foi. O problema é que não posso te beijar aqui, agora.

Na hora Marcos lembrou-se do diálogo que tivera com o pai, dentro do automóvel da família, quando o bom e velho Livaldo profetizara:

– *Você não "sabe", filho, você "sente". E um dia isso vai acontecer com você.*

"O dia do sorriso tímido" chega pra todo mundo... hehehe

A simplicidade da sabedoria do pai de Marcos havia funcionado em toda a sua plenitude sobre o filho...

Ashley olhou em direção à Isabel. Acenou com uma das mãos e piscou discretamente um dos olhos para a mãe. Uma frase lhe veio à mente:

– *"Então siga os seus instintos, baby..." – disseram-lhe o pai e a mãe, em situações e locais diferentes.*

A única visão em comum entre Isabel e Lou Thomas funcionara bem e de forma definitiva para Ashley Santos LaVernne, naquela noite inesquecível, em Walterboro.

Depois, feliz e quase realizada, estendeu a sua mão e ofereceu-a a Marcos, que a envolveu na sua com força, determinado a não deixá-la escapar nunca mais.

Marcos sorriu e indagou:

– E quando vou conhecer o seu pai?

O tom de voz alterou-se bruscamente para um tom bem menos amistoso.

– Ele está em Nova Iorque. Deve chegar no domingo. E depois que vocês forem embora, tenho que falar com ele. Descobri algo a respeito dele... Muitas coisas vão mudar daqui em diante. Para mim e para minha mãe. Olha como ela está feliz...

CAPÍTULO 54

Fatos

Alfredo Magalhães de Medeiros foi encontrado sem vida em seu apartamento, após a desconfiança de sua irmã Laura ao não obter retorno de suas ligações telefônicas. A irmã acionou os seus advogados, que em menos de uma hora tomaram todas as providências para que uma unidade da polícia do bairro fosse até o endereço do irmão.

Ao conseguirem entrar no local, os policiais encontraram Alfredo em seu quarto, sem camisa, deitado de bruços. Ao lado da cama, várias garrafas de uísque vazias, um prato de porcelana grande utilizado para servir pizzas, abarrotado com pontas de cigarro amassadas e enegrecidas. Três caixas com medicação de tarja preta foram encontradas vazias e espalhadas ao chão. Próximo à região bucal de Alfredo, um líquido pastoso, esverdeado e mal cheiroso, manchava o lençol. Com um lenço sobre o nariz, um dos policiais escancarou a janela do local, permitindo a entrada do ar fresco que minimizaria os efeitos enjoativos do cheiro insuportável do cômodo, acentuado pelas horas decorridas desde o óbito e pelo acúmulo do odor provocado pela clausura da porta e da janela do quarto.

Em um móvel do outro lado da cama, uma carta de despedida escrita à mão e endereçada à irmã. Dessa vez não houve um anjo da guarda que pudesse salvar um Magalhães de Medeiros do envenenamento.

Na carta, Alfredo pedia desculpas à irmã, por não ter dito a verdade. Pelo menos não a verdade toda... E por não ter revelado que a quantidade de dinheiro a ser entregue para a família de Isabel, cuja origem o pai nunca informara, era bem maior do que a que ele havia revelado para ela, ao sobrinho e ao jornalista, no dia em que os três se reuniram na casa dos Altobelli. Alfredo relatava, em sua carta derradeira, que a pequena fortuna, entregue em suas mãos pelo pai, deveria ser distribuída em duas somas distintas: uma parte para Zulema, a tia de Isabel, onde a ex-empregada da família ficava nos fins de semana, e a outra para o Dr. Matias Tavares, o médico particular dos Magalhães de Medeiros, que,

—— 424 ——

soube-se mais tarde, havia elaborado um diagnóstico clínico questionável para convencer a irmã a "se recuperar" fora do país.

Alfredo recebera a missão de fazer a entrega do dinheiro de forma expressa e sem qualquer outra justificativa ou explicação que pudesse ser dada pelo pai.

De fato, dias após a entrega da mala com o dinheiro passada pelo pai ao filho, o irmão mais velho de Laura procurou separadamente pela empregada e pelo médico, quando os pais de Alfredo já estavam em mais uma longa viagem para fora do país.

As somas entregues individualmente por Alfredo, entretanto, foram consideravelmente menores do que as determinadas pelo pai. A ambição do filho falou mais alto e a partir dali os fatos tomaram outro rumo...

Como o pai passava longas temporadas fora do Brasil, o médico entrou em contato com o filho, após a entrega da primeira e supostamente única soma, e passara a exigir mais dinheiro de Alfredo pelo seu silêncio. O clínico geral passou a ameaçar ostensivamente o filho mais velho dos Magalhães de Medeiros. O doutor disse que tornaria pública a atitude da família em relação a alguns fatos envolvendo Laura Magalhães de Medeiros, mesmo que aquilo lhe custasse a sua carreira médica.

Foi somente a partir da primeira ameaça, feita a Alfredo via telefone, que o tio de Luca confirmou sua desconfiança de que o silêncio do médico da família havia sido comprado anteriormente pelo patriarca dos Medeiros, mas que depois, aquele mesmo silêncio passara a ser objeto de extorsão sistemática pelo Dr. Matias Tavares junto ao filho.

Alfredo confessou de punho próprio, na carta, que fora ele o responsável pela encomenda do assassinato do Dr. Tavares, morto em 1978 e logo após aquele telefonema ameaçador, durante uma tentativa de assalto, segundo o noticiário policial da época.

Na reunião que teve com a irmã, o sobrinho e o "biógrafo", antes de cometer suicídio, Alfredo, embora de fato desconhecesse a origem do dinheiro sob sua guarda, omitira propositalmente aos três a evidência de que sofrera uma tentativa de extorsão, ocasionada pelos acordos misteriosos feitos pelo pai. Não disse também que, seduzido pelo dinheiro sob sua tutela, encontrara "soluções próprias" para não ter que ceder às pressões. A omissão proposital sobre a quase extorsão sofrida por ele naquela época estava diretamente ligada ao álibi para o seu padrão de vida exorbitante por todos aqueles anos, uma vez que ele havia tomado para si quase todo o dinheiro.

O velho homem mentiu até os últimos instantes de sua vida infeliz...

A carta de despedida informava também que Alfredo seguiu apenas parte das instruções do pai e que ele entregara uma pequena parte do dinheiro sob a sua responsabilidade para a tia de Isabel, que fora a única pessoa a quem a ex-empregada havia procurado, após todos os acontecimentos na noite do incidente e dias depois da internação da amiga no hospital.

A orientação dada de forma opressiva à Zulema, uma doméstica falante e gananciosa, era para que ela pegasse uma parte daquele dinheiro, agora todo dela, e se mudasse para algum lugar fora do estado de São Paulo. Ao ver aquela quantia em dinheiro vivo com a qual jamais sonhara, a empregada sucumbiu e acatou as instruções dadas pelo representante dos patrões de sua sobrinha.

Zulema mudou-se para o Mato Grosso, algumas semanas após o encontro com Alfredo. Todas as cartas de Isabel vindas dos Estados Unidos nos primeiros anos, sempre enviadas para a tia e que deveriam ser entregues aos familiares da ex-empregada no Espírito Santo ou à Laura, eram entregues nas mãos de Alfredo, que por sua vez, tratava da destruição imediata das correspondências. Após a morte do médico da família, Alfredo confessou na carta que se viu em pânico. A escrita expiatória informou a quem a lesse que o homem corrupto e sem escrúpulos perdeu o controle sobre os seus atos. Com medo e acuado pelo desespero, o irmão de Laura também providenciou o silêncio definitivo de Zulema, pouco tempo depois.

O homem morto reafirmou na carta a aplicação do dinheiro obscuro que o pai lhe passara. Os investimentos efetuados por ele deram o retorno esperado e propiciou a renda que manteve para ele um nível de vida acima das possibilidades de quem não tinha uma ocupação remunerada. A carta terminava com a informação de que o velho Magalhães de Medeiros havia falecido sem nunca mais tocar no assunto do dinheiro com o filho, talvez sob a certeza de que todas as providências haviam sido tomadas corretamente por Alfredo.

Ao fim da carta, Alfredo pedia pelo perdão da irmã.

* * *

Delta Airlines. Voo de retorno para o Brasil. Classe econômica. Os dois universitários sentavam-se lado a lado. Marcos ocupava o assento da janela. Luca lia um livro dado de presente por Ashley sobre a História de Waterboro. A lembrança fora dada ao filho de Laura na tarde em que o trio fizera um *tour* pela cidade e redondezas, um dia antes do embarque de volta para casa. Marcos recebera um outro presente, bem mais marcante e íntimo, cujos efeitos ainda se faziam sentir em seus músculos, nervos e coração.

Olhava para o topo das nuvens sob as asas e turbinas à sua direita e sentia-se realmente no paraíso, ao se lembrar dos momentos em que conseguiu ficar a sós com Ashley, quando Isabel arrastou Luca para os centros de compra da cidade, juntamente com Marita, para a compra de presentes que pudessem ser entregues à Laura no Brasil.

Marcos e Ashley conheceram o amor em toda a sua plenitude e o jovem sorriu feliz ao constatar que, mais uma vez, os ensinamentos de seu pai estavam corretos e que as águas azuladas da piscina da casa dos LaVernnes foram o berço para a consumação do amor entre dois jovens negros formosos que, nus e abraçados, se perguntavam se o encontro dos dois fora obra do acaso ou o resultado de um plano superior projetado para que dois corações afortunados se atraíssem, se unissem e se completassem, em uma combinação de fatos e sentimentos que traduziriam e sintetizariam o verdadeiro sentido da palavra felicidade.

Luca interrompeu as reflexões de Marcos.

– Marcos, o que quer dizer *"settlers"*?

– *Settlers...* quer dizer habitantes, mas tem a conotação dos primeiros a chegar à uma determinada localidade... meio parecido com pioneiros.

– Ah... faz sentido. Que vergonha, *né*? A minha mãe é poliglota, o meu pai domina o espanhol como poucos e eu só falo o "inglês de praia"...

– Nunca é tarde, meu chapa. E o livro, é bom?

– Muito bom. Eu não imaginava que essas cidades pequenas dos Estados Unidos eram tão interessantes e tão ricas em história...

– Pois é... O que você achou da visita lá no museu onde a Ashley trabalha?

– Que coisa, hein? A história dos negros nos Estados Unidos é tão dura quanto a dos negros brasileiros, sem dúvida.

– Mas a união de esforços por uma causa comum é sempre possível. Independentemente da cor da pele. Olha só nos dois...

– É verdade...

– Obrigado, Luca.

– Obrigado por quê, Marcos?

– Obrigado pela chance de eu poder vir pra cá com você. Ver a Ashley de novo foi muito bom pra mim.

– Não me leve a mal, mas deu pra perceber. Você se transformou quando ela entrou no palco do auditório pra fazer a apresentação dela... Eu fico assim, quando sei que vou ver a Akemy.

– E ela?

– Vai pegar a gente no aeroporto, junto com a minha mãe. Tô com muitas saudades...

– Sua mãe vai ficar muito feliz também.

– Ah... pode ter certeza. Mas dá pra entender... A Isabel me entregou um envelope lacrado pra ser entregue pra ela. Não sei o que é, mas é pra ser entregue só na mão dela. E olha que as duas já se falaram pela internet! As duas eram amigas mesmo... viu como choraram, quando se viram na tela? Obrigado também, Marcos.

– Obrigado por quê, velho?

– Sua presença aqui foi muito importante e você se revelou uma grande pessoa. Não vejo problemas em nos tornarmos amigos, depois que chegarmos ao Brasil...

– Por mim tudo bem, Luca... mas, já me falaram dos comentários que você faz sobre os negros, quando não tem nenhum por perto...

– Marcos, pode acreditar... aquele menino de rosto magro e doente, condenado mas idealista, que um dia parou ao lado do meu carro naquela avenida movimentada, foi o último negro a quem eu julguei baseado só na cor da pele.

Marcos olhou para Luca e sentiu sinceridade em seu olhar. Com um sorriso no rosto, ofereceu ao jovem bem nascido um cumprimento de surfista que aprendera vendo um filme sobre a Austrália.

– Então tá valendo... meu *"bróde"*.

– É isso aí... *"mano"*.

Uma mão negra e outra branca se cumprimentaram com os polegares entrelaçados e voltados para cima. As nuvens alvas do voo de cruzeiro testemunharam a significância daquele aperto de mão sincero e promissor.

Coincidentemente, a aeronave acabava de entrar no espaço aéreo brasileiro, no extremo norte do país.

* * *

A reportagem de Silvio sobre a votação no campus da Metropolitana tivera uma excelente repercussão no meio jornalístico e junto aos leitores históricos do jornal *Folha de Notícias*, exatamente como o diretor Humberto Salles almejava. Silvio conquistou o reconhecimento dos seus superiores e o respeito de seus colegas. Recebeu a promessa de Otávio que caso a sua promoção para o cargo aspirado se concretizasse, indicaria o seu nome para substituí-lo, na função de supervisor de sua área. Feliz com a possibilidade, Silvio já havia estabelecido para si uma primeira ação: fazer com que Hugo, o office-boy do andar, concluísse um curso de comunicação, para que ele fosse efetivado como repórter do caderno de informática.

Sentado à frente do monitor, o repórter lia o *e-mail* ainda aberto e enviado por Laura, que o convidava para ser o monitor da biografia de sua vida, ainda a ser desenvolvida por um escritor famoso do circuito chique da sociedade paulistana. A ideia inocente de Luca seria levada adiante... Pensaria a respeito.

Silvio também descobriu que o homem misterioso com quem se encontrara na porta do Planetário e que lhe passou as informações sobre os fatos de 1976, era o pai da funcionária do setor de vistos do Consulado Americano, amiga de Daniela, a mesma que lhe ajudou a localizar e contatar Samuel Feitosa em Guaratinguetá.

Da sua segunda ida ao Vale do Paraíba, ocorrida no fim de semana anterior, o jovem repórter ainda tinha na memória a expressão de alegria do antigo jornalista do Consulado Americano, ao ver Silvio estacionar o seu veículo à frente da residência da família Feitosa, logo cedo, no domingo, após aceitar, depois de alguns telefonemas, o convite de Dona Thereza para um almoço na casa do casal.

Maior ainda foi a alegria do casal Feitosa ao ver o jovem repórter descer do carro em companhia de uma jovem alta e bonita, extremamente atraente em seus trajes discretos e comportados. No meio do almoço, seu Samuel e Dona Thereza receberam o convite para serem os convidados de honra do noivado de Silvio e Luísa, a funcionária administrativa da Universidade Metropolitana.

* * *

A prisão dos assassinos do jornalista Nico Santana, da *Folha de Notícias*, foi facilitada pela conexão encontrada pelas investigações da polícia, que comprovaram que se tratava da mesma quadrilha que havia sequestrado o estudante Luca Altobelli. Um dos criminosos, o tal Zoinho, já estava sob vigilância policial e foi preso durante uma batida na favela em que se escondia. Uma grande quantidade de *crack* foi encontrada em seu poder, bem próximo da comunidade onde Nico desenvolvia uma outra reportagem. Foi dali que o falecido repórter levantara a informação de que haveria uma grande entrega de maconha e cocaína para um traficante nas proximidades, com possibilidade de derramamento de sangue entre facções rivais, devido a disputa de pontos de venda de drogas. Nico Santana morreu no cumprimento do dever, quando estava em vias de alertar as autoridades policiais sobre a operação.

A repercussão da morte do jornalista atraiu a atenção de grande parte da mídia nacional. O governo estadual determinou empenho nas investigações *"para que uma resposta rápida fosse dada à sociedade"*. As operações policiais constantes e ostensivas inibiram por um tempo as ações do narcotráfico local e, em menos de dois meses após o crime, todos os responsáveis pelo assassinato do repórter estavam na cadeia.

Preso e depois interrogado, Zoinho confessou para a polícia que ele e o restante do bando passaram a desconfiar da presença de Nico na quebrada. O repórter foi abordado pelos criminosos ao sair de uma *Lan-house* no entorno da favela e levado para um matagal, onde resolveram pela sua eliminação. Depois da confissão de Zoinho, a mulher do bando, a tal "Gê", foi presa na saída de um baile em um clube comunitário mal frequentado. Outro membro foi preso no centro da cidade e o tal "Téia" morreu em uma troca de tiros com a polícia, durante a fuga após uma tentativa de assalto mal sucedida em uma farmácia do subúrbio.

* * *

Ashley sentou-se apressadamente na cadeira aos fundos do fast food próximo do campus de Salkehatchie, onde às vezes costumava ir quando decidia variar um pouco a sua dieta quase sempre à base de pouquíssimas calorias. Ainda naquele dia, haveria de retornar para a universidade para a entrega de alguns trabalhos ordinários que se acumularam durante a sua ausência de Walterboro. Lou chegara à cidade na tarde anterior para passar parte da semana na cidade, um dia depois do retorno de Marcos e Luca para o Brasil.

Pai e filha mal se viram, pois Ashley levara os rapazes até o aeroporto de Charleston e de lá visitara uma amiga em Long Head Island, passando o pernoite de sábado tomando sorvete e falando sobre seu giro pela terra natal da mãe e o seu início de romance com um rapaz negro brasileiro,

— 430 —

chegando em Walterboro somente no domingo, exausta e decidida a dormir bem para o dia seguinte.

Lou já havia chegado no estabelecimento e lia distraidamente um jornal local, sentado em um dos lados da mesa dos fundos da casa, bem próximo à janela, em uma posição que permitia a visualização do trânsito da avenida principal, já um pouco intenso pela proximidade do horário de almoço.

Ashley depositou o seu celular sobre a mesa e sentou-se do outro lado.

– Olá, *baby*... quase não nos...

– Lou, eu não tenho muito tempo, portanto vou direto ao assunto.

A voz de Ashley soou ríspida e pouco amistosa. Em seguida, a jovem enfiou a mão em sua bolsa e tirou de lá uma foto colorida, ao que tudo indicava recente, de uma mulher bonita, de uns trinta e cinco anos aparentes, de pele escura, traços finos e rosto alongado. Ao ver a imagem da mulher, Lou não teve como evitar o embaraço e um leve ar de surpresa. Desagradável, sim. Inesperada, nem tanto.

– O que você pode me dizer sobre... Imani Obong Phillips, Lou? Vou desprezar os detalhes inúteis que você possa me dizer sobre a sua canalhice. Mas eu faço questão de ouvir sobre o assunto de sua própria voz, para que você se compadeça de sua própria vergonha, se tiver alguma. Sobre a vida dela eu já consegui todas as informações que eu preciso. O que eu quero saber de você é sobre o seu envolvimento com ela...

– Envolvimento...?

– Lou, se você tentar negar será pior. Não faça a sua falta de compostura ficar ainda pior. Não fica bem para um ex-Marine. Não um ex-Marine com honra... Quem é Imani Phillips? Eu liguei para o seu gabinete, precisava falar com você sobre a mãe, e um adjunto novo do seu setor pensou que eu fosse a tal... Liguei de novo, me identificando como a própria e o resto foi fácil. Se eu achei Baquaqua pela internet, uma delegada da ONU... Já sei sobre a sua vida dupla, Lou. Mas quero ouvir de você. É uma boa chance para você sair dessa com um mínimo de dignidade. Estou aqui para você magoar somente a mim, como você já fez durante toda a minha vida. Pedi este encontro para que o sentimento que surgir aqui hoje não afete a minha mãe, que já tem muitos problemas e que já passou muitos anos da vida dela sendo menosprezada por você.

Lou Thomas jogou-se para trás e olhou para a filha. Continuar negando seria ridículo. Por mais que tivesse tentado protelar, em seu íntimo sabia que, mais dia ou menos dia, aquele momento chegaria.

—— 431 ——

Não obstante a sua surpresa momentânea, o pai da jovem passara todos aqueles anos, desde o nascimento de Ashley, ensaiando para a sua hora da verdade.

– Imani é a mulher com quem eu vivo em Nova Iorque, Ashley. Ela é uma delegada da ONU, sobrinha de um ex-embaixador do Quênia nos Estados Unidos. Nós nos encontramos pela primeira vez há alguns anos, durante uma conferência em Washington. Há dez anos dividimos o mesmo apartamento, perto do Central Park. Agora acho que já posso te contar o resto...

– É a parte que me interessa, Lou. Fale-me sobre 1976, no Brasil... Fale-me sobre Laura e esse Sargento McCoy e o que afinal a minha mãe tem a ver com essa história...

Lou olhou para a filha, a quem havia dedicado tudo, menos amor. A menção sobre 1976 trouxe ao homem, em um *flash* rápido diante dos seus olhos, as recordações sobre um tempo distante, envolvendo um militar jovem e ambicioso, que almejava para si uma carreira bem sucedida em algum órgão do governo federal dos Estados Unidos.

– Há coisas que ainda não te falei sobre aquela noite em São Paulo, Ashley... eu queria te dizer tudo naquela nossa conversa pelo telefone, quando você estava na Bahia, mas não tive coragem... Durante o nosso período de missão no Brasil, como você já sabe, eu e Bernard McCoy servimos juntos por um certo tempo no Consulado dos Estados Unidos, em São Paulo. Mas a nossa relação era estritamente de quartel. Não havia convivência social entre nós dois, fora dos limites da vida militar. Ele era meu superior e eu seguia as suas instruções com dedicação e respeito. Evidentemente, eu sabia que ele era casado, mas por outro lado, não havia razões para eu suspeitar de que naquela época ele estava se envolvendo com mulheres brasileiras, já que ele sabia que o código dos Marines tem regras claras sobre o assunto, com previsão até de expulsão desonrosa das tropas. Até que um dia eu percebi que um dos motoristas do Consulado era o que mais dirigia para o Sargento McCoy. O regulamento determinava que houvesse um rodízio para os motoristas do Consulado designados para os fuzileiros. Eu fui alertar o sargento sobre o fato e ele simplesmente se alterou de uma maneira que eu achei desproporcional para o que eu havia dito. Fiz os meus levantamentos e fiquei sabendo, pelo padrão dos itinerários registrados da nossa viatura, que ele estava se envolvendo com uma mulher da cidade e eu, como já disse, sabia que ele era casado. Sem que ele desconfiasse que eu já soubesse do seu desvio de conduta, na noite do carnaval de 1976 ele, que estava de folga

—— 432 ——

no dia, me deu instruções para levá-lo e buscá-lo com a viatura, ao clube de ricos da cidade, onde haveria o baile tradicional de carnaval, e onde a tal namorada dele estaria aquela noite. Eu fiquei sabendo também depois que o funcionário que ele quase sempre escalava como seu motorista em determinadas noites havia ficado doente. Cumpri a missão, conforme o instruído pelo sargento. Ao chegar ao salão para levá-lo de volta para casa, percebi que os dois estavam bem alterados. Alcoolizados. Com alguma dificuldade consegui convencê-los a saírem dali e me prontifiquei a levá-los embora, cada um para a sua residência. Ao chegarmos à casa da jovem, eu pedi para ir ao banheiro e a mulher permitiu. Subimos todos juntos e, ao entrarmos, os dois resolveram conversar. Sua mãe apareceu e ficou um pouco assustada, pois percebeu o estado da amiga. O sargento e a mulher pediram e eu e sua mãe fomos para a cozinha. Ali eu comecei a conhecer a sua mãe... Ela estava visivelmente preocupada e não gostava da ideia de deixar a patroa dela e o sargento sozinhos na sala. Depois veio o barulho... Saí correndo e vi McCoy saindo do apartamento e sangrando. Não vi a mulher na sala... E o resto, bem... você já sabe, com certeza. Eu era jovem e ambicioso; não tinha a intenção de continuar na carreira militar e nos dias seguintes visualizei uma oportunidade que podia me favorecer em cima da arrogância e da violação do regulamento militar feitas pelo McCoy. O que ninguém soube até agora é que, antes mesmo daquele dia, eu já tinha feito chegar ao comando do Marine Corps em Washington a informação sobre o provável envolvimento do sargento com a jovem brasileira. Foi depois que eu enviei o meu relatório para o nosso superior que me foi passada a informação, de forma reservada, sobre quem era a esposa dele. Foi a partir daí que eu entendi que o escândalo eminente poderia ganhar uma dimensão que prejudicaria muitas pessoas. Ele foi convocado às pressas para se reportar ao comando nos Estados Unidos. Voltou para o Brasil uns dias depois, já ciente de que deveria interromper o caso irresponsável com a então patroa de sua mãe. E eu pensei que tudo acabaria por ali. Um deslize de comportamento de um lado, uma punição adequada do outro e pronto. Mas depois que a jovem foi hospitalizada, o *staff* civil do Consulado começou a receber memorandos duros de Washington. O Sargento McCoy ficou temporariamente isolado e foi destituído de suas obrigações como comandante do destacamento. Eu fui interrogado por dois comissários diferentes, um dos fuzileiros e um oficial do Departamento de Estado. Eles queriam saber sobre o meu eventual conhecimento prévio em relação ao envolvimento de McCoy com a jovem brasileira. Eu contei a eles tudo o que eu sabia, inclusive com os dados do mesmo relatório que eu já havia enviado para os meus superiores em Washington e que determinou a convocação imediata de McCoy. O meu depoimento convenceu os comissários de que eu não estava tentando encobrir a quebra do código de disciplina do sargento, muito pelo contrário. Passados alguns dias, eu fui convidado para um almoço fora do Consulado com somente um dos dois oficiais do Departamento de Estado enviados ao Brasil para acompanhar aquele caso. Neste encontro, eu fui perguntado sobre quais seriam os meus planos para depois de cumprir o meu vínculo como fuzileiro e concluir os meus estudos. Eu respondi inocentemente que o meu projeto era o de, após o serviço militar, me candidatar a uma vaga burocrática, em nível federal, junto ao governo Americano. No mesmo instante o oficial abriu uma pasta e leu uma pauta com uma série de instruções sobre os meus próximos passos dali por diante e que não segui-los seria interpretado, "pelos altos escalões de Washington", como minha a vontade em passar o resto de meus dias sem ter um único crédito bancário aprovado. Não sei se foi um blefe, o fato é que surtiu efeito... Eu era jovem e ingênuo. Só depois eu soube quem era aquele "oficial"...

– E o que veio depois?

– Uma das instruções... era para que eu... me casasse com a sua mãe. Pode parecer incrível, mas essa foi uma das instruções que recebi. Para começar a minha vida matrimonial, uma boa quantidade em dinheiro seria disponibilizada para mim, em uma conta especial. O processamento do visto e os papéis de sua mãe seriam agilizados, pois, pelo que pude entender na época, o casamento comigo e a mudança de sua mãe para os Estados Unidos deveriam ocorrer e se concretizar paralelamente à recuperação da mulher com a qual o Sargento McCoy havia se envolvido e que estava internada em um hospital local. Um emprego no terceiro escalão com um bom salário poderia ser garantido para mim em Washington, desde que eu seguisse as instruções que estavam sendo passadas para mim. Eles já haviam decidido tudo por mim. Diante daquele quadro todo, a minha juventude e a minha ambição falaram mais alto. Casei-me com a sua mãe e nos mudamos para Walterboro. Assim que chegamos nos Estados Unidos, todas as poucas tentativas de correspondências de qualquer pessoa ligada à sua mãe, nos Estados Unidos, eram automaticamente redirecionadas para o meu gabinete em Nova Iorque, com instruções bem precisas sobre qual destino deveria ser dado a cada uma delas. Quando eu estive na cidade de sua mãe para oficializar o casamento, eu havia deixado o meu endereço de Walterboro com o irmão de sua mãe, já sabendo que as cartas jamais seriam lidas pra ela. E foi o que fiz... por uns tempos... depois as cartas não vieram mais. A sua mãe só escrevia para uma tia que ela tinha em São Paulo, era o único canal de contato dela com os pais e o irmão. Tenho razões para crer que nenhuma carta dela jamais chegou aos seus avós brasileiros ou ao seu tio...

Com um sentimento de repulsa se avolumando em seu interior, Ashley se deparou com um hiato de dúvida em seu discurso, para externar uma dúvida que lhe afligia naquele momento:

– Quer dizer que eu...

– Não, Ashley. Apesar de tudo, houve uma época em que eu e sua mãe realmente estávamos razoavelmente bem, mas depois as nossas diferenças falaram mais alto. Eu, desde o início de minha carreira na ONU, viajava muito, sua mãe ficava em casa e não falava inglês... ainda fala muito pouco... e eu cheguei a torcer para que um mínimo de compatibilidade existisse entre eu e ela.

– Então, pelo o que você me disse até agora, o seu envolvimento com essa outra mulher começou quando eu ainda era uma adolescente...

Constrangido, Lou permaneceu em silêncio.

– Não se preocupe, Lou. Não vou implorar de você um sentimento que você nunca teve por mim. Cheguei até aqui sem um único gesto de carinho de sua parte e não seria agora que eu iria pedir. Infelizmente para você, a mulher que você destratou por trinta anos é a pessoa mais importante da minha vida. Também não sinto nada por você. Ou melhor... sinto sim, um pouco de pena, mas isso não vem ao caso agora.

– Ashley, eu...

– Ainda não acabei, Lou. Pela integridade física da minha mãe, vou gerenciar esta informação a seu respeito com cuidado. Ela merece viver o resto de seus dias com um mínimo de decência. Principalmente agora, que ela conseguiu resgatar uma parte da vida dela e que você quis tomar dela sem pedir permissão. Ela está feliz, Lou. Sem você e sem a sua participação, ela está feliz como eu nunca vi. Ela conseguiu, dentro da prisão artificial que a sua ganância, Lou, criou ao redor dela, recuperar as únicas pessoas que realmente a trataram com amor e respeito. E eu fui a chave dela, Lou. O destino, que você quis usar em seu benefício, acabou conspirando contra você mesmo. O amor venceu, Lou. O amor dela em me ensinar a língua dela, o apoio dela em querer que eu fosse para o Brasil, a convicção dela em escrever num pedaço de papel simples o nome do tio Dito e o nome da cidade de origem dela... essas foram as armas que ela usou para conseguir o resgate dela consigo mesma, Lou. E ela conseguiu, Lou. Sinta-se um derrotado, porque ela conseguiu. A imagem que guardarei de você será essa: o perdedor absoluto. Agora me diga uma coisa... Eu conheço a minha mãe e sei que alguma coisa aconteceu, no dia em que ela passou mal... ela foge do assunto, como se estivesse me preservando de alguma coisa. O que aconteceu aquela noite, Lou?

Acuado pela destreza da filha em não deixá-lo mentir, Lou Thomas revelou:

– Nós assistíamos à televisão e eu cometi um deslize. O programa da TV falava sobre... aborto em mulheres com mais de quarenta anos... Eu estava distraído com o jornal e falei algo em português sobre... a tia Zulema... que somente quem conhecesse muito bem a tal tia de sua mãe, poderia saber. E eu nunca me encontrei ou falei com essa tia de Isabel. Ela me olhou assustada e começou a me questionar... me pressionou mais... eu tentei inventar uma desculpa, ela não acreditou e me forçou mais ainda; eu esbravejei e a empurrei... fiquei nervoso e falei tudo sobre a interceptação das cartas. Daí ela começou a passar mal...

Ashley lembrou-se do diagnóstico informado no hospital sobre as possíveis causas para o colapso da mãe. O médico que atendeu a família informara:

... que uma alteração na pressão arterial, provavelmente associada a um possível fator externo, talvez ocasionado pela ausência e distância da filha, ou algum outro distúrbio de ordem emocional, gerou reflexos na condição clínica de Isabel, causando um colapso momentâneo em sua estabilidade orgânica...

Ashley olhou para aquele senhor de postura distinta e de gestos lapidados ao longo da sua migração da carreira militar para a carreira diplomática. A jovem frustrou-se consigo mesma por constatar de forma tão cabal que conhecia bem menos do homem a quem deveria chamar de "pai" do que imaginava.

– OK, Lou. Para acabar logo com isso, vamos jogar de acordo com as suas regras. O que você vai ouvir agora é uma imposição e não um pedido. O padrão de vida de minha mãe deverá ser mantido, pois ela não pediu para sair da terra natal dela... é o mínimo que você deve fazer pelos anos de mentira e isolamento que só aconteceram por sua fraqueza de caráter. Considere a possibilidade de divórcio no futuro, pois se minha mãe me perguntar qualquer coisa neste sentido, terá o meu apoio imediato. Eu, a partir de agora, abro mão de qualquer ajuda sua em minha vida, inclusive de dinheiro. Minha carreira acadêmica está bem encaminhada e já tenho ofertas de emprego me esperando na saída da universidade. Eu e minha mãe vamos nos reerguer. Pode ser que eu a leve para o Brasil, vamos ver...

– Desculpe-me, Ashley... Não sei se devo aceitar...

Ashley levantou-se da mesa. Enfiou a mão na bolsa de novo e retirou de lá um mini-gravador de voz. Apertou a função "play" e depositou o aparelho sobre o jornal que Lou lia na chegada da estudante. A conversa tida até ali entre pai e filha foi reproduzida em detalhes por alguns segundos. Lou desativou rapidamente a pequena máquina.

- Pode ficar com essa, Lou. Eu tenho outra dentro da bolsa e o meu celular também esteve ligado durante toda a nossa conversa.

* * *

Laura recebeu do filho o envelope com o depoimento particular de Isabel, escrito nos Estados Unidos pela amiga, enfim reencontrada. Um sentimento de orgulho preenchia-lhe o peito por entender que um *e-mail* angustiado seu, enviado a um jovem repórter que lhe inspirara confiança, havia sido crucial para o reencontro da velha amiga e também para o esclarecimento de pontos obscuros do seu próprio passado. Sentia-se, finalmente, uma mulher de bem consigo mesma e aliviada.

A mulher rica, refinada e influente, tinha em suas mãos o primeiro sinal de vida da ex-empregada e amiga, depois de mais de trinta anos de separação entre as duas. Sozinha na imensidão de sua sala, a *socialite* leu pela primeira vez as linhas escritas por alguém que lhe causara a mais profunda nostalgia por todos aqueles anos:

"Querida Laura,

Olá amiga... Preferi escrever e depois vou pedir à Ashley que me ensine melhor como usar essas coisas de internet, para que a gente se fale sempre que puder. Além disso, preciso pelo menos compensar pelas tantas outras cartas que escrevi para você, mas que pelo jeito nunca chegaram em suas mãos. Parece que andaram querendo separar a gente, né? Estou muito feliz em saber que você está viva e bem. Senti a sua falta todos esses anos, amiga. Comigo está tudo bem e já moro aqui em Walterboro há mais de trinta anos. Laura, eu quero que você saiba que eu te procurei e fiquei muito triste por querer saber de você e ninguém me informar nada. Seus pais viviam viajando, e o seu irmão Alfredo depois de um tempo não me atendia mais. Depois que você foi para o hospital, me disseram que as visitas para você eram só para os familiares. E logo em seguida, a minha vida ganhou um outro rumo. Fui pedida em casamento por Thomas, o outro fuzileiro que ficou comigo na cozinha naquela noite, você se lembra? Depois daquela noite, ele começou a me procurar, houve um envolvimento e em pouco tempo eu fui pedida em casamento. Para mim era como um sonho. Viajei com ele para Ecoporanga, minha terra. Como eu teria que ir embora do Brasil, não queria ir embora sem falar com os meus pais. Mas eu também pensava em você o tempo todo. Depois começou uma correria por causa de muitos documentos que eu precisava tirar para eu poder casar e viajar. Parecia que todo mundo estava com pressa. Depois eu mudei para cá, tudo era novo pra mim, mas aqui as coisas são diferentes. Até hoje não consigo falar direito a língua deles. Mas, graças a Deus, pude ensinar um pouco de português para a minha filha. Escrevi muitas cartas para você, mas nunca recebi respostas, nem de você, nem de ninguém. Fiquei isolada e triste, mas nunca me esqueci de você. Tomara que a gente se reencontre um dia, minha amiga. Quero te dar o meu melhor abraço, como a gente sempre fazia quando eu trabalhava na casa de sua família. Como é esse mundo, né? Os nossos filhos já fizeram o que a gente poderia ter feito antes deles: eu ir para o Brasil ou você vir pra cá!

Vi foto do Luca quando ele era bebê. Que menino bonito! Eu fiquei encantada com ele. Espero que você tenha gostado dos presentes que estou te mandando pelo menino. Quero um dia conhecer o pai dele e também a Akemy. Eu disse para ele que agora ele também tem uma mãe preta nos Estados Unidos. Amiga, preciso te dizer que teve um dia em que eu fui no hospital e dei um jeito de entrar escondida para perguntar de você, já que me falaram que as visitas pra você estavam proibidas. Consegui chegar até os quartos de pacientes e comecei a perguntar por você pelo nome. Cheguei no seu quarto, mas a sua cama estava vazia. Eu perguntei para uma moça da limpeza sobre você e ela me disse que tinha ouvido alguém dizer que a paciente daquele leito tinha sido levada para fazer curetagem. Eu não sabia o que era aquilo e depois que sai dali a primeira coisa que fiz foi perguntar para a minha tia Zulema e ela me disse que era uma coisa que os médicos faziam em caso de aborto e que ela mesma já tinha sofrido dois abortos. Então, amiga, se foi verdade o que eu ouvi aquele dia, você estava grávida na época em que foi internada. Como nunca soube, até conhecer o Luca, o que se passou com você depois que você foi internada naquele hospital, saiba que eu vivi angustiada por todos esses anos e me sentindo culpada por não ter conseguido ficar ao seu lado, depois que você foi internada. Perdão, minha amiga.

Laura parou por um instante. Precisava enxugar as lágrimas. As lembranças chegavam-lhe simultaneamente no pensamento: a virose ocular na pré-adolescência, o tratamento que alterara a regularidade do seu ciclo menstrual, afetando qualquer sintoma de gravidez para ela, "... *o despertar no leito de um hospital, quatro dias depois..., as fortes dores no baixo-ventre...*", os olhares de cumplicidade entre duas enfermeiras do hospital, percebidos por Laura na época, os papéis dos procedimentos médicos entregues ao pai e nunca lidos por ela... as recomendações insistentes do pai e do Dr. Tavares para um longo retiro na Europa...

Sentindo-se sem condições emocionais de prosseguir, a *socialite* interrompeu a leitura antes de ler a parte sobre um certo Benedito, o irmão de Isabel que Laura nunca conheceu.

* * *

Gary Anthony Wallace III não venceu as eleições presidenciais para a presidência dos Estados Unidos em 1976.

Nascido em Montgomery em 18 de Maio de 1918 e filho de um próspero comerciante da cidade, Gary Wallace havia sido governador do estado do Tennessee por dois mandatos; de 1963 a 1967 e de 1971 a 1975. Ele havia concorrido à presidência dos Estados Unidos por quatro vezes, três vezes oficialmente pelo Partido Republicano e uma vez pelo Partido Independente Americano. Uma das diretrizes de sua plataforma política, enquanto governador, era baseada na tese da segregação explícita, durante o período dos movimentos dos direitos civis, ao longo da década de 1960, nos Estados Unidos.

A corrida para a eleição à Casa Branca de 1976 seguiu-se à renúncia surpreendente do presidente eleito do Partido Republicano em 1974, na trilha dos fatos envolvendo o ruidoso escândalo Watergate. Aos poucos, tanto o vigor quanto a eloquência dos discursos políticos em seus comícios, tornaram Wallace, até então um governador sulino com pouca influência no cenário político da América, uma presença constante em programas de debates, jornais e revistas de grande circulação dos Estados Unidos.

O tom radical e ultraconservador de suas teses quanto a temas delicados como Vietnam, Cuba, direitos civis, armamento nuclear, comunismo e corrida espacial chamou a atenção da mídia ocidental pelo teor e o extremismo de suas plataformas de ações para cada um dos tópicos.

A ausência de um candidato de consenso para a linha de frente da corrida à presidência pelo Partido Democrata, então fragmentado e fragilizado por distensões internas, facilitou o fortalecimento da tendência de votos pró Wallace.

As convenções partidárias transcorreram sem sobressaltos; Wallace derrotou um a um dos seus concorrentes mais fortes, dentro do partido. Venceu inclusive nas votações da Carolina do Norte, Pensilvânia e Wisconsin, onde as projeções dos especialistas acenavam para uma disputa mais acirrada com os rivais nas urnas. Quando a grande Convenção Republicana ocorreu na Kemper Arena, na cidade de Kansas, Wallace tinha delegados mais do que suficientes para legitimar a sua indicação pelo partido, vencendo aquela fase da corrida presidencial sem sustos.

Dando mostras de sua astúcia política e para consolidar ainda mais a sua candidatura, escolheu o jovem Senador John Sheldon como o seu vice pelo partido. Sheldon era tido como um fenômeno político de Washington e um candidato natural dos republicanos após o fim da eminente "era Wallace".

À medida que sua campanha avançava, a mídia dos Estados Unidos exigia cada vez mais a presença familiar nos comícios de campanha e nos discursos de apoio ao candidato. E a América pôde conhecer Lindsay Wallace, a esposa, Frank "*Jimmy*" Wallace, o filho avermelhado, sardento, sério e sempre de terno escuro, e a recém-casada Audrey Wallace McCoy, com um bebê no colo, a pequena Samantha Wallace McCoy.

Certa vez, no auge de sua campanha, ao descer de um palco em companhia da esposa, filhos e neta, após um longo discurso onde defendeu a importância da família na construção de um grande país, um repórter jovem e determinado aproximou-se com esforço do ex-governador e perguntou em rede nacional:

– Belo bebê, Mr. Wallace! Onde está o pai?

O favorito à presidência olhou por um segundo para o jovem jornalista com o microfone em punho à sua frente. Trouxe a filha Audrey para debaixo de seu braço. Sorriu e afirmou, confiante e orgulhoso, via satélite, para todo o território dos Estados Unidos:

– Ele é um fuzileiro Americano, meu rapaz. Neste momento está servindo em algum país distante, pronto para defender os valores desta nação grande e maravilhosa e dando a sua contribuição para que a filha dele cresça num mundo mais fraterno e mais seguro. Obrigado, com licença... obrigado.

Em março de 1976, Frank "Jimmy" Wallace recebeu um telefonema urgente de um membro do *staff* de assessores de campanha de seu pai. O filho sisudo do candidato republicano deveria fazer uma viagem de visita familiar e discreta ao Brasil. Aproveitaria para "acompanhar" a viagem oficial de um representante da Comissão de Disciplina do Marine Corps até São Paulo e ficaria por lá por algumas semanas.

Sem que jamais o corpo administrativo do Consulado Americano em São Paulo viesse a saber das manobras ocorrendo entre o staff do ex-governador candidato e a família de Laura Altobelli, o filho de Gary Wallace tentou de todas as formas acorbertar os delizes consumados pelo seu cunhado.

Gary Anthony Wallace III não venceu as eleições para a presidência dos Estados Unidos em 1976. Um mês antes da votação final entre os dois candidatos rivais pelos partidos concorrentes, o seu *staff* recebeu informações dando conta de que o outro candidato à presidência tinha levantamentos seguros obtidos do Brasil sobre um *affair* envolvendo o fuzileiro McCoy, genro do candidato republicano, que seriam revelados para o público Americano uma semana antes do início da votação. Um acordo sigiloso foi costurado nos bastidores das duas campanhas e, a vinte dias da decisão nas urnas, o candidato republicano Wallace abdicou de sua candidatura, alegando problemas de saúde em família que impediam a sua continuidade como candidato. Wallace e John Sheldon abriram mão de suas candidaturas para dois candidatos Republicanos de menor prestígio e com possibilidades mínimas de vitória nas urnas.

* * *

Em 1976, após uma briga durante uma noite de carnaval na cidade de São Paulo, o bebê de Laura Magalhães de Medeiros com um fuzileiro Americano, já casado com a filha de um candidato à presidência dos Estados Unidos, teve interrompida a chance de um dia poder contemplar o nascer do sol. Se vivo, teria nascido à época mais volátil da corrida presidencial à Casa Branca.

Audrey Wallace McCoy, uma jovem senhora religiosa e recatada do Sul dos Estados Unidos jamais soube do envolvimento de seu marido com uma moça rica, bonita e cheia de sonhos que morava no Brasil.

CAPÍTULO 55

Brisa na varanda

O canário do reino, de penas admiravelmente douradas e majestosas, se assusta com o movimento repentino de elevação das barras finas que o mantinham em cativeiro. O pássaro salta freneticamente entre os três poleiros de pau e assim que a gaiola de madeira retorna ao suporte de metal chumbado na parede erguida e pintada havia meses, retoma o ato de bicar os grãos de alpistes, agora frescos e renovados. A ave infla os pulmões e libera um canto ressonante e repetido, como se aprovasse a refeição nova e a água recém-trocada.

– *Eita canto bonito...*

Dito pendura a gaiola em seu suporte habitual, cruza a sala arejada e sente o aroma do almoço em preparo por Iaciara dominar o seu olfato. Vai até o móvel escuro da sala. Abre uma gaveta, tirando de lá uma pequena caixa de madeira, que leva consigo para a varanda da casa.

O sol de dezembro fustiga o terreno plano daquela região sem misericórdia, mas a cobertura construída pelo bombeiro aposentado lhe fornece o abrigo protetor apropriado e uma brisa forte vinda do norte ameniza um pouco o calor daquela manhã de sexta-feira.

Dito senta-se na cadeira de balanço, abre a caixa de madeira e tira de dentro um cachimbo artesanal indígena feito com capricho por Iaciara e dado ao marido como presente de aniversário de casamento havia três anos. A princípio, Dito não sabia como utilizar o presente, mas depois que a índia passou a trazer fumos com aroma de canela, encomendados direto de Vitória, o irmão de Isabel passou a apreciar o seu uso e, sempre que podia, gostava de sentar-se na varanda com o acessório em mãos e olhar para o horizonte daquelas terras, já nem tanto isoladas. O velho percebia que o fluxo de carros e pessoas aumentava gradativamente de ano a ano, mas resignava-se, pois sabia que não havia como deter o avanço das cidades e das coisas.

O bom homem leva a chama do fósforo até a porção de fumo acomodada na abertura do cachimbo e repousa a caixa de madeira na mureta baixa que circunda a varanda. Reclina-se no assento e leva o acessório à boca. Em seguida, envolve o bico trabalhado à mão em um canto dos lábios, suga a fumaça do cachimbo e solta uma baforada lenta e uniforme, sem tragar.

Alguns meses haviam se passado desde a visita dos jovens universitários em suas terras. Recostado e relaxando na varanda de sua casa, em Ecoporanga, Dito lembra-se da irmã e volta a sentir a sensação de alívio e paz de espírito por saber que a sua Belinha, a amada irmã, de quem ficou distante por mais de trinta anos, estava viva e bem.

Uma alegria indescritível toma conta de seu interior ao se dar conta de que o seu nome escrito à mão em um pedaço de papel dado à sobrinha em um lugar bem distante, conseguiu reatar os laços de dois irmãos separados, mas que em suas reflexões jamais deixaram de acreditar que um dia iriam se reencontrar.

A maciez do encosto do assento proporciona o relaxamento de seus músculos e provoca o resgate de lembranças a Dito, tão recorrentes quanto aquelas que o acompanhavam desde que perdera o irmão Nado para as águas do Rio Prata.

O homem sentado na cadeira de balanço da varanda fecha os olhos.

Um torpor leve tomou conta de seus membros e sua memória começou a construir imagens em sua retina... A frase gravada para a irmã, diante de uma câmera digital:

"... *você sempre foi e sempre será minha princesinha preta e pela sua felicidade e pelo seu bem, eu faria tudo de novo...*"

Dito então se lembrou do ano de 1976...

As suas férias do Corpo de Bombeiros, depois de muitos anos... a sua chegada em São Paulo para ficar uns dias com a irmã, conforme o pedido de Isabel durante a última visita... a ida para o apartamento dos Altobelli, à tarde... o descanso no quartinho dos fundos da irmã, como sempre acontecia...

"... *você não deixava eu nem andá pela casa pra não mim não mexer em nada... Eu tinha que ficar no seu quarto e eu ficava lá quietinho...*"

O jantar com a irmã à noite, na cozinha... a volta para o quarto... a madrugada e vozes na casa... o receio em sair do quarto... o barulho de coisas quebrando... pessoas gritando e saindo... a irmã pedindo ajuda... a corrida para o banheiro... uma mulher caída no chão...

... *um passarinho quase morto em mãos tãos pequenas...*

... *o irmão Nado fugindo entre os seus dedos para nunca mais voltar...*

—— 443 ——

... a promessa feita, ainda menino, de nunca mais deixar uma vida acabar em suas mãos...

... a intervenção rápida de Dito... os treinamentos de bombeiro colocados em prática... a ligação para a emergência pedindo ajuda... o desespero da irmã... o sentimento de culpa da empregada pelo irmão estar na casa... o medo de perder o emprego... a chegada rápida do socorro... o retorno para o quarto dos fundos... o pacto de silêncio com Isabel... a saída do local durante o dia... a volta para Ecoporanga no dia seguinte... o casamento surpreendente da irmã, logo depois...

Dito salvara a vida de Laura naquela noite de 1976 e o segredo ficou mantido entre ele e Isabel por todos aqueles anos.

Desfrutando de sua aposentadoria e abrigado na tranquilidade simples de sua residência, Dito acalenta as suas memórias ao balanço lento e curvado da cadeira, em um canto da varanda. Os olhos sonolentos se voltam para o horizonte e percebem um filete de poeira que cresce num formato triangular à medida que avança pela estrada de terra. Mais um carro a passar por aquele quase fim de mundo...

O veículo, um Sportage cinza de quatro portas, com vidros fumê e de aspecto já bem empoeirado, aproxima-se do portão da residência. Dito não aguarda visitas...

As duas portas dianteiras se abrem simultaneamente. Dois jovens deixam o veículo.

O rapaz ao volante e uma moça no banco do carona saem do carro. Era um jovem casal negro. O motorista é um rapaz atlético e usa um boné vermelho e preto, com a aba para trás. Ela, esbelta, cabelos soltos e de pele brilhosa. O jovem negro contorna o carro, beija docemente a jovem já próxima do portão e a envolve pelos seus ombros, em um abraço protetor e seguro.

Desta vez, os dois vestem bermudas. Ashley e Marcos...

Os dois jovens acenam sorridentes, de longe, para o homem na varanda. Em seguida olham para trás, na direção do veículo.

Desta vez, as duas portas traseiras se abrem ao mesmo tempo.

De um lado sai uma mulher clara, de chapéu largo e óculos escuros. Ela desce lentamente, dá alguns passos e se posiciona ao lado de Marcos.

Da outra porta desce uma mulher negra, esbelta e de cabelos cor de prata. Vestia trajes discretos, mas de extremo bom gosto. Ela avança uns passos e abraça com carinho os braços de sua filha Ashley.

Iaciara aparece na varanda, enxugando as mãos em um pano decorado.

Sentado e sentindo a brisa fresca vinda do norte, Dito retira o cachimbo dos lábios e sorri o sorriso dos justos.

FIM

Breve biografia

Durval Arantes nasceu em Volta Redonda/RJ, e é o quarto filho dos sete criados por Expedicto e Maria de Lourdes.

Ex-funcionário do Consulado dos Estados Unidos em São Paulo, Professor de Inglês em uma multinacional Americana de ensino de línguas desde 1996, empreendedor cultural, pesquisador independente e estudioso da cultura negra universal e da Diáspora Africana.

É conhecido e respeitado entre os formadores de opinião afrodescendentes do eixo São Paulo-Rio pelo seu trânsito e rede de relacionamentos entre as comunidades negras do Brasil e dos Estados Unidos. É o criador e administrador de várias redes sociais conceituadas que tratam de cultura negra, em Português e em Inglês.

As suas viagens aos Estados Unidos e interações culturais diversas com aspectos da cultura afro-americana, bem como o seu perfil profissional, formam a base de inspiração para esta sua primeira empreitada literária.

Este seu primeiro volume é um convite para a leitura de um enredo interessante, ousado, inovador e que seguramente supreenderá leitores e leitoras ao longo de sua trama.

Um trabalho inédito e com enorme potencial para encantar leitores do Brasil e do mundo.

Pedidos sobre este volume:

durval.arantes@gmail.com

Entregamos em todo o Brasil

Este livro foi composto na tipologia
Book Antiqua, em corpo 11,
e impresso em papel offset 75 g/m2
1ª edição – outubro de 2014.